Gustav Frenssen

Die Brüder

e-artnow 2018

Henri Barbusse
Das Feuer: Tagebuch einer Korporalschaft

Hans Paasche
Fremdenlegionär Kirsch - Eine abenteuerliche Fahrt von Kamerun in die deutschen Schützengräben in den Kriegsjahren 1914/15: Mit Abbildungen - Kriegserlebnisse: Erster Weltkrieg

Richard Skowronnek
Sturmzeichen (Historischer Roman)

Joseph Roth
Die Flucht ohne Ende (Flucht aus russischer Kriegsgefangenschaft)

Rudolf Stratz
Das Licht von Osten (Historischer Roman)

Hendrik Conscience
Der Löwe von Flander (Historischer Roman)

Felix Dahn, Therese Dahn
Walhall: Germanische Götter und Heldensagen

Felix Dahn
Attila (Historischer Roman)

Levin Schücking
Der Kampf im Spessart (Historischer Roman)

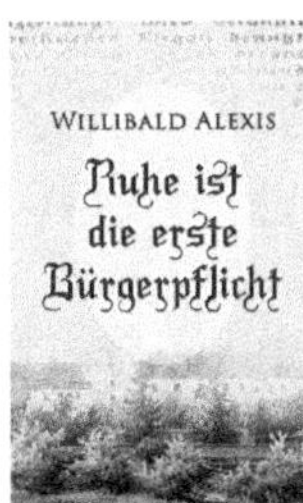

Willibald Alexis
Ruhe ist die erste Bürgerpflicht

Gustav Frenssen

Die Brüder

Ein Erster-Weltkrieg-Roman

e-artnow, 2018
Kontakt info@e-artnow.org

ISBN 978-80-268-8656-3

Inhaltsverzeichnis

1. Kapitel
Der Hof

Etwas abseits vom Kirchspiel Altensiel – die Nordsee ist nur eine Stunde fern – liegt mitten im eignen Feld, von alten Pappeln umstanden, ein kleiner Bauernhof, wie hunderttausende in Deutschland. Auf diesem Hof – das Gebäude war etwa fünfzig Jahre alt und noch wohlerhalten – wohnte seit Menschengedenken eine Familie Ott, die immer einen guten Ruf gehabt hatte. Sie standen aber etwas abseits vom Leben und Treiben des übrigen Kirchspiels und waren ein wenig verspakt und vereinsamt. Wenn es auch wohl eine Fabel war, daß sie nur einen einzigen guten Rock hatten, den immer der anzog, der einen Gang ins Dorf oder in die nahe Hafenstadt zu machen hatte, und daß sie, um Sohlen zu schonen, um die Telegraphenpfähle herumgingen, wo der Fußweg besonders weich war, so war doch Tatsache, daß sie sich sehr selten zeigten und sich sehr ungern in Erscheinung setzten, und wenn sie einmal erscheinen mußten, sich am liebsten in den hintersten Reihen und in der Ecke hielten. Sie waren zwar Leute von großer, ja gewaltiger Erscheinung, hager, mit großem Schritt, breiten Schultern, aber sie waren inwendig nicht sicher. Sie nahmen das Leben nicht so hin, wie es ist und wie es einem aufgetischt wird, sondern betrachteten es und begleiteten es mit allerlei Bedenken und Bewundern. Und da sie auf diese Weise inwendig ein wenig bange oder wenigstens bedenklich vor dem Leben standen, griffen sie es auch nicht fest und auch nicht richtig an, und kamen nicht weiter, und es schoß keiner vom Geschlecht in die Höhe, wie es sonst hier und da geschieht. Eine ganze Zeitlang konnten sie den Besitz nur so erhalten, daß sie den ziemlich langen Stall mit fremdem Vieh füllten, das sie um geringen Verdienst durch den Winter brachten. Je mehr sie aber von der Welt, ihrem Verkehr und ihren Erfolgen fernblieben, um so mehr – wie man das so hat – hielten sie untereinander zusammen, so als fürchtete sich ein jeder der Familie, eines Tags völlig einsam in der Welt dazustehen. Da sie sich aber so von den Menschen absonderten und sich nicht mehr täglich an ihnen maßen, sammelten sie einen tüchtigen Haufen heimlichen Stolzes, und meinten inwendig – keiner von ihnen sprach es aus –, daß es eine solche Familie, wie die Otten, so rechtlich, so sittsam, so fleißig, so klug – sie hatten in der Tat gute Köpfe – eigentlich überhaupt im ganzen Land und in der ganzen Welt nicht gäbe.

Der jetzige Besitzer, fünfzigjährig, war körperlich und geistig ein rechtes Abbild der Familie. Er war ein breitschultriger, langer Mann von schlechter, hängender Haltung und mit langem bedächtigen Gang, dem man ansah, daß er auf der schweren Erde seiner Felder, hinter dem Pflug herstolpernd, unzählige schwere und unsichere Schritte getan. Er war sehr wortkarg; oft war es ihm stundenlang unmöglich, die Zähne auseinander zu nehmen, und man hörte ihn niemals scherzen oder gar lachen oder gar singen; er war immer in gleicher Weise fleißig, schweigsam, unbeweglich. Und so hätte ihn einer, der oberflächlich hinsah und urteilte, für einen gleichmütigen, ja fast leeren Menschen halten können. Wer aber genau zusah und die edle Beugung seines Oberkörpers, der schweren reifen Ähre ähnlich, die schön gewölbte große Stirn, die tiefen kindlichen Augen beobachtete, der erkannte, daß in seinem Innern, wie in seinen Vätern, zwar ein vereinsamtes, allzu scheues und allzu banges, aber ein so feuriges und volles Leben wohnte, so wie es manche Leuchte des Volks nicht besaß. Es bedurfte nur eines freilich sehr starken Stoßes von außen her, und diese Fülle brach heraus und loderte auf, zur großen Verwunderung für jedermann. Und dieser Stoß sollte ihm auch kommen. Und zwar von seiner Frau her, und von dem Geblüt, damit sie die Stuben und Kammern seines Hauses gefüllt hatte.

Die Frau war nämlich von anderm Schlag. Während die Vorfahren des Mannes immer Landleute gewesen – niemals war einer, so nahe sie war, zur See gefahren, ja, sie scheuten die See und sprachen nicht gut von ihren Befahrern –, stammten die Vorfahren der Frau alle aus den kleinen Häfen der Landschaft und waren alle Schiffer und gar noch alle von jener verwegenen, losen, rechthaberischen Sorte, die keinen Satz aus ihrem Munde bringen können, ohne den rechtlichen, ruhigen Landmann zu kränken und abzustoßen. Sie war, obgleich nicht gerade groß, da sie sich gerade und steil hielt, eine großscheinende, stattliche Figur und hatte helle schöne Farben bei rotblondem Haar. Wenn sie erregt wurde, was jeden Tag wenigstens einmal geschah – denn sie war eine feurige und etwas jähe Natur – sei es, daß Kinder oder Kälber sie ärgerten, oder daß die Welt, vom Nachbarn angefangen bis zum Herrgott, ihr nicht nach dem Kopf waren, tat sie unter jähem zornigen Augenfunkeln einen eigenen raschen Griff über ihr Haar hin und verwirrte es beim Zurücknehmen ein wenig an den Schläfen. Ihre Kinder nannten diese Bewegung den Seeräubergriff und gingen ihr dann aus dem Weg; denn sie war dann ungerecht und hatte auch ein allzu loses Handgelenk.

Die beiden hatten viele Kinder, und zwar derart, daß die Frau fast dreißig Jahre lang, von ihrem neunzehnten bis zu ihrem siebenundvierzigsten Jahr, Kinder gebar. Das Haus wimmelte davon, besonders an Sonn- und Festtagen, wenn die Älteren zum Besuch kamen. Denn obgleich zwei schon verheiratet waren und andere hier und da herumarbeiteten und dienten, betrachteten sie noch alle das Elternhaus als ihre Heimat und ihren Halt. Es war ihnen wie ein festes, ja eisernes Dach, überall in der Welt zu sehen: Schutz, dahin zu laufen. Liebe, dahin zu denken, Glauben, sich darauf zu verlassen; und sie taten darin allzuviel.

Alle die Kinder einzeln zu nennen und zu zeigen, ist unmöglich; dazu waren es zu viele. Man kann nur von denen sprechen, die noch im Hause waren oder doch oft dahin kamen und zurzeit die Wichtigsten und die Häupter waren.

Und da war der erste und größte, Harm, der Zimmermann, hellhaarig und zwanzig Jahre alt. Er hatte in Knabenjahren Lehrer werden wollen. Aber er hatte in der kleinen Hafenstadt einen Verwandten, einen Zimmermann und Bauunternehmer, der hatte samt Weib und Kindern ein Wohlgefallen an dem frischen, steilen Jungen genommen und ihn oft eingeladen. Er spielte mit den Knaben, verliebte sich früh in eins der Mädchen, ließ sich vom Vater necken und von der Mutter verziehen. Und da kam ihm allmählich, da er ein munterer Junge war, der sich gern in Gesellschaft sah, die Meinung, daß dieses helle Haus, dicht an der Straße gelegen, und dieser Zimmerplatz, so breit und schön am Hafenstrom, bunter und schöner wären, als alles, was in den Büchern stände. Und er wandte sich jählings von den Büchern ab und nahm die Axt. Und wenn er auch in seiner Lehrzeit die Erfahrung gemacht hatte, daß es auch auf diesem Platz, wie überall in der Welt, zuweilen stürmte und schneite, so bereute er seine Entscheidung doch nicht. Er war ein wackerer Zimmermann geworden und war nun auch schon einen Winter lang auf der Bauschule gewesen, wohin ihn der Onkel auf seine Kosten gesandt hatte, in der Meinung, daß er dieses an dem, der einmal sein Schwiegersohn würde, tun müsse. Er kam alle Sonntage auf seinem Rad, das er besonders sauber und glänzend hielt – vorn auf der Lenkstange stand eine kleine kühne Fahne mit den deutschen Farben; und er achtete aufs peinlichste darauf, daß sie immer auswehte – nach seinem Elternhaus, wo sich dann alle seiner Ankunft freuten und stolz auf ihn waren. Denn er war bei hellem Haar schmuck und straff von Erscheinung und über seine Jahre hinaus ein bedächtiger Geist. Sein Vater, so wenig er sonst mit seinen Kindern sprach, berichtete diesem Sohn zuweilen mit einem kurzen Satz, was in der Woche im Stall oder auf dem Felde geschehen war und wie es stand, und freute sich offenbar seines guten, ruhigen Urteils. Die Mutter, welche die Gabe der Ruhe und Gerechtigkeit nicht hatte, warb geradezu um ihn und seine Zustimmung. Sobald sie ihn allein haben konnte – was bei dem volkreichen Hause nicht leicht war, am leichtesten noch am Sonnabendabend – deutete sie mit der Hand auf die andere Seite des Feuers, daß er sich dahin setze, setzte sich selbst mit ihrer gewichtigen Figur auf die andere, und redete in ihrer raschen Weise, die Feuerzange in der Hand und dann und wann gegen den Rost stoßend, auf ihn ein, und war ordentlich froh, wenn sie auch nur seine halbe Zustimmung hatte und seine ruhige Auseinandersetzung anhörte. Er aber fühlte wohl, daß seine Eltern, jeder in seiner Art, unsichere Leute waren und nach Meinungen aussahen und daß sie auf die seine etwas gaben. Er wurde aber darum kein Narr. Im Gegenteil. Es gedieh ihm zur Vorsicht und frühen Ordnung seines jungen Seelenwesens, und er wurde für seine Jahre ein verständiger und ordentlicher und gesetzter Mensch. Und die Mutter, die es mit heimlichem heftigen Ehrgeiz sah, wie er aufs beste gedieh, meinte, daß sie ihm mit Recht den ernsten, guten Namen Harm gegeben hatte, weil er so ruhig und verständig ausgesehen hatte, als sie ihm zuerst ins Gesicht gesehen.

Der zweite, siebzehnjährig, hatte von der Mutter, die ihren Kindern gleich bei der Geburt scharf auf die Nase sah, den aufgeregten Namen Eggert bekommen, und auch dieser Name war zu Recht gegeben. Denn er war rotblond und sommersprossig, und hatte rasche und heftige Bewegungen, und war stolz und sehr leicht verletzt, und gehörte somit ganz zum Geschlecht der Mutter, in welchem denn auch der Name Eggert häufig war. Er half dem Vater in der Wirtschaft und war darin auch fleißig und tüchtig; aber da er so anderer, ja entgegengesetzter Art war, wie der langsame, stille und bedächtige Vater, so schlug ihm oft Unlust ins Gemüt, und man merkte an seinem Gesicht, daß er die Arbeit mit Zorn tat. Wenn aber sein Tagewerk beendet und das Abendbrot eingenommen war, lief er alsbald aus der Stalltür, rannte den Feldweg entlang bis zum Nachbarhof, zog dort am Grabenrand nach einer wunderlichen Laune – um rascher fortzukommen oder um die Stiefel zu schonen – Schuhe und Strümpfe aus und rannte barfuß, quer über die Felder und Gräben, nach dem Teich, und saß da den ganzen Abend in dem Hause des Fischers Ludwig, einer rechten Fischersippschaft, und plauderte mit ihnen und spielte vor ihnen die Mundharmonika und die Flöte, die er zu Hause nicht an den Mund nahm, und fand oft spät nach Hause. Den Vater ärgerte dieser Verkehr. Nicht, daß er fürchtete, daß sein Sohn einmal zur See liefe – er war mit Eifer Landwirt –; aber er sah in ihm selbst und in diesem Verkehr die Eigenschaften und Art seiner Frau, die er bei ihr zwar über alles liebte, bei seinen Söhnen aber nur gefährlich fand. Und so kam es oft zu harten Zusammenstößen zwischen dem Vater und diesem Sohn. Der Vater tadelte ihn und verwies ihm dies und das, und der Sohn, der laut nichts zu sagen wagte, murmelte zornige Worte vor sich hin, warf und stieß mit dem Geschirr und den Gerätschaften um sich, und beklagte sich, rasch in die Küche und an den Herd tretend, mit leiser, hitziger Stimme bei der Mutter, und deutete den Geschwistern gegenüber an, daß er früher oder später vom Hause fort wolle, um anderswo etwas Tüchtiges zu lernen; denn auf diesem Hof ginge es ihm zu langsam und zu schief her. Der Vater, in seiner ungeschickten, schwarzseherischen Weise, trug Kummer um diesen Sohn. Die Mutter, die fühlte, daß dieser ihrer Art am nächsten stand, liebte ihn mit besonderem Feuer; sie war aber täglich in heißen Sorgen um ihn, daß er, wenn das Schicksal es wollte, leicht in die Brüche gehen könnte. Seine Geschwister hatten ihn gern, weil er immer, wenn auch ganz unauffällig, voller Liebe und Fürsorge für sie war. Sie necken ihn gern, was er sich mit ernsten, beobachtenden Augen gefallen ließ, so als wenn es ihm Freude machte, zu sehn, was in diesem Augenblick in ihrer Seele vorging. Sie nannten ihn den Barfüßer, oder auch wegen seiner roten Haare und oft jähen Wesens: Rode Praß. Das war der Name eines sagenhaften Vorfahren, den der Lehrer, der gern in alten Schriftstücken stöberte, ausgegraben hatte.

Nach diesem Eggert oder Barfüßer kam einer, der war fünfzehn Jahr alt und hieß Reimer. Der war dunkel von Haupt und Haar, war auch kleiner. Er hatte einen langen, schmalen Kopf und liebte es schon in seiner Kindheit, sein Haar lang zu tragen, und so hing es ihm denn leicht bis an den Rockkragen, und da es zuweilen ein wenig darauf hing, bekam es da eine kleine Biegung, und es sah aus, als ob er schon ein kleiner Mann wäre, und zwar ein höchst ernsthafter; und da sein Gesicht auch sonst rein und von feinem Schnitt war und hübsche ernste Augen daraus leuchteten, sah er schon als Knabe nach etwas Besonderem aus. Er ging noch in die Schule; arbeitete dort aber, da er den ganzen Lehrplan auswendig gelernt hatte, für sich, indem er sich bei den schwersten Stellen nachdenklich und bedächtig über das lange, schlichte Haar strich und es säuberlich über den Rockkragen legte. Er bekam vom Lehrer und vielen Bekannten allerlei Bücher, gute und weniger gute, doch schlechte nicht; und in diesen lebte er. So wie die Schwalbe im Sonnenschein durch die Strahlen, in der Luft blitzend, fliegt, so ganz und gar in diesem ihrem Element, unwissend, daß es eine harte, mühschaffende Erde gibt, so leicht und sicher, mit blinden Augen, von selbst den Weg wissend, schwang sich seine Seele durch die Landschaften, Begebenheiten und Seelenbewegungen, welche die Bücher vor seiner Seele ausbreiteten. Er war heimlich der Liebling des Vaters, der fühlte, daß sein eigenes schweres, scheues Wesen, durch einen richtigen Zuschuß von der mütterlichen Art erfrischt, in diesem Knaben leicht und schön aufblühte, und er war der heimliche, süße Stolz der Mutter, die fühlte, daß er das hatte, was sie, die derbe, rein irdische, an dem Vater, dem Liebsten ihrer

Natur, so heiß liebte: das unirdisch Sachliche, das menschlich Reine. Er wollte Lehrer werden und zeitlebens, ein mutiger Siegfried – verwundbar nur an der einen Stelle, da, wo das Herz saß –, gegen den Lindwurm kämpfen.

Der Rest der Kinder, Mädchen und Knaben, war ein Gewusel von hellen und rotblonden Köpfen, die von den Eltern und größeren Kindern damit erledigt wurden, daß man sie sauber erhielt, den größeren, die schon die Schule besuchten, bei den Schularbeiten half und zuweilen ein schlichtes Wort sagte, und den kleineren, die in Küche und Stall herumstanden, einige Male am Tag über den Kopf strich. Dabei wurde aber, inwendig im Herzen, jedes aufs heftigste geliebt. Und wenn eines krank war, oder in der Schule oder auf der Straße in Gefahr des Lebens oder der Ehre geriet, stand die Sorge in aller Gemüt und alle standen mit fliegender Seele zu seinem Schutz bereit. Für einen, der nicht zum Hause gehörte, war es unmöglich, unter diesen Kindern Namen, Aussehn und Ordnung zu behalten; dazu waren es zu viele und kamen immer wieder neue. Denn die Mutter war nicht glücklich, wenn sie nicht ein Kindchen auf dem Schoß und an der Brust hatte.

Und so war dies Haus der Otten wohl als ein glückliches zu preisen. Nur daß die Luft etwas zu still und zu dumpf war und die Leute etwas zu eng aneinander klebten und sich alle etwas zu wichtig nahmen, jeder in seiner Weise, und für etwas Besonderes hielten.

2. Kapitel
Der Pfeifer

Da geschah es, daß die Eltern durch eine Bürgschaft, die der Vater für einen seiner Verwandten übernommen hatte, eine Summe Geldes verloren, die im Verhältnis zu dem Hof groß war. Sie war so groß, daß sie von nun an schwer an Zinsen zu tragen hatten, ja, jedes Gewitter, das am Himmel aufstieg, jedes Hagelwetter, das sich über den Heidehügeln der alten Küste oder über der See erhob, und vor allem den großen Zinstag, den ersten November, fürchten mußten. Der Vater quälte sich in seiner übergewissenhaften Art unsagbar, daß er den Bitten jenes Verwandten, der sich nun als ein Windhund erwiesen, nachgegeben und darüber das Glück der Seinen versäumt hatte. Es traf ihn auch aufs härteste, daß er durch diese Sache in aller Leute Mund kam, daß sie nun alle sagten – er stellte es sich in seiner empfindsamen Seele ganz deutlich vor, ja, er hörte genau ihre Stimme –: »Es ist schade um den alten Reimer Ott. Er ist so fleißig und er gibt keinen Groschen unnötig aus … wirklich, er hat es nicht verdient, daß ihm dies geschieht! Aber warum übernahm er die Bürgschaft? Er hätte die Hände davon lassen sollen! Aber er hat so etwas Ungeschicktes und Schwerfälliges gehabt sein Lebelang.« Ja, so sagten sie! Die Mutter, stolz wie sie war, quälte sich auch mit diesem Gerede. Aber viel mehr bewegte es sie, daß ihre Kinder, ihre kleine Herde, ihr Blut und Eigentum, nun fast den ganzen Rest des guten alten Erbes verloren hätten; und sie konnte es in ihrer raschen Art nicht lassen, ihrem Mann zu seinem großen Leid noch Vorwürfe zu machen.

Die Kinder verhielten sich nach ihrer Natur ganz verschieden. Harm, der Zimmermann, der nach seiner Gewohnheit am Sonnabendabend auf seinem blitzenden Rad zum Besuch kam, setzte sich der Mutter gegenüber auf den Herd und redete ihr Mut zu: daß sie ja so viele wären … jetzt elf; und alle zusammen gesunde Leute … daß jeder von ihnen sein kleines Glück und kleinen Erfolg haben würde … ja, der eine oder der andere – er dachte dabei besonders an sich selbst – einen größeren, ja, einen großen … daß sie alle, zusammenhaltend, den Verlust wohl würden wieder einbringen können. Reimer, der junge Büchermann, kam mit einem Band Schiller – Braut von Messina – aus seiner Kammer, stellte sich zu ihnen, wärmte seine Hände an der Flamme, die langsam um den Kessel spielte, und freute sich an ihrem Spiel, hörte eine Weile zu und meinte dann, daß man sich um Geld doch keine Sorgen machen dürfe. Wären sie nicht gesund? Hätten sie nicht zu essen? Hätten sie nicht Frieden im Hause? »Du glaubst nicht, Mutter, was es für furchtbare, sinnverwirrende Schrecknisse in der Welt gibt! Solche Schrecknisse … die sind ein Unglück … aber dies!?« Und er strich ihr liebkosend den Arm und ging wieder in seine Kammer und dachte nicht weiter daran. Seine Seele war ganz auf Hoffnung gestellt und sah hier keine Not.

Aber in Eggert, dem Barfüßer, wie seine Geschwister ihn nannten, wurde der Widerspruchsgeist, der schon lange in ihm lebte, nun sehr lebendig und tätig. Die jähe, zornige Natur der Mutter, die er in sich hatte, die in der Mutter durch die Liebe des Blutes gebändigt, ja versöhnt wurde, in ihm aber jung, ohne Maß und ohne Zucht war, brach wild aus ihm heraus. Rasch und ungerecht, hielt er des Vaters innere Ungeschicklichkeit für unmännliche Schwäche und Trägheit. War der Vater nicht schlaff? Sah man es nicht schon an seinem Gang, seiner Haltung, seiner langsamen und seltenen Rede? Genug, die erste maßlose Männlichkeit des Siebzehnjährigen wallte auf und knurrte gegen den Vater, redete altklug über Menschen und Dinge und murrte harte Vorwürfe. Hätte er noch damit aufgehört, nur die eine Handlung des Vaters, die Übernahme der Bürgschaft, zu tadeln, so wäre es erträglich gewesen; denn der Vater war hart genug gegen sich, ja überhart, und bekannte in sich selbst sein Unrecht und war gern bereit, sich selbst von einem halbwüchsigen Knaben einen Vorwurf bieten zu lassen, ja, es freute ihn wohl gar, da er in seinem Sohn den feurigen, zugreifenden Geist erkannte, den er selbst nicht hatte und darum an seiner Frau so heiß verschwiegen liebte. Da der Knabe aber in Maßlosigkeit der Jugend das ganze Wesen und Leben des Vaters angriff, so als wenn er kein rechter Mann wäre, konnte er es nicht ertragen. So grausig es seiner ernsten vornehmen Natur war, er mußte ihn hart anfahren und ihm Gehorsam gebieten, solange er noch unmündig in seinem Hause wäre. Der Junge duckte sich; und es schien äußerlich, als wenn er gehorchte. Aber der Mutter zeigte er in raschen hitzigen Ausrufen, als er in der Küche mit ihr allein war, wie verbittert und trotzig sein Gemüt war; und abends, nach dem Essen, sprang er barfuß aus seinem Kammerfenster, lief über die Felder nach dem Deich, und saß da die halbe Nacht bei Mundharmonika, Kartenspiel und Geplauder. Es geschah dort nichts Unrechtes; auch hetzte man ihn nicht gegen seine Eltern; aber man bestärkte ihn doch in seinem Wesen, das sich in ihm umtrieb und nach einem eigenen, absonderlichen Weg und Wesen eine Tür suchte.

So verging die Zeit bis Mitte Januar hin. Einige redeten zum besten, die andern schwiegen. Auch Eggert verhielt sich wieder stiller. Und es schien fast, als wenn der Streit einschliefe und alles wieder in die alte, ruhige, etwas langweilig dumpfe Ordnung hineingeriete. Da geschah eines Tages folgendes.

Eines Tages, im Januar, an einem besonders frühen Abend, als die Magd und der junge, fremde Knecht, den der Vater kurz vor Weihnacht gemietet hatte, in der Dämmerung zusammen auf der Tenne Heu wegschafften, das sie vorher vom Boden herabgeworfen hatten, kam von dem großen, dunkeln Boden herab ein heller, fast schriller, langgezogener Pfiff. Die Magd fuhr erschrocken, ja entsetzt zusammen, und starrte den Knecht an. Dieser, der einige zehn Schritt von ihr entfernt war, stand auch still und starr, und sah nach dem Boden hinauf und horchte. Dann sagte er langsam: »Was war denn das?« und hinkte – er hatte in Folge eines schweren Oberschenkelbruches ein etwas gekürztes Bein – an den Fuß der Leiter und sah nach oben und horchte wieder, und sagte dann leichthin in seinem fremden alemannischen Dialekt: »Das wird der Eggert sein, der macht sich ein Späßle mit uns.« Aber die Magd behauptete, Eggert wäre in der Scheune, und forderte in wachsender Angst den Knecht auf, er möchte doch mit der Laterne hinaufgehen, ob er dort jemanden fände. Er wollte aber nicht; stand noch und lehnte es ab. Indem kam Ott selbst von der Küche her nach der Diele; und die Magd sagte es ihm, und der Knecht fügte nachlässig hinzu: es wäre wohl der Eggert gewesen, der sich einen Spaß mit ihnen gemacht und nun über den Backhausboden nach der Scheune gegangen wäre. Als der Vater nachfragte, und erfuhr, daß an dem Pfiff kein Zweifel wäre und in dem Halblicht der Diele sah, wie schwer erschrocken das Mädchen war, stellte er sich an die Leiter und rief hinauf, ob da jemand wäre; der solle sich melden. Aber es kam kein Laut vom Boden herunter. Da holte er die Laterne und steckte sie an und ging die Leiter hinauf und leuchtete alles ab, vom Kornboden unter den Vorderfenstern bis auf den niedrigen Boden über den Pferdeställen und den Gang nach dem Backhaus; aber er fand nichts und kam wieder herunter und sagte, sie müßten sich beide getäuscht haben, oder es wäre ein Laut eines Tieres gewesen; und ging nach der Scheune hinüber, wo Eggert war, fand ihn bei seiner gewohnten Arbeit, ging um ihn herum, tat irgendeine Frage und ging wieder nach dem Hause zurück und in die Stube zu seiner Zeitung.

Die andern im Hause achteten der Begebenheit zuerst wenig, da sie es nicht mit erlebt hatten. Da aber die Magd eine ziemliche Begabung der Darstellung hatte und ein lebhafter Mensch war, und mit großem Eifer und immer wachsender Angst davon sprach, ob der Pfiff sich wiederholen würde, und ihn wieder und wieder, in Küche, Kammer und Stall heimlich nachmachte, wurden sie allmählich alle mitbewegt und beredeten die Sache. Besonders die Kleinen kamen in große Unruh.

So verging eine ziemliche Reihe von Tagen, wohl zehn oder zwölf, in denen nichts geschah. Da stand eines Abends der Knecht mit der Magd bei eben derselben Arbeit; denn ungefähr alle zehn Tage wurde Heu vom Boden heruntergestoßen. Da kam von oben herab derselbe Pfiff. Der scharfe, feine, lange Laut, der wie ein langgezogener, aber jäher Degenstoß durch den ganzen Raum zuckte, war kaum zu Ende, da stand die Magd schon mit gesträubtem Haar vor der Mutter am Herd und sagte: sie könne es in diesem Hause, in dem es spuke, nicht mehr aushalten, sie würde keinen Augenblick mehr sicher sein, daß jener Pfiff ihr wieder quer durch die Brust fahre; sie bäte um ihren Lohn und wolle gehn. Die Eltern kamen beide heraus und fragten den Knecht und die beiden Kleinen, die zufällig auch auf der großen Diele gewesen. Die bestätigten alle drei die Tatsache. Ja, es wäre ganz deutlich und genau so wie das vorige Mal gewesen, und sicher von oben herab, und zwar schiene es ihnen, es sei von der Seite, wo über den Kälberställen das viele Gerümpel läge, heruntergekommen, oder vielmehr: es sei von jener Stelle her ausgegangen und hätte sich dann über den ganzen Boden verbreitet. Da ging der Vater mit langen Schritten durch den Pferdestall nach der Scheune hinüber und fand Eggert dort bei seiner gewohnten Arbeit und redete ihn an, wie das vorige Mal, doch so, daß er ihn diesmal fragte, ob er vielleicht einen Menschen hätte über die Hofstelle laufen sehen. Der schüttelte aber den Kopf, und wie der Vater ihm sagte, daß jener Pfiff vom Boden her sich wiederholt habe, hob er die Schulter, als wenn er sagen wollte: darüber kann ich nichts sagen – oder: das weiß der Teufel – und fuhr in seiner Arbeit fort. Da kehrte er ins Haus zurück und sie gingen alle – die Magd aus lauter Angst, damit sie nicht allein unten bliebe, auch mit – die Leiter hinauf, durchsuchten den ganzen Boden und fanden nichts. An demselben Abend verließ die Magd das Haus. An ihre Stelle trat eine, die an den Ohren und an der Seele halbtaub war, und, wie es schien, die Welt für noch tauber hielt; denn sie ging stumm und teilnahmlos ihrer Arbeit nach und kümmerte sich um nichts weiter.

Einige Tage nach diesem zweiten Pfiff kam eine Tochter, Emma, fünfzehn Jahr alt, aus einem andern Kirchspiel, wo sie ein Jahr lang bei einer Hausfrau in Küche und Kinderstube Dienste getan – um Unterschied kennen zu lernen, wie man zu sagen pflegt – ins Elternhaus zurück und wirtschaftete darin zwischen Mutter und Magd. Sie war der Zwilling von dem Bruder Reimer, dem Büchermann, und war hager, doch wohlgeformt, und hatte bei schlichtem blonden Haar und dunklen schöngebogenen Brauen und langem Gesicht wunderschöne Farben, aus denen ihre Augen wie eine sanfte, schöne und stille Flamme friedsam und rein in die Welt sahen. Sie war nämlich wie ihr Bruder Reimer, ihr Zwilling, ein zartes Gemüt. Ihre kleine Seele wurde immerzu von schönen, sanften Bildern bewegt, die sie in der blauen Luft, im Grau des Regendunstes, im Feuer des Herdes und im schwärzesten Dunkel des Winterabends vor sich sah. Als sie ein kleines Kind war, so sieben Jahr alt, fand einer der Brüder sie an einem dunklen traurigen Regentag, wie sie auf der Steinbrücke am Hause kauerte und einen mittelgroßen Frosch gegen die Wand warf ... einmal ... zweimal ... dreimal ... und dazu murmelte. Sie fragten sie verwundert, was sie da mache. Sie sagte, sie wolle mal sehen, ob dieser Frosch nicht ein König oder doch ein Prinz wäre. Wenn sie ihn gegen die Wand würfe, und es wäre ein Prinz in ihm, würde er sich verwandeln. So lebte sie von Bildern, die sich außerhalb der Wirklichkeit vor ihren inneren Augen bewegten, und war vor diesen Bildern still und sah ihnen verwundert und sinnend nach. Und allmählich, da diese Bilder immer seelisch blieben, nie Wirklichkeit wurden, kam eine leise Schwermut über sie, so in dem Gefühl, als wäre sie irregegangen und in einer verkehrten Welt. Diese Schwermut blieb aber den Augen der Menschen noch verborgen, da sie ja noch in junges Jahren war, da der Mensch noch nicht sicher und völlig in seinem Wesen haust und die Großen ihn auch noch überwältigen und ihm und seinem Wesen in ihm zu schweigen gebieten. Sie schien sich aus der Geschichte von dem Pfeifer – so nannte man im Hause das Wesen, von dem jener Ton ausging – die man ihr natürlich sofort und mit schon unruhig gewordener Seele erzählte, nicht viel zu machen. Aber nach einigen Tagen, als sie in den Nachbarhäusern umher ihre früheren Schulgefährtinnen begrüßt hatte, kam sie doch unruhig nach Haus. Und als am Sonntagvormittag darauf ihr Bruder Harm, der Zimmermann, nach Hause kam, suchte sie mit ihm allein zu kommen und ihn zu fragen. Sie traf ihn, wie er in der kalten frischen Frühlingssonne neben der Haustür stand, und erzählte ihm, daß die Magd, die fortgegangen war, wo sie ginge und stände von dem »Pfeifer« spräche, und meinte, daß es doch eine unheimliche Begebenheit wäre und völlig rätselhaft. Er sah sie von der Seite an und sah, daß ihr Gesichtlein ein wenig größer geworden war und einen weichen Schwung bekommen, und fühlte, wie sehr sie unbewandert war in der Welt und ihrer Ängste und sich vor der ersten Angst fürchtete, und redete ihr gut zu und meinte: es wäre wohl irgendeine Naturerscheinung gewesen und würde nun wohl nicht wieder geschehen, und sie würde sich denn bald beruhigen. Sie hörte ihm mit großen, nach allem in der Welt fragenden Augen zu, und hing sich an sein Wort und beruhigte sich.

Als der Bruder fortgegangen war, da die Mutter ihn rief, und sie da noch stand, kam der junge Knecht ums Haus und blieb in einer Entfernung von ihr stehen und sah übers Land. Da verharrte sie, wo sie stand, und redete dies und das mit ihm. Sie hatte gleich bei ihrer Rückkehr ins Haus erfahren, daß er fleißig und in allem seltsam gewandt war und ein immer freundlicher und hilfsbereiter Mensch. Besonders die Kleinen liebten ihn, weil er ihnen allerlei Schnurren und Geschichten erzählte. So hatte er einmal, als er am Backhaus einen dicken Ast durchsägte, gesagt: sie sollten sich mal alle um ihn versammeln, er würde ihnen gleich etwas zeigen, was noch niemand auf der Welt gesehen hätte. Als sie ihn fragten, woher es denn erscheinen würde, in der Luft oder von der Scheune her oder vom Hause oder gar aus der Erde, hatte er gesagt, das wolle er nicht so genau sagen, damit ihre Überraschung, wenn es plötzlich da wäre, um so größer wäre. Und hatte sie, ohne im geringsten zu lügen, so neugierig gemacht, daß sie mit Augen wie Teetassen um ihn gestanden hatten; und da hatte er denn, als der Ast durchgesägt war und auseinander fiel, auf die beiden Schnittflächen gezeigt: das wäre es … das hätte noch kein Mensch auf der Welt gesehen! Ein andermal hatte er gesagt: ob sie das große Tier kennten …, das Manteltier … haushoch … ja, das sähe er ganz deutlich, je nachdem, wie er sich hinstelle … Ja … wenn er so stände … dann sähe er es nicht … aber wenn er sich so stelle, dann könne er es sehen … und er stellte sich so, daß er an der alten Scheune vorübersah. Ja, es hätte sechs Beine … ja … natürlich auch Augen, ein bißchen trüb freilich. Und er malte es alles aufs genaueste aus und sah an der alten Scheune vorbei. Sie aber sahen nichts und verschworen sich, daß er lüge und phantasiere, und nachher war es die alte Scheune selbst, die ihnen nun in der Tat plötzlich … mit ihrem ungeheuren Schindeldach fast bis auf die Erde und ihren schweren Mauerrippen, sechs an jeder Seite, und den trüben Fenstern wie ein großes Tier erschien. Solche Scherze kannte er und machte er viele mit ihnen, indem er das Nächste und Natürlichste ins Rätselhafte, ja auf das Gebiet des Wunderbaren versetzte, und sie dann, indem er es plötzlich wieder an seiner ordentlichen, hellerleuchteten Stelle auftauchen und erscheinen ließ, in Verwunderung setzte. Er mußte seine Geschichten immer wiederholen und wußte immer neue, und sie wurden nicht müde, ihm zuzuhören, und er nicht, ihnen zu erzählen. Alles das hatte sie von ihm gehört und es hatte ihrer freundlichen kleinen Seele gut getan. Dazu hatte seine Figur, zwar unter Mittelmaß, aber behende und hübsch, seine klare, edle Stirn und südlichfreundliche Sprache ihr seltsam gefallen. Zuletzt – diese Dinge kann kein Mensch bis auf den Grund erkennen – mochte ihre Seele davon erregt werden, daß er dies leichte Hinken hatte, das ihrem phantastischen Gemüt wie eine Verstellung, wie eine Verkleidung, oder doch, bei seinem feinen Wesen, wie eine Erniedrigung erscheinen mochte. Zuletzt hatte sie, eine kleine Eva wie alle, wohl gemerkt, daß er klare, fragende, suchende Augen, gewissermaßen wie aus der Ferne, auf sie richtete, sobald er ihrer ansichtig wurde. Kurz, sie war ihm, in ihrem kindlichen, jungfräulichen Herzen leise zugetan und war guter Dinge, fröhlich und glücklich, wie sonst nicht, wenn sie mit ihm sprach und ihn ansah, und sah, wie er kuckte; und war des allen völlig unbewußt. Also erzählte sie ihm nun, was die Nachbarn redeten.

Er kam mit seinem leichten Hinken näher an sie heran und sagte: »Ja … es ist etwas merkwürdiges und rätselhaftes … wer kann es raten? Auch ich zerbreche mir den Kopf, was es wohl sein könnte, was da etwa herausschauen könnte. Erst dachte ich, es wäre irgendein Mensch, der sich einen Spaß machte; ich dachte an den Eggert, der ja so gut maultrommeln und flöten kann, und ich merkte wohl, daß der Meister .. so nannte er den Vater – dasselbe dachte. Aber der Eggert ist es nicht; der Eggert war beidemal in der Scheune, er ist auch viel zu ernst dazu, um einen solchen Possen zu spielen. Nein, dazu gehört ein Schelm, und was für ein gewandter! Nein … wir hier alle im Hause … wir haben es nicht getan; wir sind ja fast wie die lieben Heiligen, die auf den Altären stehen und nicht ein einziges Wörtlein schwätzen. Und so denke ich wie Harm: es ist vielleicht ein Vogel gewesen, ein seltener, der sonst zur Winterzeit wegfliegt, aber diesmal, weil er sich in der Zeit verrechnet, hier im Lande geblieben ist, und im Wintertraum und weil es ihm gar zu langweilig ist, diese Töne ausstößt. Was meinst du dazu?« Und er lächelte und sah sie mit seinen schmucken, lebhaften Augen an.

Ihr gefiel das Wunder, und seine Augen noch mehr; sie hatte sie noch nie so nahe gesehen. Er hatte überhaupt noch nie so allein bei ihr gestanden und mit ihr allein geredet. Es wurde ihr gar warm ums Herz; und sie meinte: das könne es wohl gewesen sein.

»Was geschieht nicht alles?« sagte er. »Es geschehen die wunderbarsten Dinge. Als ich vor zwei Jahren im Winter um diese Zeit auf einem Bauernhof in Ostfriesland diente, wo zwei ältere wunderliche Leute wohnten, da geschah auch was Merkwürdiges. Da wurden, denke dir, die Kühe wunderlich! Es fing in allen Ecken des Stalls, ja in den Bäuchen der Kühe, an zu rumoren und zu murmeln. Es geschah immer beim Abendmelken, im Dunkeln. Ich habe es selbst oft genug gehört; denn ich war meist dabei. Es war zuweilen wahrhaftig so, als wenn die Kühe redeten. Du kannst dir denken, wie die beiden Mädchen, die ein wenig dumm und taprig waren, jedesmal aufkreischten, wenn es losging und was es überhaupt für einen Lärm und ein Gerede gab.«

Sie hatte atemlos zugehört, die sanften, gläubigen Augen voll auf seinem Gesicht, »Und was wurde daraus?« sagte sie.

»Ja, was wurde daraus?! Es gab viel Aufsehen und Geschwätz da auf dem Hof und im ganzen Kirchspiel. Die meisten lachten und machten sich über den Hof ein wenig lustig, der so ein bißchen verschimmelt war, so ein bißchen langweilig, weißt du, und schläfrig. Genug, es gab eine ordentliche kleine Hetz. Ich ging dann weiter und weiß nicht, was daraus geworden ist.«

Er sah sie forschend und fragend an, so als ob er sagen wollte: Verstehst du mich?

Aber das Mägdlein war in diesem Augenblick ganz anders befangen; es klang ihr gar zu sanft, daß er sie du nannte, zumal er das Wort gewissermaßen mit reiner, vorsichtiger Stimme aussprach, und es war ihr gar heimlich und wohlig, daß sie nun auch ihn so nennen konnte. »Du bist wohl weit umhergekommen,« sagte sie ...»wohl durch ganz Deutschland? Wo ist deine Heimat?«

»Ich bin ganz oben vom Rhein,« sagte er, »aus den Bergen an der Schweizer Grenze; aber meine Großmutter war vom Niederrhein und der bin ich ähnlich und habe von ihr die Liebe zum ebenen Land; und so bin ich in diese Gegend gekommen, erst zum Onkel nach Köln und daherum, und dann immer weiter bis hierher.«

»Was war dein Onkel, der dich aufnahm?«

Er sah sie mit einem langen Blick an, in dem ein vornehmes und ein wenig banges Bitten und Fragen lag, so daß ihr kleines Herz so recht in die Stimmung kam, in der es war, als sie den Frosch an die Wand warf, und gewärtig war, er wäre im allernächsten Augenblick ein Prinz, und es ganz warm und über die Maßen froh wurde. »Ich sage es sonst keinem,« sagte er, »aber dir möchte ich es freilich sagen. Es ist nichts Schlimmes ... daß du das nicht denkst! Aber es ist ein Beruf, der besonders bei den Bauern verachtet ist. Mein Onkel zog weit umher, von Markt zu Markt, von Köln bis nach Jütland hinauf, und ich zog mit, und es ist nicht unmöglich, daß du mich schon mal auf eurem Jahrmarkt gesehen hast ... Mein Onkel« – er sagte es zögernd und unsicher – »hatte eine Wunderbude.«

Sie staunte und wurde langsam rot, daß sie hier mit einem Menschen stand, der ein Leben geführt hatte, das ihr so fremd, ja so unheimlich war. Aber sogleich, im selben Augenblick, während sie errötete, gewann wieder das andere Gefühl bei weitem die Oberhand und wurde deutlicher: daß dieser feine Mensch so niedrig hatte leben müssen, so daß sie nun noch einmal errötete, aber nun vor Freude, daß sie ihm helfen und gut mit ihm sein sollte. Unwissend, daß Liebe sie verführte, umgab sie ihn im Nu mit allem Schimmer ihres guten phantastischen Herzens. Sie sah ihm mit einem unsäglich schönen, verwirrten Glanz in den Augen an und sagte leise, als wenn sie das heiligste Geheimnis trug: »Du kannst dich darauf verlassen, daß ich es niemandem sage,« und mit zartem Eifer setzte sie hinzu: »Und auch du mußt es keinem Menschen sagen. Die Leute verstehen hier so etwas nicht.«

Die Süßigkeit ihrer Stimme und ihrer Augen überwältigte seine lebendige rheinische Natur. Er holte jäh und tief Atem und sagte mit feuchten Augen und mit Zittern in seiner hübschen, weichen Stimme: »Ich bin immer, von Kind an, unter fremden Leuten gewesen. Du bist der erste Mensch, der wirklich gut mit mir ist. Als ich ein Kind war, war die heilige Anna lieb mit mir, die in unserem Dorf in der Kirche am Altar stand. Der bist du ähnlich, und ich habe dich so lieb, wie ich jene hatte.«

Sie war völlig verwirrt, da sie solchen Gefühlsausbruch durchaus nicht kannte, und das heilige Wesen, das er ihr genannt hatte, ihr völlig fremd war, und sagte mit stockender Stimme, während ein Gefühl seliger Freude durch ihr kleines Herz fuhr: »Ich hab' es wirklich so gemeint, wie ich es gesagt habe!« Und da sie weiteres nicht ertragen hätte, sagte sie: »Und nun will ich hineingehn ... es wird kalt hier draußen.« Und ging.

Nach etwa einer Woche, während nichts vorfiel, waren der alte Tagelöhner, der seit dreißig Jahren auf dem Hof arbeitete, und der Knecht im halbdunkeln Stall dabei, die Pferde zu striegeln, während Emma unter einer Kuh saß, die gekalbt hatte, und melkte. Ganz am andern Ende des Stalls stand Reimer, der eigentlich den Fohlenstall streuen sollte, an dem kleinen halbblinden, spinnenverhangenen Fenster und las in einem Buch deutscher Sagen. Da tönte von oben herab wieder der Pfiff.

Reimer, am Ende des Stalls, aus der Tiefe seines Buches jäh aufgeschreckt, schrie laut auf; auch der alte Tagelöhner stieß einen Ruf des Schreckens aus. Der Knecht, nur zwei Pferde von ihm, stand aufrecht und wartete einen Augenblick ... so, als wenn er weiteres erwartete. Als aber alles still blieb, sprang er aus dem Futtergang und suchte nach der Stelle zu sehn, wo Emma bei den Kühen war, sah hin, und rief in plötzlicher, schrecklicher Angst den Tagelöhner und lief den Gang entlang.

Das junge Ding stand aufrecht und hielt mit der linken Hand wie im Krampf die Latte, die etwa in der Höhe der Kuh nach dem Gang zulief; die rechte drückte sie fest aufs Herz. In ihrem todbleichen, verängsteten Gesicht und ihren starrenden Augen sah man, wie sie sich mühte zu schreien und zu gehen, und wie groß ihr Entsetzen war, daß sie es nicht vermochte. Der Knecht, als er sie sah ... schrie mit lautem Wehruf auf, sprang hinzu und faßte sie an. Nun liefen auch der alte Tagelöhner und Reimer heran. Sie nahmen sie in die Mitte und brachten die Willenlose mit vorsichtigem Drängen aus dem Stall über die Diele nach der Schlafstube, wo sie unter dem Wehklagen der Mutter und dem schmerzvollen Gesicht des Vaters aufs Bett gelegt wurde.

Diesmal machte sich nur der alte Tagelöhner die Mühe, den Boden zu durchsuchen. Als er die Leiter wieder herunterkam, stand der Bauer da an der offenen Tür der Diele und sagte mit heiserer Stimme: »Du ... wo ist Eggert? Meine Frau sagt, er ist nach der Mühle –; aber ich seh' ihn nicht auf dem Weg ... wo ist er?«

Der Alte sagte, er wisse es nicht anders, als daß er zur Mühle gegangen wäre ... »Ich will mal nach der Scheune hinübergehn und nachsehn,« sagte er.

Er trabte hinüber und kam gleich wieder und meldete: »Er ist noch da und beim Füttern ... er will gleich nach der Mühle sehn.«

Da kam ein Zug unendlichen Leides und Wehs über das stille, lange Gesicht des Bauern; er wandte sich ab und ging wieder nach der Stube zurück und setzte sich an das Bett seines Kindes, das zwischen Ohnmacht und Halbschlaf in wirren Träumen zuckte, und blieb da die Nacht, die kleine, immer wieder bebende Hand in seiner großen Arbeitshand. Wenn seine Frau ihn anredete und etwas sagen wollte, sah er sie mit abwesendem Gesicht an.

Am andern Morgen standen die Kinder in Haufen verstört in der Küche. Der Knecht steckte alle halbe Stunden den Kopf in die Küchentür und fragte, wie es stünde. Sein hübsches Gesicht war totenblaß und in seinem Auge Verzweiflung. Wenn er hörte, daß sie noch immer so läge, traf es ihn wie ein Schlag, und er ging wieder. Sie wunderten sich weiter nicht darüber, da es zu seinem ganzen Wesen paßte, daß er, wie er mit ihnen gelacht hatte, nun mit ihnen in Not war.

3. Kapitel
Der Knecht

Das ganze Haus war aufs schwerste verstört. Der Vater saß am Bett des Kindes und sagte kein Wort. Die Mutter nahm sich zusammen, solange sie neben ihm stand, tröstete und redete ihrem Mann und den Kindern Mut zu; wenn sie aber in der Küche mit dem Gesicht dem Herd zugewandt stand, weinte sie, daß das Feuer in tausend Funken sprühte. Die Schar der Kleinen saß verschüchtert in der Kammer, die nur wenig erwärmt war. Reimer ging mit seinem Buch in der Hand, in dem er nicht las, auf der eiskalten Diele auf und ab und strich sich durch das Haar auf dem Rockkragen. Eggert im Stall hob die Schultern bis an die Ohren, sagte wenig und arbeitete wie ein Pferd, indem er die Arbeit des Vaters mitmachte. Der Knecht war stumm und blaß, sagte kein Wort und atmete nur schwer. Jeder mied es, den andern anzusehen; es war, als wenn er fürchtete, es könnte aus den Augen oder dem Mund des andern, wer weiß was, herausspringen, eine Hexe oder ein Irrsinn oder sonst was. Dabei waren sie nicht abergläubisch. Aber gerade dies, daß sie es nicht waren, machte sie hilfloser. Wären sie abergläubisch gewesen, oder richtiger gesagt, hätten sie einen bestimmten Glauben gehabt, so hätten sie sich gegen die Erscheinung gewehrt. Sie hätten entweder im christlichen Glauben Gott und den Heiland zur Hilfe gerufen oder im unchristlichen, der ja noch nicht ganz ausgestorben ist, irgendeine Zauberformel gebraucht, und hätten darin, wenn nicht Hilfe so doch Halt gefunden. Aber nun waren sie ganz ratlos, irrten und jagten mit ihren Gedanken ziellos umher und entrannen doch dieser Macht nicht, die doch so klein war, die nichts war, als ein nicht sehr lauter, langer, hohler Pfiff, der aber durch seine Herkunft aus wesenlosem Raum und durch seine hohe, eintönige, sinn- und seelenlose Art die Phantasie zerriß. Es wäre vielleicht besser abgelaufen, es wäre irgendwie eine Lösung der Spannung eingetreten, wenn der rechte Pfarrer oder Lehrer im Ort gewesen wären. Aber der Pastor, zwar ein ernster und tüchtiger Mann, litt zuweilen an einem Zustand der Kränklichkeit und Verdüsterung und hatte mit sich selbst genug zutun, und der Lehrer war zufällig der Menschenseelen nicht kundig und läufig. Und irgend ein anderer Mensch, klug, gütig, feurig, der ein Recht hatte oder es sich nahm, den verwirrten, schwerfälligen, ungeschickten Menschen zu helfen, war auch nicht da. Die vielen aber, denen die Not der ehrenwerten Familie leid tat, brachten es nicht über sich, ihnen dies schöne Gefühl, in dem soviel Trost und Stärkung liegt, zu bekennen; sie fühlten auch dem verzwickten, rätselvollen Fall gegenüber ihre völlige Ungeschicklichkeit. Diejenigen, die mit einem Glied der Familie zusammentrafen und ein Wort sagen mußten, umgingen entweder die Sache oder redeten dies oder das über sie, worin nichts von Ermunterung lag, wohl aber Beschämung und Mehrung sowohl der Unsicherheit wie der Not. Die meisten, die ferner standen, begleiteten im Vorübergehen ihren stummen Gruß mit verschlossenen Gesichtern oder gar mit einem leisen, weisen und spöttischen Lächeln. Die Menge des Kirchspiels beredete in Stuben und Ställen, je nach Verstand und Gemütsart, die seltsame Sache mit Scheuheit oder mit Bedauern oder mit Grauen; und suchte sie mit allem Eifer zu ergründen. Die Klugen und Kalten unter ihnen kamen etwa zu dem Resultat, daß es der böse Schabernack eines Menschen wäre, der in besonderer Weise seine eigene Stimme von sich entfernen könnte, und rieten dabei in vorsichtiger Weise bald auf Eggert, den Barfüßer, der bei den Ludwigs verkehrte und die Maultrommel spielte und ihnen in manchem ein Rätsel und fremd war, bald auf den Knecht und bald auf die taube Magd; die Spielerischen, Phantastischen sannen bis in die Nächte, ob und wie sie eine völlig neue und seltsame Erklärung fänden, die der Natur und ihrer Kunde oder den Wundergeschichten aller Zeiten eine neue Entdeckung hinzufügte; die Stillen und Sinnigen – und das waren wohl die meisten, schon weil die Kinder in der Mehrzahl waren – glaubten, daß es doch wohl ein kleiner Wicht, ein sogenannter Unterirdischer wäre, wie sie nach uraltem Glauben, dem eigentlich alle noch trauten, im Dachgebälk und den dunklen Stallecken alter Gehöfte hausten, und sprachen von »dem Pfeifer« oder »dem kleinen Pfeifer«, als wüßten sie sicher sein Wesen und Gehaben. Und es gab in den Kinderstuben manch einen leisen Aufschrei; und große Augen sahen noch lange ins Dunkel, und sahen es voll rätselhaften Lebens.

Harm, der Zimmermann, der am dritten Tag, dem Sonntag, wieder nach Haus kam, durchsuchte noch einmal stundenlang den Boden und das ganze Haus. Darnach fragte er in seiner etwas schweren, gründlichen und ordentlichen Weise die, welche dabei gewesen. Der Knecht und der Tagelöhner erzählten ihm alles, was sie gehört und empfunden hatten, wußten aber nichts neues hinzuzufügen. Eggert sagte aus seiner trotzigen Stimmung heraus, die er gegen den Vater hatte und die ihm wie Eis in der Brust zu stehen schien: »Was soll ich sagen?« und er fuhr sich, wie seine Mutter es tat, mit jäher Handbewegung über das rotblonde Haar ...»es gibt ja viele unerklärliche Dinge. Dazu hat dieses ganze Haus was Dösiges und Muffiges; also ist hier ja der rechte Ort für solche Dinge. Im übrigen weiß ich nicht, ob man dem Knecht trauen darf. Nicht, daß er schlecht ist ...nein, das ist er nicht ...er ist kein schlechter Mensch ... aber es ist irgend etwas in ihm, das ich nicht raten kann. Ich verstehe z.B. nicht, warum er hier bei uns ist und leben mag ...mit den Kindern hat er ja freilich seinen Spaß und von Emma hält er sicher viel ...aber es ist doch klar, daß er so ganz anders ist wie wir, und daß er uns mit Verwunderung beobachtet ...So, und das ist alles was ich denke, und nun laß mich in Ruh.«

Da ging Harm nach der Stube zurück und setzte sich neben den Vater an das Bett, das in die Wohnstube gestellt war, und sagte, was er mit denen draußen besprochen hätte; und sagte so dies und das, was die beiden ermutigen sollte. Und sagte dann auch: ob es wohl möglich wäre ... ob sie nicht auch auf den Gedanken gekommen wären, den Bruder Eggert vorhin ausgesprochen hätte: daß es vielleicht eine törichte oder schlimme Schelmerei von dem Knecht wäre.

Der Vater zuckte auf und schwieg eine Weile und sagte dann mit harter, bitterer Stimme: »So ...so ...Eggert beschuldigt den Knecht. Wo hat er denn irgendwie einen Beweis dafür? Und wie sollte er es ausführen, da er doch mitten unter den anderen stand?« Die Kranke, die nun etwas wacher und ruhiger geworden war, schüttelte mit großen vorwurfsvollen Augen den Kopf, als wenn sie sagen wollte: ›Der? ...der gute, liebe Mensch? Der?‹ Da gab er es auf, diesen Verdacht weiter zu erörtern, und fing an, ihnen auseinanderzusetzen, daß es auf jeden Fall – wie es sich denn auch erkläre – eine natürliche Erscheinung wäre ...selbstverständlich! Und daß sie sich nun entweder nicht wiederholen würde, oder aber, wenn sie sich wiederholte, sicher eines Tages, und zwar bald, aufgeklärt und aufgedeckt würde, es sei nun, daß es auf eine Naturerscheinung oder auf eine menschliche Bosheit hinausliefe. Und darum sollte die Schwester ihre kleine Seele doch völlig beruhigen und aus dieser inneren Sicherheit und Beruhigung heraus von Tag zu Tag mehr gesunden.

Die kleine Kranke hörte dem Bruder, den sie wegen seines verständigen Wesens heiß verehrte, mit großen, stummen Augen zu, und man merkte, wie die Worte ihr gut taten. Die Augen bekamen wieder mehr den stillen, sanften Schein, den sie gehabt, und die zierlichen Wangen wurden leise rot. Sie lag, nachdem er geredet hatte, mit weniger gespanntem und geängstetem Gesicht und mit ruhigerem Atmen in ihren Kissen und horchte auf Reimer, der ihr mit leiser, aber reiner und festlicher Stimme ein etwas langatmiges Frühlingslied vorlas. Und als am selben Abend die Mutter, da sie ihr Bett für die Nacht bereitete, ihr in einem stürmischen Ausbruch der mütterlichen Liebe mit heiß hervorbrechendem Schluchzen Gesicht und Brust küßte, kam der erste Laut, ein sanftes Stöhnen aus ihrer Kehle und dann die ersten schwachen Worte.

Diese frohe Nachricht verbreitete sich rasch durchs ganze Haus und alle Kinder kamen der Reihe nach an ihr Bettlein, um ihr die Hand zu streicheln. Der Knecht aber ließ im Stall, als er es vernahm, die Forke fallen und schrie auf und kam mit seinem leichten Hinken in die Stube geschossen, trat an ihr Bett und sagte, über sein ganzes hübsches Gesicht strahlend, wie trunken von ihrer Gesundung und von dem, was er sagte: »Hör', klein Emma, liebes Kind! Sagte ich dir nicht schon, daß es ein Vogel sein könnte? Hör' ...jetzt erinnere ich mich ganz genau, was ich einmal in meiner Heimat gehört habe ...ich habe drei Nächte darüber gegrübelt ...ich habe es immer hin und her gewandt in meinem Sinn ...Ich habe einmal gehört ...es gibt einen kleinen Vögel, einen Rethbewohner ...so von der Art der Rohrdommel, aber viel kleiner ...der soll für gewöhnlich auswandern ...Zuweilen aber, sagt man, wird er durch das weiche Wetter verlockt zu bleiben, und dann ...wenn der kalte, scharfe Wind einsetzt ...soll er in dem alten Reth des Hausdachs Schutz suchen ...und sich darin verkriechen ...und wenn er nun aufträumt, so in seinem Schlaf ... kann es nicht so gewesen sein? ... dann schreit er laut und lang ... Gewiß ... so ist es! Ja, das mußt du glauben, Emma, liebes Kind! Du mußt denken: ei, der kleine träumende Vogel in unserem Dach! Ja, das mußt du denken, wenn es einmal wiederkommt. Aber ich glaube fast, es kommt nicht wieder; denn, sieh, es geht ja schon stark in das Frühjahr hinein ... Er wird seinen Schlaf und seine Träume von sich geschüttelt haben und sich davon gemacht haben.« So sprach er in seiner zierlichen, raschen alemannischen Weise.

Sie hörte ihm mit blanken Augen zu, das lange, edle Gesicht voll schweren, süßen Ernstes und fast Feierlichkeit, so als wenn er ihr eine goldene Krone auf die Decke legte.

An diesem Abend sprach der Knecht beim Abendbrot davon, daß er einen Brief von seinem Onkel aus Köln bekommen hätte, der erkrankt wäre, und daß er wohl dahinreisen und seinen Dienst aufgeben müsse. Er versicherte ausdrücklich und wortreich, daß er nicht wegen der elenden Pfeiferei fortgehe; das traue ihm auch wohl niemand im Hause zu. Er gehe, weil sein Onkel ernstlich erkrankt wäre und nach ihm gerufen hätte und weil er einsähe, daß sie hier auf dem Hof jetzt auch ohne ihn fertig werden könnten, da die Tiere aus dem Stall kämen.

Er packte dann an einem der nächsten Tage seine Sachen, ging noch mal ins Dorf und kaufte für jedes Kind einige Kleinigkeiten und kam zurück und verteilte, was er gekauft hatte, an die Kleinen. Dann kam er in die Stube zu Emma, die nun schon am Fenster im Lehnstuhl saß, und legte ihr ein kleines goldblankes Herz, wie ein Groschen so groß, auf die Kniedecke und bat sie, daß sie es annehmen möchte. Sie hatte schon erfahren, daß er fortginge, und weinte heimlich darum und wußte nicht, was es mit ihr war. Sie nahm das Herzchen mit freudigem Erröten in die blaß gewordene Hand, sah es an und freute sich über die edle Form. Aber die Mutter, erfahrener, sah, daß es echt war, und sagte mit Verwundern, obgleich sie sich mit ihrem Kinde über seine Freundlichkeit freuen wollte: »Das haben Sie nicht im Dorf gekauft.«

»Nein,« sagte er offen, »das habe ich auch nicht. Ich habe es von meiner Schwester geerbt, die jung gestorben ist und die ich nicht gekannt habe. Ich bitte die Meisterin, daß sie es mir vergönnt, daß ich es Emma zur Erinnerung schenke, da ich nun weggehe.« Dann wandte er sich wieder zu ihr und sagte: »Denk' an den kleinen Vogel im Reth! Zweifle darin nicht! Und so werde rasch wieder gesund und fröhlich...« Er wollte noch mehr sagen, aber es brachen ihm Tränen heraus. Er küßte ihr in plötzlichem überströmenden Gefühl die Hand und ging hinaus.

In der Küche sagte die Mutter, die ihm in Verwirrung nachgegangen war, aus freundlichem Herzen, er möchte doch einmal wieder von sich hören lassen. Sie hätten ihn alle gern gehabt. Auch sie weinte.

Er versprach es. »Aber erst nach Jahren,« sagte er. Und noch einmal, mit großem Nachdruck: »Nach Jahren werde ich von mir hören lassen, Meisterin! Erst etwas Tüchtiges schaffen, Meisterin; und älter und verständiger werden! Dann will ich noch einmal wieder durch diese Tür kommen, in einem schönen Anzug.«

Damit ging er.

Es kam aber nicht so, wie der Knecht und sie alle gemeint hatten. Das Pfeifen freilich, das ja schon eine Woche geschwiegen hatte, schwieg auch weiter. Aber der Zustand Emmas blieb betrüblich. Ihr Körper gewann zwar bald wieder die schmale Straffheit; aber die freilich nicht schweren Krämpfe, die gleich nach jenem Ereignis eingetreten waren, wiederholten sich alle vier Wochen. Das noch Schlimmere aber war, daß ihre Seele gleichgültig gegen die Dinge und die Farben um sie wurde und in ein schwermütiges und sinnierendes Wesen geriet. Die Anlage zur Schwermut, die von Haus aus als Erbe vom Vater in ihr war, kam nun zutage und wurde allen sichtbar. Der Knecht war ihr mit seinem bunten Wesen in wenig Wochen mit hinreißender Gewalt die Stelle geworden, wo ihr die Welt jenen wonnigen Schein hatte, den ihr spielendes Herz begehrte. Das Wunder, auf das jeder Mensch wartet, das er nie sieht, solange er lebt, war ihr in ihm begegnet. Und nun war er fort ... fort in die weite, unbekannte Welt. Sie sprach kein Wort über ihn; sie schwieg auch über das, was er ihr von seinem Jugendleben anvertraut hatte; sie hatte das Gefühl, daß sie ihn durchaus in dem Geheimnis lassen müßte, das ihn umgab; aber sie dachte immer an ihn. Und allmählich nahm ihr Denken die Form der Anklage und Trauer an. Sie geriet in den Glauben hinein, daß er durch Gottes Führung und Weisheit in ihr

Haus gekommen wäre und es an ihr gelegen hätte, ihm zu helfen, ihn aus seiner Verlassenheit, Erniedrigung und Verkapptheit zu lösen. Aber sie war nicht treu, nicht gütig, nicht wach genug gewesen, seiner armen, umstrickten Seele zu helfen. Sie hatte es versäumt. So wanderte er nun wieder heimatlos in der sonnenarmen Welt; und sie trug die Schuld. Wie war es doch gekommen … nun eben … sie war nicht treu, nicht fromm, nicht gütig genug! Und sie begann aus einem überzarten und überreizten Gewissen heraus in ihrem kleinen sauberen seelischen Wesen herumzuwühlen und zu stoßen, und alles unsauber und unerklärlich zu finden, und sich schwer anzuklagen, so, als wäre sie nichts wert und als wäre sie von Gott und seinen Engeln verlassen, und es wäre nichts mit ihr und ihrem Leben. Und es kam ein großes Sündengefühl über sie und sie war traurig und betete, und ging in die Kirche, und gewann doch nicht das Gefühl der Vergebung und des Trostes und weinte heimlich still vor sich hin. Und die schon immer ein wenig abseits Gestandene trennte sich nun fast ganz von ihren Gespielen, ja, von dem Treiben aller Menschen.

Der Vater war darüber hart bedrückt. Der tägliche Anblick seiner schmucken, zarten, gebrochenen Tochter, die er besonders liebte und um die er besonders sorgte, da er wohl fühlte, daß sie dem Leben und der Welt ebenso unsicher gegenüberstand, wie er selbst, ließ ihn die Last seiner wirtschaftlichen Not noch schwerer erscheinen. Zur Schwermut geneigt wie dies sein Kind, fing er an, die ganze Not, die ihn und sein Haus betroffen hatte, mit dunkler Seele anzusehen, so, als wenn Haus und Familie von schlimmen Mächten verführt und bestraft werde und vergeblich gegen sie kämpfen müsse; und er geriet in Mißtrauen über den guten Sinn des Lebens, an den er bisher, vom Glück begünstigt, umringt von seinem mutigen, lebensvollen Weib und gesund heranwachsenden Kindern, trotz seines dunklen und zarten Gemüts mit einem treuherzigen Mut immer geglaubt hatte. Und das erste böse Werk dieses Mißtrauens war, daß es ihn mehr und mehr in den Verdacht trieb, den er gegen seinen Sohn Eggert, den Barfüßer, hatte: daß er der Pfeifer gewesen und also alle Schuld an der Krankheit des Kindes hätte.

Um diese Zeit, einige Wochen nach dem Weggange des Knechtes, entstand auch im Kirchspiel, auf lauter Mutmaßung hin, der Glaube, daß dieser Eggert, der vielen wegen seines einsamen und zuweilen wunderlichen oder doch wunderlich scheinenden Wesens fremd und unerklärlich war, der »Pfeifer« wäre. Und dieser Glaube – wie es denn mit Glauben so geht, wenn er erst Anklang und Anhang gefunden hat – setzte sich rasch durch und beherrschte bald alle. Es lag ja auch Grund vor zu solchem Glauben. Da war sein Streit mit seinem Vater, und sein Wunsch vom Hause fortzukommen. Da war sein jähes, eigenwilliges Wesen, dem man einen seltsamen, ganz wunderlichen Einfall und seine verschlagene Ausführung wohl zutrauen konnte. Da war sein abendliches Gelaufe zu den Söhnen des Fischers Ludwig, die zwar durchaus keine verrufenen Leute, aber doch ein verwegenes und abenteuerliches Geschlecht waren. – Da war endlich sein Mundharmonikablasen, das er zuweilen – so erzählte man … mit großer Kunst durch ein eigentümliches und wildes Tremolieren und Pfeifen unterbrach und unterhaltlicher machte. Dies letzte gab den etwa noch vorhandenen Zweiflern den Rest. Die ganze Sache ist übrigens niemals völlig klar geworden. Es liegen da vielleicht noch andere dunkle Dinge vor. Es ist später über diese ganze Begebenheit in der Gegend viel hin- und hergeredet worden; aber die rechte deutliche Herkunft hat man nicht gefunden. Genug, es schien damals, im Frühjahr 1912, allen klar … nein, es war allen gewiß: dieser große, schmucke Eggert, der so etwas Frisches und Natürliches zur Schau trug, war in aller Heimlichkeit und Verschlagenheit ein Bauchredner, ein künstlicher Pfeifer, ein verruchter Schelm. Er hatte diese ebenso bitterböse, wie unheimliche Sache ins Werk gesetzt, um sich auf diesem Wege an seinem Vater und seiner ganzen Familie, der er grollte, zu rächen, und über die Verwirrung, die er so angerichtet, eine Gelegenheit zu finden, aus dem Hause und von der Arbeit weg in die Welt zu kommen, nach der er sich sehnte.

So glaubte man; und es half nichts, daß die Ludwigs, als sie es hörten, behaupteten, etwas Verrückteres wäre noch niemals gesagt worden, und jedem dringend rieten, es ihm selbst ja nicht zu sagen, wie denn auch sie es niemals wagen würden; denn wer es ihm sagte, würde im nächsten Augenblick überrannt sein und blutend auf dem Rücken liegen.

So hielt sich denn jedermann wohlweislich zurück, seinen Glauben ins Weite zu verkünden. Und die Familie selbst erfuhr nichts von dem Gerede, und der Angeschuldigte, noch viel weniger.

4. Kapitel
Die Beschuldigung

Aber eines Tags erfuhr es unglücklicherweise der Vater. Als Ott nämlich frühmorgens mit einem Gespann Pferde wartend vor der Tür der Schmiede stand, die noch nicht geöffnet war, beobachtete er, wie die Kinder des Schmieds, die schon im Garten zwischen den noch blattlosen und trockenen Beerenbüschen liefen, sich zu einem Spiel aufriefen, indem sie zueinander sagten: »Kommt! ... wir wollen Eggert den Pfeifer spielen?« Ott schrak zusammen und sah hin und sah, wie das eine der Kinder sich hinter einem Busch versteckte und da leise pfiff, und die andern es dann mit Hallo entdeckten und hervorzerrten.

Er kam völlig verstört nach Hause. Was sein Verdacht gewesen war, das schien ihm nun Gewißheit. Wie konnte er noch zweifeln? Volkes Stimme ... Gottes Stimme. Er war verzweifelt in der nun sicheren Erkenntnis, daß sein eigenes Kind ihm und den Seinen dies unsagbare Böse getan, diese offenkundige Schande und diesen Schaden am unschuldigen Kind; und das alles, ohne daß es ihn gereute. Denn er schien keineswegs bedrückt. Er ging seiner Arbeit nach wie gewöhnlich, und pfiff wohl gar leise dazu. Es war der vornehmen Seele des Vaters etwas ganz Ungeheuerliches, etwas Grausiges; es ging seinem scheuen, gütigen Gemüt über die Menschlichkeit hinaus. Heiße, so entsetzlich getäuschte Liebe, heimlich heißer, nun so zerbrochener Stolz wühlte in seiner Seele und gierte nach einem Ausbruch und einer Lösung. Er trug einen Gram im Gesicht, der sein Weib erschütterte und seine Kinder erschreckte. Er sagte aber niemandem, was ihn quälte. Er hoffte noch, seine Not in sich zusammenpressen und niederhalten zu können, so sehr sie auch herausschreien wollte.

Am Mittag aber, als sie alle um den großen runden Tisch saßen – auch Harm, der Zimmermann war, da es Sonntag war, nach seiner Gewohnheit aus der Stadt nach Hause gekommen – und er die Gesichter aller seiner Kinder sah und wie rein und harmlos sie waren, konnte er es nicht länger ertragen, suchte einen Weg für sein schrecklich schweres Unternehmen und griff in seiner seelischen Ungeschicklichkeit falsch, und fing an, die Kinder einzeln nach diesem und jenem zu fragen, fragte erst Harm nach seiner Arbeit auf dem Zimmerplatz und daß er denn ja nun in acht Tagen nach Kiel ginge, um seine Zeit bei der Marine abzudienen, fragte den Reimer, welches Buch er jetzt lese und scherzte sogar, indem er ihn den Professor nannte, und fragte dann Emma, ob sie heute nachmittag Besuch von einer Freundin bekäme, und so alle Kinder der Reihe nach, und sah jedes an und versuchte sogar zu scherzen. Aber seine Augen waren blind und sein Scherz ungeschickt, und es zerriß ihnen das Herz. Zuletzt konnte die Mutter es nicht länger ertragen, daß er Eggert weder anredete noch ansah, und sagte, von großer überkommender Angst getrieben mit wankender Stimme: »Eggert hat heut morgen in aller Frühe das Fohlen schon traben lassen; er sagt, es hat einen guten Gang.«

Da brach es mit schrecklicher Bitterkeit aus dem Vater heraus. »Der?« sagt« er, »mit dem kann ich doch nicht reden?! Mit dem, der unser ganzes Haus in Unehre gebracht hat und seine kleine Schwester auf Lebenszeit krank gemacht bat? Wißt ihr noch nicht, daß er im ganzen Kirchspiel Eggert der Pfeifer heißt?«

Die Mutter war aufgesprungen und schrie in heller Verzweiflung: »Vater, versündige dich nicht ... mein Kind! ... mein Kind! ... Er geht weg von mir!« Die andern schrien alle und hielten die Hände gegen ihn und vor den Bruder, um abzuwehren, was gegen ihn anschlug. Die Kleinen weinten laut auf. Aber der Vater ließ sich nicht beirren: »Ist er nicht immer bei den verdorbenen Ludwigs gewesen? Hat er nicht vor Weihnachten mit den rohen Leuten von der hollandschen Tjalk das ganze Haus durchstöbert? Spielt und pfeift er nicht fein? Ist er nicht widersetzlich, vom Morgen bis Abend, und will vom Hause weg? Da hat er uns etwas vorgepfiffen ... weil er uns verachtete und von uns fort wollte«.

Der Beschuldigte war schon längst an der Tür, die magern Schultern bis an die Ohren hochgezogen. »Ich ... ich?« schrie er rasend –, völlig von Sinnen – er wollte wohl sagen: ›Ich, der ich für euch alle in siebenfachen Tod ginge?‹

Wenn jetzt nur ein einziger Augenblick des Schrecks oder der Qual durch seine Seele gejagt wäre und sich in seinem hageren Gesicht unter seinem rotblonden Haar gezeigt hätte, so wäre es vielleicht noch gut gegangen; aber er war sogleich, im selben Augenblick, da er die Beschuldigung begriff, nichts als lauter Trotz und lauter namenloser, eiskalter Hochmut. Er warf die wilden, kalten Augen auf den Ankläger und sagte mit schrecklichem Hohn nichts weiter als: «Ach ... du!!« ... und sah noch einmal um den Tisch alle an, so als wenn er sagen wollte: ›Da seid ihr alle ... zum letztenmal ...‹ Dann wandte er sich, und ging hinaus.

Während die Mutter bald in verzweifeltem Weinen zusammenbrach, bald den Vater beschwor, dem Knaben nachzugehn, und der Vater, die Hand Emmas streichelnd, die bitterlich weinte, stumm und still vor sich hinstarrte, völlig im Bann seines Glaubens, waren Harm und Reimer dem Bruder, der nach seiner Kammer zustrebte, nachgesprungen. Als er vor seiner Kammertür stand, kehrte er sich um und schrie: »Was kommt ihr mir nach? Geht zu eurem Vater! Ich habe nichts mit euch zu schaffen.«

Harm hielt aber die Tür fest und sagte in seiner Weise, die immer ruhiger wurde, je stürmischer der Augenblick war: »Rede nicht so, Bruder! Es glaubt ja kein einziger von uns, was der Vater sagt. Beruhige dich«!

Aber er warf den Kopf wild herum und schrie: »Kann ich es euch ansehn, ob ihr es glaubt oder nicht? Und wenn ihr es heute nicht glaubt, glaubt ihr es morgen auch nicht? Weg mit euch; ich habe nichts mehr mit euch zu schaffen!« Er knirschte mit den Zähnen und sagte mit rasenden Augen: »Geht zu dem Mann da drinnen, und redet weiter von Eggert dem Pfeifer! Macht, daß ihr wegkommt! Und wenn ich nach fünfzig Jahren einmal wiederkomme ... reich und groß ... so groß wie ein Turm und mit Gold behangen ... und ich sehe euch ... ich grüße euch nicht! Ich kenne euch nicht! Schert euch! Geht zu eurem Vater! Ist es nicht euer Vater ... euer Vater?!«

Harm sagte ruhig: »Aber wir haben doch eine Mutter gemeinsam, Bruder Eggert.«

Aber er hörte nicht. Er hatte ein großes rotbuntes Taschentuch aus der Lade gerissen und auf den Tisch geworfen und war dabei, seine alte Kleidung und etwas Wäsche auf einen Stapel zu werfen. Er sah mit wilder Gebärde auf und sagte: »Eine Mutter? Wo denn? Steht sie hier neben mir? Schnürt sie ihr Bündel, wie ich tu? Sie bleibt, wo sie ist, und ich geh' allein. Ich geh' ganz allein ... ich bin schon jetzt ganz allein. Ich habe weder Vater noch Mutter noch Brüder. Ich? Ich bin viel zu stolz, noch irgendeinen Menschen besitzen zu wollen ... hier in dieser Gegend ... wo ich für möglich halten muß, daß er jetzt oder später an mir zweifelt.«

»Wir zweifeln nicht an dir, Bruder,« sagte Harm ... »wir werden es auch niemals tun!«

Aber er hörte nicht. »Meinen alten Stallanzug nehme ich mit. Der glaubt an mich. Und meine Mundharmonika ... die glaubt auch an mich; und wenn sie es nicht tut, zertrete ich sie. Diese beiden Dinger gehören mir und gehören zu mir. Von allem andern will ich nichts wissen. Nichts ... garnichts! Ich bin viel zu stolz dazu. Viel zu stolz! Ich bin so stolz, so sauber, so hoch wie die Sonne am kalten Wintertag! Ja, so bin ich! So fern bin ich euch.«

»Und bist doch unser Bruder,« sagte Harm wieder.

»Euer Bruder?« schrie er mit funkelnden Augen, »rede keinen Wahnsinn! Ihr ... Ihr steht auf der schönen sauberen Steinbrücke, die zweimal in der Woche gefegt wird, damit ihr reine Füße habt, wenn ihr darüber geht ... ich aber ... mich hat mein Vater von der Steinbrücke herab in die Düngergrube gestoßen! Soll ich mit euch leben und reden bis zum halben Leib im Schmutz? Rede keinen Wahnsinn, Mensch!«

Da drängte sich der kleine Reimer vor, der bisher, die Hände ringend, ein Bild ratlosen Entsetzens, in der Kammertür gestanden hatte. Er warf sich vor dem Bruder auf die Knie und umklammte ihn und bat ihn: »Glaube doch an uns! Glaube wenigstens an Mutter und an uns beide! Wir wissen, daß du es nicht getan hast. Du bist ebenso gut wie wir, ja, du bist besser als wir, denn du bist wahrer als wir. Ich ... ich kann so etwas im Spielen ausdenken, so etwas Böses und Wunderliches ... aber du ... du kannst es nicht mal im Spielen denken. Ich bitte dich ... wenn du auch weggehst jetzt ... glaube ... glaube ... an uns! O, ich bitte dich vom Himmel zur Erde ... glaube an uns! Wie willst du leben, wenn du nicht an uns glaubst!!«

Er sah ihn nicht an, riß sein Bündel an sich und sagte kalt: »Ich kann nicht wissen, wie du morgen denkst. Laß mich los! ... Ich bin fertig!«

Er wandte sich zur Tür und wollte gehen. Da stand die Mutter da an der Tür und hielt sich am Pfosten und sah ihn aus todblassem Gesicht an und sagte: »Es ist recht, daß du jetzt gehst ... bis er sein Unrecht einsieht und es dir schreibt. Es wird nicht lange dauern. Und dann mußt du wiederkommen.«

Er bäumte sich auf: »Der Teufel soll mich holen, wenn ich jemals diese Gegend wiedersehe, und werde ich neunzig Jahr alt!«

Sie stöhnte und sagte: »Wenn du so gehst und nicht wiederkommst ... das ertrage ich nicht.«

»Warum hast du dir einen Mann genommen, der seine Kinder in die Düngergrube stößt?«

Sie fuhr in wildem Zorn auf, während ihre Hand mit einer jähen Bewegung über das Haar fuhr: »Wenn mir die Kleinen nicht an der Schürze hingen, glaubst du, daß ich noch eine Stunde in seinem Hause bliebe? Aber ich bin hier angebunden.« Und sie weinte laut auf.

»Nun also,« sagte er, »so laß mich! So weiß ich, daß ich einmal eine gute rechte Mutter hatte, und du, daß du ein rechtes Kind hattest! Denn ich wäre auch mit dir gegangen, wenn er dir so etwas angetan hätte ... bis ans Ende der Welt!« Und er riß sie an sich und herzte sie und schluchzte wild auf. »So!«, sagte er, »nun mach' Platz! Weg in die Welt!« Und er ging durch die Diele aus dem Hause.

Die beiden Brüder folgten ihm in einiger Entfernung. Harm, der erkannte, daß in dieser Stunde nichts von ihm zu erreichen war, sagte in gewissen Abständen irgendein kurzes Wort, in dem Wunsch, es möchte sich als das letzte, was von seinem Elternhaus in sein Ohr gedrungen war, in einer späteren ruhigeren Zeit und verständigen Jahren in seinem Gemüt erhalten. Der kleine Reimer, in völliger Ratlosigkeit und Verzweiflung, bitterlich schluchzend, lief zuweilen vor und streichelte ihm über den Ärmel. Er hatte alle seine Klugheit und Weisheit und sein sicheres Lehren verloren, auf das er so stolz war; er bat nur immer wieder: «Glaub' uns doch!«

Aber er achtete gar nicht auf sie und hörte sie nicht. Er ging mit raschem, schwerem Atem seinen Weg, die Augen auf den Deich gerichtet, dem er zustrebte. Er baute immer höher an dem Turm seines Stolzes, immer höher ... bis zur Sonne hinauf, die mit blassem Gesicht schräg über ihm am frischen, wolkigen Frühlingshimmel hing. So kamen sie bis zu der Stelle, wo er nach seiner Gewohnheit, so im Stehen, die Stiefel abzog, um barfuß quer über die Felder weiter zu laufen. Als er sich nun in diesem Augenblick bückte, sah und bedachte er erst, daß er seinen Sonntagsanzug trug, den sein Vater erst neulich für ihn bezahlt hatte. Er hätte ihn ja völlig als sein Eigentum ansehen können, mit Arbeit auf dem Hof vom frühen Morgen bis zum Abend redlich erworben, aber er dachte ja an nichts weiter, als wie er seinen Hochmut zeigen und den Vater kränken könnte, und dachte, wie er es anstellen sollte, und knirschte mit den Zähnen und schliff am härtesten Gedanken.

Nun lag da an dieser Stelle am Weg, nicht weit mehr von der Landstraße, ein großer Bauernhof, und der baumreiche alte Garten des Hauses stieß an den Weg. Es wohnte aber auf dem Hof eine Witwe, eine freundliche, schon alte Frau, und ihre Tochter. Diese Tochter, mit Namen Höbke Suhl, war gerade gewachsen, vielleicht ein wenig zu lang, und hatte ein edles gutes und reines Gesicht und hellblondes Haar, das sie schlicht und schön in einem einfachen Knoten trug. Sie war so um vierundzwanzig Jahr alt und war noch ledig. Wenn sie arm gewesen wäre, hätte sie wohl schon einen Mann gehabt, da sie aber Erbin des stattlichen Hofes war, hielten sich manche aus Vornehmheit zurück. Andere fürchteten ihre Klugheit und Gelehrsamkeit; denn es war bekannt, daß sie in der Geschichte der Landschaft und ihrer Geschlechter und Familien sehr bewandert war, und es ging das Gerede, daß sie gern las und nicht immer leichte Bücher. Andere fürchteten ihre Spottsucht. Denn obgleich sie selbst ein ungeschicktes Wesen hatte, so spottete sie doch gern über anderer Leute Wesen und Tun, freilich immer, wie das ja häufig ist, nicht aus lieblosem, sondern im Gegenteil aus einem menschenfreundlichen und gütigen Gemüt. Zuletzt war auch diese ihre scheue Ungeschicklichkeit eine Ursache ihres Ledigseins. Denn wenn es einem Mädchen auch unmöglich ist, sich geradeswegs anzubieten, so weiß eine Geschickte, eine Seelenkundige, ihre Zuneigung wohl anzudeuten, ohne sich im geringsten etwas zu vergeben; die Ungeschickte aber bleibt stumm und hält ihre Gefühle in ihrem Innern verschlossen, ja zeigt vielleicht im rechten, wichtigen Augenblick das verkehrteste Gesicht. Da sie nun also ohne Geschwister und ohne Mann und Kinder war und doch etwas haben mußte, das sie lieben und daran sie ihren Spott anbringen konnte, so hatten ihre Mutter und ihr alter Tagelöhner Peter von Morgen bis zum Abend ihr gutes Teil daran zu leiden. Als dritter aber mußte ihr Eggert dienen, der fast jeden Abend, wenn sie sich nach ihrer Gewohnheit unter den Gartenbäumen erging und, indem sie die Geschichte der Landschaft bedachte, übers weite Land spähte, des Wegs kam und am Weg, auf der anderen Seite des Grabens, vor ihren Augen sein Schuhwerk auszog. Da sie ihn von seiner Kindheit an kannte und überaus gern hatte, so breitete sie ihr ganzes Inneres in Mütterlichkeit, Schellen und Spottlust immer mehr über ihn aus und es gab seit Jahren manch gute Unterhaltung für sie über den Graben hin. Er aber ließ es sich durchaus gefallen; ja, ihm behagte es, wie einem jungen Kater das Kraueln; er war zutraulich und von freilich etwas knurriger Gemütlichkeit. Was sie eigentlich beide im tiefsten Grund aneinander mochten, war, daß sie einer am andern fühlten, daß er ein ganz natürlicher und ganz wahrhafter Mensch wäre und den andern, obgleich er ihn für ein wenig quer hielt, dennoch in diesem seinen Wesen lassen und nicht aus seiner Haut jagen wollte. Aber das war ihnen nicht weiter bewußt.

Diese Höbke Suhl stand da nun auch heute, nach ihrer Gewohnheit in einem weißen Kleid, das ihr schön um den langen, schlanken Leib stand, sah die drei herankommen, sah das seltsame Gebaren, und als sie das bittere Weinen und Bitten Reimers hörte, fragte sie schon von fern: »Was ist los, Harm … was ist los, Eggert? … Was willst du, Junge?« und warf ihre graublauen Augen, die ihr schön und klug im Kopf saßen, auf ihren Grabenfreund, der nach seiner Gewohnheit an dieser Stelle seine Stiefel von den Füßen riß.

Er, von seinem Zorn völlig besessen, kümmerte sich nicht um sie, knurrte nur etwas, und zog an seinem Stiefel.

Statt seiner sagte ihr Harm, was geschehen war: daß der Vater ihn beschuldigt, und nun wolle er weg … wohl nach Hamburg.

»Nach Hamburg?« schrie er, »zu den Botokuden! … zu den Feuerländern!«

Reimer, der kleine Gelehrte, erschrak. Er dachte: »Welch ein Wirrwarr! Wie unwissend geht er in die Welt!« und weinte laut auf.

Das Mädchen war aufs heftigste bestürzt über das große Unglück, und wußte in ihrer Verwirrung – so wie ein Mensch, wenn sein Haus plötzlich in Flammen steht – nicht, wohin sie greifen und wie sie helfen sollte. Sie sagte voll herzlicher Not, Bedauern und Mitleid: »Ach, Gott … welch ein Irrtum! Welch ein Irrtum! Hätte ich es doch gehört! Hätte ich doch mit ihm gesprochen (sie meinte den Vater)! Welch ein Irrtum! Ach, Junge … lieber Junge … ach! …« Und plötzlich wußte sie, was sie tun konnte. »Ach Eggert … höre … Jung' … komm zu mir! Ich bitte dich, komm zu mir! Ich freu' mich ja, wenn du bei mir bist! … komm her und bleib' so lange bei mir, bis alles wieder in Ordnung ist.«

Er riß seine Schuhe und Strümpfe von der Erde auf und schrie: »Bist du verrückt? In die weite Welt will ich! Wenn du was für mich tun willst, so gib dem Mann da … auf dem Hof da … dem Ott … die achtundvierzig Mark, die dieser Anzug kostet! Ich will nichts von ihm geschenkt haben … von dem Menschen … dem Schänder. Ich will es dir in einem Jahr wiederschicken, so wahr ein Gott im Himmel ist!«

»Junge,« sagte sie zornig, mit bleichem Gesicht, »du bist ja wirr im Kopf! Um solch einen Quark bemühst du Gott? Ich werde ihm das Geld geben, verlaß dich darauf! Sei vernünftig, Eggert … Eggert … hör' noch, bleibe noch …«

Er sprang, die Schuhe in der Hand, übern Graben. »Das ist nett von dir«, sagte er, »aber ich habe es auch nicht anders von dir gedacht!« und lief übers Feld, das seitlich des Grabens nach dem Deich zu lief.

Sie war von der Begebenheit, die ihr so plötzlich über den weißen Hals lief, völlig verwirrt, fühlte aber, daß es schlimmer Ernst war, daß er auf Nimmerwiederkehren davonginge. Die Not der Seinen und seine eigene brannten ihr im Herzen; sie fühlte auch, wieviel sie selbst an ihm verlor; sie hatte ja außer ihm niemanden, mit dem sie ein wenig ernstlich hantieren und spielen konnte. Wie eine Henne, die ihre Entlein wegschwimmen sieht, trat sie dicht an den Grabenrand und rief, Not und Angst in ihrem weißen Gesicht: »Eggert, Du weißt, wie lieb ich dich hab’ ... schreibe mir ... hörst du? wo du auch bist ... du sollst mir schreiben!!«

Er wandte sich auf den Hacken um, sah sie groß an, schien endlich wieder das erste menschliche Gefühl zu haben und rief, wie wenn er sich besänne: »Ja, du ... du glaubst an mich! Du und meine Mutter! Und ich will dir schreiben! ... Ja ... und du gibst es Mutter.« Und damit rannte er davon.

Der kleine Reimer wollte hinter ihm her über den Graben. Aber Harm hielt ihn zurück. »Es hat keinen Zweck,« sagte er. »Er ist jetzt ganz von Verstand. Es ist da nichts zu machen.«

»Ich fürchte auch,« sagte Höbke Suhl. »Er ist jetzt aus Rand und Band. Wir müssen hoffen, daß er allmählich zu Verstand kommt.«

Sie standen alle drei und sahen ihm nach. Harm mit ruhigeren Augen, mit seinen Gedanken und Sorgen mehr zu Hause bei dem Zustand der Eltern als bei dem Bruder; Reimer bitterlich weinend. Höbke Suhl, die hübschen klugen Augen nahe beieinander, schüttelte den Kopf sowohl über ihn und sein Geschick wie über sich selbst; denn sie fühlte deutlich, daß da ein eigen schönes Stück ihres Lebens über die Felder sprang, daß die frühlingsnasse Erde ihm um die Ohren flog, und immer kleiner wurde. Nun erreichte er den Deich und sprang im Lauf schräg hinan, nun stand er einen Augenblick, die Stiefel in der Sand, gegen den Himmel ... Nun war er weg.

Die drei standen atemlos und starrten auf die Stelle. Dann wandte Harm sich um und sagte zu seinem Bruder: »Nun komm ... nun müssen wir zu denen im Hause.«

Höbke Suhl wollte noch etwas trösten und raten. Aber nun, da ihr alter Bekannter fort war, mit dem sie sich in Gedanken und Ton eingelebt, kam wieder ihre alte Unsicherheit über sie. Sie stieß und murmelte ein paar gleichgültige Worte hervor, wurde über diese ihre Ungeschicklichkeit noch verlegener, fühlte, daß sie darüber rot wurde, und wandte sich ab, ihrem Hause zu.

Als die beiden Brüder nach Hause kamen, hatte die Mutter die Kleinen in die Kammer der Magd geschickt; die Großen saßen wie Menschen, die ganz gegen ihre Natur und Gewohnheit ein wüstes Gelage gemacht und nun voller Ekel sind und vergebens versuchen, sich wieder ins Geordnete und Reinliche hineinzufinden, mit verstörten Gesichtern hier und da in den beiden Stuben. Der Vater saß am Fenster und starrte in den öden Garten hinaus; die Mutter hockte auf dem niedrigen kleinen Stuhl am Ofen, der noch von den Großeltern herstammte. Sie war sonst so groß und stattlich und auch schön, und war das auch jetzt noch, aber sie war plötzlich wie eine große schöne wirre Ruine geworden. Emma hatte sich ins Bett gelegt, hatte sich zur Wand gewendet und weinte heftig.

Die beiden Brüder kamen herein und sahen die Ihren in diesem Zustand und traten stumm und trostlos an das Fenster und starrten hinaus. So blieben sie wohl eine Stunde. Dann fing Harm an, quer durch die Stube zu gehen. Er wollte etwas sagen und zum Guten reden, empfand aber immer wieder, wenn er den Mund öffnen wollte, daß es nichts nütze, vor beiden Eltern zugleich zu sprechen, da sie eine entgegengesetzte Stellung zu dem Fall hatten. Er überdachte aber in seiner Weise die ganze Sache langsam und gründlich, und erwog, wie er nachher jedem für sich zu Hilfe springen wollte, der Mutter, indem er ihr gute Hoffnung zuredete, daß der Vater seinen Irrtum erkennen würde und daß Eggert nicht für immer verloren wäre, dem Vater, indem er ihn leise und vorsichtig zu überzeugen suchte, daß er sich geirrt. Er sah wohl ein, daß diese Überzeugung dem Vater sehr langsam beigebracht werden müsse; denn es war sicher, daß er nach seiner Natur schwerer noch als an einem mißratenen Sohn, an dem großen Unrecht leiden würde, das er einem guten und verkannten angetan hätte. Er erkannte, wie schwer alles stand und lag, und war aufs heftigste bedrückt, und sein sonst so froher, frischer Mut war zum erstenmal in seinem Leben aufs ärgste bedrängt; er mußte an sein schönes Handwerk, an das muntere helle Haus seines Onkels und Lehrherrn und an sein blitzendes Fahrrad denken, um sich aufrecht und sauber zu erhalten. Der kleine Reimer hatte sein Gesangbuch geholt, hatte sich auf den Bettrand neben seine Schwester gesetzt, und las unter dem Vorwand, daß er prüfen wolle, ob er sie noch auswendig wisse – in Wirklichkeit fühlte er trotz seiner Jugend, daß diese Stunde für das Gemüt des Vaters eine furchtbare Gefahr wäre und wollte ihm helfen – mit leiser Stimme, doch so, daß sie es in der ganzen Stube hörten, die alten Gesänge. Eine ganze Weile, fast eine ganze Stunde lang, klangen die großen, ernsten, vertrauenden Worte durch die beiden niederen Räume dieses niedersächsischen Hauses, in dem die bitterste Qual wohnte. Dann wurde die Kranke müde und schlief ein, wie sie lag, den schmalen, feinen, im Weinen gebeugten Rücken zur Wand hin. Der Knabe blieb, wie er saß, das Buch noch im Schoß. Allmählich sank ihm der Kopf auf die Brust und er saß so in Sinnen, unbeweglich, die scharfen Augen an der Erde. Sein etwas langes Gesicht war noch länger als sonst, so, als wenn das Leid es gezogen hätte; das dunkelblonde Haar, das im Nacken bis an den Rockkragen hing, stand im Scheitel fast aufrecht, als dehne und sträube es sich von ratloser Verzweiflung im wirren Hin- und Herjagen nach Plänen und Hoffnung.

So verbrachten sie den Tag, bis der Abend kam.

Als es Abend war, gingen sie auseinander in ihre Schlafstuben. Als Reimer vor seine Kammertür kam, die er mit dem Fortgelaufenen geteilt hatte, bat er seinen Bruder, noch einen Augenblick mit hineinzukommen, fing an zu weinen und klagte, daß sie den Bruder so hätten fortgehen lassen; sie hätten noch weiter mit ihm gehen sollen. Er setzte sich auf den Stuhl am Fenster, rang die Hände zwischen den Knien und sagte: »Er wird mit den Ludwigs nach Hamburg gehen; sie haben dort zu tun, das weiß ich. Aber was dann? Er weiß ja keinen Bescheid in der Welt! Er spottete immer über mein Bücherlesen, und wenn ich ihn belehren wollte, sagte er, was ich aus den Büchern herausläse, das stünde für ihn auf der Handfläche; er brauche sie bloß vor sich hinzuhalten, so wüßte er Bescheid.«

Harm suchte ihn zu beruhigen: »Ich glaube, er hat recht, mein Junge. Die meisten Menschen finden von selbst in der Welt zurecht; und so einer ist er. Er wird in irgendein Land gehen und da auf einem Hof Arbeit suchen.«

»Ja ... aber welches Land hat guten Boden, gute Höfe, gute Menschen? Von all dem hat er keine Ahnung! Wenn er nun ... ich weiß nicht wohin reist ... und kommt da um?! ... Und dann –« er schluchzte heftig auf – »dann möchte ich auch das andere mit ihm bereden! Sieh, wenn er so im Zorn bleibt gegen den Vater ... wie schrecklich ist das für ihn! Und wenn er nie wieder zurückkommt, wenn die Eltern ihn nie wieder sehn, wenn er ganz verloren ist, ganz heimatlos ... das ist ja nicht zu ertragen! Das erträgt die Mutter nicht ... Sie würde ja auch dem Vater gram bleiben! Und Vater ... wenn Vater nun zu der Erkenntnis kommt ... und das wird sicher eines Tags geschehen, daß seine schreckliche Beschuldigung ein Irrtum war, und Eggert ist dann weg, verschwunden in der weiten Welt ... das wird grausig für Vater; denn er hat ein empfindliches Gewissen. Aus einem überempfindlichen und überreinen Gewissen hat er Eggert von sich gestoßen; er wollte mit keinem Schelmen unter einem Dach leben, und er stieß ihn weg, obgleich es sein Sohn war. Wie wird sein Gewissen erst leiden, wie wird es sich qualvoll aufbäumen, wenn er erkennen wird, daß er, indem er wahr und klar zu sein glaubte, einen so schrecklichen Irrtum beging und eine solche Not über seinen unschuldigen Sohn und über sein ganzes Haus brachte! Er wird sich selbst nicht mehr ertragen können und wird sich aus der Welt wegschleichen. Er hat dieselbe Natur wie sein Onkel hatte. Du erinnerst dich doch der Geschichte?! Der nahm sich das Leben, weil ein einziger Mensch, der noch dazu einen schlechten Ruf hatte, im Scherz, bloß um ihn zu ärgern, in der Wirtschaft behauptet hatte, er hätte vor zwanzig Jahren seine Scheune angezündet! Sieh ... so steht es ... so schrecklich! Und darum muß etwas geschehen.«

Harm gab dem Bruder in allem recht, was er sagte, wußte aber keinen Rat. »Was sollen wir tun?« sagte er. »Er ist ja von Eis. Er ist ja blind und taub, und sieht und hört auf nichts ... auf niemanden.« Der Knabe sagte: »Auf dich hört er nicht. Auf Pastor Bohlen ... wenn wir den bäten, ihm nachzureisen ... wird er auch nicht hören. Wir wissen ja auch nicht, ob Pastor Bohlen gerade frei ist ... ich meine, innerlich ... er hat ja immer seine Not und seine Arbeit ... Nein ... es kann niemand richtig mit ihm reden, als allein ich. Wenn ich ihm alles ... alles sage ... was ich hier ... hier ... in der Brust habe ... dann würde ich es vielleicht treffen, daß er plötzlich von seinem

Zorn abließe. Ich...ich habe die Begabung, die keiner hat...ich kann mit einem Menschen durch seine ganze Seele gehn und ihm alles zeigen, was darin ist, und es ihm erklären...denn die Menschen kennen ihre eigne Seele nicht...und kann mit ihm an das Fenster treten...ich meine der Seele...und ihm ganz deutlich der andern Seele zeigen...ihre ganze Art...Vaters Seele...Ja, das kann ich! Ich...ich kann das, was kein Mensch kann!...Und so zerschmeiße ich ihm das ganze Götzenbild, das er dann hat, und mache ihn klug und gut...ja...« Und plötzlich richtete er sich auf und sagte froher und mit hellerer Stimme: »Aber nun geh, es ist schon spät und du mußt morgen sehr früh wieder fort.«

Da ging sein Bruder hinaus, verwundert über seine Worte, so in dem unbewußten, unklaren Gedanken: ›Eggert, in der Fremde, wird es nicht leicht im Leben haben ...aber dieser da in der Kammer ...der wird es noch schwerer haben.‹ Und ging in seine Kammer und legte sich hin.

5. Kapitel
Bruder Reimer

Als der Bruder gegangen war, suchte der Knabe einen Haufen Bücher zusammen, band sie in ein großes buntes Taschentuch und machte sich über die große Diele heimlich aus dem Hause. Er lief nach dem Deich zu und kam an das Ludwigsche Haus und klopfte ans Fenster. Als die Frau des Fischers im Hemd am Fenster erschien, fragte er sie, ob sein Bruder noch hier wäre. Die Frau sagte ihm, daß er mit dem letzten Zug, vor zwei Stunden, mit ihren Söhnen nach Hamburg gefahren wäre.

Er sagte unsicher: »Ich dachte mir fast, daß er schon fort wäre und nach Hamburg. Ich möchte ihn so gern noch mal sprechen und ihm dies geben.«

Die Frau, die durchaus guten Willens war und die Not der Mutter und der Kinder begriff, meinte, er hätte Auftrag von der Mutter, und sagte: »Dann fahr doch hin, Reimer; es ist ja 'n Katzensprung! Du fährst morgen früh um vier ab und bist um sieben da,« und sie nannte ihm die Adresse der Wirtschaft in Hamburg.

Er merkte sich die Adresse und machte sich wieder auf den Heimweg. Als er sich aber dem Dorf und dem Hof wieder näherte, besorgte er, daß ihn jemand hörte, wenn er wieder ins Haus schliche, und beschloß, in der Weise seines Alters, sich die Nacht draußen zu vertreiben. Also setzte er sich zuerst auf eines der Hecks am Weg und dachte über die Not im Hause nach und ging im Geist bald zum Vater, bald zu Eggert, und trat in jedes Seele wie in ein wohlbekanntes Haus und wußte genau, wie einem jeden zumute war, und sprach mit ihm, mit den einzig richtigen Gedanken und Worten, deutend, enträtselnd, erklärend, tastend, horchend, feurig bewegt, verschiebend, gütig, mit freundlichen Worten zurechtstellend, und ging erst wieder, wenn er aus dem wirren Hause ein schön geordnetes und reines und frohes geschaffen hatte. Besonders ging er dem Geflohenen nach. Er sah ihn in der Wirtschaft im großen Hamburg sitzen. Er saß ganz allein, bei einem Glase Bier, von dem er keinen Tropfen getrunken, in einer Ecke, mit dem hageren, rotblonden, finsteren und bösen Gesicht. Er setzte sich ihm gegenüber und sprach mit ihm. Er horchte seinem Schulterwerfen und bösen Worten, drang von neuem auf ihn ein, vorsichtig, mit langsam bedächtigen, zweifelnden Worten, mit ruhiger, langsamer Stimme ... genau, wie man ein unverständiges, störrisches Tier treibt, das in den Stall soll oder durch ein Heck. Und zuletzt, vorsichtig erklärend, horchend, wieder erklärend, gütig, heiß werbend, Gott und die Mutter ins Feuer führend, gewann er ihn.

So saß er wohl eine Stunde. Da wurden diese Gedanken müde, verblaßten und vergingen, und er gewahrte die Nacht, und saß und sah nach dem dämmernden Dorf, und glitt mit den Augen die lange, dunkle Baummasse entlang und kam bis zu der Stelle, wo um Kirche und Pastorat die Bäume am dicksten und höchsten ragten. Da glitt er unbewußt vom Heck herunter und ging langsam in Sinnen quer übers Feld, sprang über einige Gräben und kam bis vor das stattliche Haus neben dem Pastorat, das früher die Wohnung des Arztes gewesen, nun aber von einem Hamburger Kaufmann bewohnt wurde, der seiner Gesundheit wegen hier mit seinen Kindern lebte. Er kletterte über das Staket in den Garten und stand und sah hinauf und sah deutlich die Fenster, wie sie mit blinden Augen in die blasse Nacht hinaussahen. Da ...ja ...da war die Diele ...und da die Küche und ...da war die Schlafstube der Töchter. Und nun waren seine Gedanken bei dem blonden Kinde, welches das schönste, vornehmste und reinste Wesen war, das es auf der weiten Welt gab. Und er ...er hatte das unsagbare Glück: er sprach fast täglich mit ihr! Wenn er vor dem Pastorat auf der Straße stand, am Eingangstor zum Garten, seine Bücher unterm Arm, und wartete, bis die Turmuhr schlug, kam sie immer aus ihrem Garten und sagte dieses und jenes, und erzählte ihm vom Garten, von ihren Geschwistern, ihrer Lehrerin. Und alles, was sie sagte, war klug und wundergut, und wie sie es sagte, war unsagbar fein und vornehm! Ach, wie war sie schön! Wie war sie reinen Herzens! Ach, sie war viel zu rein und vornehm für ihn! ...Aber nun in der Nacht, da er so da stand, ein Mensch ganz allein, in seinem eigenen Menschentum, und wußte, daß sie schlief und wehrlos dalag, – ihre Waffen waren gar zu herrlich und funkelnd und machten ihn unsicher und bange – umspielten seine

Gedanken ungehinderter, mutiger ihr zierlich süßes Wesen. Er redete sie an; er hörte ihre Antworten; er wurde redselig … er plauderte schön … er gefiel ihr … er lachte leise und sah, daß sein Lachen ihr wohlgefiel, und war stolz und eitel darob, und stand da mit sprühenden Augen im jungen klaren Gesicht, bewegungslos und die Seele voll vom bewegtesten Leben. Da kam vom Kirchhof her irgendein Laut eines schlafenden oder schleichenden Tieres. Da wurde er wieder die Nacht gewahr und wie er hier stand, dem Fenster seiner kleinen Liebsten gegenüber und dachte: ›Gerade wie einer‹ – er hatte es mal irgendwo gelesen – ›der seiner Liebsten ein Nachtständchen bringt,‹ und suchte sogleich, lächelnd und wieder den eitlen Schein im Gesicht – er dachte: ›So schön wie ich, kann es keiner‹ – in seiner Seele, was er ihr singen würde, und bildete an großen Gefühlen und Worten, und umgab das kleine zwölfjährige Wesen mit hohem, sanftem, schönem Schein, daß es fast wie himmlischer Glanz um ihr kurzkleidiges Figürchen stand, und seine frischen Lippen bogen und bildeten in schöner Ordnung an ihren Worten, und seine klaren Augen strahlten von der Süßigkeit seiner Gefühle.

Endlich hatte er seiner Liebe und all seinem Gefühl genuggetan und ging langsam aus dem Garten und in den Schatten der alten Bäume, die hier dicht und mächtig standen, am Kirchhof entlang, übersah die Form der Kirche und blieb am dunkelsten Baum im völligen Schatten der Nacht stehen, den Rücken gegen den rauhen, rissigen Stamm, die Augen noch immer auf die Kirche gerichtet, die größer, ruhiger und ernster, als er sie sonst sah, in all dem Dunkel stand. Die Angst, die seine große Phantasie sonst wohl kannte, war hier nicht bei ihm, da der Kirchhof hell genug lag, so daß er jedes der wenigen Kreuze erkennen konnte, und die Straße mit ihren Häusern, falls sich doch Schreckliches begeben sollte, mit einigen großen Sprüngen zu erreichen war. Er sah mit ruhigen, träumenden Augen nach den Fenstern und suchte das, das neben der Kanzel war. Seine Eltern und das ganze Dorf wußten nicht anders, als daß er Lehrer werden sollte und wollte. Er selbst aber trug heimlich im Herzen den festen Glauben, daß er einmal über dies Amt hinaus als Lehrer oder Prediger oder was sonst … das wußte er nicht … vor vielen tausend Menschen stehen würde; und seine Worte würden größer und beredter, und anders als aller anderen Menschen Worte sein, selbst der Gelehrtesten im Land, darum, weil er wie keiner wußte, was in der Seele der Menschen an Not und Wünschen und Bedürfnissen war … keiner! … Und seine Phantasie, im Nebel der Jugend tastend und greifend, noch unfähig, den Gefühlen eigene Gründung und eigene Form zu geben, erging sich in den alten hergebrachten Worten … Freiheit … Güte … alle Brüder … blankes, freies, frohes Leben … nirgends Haß … nirgends Feindschaft, nirgends Neid … ein weises, reines Volk … ewiger, schöner Friede … Kinder Gottes … Wie in einem ungeheuren Gesicht, in einem ungeheuren strahlenden Gewoge sah er eine neue Menschheit, stand er vor jener Erscheinung, vor der unsere ganze edle Jugend steht, und war nicht mehr in sich. Ein Erwachsener, in dem Alter und der Kleidung von Pastor Bohlen, den er heimlich aufs heißeste verehrte, in einem einfachen, bäurischen, aber ängstlich sauberen Rock, ein Mann des Volkes, kein Prahler, kein Priester, kein Gelehrter, kein Reicher, stand er mit einem schlichten Gesicht, ohne allen Schmuck und Gebärden, und sprach so zu den Tausenden, die bis über die Ränder des Kirchhofs und drüben noch auf der breiten Straße standen. Seine Eltern, beide mit weißem Haar, saßen ganz weit zurück, auch sie mit stillen, feierlichen Gesichtern seinen Worten lauschend. So feierte er im verschwiegenen eine Vorfeier, ein Fest seines zukünftigen Lebens.

Da krähte in einem fernen Hof ein Hahn auf und ein kühler Luftzug fuhr durch die Bäume. Da schüttelte er seinen Traum ab und gedachte der schweren Aufgabe dieses Tages und ging in diesen Gedanken unter den Bäumen hin und her, bis im Osten und seitwärts der Kirche ein schwacher Schein des Morgens erschien und im höchsten Baum mit lärmendem Flügelklatschen eine Krähe aufflog. Da ging er in der Morgendämmerung nach dem Bahnhof.

Die Viehhändler und Lotsen, die um ihn saßen … Bekannte waren nicht unter ihnen … fragten ihn, da er so etwas überwacht und verloren dasaß, was er denn in Hamburg wolle, und scherzten, er wolle doch wohl nicht auf Abenteuer aus? Er verstand sie nicht, sah sie mit seinen offenen Augen an und sagte: er wolle seinen Bruder besuchen. Als sie ihn fragten, was der Bruder denn wäre, merkten sie an dem hilflosen, unsicheren Ausdruck in seinem Gesicht, daß da eine Not wäre, ließen ihn und vergaßen ihn fast. Nur einer sah ihn dann und wann an, als gedächte er eines Tags der eignen Jugend, wo auch er eine Aufgabe hatte, die über die Kraft seiner Jahre ging.

Er war noch nie in einer großen Stadt gewesen, wagte sich nicht auf eine Straßenbahn, sondern machte sich zu Fuß auf den Weg und ging und ging, so wie die Leute ihn wiesen, und redete in Gedanken eifrig auf seinen Bruder ein, und kam über sein hitziges Reden in immer hitzigeres Laufen; er fürchtete auch, den Bruder nicht mehr anzutreffen, und lief sich aus Atem und Kraft. Er war in den Jahren, wo der Körper lang und schmal aufschießt und nicht viel überschüssiges Blut hat; und er hatte gestern abend nichts gegessen und war die Nacht durch auf den Beinen gewesen. So wurde er müder und müder. Endlich kam er an die Reeperbahn, und die Leute sagten ihm, daß es nicht mehr weit wäre. Aber nun war er auch am Ende seiner Kraft. Er ängstigte sich entsetzlich, daß ihm die Leute und die Häuser vor den Augen verschwanden und daß er bald niederfallen würde, aber mehr noch, was es denn wäre, was ihm fehlte. Er riß sich zusammen, warf die Füße straffer vor sich und versuchte zu singen, und so ging es eine Weile besser. Als er dann aber einen Menschen fragte, wo die Wirtschaft wäre, und der Gefragte nach einem Hause schräg über die Straße deutete, verschwand die Stimme und der Mann in ganz merkwürdiger Weise vor seinen Augen und Ohren. »Ich fall' um,« sagte er. Da sprang der Mann hinzu und führte ihn an die Haustür und in die Stube.

Die kleine kümmerliche Frau, die da in dem Stübchen am Fenster saß, erkannte gleich, daß er vom Lande kam und aus gutem Hause und daß er verhungert wäre, stand auf und humpelte über den Gang nach der Wirtsstube und rief nach Brot und Wein und kümmerte sich vorläufig nicht darum, daß dieser plötzliche neue Gast mit einer schwachen Gebärde und Bitte auf den Packen deutete, der nun, wie er jetzt wieder sah, vor ihm auf dem Tisch lag. Als er dann aber ein Stück Brot in der Hand hatte, nahm sie den Packen und sah nichts als einen Haufen zerlesener Bücher und oben darauf eine kleine Zahl Lichtbilder. Sie besah die Bilder und wunderte sich und sagte: »Gott bewahre ... was für eine große Familie! Ihr seid ja wohl mehr als zehn Kinder. Ja ... und der da ... das bist du! Jawohl ... aha ... und da ist ja der, der heute nacht mit den Ludwigs gekommen ist ... Jawohl! Ach, nun kann ich mir schon einen Vers machen! Ja! Ja! Aber die Bücher ... das versteh' ich nicht!«

Er konnte ihre Sprache nun schon verstehen und sah auch ihre gebückte Figur und daß sie wie ein rechte kleine Großmutter aussah, und freute sich, daß es so etwas in Hamburg und gar in einer Wirtschaft gäbe; er hatte gemeint, ganz Hamburg wäre nichts als hohe Häuser, schweres Wagengerassel und große lärmende Menschen ...; aber er konnte noch kein Wort sagen. Also saß er und sah sie an, wie sie der Reihe nach die Bücher aufschlug und die Titel vor sich hinsagte: »Die Goldfelder Australiens ... Niebuhrs Reise durch Arabien ... das ist aber ein altes Buch ... wie'ne alte Bibel ... mein Gott, wie altmodisch! Was wollte der Mann denn in Arabien; ich habe noch niemals gehört, daß einer nach Arabien ging ... Die Zukunft der Levante ... Amerika, das Land der unbegrenzten Möglichkeiten ... wunderliche Titel ... na, meinetwegen! Die Landwirtschaft Argentiniens ... das Gesangbuch ... das Neue Testament ... Schillers Gedichte ... Balladen von Uhland ... Was soll er aber damit ... mit Gedichten ... und dann noch von einem Uhland! ... Und die andern Bücher? . ..« Sie schüttelte den alten weißen Kopf.

»Ja,« sagte er ... »damit er weiß, wie es da ist.« Und mit heller Angst im Gesicht: »Er kann doch nicht aufs Geratewohl in die Welt laufen!«

»Ach,« sagte die Alte, »warum nicht?« und schüttelte wehmütig den Kopf, »laß ihn laufen! Er kommt wieder oder er kommt nicht wieder!«

»Er muß aber wiederkommen!« sagte er und Tränen stürzten ihm aus den Augen.

»Nun, nun!« sagte die Alte, »du hast ja noch Geschwister genug.«

Er weinte auf: »Das wohl,« sagte er, »aber wir ... wir halten so schrecklich viel voneinander ... wir halten zusammen wie Pech und Teer!«

»So!« ... sagte die alte Frau mit stillen, nachdenklichen Augen: »einige so, andere anders. Mein Mann ist über alle Berge ... und meine Kinder kommen nicht mehr zu mir ... ich gab ihnen nicht Geld genug. Ja ... ja! so was gibt es alles im Leben! ... Nun iß man erst mal, daß du einen andern

Glauben im Magen bekommst. Ach ja ... iß und sei guten Muts, du bist ja noch jung. Iß nur ...
das kostet dir nichts. Deinen Bruder sollst du auch sehen.«

Er aß und sammelte seine Gedanken und hörte nun auch von jenseits des Ganges Lärm und
Lachen und Musik, und dachte voller Mitleid: ›Der arme Mensch ... sitzt da mit seiner Not allein
in seiner Ecke und muß diese Lustigkeit ansehn!‹ Er stand auf und sah die alte Frau bittend an.

Sie erhob sich langsam und ging mühsam über die Diele und trat an die Tür, schob den
Vorhang, der vor dem kleinen Fenster in der Tür war, zurück, sah hinein und sagte: »Kuck,
da ist er.«

Er sah hinein und sah da acht oder zehn Mann, Fischer und Seeleute, in schweren Tabakswol-
ken hinter dampfenden Groggläsern um einen runden Tisch sitzen, mitten unter ihnen seinen
Bruder Eggert und die beiden Ludwigs. Einige unterhielten sich lachend mit einer großen älteren schwarzhaarigen Kellnerin, zwei verhandelten mit großem Eifer und Lärm eine Streitfrage,
einige sangen mit guter Stimme zweistimmig ein Heimwehlied, Bruder Eggert aber saß mit
einem Inder oder Mulatten, der unter der offenen, schmutzigen Jacke ein breites rotes schlei-
erartiges Tuch um den Leib trug, auf dem Sofa. Sie saßen Schulter an Schulter, jeder seine
Maultrommel in der Hand und stritten sich mit Zeichen, Singen, Trommeln und Lachen über
ihre Kunst. Der Mulatte spielte eine Weise, die wie das Stöhnen einer Schubkarre klang, und
war offenbar entzückt davon; Bruder Eggert aber schlug vor Vergnügen über die verrückte Musik
auf seinen Schenkel und auf den Tisch, daß es krachte.

»Siehst du,« sagte die Alte, »da ist er! Sie gehen in einer Stunde an Bord und feiern Abschied.
Du siehst, er ist gar nicht in Not. Soviel ich von der Welt verstehe ... laß ihn seinen Weg gehn!«

»Nein,« sagte er jäh, voll brennendem schönen Eifer: »Ich will mit ihm reden. Nun erst
recht!«

Die alte Frau öffnete die Tür und rief: »Du da im Sofa ... ich meine nicht den Gelben ... du!
Dein Bruder ist hier und will mit dir reden.«

Eggert war im selben Augenblick, da er es hörte, wieder der eisige. Seine Trinkgesellen sahen
die Veränderung und die meisten schwiegen. Er richtete sich steil im Rücken und sagte lässig
und gleichgültig von oben herab: »Mag er herkommen.«

Sein Bruder kam heran und setzte sich neben ihn und legte auf den Tisch, was er mitgebracht
hatte, und sagte: »Hier sind Bilder, Eggert ... die sollst du gern mitnehmen ... und hier sind
einige Bücher.«

Er sah mit schiefen Augen auf die Bilder und schob sie dem Bruder wieder zu. »Ich will
nichts davon,« sagte er. Er sah die Bücher, kannte sie und sagte verächtlich: »Was soll ich damit?
Ich brauche keine Bücher, ich finde meinen Weg ohne Bücher. Es wäre ja höchstens das Neue
Testament ... wegen der Geschichte vom verlorenen Sohn. Deswegen haben sie dich wohl hinter
mir herlaufen lassen. Geh mit dem ganzen Kram!«

Da stand einer der Ludwige auf, kam um den Tisch herum, berührte den Knaben am Ärmel
und sagte freundlich mit ruhiger Stimme: »Es nützt dir nichts, Reimer, du mußt es aufgeben;
dein Vater hat es zu stark mit ihm verdorben. Ihr müßt nun abwarten, ob die Zukunft es wieder
in Ordnung bringt.« Er wollte noch mehr sagen, da schrie Eggert, kreideweiß im Gesicht: »Sag’
deinem Vater, ich hätte es wirklich getan! Ich wäre der Pfeifer! Ich hätte vom Haus weg wollen,
ich hätte den muffigen Geruch zu Hause nicht mehr ertragen können, darum hätte ich es getan!
Daß er stolz ist! Daß er recht gehabt hat, und als ein wahrhafter Mann in die Grube fährt!«

Der Knabe richtete sich auf und sagte, indem ein schönes Leuchten über sein Gesicht ging:
»Bruder ... unser Vater hat sich geirrt ... jeder Mensch kann irren ... Bedenke ...« Sein Gesicht
war voller Zutrauen und Lust, zu werben, zu gewinnen, des Bruders Seele zu erobern. Er war
daran, zum erstenmal in seinem Leben, einen Menschen zu bilden, eine Seele zu überwinden.

Aber der Sinnlose sprang auf und stand mit rasender Gebärde vor ihm und hob die Hand,
ihn zu schlagen. Als der Knabe aber stehen blieb und ihn mit diesen reinen guten Augen ansah,
als wollte er sagen: ›Tu’ es, Bruder! Vielleicht hilft es dir und löst deinen Zorn!‹ schrie er in
sinnloser Wut: »Scher’ dich! Weg mit dir!« und wies nach der Tür.

Da führte der junge Ludwig den Aufweinenden aus der Stube wieder zu der Alten, versuchte ihn zu trösten und sagte freundlich: »Du mußt es nicht glauben, was er sagt … er verstellt sich jetzt in allem, was er tut und redet. Sag' deiner Mutter, daß wir alles getan haben und noch in dieser Stunde tun, daß er uns später mal schreibt. Wir machen das so in unserer Weise, so von achtern, ohne daß er es merkt und wild wird. Von euch will er nun vorläufig nichts wissen … Geh nur … fahr wieder nach Haus. Es war unpraktisch, daß du kamst. Auf diese Weise wird es nur immer schlimmer. Geh nur … dein Paket bring' ich dir wieder mit.«

Die alte Frau sah ihn mit stillen, ruhigen Augen an …»Du mußt ihn reisen lassen,« sagte sie. »Das Reisen, das Weitfortlaufen … einerlei, wohin … das ist nun das beste für ihn. Kennst du das nicht auch ein wenig? Bist du nicht auch so aufs Geratewohl von Hause weg gegangen … ich kenne doch deine Gegend … nach der Geest hinauf … und dann immer so weiter … und du warst toll von Erwartung, ob da nun ein Berg von Glas käme oder ein Loch in der Erde mit einer dicken Kröte, die wahrsagen konnte?«

»Ja,« sagte er altklug, mit hochmütiger Sicherheit: »Als ich ein Kind war, da dachte ich so!«

»Ja,« sagte sie, »viele bleiben bis zu fünfundzwanzig, und viele bleiben zeitlebens Kinder. Immer drauf los … ohne Gedanken … ohne nach einem Wegweiser zu sehen! Laß ihn reisen! … du hältst ihn nicht auf … und wein' nicht so.«

Sie wollte ihn zurückhalten, daß er noch ruhte und äße. Er aber dachte nun, da er mit seiner Aufgabe hier zu Ende war, an die Sorge, die sie zu Hause um ihn hatten. Er dankte der alten Frau und lief nach dem Bahnhof zurück.

Unterdes war daheim auf dem Hof am Deich große Unruh um ihn. Harm der Zimmermann war am Morgen in seine Kammer gekommen, hatte zu seinem Schreck sein Bett unberührt gefunden, war sofort auf den Gedanken gekommen, daß er hinter dem Geflohenen her wäre, war zu den Ludwigs und von da nach dem Bahnhof gegangen, und hatte so erfahren, daß es war, wie er sich's gedacht hatte.

Als er nach Haus zurückkam und in die Küche trat, fand er seine Mutter vor dem Herd stehend, den Kopf zwischen den Händen. Es war noch ganz früh am Tag und in der großen, niedrigen Küche noch fast dunkel. Das Feuer warf den Schatten ihrer großen Gestalt, die im Weinen zuckte, gegen die dunklen Balken. Sie sah ihn mit verzweifelten Augen an und sagte: »Ich weiß schon: der eine ist über alle Berge und der andere liegt irgendwo im Wasser.«

»Ach, Mutter!!« sagte er, »rede doch nicht so was! Deine Kinder gehen nicht ins Wasser … sie haben alle zuviel von deiner Art. Ja … Vater … der könnte es tun … aber wir, deine Kinder, nicht. Eggert, statt ins Wasser zu gehen, ist unterwegs, um auf den höchsten Berg zu klettern und den Goldklumpen herunter zu holen, der da liegen soll, und dann nach Jahren, hinten und vorn vergoldet, wieder zu kommen und vor seinem Vater und seinem ganzen Kirchspiel zu prahlen: ›seht, was ich für ein Mensch bin!‹ Und Reimer ist nach Hamburg gefahren, um seinem Bruder noch einmal ins Herz zu reden und ihm Bücher zu bringen, aus denen er die Welt kennen lernen soll. Denn er kennt die Welt und kennt die Seelen, sagt er! Er kann damit machen, was er will, sagt er! Andere, sagt er, kennen sie nicht, er allein kennt sie! Vielleicht macht er nachher noch einen Abstecher nach Berlin, um zu versuchen, ob er dem Kaiser eine Zacke von seiner Krone abschwatzen kann. Denn er kann alles und zwar besser als andere Leute … Und das hat er von dir.«

Da wurde sie stiller und ging zu Emma, die in der Milchkammer arbeitete, und auch zu ihrem Mann, der im Stall war, und sagte ihnen, wo Reimer wäre. Dann gingen sie alle ihrer Tagesarbeit nach. Sie waren aber alle in großer Angst um den Knaben. Die Mutter stand am Fenster in der Küche und spähte nach dem Weg, der zu dem kleinen Bahnhof führte, und nach der Straße hinaus, die von der Stadt kam; und wenn sie hinaustrat, um deutlicher zu sehen, sah sie ihren Mann an der Ecke des Hofs stehen und in dieselbe Richtung starren. Er stand da ohne Mühe, ohne die er sonst nie das Haus verließ; der Wind spielte mit seinem dünnen ergrauten Haar. Sie stand lange und sah nach ihm hinüber, in ihren grauen Augen ein Gemisch von Haß, Ehrfurcht und heißer Liebe. Dann ging sie wieder an den Herd. Harm war in die Stadt und zur Arbeit gefahren. Abends kam er wieder.

Bald nach ihm kam auch Reimer. Er ging nicht in die Stube, wo der Vater und Emma waren, sondern ging in die Küche, wo seine Mutter und Harm waren, und setzte sich müde und bedrückt auf die Wasserbank und erzählte, wie er ihn getroffen und was er gesagt hatte. Seine Niederlage verschwieg er – es war ihm zu beschämend, sie zu gestehen –; er tat so, als wenn Eggert ihn überhaupt nicht hatte zu Wort kommen lassen. Als er fertig war, lehnte er den Kopf auf den Tisch und weinte.

Die Mutter, da sie den auf der Wasserbank in Sicherheit wußte, war mit all ihren Gedanken bei dem andern und sah ihn so ... so zornig und sinnlos in die Welt laufen, und Zorn und Kummer schlugen über ihr zusammen und sie sagte jäh, mit bösem Gesicht: »Euer Vater hat mir meinen Jungen ganz verrückt gemacht ... und er ... er selbst...« und sie wollte ein arges Wort sagen; denn es vertrug sich durchaus in ihr, daß sie ihren Mann über alles liebte und ihm danach zuweilen bitterlich gram war. Ihre Liebe war die des Blutes und nicht des Geistes. Gegen seinen Geist hatte sie oft gehadert.

Aber Harm kam ihr zuvor und sagte klar und hart: »Still, Mutter! Wenn du so etwas sagen mußt, so sage es vor dir allein und nicht vor den Ohren deiner Kinder! ... Und nun will ich euch beiden mal etwas sagen ... was ich mir heute bei der Arbeit und auf dem Weg so ausgedacht habe ... Hört mich an! ... Was ist uns in diesem Winter passiert? Da ist zuerst das Pfeifen! Wir wissen nicht, was es gewesen ist ... Ein Tier ... ein Windstoß? Kaum möglich ... Eggert? Nein ... er kann wohl Faxen machen und ist ein Schelm ... aber es fehlt ihm das Rasche und die Schläue, die zu solchem Stück gehört; auch hätte er sich, nachdem Emma davon zusammenbrach, ganz anders benommen ... Die Ludwigs oder sonst jemand vom Dorf? Aber wie sollten die so flink und ungesehen über das leere Feld zurückkommen und warum sollten sie es tun? Das Mädchen? Unmöglich! ... Da es nun feststeht, daß es irgendwie und zwar natürlich zugegangen ist ... denn an Hexen glauben wir nicht ... so bleibt der Knecht. Ich sage, der Knecht hat es getan! Aber warum hat er es getan? Aus Bosheit? Ich glaube nicht – ein schlechter Mensch war er nicht. Aus purer Lust am Unfugmachen? Das scheint mir auch nicht. Ich will es euch sagen! Ich will sagen: es könnte ihn irgend etwas in unserem Hause geärgert oder gereizt haben ... irgend etwas ... und das könnte ihn dazu getrieben haben. Und was wäre das? Was konnte diesen fremden Menschen kränken und reizen, daß er dies Stück aufführte, das nun als Elend über uns gekommen ist?! Darüber habe ich nachgedacht. Ich habe heute zum erstenmal in meinem Leben versucht, unser Haus und uns alle mit den Augen eines fremden Menschen, der von draußen hereinkommt, anzusehn. Was konnte ihn ärgern, und zwar mit Recht? ... Und da will ich euch nun dies sagen: Seht, da ist der Vater: wie ist er verschlossen, wie still für sich! Keiner kennt ihn! Wir Kinder ... wir ahnen ihn nur. Du selbst, Mutter ... ich sehe es oft an dem Blick, mit dem du ihn ansiehst: Du fragst immer noch an ihm und rätselst. Reden, sich aussprechen, sich in Unterhaltung mischen, wohl gar lebhaft werden: das ist für ihn, was für einen ungeschickten Menschen das Glatteis ist. Ich weiß wohl, daß er im ganzen und großen unschuldig an diesem seinem Wesen ist. Seine Vorfahren haben alle auf einsamen Höfen gearbeitet und ein jeder ging einsam hinter seinem Pflug. Gut! Es ist alles natürlich, und es ist alles so wahr. Aber welchen Eindruck hat ein Fremder davon?! Einer, der aus einem lebhafteren Volk kommt und selbst ein heiterer, gedanken- und redefertiger Mensch ist?! Er hat den Eindruck: ›Warum ist der Mensch so gefroren? Was hat er? Was ziert er sich? Was stellt er sich an? Ist er hochmütig? Ist er stolz? Sind die Menschen nicht gut genug für ihn?‹ Sieh, so mochte der Knecht wohl denken! Und weiter: Da bist du ... Du! du bist eine gute Frau und Mutter; du bist sogar sehr gut! Aber du bist zu stolz auf Mann und Kinder. Obgleich du zuweilen tüchtig auf uns schiltst ... weil du uns nämlich noch länger, noch stolzer, noch klüger wünschst ... du bist doch überzeugt, daß keine Frau einen solchen großen, ruhigen und ernsten Mann hat und so kluge und tüchtige Kinder, wie du. Den Wert anderer Familien, anderer Kinder siehst du nicht; dein Urteil ist rasch, und meist ist es hochfahrig, und oft ist es hart. Diese deine Art sah der Knecht und dachte: ›Was fällt der Frau ein? Was hat sie? Meint sie, daß andere Mütter nicht auch wackere, kluge Kinder haben? Was fällt ihr ein? Ist ihr Geschlecht ein Volk von Habichten ... sind nicht auch Sperlinge darunter, sind sie nicht vielleicht alle Sperlinge?‹ Weiter ... da sind wir Kinder! Wie hoch denken wir von diesem Hof, von diesem Haus, von unseren Eltern, von unseren Geschwistern! Fremde Menschen? Die brauchen wir nicht! Wir gehn nicht zu ihnen; sie mögen zu uns kommen! Wenn wir aber mal mit ihnen zusammenkommen, so haben wir Sorge ... besonders du, Mutter ... ob wir auch mit reinen Ellbogen nach Hause kommen ... Sieh, so ist es! So ist unsere Art! Und das konnte ein kluger Fremder wohl bald erkennen, und es konnte ihn wohl reizen, uns einen Tort anzutun und einen Stoß zu geben, daß wir davon erwachten, unsern Stolz ein wenig zu erschüttern, daß wir zu einer neuen Erkenntnis kämen. Und so glaube ich denn, daß der Knecht der Pfeifer gewesen ist. Daß sein kleiner Stoß sich so schlimm, so heftig, ja so verderblich auswirken würde, so wie ein Steinwurf ins Wasser Welle auf Welle fortwirkt: Emma dauernd krank, Eggert beschuldigt und in der weiten Welt, unsere ganze Familie verstört ... das hat der Lump, der kecke Hanswurst, nicht bedacht und nicht gewollt ... Wir aber, Mutter, wir müssen, was er böse gemacht hat, zum Guten wenden! Ich sage euch: wir müssen danach trachten, daß wir gerechter und freundlicher gegen die Menschen sind, auch mitteilsamer! Bring' Vater unter die Menschen, Mutter! Laß deine Kinder zu anderen Kindern laufen als zu ihres gleichen! Greif nicht gleich an dein rotblondes Haar, als wenn du es raufen willst, wenn sie mal einen unfeinen Ausdruck oder gar ein Läuschen mit nach Hause bringen! Kurz, laß uns zutraulicher, freundlicher, mitteilsamer, neugieriger, respektvoller zu anderer Menschen Leben und Weise werden!«

So redete er. Es kommt für einen jeden Menschen, der sich voll auswächst, der Tag, wo er den Eltern gleich wird, und danach der, wo er ihr Führer wird und vielleicht der Führer der Geschwister. Für Harm kam dieser Tag früh. Sein Vater hörte schon seit Jahr und Tag auf ihn; es war ihm ein angenehmes Gefühl, eine Empfindung von leiser Sicherheit, wenn er ihm zuhörte. Seine große Mutter geriet an diesem Tag unter seine Führung. Sie saß auf dem Herd, die Augen fragend auf seinem Gesicht, hielt die Hände im Schoß und sagte kein Wort. Sein Bruder Reimer sah mit klugen, ernsten Augen zu ihm auf. Unter seinen Geschwistern war er schon seit Jahr und Tag der Häuptling gewesen.

Sie saßen noch lange beieinander und beredeten noch, daß sie unter sich nun diesen Glauben haben wollten, daß der Knecht es getan; und sie wollten es auch den Kleinen wenigstens andeuten, damit sie denn also sicher wären, daß die unheimliche Begebenheit sich nicht wiederholen würde. Auch dem Vater wollten sie ihren Glauben mitteilen, aber mit besonderer Vorsicht und nur als eine unsichere Meinung; denn dem Vater würde die klare Erkenntnis, daß er seinen Sohn falsch beschuldigt hätte, fast zur Verzweiflung bringen. Emma aber wollten sie nichts sagen und auch den andern verbieten, es ihr zu sagen. Sie betrachtete und streichelte mit Augen und Händen das kleine goldene Herz, das der Knecht ihr geschenkt, und dieser Glaube und diese Freude sollte der so Stillen und Traurigen nicht verstört werden.

Als es Nachtzeit war und sie auseinander gingen, sagte Harm in der Kammer zu Reimer: »Ich gehe ja nun in acht Tagen nach Kiel und kann also nicht mehr wöchentlich nach Hause kommen und nach den Rechten sehen, und Eggeit ist weg. So geht es nun nicht an, Reimer, daß du schon diese Ostern aufs Präparandeum gehst. Es geht nicht anders: du mußt noch ein Jahr beim Hause bleiben, damit Vater, nachdem Eggert weg ist, doch eine kleine Hilfe an dir hat, nicht allein bei der Arbeit, sondern auch, um seine Not mit zu tragen und ihn zu ermuntern. Denn wenn er trübsinnig würde oder in Verzweiflung fiele, das wäre über die Maßen schrecklich. Es muß auch jemand hier sein, der mir ordentlich Nachricht schickt, wie es mit jedem einzelnen und mit allen geht und steht; denn mit Mutters Briefen ist es nichts.«

Der kleine Reimer sah ihn mit seinen hübschen, klugen Augen still an und sagte: »Das habe ich mir alles genau so gedacht ... merkwürdig ... genau so, wie du es sagst! Ich dachte mir, daß du genau so denken und zu mir sagen würdest. Merkwürdig, wie genau ich immer weiß, wie es in einem anderen Menschen aussieht!«

6. Kapitel
Das Fähnlein

Acht Tage später fuhr Harm Ott nach Kiel und wurde bei der ersten Matrosendivision eingekleidet und machte acht Wochen lang seine infanteristische Ausbildung durch. Als diese beendet war, fragte ihn der Kapitänleutnant, dem ja wohl seine helle friesische Erscheinung und das ruhige, überlegte Wesen gefiel, er möge sagen, wozu er am meisten Lust hätte, und stellte ihm Funkentelegraphie oder Signalwesen oder Geschütz zur Auswahl. Er hatte sich die verschiedenen Tätigkeiten, auch die Räume, in denen sie ausgeführt wurden, angesehen, und entschloß sich fürs Geschütz, weil da eine tüchtige Technik dabei war, und man doch wenigstens einen kleinen Blick ins Freie hatte, ja auf einem kleinen Kreuzer sogar ganz in freier Luft stand.

Er kam auf den kleinen Kreuzer ›Frauendank‹ und wurde erst dritter Mann am Geschütz. Es ging ihm zuerst gar nicht gut. Eltern und Lehrer und besonders der Onkel und Lehrmeister, der voller Schelmerei saß, waren allzu wichtig und gütig mit ihm gewesen und hatten ihn gern reden und handeln lassen, da sie seine Verständigkeit und Ruhe erkannten; und so war er etwas zu üppig ins Kraut geschossen und mit Worten und Ansicht zu rasch bei der Hand. Und es zeigte sich, daß die Lehre, die der Knecht nach seiner Meinung seiner Familie gegeben hatte, zuerst für ihn selbst zur Anwendung kam.

Er erkannte das Wesen des kurzen, strammen Stückmeisters wohl; aber erkannte es nicht völlig. Der Stückmeister hielt sie alle, so wie sie da waren, gute und böse, geschickte und ungeschickte, wohl oder schlecht vorbereitete, nicht allein in der Geschützbedienung, sondern überhaupt in ihrem ganzen Menschentum für Anfänger; er behandelte und unterrichtete sie als wenn sie lauter erste Menschen, lauter Adams wären, die er in diese Zeit und ihre Begriffe und Geschäfte, Künste und Ansichten einführen müßte. Es wäre noch angegangen, wenn er sie für Adams vor dem Fall genommen und behandelt hätte, aber er war von Natur mißtrauisch und vermutete leicht bösen Willen. Kurz, er baute sie nicht aus Vorhandenem, er baute sie aus dem Nichts heraus auf, und Harm Ott hatte, gerade weil er der verständigste und überlegenste war, seine Not mit ihm.

Dazu kam in der dritten Woche ein besonders unglückliches Ereignis. Sie fuhren nach einer Übung auf der Reede von Helgoland mit Kurs nach Wilhelmshafen und kreuzten beim dritten Feuerschiff die Elbe; und Harm Ott stand so um zwei Uhr nachmittags in seinen großen, schweren Seestiefeln – denn es war Wind und Regenwetter – an der Reling, da kam ein Frachtdampfer von etwa fünftausend Tons die Elbe herauf und fuhr nicht mehr als zweihundert Meter an ihnen vorbei. Als der Dampfer in gerader Linie neben der ›Frauendank‹ war, sah er, daß es einer von der Levantelinie war, entsann sich des Wortes seines Bruders, daß Eggert Freude an einem Levantebuch gehabt hätte, sah im selben Augenblick eine Figur am Heck stehen, die am Ende sein Bruder sein konnte, verlor in aufwallender, heißer Liebe und Sorge alle Überlegung, und vergaß das Verbot, um diese Stunde über die Schanze zu gehn, weil der Kapitän in seiner Kajüte seine Mittagruhe hielt, trampelte mit seinen großen Stiefeln über Deck und sah, daß er sich geirrt hatte, und entsetzte sich zugleich, daß er jenes Verbot übertreten hatte. Als er sich wieder umdrehte, erschien auch schon der kurze und grobe Stückmeister und schrie ihn an; und er mußte zum Kapitän hinunter. Er dachte, der würde ihm den Kopf abreißen, denn er war ein etwas eiliger und jäher Mann. Und er fauchte auch wie ein Tiger. Als er aber dann den großen Satz sagte: »Und das tut so einer … so einer … der aussieht wie'n Mensch! …« und der hellblonde Sünder sagte: »Zu Befehl … so kam es!« stockte der Wüterich und wurde ruhiger, und fragte, was denn los gewesen wäre. Da berichtete er kurz von seinem Bruder. Da wurde der Kapitän ganz ruhig, rief den Stückmeister und sagte: »Es ist in Ordnung,« und warf von da zuweilen Augen auf ihn, die nicht unfreundlich waren. Aber der Stückmeister behauptete, es wäre von der Wut, die der Kapitän zuerst auf ihn, Harm Ott, geworfen und dann wieder von ihm abgeworfen hätte, ein Stück auf ihn, den Stückmeister, gefallen . .. das wäre immer so… das wäre das Schicksal derer, die zwischen den Menschen in der Mitte ständen und dafür zu sorgen hätten; daß die ganze Kiste richtig gepackt würde. Und er blieb Harm Ott gram und machte ihm das Leben sauer.

Er wurde trotzdem gegen Ende des ersten Jahres Obermatrose und machte im Frühjahr die Reise nach den Azoren mit, worauf sich die ganze Mannschaft schon das ganze Jahr hindurch unsagbar gefreut hatte. Er freute sich an allem, was er sah: an der langen Reihe der machtvollen englischen Kriegsschiffe, an denen sie vor Queenstown vorbeifuhren, an den fremdartigen Fischerfahrzeugen an der spanischen Küste mit ihren Männern und Segeln – wie leicht sie waren und in den Wellen tanzten! – und an dem blendenden Glanz des Lichts, das vom Himmel herabbrach und die weite tiefblaue See mit smaragdenem Schein überwarf, und an den schmalen Straßen in Funchal, deren Luft in Sonnenglut bebte. In Funchal lagen sie drei Tage auf der Reede und sie waren zweimal in der Stadt, kletterten in Haufen und Häuflein in die Weinberge hinauf, rutschten auf den Ochsenschlitten wieder herunter, strichen durch die engen, holprigen, schmutzigen Straßen, standen vor den Läden mit ihrem Schund und Tand, und saßen zuletzt, sechs oder sieben, alle so zweiundzwanzig Jahr alt und Obermatrosen, und darin gleich, daß sie alle ernste Leute waren und auf sich hielten, unter einem gelben Sonnensegel an den kleinen Marmortischen und nippten am süßen spanischen Wein und blinzelten in die goldene Glut, die in die Straße hinunterprallte. Sie hatten sich so gesetzt, daß sie fern auf der Reede ihr Schiff sehen konnten, das ihnen, seit sie auf fremdem Meere trieben, noch viel mehr als daheim, Heimat, Stolz und Liebe war. Zerlumpte Männer gingen vorüber, barfuß, bunte Tücher um Kals und Leib, das pechschwarze krause Haar tief in die Stirn hinab, die Zigarette lässig im Mund, Frauen mit stumpfen schwarzen Augen in bunten Kopftüchern, in wiegendem Rock, Esel mit Menschen und Früchten beladen; eine feingekleidete Frau mit schwarzem Spitzentuch um den Kopf schritt rasch vorüber. Das Pflaster war schmutzig, übersät vom Mist der Tiere, von Apfelsinenschalen und Zigarettenenden; ein toter Hund lag im Rinnstein.

Sie saßen da ziemlich lange und sahen auf das bunte, fremde Bild und kamen in ihren Gedanken von selbst auf die Heimat und ihre Menschen, wie sie so anders wäre, und sahen sie im Geist, und kamen zuletzt jeder auf sein eigenes Leben: wie es denn nun gekommen wäre, daß sie hier nun säßen, in ihrem sauberen Zeug, Matrosen, Obermatrosen, welch einen Weg sie gegangen wären. Und sie überdachten es und suchten die einzelnen Stationen zu erkennen, so wie man auf einen Bergweg zurücksieht, der halb schon im Nebel versank. Sie waren alle strebig und ein wenig stolz darauf. Langsam, ruckweise, ihnen selbst unbewußt, vom Tage das Seine nehmend, waren sie zu klarerer Erkenntnis, zu helleren Augen, zu strafferem Willen, zu rascherem Schwung, zu schönerem Ernst, zu edlerer Würde gelangt. Über dies alles dachten sie nach; und es dauerte nicht lange, so redeten sie hierüber. Sie sprachen darüber: ob und durch welche Begebenheiten, vielleicht gar durch welche einzelnen, ganz bestimmten, ein Mensch ein Licht bekäme, einen Anstoß zu munterem Vorwärtsgehn. Und einer, ein dunkelblonder Württemberger von breiter Figur und schwerem Gesicht, sagte: »Was mich angeht, so glaube ich, daß ein ganz besonderes Erlebnis, nämlich eine Unterhaltung, die ich einmal hatte, mir eine große Hilfe gewesen ist.« Da sagten sie: »Erzähle!'

»Ja,« sagte der Schwabe. ... »ihr wißt, daß noch vor vierzig Jahren viele nach Amerika auswanderten, weil es hier im Lande noch alles bedrückt und eng war. Man arbeitete hier noch nicht hell und frisch drauflos, und man lachte auch noch nicht aus freiem Herzen. Nun, da wanderte auch der Sohn unsers Nachbarn aus, siebzehn Jahre alt, ganz arm, Kind eines Tagelöhners. Durch vierzig Jahre hörte man wenig oder gar nichts von ihm und man hatte ihn fast ganz vergessen; nur seine Schulkameraden und Jugendgenossen, die Tagelöhner des Dorfes, sprachen noch zuweilen von ihm, weil sie ihn gerne gemocht; denn er war ein munterer und freundlicher Junge gewesen. Als ich nun vor einigen Jahren – ich hatte meine Lehrzeit hinter mir und war achtzehn, und war mächtig gierig auf ein freies Leben und die ganze Welt – auf einige Wochen nach Haufe kam, war er, zum erstenmal nach vierzig Jahren, wieder nach Deutschland gekommen und war in seinem Heimatsdorf. Es war Sommer und am Tag des Kinderfestes und er nahm daran teil; und auch alle seine Schulkameraden waren zugegen; denn dies Fest ist in unserm Dorf ein großer Tag für alle, weil die Kinder ja uns allen gehören. Und da waren denn nun am Nachmittag, als die Kinder ihren Umzug durchs Dorf beendet hatten, alle, die von seinen Jugendgenossen noch lebten, um ihn versammelt und er stand unter ihnen und plauderte mit ihnen, ganz in alter Weise, von vergangenen Zeiten. Und seht... da war nun der Unterschied! Die älteren Schulkameraden und Jugendfreunde, die in der Heimat und im Dorf geblieben, die waren geblieben, was sie damals gewesen, und standen da: verknorrt, gebeugt, unsicher, arm, so recht wie schiefe, alte Weidenbäume am dürren Ufer; er aber war, obwohl man auch ihm ansah, daß er hart angefaßt und sich wacker umgesehn hatte, ein Mann geblieben, wie die Natur in ihm es gewollt hatte: stattlich und grade, mit behenden Augen, mit ruhigen, schönen Bewegungen und sicheren frischen Worten; und er sprach zu ihnen von Welt und Menschen, davon sie nichts gesehen, davon sie sich nicht einmal ein Bild machen konnten. Und wenn er auch wohl von Geburt tüchtiger war, als die meisten, die da um ihn standen: er war doch allzu hoch über sie aufwärts gestiegen. Seht: dieser Unterschied fiel mir jungem Schelmen auf und machte mir schwere Gedanken, so daß ich den ganzen Tag stumm umherging. Und als er am Abend darauf bei meinen Eltern zum Besuch war und vor der Tür auf der Bank saß, sagte ich zu ihm: »Hört mal, Nachbar ... ich möchte Euch zweierlei fragen.« Er warf den Kopf zu mir und sagte in seiner lebhaften Art – ich glaube, er war in seinem Staat da drüben so was wie Abgeordneter und war gewohnt, sich die Dinge im Kopf zu ordnen –: »Überlege es dir gut und komm in der richtigen Reihenfolge.« »Ja,« sagte ich, »die Reihenfolge ist schon da: erst, mal wollte ich dies sagen: Ihr gingt als Siebzehnjähriger weg ... in meinem Alter ... ich denke, weil Ihr gehört hattet, daß man dort weiter käme. Glaubt Ihr nun, daß Ihr, indem Ihr auf diesen Gedanken kamt und ihn auch ausführtet, eure Jugendgenossen, die da gestern mit Euch auf dem Platz standen, an Geist und Willen überragtet ... oder hat das Land da drüben Euch so weit gebracht?«

»Erst dachte er ein wenig nach, dann sagte er: »Beides! Ich war wacher und rascher als die andern. Und dann: das Leben bot dort mehr Möglichkeiten... Aber nun ist ja auch in Deutschland Leben und Wandel genug, und wer kann und will, wird auch hier was erreichen. Nun das Zweite.«

»Ja,« sagte ich ... »dann wollte ich noch wissen: Könnt Ihr sagen, wann und wie es anfing, daß Ihr in wirtschaftlichen Dingen vor vielen anderen vorwärts kamt?«

»O ja,« sagte er, »das kann ich auf Tag und Stunde, und ich will es dir erzählen! Als ich drüben drei Jahre bei einem englischen Farmer, nicht weit von einer kleinen Stadt in Wiskonsin, gedient und Sprache, Land und Leute kennen gelernt hatte, zog ich in eine andere, etwas entferntere Stadt dieses Staates. Ich zog dahin, weil ich gehört hatte und auch selbst erkannte, daß sie, jetzt noch klein, wachsen würde. Ich war da erst ein halbes Jahr lang Arbeiter... so hier und da ... um zu sehen, wo sich eine Gelegenheit böte. Als ich dann erkannt hatte, wie alles lag und stand, machte ich mit dem verdienten und ersparten Geld an der Straße, die nach der besten Farmergegend führte, einen kleinen Laden auf und verhökerte und verschickte Waren an sie. Da ich nun sowohl wach wie ehrlich war, ging das Geschäft ganz gut; und mancher – nun höre zu – wäre zufrieden gewesen und hätte Dollar auf Dollar gelegt, ganz langsam, immer beide Augen auf den herrlichen Tag gerichtet, wo er als ein kleiner Rentner würde leben können, weil er schon jetzt nicht recht mehr arbeiten, denken und wachen mochte, kurz, weil er schon jetzt nicht mehr leben mochte. Denn ist das Leben: im selben Beharren immer auf dieselbe Stelle treten?! Ich war eines Tagelöhners Kind aus diesem stillen Dorf; ich kam aus großer Tiefe und Stille. Ich hatte von meiner armen, engen Jugend her noch schwere Erde an den Füßen und hatte etwas Unsicheres und Schwerfälliges an mir, oder vielmehr in mir ... genug, ich trat auch, wie jene Langweiligen, eine Zeitlang, ein Jahr lang, auf dieselbe Stelle. Aber dann ging es vorwärts. Und den Tag und die Stunde kann ich nennen. Als ich nämlich eines Vormittags dabei war, für meine Kunden, die Farmer, Kisten und Körbe zu Packen, und die zweite und dritte ... dann die siebente und achte stopfte, packte und nagelte, kam mir plötzlich der Gedanke ... wundere dich nicht, daß es so einfach ist und bedenke: so einfach es ist, es enthält, glaube ich, alles Vorwärtskommens Grund und Ursache sowohl der einzelnen Menschen wie der ganzen Völker ... ich dachte: das, was du hier tust, wahrhaftig ... das könnte ein anderer tun:

ein Jüngerer, oder ein Schwächerer, oder ein Unbegabterer, oder ein Schläfrigerer! Er könnte es ebenso gut wie du und könnte sich dabei wohlbefinden. Du aber solltest Schwereres, Neueres, Vornehmeres tun! So dachte ich und richtete mich auf, und trat vor die Tür, und pfiff einem früheren Arbeitskameraden, der da über den Platz ging. Sieh, von der Stunde an bin ich mit Bewußtsein vorwärts gekommen.« Sie nickten alle und sagten: »Ja … ja … das ist es!«

Da beugte sich Harm Ott vor und sagte, ein wenig verlegen: »Ja … da bei dir war es also ein Mensch! … Wenn ich es erzählen darf … so weiß ich etwas anderes zu berichten.«

»Erzähl'!« sagten sie.

»Ja,« sagte Harm Ott … »ich … ich war so um sechzehn, siebzehn und in der Lehre, und wurde von meinen Eltern und dem Lehrherrn ein bißchen zu weich behandelt … da geriet ich in eine Gesellschaft von jungen Menschen, die mir wohl fürs ganze Leben hätte verderblich werden können. Wir hatten allesamt Räder und machten damit gemeinsame Fahrten, und benutzten sie besonders sonntäglich, und zwar zu dem Zweck, uns recht weit von unserem Heimatsbezirk zu entfernen. Dort, einige Meilen in der Fremde und in einiger Sicherheit vor Bekannten, trieben wir uns dann halbe Tage umher, prahlten in den Wirtschaften, redeten ältere Leute mit altklugen, protzigen Worten oder wohl gar mit Neckereien an, belästigten und kränkten junge Mädchen, die des Wegs kamen, beraubten Obstbäume ihrer Früchte, und entgingen völlig unverdienter Weise der Tracht Prügel, die wir auf jeder dieser Fahrten von seiten der Einwohner, besonders der jungen Burschen des Ortes, reichlich und unverkürzt verdient hätten. Dies Treiben dauerte so einen ganzen Sommer hindurch und bis in den Herbst hinein; und ich weiß, was mich angeht, weiter nichts Verständiges oder gar Erfreuliches darüber zu sagen als nur das eine, daß ich doch wenigstens soweit anständig blieb, daß ich mein Rad, das mein Onkel und Lehrherr mir geschenkt hatte, in einem netten und saubern Zustand erhielt.

»Eines Sonntags nun, als wir wieder zu unserm törichten und liederlichen Treiben auszogen, hatte ich, eitel und spielig wie ich war, um mein Rad zu zieren, auf der Lenkstange ein hübsches Fähnlein in den Landesfarben angebracht, so groß wie eine Kinderhand. Während nun unsere kleine Gesellschaft unter allerhand losen, leeren, und prahligen Unterhaltungen dahinfuhr, sah ich wieder und wieder nach meinem Fähnlein, und zuerst zwar mit keinem andern Gefühl als dem eines kindischen Stolzes über die kleine lustigflatternde Zier, die nur ich allein auf meinem Rade trug. Aber bald, da ich immer wieder dahin sah, war mir so, als wenn das kleine Ding in einer zwar stummen, aber sehr eifrigen Weise redete: »Wie ich lustig flattre! Wie steil ich stehe! Ich bin nur klein … aber was für ein tüchtiges Wesen ich bin! Immer grade! Immer tätig! Ich feire nicht einen Augenblick! Ich kämpfe immer mit äußerster Frische mit dem Wind! Ich werde nicht müde, ich falle nicht um!« usw. Ich nahm zwar immer noch an der Unterhaltung meiner Spießgesellen teil, aber ich hörte nicht recht mehr hin, und allmählich wurde ich still und hörte immer mehr die Rede, die der kleine bunte, steile Zwerg mit seinem flatternden Ärmchen immerfort hielt. Und am Ende kam ich gar soweit, daß ich es dem kleinen Ding nachmachte, und steil und grade auf dem Rade saß und ein ernstes Gesicht machte. Und allmählich, da wir auf der graden, einsamen Straße weiter fuhren, glich ich so wenig dem, der sonst mit seinen Gesellen übers Land fuhr, daß sie sich wunderten und mich fragten, was es denn mit mir wäre. Ich aber war versunken in Betrachtungen wie die: ob mein bisheriges Leben nicht eine einzige törichte und zwecklose Bummelei und Spielerei gewesen wäre, ob nicht andere meines Alters … der, und der, und der … mir an Ernst, an guten Erfolgen, an Hoffnungen für die Zukunft weit voraus wären, ob es nicht an der Zeit wäre, mich völlig und kräftig zu ändern. Genug, es genügte dieser eine Tag und dies kleine Ding von einem Flatterfähnlein, mich auf einen andern Weg zu locken. Ich fuhr zwar mit meinen Genossen bis zum Ziel, das wir uns für den Tag vorgenommen hatten; dort aber wußte ich mich von ihnen zu trennen und fuhr allein und früh wieder nach Haus; und ich weiß noch, daß ich auf diesem Heimweg mehr als einmal streichelnd und schmeichelnd mit meiner Hand über das Fähnlein fuhr und ihm sofort half, wenn es nicht auswehte, so als machte ich ihm eine Freude damit. Von dieser Zeit an bin ich dann ernster geworden und habe mir Ziele gesetzt und bin darin nicht mutlos geworden. Ich dachte immer an das steile, grade, unermüdliche Fähnlein. Wenn ich einmal Unglück hatte oder es mir nicht nach Wunsch ging oder Sorgen mich bedrückten, die nicht wegzuschaffen waren, so behielt ich doch guten Mut; ich dachte so in meinem Sinn: ›Wenn nur das Fähnlein flattert!‹ Und so wurde dies kleine Ding und dies kleine Erlebnis die Ursache, daß ein ganzes Menschenleben auf einen anderen Weg kam.« So erzählte er, stolz, doch ein wenig Verlegenheit im Gesicht, und schwieg.

Die andern nickten und sagten: »Ja, ja … so ist es! Wenn man darüber nachdenkt, ist da meistens irgendein Erlebnis, sei es ein Mensch oder ein Buch, eine Reise oder eine geringere Begebenheit, oder so etwas … die geben einem den Ruck.« Dann sprangen sie, da sie sich nach junger Menschen Weise ihres Ernstes und würdigen Nachdenkens plötzlich ein wenig schämten, von dieser Sache ab, und machten sich wieder auf die Erscheinungen der Straße aufmerksam, und waren nun wieder große, neugierige Knaben.

In stillen Stunden aber auf dieser ganzen Reise, nachmittags an Deck und abends in der Hängematte und wo sie sonst ein wenig Zeit hatten, stillen Gedanken nachzuhängen, erwogen sie die gehörten Geschichten. Für Harm Ott aber wurde jene Stunde unter dem schmutzig gelben Sonnensegel in der engen Straße von Funchal von besonderer Bedeutung. Was er dort als sein Erlebnis von sich selbst erzählt hatte, war wohl in der Hauptsache die lautere Wahrheit gewesen; aber es war ihm bisher in seiner Bedeutsamkeit nicht bewußt gewesen. Erst diese Darstellung des Erlebnisses, die jene Stunde gebracht hatte, stellte es ihm in seinem Wert deutlich und klar vor Augen. Erst von jetzt an gedachte er öfter, und immer mit einem Lächeln, das rasch über sein Gesicht flog und wieder verschwand, des guten tapfern Fähnleins, dieses kleinen, steilen Gernegroß von einem Helfer, der ihm damals in den Tagen seiner Jugend erstanden war. Wollte Müdigkeit oder gleichgültige Lässigkeit Besitz von ihm nehmen, oder wollte das Wirrnis im Elternhaus seine Seele allzu hart überfallen und sie niederdrücken, so sah er im Geist das Fähnlein an seinem Rad, lächelte und ermunterte sich, und sagte leise vor sich hin: »Wenn nur das Fähnlein flattert!«

Und er wurde sicherer in seinem eigenen Wesen, und seine Augen wurden klarer; und es erschien ruhige, starke Männlichkeit in ihrer Tiefe.

Sie hatten eine windige, fast stürmische, doch helle Heimfahrt um England herum, und erreichten am zehnten Tag die Reede von Schillingshörn.

7. Kapitel
Sorgen

Acht Tage später bekam er Urlaub und fuhr auf acht Tage nach Haus. Er hatte die Seinen über ein Jahr lang nicht gesehn und wußte wenig, wie es dort stand; denn das Briefschreiben und Berichterstatten der Mutter war nicht von der besten Art. Ob es ihr am Willen fehlte oder an Begabung, sie hatte die Art so vieler Briefschreiber, daß sie das Wichtigste, nämlich die seelischen Dinge, in verschwommenen, unklaren Worten nur andeutete, aber das Körperliche« genau beschrieb. Wie der Vater sein Leid trug, ob Eggert irgendein, wenn auch noch so leises und fernes Lebenszeichen gegeben hatte, wie es mit Emmas Gemüt stand, wie der kleine Reimer sich zwischen seinen geliebten Büchern und den Ansprüchen der Wirtschaft hindurchwand, wie sie selbst in Leid und Zorn und Arbeit ihre tapfere Seele bewahrte: das alles stand in ihren Briefen fern im Hintergrund, in Dunst und Nebel, während dagegen die Kühe und Kälber, die Schweine und Hühner und die kurzen, kräftigen Figuren der kleinen Geschwister im Vordergrund und deutlich greifbar herumsprangen.

Da ihm der Sinn so stand – er wollte sich in seiner schmucken Uniform der Reihe nach der ganzen Familie zeigen – stieg er eine Station früher aus, um seinen Bruder Klaus aufzusuchen, der eine Stunde Wegs vom Elternhaus unterm Abhang der Geest auf geringem Land einen einsamen Moorhof hatte, auf dem er nun schon gegen zehn Jahre mit seiner kleinen Frau und seinen Kindern lebte. Er hatte sich während seiner ganzen Kindheit mit der Mutter nicht gut gestanden. Sie schalt immer an ihm herum, daß er zu weichlich und zu schlaff wäre; und in der Tat war er das ins Schwächliche geratene Abbild seines Vaters. Noch sehr jung, kaum zweiundzwanzigjährig, ein langer, dünner Mensch von schlechter, lässiger Haltung, fleißig, aber ohne rechten Willen, hatte er sich in seiner Sehnsucht nach einem weichlichen und bequemen Umgang und Anhang mit dem ersten besten Mädchen verlobt, das ihm gefallen hatte und das ihm entgegengekommen war, einem gütigen, weichen Wesen, das aber nicht in einer gesunden Haut stak. Sein Vater hatte ihm bei seinen vielen Kindern und eigener Schuldenlast nur soviel Geld mitgeben können, daß er sich einige Tiere und einiges Gerät hatte kaufen können; im übrigen war Haus und Land lauter Schuld, und das Haus war alt und fast verfallen und der Boden nicht ertragreich. Aber da er ganz bescheiden und still lebte und immer fleißig war und sein ganzes Sinnen und Denken immer um die Seinen und um seine Felder spielte, und er seine Hofstelle nur dann verließ, wenn es durchaus nötig war, hielt er sich in seinem Besitz und Stand, und konnte sogar hoffen, daß ihm in älteren Tagen der kleine Hof wirklich gehören würde, der jetzt Eigentum der Sparkasse und der Bank war.

Die kleine Frau sah den Schwager von fern kommen und trat mit ihren kleinen Kindern ... es waren schon fünf da ... vor die alte schiefe Tür und erwiderte sein Mützeschwenken. Da die Erwiderung aber noch matter als gewöhnlich war, fiel ihm schon die Sorge aufs Herz und er dachte: ›Gewiß ist sie wieder kränklich.‹ Sie war mit ihren dreißig Jahren, wie man das bei wenig lebenskräftigen Frauen, die viel arbeiten und sorgen müssen, so häufig hat, schon sehr verfallen. Als er herankam und sie und die Kinder ihm die Hand schüttelten, sagte sie mit ihrer langgezogenen, klagenden Stimme: »Du kommst an keinem guten Tag, Harm. Klaus hat sein bestes Pferd, die braune Stute, verloren; sie ist beim Fohlen eingegangen und das Fohlen ist auch tot. Es ist ein großer Verlust. Komm mit, er sitzt in der Scheune auf der Schrotkiste und ist voller Mühsal. Komm nur mit!«

Er ging mit der Schwägerin und den Kindern, die hinterherliefen, nach der Scheune hinüber und fand Bruder Klaus da auf der niedrigen Schrotkiste sitzen. Er saß da lang und dünn und sehr gebeugt, den Strohwisch, mit dem er das Fohlen abgerieben hatte, noch in der Hand, fuhr sich mit der andern über den schon kahlwerdenden Schädel und sah mit bekümmerten Augen auf die toten Tiere; ein alter Nachbar, der zur Hilfe herbeigekommen war, verließ eben die Hofstelle. Er sah auf, erkannte den Bruder und sagte: »Ein schlechter Tag, Bruder Harm. Sie war erst zehn Jahre alt und sollte mir noch viele Fohlen bringen, und mit den Fohlen wollte ich die Bankzinsen bezahlen. Nun ist die ganze Rechnung entzwei; es geht mir immer alles schief.«

Seine Frau schüttelte den Kopf und sagte mit ihrer langgezogenen, klagenden Stimme: »Alles ... Klaus? Wie kannst du das sagen, Klaus?! Du darfst uns nicht vergessen, Klaus! Er hat es so an sich, Harm, daß er mich und die Kinder immer vergißt!«

»Nein,« sagte Bruder Klaus und raffte sich auf, und ein Zug von gutem Mut, ja von Stolz kam in sein hageres Gesicht, »euch darf ich nicht vergessen, und tu' es auch nicht! Kommt, setzt euch hierher, hier neben mich, ihr kleinen Krabaten alle miteinander! Setz' du dich auf den Haublock, Harm.« Er hob die Kleinen, die diese Art kannten, neben sich auf die Lade, so daß auch Platz für seine Frau blieb, und sagte, indem er sein Leid ein wenig vergaß, da er nun alle seine Leute um sich hatte: »Ja ... so ist es, Bruder Harm! Da mühe ich mich um den kümmerlichen, kleinen Kram, daß alles seine rechte Ordnung hat ... ich habe nicht Sonntag und nicht Feiertag, und werde fünf Jahre früher in die Grube fahren, bloß weil ich auf einem Hof leben und sterben möchte ... und habe solches Pech! Aber ich bin immer ein rechter Tölpel gewesen, Unser Vater sah mich immer schief an; ich erinnere mich noch seiner Augen; es stand immer darin: der wird nicht viel Glück im Leben haben ... und unsere Mutter ... na, du kennst sie ... die schalt mit mir, wo ich ging und stand.«

Seine kleine Frau sah ihn mit ihren großen klagenden Augen an und sagte wieder: »Vergiß doch uns nicht, Klaus ... Er vergißt uns immer, Harm!«

»Oh,« sagte er mit weichem, gütigem Stolz und, indem ein leises, inniges Leuchten über sein sonn- und windverwittertes Gesicht fuhr: »Ihr! ... Nein, euch darf ich nicht vergessen!« Er zog die Kleinen, soweit er sie erreichen konnte, näher an sich, indem er beide Arme ausbreitete. »Weißt du, Bruder Harm, wenn es mir mal schlecht geht ... und es geht mir recht oft verquer; der Roggen hat auch nicht gegeben, was er hätte hergeben sollen ... dann setze ich mich nach dem Mittagessen für eine Viertelstunde aufs Sofa ... länger habe ich nicht Zeit ... oder hier auf die Schrotkiste ... die leider oft leer ist ... und denke über meine Not nach ... Aber was meinst du? Sitze ich da länger allein als eine Minute, ja, als eine Sekunde? Gleich sehen mich die Krabaten, diese kleinen Puppen, und setzen sich neben mich oder auf mich. Und dann bereden wir, wie sie mir helfen wollen, wenn sie groß sind, und was es dann für ein Leben auf'm Hof werden soll. Was meinst du wohl, was dieser kleine Kerl von neun Jahren schon alles kann und will? Der hat im vorigen Sommer schon zwischengefahren, sage ich dir! Und der da ... er ist sieben ... der sagte heute morgen: ›Du, Vater, ich will die schiefe Mauer von der alten Scheune umstoßen und will dir eine neue bauen!‹ Die Mauer ist nämlich wirklich sehr schief, aber ich hatte bisher weder Geld noch Zeit, sie neu zu machen. Nun habe ich sie erst mal mit dem Eschenpfahl gestützt.«

Seine Frau sah ihm, wenn er sprach, unbeweglich und unentwegt mit ihren großen, klagenden Augen auf den Mund, als komme das Evangelium daher: »Du sprichst immer nur von den beiden Ältesten,« sagte sie, »du vergißt immer uns andern.«

»Auch Helden!« sagte Bruder Klaus, »alle Helden, sowie ihr hier sitzt! ... Aber nun sage mal, Bruder Harm, was du mitbringst aus der Welt! Du bist in der großen Stadt gewesen; du bist sogar über die weite See gefahren. Du hast mehr gesehen und weißt mehr als der Pastor, ja, als der Landrat, der hier gestern mit seinen alten Hengsten vorbeifuhr. Sag' mir mal: was ist das mit dem Gerede vom Krieg? Seit 'n paar Jahren grimmelt es bald hier, bald da in einer Himmelsecke, daß man dahin sieht und denkt: nun kommt ein tüchtiges Gewitter! Die Versammlung da ... weißt du ... in der kleinen Stadt in Spanien ...: da war kein guter Geist darin, Bruder Harm! Und seitdem grollt und grummelt es so weiter.«

Aber sein Bruder schüttelte den Kopf und sagte: »Ich glaube nicht, daß ein Krieg kommt. Es ist ja zu ungeheuerlich, Klaus! Du solltest unsere Geschütze sehn! Ich sage dir: ein Schuß davon in dein Haus, und das ganze Haus zerbricht, und aus den Trümmern, die auf der Erde liegen, schlagen die wilden Flammen. Nein, es ist unmöglich!«

»So,« sagte Bruder Klaus ... »also du meinst nicht? Um so besser! Wenn ich daran denke, daß es mal losgehen könnte, dann ist mein zweiter Gedanke immer: Gott sei Dank, daß ich nicht mit hineinkomme! Wenn ich mir denke, daß ich fort sollte, in die Fremde, unter die Massen fremder Menschen, und müßte dann da draußen Posten stehen, und da vorne ... im Felde vor mir ... da wären Menschen, die mich töten wollten und die ich töten sollte ... und mein Hof und meine Leute wären weit ... weit weg ... ich wüßte nicht mal die Himmelsrichtung, wo sie wären ...«

»Ich bitte dich, Klaus,« sagte seine Frau und sah ihn flehend an: »Vergiß uns nicht! Siehst du, Harm, wie er uns ganz und gar vergißt!«

»Nein,« sagte Bruder Klaus und wachte auf, »ich vergesse euch nicht! Nein! ... was, Marie? ... wenn ich euch verlassen sollte? ... in die weite Fremde ... um Menschen umzubringen? Man würde ja wohl verrückt davon! Gott sei Dank, daß es nicht geschieht! Daß ich so weit vom Schuß bin ... schon dreiunddreißig und kein Soldat gewesen und kein starker Mensch ... es vergeht kein Winter, Harm, daß ich nicht meine Not mit der Brust habe ... nein ... dein Vater muß hier bei dir bleiben, was, Peter ... damit du das Bauerspielen lernst ... was? Und die kleine Margret und Annemarie ... was? Ihr müßt doch immer hinter eurem Vater stehn, wenn er die Schweine füttert ... was?« ... Er holte hoch Atem: »Das mit der Stute ist schlimm, ganz gewiß ... aber was soll man machen? ... es ist menschlich ... und das Menschliche muß man ertragen. Aber in den Krieg ziehen ... das ist unmenschlich! ... Aber nun komm hinein und trinke eine Tasse Kaffee mit uns; und dann kannst du weiter zu den Alten gehn.«

Sie gingen alle nach dem Haus hinüber und saßen noch eine Stunde um den Sofatisch. Bruder Klaus hatte immer drei Kinder auf den Knien, die anderen beiden saßen dicht an ihn gepreßt; und alle hatten die großen stummen Augen auf die blanken Knöpfe und das Gesicht des Onkels gerichtet. Dann machte er sich wieder auf den Weg.

In stillen Gedanken über seinen Bruder wanderte er den breiten, sandigen Weg entlang, der unter der Geest entlang geht, und bog dann in den Feldweg ein, der in die Marsch hinabführt, und kam so gegen Abend an das Elternhaus, und machte lange Augen, ob und wer wohl zuerst Lärm schlagen würde. Aber es zeigte sich keiner. Als er sich aber der offenen Tür näherte, hörte er eine Stimme laut und deutlich prahlen, als wenn sie zu einer Versammlung spräche. Er kam näher und horchte; und da merkte er, daß es die männlich gewordene Stimme von Bruder Reimer war, der über die Diele priesterte; und er verstand auch, was sie sagte: »Damals wohnten die Germanen zur Hauptsache, außer in Skandinavien, das sie ganz bewohnten, zwischen Flandern und den Vogesen im Westen, der Oder im Osten, und der Donau und den Alpen im Süden. Sie waren aber noch nicht völlig seßhaft, sondern zogen in diesem Raum hin und her. Und es war unruhig darin wie in einer Milchsatte, an die man mit dem Fuß stößt.«

Nun kam vom Ende der Diele Emmas Stimme, ein wenig müde und langgezogen: »Der letzte Satz steht da nicht. Du weißt es alles ganz richtig und läßt auch nichts aus; aber du setzest immer etwas hinzu, und das darfst du nicht. Denn warum hat der Mann, der dies Buch geschrieben hat, nur dies gesagt und nichts weiter?«

»Weil er keine Kraft und keine ordentlichen Ausdrücke im Leibe hat, Emma ... darum! Wenn ich eifrig werde, kommen mir immer solche Worte, wie diese, und die sind gut. Man sieht die Dinge dann ordentlich, verstehst du? Wenn andre Menschen solche Worte nicht haben ... ich habe sie; und will und kann sie nicht aufgeben. Ich kann mir doch die Zunge nicht abbeißen?«

Bruder Harm stand in der Tür und sah die beiden in der blitzenden Abendsonne. Reimer, größer und breiter geworden, war mit hochgekrempelten Ärmeln beim Reinigen und Schmieren eines Wagens. Emma saß auf der langen Kiste vorm Pferdestall, das Buch auf dem Schoß. Sie saß noch gebeugt; aber sie hatte Buch und Bruder völlig vergessen und sah mit schweren, traurigen Augen vor sich auf die Diele.

»Guten Tag,« sagte er, »alle beide!«

Sie fuhren auf und sahen ihn mit großen Augen an und kamen ihm dann freudig entgegen und gaben ihm die Hand, und wollten gleich mit ihm über die Diele nach den Stuben gehn. Als sie aber sagten, daß die Mutter ganz allein in der Küche wäre, wollte er diese seltene Gelegenheit benutzen, und bat sie, auf der Diele bei ihrer Arbeit zu bleiben.

Sie kam grade aus dem Milchkeller und machte die Tür hinter sich zu und sah ihn dastehn, und verlor die Kraft in den Knien und setzte sich auf die Bank neben der Tür.

Er setzte sich neben sie und sagte lachend: »Da sitzt du! Nun, wie geht es euch allen?«

Sie betastete seinen Ärmel, wie um zu sehn, ob der große schmucke Mensch Wirklichkeit wäre, und sagte: »Junge ... wie fein ist das Zeug! Dafür hast du viel Geld ausgegeben. Aber daran kenne ich dich.« Dann besann sie sich völlig und sagte: »Ich sah dich erst nicht deutlich ... oder was es sonst war ... ich dachte erst an Eggert. Keins meiner Kinder ist so lange von mir fort gewesen wie du und Eggert, und da schoß es mir in die Knie.«

Er fragte gleich: »Habt ihr von Eggert gehört?«

Sie schüttelte traurig den Kopf.

»Und der Pfeifer?«

»Der ist nicht wieder erschienen.«

»Also war es der Knecht.«

»Dein Vater sagt: ›Also war es Eggert.‹ Und im Dorf sagt man es auch. Und das ...« und sie weinte auf ... »das ist furchtbar. Ich habe kein Kind geboren, das schlecht ist, keinen Verbrecher oder Spötter oder Schelmen.«

»Habt ihr nach dem Knecht gesucht?«

»Der Kirchspielschreiber hat hinter ihm hergeschrieben und nach ihm gesucht; aber er ist nicht zu finden. Er meint, er ist wohl ins Ausland gegangen, vielleicht in die Schweiz; die ist ja in der Nähe seiner Heimat.«

Er schwieg eine Weile, da er sah, wie die Not noch immer gleich groß und gleich trostlos war. Dann sagte er: »Wenn Eggert noch nicht an Höbke Suhl geschrieben hat, so hat er das Geld noch nicht zusammen, um es ihr senden zu können. Wenn er das Geld zusammen hat, wird er es ihr senden und ihr schreiben; denn sein Wort wird er halten.« Dann führte er aus, was er sich in stillen Stunden zurechtgelegt hatte, was er der Mutter sagen wollte. »Du mußt es nun tragen, Mutter,« sagte er. »Wodurch ist Eggert in jenen Verdacht gekommen? Grade durch sein Bestes: sein grades, harmloses Wesen, sein unbedachtes Feuer, seine Kunst. Grade dadurch, durch dies sein Bestes! Dadurch fiel er erst den Menschen auf, erweckte dann ihren Verdacht, wurde dann von ihnen angeklagt, und verstand dann in seiner völligen Unschuld nicht seine Verteidigung. Du hast einen guten, wenn auch allzu feurigen und irrenden Sohn in der Fremde; und er denkt mit großer Liebe an dich. Also sei nun seinetwegen nicht allzu traurig ... Schwerer ist die Sache mit Vater. Du bist doch freundlich gegen Vater?«

Sie schluchzte auf. »Wie könnte ich hart gegen ihn sein! Seine Not ist ja noch tausendmal schwerer als meine. Denn ich ... ich weine um ein gutes, verlorenes Kind; er aber glaubt an jedem Tag, vom frühen Morgen bis zum späten Abend, daß er ein böses, verdorbenes und verstocktes hat. Das aber ist das Schlimmste auf der Welt. Und dazu noch dies, Harm ...: wenn einmal der Tag kommt ... und er kann doch kommen ... wo es gewiß wäre, daß er doch unschuldig war, dann wird seine Not nicht besser, sondern nur größer werden; denn dann muß er sich sagen: ›Du hast nicht an dein Kind geglaubt; du hast es zum Schelmen gemacht und aus Haus und Heimat getrieben, und es war unschuldig.‹ Sieh, das erträgt er nicht.« Sie senkte den Kopf auf die Hände und legte die Schürze über das Gesicht und weinte.

Er warf einen scheuen Blick auf das Haar der Mutter, das im letzten Jahr heller und grauer geworden war. Auch er wußte nicht Weg noch Stege. Es war alles so, wie sie sagte. Aber lange konnte er nicht schweigen; er hatte etwas in sich, einen Willen, eine Stimme, die von ihm forderte ... das Leid mochte noch so schwarz sein ...: ›Glaube an das Licht!‹ Er breitete die Hände aus und sagte: »Mutter, ich weiß auch keinen Ausweg, gar keinen! Alle Menschenkraft ist hier zu Ende! Es bleibt nichts übrig, als diese Sache Gott und allen guten Geistern vor die Füße zu werfen und zu sagen: ›Wenn ihr könnt, dann helft!‹ Wer weiß, vielleicht helfen sie über alles Wissen und Verstehen!«

Die Mutter nickte unter Tränen. »Man muß immer hoffen,« sagte sie; »aber schwer ist es, Harm.« Dann wies sie nach der Tür und sagte leise: »Die Kleinen kommen.«

Da ging er nach der Tür und strich den drei Kleinen, die vom Nachbar kamen, über die Köpfe, und fragte jeden nach den Spielgefährten und nach der Schule und nach dem neuen Kalb, das sie besehn hatten. Danach kam auch der Vater von der Mühle zurück. Groß und gewichtig ... er mußte sich bücken, da er durch die Tür trat ... kam er in die Küche. Der Sohn wunderte sich, da er ihn wiedersah, wie groß seine Erscheinung war. Er hatte ln dem ganzen Jahr in der Fremde keinen solchen Mann gesehn, von so ehrwürdiger Erscheinung, keinen, der in hoher, schwerer, etwas zur Erde neigender Figur so das Wort predigte: wie herrlich ist der Mensch und wie mühselig! Auch er war grau geworden; und seine Augen, die immer schon scheu auf die Menschen gesehn, waren nun flüchtig in Not und Scham.

Nachher saßen sie alle um den Tisch und aßen zu Abend; und der Heimgekehrte erzählte von allem, was er gesehn und erlebt hatte, besonders von der Reise, die er hinter sich hatte, die das große Erlebnis seines jungen Lebens war. Der Vater sagte kein Wort; er hörte bald zu, bald wieder weg; dann waren seine Gedanken bei seinem Leid. Auch die Mutter war nicht immer bei seiner Erzählung. Reimer aber war lauter Ohr und Wißbegierde. Er tat unzählige Fragen und ließ keine Ruhe, bis er ein deutliches Bild von allem hatte. Emma hatte erst eine Weile zugehört, während sie am Kleid der Jüngsten nähte. Danach saß sie mit gebeugtem Kopf über einem dicken, altmodischen Buch und las Seite nach Seite, und sah und hörte nichts anderes. Der Heimgekehrte mochte nicht fragen, was für ein Buch es wäre. Dann wurde es Schlafenszeit, und sie gingen auseinander.

Als er mit seinem Bruder Reimer in der Kammer war und sie sich entkleideten, fragte er: »Was war das für ein Buch, in dem Emma las?«

»Ja,« sagte der, »das war ein frommes Buch; ich glaube, es sind Predigten.«

Er schüttelte den Kopf: »Was ist denn mit ihr geworden, daß der Kirchgang ihr nicht genug ist?«

Bruder Reimer hatte sich schon hingelegt, stützte den Kopf auf den Arm und sagte eifrig: »Weißt du, es dreht sich alles um den Knecht. Du erinnerst dich doch der Geschichte, wie sie den Frosch an die Wand warf, daß er ein Prinz würde? Na, siehst du: und nun ist ihr Glaube, daß der Knecht, weißt du, der Knecht ... so einer gewesen ist ... so ein verkappter Prinz. Ich nehme an, daß sie sich mehrfach mit ihm unterhalten hat und er ihr so dies und das aus seinem Leben erzählt hat; aber sie spricht nie davon; genug, sie ist überzeugt, daß er heimlich großes Unglück in sich trägt, Not vom Elternhaus oder von seiner Kindheit, oder vielleicht eine alte Schuld oder was es ist, und daß Gott ihn hierher auf unsern Hof gesandt hatte, daß sie ihm Hilfe brächte; und es ist nun der Jammer und die Not ihres Lebens, daß sie das in ihrer Trägheit oder Blindheit oder Glaubensarmut nicht erkannt hat, und daß er nun also hilflos in seiner alten, schlimmen Not durch die Welt läuft.«

Harm schüttelte den Kopf. »Weiß sie, daß wir ihn beschuldigen, daß er der Pfeifer war?«

»Nein, das weiß sie nicht. Das wagen wir ihr nicht zu sagen; es würde sie auch nur in ihrem Glauben an ihn bestärken.«

»Wer war denn nach ihrer Meinung der Pfeifer?«

»Der Pfeifer? Ja, vielleicht war es Eggert ... wahrscheinlich aber irgendein andrer, Geist oder böser Mensch, der nach Gottes Willen den Knecht verfolgte und beunruhigt; aber wir verstanden es eben nicht; wir waren nicht fromm genug. Vor allem war sie selbst nicht fromm genug. Und so kam es, daß der Knecht ruhlos weiterwanderte und daß sie selbst krank wurde, und daß Eggert das Haus verließ. Das ist nun alles ihre Schuld. Und nun tut sie Buße, und bittet Gott um Vergebung, und bittet wohl vergeblich und weint.«

Harm hatte sich auch hingelegt, atmete schwer und sagte: »Und was denkst du, was wird nun daraus?«

Bruder Reimer richtete sich auf und sagte eifrig: »Erstens geht sie alle Sonntag abend zu Schuster Ehlers, den sie den Heiligen nennen; da betet und singt sie. Und wenn sie von da zurückkommt, ist sie immer etwas froheren Mutes. Und zweitens helfe ich ihr. Ich verstehe sie nämlich ganz gut. Sieh ... es liegt da nichts anderes vor, als ein überzartes Gewissen, und ihr fehlt also weiter nichts, als daß ihr Gewissen stärker und fester wird.«

»Wie machst du das denn?«

»Du hast es ja gesehn, wie du ankamst! Ich tue, als wenn es gut für mich ist, wenn sie mir die Weltgeschichte und alle meine andern Sachen verhört. In Wirklichkeit, weißt du, ist es durchaus nicht nötig; ich hab alles, was ich will, im Kopf, wenn ich es zweimal mit Verstand überlese. Nun priestere ich ihr also alles vor, was mir gut für sie scheint, um ihr Gewissen zu härten. Vor allem Weltgeschichte! Damit sie erfährt, wie es wirklich in der Welt hergegangen ist und noch hergeht! Du sollst sehn, sie wird dadurch allmählich wieder gesünder!«

Harm Ott schwieg eine Weile und dachte über die Schwester nach, und konnte ihr Wesen nicht enträtseln. Dann kamen seine Gedanken mit kaum geringerer Sorge zum Bruder und er sagte: »Und was treibst du Sonntags?« Er dachte an jene üblen Radfahrten, die er in diesem Alter gemacht hatte, die ihn beschämten, so oft er ihrer gedachte.

Bruder Reimer ließ den aufgestützten Arm sinken und sagte mit unsicherer Stimme: »Ja, wenn Emma bei Schuster Ehlers ist, dann bin ich meistens mit den Kindern von dem Hamburger Kaufmann zusammen, den beiden Jüngsten ... Du kennst doch das Mädchen und den Jungen?«

»Ja ... die dunkle,« sagte sein Bruder, »die einen immer so verwundert ansieht. Sie hat so hübsche, erschrockene, verwunderte Augen ... sie mag jetzt so um fünfzehn sein.«

»Ja, die ist es! Mit den beiden bin ich zusammen ... wir drei haben einen Verein gegründet.«

»Einen Verein ... Ihr drei?«

»Ja, wir wollen die Natur entdecken ... besonders die Natur im Menschen! Zuerst wollen wir, daß die Kinder loser groß werden, weißt du: spieliger ... daß sich ihre Natur ausbreitet und zutage kommt, was in ihnen ist. Und danach wollen wir allen Kindern besondere Aufgaben allerart stellen, um ihre Grundbegabung zu finden, wollen ihnen auch alle zwei Jahre allerlei Kunst und Handwerke vorführen, und ihnen dann selbst die Entscheidung ihres Berufs völlig allein überlassen. Dabei soll auf besonders eigenartige Merkmale: Schädelbildung, tiefe Augen, besonders sinnige Antworten und dergleichen Bedacht genommen werden. Uns scheint, dies sei der richtige und einzige Anfang, daß ein Volk und ein Land hochkommt. Ja, man wird sogar große Wunder erleben! Was werden da für Menschen, was für Begabungen aufblitzen! Und in welchen Mengen! Was für Gedanken werden sie denken! Wenn ich auf dem Seminar bin, will ich diesen Plan weiter ausdenken, immer weiter!«

Es war dunkel in der Kammer geworden und Harm sah nichts weiter von seinem Bruder als die längliche Form des Kopfes mit dem Haar, das ein wenig zu lang war; aber er hörte an der Stimme, daß seine Augen von kommender Erwartung brannten.

»Nun,« sagte er, »... und deine beiden Genossen sind ganz mit dir einverstanden?«

»Ja,« sagte Bruder Reimer. »Was den Jungen angeht, so denkt der ja zur Hauptsache immer an seinen eigenen Fall. Er schimpft auf die Schule, und daß sein Vater immer noch nicht erlaubt, daß er zur See geht. Aber das Mädchen ..., ja, die hört mit großen Augen zu, wenn ich es auseinandersetze. Mit sehr großen, sage ich dir!«

»Die hat dich wohl gern?«

»Ja,« sagte er in angenommenem, gleichmütigem Ton. »So wie die Mädchen sind.«

Dann schwieg er, und lag noch eine Weile so wach und unbeweglich, fast atemlos, die Augen in die weite Ferne. Dann sagte er in der prächtigen, sichern und selbstbewußten Art, die er in dieser Zeit an sich hatte: »Ich habe einmal gelesen, daß ein Mensch, der es nachher weit gebracht hat, seine wichtigsten Gedanken schon in seiner Kindheit und Jugend gehabt hat. Die Gedanken, die er nach zwanzig oder dreißig Jahren ausführte, hatte er schon als Junge! Wer weiß, vielleicht ist es mit mir ebenso!«

Dann schwieg er, und schien bald darauf zu schlafen.

Harm Ott aber lag noch lange Zeit wach, die Hände unter dem Kopf verschränkt, erfüllt von all dem, was dieser Tag ihm gebracht hatte. Er sah noch einmal jeden der Seinen vor sich, wie er ihn im Laufe des Tages erlebt hatte: den Vater, die Mutter, die Schwester, den Bruder Klaus und den Bruder Reimer. Zuletzt dachte er auch an den Bruder in der Fremde, und endlich an sich selbst und seine Hoffnung auf ein tüchtiges und angesehnes Leben unter den Menschen. Er ließ sie alle noch einmal an sich vorübergehn und wunderte sich, und dachte fast erschrocken: ›Welch eine bunte Gesellschaft, und alle aus demselben Hause! Wie sollen sie alle ihren Weg finden?‹ Und es wollte sich wieder eine Last auf seine Seele legen. Aber dann ruhte er in seiner Weise nicht eher, als bis er an jeder Stelle, wo Dunkel war, einen Schimmer von Licht sah, und

wo Trauer und Sorge war, einen Schein von Hoffnung, und wo Wege und Stege für Menschen-
augen und Menschensorgen aufhörten, Glauben und Zutrauen zu Gott wie ein stures, kleines
Fähnlein aufgerichtet war, das vor ihm dahinflatterte.

8.Kapitel
Der Besuch

Am andern Vormittag stand er überall in Haus und Feld umher und besah sich alles und redete mit allen, und wußte mit den langen Stunden nichts Rechtes anzufangen.

Am Nachmittag aber machte er sich nach Tisch zu Rad auf den Weg, die Thomsens, die Familie seines Verwandten und Lehrherrn, zu besuchen und sich dort in seinem Glanz zu zeigen; besonders aber die Tochter Lisbeth wieder zu sehen, mit der er eine leidige und mühsame Herzenssache hatte.

Als er sich dem Hause näherte und es daliegen sah, kurz vor der Stadt an der breiten Straße, noch neu, hoch, mit breiten, hellen Fenstern, an der einen Seite einen weiten Gemüsegarten, an der andern einen großen Zimmerplatz, der bis zur Au hinunterging, und an die munteren, lebensfrohen Menschen dachte, die dies große, helle Gewese bewohnten, fiel ihm der Unterschied zwischen seinem elterlichen Hause und diesem sehr auf, und er dachte bei sich selbst, daß er alles und alles tun müsse, daß auch seine Leute wieder munter würden. ›Denn was ist das kurze Menschenleben,‹ dachte er, ›wenn es immer in Nebel geht!‹

Er ging ins Haus hinein und hörte von dem Mädchen, daß die Eltern über Land, die Kleinen in der Schule, die Großen aber auf dem Zimmerplatz wären, ging hindurch und suchte sie. Die beiden Jungen, seine früheren Arbeitsgenossen, freuten sich herzlich, als sie ihn sahen, richteten sich auf, warfen die Deessels über die Schulter und fragten nach allem. Auch Lisbeth, die bei ihnen stand und schwatzte – eigentlich sollte sie in der Küche stehn und Kuchen anrühren – vergaß ganz und gar, daß er ihr neulich in einem kurz gefaßten zornigen Brief verboten hatte, ihm weiterhin so dumme Ansichtskarten an Bord zu schreiben, und freute sich, daß sie ihn wiedersah. Sie stellte sich wie von ungefähr so – er merkte es aber doch – daß er ihr gegenüberstand, und sah ihn mit ruhigen, forschenden Augen an. Sie war etwas älter als Emma, so um achtzehn, und in allen Dingen ihr Gegenteil: ganz hell von Haar und Haut, von langen, großen Gliedern, und von der unbekümmerten Lebenslust ihres Vaters.

Als die beiden Jungen nach der Schleuse gerufen wurden, um da Holz abzuladen, und er mit Lisbeth über den ganzen Platz bis an die Au hinab langsam hinunterging, unter dem Vorwand, zu sehen, was sie auf Lager hätten und was sich etwa verändert hätte, und sie zwischen hohe Stapel Verschalholz kamen, setzte er sich auf einen niedrigen Stapel, so als wenn er sich hier etwas umsehen wollte, und sagte gleichmütig: »Setz' dich und erzähl' mir was!« und dachte, hier an dieser Stelle, wo niemand sie sehen könnte, freundlich mit ihr zu sein, kein Wort von den dummen Karten zu sagen und sie so vielleicht zu einem hübschen kleinen Entgegenkommen zu verführen. Denn wenn er sich über ihr mutwilliges und widerhaariges Wesen, wie zuletzt über jene Karten, auch noch so oft geärgert hatte, er hatte sie doch immer und über alle Maßen lieb. Wenn er an sie dachte und nun gar, wenn er sie sah, kam er immer wieder in einen Rausch von seligem Glück, und vergaß dann, wie sie war und daß er sich so oft an ihr ärgerte. Sie stand dann in einem schönen Schein und Glanz vor ihm, und er dachte nicht anders, als daß dieser große, mutwillige, helle Satan der reine Engel wäre.

Er setzte sich also auf den niedrigen Stapel Verschalholz, obgleich ihm das Holz für die schöne neue Hose eigentlich nicht rein genug war, und fragte sie, die vor ihm stehen blieb, nach ihrem Verkehr und was sie den Tag über triebe – obgleich er es ganz genau wußte – und spürte nach einer Gelegenheit, wo er so vorsichtig und langsam ihr Herz beschleichen konnte. Und zuerst ging es auch ganz gut. Sie erzählte ihm dies und das von den Ihren, von ihrem Umgang, aus der Stadt; zwar etwas übermütig, aber er fühlte doch mit seligem Herzklopfen, wie sie sein guter Freund war und mehr als das; denn er merkte wohl, daß sein Anblick ihr gefiel; denn sie besah mit Wohlgefallen, mit raschen, ruhevollen Augen alles, was an ihm war: Augen und Mund, Mütze und Jacke, und die Stiefel an seinen Füßen. Und er war dicht dabei, bittend und sehr dringend zu sagen: Wie schön und lieb bist du!

Aber da – sie sah wohl an seinen Augen, daß es so mit ihm stand, und meinte wohl, sie hätte des Guten zuviel getan, oder hätte zuviel ihr Herz gezeigt, oder verlangte nach einem andern

Lied oder was es war – sie fing plötzlich von den dummen Karten an und sagte: »Die letzte Karte, die ich dir gesandt habe, war trotz deines Urteils hübsch, mein Bester! Deinen zornigen Brief darüber hättest du dir wirklich sparen können! Aber denke nur ja nicht, daß ich diesen Brief etwa versteckt habe, o nein … den habe ich der ganzen Familie gezeigt und habe ihn jetzt in meiner Kammer an den Spiegel gesteckt und freue mich noch täglich daran; denn ich habe ja genau das erreicht, was ich gewollt habe: dich mal gründlich geärgert … Sag' mal, haben deine Kameraden dich zum besten gehabt? Das sollte mich freuen! Bilde dir doch bloß nicht ein, daß ich mir von dir einen Spaß verderben lasse! Du bist wohl großartig geworden?! Dazu hast du aber ganz und gar keine Ursache. Nein! Am wenigsten mir gegenüber; denn großartiges Wesen ist mir von allem, was es gibt, das ärgerlichste. Du brauchst dir auch nicht einzubilden, daß dir die Uniform besonders gut steht! Manchem andern würde sie viel besser stehn, und wenn meine Brüder bei der Marine wären, so würden die sich besser darin machen. Vor allem die Mütze steht dir nicht gut, deine Stirn ist zu hoch dazu, oder die Mütze ist nicht gerade genug oder was es ist.« So redete sie und sah ihn lustig und herausfordernd an, und um so lustiger, je blasser er wurde.

Es war entsetzlich. Während ihm bei diesem Wiedersehen vor Lust und Freude das Herz klopfte, daß es ihn schmerzte, hielt sie ihm diese Rede! Er fühlte oder ahnte wohl, daß in all diesem Lachen und Angriff im Grunde irgendwie Liebe redete und lachte; aber er mochte und verstand diese Art Liebe nicht. Ihm war es bitterernst damit. Man lacht und spottet nicht, wenn man an einem schönen reinen Sonntagmorgen durch den Wald geht, und auch nicht, wenn man vor einem Altar steht. Er war sehr ärgerlich und unglücklich. Aber was tut ein kluger Mann?! – Wenn sie es so liebte und wenn man sie noch leidlich traktabel erhalten wollte … er wollte es doch nicht mit ihr verderben … so mußte er auf ihren Ton eingehn. Er behauptete lächelnd: »Die Mütze steht mir besonders gut; das haben mir noch unterwegs im Zug zwei schöne Mädchen gesagt!« und er nahm sie vom Kopf und strich das Band glatt, und gab sie ihr, und bat sie, sie mal aufzusetzen.

Sie setzte sich neben ihn und tat es, setzte sie aber verkehrt auf und ließ sich das Band vor der Nase baumeln und pustete dagegen; und war nun wieder anders, war geradeaus und freundlich, und erzählte, daß nachher eine Freundin kommen würde, um beim Kuchenanrühren zu helfen. Und er bliebe doch den ganzen Tag? So plauderte sie und saß völlig unbekümmert neben ihm.

Es war ja hübsch so, und es ließ sich eine Weile so ertragen. Aber am Ende … ein junger Mensch will doch mehr, als zwischen Holzstapeln sitzen und mit seiner Liebsten nichts als plaudern. Er konnte es nicht länger ertragen und dachte, es wäre der Augenblick jetzt günstig, einen kleinen Angriff zu wagen. Als sie aber merkte, was er vorhatte, langte sie schnell nach dem höheren Bretterstapel über sich und sagte, sie würde ohne Besinnen den ganzen Haufen zum Umfallen bringen, wenn er sich noch einmal rührte, und ließ ihn bedenklich schwanken, so oft er nach ihr langen wollte. Sie wollte sich halbtot lachen vor lauter Albernheit.

Er war im Herzen sehr unwillig und wünschte ihr alles mögliche an den weißen Hals; tat aber leicht und großartig, und lachte auch selbst, so als wenn auch er nur gescherzt und gespielt hätte; und stand auf und ging mit ihr nach dem Hause; und sie war guter Dinge.

Als sie die große helle Wohnstube betraten, brachte sie ihm freundlich eine Zigarre, ja rauchte sie sogar selbst an und steckte sie ihm in den Mund –, so daß ihm wieder ganz wunderlich wurde und das Herz ihm bis zum Hals schlug und er noch einmal wieder auf eine kleine besondere Freundlichkeit und Ergötzung hoffte. Aber da kam die Freundin; und sie fingen sogleich an, auf dem großen Eßtisch Kuchen anzurühren. Er saß dabei und sah ihnen zu, wie sie ab und zu nach der Küche gingen und auf dem Tisch zwischen sich hantierten. Sie lachten und arbeiteten, schoben sich gegenseitig falsche Tüten zu, und erzählten und malten sich aus, wie beim Vertausch der Tüten dieser und jener Teig mißraten, und was für Unformen von Kuchen zustande kommen könnten. Er saß und plauderte mit, und war selig und unselig in ihrem Anblick, wie sie ihre große schöne Figur bewegte und ihr Lachen aus gesunder Brust kam, und lauter Glück und Übermut aus ihren blauen frischen Augen fuhr. Er warf seine heimlichen Wünsche, die er monatelang gehegt hatte, und seinen Ärger von vorhin von sich. Er dachte:

›Sie ist noch zu jung, um ernst zu sein; sie ist noch so zwischen Knabe und Mädchen und noch kein Weib. Wie wunderbar wird sie sein, wenn sie ein Weib sein wird!‹

Sie hatten den Teig fertig und probierten ihn und gaben auch ihm davon, und kamen darauf zu sprechen, daß es sicher gefährlich wäre, mehr von dem rohen Teig zu essen, da er ja aufginge; und singen an, einen solchen Fall auszumalen, sahen sich an und wurden ein wenig rot, und konnten doch von der Sache nicht lassen und wollten sich unter den Tisch lachen. Er, ein ziemliches Stück Teig in der Hand, so als wenn er es selbst nehmen wollte, sprang auf sie zu und versuchte, es ihr in den Mund zu stopfen. Er brachte es aber nicht fertig, da sie sich mit Händen und Füßen wehrte; aber er erreichte nun so, worum ihm zu tun war, nämlich, daß er das schöne, geliebte Frauenwesen in den Arm bekam. Und da sein Arm um ihre Schulter lag und er merkte, daß es ihr nicht unangenehm war, hatte er alles erreicht, was er sich in vielen stillen Stunden gewünscht hatte, und war selig.

Aber auch sie war sich bewußt, was geschehen war: daß sie ihm Liebe gezeigt hatte, und war in ihrem Mädchenstolz verletzt; und da man sich nicht gern selbst straft, meinte sie doch, sie müßte ihn strafen. Und sie fing an, im Verein mit ihrer Freundin mit verstellter, getragener Stimme einige Sätze herzusagen, deren Sinn und Bedeutung er nicht verstand und auch nicht verstehen sollte, die aber doch für ihn bestimmt waren; denn indem sie einander gegenüber saßen und Mandeln enthülsten und sich über die Worte, die sie sprachen, weglachten, warfen sie ihm Blicke zu, und lachten dann, offenbar über sein rätselndes Gesicht, noch mehr. So sagten sie mit hohlem, mattem Ton: »Hätte ich dich zur rechten Zeit erkannt und hätte dir geholfen!« ... Oder: »Denke immer daran, daß ich ganz fest an dich glaube, so fest, wie an Gottes Wort!« Oder: »Ich weiß, wie unschuldig du bist!« Oder: »Ach, könnte ich dir in deiner Not helfen! Der barmherzige Gott wird meine Bitte erhören und nicht zulassen, daß du dein Leben lang ruhlos durch die Welt wandern mußt!«

Bei diesem letzten Satz wurde ihm plötzlich klar, daß sie von seiner Schwester sprachen. Er wurde von schwerem Zorn befallen, daß sie so war, wie sie sich hier zeigte, stand jäh auf und sagte ernst und kalt: »Jetzt sagst du mir sofort, was es mit dieser Sache ist. Wie kommst du zu Briefen meiner Schwester? Heraus damit! Sonst sag’ ich es deinen Eltern.«

Sie war blaß geworden und biß die Lippen und wollte sich beklagen, daß er es so ernst nähme. Aber er sagte: »Die Sache ist allerdings ernst; denn meine Schwester ist ebensoviel wert und vielleicht mehr, als ihr, die ihr ohne Ernst seid. Und sie ist durch jene Pfeiferei schwermütig geworden und leidet unter dem Glauben, daß der Knecht ein unglücklicher Mensch ist und daß sie ihm hätte helfen können und sollen.«

»Aber sie schreibt ihm, als wenn sie in ihn verliebt ist.«

»Was geht euch das an,« sagte er, »wenn es so ist? Und nun sag’ mir sofort, wie du zu diesem Brief gekommen bist!«

Sie war ziemlich gedemütigt und bedrückt, daß er so hart war und wohl auch ein Recht dazu hatte; es war aber noch kein Mensch so mit ihr gewesen, denn sie wurde immer mit Handschuhen angefaßt. Sie befand sich ja plötzlich vor einem ordentlichen Gericht! Die Augen standen ihr voller Tränen und sie sagte:

»Sie gab mir ihn heimlich, als ich das letzte mal bei ihr war; ich sollte ihn hier in den Kasten stecken. Er war nicht ordentlich verschlossen und da las ich ihn.«

»Und auch deine Freundin las ihn; und ihr beide machtet aus der Not eines kranken Menschen ein albernes, dummes Gelächter. Stand in dem Brief ein einziges Wort, das ehrlos ist?«

»Es stand nichts darin, als allein die drei oder vier Sätze, die ich hersagte.«

Er wandte sich zur Tür und sagte zornig und stolz: »Du weißt wohl, wie ich zu dir stehe ... und ich sage dir: ich weiß auch, wie du zu mir stehst! Aber einstweilen fehlt es dir noch an Ernst. Ich hoffe, daß es anders wird, wenn du älter bist...«

Damit ging er zornig hinaus, und ging nach der Schleuse, und war da bei den Brüdern und half ihnen beim Verzeichnen der Balken.

Als er gegen Feierabend mit den Brüdern wieder nach Hause kam, waren die Eltern angekommen und sie saßen alle vergnügt und in lebhafter Unterhaltung um den großen Eßtisch.

Lisbeth war offenbar noch sehr bedrückt und zornig, verbarg es aber gut und war nur stiller als sonst und zuweilen in Gedanken.

Nach Tisch, während die Kinder aus- und eingingen, fingen die Eltern an, mit ihm über den Zustand in seinem Elternhaus zu reden; er aber stand gern Rede und Antwort; denn er wußte, daß sie es gut mit ihm meinten.

Als sie von jedem einzelnen gesprochen hatten und es alles hin und her beredet hatten, schwiegen sie eine Weile, alles im stillen überdenkend; dann sagte der Vater: »Ich glaube, Harm, daß ihr da auf dem Hof den einen Hauptfehler habt: Ihr klebt alle zu sehr am Hause und aneinander ...Ihr seid darin fast so schlimm, wie die Kinder von dem alten Matzen.«

»Was war mit den Matzens, Onkel? Meinst du die Weberfamilie?«

»Ja, die! ...Sie sind eine alte, alte Weberfamilie, so wie ihr eine alte Bauernfamilie seid. Als es nun, so vor vierzig, fünfzig Jahren mit dem Weben immer schlechter ging, faßte der alte Matzen den großen Entschluß und ließ seine drei Söhne ganz andere Handwerke lernen, damit sie vor der Weberei ganz sicher bewahrt blieben und auf durchaus anderen Wegen und Weise in der Welt vorwärtskämen. Der eine wurde Maurer, der andere Landmann, der dritte Küfer. So gingen sie in die Welt und lernten jeder sein Geschäft; und der Alte sorgte dafür, daß sie immer etwas fern von dieser Stadt waren, und daß sie, wenn sie einmal hier im Elternhaus zum Besuch waren, die Werkstatt kaum zu sehen bekamen, und sie kamen über die Dreißig. Da starb der Alte. Und was meinst du, was geschah? Es vergingen keine drei Jahre, da saßen alle drei Brüder in der alten, langen, dumpfen Webstube des Alten und ein jeder saß an seinem Stuhl, da, wo die Väter und Vorväter gesessen hatten, und sie klappten mit den alten Gestellen, daß es knallte. So ist es mit euch! Ihr klebt, inwendig, im Herzen, zu dicht zusammen – Ihr seid inwendig zu eng miteinander verbunden. Was ist das für ein Mitleiden miteinander! Was für eine Not durcheinander und füreinander! Sag' doch bloß mal, was soll z.B. aus dir werden, wenn du hier im Lande bleibst? Wie wird es werden? Du wirst immer denken: ›Mein Bruder! Meine Schwester! Meine Nestgenossen!‹ Und bald wirst du um diesen sorgen und bald für jenen laufen, bald für den dritten bürgen, bald deine ersparten Taler zu dem vierten bringen. Was aber erreichst du damit? Gar nichts! Ja, weniger als gar nichts! Du schadest ihnen! Du schädigst nicht allein dich, sondern auch sie. Denn mit den meisten Menschen ist es so: wenn sie wissen, daß da irgendwo hinter ihnen eine Hilfe steht, sehn sie nicht um sich, strengen sich nicht an, straffen sich nicht. Mein Vater sagte, als ich fünfundzwanzig war und heiraten wollte: ›Hier hast du dreitausend Mark, das ist alles, was ich dir gebe, solange ich lebe;‹ und ich wußte, daß es bei diesem Wort bliebe. Siehst du, das war recht! Kurz ...du mußt dich inwendig von deinen Leuten mehr trennen, ein Mensch für dich allein sein. Willst du Gutes tun, so such' dir einen einzigen aus! Einen mag ein starker Mensch sich aussuchen, ihm zu helfen! Nimm den Reimer! Einstweilen ist er ja so'n bißchen ein Narr; aber du sollst sehn: der wird noch gut! ... Aber nein, du kannst einen andern nehmen. Dem Reimer kannst du sagen, daß ich ihm helfen will, daß er schon diese Ostern auf das Seminar kommt.«

Harm Ott strahlte übers ganze Gesicht und lachte. »Hilfst du auch nur immer einem, Onkel, nur diesem?«

Der Zimmermann lachte auch. »So ungefähr!« sagte er. »Ich habe ja genug für diese zu sorgen,« und er zeigte auf seine Kinder, die um den Tisch saßen.

Nun sprachen sie von den anderen: von Klaus und Eggert und von den Kleinen, und am meisten von Emma und ihrer Schwermut, die ihnen ein Rätsel war; denn der Zimmermann und die Seinen waren muntere, tagfrohe Menschen, und ihre Frömmigkeit war auch so; und Gott war ihnen ein wackrer, muntrer Werkmann, froh wie sie selbst über seine Tage und über das Werk seiner Hände.

Unterwegs auf seinem schmucken Rade, als er durch den hellen Frühlingsabend heimfuhr, kamen seine Gedanken gleich wieder zu seiner Liebsten, um die sie auch während der ganzen Abendunterhaltung gespielt halten. Er war glücklich, daß sie während des ganzen Abends, obgleich immer nur von seiner Familie geredet wurde, im Zimmer geblieben und ernst und still, ein wenig im Hintergrund, am Tisch gesessen hatte. Er hatte schon wieder völlig vergessen und vergeben, daß sie ihn so geärgert hatte, und sah sie nur immer, wie sie da im Halbdunkel seitwärts von der Lampe saß; und sah ihr leuchtendes Gesicht, das sich zuweilen zu ihm wandte und ihn mit langem, ruhigem Blick ansah, und wie sie rot wurde und sich tief auf ihre Arbeit beugte, als er von der Not seiner Schwester sprach und es ihnen erklärte. Er war selig, daß ihre schöne, starke, liebe Seele doch Reue empfunden hatte; und war ganz betäubt von der Süßigkeit ihrer Erscheinung, die, während er so seines Weges fuhr, von einem wundersamen schönen Schein umflossen, vor ihm dahinschwebte.

Den andern Tag verbrachte er wieder im Hause und suchte dabei eine Gelegenheit, mit seiner Schwester allein zu sprechen. Es wollte ihm aber lange nicht gelingen, da er, wo er ging und stand, von den Kleinen begleitet wurde, die schon in aller Frühe an der Kammertür gestanden und auf ihn gewartet hatten. Endlich um die Mittagsstunde standen sie beide allein im Garten, in dem sie das erste Frühlingsbeet zurechtmachte. Da erzählte er ihr, daß Lisbeth Thomsen ihren Brief gelesen und ihren Spott damit getrieben hätte.

Sie blieb völlig harmlos und meinte, daß Lisbeth Thomsen den Brief ja gern hätte lesen können.

Er fragte: »Hast du eine Antwort bekommen?«

»Nein,« sagte sie traurig, während ihr Tränen die Wangen herunterliefen: »Er ist da in seinem Geburtsort nicht angekommen und der Brief ist wieder zu mir zurückgekommen.«

Er fragte: »Was wolltest du denn mit dem Brief erreichen: daß er dir wieder schreibt oder daß er hierher kommt?«

Sie weinte heftiger, aber sie sagte klar und sicher: »Ich will weiter nichts damit erreichen, als das, was drinsteht: daß er ruhig wird und den Glauben nicht verliert.«

»Woher weißt du denn, daß er unglücklich ist?«

»Das weiß ich,« sagte sie schlicht. »Das konnte ich ja sehn … und dann das Pfeifen.«

»Was hat das Pfeifen damit zu tun?« sagte er.

»Ja,« sagte sie, »das Pfeifen … das ist der böse Geist, der ihn verfolgt. Das ist an einer anderen Stelle, wo er gedient hat, auch schon dagewesen.«

Er horchte auf: »An einer anderen Stelle, wo er gedient hat, sagst du, hat es auch schon gepfiffen?« … »Gepfiffen nicht …« sagte sie, »aber so was Ähnliches. Er ist eben von dem Bösen verfolgt, der steht ihm nach der Seele … und …« sie weinte bitterlich »… ich hätte ihm helfen können und habe es nicht getan. Und nun weiß ich nicht, wo er ist.«

»Womit hättest du ihm denn helfen können?«

»Ich hätte mit ihm und für ihn gebetet … aber ich war ein unnützer Knecht, ich verstand es nicht … und nun ist es zu spät und er bleibt weiter im Unglück und in der Verfolgung, und wandert immer weiter von Stelle zu Stelle; und immer ist der Böse da und steht ihm nach der Seele.«

»Und nun gehst du jeden Sonntagabend zu Schuster Ehlers und betest da mit den andern? Was sind das für Leute, die da kommen?«

Sie nannte die Namen … Es waren alle stille Leute und alle von gutem Ruf.

»Um was betet ihr denn da?«

»Wir beten … daß Gott uns und alle Menschen vom Bösen erlöse.«

»Und dann denkst du an den Knecht?«

»Ja, besonders an ihn … weil er so unsagbar unglücklich und verfolgt ist … und durch meine Schuld; denn sicher hat der liebe Gott ihn in unser Haus gesandt, damit ich ihm helfen sollte. Und nun weiß ich nicht, Bruder Harm, warum ich auf der Welt bin! Das einzige, was ich in der Welt hätte tun können, habe ich versäumt.«

Er stand eine Weile neben ihr. Seine Gedanken liefen hin und her und suchten irgendwo einen Weg, den er ihr zeigen könnte, um aus diesem Elend herauszukommen. Es war aber nicht leicht, da seine eigne Natur so völlig anders war. Endlich begann er vorsichtig und langsam: »Ich will dir sagen, Schwester, wie ich mir alles denke. Hör' mich an: Du bist vom Vater her schwermütiger Natur; von der Mutter her aber bist du wundergläubig. Nun kam der Knecht und war ein freundlicher und seltsamer und vielleicht unglücklicher Mensch. Und, da, siehst du, da hatte deine ganze Natur, deine ganze Seele Gefallen an ihm. Er erzählte dir dies und das; er reizte deine Phantasie. Dann kam das Pfeifen und dann ging er fort. Und da gerietest du nun in diesen Glauben. Statt stehnzubleiben, wo du standest, wo Gott dich hingestellt, als ein gesunder junger Mensch zwischen Vater und Mutter, in Arbeit, Wind und Sonne, liefst du in eine schwermütige, dunkle Wunderlichkeit hinein, in einen finstern Irrweg, so als hätte der Knecht eine unerträgliche Not auf sich und werde vom bösen Geist verfolgt und nun hättest auch du Sünde auf dich geladen. Ich glaube: Die Wirklichkeit und Wahrheit ist ganz anders. Du sagtest vorhin: es wäre schon an einer andern Stelle, wo er gedient, so was gewesen: ein Pfeifen oder sonst ein Spuk. Weißt du, was ich denke, was wir alle denken: daß er selbst der Pfeifer war! Versteh', nicht im Bösen! Du kannst gern mit guten Gedanken an ihn denken! Er ist ein Schelm, ein Wunderling! Er wollte uns und auch dich aus einer gewissen Dumpfheit und einer gewissen Schwerfälligkeit herausnötigen! Und sieh, als er sah, was er angerichtet hatte, da lief er in Verzweiflung davon. Denn er hatte uns gern, besonders dich.«

Sie sah zu ihm auf völlig verwirrt. Dann sagte sie langsam und unsicher: »Aber du glaubst nicht, daß er böse war, du meinst, er tat es alles aus Liebe?«

»Ja,« sagte er, »das meine ich. Und vielleicht kommt er einmal wieder, Emma, und erzählt es dir, wie es wirklich gewesen ist, so wie ich es mir denke.«

Er sah, daß sie in ein stilles Sinnen versunken war, und hielt es für richtig, nun nichts mehr zu sagen. Also ging er schweigend neben ihr nach dem Hause zu, von wo die Kleinen zum Mittagessen riefen. Er sprach dann nicht mehr mit ihr darüber.

Als die Tage des Urlaubs um waren, brachte Emma die beiden Brüder mit der klapprigen alten Gig nach dem Bahnhof. Reimer führte die Leine. Er sollte jetzt gleich mit nach Kiel und sollte nun dort die Lehrerschule besuchen. Er war glücklich und übermütig und wollte die Schwester erheitern, und versuchte zum erstenmal das Englische, das er beim Pastor gelernt hatte, an den Mann zu bringen. Er redete große Dinge: wie es ihm da in Kiel wohl gefallen würde und welche Art Menschen er da wohl vorfinden würde und ob er da einen Verein zustande brächte, die Natur der Menschen zu erforschen.

»Ich will Menschennaturforscher werden,« sagte er prahlig, «ich weiß wie keiner, wie es im Menschen aussieht.«

Jedesmal, wenn er ein besonders großes Wort gesagt hatte, das ihm selbst gefiel, und er dann sein Gesicht zu seinem Bruder wandte und ihn mit seinen strahlenden, gläubigen Augen ansah, zuckte es ihm in der Hand, und dann hielt der große Braune plötzlich und ungeschickt an, und sank so stark auf die Hinterbeine, daß er sich fast auf das Gestell des Wagens setzte. Dann beendete er erst seine Rede; und dann fuhren sie weiter. Die Schwester hörte ihn still an, einen ruhigen sinnigen Zug in ihrem reinen Gesicht. Sie war heute muntrer als seit langem.

Da wurde auch Harm guter Dinge. Seine Gedanken wandten sich der nahen und fernen Zukunft zu. Er sah das schmucke Schiff und die guten, munteren Kameraden, zu denen er zurückkehrte, und dahinter sein blankes Rad und das große schöne Mädchen, und er dachte: ›Es kommt noch alles, alles in gute Ordnung.‹ Er lächelte über den Bruder, und stieß die Schwester an und sagte mit frohem Spott: »Was sind wir für eine großartige Familie, Emma, was? Halt' deine kleinen Ohren steif, Deern! Es wird noch alles gut! Eine solche Familie!? So zahlreich und so klug?!«

9. Kapitel
Die englische Mannschaft

Acht Tage später ... es war gerade an dem unseligen Tag des Mordes von Serajewo ... wurde er im Hafen von Kiel bei einer Übung, beim Bootausschwingen, von einem eisernen Bolzen heftig am Knie getroffen und mußte auf fast drei Wochen ins Lazarett. Er wurde zwar wieder völlig geheilt; da aber das Knie noch eine Zeitlang schwach blieb und sie Leute genug hatten, entließen sie ihn.

Er hatte also seine Dienstzeit nun plötzlich hinter sich. Als er aus dem Büro heraustrat, wo er sein Dienstbuch empfangen hatte, und in das Buch hineinsah, las er, daß er sich am zweiten Mobilmachungstage in Wilhelmshaven, im Hof der großen Kaserne, zu stellen hatte. Es flog ihm so durch den Sinn: ›So ... also am zweiten Mobilmachungstag!‹ ... und sah sich im Geist im Hof der Kaserne, die sie die Tausendmannskaserne nennen, aber gleich verschwand dieser Gedanke wieder und das Bild, und er achtete es nicht. Wer in Deutschland dachte an einen Krieg?!

Er ging, nicht unfroh, daß die ganze Sache so abgelaufen wäre und er nun wieder in seinen Beruf und in die Nähe seiner Liebsten käme, die Brunswiek hinunter, da begegnete ihm ein Steuermannsmaat, den er schon von der Heimat her kannte. Der erzählte ihm, daß er heute morgen einen alten englischen Freund und Fahrensgenossen getroffen hatte, der nun Bootsmannsmaat auf einem englischen Kreuzer war, der seit drei Tagen hier im Hafen läge. Und nun hätten sie für heute nachmittag ein kleines Wettrudern veranstaltet und wollten nachher einige Stunden zusammen im Bürgerbräu sitzen; und wenn er Lust hätte, sollte er mit hinkommen und an dem Abend teilnehmen.

Er war stolz darauf, daß der Maat, ein ernster und tüchtiger Mann, und bedeutend älter als er, ihn zu der kleinen Festlichkeit einlud, und sagte mit Vergnügen zu. Als er dann allein weiterging, eilten seine Gedanken nach seiner Weise sofort nach Hause, und er freute sich, daß er ihnen im nächsten Brief schreiben könnte, wie er dies erlebt hätte; und gleich fiel ihm ein, daß er Bruder Reimer einen Wink geben wollte, daß er sich die Sache heute abend ansähe, wenn er Zeit dazu hätte. Also sandte er ihm rasch Nachricht, er möge sich um sieben Uhr im Bürgerbräu einfinden. Dann verbrachte er den Rest des Nachmittags, indem er in der Familie, bei der er seine Sachen und auch seine Anschrift hatte und bei der er auch die Nacht schlafen wollte, seine Sachen zusammensuchte und packte. Dann machte er sich nach der Wirtschaft auf den Weg.

Er traf da auch schon den Steuermannsmaat und einige andere. Dann kamen auch, selbstbewußt und sicher, sich gleichmütig umsehend, beweglich und frisch, die Engländer; und bald saß da eine vertrauliche Schar, wohl zwanzig oder fünfundzwanzig Mann, Deutsche und Engländer durcheinander, an dem langen Tisch. Die Engländer erzählten in froher Behaglichkeit, was sie in der Stadt gesehen hatten, zeigten, was sie in der Holstenstraße gekauft hatten, und schrieben Ansichtskarten in die Heimat, wußten alles und hatten alles, und ließen mehr als beschlossen war, zum Trinken herbeibringen und ließen das Geld springen. Nach einer Weile kam Bruder Reimer herein, sah sich verwirrt um – er war, seit er in Kiel war, stiller und unsicherer geworden – und suchte es zu verbergen, indem er über den Bruder und seine Gesellschaft hinwegsah, war aber ein hübscher und stattlicher Junge in seinem neuen dunkelblauen Anzug. Harm stand auf und begrüßte ihn und führte ihn an einen Platz, wo er nicht zu fern war und setzte sich wieder, und grüßte zuweilen zu ihm hinüber, und hoffte, ihn einschmuggeln zu können, wenn es etwas lebhafter geworden wäre; denn er wußte, daß es das größte Erlebnis auf der Welt für ihn sein würde, wenn er lebendige Menschen eines fremden Volkes, und nun gar Engländer, kennen lernen könnte. Da saß Bruder Reimer nun und sah scheinbar in eine Zeitschrift, die da lag, sah aber in Wirtlichkeit darüber hin und besah sich unauffällig alles, was in dem großen Raume vor sich ging, und sah, so oft es anging, nach dem Tisch der Engländer, horchte aufs schärfste, ob er etwas von ihrer Unterhaltung verstehen könne, und war voller Genugtuung, wenn er einen Satz begriffen hatte. Die Engländer, die Ellbogen auf dem Tisch, oder die Arme lässig um einige Stuhllehnen gelegt, einige die Mütze im Nacken, waren sichere und gemütliche Leute.

Die Unterhaltung kam bald auf das Wettrudern, das sie hinter sich hatten. Es war ein harter Kampf gewesen und die Deutschen waren dicht dabei gewesen zu siegen; aber da war ein wunderliches Mißgeschick geschehen. Die Deutschen hatten ihr Boot vormittags aufs peinlichste gesäubert und aufs beste in Ordnung gebracht und hatten es, da es ein böiger Tag war, noch bis zuletzt unter der Persennig gelassen. Nun hatten sie einen kleinen weißen Köter an Bord, der ihnen lieb war, weil er immer gleichermaßen freundlich und gefällig war. Dieser kleine Hund war von dem, der zuletzt, kurz vor dem Start, das Boot betreten hatte, um Ölmäntel zu verstauen, und es dann wegen einer plötzlichen Böe fluchtartig verlassen hatte, mit ins Boot genommen und dort vergessen worden. Er hatte sich vor dem Platzregen unters Deck verkrochen, hatte da ein Plätzchen gefunden, das ihm zusagte, und war da in Schlaf gekommen und vergessen. Als sie nun im besten Rudern waren und eine gute Aussicht hatten, die Engländer zu schlagen, mußte einer von ihnen mit dem Fuß ausgleiten und den Hund treffen, der aus seinem Platz herausgekommen war, um sich die Begebenheit zu besehen. Das kleine Ding heulte laut auf, und das genügte, um die ganze Gesellschaft unsicher zu machen, da jeder besorgte, ihm weh zu tun. Und so verloren die Deutschen das Spiel und hatten noch Spott von den Kameraden und eine gewaltige Rede vom ersten Offizier dazu anzuhören.

Aber so wie der Deutsche nun einmal ist, so ist er wunderlicherweise fast ein wenig unsicher, ja, ein wenig bedrückt, wenn er bei solchem Spiel der Sieger ist. In ernsten Dingen will er gern der Sieger sein, aber beim Spiel denkt er: ›Schade, daß der andere nun keinen Spaß von der Sache hat und traurig ist; es wäre mir wahrhaftig lieber gewesen, wenn der andere gesiegt hätte! Warum nicht? Bin ich darum weniger ein tüchtiger Mann? Ich gönn's ihm! Ein andermal siege ich!‹ Der Deutsche ist beim Spiel gern der Gebende, der Anerkennende. Wären sie, die Deutschen, die Sieger gewesen, so hätten sie nicht so gemütlich, so froh, so völlig übermütig an der langen Tafel gesessen, wie sie jetzt dasaßen, da sie die Geschlagenen waren. Freilich, sie schimpften über ihr Ungemach und gaben dem Hund jeden Schimpfnamen, den sie fanden, und das waren nicht wenige, zumal sie auch des Englischen mächtig waren und die meisten von ihnen einmal auf englischen Schiffen gefahren hatten. Aber obgleich sie behaupteten, den Hund mitgebracht zu haben, damit er seine Schande bis auf den Grund koste, war es doch klar, daß sie ihn noch mehr liebten als bisher. Jedenfalls saß er zwischen den Biergläsern und Sodaflaschen auf dem Tisch, eine kleine englische Mütze auf dem Kopf, da sie behaupteten, er sei von den Engländern bestochen worden; und wurde auf's lebhafteste von ihnen geneckt.

Da Harm seinem Bruder einige Male zugenickt hatte, war es dem Häuptling der Engländer, einem großen hübschen Menschen, denn auch bald aufgefallen, und er fragte ihn, ob es sein Bruder wäre, und als Harm nickte, rief er in guter Laune hinüber: » *Are we down-hearted?*« und als Reimer das Wort nicht gleich richtig verstand, rief er: »Kommt doch her mit Euren tiefen Augen, und seid mit uns,« und machte ihm Platz an seiner Seite.

Als Reimer nun, rot vor Freude, neben ihm saß, lehnte sich der Engländer zu einer kleinen Rede zurück, indem er den Arm um Reimers Stuhllehne legte, und sagte: »Es ist sicher, daß alle meine Kameraden, ja die ganze englische Flotte, darin einig ist, daß wir die deutschen Seeleute sehr gern haben. Die Franzosen und Italiener haben in ihrem Wesen etwas, das gegen unsern Geschmack ist, und sind uns fremd; aber die Deutschen sind in der Tiefe ihres Wesens uns verwandt. Aber manches« ... er lächelte – »können wir – meine Kameraden werden mir zustimmen – an den Deutschen nicht verstehen und lieben, so z.B. diese Begebenheit mit dem Hund. Nein! Erstens wäre es uns nie und nimmer widerfahren, daß der Hund im Boot gewesen wäre, und wenn es junge Katzen geregnet hätte! Es ist eine Anordnung, ein Mangel an Sachlichkeit, Klarheit und Bereitschaft. Zweitens, wenn wir ihn dennoch im Boot gefunden hätten ... mitten im Lauf ... so hätten wir keine Rücksicht auf ihn genommen! Nein, dieser Hund, so gut und nett er ist, wirklich ... ein drolliger, hübscher kleiner Kerl, obgleich nicht ganz reinrassig ... er hätte dran glauben müssen! Ein guter Fußtritt und er wäre still gewesen!« Als er das gesagt hatte, stieß er den jungen Reimer freundschaftlich in die Rippen und sagte leise mit schelmischem Augenzwinkern: »Aber es ist uns recht, daß ihr solche Leute seid. Es gibt uns Engländern eine gute Aussicht.«

Reimer Ott wußte nicht recht, was er dazu sagen sollte. Er hatte auch nicht den Mut, sich in seine erste englische Rede zu stürzen; er lächelte den Engländer freundlich an und nickte mit dem Kopf: »Es ist so, wie Ihr sagt.«

Der Engländer wurde ein wenig verwirrt, daß der junge Deutsche, in dessen Augen soviel Tiefe und Klugheit stand, das so hinnahm, machte sich noch bequemer auf seinem Stuhl, suchte mit den Füßen höher zu kommen, und legte, als ihm das nicht gelang, die Arme noch weiter um die Stuhllehnen. »Ich dachte,« sagte er wieder neckisch mit den Augen zwinkernd, »ihr Deutsche hättet so den Gedanken, wenn sich eine Gelegenheit böte, so ein gut Stück Welt an euch zu reißen.«

Reimer Ott sah sich am Tisch um und sah, daß sie alle anderweitig beschäftigt waren. Da wurde er etwas sicher; ja er wurde sehr sicher. Er sagte langsam, mit sehr ernstem und klugem Gesicht: »O nein, daran denken wir Deutschen nicht. Wir sind froh mit dem, wie es jetzt ist. Wir arbeiten, forschen, treiben Kunst, reisen; und sind in vielen Dingen die Lehrer und Führer anderer Völker.«

Der Engländer nahm die Unterhaltung mit dem halben Jungen nicht ganz ernst, hatte aber einen ehrlichen Spaß an seinen leuchtenden, todernsten Augen und nickte schelmisch: »Aber ihr werdet bei eurem Studieren und Reisen, Arbeiten und Handeln so verdammt reich; und das größtenteils auf unsere Kosten!«

Reimer Ott, im Geist und all seinem Denken schon ganz Lehrer, sagte eifrig: »Ja, wir werden auch reicher, wenigstens« – er wurde rot, denn er dachte, daß sie da in seinem verschuldeten Elternhaus am Deich von diesem Reicherwerden noch nichts gespürt hatten – »wenigstens sagt man so. Aber das ist nicht der Zweck von all dem regen Leben und Streben in unserm Volk. Reicher werden? Das hat noch keinen Menschen und kein Volk glücklich gemacht. Nein ... aber das beste Volk werden wollen, das gesundeste, reinste, das vorbildliche, das könnte uns wohl bewegen. Wir Deutschen,« sagte er mit einem eifernden Ausdruck in seinem Gesicht, »wir Deutschen denken immer ganz unwillkürlich – wir können gar nicht anders, es kommt aus unserer Natur – an die ganze Menschheit. Wir lieben sie; sie sind unsere Menschenbrüder, alle unter demselben Stern, unter demselben Tod. Wir möchten ihnen allen helfen, wir möchten...« und eine neue Welle Rot ging über sein Gesicht ...»ihnen in diesem gern vorangehn.«

Der Engländer sah ihn mit seinen großen Augen an, immer noch mit den freundlichen Schelmenaugen, und dachte wohl: ›Der spricht ja wie ein alter Franzose! Meint er das wirklich?‹ Er tippte ihm auf den Ärmel und sagte: »Ich will nun aber mal sagen ... annehmen ... es käme plötzlich ein Krieg und vernichtete all eure schönen Gedanken!« und er machte eine kurze abschneidende Bewegung mit seiner flachen, magern Hand.

Aber Reimer Ott tat wie ein kleiner Prophet das Innerste seines Herzens auf und sagte mit gewichtigen, strahlenden Augen: »Krieg? ... Krieg?« ... sagte er, »das ist ja ganz unmöglich! Denn mit euch sind wir verwandt und befreundet! Also zwischen uns und euch ist ein Krieg unmöglich. Wer sollte es dann aber noch wagen, uns anzugreifen? Es wagt keiner.«

Der Engländer machte sich an seiner Pfeife zu schaffen, drehte und putzte daran herum und war aus seiner Behaglichkeit herausgerissen. Er wollte gern mit dem lebhaften, eifrigen, zierlichen Jungen weiter schelmen; aber es ging nicht, weil er ihn nicht verstand. Er war darüber ganz unglücklich; ja, er wurde verlegen. Er sagte unsicher, die Augen auf dem Tisch: »Wer hat denn solche Ansicht darüber ... ich meine, daß überhaupt kein Krieg sein kann, und erst recht nicht zwischen uns ... Habt ihr sie allein?«

Reimer Ott sah ihn groß und gläubig an und sagte: »Nein ... ich glaube ... die hat ganz Deutschland.«

Der Engländer schwieg und wußte nichts weiter zu sagen. Er sah mit gekrausten Brauen auf den Tisch und dachte wohl: ›Hätte ich doch lieber mit ihm über die Konstruktion meiner Pfeife gesprochen!‹ Nach einigem Nachdenken kam er auf die Schule zu sprechen, und es gab eine gute Unterhaltung über den Gegenstand, die der junge Deutsche mit flammenden Augen, der Engländer ruhig und bedächtig vortrug. Danach, als sie diesen Gegenstand genügend beredet hatten, saßen sie beide stumm und etwas ermüdet nebeneinander, beide zurückgelehnt und die

Gesellschaft beobachtend, Reimer Ott stolz und glücklich, daß er freundlich gegen den Engländer gewesen war und ihm Rede und Antwort gestanden und lauter gute und von Herzen kommende Sachen gesagt hatte und daß dies alles die beste Stelle im Herzen des Engländers gefunden hatte; der Engländer in ruhiger Feststellung der Tatsache, wie verschieden die Nationen wären, daß er diesen jungen Deutschen, der eine Erscheinung war, daß er durchaus für einen Engländer aus guter Familie gelten konnte, überhaupt nicht verstehen konnte. ›Wenn er chinesisch gesprochen hätte,‹ dachte er, ›so hätte ich ebensoviel von dem begriffen, was er in seinem wunderlichen Sinn hat! *Surely*...die Nationen verstehn einander nicht, nicht mal so nah Verwandte! Selbst unter den wichtigsten Worten, wie Treue, Ehre, Gerechtigkeit, Freiheit verstehn sie verschiedenes. Und so reden sie denn aneinander vorüber; und es entstehn die größten Mißverständnisse!‹

Als die Gesellschaft auseinanderging, und die beiden Brüder nebeneinander nach Hause gingen, war Reimer noch Feuer und Flamme, und redete in einem fort, was das für ›schöne Leute‹ gewesen wären. »Wahrhaftig ... sieben oder acht von ihnen ..., Harm, als wenn sie Holsteiner wären! Die übrigen waren nicht so gut ... nein ... die hatten etwas im Gesicht ... etwas, das man wohl in Deutschland nicht so häufig sieht ... so etwas Hartes oder Leeres in den Augen. Ja, das hatten sie.«

Sein großer Bruder hörte kaum hin. Er dachte an die nächste Zukunft, an seine Reise nach Hause, sein Wiedersehen mit Lisbeth. Ei, wie war sein Weg nun klar, schön und rein! Er wollte nun einige Jahre in einer größeren Stadt der Provinz auf einem großen Zimmerplatz arbeiten; dann wollte er wieder in das Thomsensche Geschäft zurückkehren, wo er jederzeit willkommen war. Und dann ... und dann ... ach! was wollte er nicht alles! Und er sah gleich wieder das Bild seiner Liebsten und dachte wieder und wieder: »O, das wunderschöne, liebe Menschenkind! Nein, wie schön ist sie! Und wie schön und lieb wird sie erst sein, wenn sie älter und ernster geworden ist! Welch ein Leben! Täglich ihr Begleiter, ihr Herr und Führer, und ihr Liebster sein!«

Als sie oben in dem Zimmer ankamen, wo die Mutter des Kameraden ihm ein Lager bereitet hatte, und Reimer, nach allem Menschlichen immer neugierig, sich gleich an die Bilder heranmachte, die an den Wänden hingen, sah Harm zu seiner Verwunderung, daß da zwei Briefe von zu Hause lagen, beide von der Mutter Hand. Er war sehr beunruhigt, öffnete den einen und las hinter den Kühen, Kälbern und Schweinen, die wie immer den Vordergrund des Briefes füllten, die Nachricht, daß Lisbeth Thomsen sich vor ungefähr vierzehn Tagen, vorläufig noch heimlich, aber doch im Einverständnis mit den Eltern, mit einem jungen Landmann verlobt hätte. Sie war vorgestern auf den Hof zum Besuch gekommen und hatte Emma die Neuigkeit erzählt, der Mutter aber kein Wort davon gesagt.

So! Das war ein Schlag! Die ganze Stube drehte sich um und die Welt stürzte zusammen! So ... so ... also einen andern genommen! Und er ... und er ... er war ganz allein. Weg war sie! Eines andern! Sah einen andern an ... mit diesen Augen! ... Mit was für Augen! Ach ... und ließ sich von ihm küssen! Auf ihre Augen, auf ihr Haar, auf ihren Mund! Schrecklich! ... Er biß sich auf die Lippen und atmete leise und schwer, daß der Bruder nichts merkte.

Dann öffnete er den andern Brief, wobei ihm eine leise, verrückte Hoffnung durch den Kopf zuckte, daß dieser Brief melden würde: ›es ist nicht wahr; es war nur einer ihrer dummen Scherze ... sie wollte nur mal hören, wie du es aufnehmen würdest!‹ Nun hatte er den Brief geöffnet. Wieder die sehr ordentliche, steife Schrift der Mutter, die so gar nicht zu ihrem Wesen paßte. Aber diesmal, ohne Kühe und Kälber, klipp und klar gleich auf die Sache losgehend: daß eben Höbke Suhl dagewesen und einen Brief gebracht hätte, den Eggert ihr aus New York gesandt ... neben achtundvierzig Mark ... schon vor sechs Wochen. Sie hatte ihn bisher verheimlicht, in der Hoffnung, auf ihre Antwort, die sie sofort geschrieben und abgesandt hatte, wieder eine Antwort zu bekommen und nähere Nachricht über ihn bringen zu können; aber bis jetzt war diese erwartete Antwort ausgeblieben. Der Brief, den die Mutter nicht aus der Hand hatte geben wollen, lautete in Abschrift so:

›An Höbke Suhl, Harvsterkoog bei Altensiel.

Hier erhältst Du achtundvierzig Mark. Gib das Geld an den Landmann Peter Reimer Ott in Altensiel und schicke mir alsbald die Bestätigung. Ich wohne bei Rebekka Pein, New York 136, Street Nr. 42.

Ich hoffe, daß Du in diesem Jahre eine gute Ernte bekommst, und daß auch der Birnbaum trägt, von dem Du mir manchmal ganze Hände voll über den Graben geschmissen hast‹.

Zum Schluß schrieb die Mutter: ›Höbke und ich sind in Sorge, Harm, wie er da wohl wohnen mag! Was Reimer damals von der Wirtschaft auf St. Pauli erzählte, daß er da neben einem Mulatten im Sofa gesessen hat ... Schulter an Schulter, sagte Reimer ... das war sehr bedenklich. Aber unsere Hoffnung ist der Name Rebekka Pein. Wir wissen nur nicht, was für eine es sein mag; es gibt so viele Peins. Hoffentlich keine von den Südertoogern, die sind alle scheinig und unecht; die von St. Margarethen sind besser.‹

Er stand noch und sah auf die Worte, völlig im Bann alles dessen, was auf ihn einstürmte, da sagte Reimer, der plötzlich neben ihm stand und auch gelesen hatte, mit hitziger Bitte: »Harm, du mußt hinüberfahren und mit ihm reden! Bitte, Harm! Es ist ja ganz natürlich, daß du es tust! Wie wird die Mutter glücklich sein, wenn sie es hört! Es ist ja ein Katzensprung! Du verdingst dich als Zimmermann! Vielleicht bekommt so alle unsere schlimme Not ein Ende!«

Harm Ott überlegte nicht lange; er wußte gleich, was er zu tun hatte. Was sollte er jetzt in der Heimat? Er konnte das Thomsensche Haus unmöglich vermeiden. Dieses verruchte Mädchen aber wiedersehn, und ihr Liebster stand neben ihr?! ...»Natürlich!« sagte er jäh. »Ich fahr' hinüber! Ich fahre morgen früh nach Hamburg ... Hast du den andern Brief schon gelesen? Was war da noch Besonderes drin? Was war es noch ? Ach so ... Lisbeth Thomsen hat sich verlobt. Sie hat es sehr eilig! Sie ist noch nicht neunzehn.«

Reimer dachte nur an Bruder Eggert und wollte noch, wer weiß was, bereden; aber der Bruder hatte genug von Menschen. »Mach', daß du fortkommst!« sagte er, und schickte ihn weg.

Als er allein war, kam ein Anfall von Wut über ihn. Er setzte sich aufs Bett, knirschte mit den Zähnen und schimpfte auf das Mädchen, und war mit dem ganzen Leben fertig. Es ist nicht leicht, den Menschen, mit dem immer alle lieben Gedanken gespielt haben, nun mit völlig andern, fremden Augen anzusehn. Es ist, als wenn alles Blut aus dem Herzen weggeht und man leer und hohl zurückbleibt und nur noch ein toter Schein von einem Menschen ist. Ja, es ist ebenso schwer wie der Tod des Körpers; es ist der Tod der Seele. Dazu kam noch das... und das wurmte und kränkte ihn fast am meisten, daß sie ihm nicht ein einziges gutes Wort zum Abschied gesagt hatte. Und er wütete nicht allein gegen sie, sondern gegen alle Menschen, die es ja, wie ihm schien, alle und immer so machten. Was sie einander antun, ist an sich nicht das Schlimmste; denn es kann ja ohne Verwirrung nicht abgehn und die Schuld daran trägt mehr Gott als die Menschen. Aber die Form, in der sie es sich antun, ist so schlimm. Gäben sie ihrem Tun nur immer eine schöne und gerechte Form, so wäre nur der halbe Kummer unter den Menschen. Was konnte dieses Mädchen am Ende dafür, wenn ihr wirres Herz sich einem andern zuneigte, zumal er in der Ferne war?! Verd..., mag sie laufen, wohin es sie gelüstet! Aber, daß sie es ihm nicht in einem langen, guten Brief mit Entschuldigungen mitteilte, das war so unsagbar kränkend. Aber das begriff sie in ihrer Verstocktheit und Dummheit nicht. Zum Donnerwetter! Sie war doch seine Liebste gewesen! Wenn sie auch nie ein klares Wort über ihre Liebe zueinander gesprochen hatten, so wußte sie doch, wie heiß er sie liebte! Und auch ihre Augen hatten bekannt, neulich noch zwischen den Holzstapeln, wie es um sie stand! Nein, es war ein unentschuldbares Benehmen!

So grübelte er eine ganze Stunde lang und kränkte sich; und tauchte die Liebste immer wieder und wieder in seinen Zorn hinein, bis sie, so blond und weißhäutig sie war, ganz schwarz war, und der ärmste Bursche, der hungrig und stierend seines Wegs zog und an ihrem hellen Hause vorüberkam und eintrat, keinen Bissen Brot von ihr genommen hätte. Und es half ihm fürs erste nicht, daß er an sein schönes Rad und das Fähnlein denken wollte. Es war ihm alles, das ganze Leben, zerschlagen und zerschmissen.

10. Kapitel
New York

Er fuhr am andern Morgen nach Hamburg, fragte sich am Hafen zurecht und ließ sich auf der »Lauenburg«, einem kleineren Dampfer der Hapag, neunzehn Mann unter der Back, mit Stückgut nach New York, als Zimmermann anmustern, und schwamm am vierten Tage nach Westen und erreichte am vierzehnten Tage New York. Er hatte dem Kapitän, der ein verständiger Mann war, gesagt, was er Besonderes vorhatte, und bekam gleich Landurlaub und machte sich auf den Weg. Es war ein heißer, blendend sonniger Tag.

Er fuhr nach dem New Yorker Pier hinüber und kam gleich in der ersten Straße in das Gewirr der Menschen und bog in den Broadway ein und ging langsam, mit klopfendem Herzen, die ganze Seele in den Augen, durch das gewaltige Toben des Lebens. Schräg über ihm, in der Mitte der mächtigen Straße, auf machtvollem Eisengerüst, jagten donnernd die Züge dahin, unten auf der Straße sausten ratternd und stoßend in vier bis sechs Reihen die Straßenbahnen, hielten jäh, und schossen wieder weiter, in vier bis sechs Reihen schossen Autos neben ihnen dahin. An den riesigen bunten Läden entlang drängte sich der breite Strom der Menschen, die Männer ohne Hut, die Jacke am Arm, einen schlichten Gürtel um den Leib, glattrasierte, kühne Gesichter mit gestutzten Schnurrbärten, mit den scharfen Linien zu beiden Seiten des Mundes, rasch sich Bahn brechend, gleichmütig, um nichts sich kümmernd, nur weiter, weiter! Junge Mädchen, schlank, fein, frei … wie sie gehn! … wie fein ihre Röcke … wie vornehm ihr Schuhzeug! Aber da … ein Neger … eine Negerin … komisch sonntäglich gekleidet … da … ein Italiener, ein Indier, ein Jude, wieder Italiener … ein ganzer Haufe mächtiger, breitschultriger Neger, mit grauweißem Staub bedeckt, von einem Neubau kommend … da ein Schutzmann, den weißen Stab in der Hand … ein schmucker, stolzer Mensch … Zeitungsjungen springen rufend und schreiend an die Autos, rennen durch die Menschenreihen. Da … ein totes Pferd … da noch eins, noch in seinem Geschirr … da … ein Mensch stürzt zusammen … ein gellender Pfiff … ein Wagen jagt herbei, eine Bahre erscheint … weg. Da … ein Auto hängt plötzlich schief; hart stößt es gegen die Bordwand. Die Menschen springen zur Seite, Frauen schreien auf; aus der Elektrischen tönt lautes Rufen und Lachen. Ihre Wagen sind ganz überfüllt; die Menschen stehen in den Türen, hängen seitwärts an den Wagen, ohne Hut, mit geöffnetem Hemd. Sie genießen auf- und abfahrend, immerzu, stundenlang, den Luftzug des Fahrens. Da … ein Deutscher … sicher, ein Deutscher! Vielleicht gar ein Holsteiner! Dann wieder die glattrasierten Gesichter mit den scharfen Linien zu beiden Seiten des Mundes. In Scharen, in Stößen schiebt es sich dahin. Wo ein größerer Platz oder eine Haltestelle der Bahn ist, drängen sich Tausende. Und das Menschenmeer murmelt und rauscht, und drängt sich zu Wogen und flutet dahin.

Da war die Nummer der Nebenstraße, die er suchte. Er blieb stehn und sah sich um, und sah die ungeheure Straße, die er gekommen war, die sanft vom Hafen hinaufführte, hinab. Welche Tausende von Menschen! Wie sie wogen und rauschen, wie Wasserfluten! Wie die Bahnen vorwärts schießen, plötzlich stehen sie. Wie die Wagen hin und wieder zucken, wie tausend Weberschifflein! Wie ragen die Häuser, dicht aneinander, Schulter an Schulter, machtvoll, ein Geschlecht von Riesen! Was ist der Mensch, daß er das vermag! Was kann er! Wie treibt er sich um! Und über allem die rasende Sonne, die unbarmherzige! Wie sie brennt! Tief hinein, tief in die Steine und Mauern hinein! Es ist ein Wunder, daß nicht plötzlich, in einem furchtbaren Zucken, all diese sausenden Wagen und Bahnen, all diese gewaltigen Häuser, all diese hunderttausend eiliger Menschen in eine einzige weißglühende Flamme sich wandeln, die bis zur Sonne hinaufschlägt.

In der Nebenstraße war es etwas ruhiger. Sprengwagen ziehn vorüber; Kinder in leichter Leinenkleidung werfen sich zur Kühlung darunter. Auf dem Pflaster hocken und liegen in Haufen Italiener, bessern daran, klopfen, schlafen darauf; einige ihrer Frauen in bunten Kopftüchern sitzen bei ihnen. Ein Eiswagen klingelt näher, die Menschen stürzen mit Schüsseln und Eimern herbei, der Kutscher stößt sie roh zurück; sie lassen es sich gefallen. Drei Skandinavier, hohe schöne Gestalten im ruhigen Gespräch … ein fein gekleideter Yankee mit seiner Dame; sie achten nicht, was um sie her vorgeht. Auf den Balkonen werden Lager für die Nacht bereitet; Kinderchen stehn schon im Nachthemd am Gitter.

Er fand das Haus und stand eine Weile sich besinnend. Welch ein fremdes Leben! Wie gewaltig! Hier in diesem Leben sollte sein Bruder hausen? Er stieg hinauf, und fand am Ende eines dunklen Ganges an einer schiefhängenden Tür den Namen Rebekka Pein und klingelte. Das Herz klopfte ihm; er meinte die Nähe des Bruders zu spüren. Aber die alte freundliche Frau, die ihm öffnete, sagte: »O, Sie sind sein Bruder? Ja ... ja, ich sehe es! Kommen Sie herein! Ihr Bruder ist leider weggefahren, vor zwei Tagen. In eine kleine Stadt; er meint, er könne da in einer Gärtnerei mehr verdienen. Ja ... ja! Ihr Bruder ist hinter dem Gelde her wie der Böse hinter einer armen Seele.« Sie führte ihn in die Stube und war eine Weile verschwunden.

Er sah sich in dem kleinen Raum langsam um, und war gleich heimisch, denn er war genau so eingerichtet wie die kleinen Stuben der Häuser, die in der Heimat im Schutz der Deiche stehn: die Möbel von braunblankem Holz, darauf die weißen gehäkelten Decken, an den Wänden und auf den Kommoden die viel zu vielen Bilder von Verwandten und Bekannten; alles klein, alles übervoll, alles sauber. Es war ihm, als wenn er plötzlich in der Heimat in irgendeiner Stube bei Brunsbüttel oder daherum stände, nicht tausend Meilen fern in dem riesengroßen wilden New York. Er trat an die Wand und besah die Bilder, und sah lauter Gesichter, die ihm bekannt und vertraut waren.

Nun kam die Alte wieder, in einer schönen schwarzseidenen Schürze, die sie ihm zur Ehre angetan hatte, genau wie die Frauen in der Heimat es tun. Sie lächelte, da sie ihn vor den Bildern stehn sah, und sagte: »Ja, die sind Ihnen alle bekannt, alle aus dem Kirchspiel St. Margarethen; aber fast alle schon im Grab. Ich bin vor sechzig Jahren als junges Ding nach New York gekommen. Ja, ja! Ich begegnete ihrem Bruder ... es ist gut ein Jahr her ... hier unten in der Straße, als er die Häuser hinaufstarrte und sich ein Stübchen suchte. Ich sah ihm an, woher er war, und nahm ihn mit, und seitdem haust er bei mir. In spätestens drei Tagen kommt er wieder. Er ist aufs Land gefahren zu einem Hamburger, der eine Gärtnerei hat.«

Der junge Harm Ott war sehr glücklich, daß er seinen Bruder bei dieser alten Frau fand. Er setzte sich in den großen Stuhl am Fenster und sagte: »Ich bin froh darüber, daß mein Bruder so ordentlich lebt!«

»O,« sagte die alte Frau, »er ist fast allzu ordentlich! Er arbeitet tagsüber in einer Gärtnerei und abends hilft er noch beim Aufräumen in einer großen Werkstatt. Und in der übrigen Zeit treibt er, wo er geht und steht, englisch, sogar des Abends mit mir. Und er geizt mit jedem Penny, und sagt, er muß der reichste Mann in ganz Deutschland werden.«

Er sagte verwirrt: »So, das sagt er? So ... in Deutschland! Warum denn wohl?«

»Ja,« sagte sie, »das weiß ich nicht! Und es paßt ja gar nicht zu ihm! Er hat so was Frisches in seinem Gesicht, so etwas, das in den Tag hineinleben möchte; und er ist ja noch so jung, noch keine zwanzig. Aber er sagt, er will reich werden ... zum Verrücktwerden reich, sagt er ... und zwar bald. Und so gibt er mir denn auch keine Miete.«

»Er wohnt umsonst hier?«

Sie lächelte: »Nicht umsonst. Er sagte eines Tags zu mir: Mutter Pein, Sie haben Ihre kleine Rente, mit der Sie das Jahr hindurch gut 'rumkommen können; und den Platz in der Ecke, in der ich schlafe, den brauchen Sie auch nicht, wenn ich nicht da bin; also wozu gebe ich Ihnen Geld? Kann ich es nicht mit etwas anderm gutmachen?« Sie lächelte wieder: »Wir, ich und mein Mann, sind keine Amerikaner geworden. Nein, wir sind keine Amerikaner geworden! Sehen Sie, ich mochte ihn leiden, und so sagte ich: ›Ich hörte dich neulich am Sonntag abend ein Lied singen. Wenn du mehr solcher Lieder kannst, so sitz' den Sonntag bei mir und singe mir vor. Wegen meiner alten Augen kann ich nicht mehr lesen; und ich habe es mein Leben lang entbehrt, daß ich nicht singen kann.‹«

»Ja,« sagte Bruder Harm, »singen und pfeifen, das kann er.«

»Ja ... und nun sitzen wir denn jeden Sonntag abend beieinander: da, wo Sie sitzen, sitzt er; und ich da auf dem Sofa; und dann sagt er: ›Nun wollen wir eins singen, Mutter Pein.‹ Und wenn mir dann über die alten Lieder und das Heimweh und die Gedanken an all die Toten an den Wänden die Augen überlaufen, dann steht er auf und singt und flötet gegen die Wand an und weint auch … denn er hat auch Heimweh; und tut dann, als besähe er die Bilder, Bild nach Bild.«

Harm Ott saß eine Weile verstummt und traurig. Er wußte nicht recht, ob er ihr sagen durfte, warum der Bruder so jung in die Fremde gezogen wäre.

Aber da sagte sie schon: »Ich habe mir viele Gedanken darüber gemacht; ich habe in meinem Alter ja nichts anderes mehr zu tun, als mir Gedanken zu machen … warum er so gern und gierig reich werden will, obgleich es eigentlich von Natur nicht in ihm steckt, und warum er so leere Augen machte, wenn ich ihn im Anfang nach seinem Elternhaus und der Heimat fragte … nachher ließ ich es … aber seit einer Stunde kann ich es mir zusammenreimen. Sieh, er hat diesen Brief hier liegen lassen, den er vor vier Wochen bekommen hat. Lesen Sie ihn!«

Er nahm den Brief und sah, daß er von Höbke Suhl war und las:

Lieber Eggert Ott!

Ich bestätige Dir die Ankunft von achtundvierzig Mark, die ich nicht dem Herrn Peter Reimer Ott, Landmann in Altensiel, sondern Deiner lieben guten Mutter gegeben habe, die sie für Dich aufbewahrt. Wenn Du zu Harm und Reimer in Deinem Zorn gesagt hast, ich wäre eine alte Schachtel, so sage ich Dir, Du bist ein junger Esel. Denn als man Dir an die Ehre ging, mußtest Du da nicht grade hier bleiben, um für sie zu sorgen? Wer soll sonst für Deine Ehre hier sorgen? Ich tu’ es freilich, ich trete für meinen jungen Nachbarn ein, wo ich kann, und viele glauben meinen Worten. Auch Deine Geschwister treten für Dich ein und mein alter Peter auch. Aber das Beste wäre, Du wärst selbst hier, und schlügst jedem ins Gesicht, der Dich schief ankuckte. Es ist selbstverständlich, daß Du nicht bei Deinen Eltern wohnen könntest; aber was ist im Wege, daß Du bei mir wohnst? Du kannst das ganze Jahr bei mir pflügen, säen und füttern. Aber eins freilich müßtest Du mitbringen: die Erkenntnis, daß Du auch nicht ohne Schuld bist. Nein, mein lieber Eggert, das bist Du nicht! Du warst unfreundlich und oft wunderlich. Aber was mich angeht, so mag ich Dich nun mal so, wie Du bist. Komm wieder her, Junge, und sei bei mir! Wir wollen die besten Freunde sein und uns um die Menschen nicht kümmern.

Deine Nachbarin und Freundin
Höbke Suhl.

Er ließ den Brief sinken, und erzählte der alten Frau kurz die ganze Geschichte.

Die sah ihn eine Weile stumm an und nickte nach der Weise des Alters, so als wenn sie dachte: ›Ja … ja … schwer … schwer! … wirr, … wirr! … wie alles Leben!‹ Dann sagte sie: »Warum will er denn so rasch und gierig reich werden?«

Bruder Harm sagte zornig: »Weil er eines Tages, und zwar recht bald, so auf einige Stunden, im besten Anzug, mit blendendweißem Kragen und goldener Uhrkette, und womöglich im Extrawagen von Hamburg her … in der Heimat erscheinen will und allen Leuten, die ihm begegnen, frech ins Gesicht starren und wenn sie ihn grüßen und sagen: ›Sieh da, Eggert Ott!‹ so tun will, als wenn sie Mondkälber sind, und dann wieder davongehn! So möchte er es alle fünf Jahre machen … immer reicher, immer kälter … immer hochmütiger! Ja, so ist er! Eine einfache Sache ist das nicht, Frau Pein. Er ist verrückt vor Zorn und Überhebung.«

»Er ist ein lieber guter Junge,« sagte die Frau.

»Weiß ich,« sagte er, und es schoß ihm in die Augen. »Das ist ja grade das Unglück, daß er beides ist: verrückt und gut. So was haben wir häufig bei uns.«

»Ja, ja,« sagte sie. »So ist es … so ist es immer: … das Schicksal ruht nicht eher, als bis es uns zwischen zwei Steinen hat; dazwischen werden wir dann gerieben, bis wir mürbe sind … Bleibt Ihr Schiff hier drei Tage? … In drei Tagen wollte er wiederkommen …«

»Gewiß,« sagte er. »Wir bleiben. Ich komme übermorgen wieder, nach ihm zu sehen. Vielleicht kommt er ja auch eher wieder, als er angenommen hat. Ich komme eines Abends so gegen neun Uhr, daß ich ihn zu Hause finde. Aber sagen Sie ihm nicht, daß ich hier bin und komme.« Damit ging er.

Er war sehr zufrieden mit seinem Besuch und ging nicht wenig stolz, daß er diese große Reise, dies große Wagnis, unternommen hatte, seines Weges. ›Sie werden mich zu Hause sehr bewundern,‹ dachte er. ›Und im Hause meines Onkels auch, wenn es auch dem Onkel nicht recht sein wird, daß ich hinter dem Bengel hergelaufen bin. Aber im Herzen wird es ihnen doch gefallen. Und das Mädchen … das lange, niederträchtige … wird auch denken: Er tut, was er will!‹ In solchen großen und schönen Gedanken ging er dahin und achtete nicht viel auf das, was vorging, und kam wieder auf den Broadway in das ungeheure Gewoge. Ohne Dämmerung und Dämmerstunde war es plötzlich Abend und Nacht geworden, und was noch vor einer Stunde in weißem Sonnenglanz gelegen, lag nun unter dunkelblauer Tiefe. Aber aus den riesigen Häusern, aus unendlichen Fensterreihen, aus ungeheuren Läden, aus zahllosen Bahnen, von hohen Kandelabern herunter schlugen hunderttausend Lichter und durchschossen das ungeheure Treiben, daß es fast schattenlos, wie ein böser Geisterspuk, dahinglitt und brauste. Er ging langsam seines Wegs, mit Augen und Ohren bei dem Bilde, aber mit der Seele bei sich und den Seinen.

Da sah er wohl tausend Meter vor sich ein besonders dichtes und unruhiges Gewoge von Menschen und ein wildes Eilen und Jagen dahin, und wurde hellwach und neugierig, und ging eiliger, um die Sehenswürdigkeit, die da etwa des Weges zog, noch zu Gesicht zu bekommen, ehe sie davonliefe. Aber als er die Stelle erreichte und sich nun schon mitten in dem eilig dahinflutenden Strom der Menschen befand, sah er vor sich … die Straße senkt sich nach dem Hafen hinunter … die ganze gewaltige, breite Straße, mit all ihren Bahnen und Wagen, vollgepfropft von tausenden und aber tausenden Menschen, die alle fuchtelnd, schreiend, große, weiße Papierblätter schwingend, nach der hohen Wand eines Hauses hinaufstarrten, auf der in riesigen, flammenden Buchstaben etwas geschrieben stand; ein wildes, schweres Gedröhn wie aus ungeheurem Raum, wie von Donner, der aus der Erde kam, füllte den ganzen weiten Platz. Er dachte, es wäre etwa die Anzeige von einem Eisenbahn

- oder Schiffsunglück, irgendwo im Innern des Landes, oder irgendeine große innerpolitische Begebenheit; denn er hatte irgendwo mal gehört oder gelesen, daß in den Vereinigten Staaten ganz anders als in Deutschland, die Masse der Bürger die Politik macht und sich täglich darüber aufs Äußerste erregt. In dem Augenblick – er war noch keine Minute in dem Strom der laufenden und eilenden Masse – hörte er das Wort: »Krieg! … Krieg in Europa! … Deutschland!« Es irrte durch seine verstörte Seele: ›Krieg? … Wer? … mit welchem Volk? … Österreich? … der Mord von Serajewo? Rußland?‹ Er biß die Zähne zusammen und schüttelte in schrecklicher Not und Sorge immerfort heftig den Kopf. Da war er schon näher gekommen und las an der Wand die glühenden Worte: «Ganz Europa vorm Krieg! Deutschland von Feinden umstellt und verloren!« Und hörte es um sich wogen und schreien: »Die verdammten Deutschen! Natürlich … die Ruhestörer! … Natürlich … Ihr Kaiser! … Nun bekommen sie ihre Bezahlung!« Ein Haufe von jungen Leuten, gut gekleidet, aber in ihrem Benehmen von Verderbtheit zeugend, in einer Wolke von süßlichem Zigarettendunst, schlug sich auf die Knie und auf die Arme und schrie sich Wetten zu: *»I bet you, I bet you!«* Er wußte nicht, wie ihm war. Es war ihm, als wenn die Welt und sein eignes Leben plötzlich alle Ordnung verloren hätte. Als müßte er hier nun stehn bleiben oder, wenn er fortginge, wäre es einerlei, wohin er ginge; denn die ganze Welt hatte weder Nord noch Süd, weder Heimat noch Fremde, weder Sinn noch Verstand. Es wurde ihm schlecht wie von einem eklen Geschmack; und er mußte schlucken.

Als er noch so stand, völlig betäubt, und ein Haufe von Leuten, Franzosen und Italiener, auf die Deutschen und den deutschen Kaiser schimpften und schrien: »England geht auch mit gegen sie! … Sicher! … Dann gehn sie zu Grus und Mus … Ho ho … Natürlich geht England mit! … Aber selbstverständlich!« und mit wildem Gelächter: »Es wird sich doch den fetten Bissen nicht entgehn lassen!?« … da hörte er hinter sich eine ruhige Stimme auf plattdeutsch knurren: »Na, lat di man Tid!« … er wandte sich um und sah einige deutsche Matrosen hinter sich stehn und zog sich unauffällig so weit zurück, daß er zwischen ihnen stand; und war plötzlich, ohne ein Wort, nur da sie sich ansahen, einer der ihren. Gleich darauf sagte einer von ihnen: »Kommt nach unseren Schiffen! Wer weiß, was noch geschieht!« Und sie drängten sich zurück und gingen die Straße wieder hinunter, kamen an den Pier und setzten über. Sie sprachen auf dem ganzen Weg kein Wort miteinander, gingen bleich und still dahin, kauten an den Lippen, wußten nicht wohin mit ihren Armen und Händen, atmeten schwer und stöhnend, und dachten nach Hause; und hatten eine ungeheure Angst um etwas, das sie vorher eigentlich nicht gekannt, obgleich es immer schon dagewesen und so groß und gewaltig war, daß man es wohl sehn und erkennen konnte; aber sie hatten es doch nicht gesehn und nicht gewußt: Deutschland, das Vaterland! Was ihnen bisher fast ein leerer Begriff gewesen war, ein Wort, ein Ausdruck, eine Gleichgültigkeit, das war nun plötzlich eine einzige große, gewaltige, zuckende Seele. Und diese Seele war die ihre. Sie wußten mit einemmal, daß sie ein Vaterland hatten und eine Heimat; und das Herz stockte ihnen in Angst und Liebe darum.

Am folgenden Tage schon – Harm Ott konnte nicht zum zweitenmal nach der Wohnung seines Bruders gehn ... er sandte ihm nur einen Brief – fuhren sie auf Order, die von Hamburg gekommen war, von New York ab. Sie waren, trotz der Order, ruhiger geworden, und waren guter Hoffnung, da im Augenblick ihrer Abfahrt noch wieder friedlichere Nachrichten gekommen waren. Sie sprachen aber natürlich von nichts anderm, als vom Krieg. Zwei oder drei der Jüngsten freuten sich auf den Krieg; es leuchteten ihnen die Augen, wenn sie daran dachten; aber die andern alle wollten den Krieg nicht. Sie hatten ein deutliches Gefühl für seinen Jammer, seine Schrecken und Verwüstungen, und sie hatten alle schon einen Plan, wenigstens für die nächsten vier oder fünf Jahre, und in diese Pläne paßte ein Krieg nicht hinein. Sie wollten ihren stillen, ruhigen, ernsten Lebensweg gehn; sie wollten erst das, dann das, dann das. So haben Millionen von Deutschen gedacht: von Jütland bis an die Alpen, ach, viele, viele Millionen auf der ganzen Erde ... und haben von ihren Plänen lassen müssen.

Aber am siebenten Tage, gegen Mitternacht – Harm Ott hatte die Wache auf der Back – überholte sie ein großer Bremer Personendampfer; er fuhr abgeblendet und in rasender Fahrt Deutschland zu; sie sahen in der hellen Sommernacht, wie der hohe Gischt vor seinem Bug sich bäumte und überstürzte, und wie eine lange, schimmernde Welle hell beleuchtet das Schiff entlanglief. Die Brücke war voll von Menschen, und auch in den Laufgängen standen trotz der Nacht unzählige Menschen. Von seiner hohen Brücke kamen Morsezeichen zu ihnen herüber. Harm Ott fragte den dritten Offizier, der herantrat, und erfuhr: Krieg mit Rußland und Frankreich ... ! und sie sollten wach sein und eilen, so sehr sie könnten.

»Also doch! So ... so! Also doch!« ... Einer der Jüngeren, der Koch, war wie besessen vor Freude. »Was ist das Leben,« sagte er, »wenn man nicht mal einen Krieg mitgemacht hat? Ich melde mich bei den Einunddreißigern in Altona. Zu Schiff mag ich nicht. Zur See wird ja nicht viel geschehn!«

Es waren nun auch unter den Ältern einige, die sich freuten, ja sogar unter den Verheirateten. »Es ist gut,« sagten sie ernst und ruhig, »daß es so kommt. Wir haben ja auch nicht geglaubt, daß es zum Kriege käme; aber da er nun da ist, so ist es wohl gut. Die Luft in Europa war stickig geworden, Und am Ende: man erlebt mal was Besonderes!«

Harm Ott konnte sich nicht freuen. Vielleicht kam es daher, daß er trotz seiner eifernden Mutter kein kriegerischer Geist war, vielleicht, daß von seinem stillen, schwermütigen Vater her eine natürliche Anlage in ihm war, das Traurige, das Schreckliche zu sehen: den hunderttausendfachen Tod der Besten, die Qual und die Tränen von Millionen. Vielleicht hatte es sein guter Lehrer in ihn gelegt oder doch in ihm gepflegt, daß der Mensch zuerst der Menschheit gedenken soll, dann des Vaterlandes, danach seiner selbst. So stand er denn in diesem Gefühl die drei Tage, die sie noch fuhren, auf der Brücke; denn da er besonders gute Augen hatte, wurde er bestellt, Ausguck zu halten. Am Tage in der Sonne, bei Nacht im dunkelblauen Schein der Sommernächte, dachte er bald an all die Tausende, die sich nun gegenseitig den Tod geben sollten, bald mit Angst an sein Vaterland, ob es auch mit innern Kräften und mit Waffen gerüstet wäre, den furchtbaren Ansturm auszuhalten, bald an seine Eltern, daß sie ihn nun ziehen und verloren geben müßten, bald an sich selbst, daß er tapfer seinen Mann stehn und sein Vaterland verteidigen wolle. Und es erschien ihm schön und edel, daß er es mit verteidigen sollte, darum, weil er wußte, daß es eine reinliche Sache hatte; und er knirschte mit den Zähnen, da er an die dachte, die sein Land in den Krieg geführt, an die, die ihm und seinem Volk diese Not angetan hatten, an diese Großen in Rußland und diese Führer des französischen Volkes; und er stieß mit dem Fuß auf, daß der Kapitän ihn von der Seite ansah.

Am ersten Tag, nachdem sie die Nachricht bekommen hatten, sahen sie trotz des klaren Wetters wenig Schiffe. Sie hatten Weisung bekommen, mit nordöstlichem Kurs die Südspitze von Norwegen anzusteuern. Gegen Abend begegnete ihnen ein kleiner, englischer Kreuzer, der von Osten kam. Er beleuchtete sie mit seinem Scheinwerfer und fuhr vorüber. Während er so in ungefähr vier Kilometer Entfernung vorüberglitt, sprachen sie wieder auf der Brücke über das Thema, das den ganzen Tag nicht schwieg: »Was wird England tun?!« Der Kapitän, ein älterer Mann und in seiner Jugend viel auf englischen Schiffen befahren, zog wieder die Schultern hoch und hielt für möglich, daß England gegen uns ginge. Er war aber der einzige an Bord, der so dachte. Der zweite Offizier, ein Flensburger Lehrerssohn, sagte ungeduldig: »Kaptän, wie können Sie nur so etwas für möglich halten! England müßte doch einen Grund haben! Haben wir England je etwas Böses angetan? Und dann steht es ja so, daß unsre Gegner jetzt schon stärker sind als wir. Bedenken Sie: das ungeheure Rußland! Da sollte England sich auch noch auf uns werfen? Verzeihen Sie . . . aber da denken Sie zu gering von England; zum Donnerwetter, wenn sie auch scharf aufs Geld sind . . . es sind doch vornehme Leute!« So sagte er; und Harm Ott stimmte ihm zu, oder besser gesagt, gab ihm schon recht, ehe er gesprochen hatte.

Sie jagten Norwegen zu die Nacht hindurch und den Tag und wieder die Nacht und trafen weiter nichts als norwegische Dampfer und norwegische Fischer. Am dritten Tag gegen Mittag sahen sie fern im grauen Nebel die kahle, steile Küste, und nahmen südlichen Kurs, und sahen gegen Abend in der Abendsonne die Dünen von Sylt. ›Heimat! Heimat! Wie mochte es da aussehn in jedem Hause! In jedem Herzen! Abschied . . . Abschied! . . . Qualen namenlos! . . . Kein Haus, kein Herz, von Jütland bis in die hohen Alpen, das nicht in Not und Qual war!‹ Und wieder endeten seine Gedanken damit, daß ein wilder Gram und Zorn sein ganzes Herz erfüllte. Sie sollten fühlen, was das deutsche Volk vermochte, wenn es einig war! ›Mit Österreich zusammen . . . über hundert Millionen Menschen! Ah! Sie sollten ihren Lohn haben!‹ Dann gingen die Gedanken wieder nach dem Haus hinterm Deich. ›Mutter denkt in diesem Augenblick an mich . . . sie denkt in jedem Augenblick an mich, Tag und Nacht. Denn ich bin dasjenige von ihren Kindern, das jetzt schon in Gefahr ist und das mit in den Krieg ziehn muß. Gott sei Dank, daß ich der einzige bin! Der Vater denkt auch an mich, immer in seiner stillen Weise, bei seiner Arbeit in Feld und Stall! Und Reimer denkt an mich über all seinen Büchern! Wie er wohl verstört ist! Er, mit seinem ewigen Frieden! . . . Die Mädchen, die wissen nicht recht, was Krieg ist . . . Gut, daß ich keine Liebste mehr habe! . . . Das süße, böse Mädchen . . . Herrgott, wie lieb ich sie habe . . . heute noch!‹ . . . So sann er, und war traurig um sich und die Seinen; und voll Zorn gegen die, welche sein Land nicht in Ruhe ließen und ihm den stillen Lebensweg zerstörten und die Seinen in Leid brachten.

Gegen Morgen erreichten sie glücklich die Elbe und fuhren hinter einem großen Hapagdampfer her, der von England kam und bis an die Toppen voll von Reservisten war. Die Ufer bei Blankenese waren ein einziges Geflatter von weißen Tüchern.

Gegen Abend um fünf Uhr machten sie am Petersenkai fest.

11. Kapitel
Hamburg

Der zweite Offizier meinte, er sollte die Nacht an Bord bleiben, da er heute doch nicht mehr nach Wilhelmshaven kommen könne, und morgen mit dem frühesten nach dem Bahnhof gehn. Da die Kaileute aber sagten, daß heute schon der dritte Mobilmachungstag wäre und er also gestern schon in Wilhelmshaven sich hätte stellen sollen, ließ es ihm keine Ruhe. Er ließ sich vom Kapitän einen Schein geben, daß er heute erst angekommen wäre, warf seinen Sack über die Schulter und ging in die Stadt und nach dem Bahnhof; elf Mann, lauter junge Kerle, die wie er gleich eintreten sollten – die meisten in Kiel – gingen mit ihm. Sie gingen zu zwei und zwei und machten rüstig vorwärts. Auf dem Wege sagte der eine oder andere mindestens dreimal: »Laßt uns doch langsamer gehn, Kinder…der Krieg läuft uns ja nicht weg!« Aber immer kamen sie wieder in rascheren Schritt. Es brannte ihnen das Herz, zu erfahren, wie es in Deutschland stünde, und sobald wie möglich an der Stelle zu sein, wo sie hingehörten, wo sie nötig waren. Sie hatten alle das Gefühl … sahen alle irgendwo im Geist … auf dem Hof einer Kaserne … eine Lücke in einer langen Reihe, wo gerade sie stehen sollten. Wenn sie nicht an die Ihren dachten, sahen sie eine blauschwarze Linie in einem Kasernenhof stehn und sahen einen Offizier sich fragend umsehn, und sahn sich und viele andre hinlaufen, um sich in die Reihe zu stellen, daß sie voll würde.

Vorm Hauptbahnhof wimmelte es und staute es sich von Menschen. Wie an einem ungeheuren Bienenstock stand und drängte es sich an den Eingängen. Als sie mit ihren Säcken herankamen, kamen zugleich in großen Scharen andere Seeleute und Reservisten aus den Straßen vom Hafen her. Aus den Hotels und Kaffeehäusem am Glockengießerwall kam es in langen Zügen, wohl die Leute, die vor einer Stunde aus England angekommen waren. Dazwischen standen und gingen andre Menschen, in jedem Alter, viele in mittleren Jahren, die in dieser Stunde nicht ahnten, daß sie im nächsten Jahr selber den grauen Rock anziehen müßten … die grüßten und nickten und riefen ihnen zu: »Nun … macht es gut! Na … ihr werdet tun, was ihr könnt!« Und sie antworteten: »Keine Bange! Wir schaffen es! Das alte deutsche Blut ist noch in uns! Ah … laßt sie nur kommen!« Alles grüßte und freute sich an ihnen. Ein hübsches, junges Blut, das nicht weit von Harm Ott ging und ihm im Gedränge nicht näher kommen konnte und sich dadurch wohl sicher fühlte, nickte ihm immer freundlich zu. Es wurde ihm warm ums Herz, und er dachte: ›Die könnte ich so nehmen, wie sie da geht und steht, und ans Herz drücken;‹ und er fühlte, daß auch sie so dachte. Nun war sie nicht mehr da. Auch die Kameraden waren von ihm abgekommen, und er stand allein in dem ungeheuren Trubel und mußte lange so stehn. Von der Straße her klang eine feierliche vaterländische Weise von vielen, vielen Menschenstimmen. Dicht neben ihm klagte ein Schüler um seinen Bruder, der Kaufmann wäre und gerade eine Reise in Rußland machte: »Wenn der die Grenze nicht erreicht und die ganze Zeit in Gefangenschaft sitzen muß, stirbt er. Er ist mit Leib und Seele Soldat.« Auf der andern Seite stand ein junges Paar und redete leise miteinander. Er war noch sehr jung; aber es war ein so tiefer, lichtloser Ernst in seinem Gesicht, daß es Harm Ott jäh durchfuhr: ›Der wird fallen!‹ Ein älterer Mann … es schien ein gutgestellter Kaufmann zu sein … der wegen Harm Otts Sack auf der Schulter den Kopf schief halten mußte, nickte ihm zu und sagte: »Na, Seemann? Hoffentlich brauchen Sie nicht auf die englische Flotte zu schießen.« Harm Ott hob den Kopf und sagte: »O nein, das wird nicht geschehn,« und auch andre, die umherstanden, sagten: »Unmöglich!« Und einer, der wohl ein Lehrer war, sagte: »Das ist schon wegen der Geschichte, die hinter unsern beiden Völkern liegt, unmöglich.« Alle, die ihn hörten, nickten.

Nach einiger Zeit wurde von Soldaten mit Helmen und weißer Binde um den Arm Platz gemacht, und er kam bis an den Schalter, und erfuhr, daß er am besten am andern Morgen in aller Frühe führe.

Da nahm er Feder und Papier aus dem Sack und gab ihn ab, und drängte sich eine Zeitlang durch die Menge und sah sich um, ob er nicht das Glück hätte, auf irgendeinen aus seiner Gegend zu stoßen. Er fand aber lange niemand. Als er aber dann in den Wartesaal gehn wollte, um zu schreiben, da stand plötzlich die vor ihm, die er auf der ganzen Welt am allerwenigsten sehn wollte! Ja ... da stand sie! ... und es ging nicht an, daß er tat, als säh' er sie nicht. »Woher kommst denn du?« sagte er kühl.

Sie war sehr verlegen, sah an ihm vorbei über die Menge und sagte: »Vater hatte hier zu tun und hat mich mitgenommen ... wir wohnen im Holsteinschen Hof in Altona und nun suchte ich einen Bekannten, mit dem ich ein Wort reden kann.« So waren sie alle unterwegs und suchten alle Menschen, um alle die Fragen in sie hinein zu schütten, die im übervollen Herzen brannten. Denn sie wußten ja alle nicht, was Krieg wäre. Das Wort Krieg war ihnen ein grauses und graues Märchen aus alten Zeiten geworden, und sie hatten so wenig geglaubt, daß es sich wieder einmal ereignen könnte, wie es andre Märchen tun. Sie plauderte lebhaft und eintönig, und tat, als wenn sie Nachbarskinder wären oder entfernte Verwandte, die sich nie nahe gestanden; aber sie war blaß, und ihre schönen leuchtenden Augen, die über die Menschenmenge hinsahen, waren unruhig und verlegen.

Harm Ott war gequält und zornig; er hätte ihr am liebsten gesagt: ›Geh weg von mir! Was willst du grade neben mir gehn? Geh tausend Meilen weg! Quäl' mich nicht. Ich bin nicht hartherzig wie du; ich kann nicht mit dir reden, als wärst du eine Fremde! Weg mit diesen Augen! Mit diesem Haar! Mit deinen Schultern! Weg, weg von mir! Ich geh' jetzt in Tod und Kampf ... Was gehe ich dich an!‹

Sie plauderte unruhig weiter und fragte: »Was glaubst du ... wie viele fallen werden? Wie viele meinst du, daß aus dem Kirchspiel Altensiel nicht wiederkommen werden? Einer oder zwei? Das wäre ja schrecklich! Kann es nicht geschehn, daß sie alle wiederkommen? Es stand ja einmal in der Zeitung, daß die Kriege immer ungefährlicher werden. Und England wird uns ja beistehen; es ist ja mit uns verwandt und wir sind ja unschuldig. Und was meinst du, wie lange der Krieg dauern wird? Sie sagen: Höchstens fünf Monate.« Und dann erzählte sie, was »ein Bekannter« ihr heute geschrieben hätte, der zu den Sechsundachtzigern nach Flensburg gegangen war und schon in Reih und Glied stand.

›Dieser ›Bekannte‹ ist natürlich ihr Verlobter‹, dachte er bitter.

Sie redete lebhaft und lachte in ihrer Verlegenheit über einen Satz in dem Brief des »Bekannten« und betrachtete dabei eine Schar Schüler, die mit Jungen vom Hafen Arm in Arm durch die weit offne Tür zogen, wobei sie den Vorübergehenden zuriefen: »Ich gehe morgen zu den Fünfundsiebzigern!« »Ich nach Rendsburg!« »Ich zu den Jägern nach Ratzeburg!« und »Ich nach Mürwick zur Marine!« Sie gingen hinter der Schar her aus der Halle.

Sie waren aber eben aus der Bahnhofshalle herausgekommen und gingen in der Menge, die den ganzen breiten Platz vollgestopft füllte, auf den Glockengießerwall zu, da erhob sich plötzlich vor ihnen, von der Alster her, ein Toben und Tosen, und bald kam hier und da ein Schrei: England! England! England hat uns den Krieg erklärt! Und gleich darauf war es dicht um sie ein Toben, Schreien, Erschrecken, Entsetzen: »England ... Nein! ... Unmöglich!! ... Doch! ... Sie sagen es! ... Es ist ja nicht möglich! ... Doch ... Natürlich! ... Die Harwich-Dampfer, die ausfuhren, sind heute zurückgekommen!... Herrgott! ... England!!«...

Sie sah ihn an und sah, daß die Nachricht ihn völlig verstörte, daß er mit all seinen Gedanken bei diesem Ereignis war und keine Seele mehr für sie hatte. Sie gab ihm plötzlich die Hand und sagte mit verlegenem Gesicht, rasch und überstürzt: »Ich will nun wieder zu meinem Vater.«

Er besann sich schwer: »Geh,« sagte er kalt.

Sie wollte noch etwas sagen, ihm Gutes wünschen, fand aber nicht das Wort und murmelte, daß sie den Seinen sagen wolle, daß sie ihn getroffen hätte. Und wandte sich ab.

Er wollte sein Herz gleich von ihr losreißen, horchte auf die Worte, die um ihn gerufen wurden, und suchte zu einem Haufen zu gelangen, der sich um ein Extrablatt drängte. Aber das große blonde Menschenkind mit den schönen fliegenden Augen, die mit einem seltsamen Ausdruck die seinen gesucht, schob sich heischend, fordernd und zugleich bittend dazwischen. Er machte drei lange Schritte zur nächsten Haustreppe, und nahm die Stufen, und spähte über die Menschenmenge, ob er sie noch einmal sähe. Erst fand er sie nicht; aber dann, plötzlich, sah er sie, wie sie drüben an dem großen Kandelaber stand, genau wie er, und ihn suchte und ihn erst nicht sah, und ihn dann, eine völlig veränderte, mit vielem Nicken des Kopfes grüßte, innig, still, heftig. Es war die erste Liebkosung, ja die erste Liebesäußerung, die er von ihr empfing. Es ging ihm heiß und zugleich bitter durchs Herz. Er nickte ihr langsam zu, mit finstern Augen. Nun war sie in der Menge verschwunden.

Da stürzte mit erneuter Wucht die neue Begebenheit auf ihn ein. Es war ihm, als wenn die ganze Welt über seinem Vaterlande zusammenstürzte, ja, als wenn Gott selbst vom Himmel fiele. Sein ganzes Denken, von seiner Kindheit an, das immer, wenn auch ohne Worte und ohne Formel, in seinem Herzen lebte, daß ein Herrgott im Himmel lebte, war ihm verwirrt und verstört. Es würgte ihn wie einen Menschen; der aus Trümmern und Rauch nach freier Luft ringt, und es schrie in seiner Seele zu Gott: ›Sage mir, was willst Du mit Diesem? Was Du tust, das tust Du doch zum Wohle der Menschheit?! Krieg … Krieg … ein frischer, wilder Krieg? mag nötig sein, die Menschen zu wandeln, zu erfrischen, zu läutern … aber Krieg zwischen germanischen Brüdern?! Der Bruder fällt über den schon hart genug bedrängten Bruder her?! Willst du damit Neues schaffen?‹ … Solche Gedanken stürmten wirrend durch sein Herz, während er von der Menge, die ihn umdrängte, weitergetrieben wurde; und er verstummte vor Grausen vor Gottes Tun, während die Menschen um ihn schrien und aus der Ferne der feierliche Gesang von Tausenden herüber drang.

Er war zur Tür eines Kaffeehauses gedrängt, in dem wohl nach der Meinung der Menschen neue Nachrichten zu erfahren waren, und befand sich, ehe er's sich bewußt wurde, in dem großen Raum. Neben ihm sagte ein einfacher Mann in unendlichem Erstaunen vor

sich hin: »Wie ist das möglich? Sie haben ja doch blondes Haar und blaue Augen wie wir?!« Ein andrer sagte: »Und wir haben ihnen nichts getan, nichts,« und laut sagte er, als wenn er es bekräftigen müsse, daß sie es ihm glaubten: »Ich kenne die ganze englische Geschichte, es ist tatsächlich so; wir haben ihnen nie etwas Böses getan.« Ein andrer sagte: »und wir wollen auch jetzt nichts von ihnen! Sie sollten nur ruhig zusehn, wie wir diesen schweren Kampf bestünden.« Gleich darauf stellte sich ein älterer Mann auf einen Stuhl … wie es schien, ein Maschinist oder Werkmeister … und rief mit kurzen Atemstößen: »Ich will nicht darüber reden, warum England als unser Feind auftritt! Ich will nur sagen: es wird ein ungeheurer Kampf werden! Besonders England ist gewaltig an Mitteln und Kräften! Trotzdem werden wir siegen; denn es ist nötig, daß wir siegen! Denn wenn wir unterliegen, werden sie uns das Fell über die Ohren ziehen! Sowohl Bismarcks wie Bebels Lebenswerk geht dann zugrunde! Also müssen die Jungen im Felde von Anfang an ihre Pflicht tun und die Feinde so werfen, daß sie um Frieden bitten. Das wollen wir von ihnen erhoffen, und Gott sei Dank: wir dürfen es hoffen!« Er wollte noch mehr sagen, aber da sprang ein junger Mann mit einem geistvollen Gesicht und langem hellen Haar, vielleicht ein Gelehrter, auf einen Tisch und sagte mit knirschenden Zähnen, und jedes Wort sprang ihm wie ein Falte vom Munde: »Leute! Mein Vorredner hat recht: es werden schwere Tage und Monde sein … die, die wir jetzt haben werden. Das ganze Europa gegen uns! Aber die Zahl unserer Feinde … so groß sie ist … sie macht uns nichts! Seht, wir haben dreierlei, was unsre Feinde nicht haben: wir haben erstens: ein gutes Gewissen. Leute! Wir haben diesen Krieg nicht gewollt! Weder unser Volk, noch unsre Regierung! Wenn wir unsrer Regierung einen Vorwurf machen können … das wissen wir alle… so ist es nicht der des Krieges, sondern der des übergroßen Freundlichseins, der des Zurückweichens, der des Friedenhabenwollens um hohen Preis! Zweitens haben wir Einigkeit! Sie sollen sehn und sollen sich entsetzen! Deutschland in Not? Deutschland einig bis zum letzten Mann! Drittens: wir haben einen Zorn, einen Haß! Leute! Wie groß haben wir, von unserm Kaiser bis zum einfachsten Mann, von England gedacht! Wir meinten, sie wären unsre Freunde, von vornehmer, edler Gesinnung, ja unsre Brüder um ihres Herkommens willen! Oder liegt es an uns? Haben wir uns gegen England versündigt? Im Gegenteil: wir sind seine Helfer gewesen in mehr als einer Not! Oder, wollten wir uns in Zukunft an England versündigen? Das ist ein unsinniger Gedanke für deutsche Art! Wir, wir Deutsche … wir leben und lassen leben! Leute! Warum will England denn kommen und Deutschlands Kinder töten? Warum? Wo ist seine Not? Wo ist die unendliche Qual, die allein ein redliches Volk in den Jammer des Krieges jagt? Leute! England ist ein andres Volk, als wir alle gedacht haben; es ist ein Volk, einzig in der Welt: es ist das Volk, das Kriege anzettelt und führt, wenn irgendwo auf der Erde ein andres Volk aufsteigt, das besser und tüchtiger ist, als es selbst! Das ist es! Es ist das Volk, das vom Töten des Guten lebt! Es ist der böse Henker der Völker! Aber jetzt schlägt seine Stunde! Jetzt schlägt Gottes Stunde! Dieser Krieg wird neben vielem andern, das alt und morsch ist und das er wegfegen wird, dies eine bewirken: daß dieser Völkerhenker seines Amtes verlustig geht, daß alle Völker der Erde frei und gleichberechtigt nebeneinanderstehn, bis einst in fernen Zeiten der Tag kommt, da sie alle einander Brüder sind! Hör' es, deutsches Volk! Ihr, Brüder, die ihr hinauszieht zum Kampf ... Ihr kämpft nicht allein für Deutschland! Ihr kämpft: den Thron des frommen Weltschurken zum Wanken zu bringen! An diesem ... diesem Niedertreter der Völker, die in allem Guten wachsen wollen ... diesem Entmanner der Nationen, das Gottesgericht zu halten!« Die ganze Menschenmenge, die den Raum füllte und in den offnen Türen und Fenstern stand und draußen, rief laut und wild immer wieder: »Richtig! Das ist es!« Ein junger Schüler, der mit funkelnden Augen nicht weit von dem Redner gestanden, sprang auf einen Stuhl und rief: »Hört mich ...! Ich ... ich bin nicht breit« ... er schlug immerfort gegen seine Brust ... »ich bin erst siebzehn ... aber ich ... mit diesen hier« ... er zeigte auf seine Genossen, die hinter ihm standen ... »wir sind heute abend schon im grauen Rock. Was wollen wir? Wir wollen unser heißgeliebtes Vaterland, seine schöne Erde, seine Frauen und Kinder verteidigen gegen Franzosen und Serben, Neger und Kosaken, gegen allen Schmutz in der Welt. Und wollen ihm Ehre und Luft schaffen in der Welt! Zuletzt aber, wenn die andern am Boden liegen, wollen wir dem Bruder an die Gurgel, dem Schurken, der seine Heimat und sein Blut verraten hat ... der, große und fromme Worte im Mund, uns überfällt, uns ... die wir ihn liebten und ehrten. Was redet aus uns, Brüder? Woher unser rasender Zorn? ... Weil wir ihn liebten ... weil wir stolz auf ihn waren ... ihn ... von unserm Blut ... aus unserm Land hier gekommen!« Er schluckte und kämpfte mit Tränen. Er wollte noch weiter sprechen, da kam von der Straße her der rauschende anschwellende Gesang von mächtigen jugendlichen Stimmen: ›Ein feste Burg ist unser Gott ... Und wenn die Welt voll Teufel war ... so fürchten wir uns nicht so sehr ...‹ Schüler zogen in Haufen vorüber, tausende junger Mannschaft. Die Menschen standen mit abgezogenen Hüten und lauschten oder sangen mit; viele weinten. Ganz betäubt von dem, was er erlebt hatte, ganz erfüllt von all den Gedanken, die es ihm neu gegeben hatte, ging er still für sich durch die Menge, die die Straßen füllte, und gelangte wieder nach dem Bahnhof. Dort ging er gleich nach dem Wartesaal, um nun den Brief an die Eltern zu schreiben. Es gelang ihm, durch all die Menschen hindurchzukommen und in einer Ecke ein Plätzchen zu finden. Rechts von ihm saß ein Haufen junger Kerle, gelbe Pappschachteln vor oder neben sich, Reservisten, die zu ihren Regimentern wollten. Sie redeten, müde der Kriegsunterhaltung, ruhig von daheim, von Eltern und Pferden, Schwestern und Kameraden; sie schienen aus benachbarten Dörfern zu stammen. Links von ihm saßen ganz junge Gesellen, die Köpfe auf den Pappschachteln und schliefen, Freiwillige, die morgen früh weiter wollten, um in Berlin und daherum ihr Heil zu versuchen. Durch die Gänge des großen Saals drängten sich Haufen Menschen. Er saß noch eine Weile da, in Gedanken an die Szene, die er eben erlebt hatte und an das so bedrängte Vaterland; dann fing er an zu schreiben:

Liebe Eltern und Geschwister!

Ich habe in New York Bruder Eggert nicht gesehen; ich weiß aber, daß er dort als ein ordentlicher Mensch lebt. Rebekka Pein ist eine alte Frau und gehört zu denen von der Sorte von St. Margarethen. Wir sind sehr rasch nach Deutschland zurückgefahren mit einem Bogen nach der norwegischen Küste zu, und sind heute abend hier in Hamburg angekommen.

Liebe Eltern! Nun geht ja auch England gegen uns; der Teufel weiß warum; Gott und anständige Menschen wissen es nicht. Liebe Eltern und Geschwister, es ist nun wohl möglich, daß ich nicht wiederkomme. Ich tröste mich aber damit, daß ich dann für eine gerechte und reine Sache falle, und damit müßt Ihr Euch auch trösten; denn einen andern Trost gibt es nicht. Also trauert dann nicht um mich; sondern habt guten Mut darum! Sagt den Geschwistern, daß sie nicht so aneinander kleben, sondern hell in die Welt sehen und sich jeder seinen eignen Weg suchen sollen. Sie müssen immer denken: Wenn nur das Fähnlein flattert! Das habe ich manchmal im Spaß zu ihnen gesagt, wenn sie sich über mein Rad lustig machten; ich meinte es aber im Ernst. Grüßt den Bruder Eggert von mir, und er soll ins Elternhaus zurückkehren, wenn ich nicht wiederkomme. Vater aber soll an ihn glauben; glauben ist das beste im Leben. Bruder Reimer wird wohl ein gelehrter Mann werden; der kann dann alle Geschwister zusammenhalten, soviel es gut und möglich ist.

Mein Rad soll Bruder Reimer haben.

Euer treuer Sohn und Bruder Harm Ott.

So schrieb er ruhig und in kurzen, klaren Sätzen, so wie wohl ein älterer Mann schreibt. Als er die Feder hinlegte, hatte er auch selbst das Gefühl.

Er machte den Brief zu und ging hinaus in die Halle, um ihn dort in den Kasten zu stecken. Als er sich durch Menschen durchdrängte und die Halle erreicht hatte, und mit seinen Gedanken wer weiß wo war und über die Menge hinsah, kam ihm der Gedanke an seinen Bruder Reimer. Es wurde ihm aber nicht klar, woher der Gedanke käme; und er verlor ihn wieder. Aber gleich darauf war er wieder da, und da ... sieh ... da stand ein junger Mensch, dessen etwas langes Haar und hohe Schläfen grade wie Reimers waren ... und da ... o ... da sahen sie sich beide und erkannten sich!

Die Augen von Bruder Reimer leuchteten und es flog der schönste Schein über sein Gesicht: »Da bist du!! O ... Wie schön, daß du schon wieder da bist!! Nun kannst du doch mithelfen! O ... hast du Eggert getroffen?! Hast du ihn gesprochen, und was sagt er?«

Harm schüttelte den Kopf vor Verwunderung, daß er den Bruder hier sah. »Ich habe Eggert nicht getroffen, aber ich weiß, daß es ihm gut geht. Aber was willst du hier? ... Junge! ... Du willst doch nicht ...?! Was soll der Koffer?«

Bruder Reimer richtete sich hoch auf und sagte verlegen, aber sicher und glücklich: »Ich ... ich gehe mit ... was denkst du?«

Sein Bruder erschrak aufs heftigste. »Du?!« sagte er, »so mitten aus deiner Arbeit?! Herr Gott, ich dachte vorher noch an dich, als ich so viele Freiwillige sah; aber ich tröstete mich, daß du ja so heftig gegen den Krieg redetest, so als wenn du nie mitgehn würdest, wenn du nicht müßtest.«

»Ja,« sagte er großartig, »das ist doch was andres! Ich bin durchaus gegen den Krieg ... verstehst du ... so als menschliche Erscheinung; er wird sicher überwunden werden! Aber wenn mein Volk angegriffen wird, muß ich doch helfen ... das ist doch selbstverständlich!«

»Und Mutter?« sagte der Bruder.

»Ja ... Mutter« ... sagte er ... »es tut mir ja leid um sie; aber was soll ich machen? Ich sagte: ›Mutter, wenn du mich nicht gehn läßt, wird mir der ganze Rest meines Lebens nicht schmecken.‹ Da sagte sie kein Wort mehr.«

»Du warst bei den Eltern? Wann bist du denn von Kiel gekommen? Heute?«

»Nein, gestern vormittag. Als die Kriegserklärung gegen Frankreich und Rußland da war ... das war vorgestern ... oder wann war es ... ich weiß es nicht mehr ... da wollten wir gleich mit; aber einige Lehrer hielten uns noch zurück und sagten, England würde uns helfen, es würde nicht dulden, daß ein Brudervolk von zwei so mächtigen Gegnern überwältigt würde. Als es dann aber gestern abend hieß, daß England uns nicht helfen könne ... ich weiß nicht warum ... da brach es los. Da war kein Halten mehr. Denk' dir: wir allein mit Österreich gegen Frankreich und das ungeheure Rußland.«

»Ja,« sagte der Bruder bitter, »wenn es damit getan wäre! ... Weißt du denn noch nicht, daß auch England gegen uns geht?«

Bruder Reimer starrte ihn an, totenblaß. »England!?« rief er entsetzt, »England ... gegen uns?« Es flog eine tiefe Röte der Scham über sein junges Gesicht. »Ah,« sagte er leise, »wie ist das schrecklich! ... das geht ja gar nicht ... wir können doch nicht Bruder auf Bruder schießen?! ...

Harm ...wir haben ihnen nichts getan, und sind von so großen Mächten überfallen! O, ein Brudervolk! ...O nein! ...nein ...Du, Harm ...so etwas ist noch niemals geschehn, solange die Welt steht! Davon wird man nach tausend Jahren noch reden!«

Sie hatten sich wieder in den Saal gedrängt und saßen wieder an dem Platz, wo Harm gesessen hatte. Sie hatten eine Weile geschwiegen. Da sagte Bruder Reimer: »Nun muß ich mit gegen England, Harm ...Du mußt mir helfen, Harm! Ich gehe dir nicht von der Seite! ...Ich will mit gegen England! Ich will!«

Sein Bruder schüttelte heftig den Kopf und sagte: »Wenn es sein muß, wenn dir dein Leben sonst nicht schmecken wird, so magst du mit in den Krieg gehn, aber nicht zur See! Ich helfe dir nicht und nehme dich nicht mit! Nein, ich tu es nicht!« Er war aufs Tiefste erregt. Er hatte jetzt das Gefühl, daß nun, da England mitging, der Hof am Deich seinen Teil an diesem Krieg würde zahlen müssen, und so genügte es, daß allein er es wäre. »Bedenke,« sagte er und sah den Bruder mit Augen an, die mit dem Leben fertig waren, »was es für ein Kampf werden wird: ihre Flotten sind dreimal größer als unsre! Es geht nicht an, daß keiner von uns beiden wiederkommt.«

»Das wäre freilich schlimm,« sagte Reimer; »aber es muß dann eben sein. Es muß so gehn, wie Gott es will.«

»Ob es noch einen Gott gibt!« sagte der Bruder bitter.

Dann schwiegen sie wieder.

Nach einer Weile fing Reimer an, ihn nach seiner Reise zu fragen; und er erzählte es ihm. So sprachen sie eine Zeitlang. Dann schwieg er lange, und sein Bruder, der ihn von der Seite ansah, sah, wie die Gedanken in ihm arbeiteten, und sah, wie sie erst mühsam hin und herliefen; aber allmählich sah er einen ruhigen, stillen Schein über sein kühnes Knabengesicht ziehn. So verharrte er lange. Dann sagte er: »Bruder Harm, es ist also abgemacht: ich gehe mit dir, oder ich gehe allein nach Wilhelmshaven. Rede nicht dagegen ...es muß sein! Falle ich, so ist es gut; komme ich zurück, so werde ich mein Leben lang stolz sein, daß ich mit gegen England gekämpft und damit das Heiligste in meinem ganzen Leben getan habe. Denn es ist nicht so, wie du sagtest: Gibt es noch einen Gott? Grade diese Tat Englands wird beweisen, daß es einen Gott gibt. Du wirst sehn, wie England es wird büßen müssen, daß es diese gemeine Tat beging. Von diesem Tag an wird man den Niedergang Englands rechnen. Denn es ist so mit Gott ...er kann nicht anders ...er führt die Welt und die Menschheit weiter, indem er den Bösegewordenen, den er verderben will, zu furchtbarer Gier und zu Ungerechtigkeiten verleitet und den andern, den Kleinern und Bessern zwingt, gegen ihn zu kämpfen und ihn endlich niederzuschlagen. Und dabei will ich helfen! Ja, das will ich und muß ich; sonst mag ich nicht mehr leben!«

Dann saß er wieder still und sah mit großen Augen in das Getriebe um ihn her. Sein Bruder saß neben ihm und sah zuweilen nach ihm hin und sah, wie große, reine Gedanken durch seine Seele wogten: ›Deutschland ...altes Vaterland ...in großer, schwerer Stunde ...in Not ...in schrecklicher Sorge ...in heißer Verteidigung ...O! Deutschland! ...tapfres, ernstes Volk! Dies ist deine große Stunde ...Gott verläßt dich nicht darin! ...Aus tiefer Not schrei' ich zu dir ...Sie gedachten es böse zu machen, Gott aber gedachte es gut zu machen ...Du wirst siegen! ...Du wirst der Menschheit helfen, die in Gold und Lüge verkommen wollte! Deutschland, Deutschland über alles, über alles in der Welt‹ ...Solche Gedanken, sah sein Bruder – denn er kannte ihn von seiner Kindheit an – bewegten seine reine Seele, während seine tiefen Augen langsam über das Gedränge der Menschen sahen. Aber allmählich wurden ihm die Augen müde. Er sah Bruder Harm an und sagte: »Ich habe in der vorigen Nacht nicht geschlafen; ich will den Kopf auf den Tisch legen und die Augen zumachen.«

Sein Bruder, der Zimmermann, saß noch eine Weile und sah mit ruhigen Augen über das Gedränge, das diese ganze Nacht nicht nachließ. Dann wurde auch er müde. Er hatte von der Südspitze Norwegens bis nach Hamburg, im ganzen dreißig Stunden, gewacht und gespäht, die Seele immer voll von allem Grausen und allen Wundern dieser Tage. Der Kopf sank ihm nach vorn; er hörte noch wie ein Trupp Reservisten, leise, um sie nicht zu stören, an ihnen vorüberging. Dann fiel sein Kopf auf den Arm und er schlief ein.

Als er erwachte, schien ein blasser Schein des Morgens durch die hohen, bunten Fenster. Da weckte er den Bruder, und sie tranken eine Tasse heißen Kaffee und nahmen ihre Sachen; und gingen hinunter, um nach Wilhelmshaven zu fahren.

Die weite Halle war voll von Reservisten, die sich an den Sperren zu ihren Bahnsteigen sammelten. Von unten herauf donnerten die Züge und die tausendfachen Rufe der Ausziehenden.

12. Kapitel
Wilhelmshaven

Der Zug war unendlich lang und schon ziemlich mit Reservisten und Freiwilligen besetzt. Trotzdem hielt er auf allen Stationen und nahm überall Reservisten und Freiwillige mit. An einigen Stellen begegneten sie andern Zügen, die da hielten und warteten. Überall, auf allen Bahnhöfen, sah man auf den ersten Blick, was vor sich ging: in den Zügen und nach den Zügen sich drängend die junge Mannschaft zu Hunderten und aber Hunderten, und in den Gärten und Gängen die dichte Menge der Menschen, die daheimblieben. Und die, welche in den Krieg, in Not und Tod zogen, schwenkten die Mützen und jubelten; und die, die draußen standen und Abschied von ihnen nahmen, versuchten zu lächeln; aber in ihren Augen stand der Jammer; und manchem, der sich zurückhielt im Schatten, liefen die Tränen über die Wangen.

Als sie in Bremen hielten, zogen wohl zweitausend Mann den Bahnsteig entlang, noch uneingekleidet, aber schon in Reih und Glied geordnet. Sie fragten sie aus den Fenstern, wohin sie führen. Sie antworteten: »Garde! ... Berlin! ... Potsdam! ... Spandau!« Es waren lauter niedersächsische Leute, und kamen, wie es schien, von den einsamen Dörfern und Feldern der Umgegend. Sie hatten ihr Leben in gleichmäßiger Ruhe verbracht und mancher von ihnen ging auch jetzt noch still versonnen seines Weges, ganz in der Weise, wie er hinter dem Pflug hergegangen war; aber die meisten waren von dem ungeheuren Leben auf dem großen Bahnhof und von dem bewegten Empfang, den man ihnen bereitete, erregt, und es glimmte etwas wie Feuer in vielen Augen. Ein älterer Mann, wohlgekleidet, stand zur Seite, wo sie vorbeizogen, und sowie sie vorübergingen, griff er in seine Rocktasche, und während er mit Tränen kämpfte, sagte er: »Ich habe keine Kinder ... ich kann euch nichts andres geben als dies ... macht euch eine Freude damit,« und er gab ihnen Gold- und Silberstücke. Sie nahmen sie mit schlichtem Dank gleichmütig an. Nicht weit von ihm warf ein frisches Mädchen Blumen in die Reihen. Als diese an ihrem Wagen vorüber waren, kam eine andre Schar, die noch von den Ihren begleitet war, wohl Leute aus Bremen selber. Sie waren still; ja mancher war bis ins Innerste in Not. Wie fest die Hände der jungen Eheleute ineinander lagen! Wie sie einander in die Augen sahen! Und immer wieder, wenn der Zug sich staute, hörten sie aus dem Munde der Männer dieselben Gedanken: »Du siehst es ein, daß es nötig ist ... Das Beste ist, daß wir wissen: unser Kaiser und unsre Regierung haben es nicht angefangen. Klage nicht ... Frage nicht ... Es ist Schicksal! ... Es geht über Menschenmacht ... Daß ich sterblich bin ... das wußtest du immer schon! ... Sei tapfer ... sei stark! ... Erzieh das Kind recht und gut!« Das hörten sie immer wieder. Die Brüder mochten es zuletzt nicht mehr hören, sie zogen sich in ihr Abteil zurück und saßen da in stillen Gedanken ... Nach langer Fahrt kamen sie um Mittag in Wilhelmshaven an.

Sie wurden schon am Bahnhof von Offizieren und Leuten empfangen. Die Brüder mußten sich trennen: Reimer zog mit einem großen Trupp noch völlig ungeordneter Freiwilliger davon, um in irgendeiner Kaserne sein Heil zu versuchen; Harm marschierte in die Stadt. Sie füllten die ganze Breite der Straße. Auf den Bürgersteigen, an den Fenstern, auf den Plätzen, an der Kirche drängte sich die Menge der Einwohner, und winkte ihnen zu und grüßte mit Mund und Händen; in ihren Gesichtern stand lauter Eifer, Freude, Ehre, Stolz, und sie gingen aufrechter, da sie vorübergingen.

Unterwegs fragten sie die vorübergehenden Seeleute: »Wißt ihr etwas von draußen?« ... »Sind die Engländer schon da?« ... »Haben wir schon Schiffe verloren?« Und sie glaubten ihnen nicht, als sie sagten, daß von den Engländern weder etwas zu sehn noch zu hören wäre. Sie meinten, sie wüßten es nicht anders, und die Wahrheit würde ihnen verheimlicht. Denn sie dachten alle nicht anders, als daß England, wenn es denn einmal gegen uns ginge, gleich in den ersten Tagen mit seiner ungeheuren Macht auf uns losbrechen würde, um uns mit einem Schlag zu vernichten. Da es nun noch nicht erschienen war und alle dasselbe sagten: »Nein, sie sind noch nicht da!« ... oder: »Nichts von ihnen zu sehn!« ... kam es Harm Ott in den Sinn, während er im Zuge dahinging: daß es uns doch vielleicht gelingen könnte, sogar auch zur See, leidlich davon zukommen. Und er ermunterte sich und sagte einiges von dem, was er so dachte, seinen beiden Nebenleuten; und er merkte, daß auch sie guten Muts waren.

In dem großen Hof der Tausendmannkaserne war es schwarz von Menschen. Reservisten standen und ordneten sich; Einwohner gingen mit Milch und Brot und Obst durch sie hindurch und baten, zu nehmen und es sich schmecken zu lassen. Zur Seite hielten große Möbelwagen, aus deren Tiefe in mächtigen Packen Uniformen und Mäntel kamen. Unteroffiziere riefen mit lauten Stimmen Kais, Divisionen, Schiffsnamen in die Menge. Nach einer halben Stunde Wartens kamen sie, ungefähr hundert Mann, in einen großen Saal, wo die Liste verlesen, Unteroffiziere zugeteilt, Nummern für jeden einzelnen gegeben wurden. Sie schliefen diese Nacht auf hartem Holz in Sälen und Gängen. Sie lagen da zu Tausenden, Mann an Mann gedrängt. Am andern Morgen empfingen sie die neue Kleidung und zogen sie gleich an. In einer Ecke des Hofes bekamen sie Gewehr und Entermesser. Um vier Uhr gingen sie durch die bewegten mit Menschen gefüllten Straßen in Reih und Glied nach dem Kai.

Unterwegs fragte er den Unteroffizier, auf welches Schiff sie kämen; aber der wußte es selber nicht. »Meine Bekannten,« sagte er, »haben schon ihre Bestimmung und haben es alle gut getroffen; sie sind teils auf große Schiffe, teils auf Minenschiffe gekommen. Wohin wir aber sollen, die nach dem Wilhelmskai gehn, weiß kein Mensch. Einer sagte mir was von Fischdampfern; aber das ist ja dummes Zeug. Fischdampfer!? Sollen wir auf Fischdampfern gegen England kämpfen?«

Als sie sich dem Kai näherten und eine Stockung eintrat, und ein andrer Bekannter des Unteroffiziers des Weges kam, lachte der und rief: »Wahrhaftig, ich lüge nicht: Ihr kommt auf'n Fischdampfer. Hundert Fischdampfer sollen draußen Wache fahren, immer so...« und er machte einen langen Kringel mit der Hand in der Luft.

Bald darauf standen sie, ihre Säcke vor ihren Füßen, in Reih und Glied, die Unteroffiziere vor der Front. Ein Obermaat zählte sie ab, und stand dann wieder und sah nach dem Offizier aus. Der kam denn auch bald in ziemlichem Schritt von einem Dampfboot her, das wie ein großes Verkehrsboot aussah. Er war ein schlanker, feiner Mann. Die eine Hälfte seines kühnen, hageren Gesichts wurde alle Augenblick, besonders wenn er sprach, von einem nervösen Zucken zusammengerissen. Man sah ihm an, daß er in den letzten Nächten nicht geschlafen hatte. Er hörte den Bericht des Feldwebels an, sah prüfend über sie hin, trat zurück und sagte dann kurz, freundlich und frisch, mit einer schmetternden Stimme: »Leute! Ihr wißt es alle: wir sind von zwei mächtigen Völkern überfallen, die uns berauben wollen. Und als England das sah, meinte es, es müßte Teilhaber sein bei dem Geschäft! Es schien ihm nämlich so, es würde ein sehr leichtes Geschäft! Wir deutschen Seeleute aber wollen es ihm höllisch schwer machen, und wenn es angeht, wollen wir es ihm völlig versalzen! ...Leute! Es ist ja klar, daß wir lieber auf einen unsrer großen Pötte gegangen wären! Ich will euch ehrlich sagen: ich habe einen Schreck bekommen, als ich in Berlin erfuhr, ich solle Chef einer Flotte von Fischdampfern werden. Aber jetzt bin ich es ganz zufrieden, ja, ich bin stolz auf mein Kommando! Ich denke, ihr werdet es auch werden! Haben wir nicht die Aufgabe, die Nächsten am Feind zu sein?! Werden wir es nicht sein, die den Kameraden melden: ›Er kommt! Er kommt! Seid wach!‹ ...Kameraden! Wir wollen dem Kaiser, unserm Führer, geloben, ihm wertvoll zu sein in unserm schlichten Dienst! Seine Majestät, Kaiser Wilhelm, er lebe ...hoch!«

Sie waren alle fortgerissen von seinen klaren, raschen Worten und stimmten freudig ein in den Ruf; er hatte ihnen ganz und gar aus dem Herzen gesprochen. Dann sprach er noch dies und das mit dem Obermaaten, und verabschiedete sich dann von ihnen, indem er an seine Brust schlug und mit seiner schmetternden Stimme sagte: »Ich werde über hundert Boote unter mir haben ...aber ich werde jedes einzelne Boot ...jeden einzelnen Mann hier in der Brust tragen!« Und er blitzte sie an und forderte Glauben an seine Worte.

Sie glaubten es ihm alle. Und es ging ihnen allen durchs Herz, daß er das gesagt hatte, und mit so schmetternder, scharfer Stimme und brennenden Augen. Er wollte sie alle in seiner Brust tragen! ...Ja ...das hatte er gesagt!

Sie wurden nun verteilt auf die einzelnen Fischdampfer: je einige zwanzig Mann Besatzung
für jeden. Kapitän war ein Steuermann der Reserve, meist ein Mann aus der Handelsmarine.
An der Spitze der Besatzung, zu der Harm Ott gehörte, ging ein kleiner, dunkler Mann mit
einer stattlichen Habichtsnase, Steuermann bei der Levantelinie. Er war in einer fünftägigen
Reise von Venedig her durch Österreich und ganz Deutschland gestern in Wilhelmshaven angekommen. In seinem Kopf spukten noch die begeisterten Empfänge, die Reden und Gesänge,
und der schöne Wein, den es auf jedem Bahnhof durch das ganze, weite Österreich gegeben
hatte, und das ewige Gerummel und Gestoß des Zuges. Vor Müdigkeit wankend, sich bei jedem dritten Schritt jäh aufraffend, ging er vor seinem Zug her. Die Leute beredeten, nachdem
die Erregung, die von der Ansprache ausgegangen war, sich gelegt hatte, mit stillen Augen
die Zustände und die Aufgaben, die ihnen bevorständen. Ein junger vierkantiger Fischer von
Emden sagte versonnen und verwundert: »Dat war' also uns' Admiral!« und meinte dann: »Das
hätte ich mir nicht träumen lassen, daß ich meiner Frau noch heute schreiben müßte, ich sei
auf einen Fischdampfer gekommen, genau dahin, wo ich herkomme!« Ein Mann von Büsum,
dem man an den raschen Bewegungen und an den etwas ruhlosen Augen ansah, daß er nicht
immer zur See gefahren hatte, sondern erst nach vielen, nicht geglückten Versuchen an Land
auf das Meer geraten war – er fischte jetzt Krabben in der Süderpiep – sagte: »Kinder und Leute, ein großer Panzer wäre mir lieber gewesen! Es wird verdammt langweilig werden! Wie es
wohl mit der Verbindung nach dem Land stehn wird? Ich muß durchaus täglich einen kleinen
Kümmel haben.« Die andern lächelten und sahen bei der Gelegenheit jeder in das Gesicht des
Nebenmanns, wes Geistes Kind er wohl wäre, mit dem er nun vielleicht Monate im gleichen
Raum und in gleicher Gefahr hausen sollte. Ein andrer, wie es schien ein Hafenarbeiter, breit-
schultrig und schwer, schon älter, ging mit niedergeschlagenen Augen vor sich hin und dachte
nach; dann schlug er die Augen auf, sah Harm Ott an und sagte langsam: »Wenn die Engländer kommen ... und natürlich kommen sie ... vielleicht Torpedoboote oder U-Boote voran . ..
vielleicht auch gleich mit ihren Allmächtigen ... dann sollen wir natürlich ausbüxen. Da wir
aber nur höchstens acht Meilen laufen, wird uns das nicht gelingen. Aber das ist ja auch nicht
nötig; denn wir sind ja nicht viel wert: ein kleiner Fischdampfer mit zwanzig Mann ... was ist
das für ein kleiner Verlust!? Also schicken wir noch rasch unsern Funkspruch an den Admiral:
>Sie kommen ... mit so und so viel Schiffen...< und dann gehn wir in die Tiefe.« Er hatte es
so ruhig und laut gesagt, daß sie es alle gehört hatten. Harm Ott war der erste, der nach der
Stille, die nach seinen Worten eintrat, etwas wie eine Antwort gab; er sah seinen Nebenmann
an und sagte: »Was ist zu tun, Kamerad?! Der eine hat dies, der andre jenes Schicksal ... und
nirgends bunter als im Krieg.«
  So kamen sie an den Kai und kletterten über zwei oder drei andere Boote, die mächtig nach
Fischen rochen, und stolperten auf ihr Boot, legten die Säcke vorläufig an die Wand der Kombüse und nahmen erstmal das Schiff in Augenschein, besahen, was den meisten neu an so einem
Fischerboot war, und beredeten die besondere Ausrüstung: den Scheinwerfer und das Geschütz
und ob' sie wohl noch mehr bekämen, und standen dann ein wenig umher und warteten auf
den Steuermann, der abgebogen und auf einen Musterdampfer gegangen war, um sich die Ver-
änderungen anzusehn, die nötig waren. Bald darauf erschien er wieder und rief: »Hier mal her!
Hier im Fischraum das Holz heraus! ... Es ist ganz vermulmt und riecht unerträglich. Ist da
ein Tischler unter euch ... ein Zimmermann?« Harm Ott meldete sich. »Schön, hierher! Fünf
Mann helfen Ihnen: das Holz wegreißen, neue Latten anbringen, Kojen einrichten ... so und
so ... Katen für die Hängematten einschlagen,« und er gab das Weitere an, wie er es auf dem
schon eingerichteten Nachbardampfer gesehn hatte, und ging, um nach dem übrigen zu sehn.
  Sie machten sich mit Eifer an die Arbeit, wobei sie sich in ihrer langsamen, ruhigen Art
unterhielten. Allmählich aber zersplitterte sich die Unterhaltung, indem jeder anfing, seinen
Nachbarn mit aller Vorsicht auszufragen, woher er käme, welcher Art sein Beruf wäre und ob
er verheiratet wäre und dergleichen, wobei immer ein Lässiger mit einem Rascheren zusam-
mengekommen zu sein schien, und der Raschere auch ungefragt über seinen eigenen Zustand
Auskunft gab. Als sie so forsch weg arbeiteten und nach all dem unendlichen, mächtigen Trei-

ben und den Aufregungen der Reise die alte, langsame Ruhe über sie kam, wurde von oben her wieder nach einem Tischler gerufen. Sie sagten alle: »Geh nur, wir machen es schon allein!« und einer sagte: »Nu kiek, Du bist ein begehrter Mann!«

Er gab noch Anweisungen, welches Holz sie holen sollten, und stolperte die Leiter hinauf und ging mit der Ordonnanz an Land und nach dem Verkehrsboot hinüber, das zum Flottillenschiff für die Vorpostenflottille bestellt war, und wurde in einen großen, wohnlichen Raum an Deck geführt, wo ein Offizier ihm auftrug, aus verschiedenen Holzplatten einen großen Kartentisch zusammenzuschlagen und aufzustellen. Ein Matrose war ihm als Helfer gegeben. Es war da ein immerwährendes Kommen und Gehn, und die Offiziere wußten oft nicht, auf welche Ordonnanz sie zuerst hören und welchen Mann sie zuerst abfertigen sollten. Er machte sich in all dem Wirrwarr gleich an die Arbeit, ging ab und zu, holte sich Holz und Handwerkszeug herbei, und freute sich, für einige Stunden in seinem Beruf, den er so liebte, tätig zu sein.

Als er nach einigen Stunden – es ging gegen Abend – die Arbeit getan hatte und mit Lob entlassen wurde und durch ein Gewirr von Menschen und Wagen seinem Boot wieder zustrebte, rief ihn ein Cuxhavener Bootsmann und Fischer an, den er einmal kennen gelernt hatte. Er stand im Eingang eines Schuppens unter wohl hundert andern Männern, die ganz langsam vorwärts in den Schuppen hineindrängten. Er fragte den Bekannten neugierig: »Was willst denn du hier? Tu bist ja doch bei deinem Alter noch lange nicht verpflichtet, dich zu stellen?«

Der Mann hob die mächtigen Schultern und sagte: »Ja siehst du ... da England nun auch gekommen ist und ein Aufruf nach Freiwilligen erlassen ist, so dachte ich, ich wollte denn gleich mitgehn.« Und als wenn er meinte, er müsse diesen Schritt noch besonders entschuldigen oder erklären, fügte er hinzu: »Ich und meine Nachbarn dachten: wenn wir möglichst viele und gleich mitgehn, ist der Krieg auch um so eher vorbei.« Und um noch ein übriges zu tun, sagte er: »Ich habe übrigens, da ich mit zehn Jahren angefangen habe, jetzt schon fünfundzwanzig Jahre gefischt und habe nun mal Lust, was andres zu tun.« Das alles sagte er außerordentlich langsam und würdig; nur zuletzt, als er das von den fünfundzwanzig Jahren sagte, lächelte er ein wenig über sich selbst.

Harm Ott meinte, es ginge nur langsam vorwärts mit der Untersuchung und er müsse noch lange warten.

»Na,« sagte der wieder gleichmütig, »es geht rasch genug. Der Doktor, der da drinnen untersucht, macht es ganz praktisch, und tut überhaupt alles, was er kann, besonders wenn man bedenkt, daß er grade einen Gichtanfall hat. Was das zu bedeuten hat, weiß ich. Meine Mutter hat über zwanzig Jahre daran gelitten. Vom Marschwasser, sagt der Doktor.« Er wandte sich nach dem Fenster um, das hinter ihm war, legte die Hand über die Augen und sagte: »Kuck mal hinein.«

Harm machte es wie sein Bekannter, legte die Hand über die Augen und sah ins Fenster. In einer Hängematte, die unter Deck aufgehängt war, lag der Arzt, ein langer, hagerer Mann in mittleren Jahren mit einem noch jungen, aber sehr verwitterten Gesicht, das dann und wann von Schmerz verzerrt wurde, unter einer Wolldecke im Nachthemd, aber die Dienstmütze auf dem Kopf. Zwei mächtige Kerle, braun von Seewasser und Sonne, traten grade neu vor ihn hin. Er tat einige Fragen, sah sie scharf an und schrie: »Angenommen!« Die Schreiber an den Nebentischen schrieben es nieder. ...»Ist das nicht großartig?« meinte der Cuxhavener. »Kurz und praktisch!«

Da hatte der Arzt bemerkt, daß das Fenster beschattet wurde und daß er nicht mehr so gut sah. Er hob sich jäh in der Hängematte nach dem Fenster zu und schrie mit verzerrtem Gesicht: »Her mit den Leuten, die mir das Licht nehmen! ... Ich will sie eigenhändig niederschlagen!«

Der Cuxhavener kam ziemlich schnell vom Fenster weg, steckte die Hände in die Taschen seiner Hosen und sagte gemütlich und beifällig: »Wir beide sind es natürlich nicht gewesen! ... Aber war das nicht wieder großartig? ... Von einem Menschen mit Gicht!« Und er wollte wieder irgendeine Geschichte von seiner Mutter erzählen; aber Harm Ott hielt es für richtiger, sich aus dem Staube zu machen.

Er kehrte, wieder zu seinem Fischdampfer zurück, wo sie sich zwischen ihren neugezimmerten Kojen und an dem neuen Tisch grade zum Abendbrot hinsetzten. Sie erzählten ihm in einiger Erregung … so als wenn sie nachträglich seine Zustimmung haben wollten, da er doch dazugehörte … daß sie mit dem Koch Streit bekommen, weil er ihnen die Bratkartoffeln völlig trocken vorgesetzt habe; und da er noch dazu schnoddrige Antworten gegeben, hätten sie ihn verprügelt. Sie waren offenbar etwas bedrückt; denn der Koch war von Bord gelaufen, um sich zu beschweren; und sie fürchteten, daß der Steuermann nun über sie herfahren würde. »Wir haben abgemacht,« sagten sie, »wir wollen kurz sagen, daß wir durch den ganzen Wirrwarr nervös wären und außerdem hätten wir ihn für einen englischen Spion gehalten.« Ein Kurzer, Dicker, ein Westpreuße, der bisher noch kaum ein Wort gesagt hatte, murmelte, völlig im Bilde: »Wenn ich einen Menschen für einen englischen Spion halte, den darf ich doch verdreschen?« Nachdem sie ihm das erzählt hatten, riefen sie ihm von mehreren Stellen zu, so eng der Raum auch war, er solle sich hier und hier hinsetzen. Er setzte sich zwischen den Unteroffizier und den dicken Westpreußen, und es war ihm schon, als wenn er heimisch wäre.

Am Abend schrieb er noch eilig eine Karte nach Haus, auf der er meldete, wo er denn nun untergekommen wäre, und schlief dann in einer rasch aufgehängten Hängematte, da die Kojen noch nicht alle hergestellt waren, tief und fest, in seinem Traum immer wieder in einem kleinen Fischladen in der Hauptstraße seiner Heimatstadt. Als sie erwachten, rissen sie sofort die Luke auf; es war noch ein unerträglicher Fischgeruch im Raum, der durch das Nachtquartier von zwölf Mann nicht schöner geworden war.

Er ging an Deck und wusch sich; und sie gingen wieder an ihr Tagewerk, das Boot für seinen neuen Zweck brauchbar zu machen. So arbeiteten sie den ganzen Tag mit Eifer, ja mit Leidenschaft. Der Schweiß rann ihnen von der Stirn, ihr Atem ging schwer; und mancher tat zuviel und mußte eine Weile innehalten, weil ihm der Atem ausging. Am folgenden Tag nahmen sie Kohlen ein. And am Abend, nachdem sie vier Stunden lang daran gescheuert und geschrubbt, war das Boot klar.

Da ging er mit Urlaub von zwei Stunden an Land, um sich ein wenig allein zu ergehn. Denn es war ihm doch lästig geworden, so Stunde für Stunde, nun schon zwei Tage, immer unter Menschen zu sein. Er ging über den Kai und Lagerplatz, und kam an den Deich und legte sich ein wenig ins Gras, so wie er es von der Heimat her gewöhnt war, wo an Sommerabenden oft ganze Reihen den Deich entlang nach Feierabend in der Sonne liegen: junge Leute und Mädchen, und sich unterhalten. Er lag da zwei Stunden lang und hing seinen Gedanken nach. Er wußte, in welche Gefahr er ging, und meinte, daß da nicht viel Aussicht wäre, daß er mit dem Leben davon kam. Es war die Stimmung, die zu Anfang des Krieges in allen war, die in die See gingen. Sie dachten alle, Englands ungeheure Übermacht würde sie zerschmettern, und sie würden nicht mehr Erfolg haben, als daß auch die englische Macht schwer verwundet werden würde. And nun ging er morgen auf einen kleinen Kahn, der weiter keine Waffe hatte, als ein kleines Geschütz, auf Vorposten. Wahrhaftig, da war nicht viel Hoffnung! Er wurde wieder bitter gegen Gott, daß er den Kriegsjammer zuließ und ihn auf diesen Posten gestellt, und daß er nun wohl früh sterben müsse: weg vom Leben, das in so schöner Sonne und Luft vor ihm gelegen, weg von den Seinen! Ein Rätsel war Gott! Es war nicht so einfach, was er in der Schule gelernt hatte: Gott ist die Liebe! »Daß es alles einen guten, rechten Sinn hat, dabei will ich bleiben«, dachte er, »auch im letzten Augenblick, auch wenn ich versinke! Aber Liebe? Herb und dunkel!« … So rätselte er an dem Gewaltigen, das ihn in seinen Strudel riß, und war traurig um sich und um seine Eltern und um die ganze Menschheit.

Seinen Bruder Reimer sah er nicht wieder. Er erfuhr erst drei Wochen später durch einen Brief der Mutter, daß es ihm geglückt wäre, angenommen zu werden. Er hatte gesagt, er stamme aus einer uralten Schifferfamilie; und da hatten sie ihn genommen. Er hoffte, auf ein Torpedoboot zu kommen; denn die, hatte er geschrieben, würden vorangehen, wenn es gegen England ginge.

Denn England, so sagten sie alle, die jungen und alten Freiwilligen, und ebenso das ganze Heer, wäre der eigentliche Feind, nicht allein Deutschlands, sondern der ganzen Menschheit.

In der zweiten Hälfte der Nacht warf die »Alte Liebe« – das war der Name ihres Boots – von Land und fuhr nach Schilling Reede und seewärts, und erreichte um Mittag südwestlich von Helgoland die offene See.

Einige Stunden später rief der Steuermann von der Brücke herab: »Maschine... langsam!« Sie waren auf ihrem Posten. Es wehte ein frischer Südwest- Wind.

13. Kapitel
Der Stropp

Das war nun ein anderes Leben als vor acht Tagen, da er auf der »Lauenburg« östlich von Helgoland in voller Fahrt nach der Elbmündung gestrebt hatte! Nun fuhren sie hier als Vorposten auf See ihren Törn, so ungefähr zehn Meilen auf und ab, und hielten Wache, Tag und Nacht, daß sie meldeten, wenn die Engländer kämen, es sei mit Torpedo- oder mit U-Booten, oder mit ihren Allmächtigen. Zwei Mann standen Tag und Nacht auf der Brücke und einer vorn auf der Back. Aber in diesen ersten Wochen wachten sie fast alle mit, von einer schrecklichen Unruhe wachgerufen, immer wieder gezwungen, mit brennenden Augen das nahe und ferne Wasser abzusuchen, dabei immer und immer, die ganzen vierundzwanzig Stunden des Tages und der Nacht, den fast sichern Tod vor Augen. Denn es war ja ihrer aller Meinung, wie die von ganz Deutschland und der ganzen Welt, und vor allem auch die offen ausgesprochene Absicht der Engländer, daß die ungeheure englische Flotte, alle heimlichen Listen voran, in die deutsche Bucht einbrechen würde. Und dann waren sie die ersten. Kein Mensch, kein Schiff half ihnen; und keiner würde ihrer an dem schrecklichen, großen Tag auch nur mit einem Wort erwähnen oder auch nur mit einem Namen sie nennen! Es würde kurz heißen: ›Nachdem die Vorpostenboote überrannt waren usw.,‹ und weiter nichts! Sie meinten, ihr Posten wäre der schwerste, der allerschwerste von allen Posten, die das deutsche Volk in seiner grausigen Not nun zu bestellen hatte! Ah, die Deutschen sollten nur sehn, wie sie hier in den Wogen der Nordsee herumgeworfen würden und wie weit der Himmel und die wilde See! Wie waren sie verlassen! Wie waren sie einsam! Sechsundzwanzig Mann allein in der Welt! Es war nur gut, daß Deutschland an sie dachte! Ja, das fühlten sie alle deutlich, daß Deutschland an sie dachte! Ja, ganz Deutschland sah nach ihnen! Stand am Strand, auf den Dünen und Deichen! Und in Hamburg auf den Mauern und Häusern, und im ganzen Deutschland auf den Höhen und Gebirgen! Und sah nach ihnen, und wie es ihnen ginge! Und wunderte sich mit ihnen, daß die Engländer immer noch nicht herangejagt kamen, Gischt haushoch vor ihren Allmächtigen, und daß ihr kleiner Kahn immer und immer noch schwamm.

Es war eigentlich immer Alarm, und die Freiwache flog nur so aus den Hängematten und den Bretterkojen. Bei Tage war es bald ein Rauch am Horizont … sie redeten stundenlang darüber, ob es ein Kriegsschiff sein könnte …; und sie achteten genau darauf, und stritten darüber, ob die einzelne Rauchfahne auf Verbände hindeutete oder nicht. Bald war es ein Schiff, das sich ihnen näherte, ein deutsches, das den Engländern entging und die Heimat erreichte. Am siebenten Tag, nachmittags, in schönsten Sonnenglanz wie in blanke Watte gehüllt, kam eine kleine Dreimastbark, eine breite deutsche Flagge am Heck, auf sie zu. Die Besatzung, zehn oder elf Mann, standen alle an Deck, die Hände in den Hosentaschen, standen und sahen lange zu ihnen hinüber, redeten miteinander, und sahen wieder nach ihnen hinüber. Der Steuermann fragte mit dem Megaphon hinüber: »Woher?«

»Die Elsbeth von Hamburg … mit Holz von Kanada.« Dann fragte der Kapitän drüben weiter: »Was in aller Welt macht ihr denn auf dem Fischdampfer, Kaptän?«

»Wir halten Wache! Wißt ihr denn nichts vom Krieg? Deutschland im Krieg mit England, Frankreich und Rußland!«

Der Kapitän drüben schlug die Hand gegen die Stirn, als hätte ihn ein Schlag mit der Axt getroffen, und rief etwas, was sie nicht verstanden. Seine Leute aber … es war merkwürdig zu sehn … standen sofort, in einem Augenblick, in zwei Haufen. Die kleinere Hälfte blieb lose stehn, wie sie stand, einer von ihnen, ein Narr, lachte laut auf; einige sprachen wild durcheinander. Die andere Hälfte aber, die größere, stand erst starr und nickte nun langsam mit dem Kopf, wie ein Mensch tut, der etwas Gewaltiges erfährt, und sofort und sogleich die Wirkung wohl ahnt, aber noch nicht enträtseln kann. Das waren die Deutschen. Das Vorpostenboot drehte wieder ab und lief von ihnen fort. Aber sie sahen noch lange zu ihnen hinüber und redeten von ihnen.

Der Hauptgedanke und ihre Hauptsorge waren die U-Boote. Sie hatten sich in den Kopf gesetzt, daß die Engländer sie mit Torpedo- und U-Booten aufs kürzeste erledigen würden und dann, nachdem auf diese Weise eine Lücke in die Reihe gemacht, durch diese Lücke einbrechen würden. Also standen sie wie die Jäger, die eine große und weite Feldmark mit einem Kieker nach irgendeinem Wild oder einer Wildspur absuchen, und suchten mit ihren Gläsern die ganze ungeheure Wasserfläche ab, jeden Wellenberg, der sich höher als die übrigen zu erheben schien ... ist es ein Bootsrücken? ... jeden dunklen Strich, der sich beim Hinauf- und Hinabwogen jählings bildete ... ist es ein Sehrohr? ... jeden Gischt auf den Höhen ... ist es ein Torpedo? ...

Wenn es dämmerig wurde und die Nacht herankam, waren sie erst recht nichts als Augen. Wenn Harm Ott zuweilen, wenn er nicht schlafen konnte, in der Nacht heraufkam, sah er immer dasselbe Bild – und das wird eins der Bilder sein, die er nie vergessen wird – auf der Brücke der Wachthabende, der Rudergänger neben ihm, vorn im Mantel der Ausguck, das Doppelglas auf der Brust, und hier und da an der Reling einer oder der andre, den die Erregung, die Erwartung, die Unruhe nicht schlafen ließ, und rund um das kleine dahinziehende Ding das ungeheure wogende Meer in der Sommernacht, bald im Sternenschein, bald unter wolkenverhangenem Himmel, dunkel und farblos. Einmal fand er um Mitternacht, als auch er heraufkam, die halbe Besatzung oben; und es war nichts weiter zu sehn, als daß fern am nördlichen Horizont ein Scheinwerfer mit langsamem ungeheuren Gleiten das weite rauschende Meer bestrich. Zwei Stunden standen sie da in der graublauen Nacht und starrten hinüber, und dann wieder hier und da hin auf jede Stelle des unendlichen Gesichtsfeldes, und horchten auf den Schrei eines Vogels, und meinten, schießen zu hören, und spähten nach allem, und hörten nichts weiter als das ewige eintönige Rauschen. Immer, Tag und Nacht, waren sie gewärtig, ja fast gewiß, daß plötzlich und jäh der Tod käme. Aus dem Meer würde er plötzlich auftauchen, und sie zerschmettern und in die Tiefe reißen.

Das ewige Aufpassen und Aufhorchen erregte sie, da sie ja fast alle aus einem stillen und langsamen Lande und Leben kamen und Brüder von Regen und Wind, Sonne und Wogen waren, die nach ihrem Wesen langsam sind, Und sie wurden alle mager und hohläugig, und einige wurden unruhig. Dazu litten viele unter der Seekrankheit. Das kleine Ding von Boot war ja beständig in wilder Bewegung, die noch dazu immer verschieden war, denn sie fuhren bald mit dem Wind und den Wellen, bald, indem sie kehrtmachten, dagegen an. Mehr als einer brach sich fast die Seele aus dem Leibe. Zwei von ihnen mußten das Schiff verlassen, da sie völlig entkräftet waren.

Wenn sie einige Tage so verbracht hatten, kam die Ablösung, und sie fuhren nach Wilhelmshaven und kohlten ... Nachmittags gab es dann Landurlaub. Dann machten sie sich schmuck, rasierten sich, zogen ihr Sonntagszeug an und wanderten durch die Straßen der Stadt oder saßen mit Bekannten bei einem Glas Bier oder liefen ins Kino, und sehnten sich nach Hause. Am dritten Tag fuhren sie dann wieder hinaus auf ihren Posten.

Das Verhältnis unter den Kameraden war gut. In den ersten Wochen waren die Gemüter so erregt, daß die Ecken und Schwierigkeiten der Naturen noch nicht hervortraten. Man sprach vom Morgen bis zum Abend aus der großen Erregung heraus, die der Ausbruch des Krieges in jedes Herz geworfen hatte, immer über dieselben Dinge: daß England schuld wäre an diesem Krieg, und warum in aller Welt sie nicht kämen! Sie hatten doch so unsagbar gehöhnt und geprahlt! Und dann die Begebenheiten an den Landfronten! Lüttich ... welch wunderbare Überraschung! Welch auffliegender Jubel! Unsere Heerführer haben einen Plan, und einen gewaltigen, einen stürmenden! And dann Tannenberg! Und dann Antwerpen! Es war klar ... ja, soviel war klar: man hatte da oben wahrhaftig den Kopf nicht verloren, trotz des plötzlichen und ungeheuerlichen Überfalls! Nein, man war da oben sehr klar! Man führte die gewaltigen Kräfte und den mutigen Willen des deutschen Volkes auf den rechten Weg! Aber diese großen Dinge sprachen sie vom Morgen bis zum Abend.

Aber allmählich, so in der fünften Woche ... als die Engländer immer noch nicht kamen und Stunde so an Stunde sich reihte, und das Boot immer noch nicht länger war als vierzig Meter und das Logis immer noch der kleine schmale Tischkasten, und die Freiwache immer noch nicht größer als sechs Mann, da kam auch das zutage, was jeder zu Hause zurückgelassen hatte. Ganz schüchtern erst und langsam schoben sich die kleinen, mühsamen Dinge des einzelnen stärker zwischen die großen, die ungeheuren Begebenheiten des Krieges, so wie tausend kleine Krabben neben einem Walfisch dahintreiben, immer in Gefahr, alle miteinander, in einem Zuge, von ihm verschluckt zu werden. Jeder hatte seinen kleinen, aber runden Kreis von Dingen, die ihm gehörten, zu denen seine Seele immer wieder zurückkehrte, wenn sie von Flandern oder den masurischen Seen oder den englischen Häfen zurückkamen ... die sie mit ganzer Seele immer wieder durchlebten. Mancher hatte viel Gutes zu erzählen, sehr viel: er sprach von einem lieben, ordentlichen Anwesen, voll Lobes von einem Weibe ... »so recht ein Kamerad, weißt du!« ... von netten, gesunden Kindern, und zog mit vielen Umständen ein Bildchen aus der Brusttasche der Jacke, holte sich Kammer und Nägel und schlug es mit vorsichtigen, sorgfältigen Schlägen in die Bretterwand über der Koje, und erzählte von schönen Lebensplänen und litt bis zur Verzweiflung unter den Qualen: »Und das mußte ich verlassen; und muß nun hier am Tor des Todes Wache stehn!« Aber andre hatten mehr von Sorgen zu erzählen. Ach, einige von unerträglichen Sorgen! Ach, wenn der Krieg ihre einzige Not gewesen wäre! Wie furchtbar war der Krieg! Ein wie böses, sinnloses Ding. Wie gegen alle Natur und wie gegen alle Vernunft! Aber der Krieg, so sehr er sie hier draußen auf der Nordsee in seinen Klauen hatte, er war doch nicht die größte Not! Der eine hatte schwere Schulden, der andre ein schweres Gewissen, der dritte ein krankes Kindchen und der vierte ein schlechtes Weib. Und diese letzten waren, besonders unter vier Augen, die Redseligsten. Sie wurden allmählich eine Not, eine Bedrückung. Mit den meisten von diesen hatten sie Mitleid, saßen neben ihnen auf der Seekiste, oder ließen sie bei der Arbeit neben sich stehn und hörten alles ruhig an und gaben verständnisvolle Antwort, die diesen bedrückten Herzen wohl gut tun konnte. Aber einem, der immerfort über seine Frau klagte, daß sie so gar nicht wirtschaftlich wäre, daß sie ihn wohl auch mit einem andern betrüge, sagte der Unteroffizier Hagedorn, der immer etwas kurz, sachlich und geradeaus war, daß er zu weit ginge; er zöge sie ja aus vor ihren Augen; das müsse er nicht tun. Da schwieg er traurig. Ein andrer, ein Heizer aus der Gegend von Emden, langweilte sie damit, daß er in einer wunderlich starren und stieren Weise immer wieder erwog und erörterte, wo wohl dieser und jener seiner Dorfgenossen infolge der Mobilmachung hingeraten sein könnte. Er schilderte jeden einzelnen nach Wesen, Haus und Familie genau und wie die Mobilmachung grade auf seine Seele gewirkt haben möchte, und trieb diese Erwägungen so ins einzelne, daß zuletzt die ganze Besatzung jeden einzelnen seiner Dorfgenossen genau kannte. Auch dieser ging ihnen zu weit und sie mußten ihm sagen, er könne nicht verlangen, daß sie alle für sein Dorf dasselbe Interesse hätten wie er; er müsse es bei seinen vier nächsten Nachbarn bewenden lassen. So schliffen sie sich aneinander ab und waren und blieben ein Herz und eine Seele, alle eins in dem Gefühl, darüber sie aber weiter kein Wort sagten, daß sie hier ehrlich ihren Mann stehen und aushalten, und den Engländer erwarten sollten, wenn er käme, und sinkend und sterbend melden müßten: »Nun kommen sie! ... nun kommen sie! ... nun wach, Helgoland! nun wach, Deutschlands Flotte! Nun, Deutschland, sei auf deiner Hut!« Denn das war ihrer aller Glaube: der da über die Wogen heran ankam, der wollte sie an Volk und Vaterland, Ehre, Recht und Eigentum schädigen; und aus keinem andern Grunde als aus Neid, Geiz und Gier.

Im Laufe des Oktobers wurden sie etwas sicherer, da sie trotz Englands ungeheurer Flotten, U-Booten und Minen immer noch schwammen und lebten. Sie wurden ein wenig munterer und freier. Die Spannung löste sich. Sie hatten einen guten Harmonikaspieler an Bord, einen kurzen, großköpfigen Pommer, der in den ersten vier Wochen schweigsam und dumpf unter ihnen hingelebt hatte, so als könne er nicht sprechen und noch weniger lachen. Dann stellte es sich aber heraus, daß ihm nur der Krieg und das fremde Leben und die fremden Menschen aufs Herz gestoßen waren, so daß er völlig verbaast war und gemeint hatte, im Kriege mache man keine Musik, und daß ein entsetzliches Heimweh nach seiner Harmonika und überhaupt nach der Musik ihn beinahe um den Verstand gebracht hätte. Es stellte sich heraus, daß er, obwohl er wenig von der Welt gesehn, sondern sein ganzes Leben – er war nicht mehr jung –

da an seiner stillen Küste zugebracht hatte, alle Volks- und Seemannslieder kannte, von denen, die klingen wie der Grabgesang, mit dem man ein schönes, junges Mädchen zu Grabe trägt, bis zu denen, die klingen, als wenn das schönste und liebste Mädchen einem, ich weiß nicht was, verspricht. Wenn er auf seiner Kiste vor seiner Koje saß und, leicht sich wiegend, die halbgeschlossenen Augen vor sich auf dem Boden, spielte, waren sie alle ohne Bewegung und Gedanken. So schwerfällig sie alle an Seele waren und obgleich sie alle die großen, schweren Transtiefel anhatten, wurden sie doch aufgehoben, und schwangen sich sanft und schön, je nachdem, was er spielte, bald fröhlich und munter, bald tieftraurig, ja so traurig wie ein Grab, in dem eine Mutter mit ihrem Kindchen liegt, und glitten zuletzt sanft wieder zur Erde, wenn er aufhörte. Er spielte alles, was sie ihm leise und unsicher vorsangen. Selbst das Lied, das der dicke, scheue Westpreuße im Herzen trug, das er aber nicht singen konnte, da er keinen Ton in der Kehle hatte, enträtselte er. Er nahm ihn eines Morgens, da er beim Deckscheuern war, hinter dem Schornstein beiseite und ließ es sich von ihm in knurrenden Lauten andeuten, und den Takt, den er auf keine Weise herausbringen konnte, durch Schläge mit der Pfeife gegen den Schornstein markieren. Am andern Tag spielte er es ihm vor, nachdem er vorher, wie immer, gesagt hatte, was er spielen würde: »Tedje's Lieblingslied!« Sie hörten wie immer, andächtig zu, der Westpreuße überrot vor Scham, Freude und Angst und was man sonst in solchen Augenblicken empfindet; und er war durch und durch glücklich, als sie es lobten und sagten: »Wirklich, Tedje ... das ist wahr, das ist ein gutes Lied!«

Ja, dieser Mann mit seiner Harmonika war ihnen unendlich viel wert! Ja, man konnte ruhig von ihm behaupten, daß er dem hagern und hintersinnigen Peter Söht von Büsum das Leben gerettet habe. Es tat ihnen allen leid, daß der Steuermann ihm das Fischen verbot, wozu er unsagbare Lust hatte. Aber der Steuermann sagte, es gehöre nicht zu einem Kriegsschiff, daß man ein Schleppnetz hinterherziehe, und wenn er es noch einmal sähe werde er das Ding kappen. So stand er denn in der Freiwache, und starrte ins Wasser, und sah ja wohl zahllose Fische, und biß an seiner Pfeife und sann, weiß Gott was für verzweifelte Dinge. Wenn er aber Musik hörte, kam er ins Logis und saß da bei ihnen, und man konnte sehn, wie sein Gesicht sich löste und der Glanz seiner Augen, der hart und scharf gewesen war, sich milderte. Ja, dieser dicke, großköpfige Pommer mit seiner Harmonika, der sonst eigentlich wenig bedeutete, war wirklich unbezahlbar!

Neben ihm kam kein anderer in Frage. Es war da freilich noch einer, der ihnen viel Freude machte, aber während sie sich klar bewußt waren, daß sie dem Musiker dankbar sein müßten, und seine Harmonika, wenn sie in ihre Nähe kamen, wie ein kleines Kind ansahen und vorsichtig anfaßten, hatten sie gegen den sommersprossigen Telegraphisten nicht das geringste Gefühl des Dankes, obgleich der kleine Mensch mit seinem kurzen, roten Spitzbart jeden Abend etwas anzugeben wußte, worüber sie mit lautem Lärmen lachen mußten. Er hatte seine Kindheit als Sohn eines deutschen Kellners in Rotterdam verbracht und ahmte den dicken Wirt aus der Willemskade nach, bei dem er in schlimmen, jungen Jahren Liebkind gewesen war, mit all seinen Gebärden, mit der halbdeutschen Sprache und mit den fetten und sicheren Ansichten, die dieser Ehrenmann gehabt hatte; aber sie ehrten ihn darum nicht, wie sie den Musiker ehrten. Der Künstler ist der Menschen Freude und Notwendigkeit; der Kritiker nur ihre bittre Notwendigkeit.

Auch Harm Ott bedeutete nichts Besonderes unter ihnen, schon weil er einer der Jüngsten war. Da sie aber merkten, daß er mehr gelernt hatte als sie und mehr nachgedacht, und eine aufrechte, vornehme Natur ahnten, und er sich in keinem Stück über sie erhob, behandelten sie ihn mit einer Art leisen Achtung. Er aber fühlte sich wohl unter ihnen; und wenn denn Krieg war, so war es ihm recht, daß er ihn so verbringen mußte, hier auf der Wacht gegen England, unter diesen schlichten, wackern Gesellen. Schlimm nur, daß er immer noch kein Ende nahm ... daß es nun Winter wurde, und der Krieg nun schon bald ein halbes Jahr dauerte, und daß sie so gar nichts erlebten! Nein ... rein gar nichts! War Krieg in Deutschland? Ja, im ganzen Europa? ... Sie merkten nichts davon! Am Weihnachtsabend hingen vier Gänse, die sie durch den Unteroffizier Peter Hagedorn hatten besorgen lassen, an einer Leine, die vom Mast nach dem Steven führte, im Winde. Sie mochten Peter Hagedorn sonst eigentlich nicht gern, weil er so was Unfreundliches, Buffiges hatte und seine Worte herausstieß, als wenn er ihnen schon gram war, ehe er sie gesagt hatte; aber er hatte eine kleine Fischhandlung in Altona und war der weltgewandtste unter ihnen, und war, was in diesem Fall auch in Betracht kam, eine durch und durch ehrliche Haut; und hatte dann auch einen guten Handel zustande gebracht. Den Neujahrsabend verbrachten sie bei Punsch und Paketen von zu Hause in großer Gemütlichkeit. Und als der Vergnügteste und Redseligste unter ihnen, der Hamburger Ewerführer, schon Mitte der Dreißig, eine Rede hielt und, von seinen Worten noch hingerissen, die er dem großen Vaterland gewidmet hatte, auf die Gesellschaft im Logis der »Alten Liebe« überging und behauptete, daß ihre Kru die beste wäre, nicht allein auf der Nordsee, sondern überhaupt auf der ganzen Welt ...»soweit Winde wehn und Sterne scheinen« ...nickten sie ihm alle zu und gaben ihm völlig recht.

Am ersten Tag im neuen Jahr fuhren sie wieder wie jeden vierten Tag zur Ablösung nach Wilhelmshaven.

Jedesmal, wenn Harm Ott nach Wilhelmshaven kam ... es waren nun schon viele Male ... war sein erster Gang nach der Kaserne, seinen Bruder Reimer zu sehn. Er traf ihn immer guter Dinge. Er lobte alles, was er sah und hörte: wie sie alle freundlich und nett wären, Offiziere wie Mannschaften, und wie sie sich alle bemühten, das Nötige möglichst rasch zu erlernen, um möglichst bald nach Flandern an die Front oder aufs Schiff zu kommen. Als er vier Wochen da war, erzählte er, daß er schon zwei Gleichgenossen getroffen hätte: einen Lehrerssohn aus Hessen und einen Kaufmann aus Hamburg. Sie stimmten in allem überein und er wäre sicher, daß er in diesen beiden für alle Lebenszeit treue Freunde gefunden hätte.

Ungefähr vier Wochen später, als er die Kaserne verlassen und auf ein Torpedoboot gekommen war, war er in großer Aufregung. Mit strahlenden Augen erzählte er: »Weißt du ...das, was wir drei, die beiden Kaufmannskinder und ich, da am Deich neben Schäfer Harders Schilfhütte uns ausgedacht haben ...weißt du ...das über Gott, Volk und Zukunft: das haben schon viele ... andre junge Leute, wohl hunderttausend in Deutschland, sich ausgedacht! Es gibt schon viele Vereine durch ganz Deutschland ...besonders die Wandervögel ...die diesen hohen, reinen und feinen Glauben haben ...weißt du: das von Gott, ...daß er mehr in der Natur wirkt und lebt, als wir bisher dachten, und daß wir mehr auf Natur sehn und von ihr lernen müssen, so wie Goethe es auch gemacht und in seiner Jugend bekannt hat ...und daß wir sorgen müssen, daß unser ganzes Volk an den Wundern, Kräften und Genüssen der Natur teilhaben soll! Und sie sind auch ganz mit meiner besondern Ansicht einverstanden ...erinnerst du dich? ...daß man den Kindergeist untersuchen muß, mit besonders klugen Methoden, daß man erfahre, welcher Art grade diese kleine Pflanze ist und sie in den richtigen Boden setzt und richtig verwendet. Wenn der Krieg zu Ende ist ...im nächsten Frühjahr ..., will ich sofort einen solchen Verein gründen! Wer weiß ...denk es dir bloß mal aus ...was aus Deutschland noch einmal werden wird, wenn wir, diese hunderttausend, nachher älter geworden sind und alles durchsetzen können, was wir uns ausgedacht haben!« So sagte er mit strahlenden Augen und lief ins Logis und holte den jungen Hamburger und den Lehrerssohn, damit sein Bruder sie kennen lernte. Und sie gingen zusammen durch den frischen Herbstwind; und er hörte still an, was die jungen Propheten sagten, die sich vor dem Zimmergesellen nicht genierten, da sie ihm an Wissen überlegen waren.

Danach, wenn diese großen Dinge genug beredet waren, kam er auf das Elternhaus zu sprechen; und dann wurde seine Stimme sachter und unsicher. Ob wohl die Mutter den Kopf immer tapfer oben hielt!? »Auf die Mutter kommt es an, Harm, die hält den ganzen Kram zusammen! Die soll es machen! Eggert hat also immer noch nicht geschrieben! Was meinst du? Hältst du für möglich, daß er Vater zeitlebens gram bleibt und nie wiederkommt? Harm, es kann ja nicht sein! Denk nur ...der Krieg! Wie er wohl an uns denkt! Er denkt Tag und Nacht an uns!« Zuweilen fing er an – der Achtzehnjährige sehnte sich sehr nach Hause – auszumalen, was grade in dieser Stunde im Hause vor sich ginge: Vater tut dies und das, und Mutter dies und das ...; und sie stritten sich darum. Und Reimer ruhte nicht, bis er recht behalten hatte. Denn er war ein Eiferer wie seine Mutter. Aber Eifern und Rechthaben gehört ja auch zu einem guten Propheten.

Im letzten Brief der Mutter war hinter Kühen, Kälbern und Milcheimern und den blonden Köpfen der kleinen Geschwister die Gestalt des Vaters und Emmas aufgetaucht: »Ich und Emma sind sehr gut mit ihm; aber was hilft es? ... Er glaubt ja immer noch, daß er ein verlorenes und verdorbenes Kind hat; und das ist das entsetzlichste auf Erden.«

Eines Tages berichtete ihr Brief, daß es nun sicher wäre, daß der Verlobte von Lisbeth Thomsen gefallen wäre. Er wäre in der Marneschlacht geblieben, unter den vielen Tausenden.

Harm Ott vernahm es und war traurig ihretwegen. An sich selbst dachte er nicht. Es war ihm so, als wenn sie jenem, dem sie im Leben gehört, auch nach dem Tode noch angehörte.

So verging der Winter und es kam das Frühjahr. Die Brüder an Land kämpften bei Dixmuiden ... o, die Jungen, tapfern, todesmutigen! und in Sturm und Schneewehen in Masuren ... o, die treuen Männer, manche schon im grauen Haar, bis an die Knöchel im Schnee, stöhnend unter der Last der Tornister! Und die Brüder zur See schlugen sich an der Küste Südamerikas und in der Nordsee; sie gingen der englischen Übermacht gegen die Zähne, und wurden zermalmt und starben. Deutschland hielt der gewaltigen Übermacht noch immer stand! Deutschland stand fest! Ja, Deutschland siegte! Ja, es siegte! Aber es konnte nicht durchsiegen! Wie lange soll der Krieg noch dauern? Wie lange sollten sie noch hier in der Nordsee hin und herschaukeln, und auf die englischen Allmächtigen warten und auf den Tod?

Allmählich, da das Leben Woche auf Woche, Monat auf Monat so weiter ging, den ganzen Winter hindurch, bildeten sich, obwohl sie alle untereinander gute Kameraden blieben, so zwei, drei Haufen unter ihnen. Die Heizer waren sowieso mehr für sich. Aber auch die übrigen teilten sich etwas, nicht in der Kameradschaft, nicht in der Treue, aber im Verkehr, im vertrauten Umgange. Und die Backbordwache unter ihren Häuptlingen, dem Unteroffizier Peter Hagedorn und Harm Ott, zu dem der Fischer Söht, der kleine, dunkle Westpreuße, der Träumer, und der Pommer, der Musikant, gehörten, dazu noch der Lübecker und der Ewerführer und Peter Knudsen, der Tagelöhner, hielten am treusten zusammen.

14. Kapitel
Der Narr

Während des Nachwinters und im ganzen Frühjahr geschah nichts, als was der tägliche Dienst brachte. Drei Tage lang der Stropp auf und ab, in frischem, hellem Ostwind, in stürzendem Regen, in eisigem Schneewind, in wütendem Sturm ... Ölzeug und Seestiefeln bis über die Hüften, Woge über Woge über Deck ... und die langen Abende bei Kartenspiel, Gesang und Erzählungen und Unterhaltung über den Krieg! Ja, der Krieg! Der Russe war ja nun auf der ganzen Linie im Rückzug. Aber wie lange konnte man noch hinter ihm herlaufen, bis man ihn in die Enge bekam!? Man konnte doch nicht hinter ihm herlaufen, bis man ihn gegen den Ural pressen konnte?! Und im Westen stand die Front wie eine Steinmauer und wollte nicht vorwärts. Und Italien hatte den Krieg erklärt! Aber trotzdem war allgemein die Meinung und kam man zu dem Schluß, daß der Krieg in diesem Sommer zu Ende gehen würde. Sicher! In diesem Sommer noch! Wahrscheinlich im August! Denn dann hatte er ein ganzes langes Jahr gedauert, und länger als ein Jahr lang konnte er nicht dauern! Darüber hinaus ... das ging ja auf den Dreißigjährigen Krieg los!

Einmal, um Mitte Mai herum, gab es eine kleine Abwechslung: sie retteten ein Flugzeug aus Seenot. Es hatte den Tag über gedrieselt und war gegen Abend völlig muddelig geworden und sie sprachen davon, daß es Schnee geben könnte. Und der Büsumer, der wieder trübsinnig war, sagte: »Warum nicht Schnee im Mai? Ist die ganze Menschheit verrückt, warum soll die Natur es nicht auch sein? Mein Vater erzählte mir, daß in einem verrückten Jahr seine Kuh – er hatte nur die eine – einmal an einem hellen Morgen, so Ende Mai, bis zu den Knien im Schnee gestanden hat.« Die Sicht, die tagelang sehr gut gewesen war, ging fast ganz verloren; sie sahen keine vier Schiffslängen mehr. Gegen Abend wurde in Nordwesten geschossen und sie fuhren vorsichtig in diese Richtung. Sie hielten alles Denkbare für möglich und waren auf das Furchtbarste gefaßt. Jeder stand auf seinem Posten. Dann schrien sie alle plötzlich auf: sie sahen keine zweihundert Meter vor sich einen merkwürdigen Gegenstand auf dem Wasser. »Was ist das?« »Was ist das?« Aber da erkannten sie es plötzlich. »Ein Flugzeug!« »Ein Flugzeug!« Sie waren außer sich vor Interesse und Spannung und Hilfsbereitschaft. Wie merkwürdig es auf dem Wasser hockte! Ganz wie eine große Libelle. Wie groß es erschien! Wie es von Wind und Wellen hin und her gestoßen wurde! Der eine der beiden Schwimmkästen war zerbrochen und so hing der Vogel schief, und das kalte Wasser schlug über die beiden jungen Menschen weg, die aufrecht in dem kleinen Raum standen. Es wurde ihnen nicht gleich klar, ob es Deutsche oder Engländer waren; ja sie glaubten wohl unwillkürlich, daß es Engländer wären, weil sie es im Nordwesten fanden. Aber das war ja vorläufig ganz gleichgültig; es waren Menschen in Not; und sie überstürzten sich, Taue und Fangleinen zu halten. Gleich darauf sahen sie die Eisernen Kreuze an den Flügeln. Sie warfen eine Leine hinüber und zogen sie dann zu sich heran und brachten die beiden Leute an Deck. Es waren zwei blutjunge Kerle, ganz in Leder, Handtücher um den Hals, todblaß vor Kälte; der eine, der Führer, konnte sich nicht mehr in den Knien halten und war wohl nicht ganz mehr bei Sinnen. Mit letzter Kraft versuchte er, sich aufrechtzuhalten und etwas wie eine Meldung zu machen, in dem wirren Glauben, er stände vor einem Chef. Er sagte: »Motordefekt, mußte 'runter ... dann im Wasser der linke Kasten zerbrochen.« Der Steuermann ließ ihn ausreden, faßte ihn dann aber an und zog ihn unter Deck. Inzwischen war das Nachbarboot herangekommen und machte sich daran, das Flugzeug zu bergen. Als der zweite der Flieger, der noch oben war, das sah, lief er zu seinem Führer in die Kajüte, der sogleich erschien, obgleich er kaum stehn konnte. Sie sagten, sie wollten bei ihrer Maschine bleiben. Da brachten sie die beiden nach dem andern Boot hinüber. Das war ein großes Erlebnis gewesen. Sie sprachen vier Wochen davon, was es wohl für Schüsse gewesen wären, die sie gehört hatten, und auf die sie losgefahren waren. Ob es natürliche Schüsse gewesen wären oder ob da irgendwelche höhere Macht die Hand im Spiel gehabt hätte. Und sie erzählten Geschichten von wunderbaren Begebenheiten. Und der Ewerführer, der eine sehr wunderbare Geschichte von einer Totenwarnung erzählte, die man ihm nicht recht glauben konnte, schrieb wegen näherer Auskunft an seine Großmutter, die sein Gewährsmann war, und las mit großer Bewegung den Brief vor, in dem sie durchaus bestätigte, was er erzählt hatte; und er feierte einen großen Triumph.

Aber größer war doch die Bewegung, viel größer, als nun Harm Ott, der über einem Band Naturkunde saß, den Bruder Reimer ihm zu seiner weitern Bildung gegeben hatte, die Geschichte vom Pfeifer erzählte! Er hatte den Kameraden bisher wenig oder nichts von zu Hause erzählt. Sie wußten weiter nichts von ihm als Stand und Haus, und viele Geschwister, und die eine Schwester kränklich, und seinen Beruf. Er war zu scheu und zu stolz, ihnen mit seinen Sorgen zu kommen, mit dieser Begebenheit vom Pfeifer oder gar mit dem Kummer um die Liebste. Aber nun trug er es doch vor! Es paßte ja so genau in die Unterhaltung! Es war ihm auch eine Erleichterung, endlich einmal mit andern Menschen über das zu reden, was ihn immer bewegte. Also berichtete er von dem rätselhaften Pfiff, von den Hausgenossen und Nachbarn, und von den beiden Verdächtigten: Eggert und dem Knecht, und von dem Schicksal Eggerts und der Schwester, und der unheilbaren Not des Vaters, der Mutter und des Bruders.

Wer konnte da einen Weg finden?! Sie wurden alle still. Was für eine Geschichte! Wahrhaftig, diese Geschichte war ihnen eine Zeitlang ebenso wichtig, ebenso bedeutend, ja sie war ihnen bedeutender als der Krieg? Welch ein wunderliches Rätsel! Welch eine Verwirrung! Welch eine Not! Sie sprachen immer wieder davon; und wo Harm Ott stand, traten sie an ihn heran und fragten ihn nach diesem und jenem und gaben ihm irgendeinen Rat. Der eine meinte, er solle eine Bekanntmachung hinter dem Menschen, dem Knecht, herlassen, vielleicht, daß er Reue empfand und bekannte; und einige entwarfen den Wortlaut der Anzeige, wie sie wohl aufzusetzen wäre. Peter Söht, der wegen des Verbots zu fischen mit der ganzen Menschheit in heimlichem Streit lag, schlug mit herbem Gesicht vor, es sollte ein Geheimpolizist in Arbeit gesetzt werden; und er versenkte sich aufs tiefste in diese Aufgabe, so daß er stundenlang kein Wort sagte, sondern still und unbeweglich dasaß, mit Augen, wie ein Kund vor einem Mauseloch. Der kleine dunkle Westpreuße aber dachte darüber nach, wie es zu machen sei, daß dieser Eggert Ott wieder mit seinem Vater ausgesöhnt würde. Ob er unter Deck im Logis saß, oder ob er auf Deck scheuerte, putzte oder Wache stand: immer sann er darüber nach. Aber schließlich hatten sie die Geschichte zu Ende geredet. Nachdem Harm Ott unzählige Male, erst im allgemeinen, und dann noch jedem einzelnen die Sache hatte erzählen müssen und den Pfiff unzählige Male hatte vormachen müssen, und dieser Eggert Ott, den keiner je gesehn hatte, die berühmteste Persönlichkeit an Bord geworden war, ließ die Aufregung über ihn nach, und es gähnte wieder die Öde des täglichen Tagewerkes! Ein Jahr fast fuhren sie nun so … auf und ab … auf und ab! Wenn doch etwas geschähe!? Irgend etwas! Allmählich wäre es ihnen recht und willkommen gewesen, wenn des Teufels Großmutter über die Wogen gekommen wäre, um einen Abend lang mit ihnen Karten zu spielen, obgleich sie, wie der Pommer sagte, so sicher wie was, all ihr Geld dabei zusetzen würden. Oder wenn die Engländer grade bei ihnen vorgestoßen wären! Wer konnte es wissen?! Vielleicht bargen sie doch das Leben! Auf irgendeine Weise … obgleich es ja ein bares Wunder sein müßte! Und sie sprachen davon und sahn sich schon im Flottenbericht: »Es war das Vorpostenboot »Alte Liebe«, das die erste Meldung brachte. Das kleine Boot usw.…« Sie saßen lange stumm und malten sich den Gedanken aus. Der kleine dunkle Westpreuße lächelte glücklich versonnen vor sich hin, indem er dachte, wie seine Frau ihn ansehen würde, wenn er so wiederkäme. Der hagere und trübselige Söht, der Fischer, dachte an eine Festlichkeit, eine üppige Bewirtung und tat im Geist einen großen Schluck; und der Ewerführer stand im Geist vor Kaiser Wilhelm und stand Rede und Antwort, und griff nach dem Kragen, ob er auch vorschriftsmäßig säße. Harm Ott, der der Klügste von ihnen war und die besten Augen hatte, sah es und lächelte.

So verging der Sommer und der Herbst kam heran und brachte die ersten Stürme. Und da gab es wieder ein Erlebnis, und zwar eins, das dann eine große Sache für sie wurde.

So gegen Nachmittag war es diesiges Wetter geworden, und es war Sturm gemeldet: von Helgoland, Windstärke 10, von Amrum 9. Harm Ott stand in Ölzeug und Südwester breitbeinig auf dem Ausguck. Sie fuhren steif gegen den Nordwest an, der zuweilen abflaute, dann plumpen

Regen aufs Deck schmiß und dann plötzlich heftig aufwehte. Die Spritzer flogen so hoch, daß er genug zu schaffen hatte, die Augen aufzuhalten. Als er eine halbe Stunde so gestanden hatte, sah er durch den Regen, wie grade vor ihnen in sich heranwälzenden Wogen und Nebel irgend etwas herantrieb … irgend etwas …, und plötzlich schien es ihm nichts andres zu sein, als eine Mine … nicht eine … mehrere! die Haare standen ihm zu Berge. Er schrie: »Minen! Minen!«; und dachte, daß es nun völlig aus wäre mit ihnen. Aber da schrie der Obermaat von der Brücke herunter: »Das sind ja Ölfässer, Mensch! … Und das da … das ist ja ein Portweinfaß!«

Und nun fingen sie im Abenddämmern an, den Hebebaum auszusetzen und die großen und schweren Tonnen an Deck zu heben. Sie trieben mit den Wellen, und die See ging in schweren Massen über das ganze Achterdeck, und sie hatten keinen trocknen Fetzen mehr am Leibe, denn sie hatten sich nicht alle Zeit gelassen, sich in Ölzeug zu werfen. Sie schimpften und sagten, die Fässer schwämmen ja von selbst auf unsre Küste zu, warum sie sich damit quälen sollten. Aber der Steuermann, der Wohl ein Wort davon hörte, sagte in seiner ruhigen Weise, daß sie wahrscheinlich auf die holländische Küste zuschwömmen, und daß sie großen Wert für Deutschland hätten. Da arbeiteten sie, als wenn sie sich die Seligleit verdienen sollten.

Als sie noch so mitten in heißer Arbeit waren, die Hälfte an der Reling, um zu fassen, die andere unter Deck, um zu verstauen, sahen zwei, die zählen wollten, wieviel da noch trieben, kaum zehn Meter vom Boot, eine Tonne treiben, die keine richtige Tonne war. In dem Augenblick fing der Wind, der nach Nordost übergegangen war, an, Schnee zu treiben. Trotzdem hatten sie erkannt, daß es keine Öltonne, sondern eine Mine war. Sie zeigten mit entsetzten Gesichtern und ausgereckten Händen dahin. Es war ein furchtbarer Augenblick. Es war dem Steuermann, der selbst ans Rad sprang, trotz allen Steuerns nicht möglich, sie von dem Ungeheuer wegzubringen. Sie standen alle wie versteint, die Augen alle auf das grausige Ding geheftet, das die nächste Welle gegen die Bordwand werfen mußte. Aber dann, so plötzlich die Gefahr gekommen, so plötzlich war sie vorüber. Sie trieb, ja sie jagte von ihnen weg, von einer langen, großen Welle fortgetragen. Sie atmeten alle hoch auf. »Ah!« … sagten sie; und rannten wie verrückt an ihre Gewehre. Aber ehe sie soweit kamen, schlug die Mine mit ihrem ganzen Gewicht gegen eine Öltonne und explodierte mit ungeheurem Krach. Haushoher Gischt flog in den Nebel. Als sie sich dann wieder den Ölfässern zuwenden wollten, waren keine mehr zu sehen. So kehrten sie denn um und fuhren wieder ihre alte Strecke.

Der Wind war stärker geworden und gegen Mitternacht hatten sie Sturm mit Schnee. Es war eine furchtbare Nacht. Das Boot war ja gut; aber das Schlimmste waren die Tonnen, die sie gar zu gern behalten wollten, da sie so wertvoll für Deutschland waren. Sie versuchten erst, sie an Deck festzuzurren, aber sie hatten nicht Ketten genug; zwei gingen über Bord. Da versuchten sie, eine nach der andern in den Raum hinabzuheben, das wollte aber auch nicht mehr gelingen. Zweimal schrie der Steuermann: »Wenn ihr nicht mehr könnt, schmeißt das Deubelszeug über Bord!« Aber sie schüttelten die Köpfe; sie waren wie versessen, sie zu retten. Es war ihnen allen zumute, als täten sie ihrem Volk mit dieser Arbeit eine besondere Liebe an. Und weiß Gott, sie liebten es, so einfache Leute sie waren, und wußten, wie furchtbar groß seine Not war. Der Telegraphist hatte ihnen auch noch gesagt, daß Portwein so gut für Verwundete wäre, daß sie wieder zu Kräften kämen! Sie arbeiteten über ihre Kräfte. Es war ihnen allen wieder, als wenn das ganze deutsche Volk, das sie sich als eine große Volksmenge vorstellten, am Strand stände, auf den Deichen, auf den Hausdächern, auf den Werften und auf den hohen Häusern von Hamburg, ja auf dem Michaeliskirchturm, und ihnen zusah, wie sie sich auf dem wasserüberrauschten Deck in steter Lebensgefahr mit den Öltonnen und den riesigen Portweinfässern abquälten, und jedesmal mit den Köpfen nickten, wenn sie eins sicher geborgen hatten.

So verging die Nacht und diese Sache.

Am Morgen … es war noch dämmerig … sichtete der Unteroffizier Peter Hagedorn von der Brücke herab – der Ausguckmann, der durch den Nebel, Regen und Schnee nichts gesehn hatte, bekam mächtige Schimpfe – in Nordwesten einen Gegenstand, den sie erst für den Turm eines U-Boots, dann für eine Mine, dann für ein großes Faß hielten, bis sie endlich darauf zuhielten und erkannten, daß es ein großes Boot war, das so altmodisch, dick und wuchtig war, daß es allerdings eher einem Faß als einem Boot glich. Sie liefen vorsichtig näher, und bald sahn sie, daß es besetzt war, und wie die Insassen mit Tüchern und Mützen winkten und schrien. Dann hörten sie eine helle Stimm auf englisch prahlen und schimpfen, die von nun an das Wort führte: »So … wißt ihr nun, was das ist? Kennt ihr den Lappen? … Was? … Nun kommt ihr auf ein deutsches Schiff und in einer halben Stunde seid ihr geschlachtet, gesalzen und gepökelt!«

Die andern im Boot, … es waren etwa achtzehn Menschen, alle heruntergekommen gekleidet … waren still. Einige knieten, die meisten lagen, mehrere schienen tot.

»Mehr Leine, Kapitän!« schrie die helle Stimme auf deutsch. »Einige wollen nicht herauf; andre können nicht, weil sie halbtot sind! … Vorsicht, Kapitän, Sie haben nicht viele Mann an Bord! Wer weiß, ob die Schurken nicht an einen Überfall denken, sobald sie wieder festen Boden unter den Füßen haben!«

Der Wind hatte nachgelassen; der Himmel sah im Westen gelbdunstig aus und im Osten wurde es heller. Sie sahn nun deutlich, daß es Menschen in schlimmer Not waren. Sie griffen zu, wo sie konnten. Es war eine bunte Gesellschaft: Spaniolen, Engländer, Norweger, Brasilianer. Einige sanken lautlos an Deck zusammen, andre knieten nieder und beteten sie an, wohl weil sie nach den Zeitungen die Deutschen für Mörder hielten. Sie aßen mit Gier das Brot, das sie ihnen in die Hand drückten, und steckten ihre Köpfe wie Pferde in den kleinen Wassereimer. Als letzte band der mit der hellen Stimme die beiden Sterbenden oder Toten in die Leine. Sie legten sie an Deck nieder, da wo sie sie aufgehiewt hatten; es waren zwei ältere Männer, einer von germanischer, der andre von jüdischer Rasse; sie waren der Kälte und den Entbehrungen erlegen, und Hilfe nützte nichts mehr. Als letzter kam der junge Mensch mit der hellen Stime herauf, etwas über zwanzig Jahre, in verschmutztem, abgerissenem Anzug, in lässiger Haltung, aber in seinem Wesen frei und munter, so als wenn er von einem Ball käme und nicht stundenlang dicht an seinen Knien Menschen hatte sterben sehn. Es schien ihn auch nicht zu frieren, obgleich er in seiner dünnen, verkommenen, völlig durchnäßten Kleidung da im kalten Wind stand. Er hatte ein nicht unedles, freimütiges Gesicht, wie er da so stand, abgesondert von der elenden Gesellschaft, die sich in einem Klumpen zusammendrängte, und Deutsch und verkommenes Englisch wie Kraut und Rüben durcheinander warf: »Wir sind auf einem Dampfer von Newport abgefahren … mit Munition für England, und haben es alle gewußt. Auch ich hatte mich anwerben lassen, um auf diese Weise nach England und von da nach Deutschland zu kommen, um für mein Vaterland zu kämpfen. Weit von hier … dort hinüber … ist das Schiff in der vorigen Nacht auf eine Mine gelaufen und gesunken. Daß der Dampfer Munition geladen hatte, kann ich bezeugen, denn ich habe die Schiffspapiere, die dem Kapitän beim Sturz von der Brücke entfallen waren, bei mir. So ist es denn nun sicher, daß diese ganze Gesellschaft an den Galgen kommt.«

Der Steuermann hörte den jungen Mann mit gerunzelter Stirn an. Er war unsicher, was er mit ihm machen sollte, und fing an, die übrigen auszufragen, die mit starren Augen den Worten ihres Genossen zugehört hatten. Sie gaben zu, daß es so wäre, wie jener gesagt hatte, und wollten Entschuldigung vorbringen: sie wären alle arme Kerle und die hohe Heuer hätte sie gereizt. Sie meinten, es wäre so, wie der junge Mann sagte, daß sie ihr Leben verwirkt hätten.

Der Steuermann beruhigte sie. »Das ist ja Unsinn,« sagte er, »ihr werdet interniert und weiter wird euch nichts geschehn,« und er befahl ihnen, aufs Wort zu gehorchen, und ließ sie unter Deck führen.

Unterdes hatte die Mannschaft angefangen, die beiden Toten notdürftig in Leinen einzuwickeln und einzuschnüren. Dann legten sie die beiden auf ein Brett und hoben sie auf die Reling. Sie standen mit abgezogenen Mützen; auch von den Schiffbrüchigen kamen einige heran, grade, ernste Augen auf die Toten gerichtet; dann rutschten die beiden schmalen Bündel, von denen die Tau-Enden im Winde flatterten, ins Wasser. Dann gingen sie ihrer Arbeit wieder nach.

Gleich darauf kam die Ablösung; und sie fuhren mit ihrer doppelten Last und gegen den Wind, der sich mehr und mehr östlich gedreht hatte, nach Wilhelmshaven zu. Der junge Deutsche stand hier und da herum und plauderte mit der Mannschaft, so, als wenn er sie alle schon lange kannte, fragte, erzählte, prahlte, und lief auch auf die Brücke, und fragte den Steuermann nach diesem und jenem. Er erzählte, er wäre der Sohn eines Hamburger Reeders und Reserveoffizier und nannte auch das Regiment. Er hätte sich ein ganzes Jahr lang als einfacher Arbeiter in New York aufgehalten, um die englischen Schiffsspione zu täuschen; aber es wäre ihm nicht gelungen, sich zu verbergen, da sein Vater da drüben gar zu bekannt wäre. Da wäre er auf den Gedanken gekommen, mit diesem Schiff wenigstens bis England zu gehen; so wäre er doch Deutschland schon näher.

Sie waren alle, vom Steuermann bis zu dem breitköpfigen Pommer, obwohl einige von ihnen schon rund um die Erde gefahren waren, seinetwegen unsicher. Daß er sich taktlos benahm, fühlten alle; denn sie hatten ein gutes Empfinden für vornehm und unedel. Aber sie rechneten es ihm an, daß er schwere Zeiten hinter sich hatte, die ihn aus der Form gebracht, und daß der Schiffbruch, die Gefahr und die Entbehrung ihn erregt hatten, und zuletzt, daß er mit so großer Not Deutschland hatte aufsuchen wollen. Denn auch das glaubten sie ihm. Sie hatten überhaupt den heißen Wunsch, ihm alles zu glauben, ihn zu verstehn und zu entschuldigen, um doch nur ja seine Ehre zu retten. Denn der Gedanke, der ihnen aufsteigen wollte, daß er ein Schwätzer, Lügner und Hochstapler sein könnte, war ihnen furchtbar. Sie verschlossen ihn im innersten Herzen. Der Westpreuße kam, in seiner Not und Angst um ihn, um ihn über allen Verdacht zu erheben, auf den Gedanken, daß er vielleicht ein Prinz wäre; denn man hörte damals schon von vielen Offizieren, darunter auch Prinzen und Fürsten, die sich heimlich in Verkleidung nach Deutschland schlichen, um ihrem Lande zu helfen. Denn es brannte ja allen, was deutsches Blut in den Adern hatte, das ihre zu tun; und die Vornehmsten scheuten nicht den größten Schmutz und das schwerste Leben, um nach der Heimat zu kommen. Also trat der Westpreuße, so schweigsam er sonst war, an diesen und jenen seiner Kameraden heran, so, als wenn er da ein wenig stehn und ins Weite sehn wollte, und sagte leise und mit zusammengepreßten Lippen: »Du, weißt du, was das für einer ist? ...Das ist ein Prinz...vielleicht ein Sohn vom Kaiser. Der hat ja so viele ...da ist vielleicht einer im Ausland gewesen!« An diese Möglichkeit glaubten sie ja nun natürlich nicht; aber sie waren doch alle überzeugt, ja, das waren sie, daß er ein Junge aus gutem Hause wäre. In diesen Gedanken bissen sie sich ordentlich hinein; denn der andre, daß er ein windiger Patron und Hochstapler wäre, war ihnen so peinlich, daß sie schon im voraus, im Gedanken an die Möglichkeit, sich in seinem Namen schämten und einer nach dem andern im voraus rot wurde. Nein, so etwas wollten sie nicht erleben! Nein! Sie kamen heute abend nach Wilhelmshaven ...da mochte denn sein Schicksal ihn ereilen. Da, wo es Leute gab, die fester zugriffen! Dazu hatten sie keine Begabung! ...Nein!

Sie waren alle erregt und von Arbeit und Wache übermüde. Es war ein wunderlicher, fast unwirklicher Zustand.

Gegen Abend stand Harm Ott an der Reling, da trat der Fremde auf ihn zu und fing in seiner Weise auch mit ihm an; und erzählte ihm unter anderm, daß er auch New York gut kenne. Da sagte Harm Ott, um etwas zu sagen – denn auch er wollte in der Vornehmheit seiner Seele gar zu gern an ihn glauben und freundlich und höflich gegen ihn sein – und weil er nach der geringsten Hoffnung griff, etwas von seinem Bruder zu erfahren, daß er dort einen Bruder hätte.

Da fing der junge Fremde an, sich zu erinnern: »Einen Menschen mit Namen Eggert Ott ... ja ...habe ich den nicht mal kennen gelernt?! ...Hat er nicht blondes Haar und ist ein besonders hübscher junger Kerl?! So was Finsteres im Gesicht? ...Ja! Namen erinnere ich nicht mehr; aber den muß ich kennen! ...Gut sogar! Ja ...ich habe mit ihm gearbeitet! Jawohl, ja ...wir haben in einer Wirtschaft zusammen Teller gewaschen, ja! ...Und er hat mir auch erzählt, daß er einen Bruder in der deutschen Marine hätte.«

Harm Ott wollte sich ein wenig wundern, daß Bruder Eggert Teller gewaschen haben sollte. Eher tat er jede andere Arbeit und wenn es die schwerste war! Aber er war zu glücklich, daß er von seinem geliebten Bruder hörte, und strahlte über das ganze Gesicht. Welch ein wunderbarer Zufall! Er fragte und fragte, und der Fremde stand Rede und Antwort. Und ging, um mit einem andern zu plaudern.

So ging er von einem zum andern durchs ganze Schiff und redete jeden an und war freundlich, und hatte dabei so etwas Herablassendes; und sie waren alle unsicher, und fühlten sich ungemütlich. Aber sie wußten nichts dagegen zu machen. Sie waren alle überhöflich und sehr freundlich gegen ihn ... Ja, der lange, hagere Söht, der Fischer, versuchte, als der Fremde ihn etwas fragte, so etwas wie eine Verbeugung zu machen, ließ es aber und wurde rot. Es war ein schlimmer und peinlicher Zustand. Wenn er sich doch so benommen hätte, so daß sie ihm von ganzem Herzen geglaubt hätten! Mit wie freudigem Herzen hätten sie ihn behandelt! Wie frei hätten sie ihn angesehn! Wie neugierig und wieviel ihn gefragt! Wie stolz wären sie auf ihn gewesen! Welche Liebe hätten sie ihm erwiesen. Denn ihr Herz brannte ja danach, einem Menschen auf der Welt Liebe zu erweisen! Die Schiffbrüchigen saßen da unten zusammengepfercht in ihren Reservekleidern, die sie an Bord hatten; einige hatten ihnen das beste Zeug gegeben, das sie besaßen. Wie hätten sie erst diesem Fremden Gutes getan, diesem tapfren Landsmann und feinen, freundlichen Jungen, der so verfroren und verhungert aussah! Wenn sie ihm nur von ganzem Herzen geglaubt hätten! Warum in aller Welt sorgte er nicht dafür, daß sie ihm von ganzem Herzen glauben konnten, so wie es in der Bibel steht: glauben von ganzem Herzen, von ganzer Seele und von ganzem Gemüt?! Ein Mensch muß glauben oder nicht glauben; der Zwischenzustand, der Zweifel, ist fürchterlich. Es war ihnen schrecklich, daß er der Herr des Schiffes war, und der Herr von ihnen allen ... ja, das war er! ... und sie nicht an ihn glauben konnten!

Als Harm Ott nach dem Essen mit einigen von seiner Wache, die da schon saßen und standen, in den Schutz des Schornsteins trat, eine Pfeife zu rauchen, kam der Fremde wieder heran und erzählte, er sei in die Welt gelaufen, um in den Wäldern Kanadas Pelztiere zu jagen. Und er erzählte ihnen von Kanada! Kanada im Sommer ... Wälder so groß wie Europa. Weizenfelder so groß wie Deutschland! Und Kanada im Winter: Schneeberge wie die Alpen, und Pelztiere ... ganze Zelte voll! Aber er sei aller dieser Dinge müde! Er sei glücklich, daß er durch diesen wunderlichen Zufall auf ein deutsches Schiff gekommen; und nun wolle er seinem Freund Wilhelm helfen.

Sie standen um ihn und schämten sich seiner sehr und sahen an ihm vorbei. Besonders gefiel ihnen das ewige Prahlen nicht, und gar der Ausdruck, den er über den Kaiser brauchte. Das schickte sich durchaus nicht! Kaiser war Kaiser, und war kein Freund, am wenigsten für so ein junges, leichtsinniges Reichemannskind! Denn windig war er auf jeden Fall; das war ihnen klar!

Um die Verlegenheit abzulenken ... da keiner ein Wort der Erwiderung fand –, der Unteroffizier Peter Hagedorn knurrte vor sich hin und biß an seiner Pfeife – sagte Harm Ott: »Hast du schon gehört, Hagedorn? Er hat meinen Bruder in New York kennengelernt und hat mir von ihm erzählt!«

Da legte Peter Hagedorn seine Pfeife auf die Reling und sagte mit einem schweren Stöhnen: »Du, Pommer! Was hast du dem Mann vorhin erzählt, als du da neben ihm standest? Du erzähltest so wichtig und eifrig. Heraus damit, Pommer!«

Der Pommer sah aufs Wasser und sagte: »Ich habe ihm die Geschichte von Eggert Ott erzählt.«

»Na, also, Kinder!« sagte Peter Hagedorn, »denn ist es nun genug! Ihr alle miteinander, von dem Alten auf der Brücke bis zu dem elenden Pommer, der mich nicht ansehn mag, sondern aufs Wasser starrt ... ihr seid alle miteinander Feiglinge!« Und plötzlich schrie er mit wildem Gesicht nach der Luke hinüber, wo der Ewerführer stand: »Ewerführer, zwei Gewehre!« Der lief mit verwirrten, entsetzten Augen und kam mit zwei Gewehren und warf sie Peter Hagedorn in den Arm. Als Peter Hagedorn die Gewehre in der Hand hatte, wurde sein Gesicht noch wilder. Er sah aus, als wäre er ein Feind der ganzen Menschheit. Er warf das eine Gewehr dem Fremden in den Arm, riß sich auf und schrie: »Knochen zusammen, du elender Bengel!«

Der war blaß geworden, hatte das Gewehr in der Hand und versuchte, es zu halten; aber es zeigte sich, daß er nie eins in der Hand gehabt hatte.

»Stramm gestanden!« schrie Peter Hagedorn, »stramm, sage ich dir! Wer bist du, Du elender Hund?!«

Der Fremde zuckte mit den Schultern: »Ein Kellner! Ein deutscher Kellner.«

»Ein verlogener Deutscher, heißt es,« schrie er. »Sage es: ein verlogener Deutscher! ... Und ich ... ich will dir auf die Beine helfen! Du mußt doch ein ordentlicher Kerl werden?! Jeder Deutsche muß jetzt ein ordentlicher Mensch werden! Alle auf der Wacht! Keiner eine Schlafmütze, und keiner ein Narr! Her die Augen, Du Lump! Präsentier'!«

15. Kapitel

Der Abfall von der »Alten Liebe«

Da gingen sie alle zur Seite, der eine hierhin, der andere dahin, alle möglichst weit fort von der Szene. Peter Söht und sein guter Freund, der Emdener, gingen ins Logis und stellten sich vor ihr Spind und griffen darin herum, als suchten sie etwas. Der Pommer nahm seine Harmonika heraus und fummelte daran und sah nicht auf; über sein breites, dickes Gesicht flog ein Rot nach dem andern. Der Westpreuße kroch in den Verschlag unter der Back und blieb eine ganze Weile verschwunden. Selbst der Steuermann, der von der Brücke die ganze Sache gesehen hatte, sah sich nicht um; er stand da wie festgenagelt und sah vor sich übers Wasser. Die Heizer, die schon bei den Karten hockten, kamen, von dem Lärm aufgestört, herauf, sahen das Unglück, standen einen Augenblick und verschwanden wieder. Dieser grobe, knurrige Peter Hagedorn! Er sollte sich nur nicht einbilden, daß er da ein Heldenstück vollbracht hatte! Was war das für ein Kunststück, den armen Teufel zu entlarven!? O nein! Sie freuten sich, daß sie diese Arbeit, dies Henkeramt, nicht verrichtet hatten!

Peter Hagedorn stand mit wilden Augen drei Schritt vor dem Sünder und machte ihm die Handgriffe vor und schrie die Kommandos und knurrte dazwischen: »Ich will dir preußischen Militarismus beibringen, Lump du! ...das heißt: ich will dich zu einem ordentlichen Menschen machen! Ich will dich zu einem Deutschen machen, du Lump! Weißt du, was deutsch ist? Deutsch ist klar und wahr sein! Stramm, Hund! und kuck mir ins Gesicht!« Sein Atem ging schwer, und der arme Sünder riß sich zusammen; der dicke Schweiß stand ihm auf der Stirn. Schrecklich, dahin zu sehn!

Als sie die Schilling-Reede erreicht hatten, sprach schon einer davon, daß er doch eigentlich Lust hätte, etwas andres zu versuchen, bevor der Krieg zu Ende ginge. Immer auf diesem Boot ...den ganzen Krieg hindurch? And dann, wenn er zu Ende ist, nichts weiter erlebt haben, als dieses Boot? Nein, er wollte einen Antrag stellen, ob er nicht auf einen Minensucher oder so etwas käme! Und schon gegen Abend waren da mehrere, die so dachten. Sie meinten, man solle mal was andres versuchen! Der eine wollte auf einen Kreuzer, der andre auf ein Torpedoboot, der dritte wollte nach Flandern an die Front, so schwer es da wäre. Die »Alte Liebe«, ihr Stolz und ihre Heimat, war ihnen durch diese letzte Begebenheit verleidet. Es war ihnen, als wenn das Boot schmutzig oder doch freudlos geworden wäre, und als wenn sie, die dies erlebt hatten, diese Täuschung und diese Niederlage eines Menschen, es nicht wieder reinmachen könnten, und als wenn sie auch niemals wieder den rechten Zusammenklang, die rechte Harmlosigkeit würden finden können. Nein, es war ihnen nun plötzlich alles verdorben! Diese einzige böse Begebenheit hatte mitsamt dem Bild den Rahmen zerschlagen; es war alles Splitter und Verwüstung geworden.

Sie kamen gegen Mittag in Wilhelmshaven an, lieferten die Schiffbrüchigen ab und reinigten ihr Boot. Sie reinigten es von den schmutzigen Ölfässern und von den schmutzigen Schiffbrüchigen; aber mehr noch von dem Erlebnis mit dem Fremden. Aber obgleich sie fünf Stunden lang gossen und schrubbten, wobei sie wenig oder gar nicht sprachen und es vermieden, sich anzusehn, wurde es doch nicht rein. Dann gingen sie an Land. Aber während sie sonst höchstens in drei Haufen geteilt waren und so die Stadt genossen hatten, behaupteten sie nun, dies oder das besorgen zu müssen, und gingen fast jeder für sich.

Als Harm Ott – auch er allein, und auch er in sehr bedrückter und unglücklicher Stimmung – die Hauptstraße entlang ging, kam da ein Admiral des Wegs, und neben ihm ging ein Rechtsanwalt, den Harm Ott aus seiner Stadt her und von dem Thomsenschen Haufe, wo er verkehrte, recht gut kannte, so gut, daß er ihn wohl anreden durfte. Er ging den beiden nach, bis der Admiral in ein Haus trat; dann redete er den Bekannten an. Der, ein mitteilsamer, freundlicher Mann, schien sich zu freuen, einen Heimatgenossen zu sehen, erzählte ihm, daß er von Helgoland käme, und bat ihn, ein Stück Wegs mit ihm zu gehn; und fragte nach dem Thomsenschen Haufe. Harm Ott erzählte ihm, soviel er wußte, und fragte ihn dann, was ihm eben das Herz bewegt hatte: was er wohl meine, wann der Krieg zu Ende ginge. Das war ja die ständige Frage aller Menschen.

Da sagte der Rechtsanwalt, er hätte eben denselben Gegenstand mit dem Admiral verhandelt, schwieg einen Augenblick und sagte dann: »Sie sind ja ein verständiger und ruhiger Mensch, Ott. Sehn Sie, nach meiner Meinung steht es so: England hat der Reihe nach mit denjenigen Mächten, die ihm gefährlich waren oder wurden, Krieg angefangen und sie niedergeworfen. So hat es der Reihe nach erst Spanien, dann Holland, dann Frankreich, dann Dänemark geworfen. Wir Deutschen, wir haben ja darin eine ganz andre Natur; wir sagen: laß andre Völker auch blühn! Laß sie blühn, so schön sie können, wenn wir nur auch unser Teil Luft und Sonne haben! Aber die Engländer sind anders; sie wollen alles für sich allein haben; sie wollen der Herr der Erde sein. Nun beschloß es also, das, was es andern getan, nun auch mit Deutschland zu machen; denn Deutschland war nun an der Reihe; denn es war in den letzten dreißig Jahren sein gefürchtetster Konkurrent geworden. Um nun viele Helfer zu haben, und um es völlig zu erniedrigen und unschädlich machen zu können, sammelte es sich Bundesgenossen, wo immer es möglich war, und erdachte und verbreitete schon Jahre vorher ungeheuerliche Lügen; und dann ging es los, mit allen Händen, die es in der ganzen Welt hatte bekommen können! Es dachte, es sollte nun eine leichte Sache werden; so in zwei, drei Monaten, meinte es, sollte der Mord geschehen sein! Nun aber wehren wir uns! Ja, wir siegen! Gut! Nun muß man aber nicht denken, daß England den Kampf nun aufgeben wird, daß England nun sagt: ›Falsch spekuliert! Ein andres Geschäft!‹ Nein, ganz und gar nicht! England ist solche anfänglichen Niederlagen und ist lange Kriege gewöhnt. Es kann sie auch viel leichter und viel länger ertragen als andere Völker, da sein Land eine Insel ist und also verschont bleibt. Lange Kriege sind England durchaus nicht unangenehm. Nein, indem es immer beharrlich und zäh blieb, siegte es zuletzt um so gründlicher; und erreichte noch dazu, daß auch seine Bundesgenossen sehr geschwächt wurden. Sehen Sie, und so handelt es auch jetzt! Es wird immer weiter kämpfen, jahrelang. Denn je länger es dauert, um so schwächer und mürber werden alle andern. Freunde wie Feinde; selbst aber behält es seine Schiffe, seine Kolonien und seine ungeheuren Meere, und darf hoffen, daß es endlich siege, und zwar wie es immer siegte: über Freund und Feind.«

Harm Ott stand das Herz still und er sagte: »So halten Sie es für möglich, daß der Krieg noch jahrelang dauert?«

Der Rechtsanwalt sagte: »Ja, es ist schrecklich ... aber es ist durchaus möglich.«

Dann sprach er noch wieder von gemeinsamen Bekannten in der Heimat, und dann ging er.

Harm Ott glaubte, daß es so sein würde, wie der ältere und kluge Mann gesagt hatte. Es sah ja auch ganz danach aus. Der Krieg dauerte nun schon anderthalb Jahr, und man sah noch kein Ende. Herrgott ... jahrelang noch dieser Zustand!? Dieses Menschenmorden!? Diese Angst in Millionen Herzen im Land!? Jahrelang noch sollte er fern von der lieben Heimat sein, fern von friedlicher, schöner Tätigkeit!? Das Heimweh, das ihn vorher schon gefaßt hatte, packte ihn nun mit furchtbarer Gewalt; es sprang ihm wie ein wildes Tier gegen die Brust, und er stöhnte; und aus ihm stöhnte daß ganze Land und all die Millionen Menschen. Wie süß war die Heimat im Frühling! Wie schön war die Heimat im Sommer! Wie schön im Winter! Wie schön im Sonnenschein, wie schön, ach wie schön in schwerem Regenwetter! Wie schön das Elternhaus mit all seiner Sorge und Freude! Wie schön der Friede! O, Friede! ... Friede! ... Aber wenn die Feinde den Frieden nicht geben wollten? Wenn sie uns ausplündern, uns auf Jahrhunderte arm und demütig machen wollen?! Nein, das geht auch nicht? Nein, das ist unerträglich! Nein, wenn ich das abwehren kann ... mit meinem Leben ... so wollte ich mich hierher legen, hier, wo ich geh' und steh', und wollte hier, auf dieser Stelle, sterben! Das darf nicht sein! Was ist mein Leben, wenn mein Land und Volk keine Ehre und keine Zukunft mehr hat?! Nein, dann schmeckt das Leben bitter ... dann lieber weg damit! Also uns wehren! Kämpfen, bis sie den Frieden geben! Ein andres gibt es nicht! Gut, daß wir beiden Brüder dabei sind! Eine gute Sorte! Und wenn der dritte nicht in der Ferne wäre? ... Was der wohl denkt ... da drüben! Wie er wohl trotz seines Zornes und Hasses an das Elternhaus und an die Heimat denkt! Denn im Grund seiner Seele hängt er ja unsagbar an den Seinen und an der Heimat. Darum ist ja sein Zorn und Gram so groß geworden! Ob er wohl versucht, wie so viele, herüberzukommen und mitzuhelfen? Sicher wird er es versuchen! Wer weiß, vielleicht sitzt er schon in englischer Gefangenschaft; vielleicht liegt er schon auf dem Boden des Meeres; vielleicht kämpft er schon an irgendeiner Front, oder liegt schon unbekannt unter den Hunderttausenden, die namenlos gefallen sind! Nun gut! Leben ist recht und gut; aber zuweilen ist Sterben nötiger!‹ So stand er lange und dachte nach, und suchte sich das Herz klarzumachen und den Mut zu bewahren: ›Noch jahrelang!? Es muß mir recht sein!‹ dachte er. ›Ich habe keine Schuld daran! Ich muß es tragen und meine Pflicht tun! ... Fertig!‹

Er atmete tief und richtete sich auf, und ging in schweren Sinnen nach seinem Boot zurück, setzte sich in eine Ecke, und las unter dem Gerede der Kameraden zwei Stunden in der deutschen Geschichte, die ihm Bruder Reimer gegeben hatte. Er las an dem Abend vierzig Seiten: von Friedrich dem Großen bis zum Anfang der Befreiungskriege, und wurde darüber ruhiger.

In der Nacht, als er lange nicht schlafen konnte, überlegte er sich, daß auch er, wie die andern, versuchen wolle, ob er nicht vom Vorpostenboot wegkommen könne. Auch ihn bedrückte, was sie da erlebt hatten. Es quälte und beschämte ihn, daß er dem Fremden so ohne weiteres sein Lügen geglaubt hatte. Er hatte immer gemeint, daß er gewitzigt, weltklug und überlegt genug wäre, die Dinge um sich genau zu besehn und sich nicht irreführen zu lassen; und nun war ihm dies widerfahren! Es war ihm bitter. So lieb ihm die Kameraden waren, jeder in seiner Weise, am liebsten wäre er schon jetzt fortgegangen, jetzt sofort; und am liebsten würde er keinen von ihnen wiedersehn. Nein, er wollte weg, es sei nach Flandern an die Front oder auf einen großen Kreuzer. Es war ihm auch plötzlich nicht mehr recht, daß er auf dem kleinen Schiff entweder zugrunde gehn oder weglaufen sollte, wenn der Engländer kam! Obgleich es ihm ganz klar war, daß es ein bitterharter und tapfrer Stand war, vielleicht der härteste und tapferste an allen Fronten: auf solchem kleinen Schiff vor Englands Zähnen auf Wacht zu stehn. Nein, er wollte nun doch lieber dahin, wo man mit Wut und Zähneknirschen ihm an die Brust sprang, ihm, der das arbeitsame deutsche Volk nicht leben lassen wollte, dem Welträuber, dem Entmanner und Entehrer der Völker!

Erst am Spätnachmittag kam er dazu, seinen Bruder aufzusuchen.

Als er aber nach dem Torpedoboothafen kam und nach ihm fragte, erfuhr er, daß er Urlaub bekommen hätte und nach Hause gereist wäre.

Am andern Morgen stachen sie wieder in See, und waren gegen Mittag auf dem Posten. Es wehte ein sehr kalter, scharfer Nordwestwind.

16. Kapitel
Pastor Bohlen

Unterdessen war Reimer auf Urlaub nach der Heimat gefahren. Er fand die Eltern still und bedrückt. Sie sprachen seltener miteinander als früher. Der Vater war ja immer schweigsam gewesen; aber nun war auch die Mutter verstummt, die früher alles, was ihr Sorge machte und ihr durch den Sinn fuhr, in den Vater hineingeredet hatte. Hatte er auch nicht viel geantwortet, so hatte es doch ihre Seele befriedigt. Wie zwei Hirten immer wieder, immer wieder um ihre Herde gehn, die ihnen beiden gehört, so waren sie immer nebeneinander um die kleine Herde ihrer Kinder gegangen. Aber jetzt ging jeder für sich. Jetzt sah jeder ein jedes Kind nur mit seinen eignen Augen an; und ihre Augen waren sehr verschieden voneinander. Die Mutter wunderte sich über ihre Kinder und schalt sie, war aber für alle guter Hoffnung. Der Vater liebte sie; aber war in Not um sie. Am meisten waren die stillverborgenen Gedanken um den Geflohnen beschäftigt; und auch hier war der Gegensatz: die Mutter klagte um ein ungerecht beschuldigtes und unglückliches Kind, der Vater war zerrissen um ein verdorbenes. Emma ging immer noch zu Schuster Ehlers, aber es war klar, daß sie jetzt mit ruhigerer Seele von da zurückkam. Sie hatte sich in diesem innigen neuen Glauben jetzt zurechtgefunden und eingelebt, und hatte nun Stärkung darin. Dazu ging sie auch noch sonntäglich in die Kirche und hörte Pastor Bohlens Predigten, der ein klares, kraftvolles Wort von der Menschen Sünde sprach, aber ein kräftigeres noch von Gottes Gnade. Auch das tat ihr gut. Als der Krieg ausgebrochen war, war sie zuerst sehr still gewesen, und die Eltern hatten schon gefürchtet, daß es schlimmer mit ihr würde, ja, daß sie ganz verwirrt würde. Als aber Harm und Reimer in den Krieg gezogen waren, und hier und da ein Bekannter fiel, und sie die herzzerreißende Angst der Mutter sah, da kam im Gegenteil eine Kraft über sie. Sie stellte sich dicht an die Mutter, wie wenn es die bedrohte Stelle wäre, half ihr vom Morgen bis Abend, und versuchte sogar, in unbeholfenen Worten ihr Mut einzureden. Und so, indem ihr Glaube ihr nun half ... daß der liebe Gott über den Teufel, trotz all seiner behenden Ausflüchte bei beharrlichem Beten und Singen die Oberhand behielte ... und sie kräftig mitarbeitete, und die tapfre Art der Mutter wieder mehr Einfluß auf sie gewann, wurde sie körperlich kräftiger und blühte auf, und ihre Anfälle wurden seltener, und die Mutter ließ sie ungestört, ja hörte es nicht ungern, wenn sie in der Küche, im Garten oder unter der Kuh, mit rührend gottesfürchtiger Stimme ein geistlich Verslein von unsres Heilands Tod und Gottes Erbarmen sang. Freilich das liebe Lachen, das ihrem ernsten gotischen Prinzessinnengesicht so wunderbar gut gestanden, weil ihr Gesicht eigentlich zu ernst zu irgendeinem Lachen war, das war verschwunden. Aber den Knecht, über den sie sonst mit jedermann gesprochen hatte, und zwar völlig harmlos, sprach sie nun, seit sie gesundete, nicht mehr. Die Mutter meinte erst, sie hätte ihren Glauben an ihn aufgegeben und dies wäre nun abgetan. Als sie aber eines Tages ihrerseits von ihm anfing, da wurde ihr Kind rot und warf einen scheuen Blick auf die Mutter. Und da sah die Mutter, wie es um sie stand, daß sie den Knecht liebte, und daß sie sich ihrer Liebe jetzt bewußt war. Da erschrak sie erst sehr. Nachher aber, da sie darüber nachdachte, schien es ihr in ihrem tapfern weiblichen Sinn, daß sie sich fast darüber freuen könne: so war ihr Kind doch in diesem auf dem Weg der Natur und Gesundheit, daß sie liebte, wie andre Weiber; und sie summte an diesem Tag ein wenig bei ihrer Arbeit, was sie lange nicht getan hatte.

Dies alles und was sonst geschehen war, erzählte sie ihrem jungen Sohne Reimer, der in seiner hübschen Uniform, mit seiner noch etwas schmalen, knabenhaften Figur mit kurzgeschnittenem Haar ihr gegenübersaß. Wie war der Junge gewachsen! Und was war er verständig geworden, und was hatte er für schmucke, feurige Augen! Nein, wie selig sie war! So einen schmucken Jungen gab es weit und breit nicht! Es war eine Veränderung zum Erstaunen! Was wohl noch aus ihm werden würde! Sie war so voll von Verwunderung, daß sie unter dem Vorwande, sie hätte noch im Stall zu tun, komme aber gleich wieder, nach dem Stall ging und zum erstenmal nach langer Zeit wieder in ihrer frischen, fordernden Art zu ihrem Mann sagte: »Was sagst du nun zu Reimer?!«

Der sah gedankenverloren auf, verstand sie aber sogleich und sagte, ein wenig ermuntert von ihren Augen: »Ja, wenn er glücklich durch den Krieg kommt...«

Sie hatte so die Ansicht vom Krieg, daß man den meisten Kugeln entgehen könne, wenn man sich rasch dreimal umdrehte, und daß man überhaupt durch Klugheit und Gewandtheit ziemlich sicher wäre, und wer war klüger, als er? »O,« sagte sie, »warum nicht? Der wird sich schon durchschlagen!« Und sie sah ihn in der alten, lieben, ermunternden Weise an, die ihm das Herz bewegt hatte, als er zweiundzwanzig war und um sie gefreit hatte.

»Ja, du!« sagte er in demselben Ton, in dem er ihre Ermunterungen damals erwidert hatte. Mehr brachte er in seiner Weise nicht über die Lippen; und das Lächeln, das er versuchte, war traurig.

Da kam sie wieder nach der Küche und sprach mit ihrem Jungen und freute sich an dem zarten, schmucken Mannsbild; denn obgleich sie über fünfzig war, war sie noch ein völlig frisches Weib. »Weißt du,« sagte sie, »was die große Veränderung an dir ist?«

»Nun?« sagte er und sah sie neugierig an; denn er sprach nicht allein gern über andre Menschenseelen, am liebsten sprach er über sich selbst.

»Du bist nicht mehr so sicher und so prahlig,« sagte sie neckend.

Er erkannte es selbst, da sie es sagte, wurde ein wenig rot und lächelte: »Ja ... Mutter,« sagte er, »all die vielen, neuen Menschen, und darunter so viele ältere, die man kennen lernt, und dann die Offiziere, unter denen mancher mächtig klug ist! Und man wird ja auch älter, Mutter!« Und dann wurde er sehr ernst und sagte: »Und weißt du, Mutter: so einfach ist es ja auch nicht! Als wir damals den Vorstoß nach Dover zu machten ... wir fuhren aus, als es dunkel war ... ich war munter und guter Dinge ... war nichts als Neugierde. So um drei Uhr nachts kamen wir in die Gegend, wo die Engländer ein Minenfeld gelegt hatten und Netze und Ketten. Sie konnten auch jeden Augenblick aus dem Dunkel auftauchen ... jeden Augenblick. Ich stand am Torpedorohr; das war mein Platz. Wir waren ganz allein ... das kleine, schwarze Boot und die neunzig Mann auf dem weiten, mächtigen, nachtdunklen Meer! Da sah ich plötzlich, wie der Obermaat ... er ist ein verheirateter, ernster, schöner Mann ... seine Mütze in der Hand hatte ... nur einen Augenblick lang ... und mit gebeugtem Kopf stand; sieh, da merkte ich erst, was mit uns war ... daß es auch anders kommen konnte ... daß ich da in der nächsten Minute treiben konnte, da auf der Welle oder auf jener andern, ein stiller Toter. Davon wird man älter, Mutter.«

Sie erschrak und schwieg und war eine Weile nach ihrer Art ganz aus dem Weg geworfen. Dann schüttelte sie den Kopf, als wenn sie solche Gedanken von sich stieße, und sagte mit großem Aufatmen: »Wenn du so etwas sagst, kann ich dich nicht brauchen! Geh ... ich muß in den Stall, und habe keine Zeit mehr für dich.«

In den ersten vierundzwanzig Stunden stand er so im Hause und Hof und Garten umher und fragte mit großer Neugierde nach allem und jedem. Und ging in die Küche zur Mutter und beschwerte sich mit großen Worten, daß sie ihm nicht geschrieben hätten, daß sie zwei neue Obstbäume gepflanzt hatten und daß Nachbar Jahn die Wand seiner Scheune hatte flicken lassen. Er sagte, sie müßten ihm alles und jedes schreiben. Wie er sich sonst ein Bild machen könne?! Wie er sonst mit ihnen leben könne?! Denn ob in Wilhelmshaven oder hier unter ihnen: er lebe immer mit und unter ihnen. Er ging um alle Ecken und sah in alle Winkel und kuckte jeden an, als wenn er ihm durchs Herz sehen wollte, und fragte so viel, daß das Mädchen abends ganz ärgerlich sagte, sie habe ihm erzählen müssen, was sie bisher noch keinem Menschen erzählt, wonach auch kein Mensch sie gefragt hätte; aber sie hätte es tun müssen; er hätte eine Art zu fragen: er frage das Kalb aus der Kuh.

Aber mit dem Prahlen war es in der Tat nicht mehr so. So ein Kann-Alles, Weiß-Alles war er nicht mehr. Er war nachdenklicher und bedenklicher geworden und war ins Stutzen und Verwundern gekommen, und stand nach seinem Fragen oft in Sinnen und Schweigen, einen überernsten Ausdruck in dem jungen Gesicht. Das ihm angeborne von den Vätern ihm vererbte Gut, das ihn so reich und groß gemacht hatte, wurde nun vom Leben und von der Welt bestürmt, und geriet ins Wanken, und kämpfte mit der Welt und schwerer Wirklichkeit.

Als er alles besehn und genau durchforscht hatte, ging er ins Dorf, um Pastor Bohlen zu besuchen, der ihn in den letzten Jahren in Deutsch, Geschichte und Englisch unterrichtet hatte. Danach wollte er zu seiner Liebsten gehn.

Pastor Bohlen, schon über fünfundzwanzig Jahre in der Gemeinde, stammte aus dem Nachbarkirchspiel und war der Sohn eines armen Mädchens; und war im Hause seines Großvaters, eines Wattarbeiters, Fischers und Strandläufers, sehr arm und kümmerlich groß geworden. Er hatte mit diesem Großvater, der ein rauher, rücksichtsloser und leidenschaftlicher Mensch war, von klein auf ins Watt und ins Boot gemußt, oft dürftig gekleidet, immer schlecht genährt; und wenn der Großvater sich dann, was häufig am Tag geschah, einen Schluck aus der Branntweinflasche gegönnt hatte, hatte er sie auch seinem Enkel gereicht. Der Knabe war sehr begabt gewesen, so sehr, daß man in den Dörfern der Umgegend von ihm als von einem Wunderknaben sprach, und so waren sich denn sechs oder sieben Landleute einig geworden und hatten ihn auf die Lateinschule geschickt. Dort war es noch gut gegangen; er hatte auch ein gutes Abgangsexamen gemacht. Dann aber, als er Student war und sich selbst überlassen – er war von breitem, mächtigem Körper und großer, urwüchsiger Kraft – war die haltlose, unordentliche Natur seines Großvaters in ihm hervorgebrochen und er war in ein zeitloses, nachtwandlerisches Leben hineingeraten und leider auch ins Trinken, und war spät zum Examen gekommen. Dann, im Amt und weiterhin ledig, ganz sein eigner Herr, war es eine Zeitlang schlimm geworden. Er lief bei Tag und Nacht, wie Ebbe oder Flut es ihm bestimmte, die eine Gewalt über ihn zu haben schienen, viel in dem Vorland und im Watt umher und wurde zwar ein sehr guter Kenner des ganzen Strandlebens und ein geschätzter Ratgeber der Deichbehörden und der beste Freund aller Wattarbeiter,

Strandläufer und Hirten; aber er betrank sich oft auf diesen weiten, nassen und kalten Wegen, indem er bald allzulang in einer jener etwas unordentlichen Deichwirtschaften saß, bald, auf seinem Weg allein, der mitgenommenen Flasche so zusprach, daß er nächtlicherweile taumelnd ins Dorf heimkehrte. Allmählich aber, so mit den Jahren, gelang es ihm, eine Art Ordnung in seine Leidenschaft zu bringen, sie in eine Art Form zu gießen, derart, daß doch wenigstens sein Leben und sein Amt nicht ganz darüber in die Brüche gingen. Er war nun schon lange das, was man einen Quartalstrinker nennt. So etwa nach einem Vierteljahr, in dem er sich völlig nüchtern hielt, überfiel ihn tagelang die Gier, und er trank sich im verschwiegenen Hause toll und voll. Am dritten Tag hörte er damit auf und geriet sogleich, nachdem er ausgeschlafen hatte, in eine bittre Reue hinein, und las, noch in unordentlichem Haar und Anzug, einen Tag und eine Nacht lang in der Bibel, und zwar die allerschlimmsten Stellen, die es da gibt, und so, daß es ihm tüchtig auf den bloßen, sündigen Schädel herabhagelte. Am andern Tag aber, gegen Abend, erholte er sich allmählich und fand sich wieder als Mensch. Und dann holte er die Werke Fritz Reuters aus dem Schrank, und fand sich an dem Humor dieses edlen Menschen, der dasselbe Leiden wie er hatte durchs Leben schleppen müssen, wieder zu Menschengüte, Fleiß und Tüchtigkeit zurück, und zu seinen Möwen und Kiebitzen, Fledermäusen und allem Nachtgetier, das er liebte und das er in seiner dumpfen, unruhigen Seele aufsuchte. Die Gemeinde ertrug ihn, und nicht nur das: sie liebte ihn und hielt auf ihn. Sie dachte über sein Gebrechen menschlich und nannte es »seine Krankheit«. Sie erkannte, daß er das hatte, was viel wertvoller ist als Gerechtigkeit und schnurgrades Leben: das heiße und hilfreiche, tapfere und tüchtige Herz. Es war wie ein Übereinkommen in der ganzen Gemeinde, daß man verhinderte, daß sein Gebrechen über die Feldmark des Kirchspiels hinaus beredet und beurteilt wurde. Manches Kind des Kirchspiels, das am Sonntagabend, das Bündel mit der Wäsche unterm Arm, das Elternhaus verließ, erhielt noch an der Tür die Weisung: »Und dann erzähl' nicht, daß Pastor Bohlen wieder krank gewesen ist. Das geht die andern Leute nichts an!« Er war nun schon an sechzig Jahre, ein großer, breitschultriger, hagerer Mann von gebeugter, schlechter Haltung, mit großem, bartlosem Gesicht, in dem gütige Augen klug und tief flimmerten. Sein Haar, in dünnem Kranz rund um die kahle Stirn, war schon grau.

Das Pastorat war noch ein altes Strohdach, und da Pastor Bohlen auf Besserungen nicht drängte und das Kirchspiel gerne Geld sparte, etwas verfallen. Die alte breite Doppeltür hing stark schief, und die Glocke bimmelte klapprig, und setzte, nachdem sie schon eine Zeitlang geschwiegen, aus irgendeiner Ursache mit noch klapprigerem Ton wieder von neuem ein. Mitten in der Lehmdiele war ein Loch, daß man darüber zu Fall kommen konnte.

Die Haushälterin, eine ältere, gutmütige und einfache Frau, ließ sonst niemand zu Pastor Bohlen, wenn er seinen schlimmen Zustand hatte. Sie sagte dann den Besuchern: »Er ist krank,« oder »er ist noch krank,« oder »er ist noch nicht wieder so weit; aber morgen kannst du kommen,« oder »geh nur hinein ... er ist wieder hübsch, und liest in dem Reuterbuch.« Da sie sich aber heute morgen etwas mit ihm gezankt hatte, mußte sie sich rächen – wie der Mensch das so an sich hat – und sagte: »Geh du nur hinein; er ist ja wohl so weit! Und sonst schadet es auch nichts ... weder dir noch ihm ... Ihr seid ja auch alte Bekannte.«

Es war dem sehr ordentlichen und stark gerechten Reimer Ott in seiner schönen, blanken Uniform ein wenig ungemütlich; aber er war zu unsicher, um die Aufforderung abzulehnen und fortzugehen. Also ging er mit seinen jungen, federnden Schritten über die halbdunkle Diele um das wohlbekannte Loch herum und klopfte an und ging hinein.

Es war eine große Stube oder fast ein Saal mit niedriger, dunkler Decke; rund herum an den Wänden standen Schränke mit allerlei ausgestopftem Strandgetier und ihren Eiern und andere Sammlungen; an der einen Wand stand auf dünnen Beinen ein eiserner sogenannter Beilegeofen. In der Mitte stand der große Tisch, an dem er so manche Stunde mit Pastor Bohlen gesessen und Weltweisheit mancher Art genossen hatte. Es war von den Linden, die dicht vor dem niedrigen Fenster standen, in dem niedrigen, tiefen Raum halbdunkel.

Pastor Bohlen saß groß und breit und hager, mit noch wüstem Haar und trübe schimmernden Augen, vor dem Tisch, beide Arme aufgestützt, und las in der Bibel, und wühlte und ordnete dazwischen in einer Menge allen Gold- und Silbergeräts und Schmucks, das auf der Tischplatte lag, das ihm die Gemeinde gebracht hatte, um es der Reichsbank zur Verfügung zu stellen. Darunter war ein großer alter Trinkbecher, den die Brandgilde hergegeben hatte. Das alte, goldene Gerät leuchtete seltsam scheu in dem Schein der Abendsonne, die dünn und spärlich in den Raum drang und mit ihrem letzten Finger noch eben seinen Rand erreichte.

Er schrak zusammen, als die Tür ging, und er seinen Schüler sah. Er schüttelte den Kopf und sagte bedrückt: »So siehst du mich, mein Junge ...«

Reimer Ott sagte rasch und betreten: »Soll ich wieder gehen, Herr Pastor Bohlen?«

Pastor Bohlen schüttelte wieder den Kopf: »Nein,« sagte er, »bleibe nur! Setz' dich ... da ... auf die Seite ... wie in alten Zeiten! ... Du weißt es ja doch schon lange ... sie wissen es ja alle ...« Er versuchte sein Haar glatt zu streichen und zog seinen Rock zurecht, und starrte vor sich hin. »Ich kann nichts dagegen machen,« sagte er. »Es kommt das Frösteln über mich, das ich damals als Kind im Watt hatte, wenn mein Großvater mich stundenlang auf dem Rücken oder an seiner Hüfte trug, und dann ist es da.«

Reimer Ott dachte: ›Wenn ein Mensch nur will, muß er widerstehn können,‹ und sagte verlegen: »Ich weiß, Herr Pastor Bohlen.«

Aber Pastor Bohlen war noch in seinem Stand der Reue und der Gewissensqual. »Ja, du sagst: ›ich weiß.‹ Und bist jung und stark, und denkst: ›er hätte es überwinden können!‹ Und das ist auch wahr. Ich ... mit meinen breiten Schultern und meinen starken Händen ... sieh doch, was für Arme ich habe! Nein, nein ... Gott hat mich wohl in der Tiefe aufwachsen lassen, aber er hat mir diese Arme gegeben ... ich sollte mir selbst heraushelfen. Aber ich bin träge gewesen; ein fauler Knecht bin ich gewesen!« Und indem er sein Haar mißhandelte und mit den Zähnen knirschte, stöhnte er unter Tränen: »Was bin ich? Was bin ich meinem Volk in diesen Jahren seiner Heimsuchung? Unsere Jugend liegt in Not und Schmutz, und fällt und stirbt. Unsere Frauen weinen; unsere Kinder leben ohne Freude. Und ich ... was tu' ich? Ich war vor einem Jahr beim Propsten und sagte, er solle mich gehn lassen in den Krieg ... so könnte ich noch etwas tun für mein Volk ... aber der Propst sagte, ich wäre zu alt ... ich sollte bleiben und meines Amtes walten.«

Reimer Ott sagte mit herzlich bewegter Stimme, in großem hervorbrechenden Mitleid: »Lieber Herr Pastor Bohlen, sagen Sie doch nicht, daß Sie nichts nützen! Sie helfen so vielen in dieser großen Gemeinde mit Ihren Predigten ... nun gar in dieser schweren Zeit ... und noch mehr mit Ihrem täglichen Zuspruch! Denken Sie einmal nach: Wenn Sie und Ihr Amt und die Kirche in der Mitte des Dorfes nicht da wären ... wieviel würde fehlen! Gar nicht zu reden von dem, was Sie so vielen einzelnen sind, mit jedem klugen, freundlichen Wort, das Sie ihnen sagen! Was haben Sie allein schon an meiner Schwester Emma und an mir getan? Wenn Sie nicht da wären, würde das Beste im ganzen Kirchspiel fehlen!«

Aber Pastor Bohlen wollte nichts davon hören; er saß noch in der Asche, und es war ihm innere Lust und Gier, sie sich noch dicker aufs Haupt zu werfen. Er schüttelte den Kopf und stöhnte: »Ach rede nicht so! Ich weiß, ich bin ein schlechter Knecht; ich bin nichts ... gar nichts!« Er vergrub sein Gesicht in seine Hände. »Denk doch nach ... wieviel versäume ich allein schon durch meine Krankheit! Als der Junge vom Briefträger unter den Wagen kam und starb und die arme Mutter laut weinend durchs Dorf ging und andere Leute sie zu trösten versuchten ... wo war da Pastor Bohlen? Der lag da in seiner Stube auf der Bank und trank ... Und als der Verdacht über Eggert Ott von Haus zu Haus lief und diese schreckliche Gefahr und Not über eurem Haus stand und jedermann hätte hinzuspringen müssen zu helfen, vor allem ich, der Pastor, wo war da Pastor Bohlen? Er lag und trank. Und nun verfolgen mich diese Begebenheiten, dieser tote Knabe und dein Bruder Eggert, der durch die Welt irrt, bei Tag und Nacht, und quälen mich. Nein, ich bin nichts wert ... gar nichts! Ich sollte diesen Becher, den der dumme Tönjes Arps mir brachte, obgleich er an meinen Augen sah, daß meine Notzeit mal wieder da war, und der mit seinem Gleißen mich verführte, daß ich ihn gleich, wie er fort war, bis zum Rand füllte und hinuntergoß ... ich sollte mir die Stirn damit einschlagen ... ja, das sollte ich! Aber das ist ja noch größere Sünde ... so davonlaufen! Und so sitze ich nun hier und lasse mir das Herz zerreißen von dem schrecklichen Wort Gottes!« Und er nahm den goldenen Becher in seine mächtige Faust und schlug damit auf die Bibel, daß die ganze Stube bebte. »Wenn die Engländer in Jütland landen und dringen in Schleswig ein, hält mich kein Propst und kein Bischof, dann nehme ich mein Gewehr ... meinen Seehunder ... und geh mit. Dann weiß ich, wozu ich da bin, ich armer Mensch!« Er knirschte mit den Zähnen und die Tränen strömten über sein Gesicht.

Reimer Ott war blaß geworden und bebte über den ganzen Körper. Tiefe Reue und Qual eines Menschen mit grauem Haar, dazu diese sonderbaren eigenen Ausbrüche einer inneren Natur, waren ihm etwas Neues, etwas Furchtbares. Es stand ihm der Atem still und er suchte mit seiner kühnen, ernsten Seele nach den Gründen, nach irgendeiner Erkenntnis, nach irgendeiner Erklärung, nach einem Glauben. Und plötzlich sagte er mit herzlicher Stimme: »Herr Pastor Bohlen, ich habe es niemals so erkannt ... ich habe es vielleicht überhaupt noch nicht gesehen ... aber jetzt sehe ich es, nämlich, daß Sie als ganze Persönlichkeit und in jeder einzelnen Äußerung ein Mensch mit einem großen schrecklichen Erbe sind! Es ist wirklich eine Krankheit, Herr Pastor, und nichts weiter ... ein Erbe ... und Ihre eigene Schuld ist nicht groß!« Er atmete hoch und schwer auf: »Ich bitte Sie, seien Sie gut gegen sich selbst!«

»Ja,« sagte Pastor Bohlen und seine Haltung und Stimme wurden etwas ruhiger: »Ich habe ein schweres Erbe. Ja, ich weiß. Vielleicht, wenn ich in meiner Kindheit in gute Hände gekommen wäre, so hätte ich das alte Erbe unterdrücken können. Wenn ich auch immer dagegen hätte kämpfen müssen, ich hätte es vielleicht öfter und besser besiegt. Aber nun war ich, das frierende und hungernde Kind, dem schlimmsten Lebensführer überlassen. Wenn du ein Mann wirst, mein Junge, dann sorge dafür, daß keinem Kind ein Unrecht geschieht! Das kann eine Menschenseele in einem ernsten, tüchtigen Volk wohl verlangen, daß sie in der Kindheit wohl behütet und gezogen wird! Ja, das sollte das erste des Staates sein. Wozu haben wir ihn sonst?«

Reimer Otts Augen leuchteten von einem schönen Licht: »Gerade das will ich tun, Herr Pastor, wenn ich älter geworden bin! Und ich danke Gott für diesen Augenblick ... denn so, so in der Tiefe, hatte ich es noch nicht gesehn, wie ich es jetzt sehe! Und nun ... wenn es so ist, Herr Pastor Bohlen, wenn es eine Not ist, die mit Ihnen geboren ist, und viel mehr Sünde an Ihnen begangen ist, als daß Sie sie selbst begingen, so sollten Sie sich ermuntern.«

Aber Pastor Bohlen schüttelte traurig den großen grauen Kopf. »Ach, Reimer, mein Junge,« sagte er, »ich bin ein armer hinfälliger Mensch, ich bin in allem hinfällig und unordentlich ...

in allem!« Und mit Tränen in den Augen sagte er: »Sieh ... ich will es dir bekennen! Gerade dir ... was ich noch keinem Menschen gesagt habe! gerade dir, ihrem Sohn ... Sieh, als ich noch jünger war, zu der Zeit, als du und Emma, die Zwillinge, geboren waren, da war deine Mutter krank gewesen ... bei der Geburt ... und seitdem kam ich häufiger zu deinen Eltern. Dein Vater war auf dem Felde, und ich saß bei deiner Mutter und euch Kindern. Deine Mutter meinte, ich käme euretwegen so oft ... und wohl hatte ich Freude, besonders an euch beiden; denn ihr wart ein paar drollige Kinder. Aber ich will dir nun bekennen, damit ich nichts verstecke, weder vor mir noch vor Gott ... daß ich damals deiner Mutter wegen zu euch kam. Ich habe sonst kein Weib geliebt; aber sie hatte ich lieb. Sie hat es nicht gemerkt ... Gott sei Dank! Aber sieh ... mit mir ... mit mir stand es so!«

Da richtete sich Reimer Ott auf und sagte eilig und freudig: »Da irren Sie sich, Pastor Bohlen! Meine Mutter hat es wohl gemerkt, und hat es in ihrer Weise mit mir beredet, und zwar vor einem Jahr, in der Küche. Sie bespricht alles mit mir, und ich bin ihr dankbar dafür, und sie weiß, daß ich mit andern nicht darüber rede. Sie sagte: ›In den Tagen, als du und Emma klein waret, da kam Pastor Bohlen häufiger zu uns, als jetzt. Er tat, als wenn er euretwegen käme, aber ich merkte wohl, daß er meinetwegen kam! Und ich sage dir, mein Sohn Reimer, darauf bilde ich mir was ein! Denn Pastor Bohlen ist doch, ganz abgesehen von dem, was er für ein Amt hat und was er auf der hohen Schule gelernt hat, der vornehmste Mensch im Dorf, euer Vater natürlich ausgenommen, und was seine Krankheit angeht: ist da einer im ganzen Kirchspiel, der ohne Sünde ist?! ... Weißt du, was Pastor Bohlens einziger Fehler ist?! Nicht, daß er alle Vierteljahr sich mal satt trinkt, sondern daß er sich von dieser seiner Not und Krankheit auch nachher, wenn der Angriff vorüber ist, so niederhalten läßt! Wenn er getrunken hat, so soll er sich mit Reue und Qual nicht aufhalten, sondern mit beiden Füßen wieder ins Leben und in seine Arbeit hineinspringen! Wieviel versäumt er denn durch seine Krankheit? Es sind im ganzen Jahr vier Wochen, daß er krumm liegt; die ganzen übrigen elf Monate ist er treu bei seiner Arbeit; wie keiner sonst! Was tun denn die Bauern hier den ganzen Winter lang?! Sie stehn und sitzen umher, und schwatzen oder machen sich unnütze Gedanken!‹ So sagte meine Mutter, und dann sagte sie noch: ›Ich möchte ihm dies alles mal sagen, aber ich komm' nicht dazu, weil ich weiß, es schmerzt ihn, daß ich an seine Krankheit rühre! Hör': Du bist ja so'n hellischer Kerl und kannst Seelen behandeln ... wie du sagst ... sag' du es ihm! Und wenn es wirklich dazu kommt, daß du es ihm sagst und ich dann vielleicht nicht mehr bin, dann sag' ihm auch noch, daß es mir eine Ehre und Freude gewesen ist, daß er mich einmal gern gehabt hat vor allen anderen Frauen im Kirchspiel, und daß er sich gut gegen mich benommen hat! Ja, das sag' ihm!«

Pastor Bohlen hatte den Kopf in die Hand gelegt und weinte.

»Sie sollten dann und wann zu ihr gehn, Herr Pastor,« sagte Reimer Ott feurig. »Wenn ein Mensch dem anderen helfen kann, dann kann meine Mutter es!« Seine Augen strahlten von Liebe und Stolz auf seine Mutter.

Pastor Bohlen ließ die Hände von den Schläfen sinken und sagte mit ruhigerer Stimme – es war, wie wenn ein Sturm ausgerast hätte: »Ich danke dir, mein Junge ... du hast mir wohl getan ... ich danke dir! Und nun geh! Hör', warst du schon bei deiner kleinen Freundin im Nachbarhaus?! ... Und klettere doch mal in den Dachreiter der Kirche und sieh nach, ob du die Worte lesen kannst, die auf der alten Klingelglocke stehn, kein Mensch kann sie enträtseln ... Ich will hier noch ein wenig so stillsitzen und nachdenken ... du kannst mir noch den Band Reuter geben, du weißt ja, wo er steht ... gib mir den dritten Band ... ich will ein wenig in der ›Stromtid‹ lesen.«

Reimer Ott gab ihm das Buch und ging aus der Stube.

Die alte Wirtschafterin sah aus der Küche und fragte – sie hatte wohl ein schlechtes Gewissen –: »Wie war er? Ist er wieder hübsch?«

»Er macht sich jetzt hübsch,« sagte er, nickte ihr zu, und ging mit seinen jungen federnden Schritten an dem Loch in der Diele vorbei und aus dem Hause.

Draußen stand er eine Weile an der Gartenpforte, ganz benommen von dem, was er erlebt hatte. Es war das erstemal; daß er ein ganzes Menschenleben übersehn hatte, und es schien ihm, er hätte erfahren, daß das Menschenleben immer, immer unfertig bleibt, und währt es auch neunzig Jahre. Dazu hatte ihn auch der Jammer und die Not aufs tiefste bewegt, ihr Ausbruch nach außen hin ihn erregt. Das alles bedrückte ihn und wühlte in seiner Seele. Und in dem Gefühl, daß er dies alles noch lange nicht völlig begriffen hätte, sagte er leise bei sich selbst: »Ich muß über dies alles noch viel nachdenken.«

Und schon in diesem Nachdenken ging er die kleine Strecke der Dorfstraße entlang und kam zu der Pforte des Nachbarhauses. Da erst richtete er sich auf und spannte den Geist auf dies völlig andere: seine kleine Liebste zu sehen.

17. Kapitel
Der Kranz

Er war voll stiller Glückseligkeit, daß er sie wiedersehn würde, und zwar als einer, der freiwillig in den Krieg gegangen war, und daß er eine so schmucke Uniform trug und größer und viel erfahrener und klüger geworden war. Er wußte auch ohne der Mutter Augen und Bestätigung, wie es um ihn stand ... daß es gut um ihn stand.

Ihre Eltern empfingen ihn freundlich lässig und schickten ihn, da sie zu einer Unterhaltung mit dem Achtzehnjährigen weder Begabung noch Neigung hatten, gleich zu ihrem Kind in den Garten.

Sie saß an diesem letzten und warmen Oktobertag an dem kleinen, weißen Tisch unter dem großen Nußbaum, der als der König unter den Bäumen mitten im Garten stand – in den Wegen um sie lagen die Schalen seiner Nüsse – und schrieb einen Brief. Sie saß da sehr sauber in einem halblangen Kleid, das lose, dunkle Haar, das immer bei jedem Schritt, den sie tat, so zierlich aufwehte, von einem roten Band umschlungen, und tauchte die Feder mit einer langsamen, vorsichtigen, reinlichen Art ins Tintenfaß, sah sinnend ins weite Feld, und beugte sich dann wieder auf ihren Bogen und schrieb mit unendlich vorsichtiger Handführung; denn auf jeder Ecke des nur kleinen Bogens lag eine Walnuß, die sie nicht berühren und von ihrer Stelle schieben durfte und die sie sich dann für die Vollendung des Briefes zugesprochen hatte. Denn sie war noch halb ein Kind und mußte noch zu jedem Ernst ein Spiel fügen, damit sie bei der Stange bliebe. Er sah gleich, daß sie größer geworden war und daß ein neuer, weicher Schein um sie lag, und fühlte, daß er nicht mehr so frei heraus und sicher mit ihr reden könne wie früher, da er mit ihr und ihrem Bruder am Deich in der Schilfhütte von Schäfer Harder gesessen hatte. Er dachte, du mußt sehr vorsichtig mit ihr reden: etwa von den schönen, anmutigen Kindern eines Admirals, die du mal gesehen, oder von schönem, hellen Sommerwetter und Spaziergängen, oder von den höchsten Gedanken, die je in Menschenköpfe gekommen sind. Vor allem kein Wort von Krieg vor ihren Augen und Ohren!

Sie schrie auf, als er ihren Namen rief; denn sie hatte noch nicht erfahren, daß er auf Urlaub auf dem Hofe war, und schrieb gerade an ihn. Und sah ihn gerade im Geiste auf einer schönen, glänzenden Fahrt auf der Nordsee. Denn sie sah noch das ganze Leben und die ganze Welt, und selbst den Krieg, in einem sanften rosigen Lichte ... Wie wurde sie froh, daß er da war! And war so viel größer geworden ... und so schmuck ... und die Uniform stand ihm wirklich sehr gut ... sehr gut! Sie war sehr glücklich, daß ihr und ihres Bruders alter Spielkamerad und Plänemacher da war, und redete in alter Weise auf ihn los. »Wir bleiben hier unterm Baum ... auf alle Fälle! Hier sind wir allein! Und du erzählst mir was!«

Aber was sollte er ihr erzählen, wenn nicht vom Kriege, wenn er denn von sich selbst erzählen wollte?! Und von sich selbst mußte er doch erzählen; denn von ihm wollte sie doch hören!? Seinen Geist, seine Gedanken sein Leben wollte sie doch kennen?! Er aber kam mitten aus dem Kriege, brachte seine Tage über Torpedorohren zu, und lag nachts keinen Meter weit von der blitzenden Haut des Torpedos. Er fragte sie nach ihrem Bruder und ihrer älteren Schwester, und machte sie auf eine Goldammer und auf die Möwen aufmerksam, die vor den dunkelgrauen Wolken vorüberflogen, ihre Flügel flammten vor dem Grau der Wolken, wie, weißes Feuer. Aber es war nicht das Rechte! War das eine Unterhaltung, die ihr gefallen konnte?! Unmöglich. Und so blieb ihm nichts übrig, als zu lügen! Er mußte ihr eben den Krieg so schildern, daß er ihr gefiel! Obgleich es der erste und wichtigste Grundsatz seines Lebens war, in allem wahrhaftig zu sein, hier mußte er lügen. Obgleich er von allem, von den Karpathen und von Flandern, von den Torpedobooten in der Nacht gegen England, von den U-Booten, von den Netzen im Kanal und von der Brandung vor den Scillyinseln, und von den Zeppelinen und Luftfahrzeugen über London das richtige, harte, grausige Bild vor der Seele hatte, erzählte er ihr schöne, vornehme Dinge: von leuchtenden Fahrten durch die blaue Nacht, von schöner brausender Fahrt durch die schimmernden Wogen, von leichtem, lachendem Zug an hohen goldfarbenen Wolken vorüber, die da standen wie himmlische Heerscharen und auf die Erde sahen! Nichts von Ängsten, nichts von Klagen und Anklagen, die gen Himmel schreien, nichts von jähem Sturz und bittren Schmerzen, nichts von Heimweh und von letzten Grüßen, die nicht ankommen konnten, nichts von schwerem Sterben. Sie hörte ihm mit weichen, schönen Augen zu und atmete langsam, und gab ihm jedesmal, wenn er ein besonders schönes Bild vor ihre Augen gezaubert hatte, eine der Walnüsse, die auf den Ecken ihres Bogens standen. Und er aß vor ihren Augen und erzählte weiter, und war um ihrer Augen willen ein Narr und ein schöner Pfau, wie vor zwei Jahren, als er sechzehn war und die Rätsel der Welt vor ihr gelöst hatte.

»Wie schade,« sagte sie, »daß du selbst noch nicht so was Herrliches und Großes erlebt hast! Dieser Vorstoß in der Nacht gegen England ...hübsch ist er ja ...aber ich wollte, du kämst mal in eine große, gewaltige Schlacht hinein und erlebtest Wunderbares.«

Da fiel er von seinen goldenen Wolken herunter und sah sie an, daß sie schwieg. »Wenn ich aber fiele,« sagte er unsicher, »und nicht wiederkäme?«

Sie sah sinnend über den Garten. Sie dachte sich auch das Sterben schön, und nur schön... ein plötzliches Ausgehn eines Lichtes in einem heftigen, jähen Windstoß ...und sie sah auch noch nicht, was das rechte, zu Ende gelebte Leben an tapferen Taten, an mutigen Mühen, an bildenden Nöten, an der Auseinandersetzung mit dem langsam nahenden Tode für Werte hat und bildet; und ihren Sinnen fehlte noch die Lust an der Erscheinung und Nähe des Geliebten. Darum sagte sie langsam mit leiser, wehmütiger Stimme, ohne großen Schmerz, ja mit einer schönen, sinnigen Freude: »Wenn das geschieht ...dann will ich hier ...unter dem Nußbaum, wo ich jetzt mit dir gesprochen habe, sitzen und an dich denken, und will dich nie vergessen!«

Er saß eine Weile sinnend und sah das Bild, das sie ihm malte; und auch er war wehmütig glücklich darüber. Dann aber sagte er leise: »Es wäre doch schade um all die schönen Pläne, die ich habe!« Und er fing an, von einigen Kameraden von der Kieler Schule und von seinen beiden neuen Freunden in Wilhelmshaven zu erzählen, welche hohen Dinge er mit ihnen beredete; und malte wieder, zwar mit größerer Vorsicht als vor zwei Jahren, aber mit demselben Feuer, ein Bild der Zukunft eines reinen und freien Volkes und einer hohen Menschheit; und malte es hoch und glänzend gegen den weiten, weiten Himmel.

Und da, als er so redete und alle Scheu vergaß und nichts wollte, als seinen Geist ihr mitteilen, und sich vorbeugte, und mit blitzenden Augen und schön bewegtem Mund sprach, da wurde ihr wunderbar weich und bang und doch schön ums Herz. Sie wußte nicht, wie ihr geschah. Sie wollte sich zurückbiegen, daß er ihr nicht so nahe war; aber sie tat es doch nicht. Sie blieb in derselben Haltung und dachte mit starkem Herzklopfen: ›Was hat er für schöne Augen! Wie kann er kucken!‹ Er springt ja mit seinen Augen in meine hinein! Und sie fühlte, daß sie langsam rot wurde, und stand rasch auf.

Er hatte gesehn, daß sie rot und verlegen wurde, und wurde es auch, und trat ein wenig von ihr zurück und schwieg. Aber als ein rechter Mann und alter Soldat wurde er bald wieder sicher und sagte, um von andern Dingen zu reden: »Was meinst du, wollen wir mal nach dem Turm hinaufgehn? Pastor Bohlen sagt, daß er in der alten Glocke eine Inschrift gefunden hat und sie nicht enträtseln kann ...wollen wir mal gehn und sie ansehn?«

Sie faßte sich wieder, erhob sich und ging mit ihm nach der Kirche, und erzählte ihm, nun wieder ganz sicher, das kleine besondere Erlebnis: »Ja,« sagte sie, »denke dir, als Pastor Bohlen neulich die Fledermäuse, die oben im Turm wohnen, besehn wollte, entdeckte er, daß die kleine Klingelglocke eine Inschrift hatte. Er rief mir vom Turm herunter, ich möchte mit Wasser und Feudel hinaufkommen; und da haben wir sie gereinigt, und nun steht die Inschrift ganz deutlich da. Aber was meinst du: wir können sie nicht enträtseln! Das ganze Dorf ist schon oben gewesen und hat es versucht! Nun ...daß das Dorf es nicht kann, ist ja begreiflich; denn es ist sicher eine fremde Sprache: Lateinisch oder Hebräisch, oder eine noch fremdere; aber daß Pastor Bohlen es nicht kann, ist doch stark, und das habe ich ihm auch gesagt. Ich habe ihm gesagt, er solle doch lieber seine alten gelehrten Bücher wieder vornehmen, statt bei Tag und Nacht im Watt und auf der Heide und im Eichenkratt herumzulaufen und die Tiere zu belauern.«

Sie waren durch die Gartenpforte auf den alten Kirchhof gekommen, betraten die Kirche und stiegen die Treppe von altem, ausgedörrtem Eichenholz hinauf. Es war gerade Platz für zwei nebeneinander zu gehn; die Stufen waren sehr hoch und ausgetreten, und sie mußten tüchtige Schritte machen und die Knie heben. Es war fast so, daß er ihr Hilfe anbieten mußte; er war auch immer nah daran, daß er sie berührte. Aber er konnte zum Glück beides vermeiden, und sah gar nicht nach ihr hin, während sie schweigend Stufe auf Stufe nahm.

Ja, und da hing die Glocke, die er ja von seiner Knabenzeit her kannte! Und in der Tat waren da nun rundherum um ihren Rand, da, wo früher in Rost und Vogelschmutz nichts als undeutliche Erhebungen gewesen waren, die man für ein Ziermuster gehalten hatte, Buchstaben, undeutliche freilich; und zur Seite auf dem Balken lag ein Abdruck davon, eine sogenannte Pause, ausgebreitet. Es war eine Reihe von etwa vierzig undeutlich gewordenen Buchstaben sehr alter Form; davon waren fünf oder sechs völlig verwittert. Die Schwierigkeit der Lösung aber wurde besonders groß dadurch, daß alle vierzig in gleichem Abstand voneinander standen, so daß Anfang und Ende der Wörter in keiner Weise auch nur angedeutet war.

»Sieh,« sagte sie eifrig, «da ist es! Es liegt auch unten in der Wirtschaft aus und wenigstens fünfhundert Menschen haben schon versucht, es zu lesen, und können es nicht, darunter fünf oder sechs Pastoren.« Sie beugte sich darüber und glitt mit dem Finger über die Reihe.

Er stand hinter ihr und war etwas ungeschickt, wie er es ordentlich übersehen sollte, wenn sie nicht etwas zur Seite wiche. Da sie aber so blieb, beugte er sich dicht neben sie und übersah die Buchstabenreihe, die ungefähr so aussah – wobei das Zeichen x die undeutlich gewordenen bezeichnen soll – *h. e. x. n. x. p. i. e. v. x. k. e. h. e. f. t. m. x. g. e. g. x. t. e. n. g. a. x. e. h. e. l. x. d. e. e. m.* 1514. Er überflog es noch einmal. Dann lachte er kurz auf und sagte: »Das ist ja plattdeutsch und heißt: Heini Piefeke heft mi gegaten. Gade – das ist Gott – helpde em. 1514.«

Ihr stand der Atem vor Verwunderung still, daß es plattdeutsch war, und was es hieß; aber noch viel mehr, daß er es sofort heraus hatte, was andere nicht gekonnt ... Sie dachte, während ihr das Herz wieder jäh klopfte: ›Wie ist er eigentümlich rasch ... er ist überhaupt so rasch ... so seltsam darin ... und wie er mir so nahe ist und mich ankuckt! Und trifft mich gerade ins Herz. Ach Gott ... wie ist er rasch und so lieb!‹ Und während sie vorher gezweifelt hatte, was schöner wäre, ob er wiederkäme oder ob sie da unter dem Nußbaum im Garten zeitlebens an ihn denken sollte als an ihren guten Freund und Helden: nun plötzlich, indem sie nicht wußte, wie ihr geschah, stürzten ihr Tränen aus den Augen und indem sie den Kopf auf den alten Balken legte, sagte sie mit bitterm Schluchzen und zuckenden Schultern: »Du sollst wiederkommen! Du sollst wiederkommen!«

Er war erst völlig verwirrt, daß der alte Heini Piefeke mit diesem Spruch diesen Erfolg hatte; aber er verstand sie doch bald. Er blieb aufrecht neben ihr stehn und sah über sie weg übers weite Land nach Westen zu, wo das Land und dahinter das Meer im Abendschein lag; und das Herz war ihm plötzlich sehr schwer. Er schwieg eine ganze Weile, während sie schluchzte. Dann sagte er unsicher, wie ein Mensch, der sich im Dunkeln vorwärts tastet: »Daß Gott mir hilft, wie er dem alten Heini Piefeke geholfen hat bei seinem Glockenguß, das glaube ich gewiß ... Er wird schon helfen, daß der Guß fertig wird, wie er ihn beschlossen hat. Aber das kann ich durchaus nicht wissen: hilft er mir so, daß er mich leben läßt, oder daß er mich fallen läßt ... und mich anderswo verwendet ... denn er hat ja Arbeit genug.«

Sie weinte und schrie heiß auf: »Nein!« sagte sie, »du sollst wiederkommen! Du sollst wiederkommen!«

»Komm,« sagte er leise; »wir wollen uns ein wenig hinsetzen und übers Land sehn; davon wird man ruhig.« Er setzte sich auf die kleine Bank, die da stand; und sie saß neben ihm. Und er begehrte, etwas von ihr zu berühren, zu haben, und sah ihre Hand, die in ihrem Schoß lag, und sagte: »Deine Hand ist noch immer dieselbe geblieben.«

Da legte sie, noch immer weinend, die Hand auf sein Knie, und er streichelte sie; dann hielt er sie fest und sie saßen Hand in Hand.

Wie selig das nun war in allem Leid! Wie wunderbar! Sie waren beide hinweggehoben, wunschlos, ereignislos, unsagbar traurig, und doch selig. So saßen sie da und schmeckten die Süßigkeit der Liebe, die um so stärker war, als sie noch ohne Begehren war, und sahen über das Land, das im Frieden des Spätherbstes zu ihren Füßen lag.

Als sie aber lange so saßen, kamen die Gedanken zuletzt doch wieder auf den Krieg als auf den Grund und Anfang ihrer Traurigkeit, und sie legte den Kopf in die Hand, die sie frei hatte, und weinte bitterlich. Da wurde auch ihm das Herz wieder schwer, und so schwer, wie es noch nie gewesen war. Und er kämpfte einen harten und schweren Kampf zwischen Jugend und Tod, und wurde durch das schwere Blut von seinem Vater her und ein dunkles Gefühl in ihm getrieben, daß er sich ergab, daß er sein Leben dahinten ließ und es als gewesen sah. Und es kam der Wunsch alles Lebens über ihn, hier unten auf der Erde nicht vergessen zu sein. Und indem er wie träumend noch einmal alles übersah, was er hier geliebt hatte, und in einem Allgemeingefühl der Menschenseele weniger an die einzelnen Menschen dachte, die er lassen müsse, als an diese Landschaft, diese Natur, diese Erde, diese Menschenerde, davon er ein Kind war, sagte er mit zögernder, unsicherer Stimme: »Wenn ich nicht wiederkomme, dann möchte ich, daß du ... weißt du ... wenn du vom Norden her den Weg nach dem Wodansberg hinaufgehst ... so ist da eine große Mulde ... die ist mit Farnen bestanden ... und rundherum, zu beiden Seiten, auf dem Rand, stehn kleine, stämmige Eichen, die werden nicht geschlagen. Du kennst doch die Mulde? Es ist sehr schön da und still; und man sieht von ihrem Rand weit übers Land und sieht auch die Nordsee; und ich denke mir ... nein, es ist sicher ... daß da, in der Mulde und auf ihren Rändern, tausend Jahre lang unsere Vorfahren angebetet haben ... Wenn ich denn falle ... so möchte ich, daß du da an der größten Eiche ... wenn man hinaufkommt rechts oberhalb, nicht weit von der Höhe ... einen Kranz für mich aufhängst, der da immer, immer hängt zum Gedächtnis an mich. Es soll kein Name dabei stehn ... ich habe dann keinen Namen mehr, oder ich habe einen andern Namen. Aber der Kranz ... Und so lange du hier bist, wird es mir lieb sein, daß du ihn besorgst, und daß du, solange du lebst, dann und wann des Weges kommst und eine Stunde dort auf der schönen Höhe verweilst. Willst du das?«

Sie nickte unter Tränen; sprechen konnte sie nicht.

Dann, als wenn er nun alles bewerkstelligt hätte ... so wunschlos und groß war er in seinem Gemüt und vor dem Tode ... stand er auf; und sie gingen die steile Treppe wieder hinab und aus der Kirche.

Sie hatte sich beruhigt und ging still neben ihm. An der Straße gaben sie sich die Hand und gingen voneinander.

Am andern Vormittag stand er wieder in Haus und Garten unter seinen Leuten umher und sprach mit ihnen in seiner überernsten altklugen Weise. Als er am zweiten Nachmittag seine kleine Freundin wieder aufsuchen wollte, erfuhr er, daß sie plötzlich zu einer erkrankten Verwandten ins östliche Holstein gefahren sei und nicht da wäre.

Da ging er, während er an den Vormittagen zu Hause war, an den Nachmittagen in die Heide hinauf und wanderte da umher, oder saß da, und sah übers Land, und genoß die Einsamkeit und die Heimatlandschaft; und erging sich in unzähligen großen Gedanken, die wie Vögel im Nebel, die man nicht sieht ... aber man hört sie ziehn ... vor ihm vorüberflogen, ohne Ende, ohne Ende, als wenn Leben und Arbeit noch ewig dauerten. Seine Todesgedanken hatte er nun völlig vergessen und fast auch den Krieg. Was war der Krieg vor solchen Gedanken? Eine kurze Strecke Unruh. Die ging vorüber, war bald nicht mehr im Wege, und war kaum gewesen.

Am neunten Tag seines Urlaubs, am Sonntag Morgen, kam eine Botschaft ins Haus, daß Bruder Klaus auf Urlaub da wäre. Er war noch Rekrut, und seine Garnison war nicht fern; und er konnte alle vier Wochen zu einem dreißigstündigen Urlaub nach Hause kommen und dort nach dem Rechten sehn.

Da ging er durch den kalten, frischen Oktobertag der Geest zu; und kam in Gedanken, er wußte nicht wie, auf die Hofstelle des Bruders.

Es sah auf der Hofstelle noch etwas unordentlicher und rummeliger aus als sonst; Bruder Klaus gab nichts auf Ordnung und Aussehn. Er sagte, das koste nur Geld und Zeit; und der Hof läge ja einsam; kein Mensch schiere sich darum, wie es darauf aussehe. Und seine Frau hatte nie Zeit, etwas dafür zu tun. Sie hätte ja auch, wenn da Ordnung gewesen wäre, einen Grund weniger zum Klagen gehabt.

Er ging durchs ganze Haus, in dem alle Türen offen standen, und kam in den Garten, um ins Feld zu sehn. And auch da sah er sie erst nicht; doch hörte er ihre Stimmen. Endlich fand er sie auf dem Kartoffelfeld hinter dem Garten. Sie saßen da alle am Wall, von oben bis unten nichts als staubiggraue Erde, richtige Wühlmäuse, und aßen ihr Vesperbrot; Bruder Klaus, in Feldgrau, die schirmlose Mütze weit zurückgeschoben, die Binde im Nacken weit aus dem Rockkragen herausragend, in ihrer Mitte.

Sie freuten sich herzlich, daß er kam. Bruder Klaus stand sogar auf, so steif er von der Arbeit war. Der Älteste mußte laufen eine Tasse holen, damit der Bruder einen Schluck Kaffee bekäme. »Ja,« sagte Bruder Klaus, »nun bin ich auch Soldat! Wer mir das vor zwei Jahren gesagt hätte! Ja, noch vor einem Jahr!« Und er wies mit der grauüberstaubten Hand nach den kleinen Höfen, die verstreut in der Nähe lagen, und erzählte lang und breit, wo der und der Nachbar wäre und wie es ihnen ginge. Einer war in Ostsibirien in Gefangenschaft. »Was der wohl für Augen macht, Reimer! Er ist nie über die Landschaft hinausgekommen. Und jetzt ist er da,« und er zeigte mit dem ausgereckten Finger dicht vor sich auf die graue sandige Erde ...»auf der andern Seite der Erde! . .. und der da ist gefallen ...an der Somme ...und der da ...der ist mit mir in einer Kompagnie ...Wie es mir geht? Nun nicht schlecht! Was denkst du? Meinst du, daß dein Bruder Klaus sich da blamiert? Das Essen könnte natürlich besser sein; aber im übrigen ...nun, wie es eben geht! Den Tag über hat man seinen Dienst ...Du kannst es dir ja alles denken ... und nachts schläft man.«

»Er vergißt uns wieder ganz, Reimer,« klagte die kleine Frau.

»Ich vergesse euch nicht!« sagte Bruder Klaus. »Wie soll ich euch vergessen? Ihr arbeitet und quält euch hier ab für unsern Kram, ihr kleinen Stackels, und ich sollte euch vergessen?! Ich sage dir, Reimer, sie sind Helden, diese sechs hier! So wie sie hier am Wall sitzen: jeder ein Held! Der da, der kleine Krabat ...sieben Jahre alt; aber ich sage dir, er sammelt die Kartoffeln, wie 'ne Elster goldene Ringe. Ich habe mal so was gelesen.«

»Ich habe viel an dich gedacht,« sagte Reimer. »Du warst in deinem Leben nie aus dieser Gegend fort; dein weitester Weg ist wahrhaftig bis zu dem Kirchturm da gewesen. Und Mutter sagte mal so was, so als wenn du leicht Heimweh bekämst.«

Bruder Klaus runzelte die Stirn und sah ein wenig unsicher in die Ferne. Er war einmal, als Sechzehnjähriger, von seinem Vater zu einem Bauern gegeben worden, der zwei Stunden Wegs entfernt wohnte, damit er Unterschied lernte. Aber er war noch am selben Tag, spät abends, wieder vor der Küchentür des Elternhauses erschienen und hatte bekannt, er könne das Leben »in der Fremde« nicht ertragen. Er fürchtete, daß Bruder Reimer diese Geschichte kannte, obgleich davon, als von einer kleinen Familienschmach, im Hause nie die Rede war. »Ich, Heimweh?« sagte er großartig. Und im alten Fluß, sicher und fest, mit dem tiefen, vollen Brustton, in dem er immer zu seiner kleinen Herde sprach, sagte er: »Weißt du, es gibt welche da, die Heimweh haben; und wovon kommt das? Weil die Heimat zu nah ist! Sie gehn jeden Sonntag nachmittag auf die Höhen, die da sind, und reden dann davon, was rundherum in der Ferne für Städte und Dörfer sind, und stehn da und starren da hinüber, und machen sich ... im Geist, verstehst du ...auf den Weg; und dann ist das Unglück da! Dann sind sie stiller als sonst, weil sie immer da hinüberdenken; und sitzen länger auf ihrem Strohsack; und können dann auch nicht schlafen. Aber ich? ...Heimweh? ...Nein, das ist nicht der Fall!«

Die kleine Frau hatte ihn bewundernd angesehn, während er so groß redete, und sagte mit leuchtenden Augen und klagender Stimme: »Was die Männer doch für Leute sind, Reimer! Nein, glaubst du, daß er an uns denkt?! Und ist sonst doch so'n guter Mann!«

»Ich denke an euch,« sagte Bruder Klaus voll guten Gewissens. »Wie sollte ich nicht an euch denken! Solche fixen Leute vergessen ...was denkst du?!« und er zeigte auf zwei der Kleinen, die so um drei Jahre alt waren. »Diese beiden Kleinen ...was meinst du ...sind neulich hinter der Kuh hergelaufen, die auf dem Weg war, und haben sie richtig wieder durchs Heck und auf die Weide gebracht ...mit einer Schlauheit ...mit einer Schlauheit ...sage ich dir! ...Nein, es tut mir leid, daß ich wieder von euch fort muß! Aber was hilft es? Es muß sein!« Er sah nach der Uhr: »In zwei Stunden muß ich von Hause fort.«

Nach dem Abendbrot gürtete Bruder Klaus sein Koppel um, küßte die Kleinen, die schon im Bett lagen, und ging dann, sein Weib am Arm, die drei Großen an der Hand, Bruder Reimer am linken Flügel ... der alte sandige Heerweg war breit genug und vom Regen fest ... nach dem Bahnhof.

Die Frau klagte, was sie alles für Last haben würde von dieser Kuh und von jenem Kalb, von jenem Zinstag und von diesem Händler, der sicher kommen würde, ihr etwas abzuschwatzen. Bruder Klaus redete große Worte, sie solle es ruhig ansehn und anstehn lassen, bis er wiederkäme – er käme ja bald wieder! – und wußte für alles Rat, war leichten Herzens und großen Wortes. Am Kreuzweg kehrten seine Frau und die Kinder um; und nur Bruder Reimer ging noch eine Strecke mit ihm.

Bruder Klaus sah sich wieder und wieder nach seinen Leuten um, obgleich es nicht gut möglich war, daß er sie noch sehn konnte, da sie hinter einem Hügelrücken verschwunden waren. Hatte er sich dann vergebens umgesehn, hob er die Schultern und ging weiter. Er war plötzlich ganz schweigsam geworden, sah vor sich auf die Erde und zuckte die Schultern. »Weißt du,« sagte er mit veränderter, mißmutiger Stimme, »meine Frau klagt zu viel! Sie macht einem reinweg das Herz schwer.« Er stand wieder still und sah nach der Richtung des Hauses.

Sein Bruder sah ihn von der Seite an und machte sich an diesem Tag zum erstenmal Gedanken über ihn, sah ihn zum erstenmal als Wesen für sich, in seinem Eignen lebend, und wunderte sich und dachte: ›Wie kann man doch nur so spielig sein, so in Gedanken und Worten hin- und hergleiten, wie der Windhauch weht! Wie ist dieser mein Bruder verschieden von mir!‹ Und er sagte lebhaft und verwundert: »Ja, Mensch, wenn es dir unangenehm ist: warum bestärkst du sie denn darin, indem du den Starken spielst und den großen Helfer?«

Bruder Klaus sah ihn von der Seite an, so als wenn er sagen wollte: ›So'n junges Blut will mir raten!‹ und lächelte klug, glücklich und stolz, und sagte: »Aber ist es nicht hübsch, wenn sie so alle auf mich sehn und mich mit ihren großen Augen ankucken, und alle Augen sagen: ›Du vergißt uns doch nicht, Vater? Nein, unser Vater vergißt uns nicht!‹ Worin besteht sonst das Glück der Familie? Doch darin, daß du ihnen der Baas bist und sie alles von dir erwarten? Aber das ist wahr: das Herz ist einem schwer! ... Weißt du was?« sagte er plötzlich, »weißt du, was ich möchte? Ich möchte an die Front! Damit dieser verdammte Aufenthalt da in Rendsburg und diese Besuche zu Hause aufhören! Weg mit dieser Frau ... und den Kindern und den Tieren und den Feldern! Entweder hier im Hause tagtäglich sein und den Baas spielen, oder Soldat irgendwo im fremden Land, tausend Meilen von zu Hause, wo die Wölfe sich gute Nacht sagen! Diese Garnison ist zu nah! Man denkt und sieht immer wieder das Haus mit allem Drum und Dran! Hast du gesehn, daß die Wand der Scheune schief gesackt ist und daß ich sie mit dem alten Eschenstamm abgestützt habe? Gut! Du magst es glauben oder nicht: diese schiefe Wand mit dem Eschenstamm sehe ich, wo ich gehe und stehe! Ich sehe sie bei Tag auf dem Kasernenhof und nachts auf dem Strohsack ... ja, ich sehe sie im Gesicht des Feldwebels und in der Erbsensuppe! Genug, ich habe mich an die Front gemeldet! Lieber Feuer und Schwefel vom Himmel, als diese Existenz! Aber der Hauptmann will mich noch nicht loslassen. Er sagt, ich bin nicht recht stark. Er sagt, ich bin kein starker Mensch. Und das ist ja auch wahr. Ich bin immer gleich erkältet und muß im Winter Monde lang husten.« So redete er mit großem Eifer, Zorn und fast Aufregung, so daß Bruder Reimer gar nicht vor ihm ankommen konnte, seine Weisheit leuchten zu lassen.

So kamen sie bis zu der Stelle, wo Bruder Klaus abbiegen mußte, um auf der Heidespur, die den Weg sehr abkürzte, nach dem Bahnhof zu kommen. Da gaben sie sich die Hand, und Bruder Klaus trabte allein weiter.

Zu Hause erzählte Reimer der Mutter, wie der Besuch abgelaufen wäre, und in seiner Weise alles, was er erlebt hatte. Um seine Gedanken zu klären und in einen Erwerb für sich zu verwandeln, sagte er: »Bruder Klaus ist gewiß wunderlich ... ja, man kann wohl sagen, daß er fast immer und in allem eine schiefe Stellung zur Welt hat; aber es ist so hübsch, daß er in diesem wunderlichen Wesen so sicher lebt.«

Seine Mutter wußte mit diesem großen Satz nicht recht was anzufangen und sagte: »Daß er wunderlich ist, das ist gewiß, und daß er so bleibt, solange er lebt, ist auch gewiß; ob seine schiefe Stellung zur Welt so sicher ist, weiß ich nicht und glaube ich nicht und habe meine Gründe dafür; und weiter sage ich nichts über ihn! ... Und nun erzähle mir mal ordentlich, wie war es denn neulich bei den Hamburgern? Bist du noch immer so gut Freund mit der kleinen Deern?«

Sie redete ihren Kindern nicht in ihre Liebesangelegenheiten; aber sie konnte es bei ihrer kräftigen Natur nicht lassen, alles freundschaftlich mit ihnen zu erörtern, und im Geist mit ihnen auf die Freite zu gehn.

18. Kapitel
Die Mutter

Am vorletzten Tag wurde der schöne Friede seines Urlaubs aufs heftigste gestört. Als wenn die Mutter geahnt hätte, daß es mit Bruder Klaus irgendwie nicht in Ordnung wäre! Nachmittags, so um vier Uhr, sahen die Mutter und Reimer, die in der Küche standen, die Frau von Klaus vom Feldweg her auf das Haus zukommen, und sahen schon von weitem, daß sie weinte. Sie nahmen an, daß eins der Kinder krank wäre, und traten hinaus ihr entgegen. Als sie dann näher kam, erzählte sie, daß gestern mittag ein Telegramm aus Rendsburg gekommen wäre, daß ihr Mann von seinem Urlaub nicht in die Garnison zurückgekehrt wäre; und heute morgen war der Wachtmeister gekommen, und hatte sie lang und breit ausgefragt, wann und wie er von Hause fortgegangen wäre und ob er irgendetwas geäußert hätte, daß man annehmen könne, er hätte an Flucht gedacht. Dann war der Wachtmeister gegangen; sie aber hatte sich aufgemacht und war die einsame Spur über die Heide gegangen, ob er da vielleicht läge, krank oder tot. Sie hatte hinter jeden Wall und jeden Baum gesehn, und hatte mit sachter Stimme seinen Namen gerufen; aber sie hatte nichts gefunden. Und nun war sie hierher gelaufen; denn die Mutter war ja diejenige, die noch aufrechtstände, wenn alles umfiele. So erzählte die kleine kränkliche Frau. Die Haare standen ihr ziemlich wirr um den Kopf, und die Augen darin waren noch wirrer.

Das war nun wieder eine Sache! Welch eine Not! Welche Ungewißheit! Welch Gerede! Welche Schande! Glücklicherweise war niemand sonst in der Küche als die drei, und hörte den Jammer. Sie saßen stumm da. Die beiden Frauen weinten; Reimer stand an die Tür gelehnt und starrte in die dunkelste Ecke am Herd. Er nahm ohne weiteres an, daß da wieder irgendeine ›schiefe Stellung zur Welt‹ vorläge, und war zornig auf den Bruder und verachtete ihn.

Die Mutter, im Unglück schon erfahren, besann sich zuerst. Sie richtete sich auf und sagte: »Wir wollen es noch keinem Menschen erzählen, auch Vater nicht, und wollen uns zugleich aufmachen und zu dir gehn, und wenn es sein muß, zum Wachtmeister. Wir wollen hier sagen, daß eins deiner Kinder krank wäre.« Sie ging in die Schlafstube, legte mit fliegender Eile ihr Sonntagskleid an, kam wieder, rief Emma aus dem Garten, unterrichtete sie so, wie sie gesagt hatte, und war zum Aufbruch bereit.

Sie machten sich auf den Weg und beredeten unterwegs, was geschehen sein möchte. Die Frau meinte, er hätte irgendwo den Zug verpaßt, sich dann zu Fuß aufgemacht und wäre auf dem Wege krank geworden und gestorben, und läge da nun irgendwo in einer Heidemulde tot, und sie jammerte in sich hinein. Die Mutter redete von Heimweh. Sie meinte, er könne aus Heimweh irgendeinen dummen Fluchtversuch gemacht haben. Vielleicht, daß er irgendwo auf den Geesthöhen umherwanderte, wo man das Haus noch sehn oder wenigstens ahnen könnte. Sie überdachte sein Leben und seine Natur und was sie schon mit ihm erlebt hatte. ›Ein Prahler‹ dachte sie; ›aber inwendig kein Held.‹ Ihr Sohn Reimer sagte kein Wort. Er war voll Zorn, und fand es durchaus unwürdig, daß er diesen Weg machen mußte. Selbst seine Uniform war ihm zu gut dazu und tat ihm leid; und als die Bänder seiner Mütze, vom Nordwestwind gejagt, nach vorn flatterten, warf er sie ärgerlich hinter sich.

Als sie den Hof erreicht hatten und sich gerade hinsetzten, um es weiter zu bereden, kam der Wachtmeister zum zweitenmal. Er schob das Rad durch den Sand und wischte sich den Schweiß von der Stirn. Er war von älteren Jahren und schon lange im Amt und allen wohlbekannt. Sie traten heraus und ihm entgegen und hörten, daß der Vermißte immer noch nicht da wäre. »Ich weiß ja, Frau Ott,« sagte er, »daß Ihre ganze Familie ordentliche Leute sind, und daß eine Desertation natürlich nicht vorliegt; und so habe ich denn bisher auch gegen jedermann geschwiegen. Aber morgen früh muß ich es bekannt machen, damit nach ihm gesucht wird. Ich war heute vormittag nach dem Bahnhof, wo man sich aber nicht erinnert, ihn gesehn zu haben; danach bin ich drei Stunden weit in der Richtung nach Rendsburg gefahren und habe mich überall nach einem Soldaten umgehört, habe aber nichts in Erfahrung gebracht. Es muß doch irgendwie eine Erklärung vorliegen ...zum Donnerwetter! ...aber ich zerbreche mir vergebens den Kopf.« Er sah Mutter Ott fragend an.

Mutter Ott fuhr mit der Hand über ihre ergraute Schläfe und sagte: »Auch wir drei haben bis jetzt zu anderen Menschen über die Sache geschwiegen und auch wir zerbrechen uns den Kopf, was es sein kann und was wir denn unternehmen können. Da auch nach unserer Meinung von Desertation nicht die Rede sein kann – er läuft doch nicht für ewig von Weib und Kind – so bleibt wohl nur übrig, daß er sich in irgendeinem Einfall zu Fuß nach Rendsburg auf den Weg gemacht und da auf irgendeinem der einsamen Wege oder in irgendeinem einsamen Hause krank liegt. Andres kann ich mir nicht denken.« Und da sie in diesem Augenblick das dachte, was sie sagte, liefen ihr die hellen Tränen über die gefurchten Wangen. »Er ist tot oder irr,« sagte sie, »Ihr werdet es spätestens morgen erfahren; bis dahin geduldet Euch noch!«

Der Wachtmeister schüttelte den grauen Kopf, von herzlichem Mitleid ergriffen, wandte sein Rad und ging seines Weges.

Die kleine Frau ging weinend ab, um die Kühe zu melken, die weitab in den Wiesen gingen. Die Kinder gingen mit, alle still, da sie die Mutter weinen sahen, alle dicht um sie herum, zwei, drei draußen an den Eimern, die Händchen am Griff, die übrigen beim Versuch, sich zwischen die Eimer zu drängen, um ganz an sie heranzukommen und sich an die Schürze zu hängen. Wie eine richtige Glucke! Ach, und was für eine schwache und beladene! So zog sie mit ihrer Schar ab.

Mutter Ott und ihr Sohn Reimer blieben vor der Tür stehn, und fingen dann an, vor dem Hause auf und ab zu gehn, wobei sie immer grübelten, was denn nun wohl geschehen wäre, wo er denn wanderte, säße oder läge, und was sie denn tun konnten. Ab und zu hoben sie die Augen und sahen nach der Stadt, ob von dort irgendeine Botschaft käme. So kamen sie allmählich, ohne es zu wissen, in den Garten, und saßen auf der Holzbank am niedrigen Wall unter dem dürren Fliederstrauch und sagten kein Wort, und sahen beide im Geist dasselbe Bild: einen Soldaten irgendwo auf einem fernen Seestrand stehn, oder auf einem einsamen Heideweg taumelnd, hinfallend … krank oder sterbend. Da keine Nachricht von ihm da war, weder hier noch in Rendsburg, war kaum anzunehmen, daß er noch lebte. Es war ja nun der dritte Tag, daß er verschwunden war.

Als die Mutter so dasaß und das traurige Bild ihre Seele zerriß, stand allmählich irgendein Widerspruch dagegen auf in ihr. Ihre Seele wurde wieder wacher, und sie richtete sich auf und sagte mit krauser Stirn: »Du erinnerst dich doch, wie er damals, als er so sechzehn war, von Hause fort sollte und es auch wollte, und der Vater ihn hinbrachte und wohlgemut Abschied von ihm nahm; und er noch am selben Abend wieder vor meiner Küchentür stand und barmte … und ich erinnere mich auch einer anderen Geschichte, die noch weiter zurückliegt. Ja … da ging ich mit ihm zur Hebamme …«

»Wann war das, Mutter?« sagte Reimer.

»Ja,« sagte sie, »wann war das? Das war, glaube ich, als ich mit Peter ging, der mir bald nach der Geburt starb.« Sie rechnete alles nach den Begebenheiten des Hauses: »in dem Winter, als wir die große, teure Kuh verloren,« oder, »als Vater die Lungenentzündung hatte …« »Wir hatten also damals eine neue Hebamme bekommen und ich wollte ihr ein gutes Wort geben; denn ich ahnte ja, daß ich sie noch oft würde brauchen müssen. Und da nahm ich ihn mit. Er war so ein kleiner Bengel von vier oder fünf Jahren. Als mir nun die Hebamme ihren Birnbaum zeigte und ich mich nach dem Jungen umsehe, war er weg. Denk' dir … er war von der Schürze seiner Mutter weg nach Hause gelaufen! Von seiner Mutter Schürze! Es gibt Menschen, weißt du, die an den Menschen hängen … die meisten tun es. Es gibt aber auch Menschen, die, wie die Katzen, an den Häusern hängen. Ich weiß nicht … ich halte für möglich, daß er sich irgendwo hier in der Nähe herumtreiben könnte.«

Ihr Sohn Reimer schwieg. Er hatte der Geschichte der Mutter nicht recht zugehört. Er hatte eine Erholung von den traurigen Gedanken gesucht und hatte sich zu seiner Liebsten begeben, und sah sie im Geist, wie er am Tag des Friedens mit ihr durch den Garten ging und unter dem Nußbaum saß … und vertiefte sich weiter in das Bild.

Indes glitten die Augen der Mutter grübelnd, sinnend und sorgend, und doch zugleich scharf urteilend über die ganze Hofstelle. Man sah den Garten ganz, und die halbhohen Ulmen vorm

Haus, und vom Hause selbst die etwas versackte Mauer, und seitwärts davon, oben, einen Teil des Strohdachs der alten baufälligen Scheune. Mit ihren sorglichen Augen sah sie, daß der letzte Weststurm ganz oben an der Spitze, über dem runden Uhlenloch, die Kappe des Daches abgerissen hatte. Das Stroh hatte sich aufgesträubt, und die Hemmklau mit den beiden sächsischen Pferdeköpfen ritt schief auf der First. Sie sah noch dahin, so in dem Gedanken, daß sie nicht vergessen dürfte, es der Frau zu sagen ... da weiteten sich plötzlich ihre Augen ... und sie sagte in einem Ton unendlichen fraulichen Erbarmens, mit dem Ton, mit dem die junge Mutter zum erstenmal in all seiner Hilfsbedürftigkeit ihr Erstgebornes sieht: »Ach Gott!«...

Reimer richtete sich aus seinen Träumen auf und sagte: »Was ist, Mutter?«

»Ach,« sagte sie mitleidig, »rühr’ dich nicht ... daß er uns nicht sieht! ... Sitz’ ganz still! Sieh ... da ... da oben am Uhlenloch!«

Ach Gott ... da kuckte er mit seinem langen, magern Hals und seinem vorn schon kahlen Kopf aus dem Uhlenloch, wandte ihn nach allen Seiten und verrenkte sich fast den Hals, um im Dämmern, wo er sich sicher glaubte, noch die Augen mit den Herrlichkeiten seiner unordentlichen Hofstelle und seiner Felder zu füllen!

»Schrecklich,« sagte Reimer leise, »ganz verrückt!«

»Verrückt?« sagte Mutter Ott leise, »verrückt ist er nicht. Gegen Heimweh kann kein Mensch ... das ist eine Krankheit wie andre ... Ach Gott, der arme Junge! ... Komm mit!«

Sie gingen hinter den Flieder und die Obstbäume und schlichen sich über den Wall, und kamen so, hinter der Hecke entlang gehend, an die Wand der Scheune heran, öffneten leise die kleine Seitentür, tasteten sich in dem großen, halbdunklen Raumn nach der Leiter, und stiegen hinauf und kamen auf den Boden. Da knackte die Leiter. Sie hielten an und standen unbeweglich. Es war alles totenstill; es war, als wenn die ganze alte Scheune, starr über dies Sonderbarste, das sie in diesen letzten drei Tagen und nun jetzt in diesem Augenblick erlebte, den Atem anhielt. Dann sagte die Mutter deutlich und sanft: »Klaus, komm herunter, mein Junge ... ich bin hier ... Deine Mutter! ... Es weiß kein Mensch als ich und Reimer, daß du da oben bist ... kein Mensch auf der weiten Welt, auch deine Frau nicht!«

Einen Augenblick war es noch still. Dann kamen zögernde Schritte durch das Stroh, und dann kam es langsam, langsam die kurze Leiter herab, die auf den Boden hinunterführte. Unten angekommen, setzte Klaus Ott sich ins Heu; seine Mutter saß da schon; es war ihr doch in die Knie gefahren. Die großen Begebenheiten ihres Lebens schossen ihr immer in die Knie.

»Was nun!« sagte Mutter Ott. »Nun müssen wir sehn, daß wir heimlich vom Hause wegkommen; und dann müssen wir die Nacht durch nach Rendsburg gehn; und wir müssen uns beeilen, denn wir müssen in aller Frühe da sein.« Sie stand mit einem Ruck auf und stieg die Leiter hinab. »Du gehst nach Haus zu Vater,« sagte sie zu Reimer, »und sagst, daß das Kind kränker geworden wäre, und ich müßte Tag und Nacht hier bleiben.«

Aber Reimer war so überwältigt durch die Begebenheit, daß er immer noch nicht glaubte, daß Bruder Klaus nur Heimweh und einen wunderlichen Einfall gehabt; er meinte immer noch, er wäre wirr im Kopf, und wollte seine Mutter nicht allein mit ihm ziehen lassen. Und wenn das nicht war, so wollte er seinem Bruder Klaus zeigen, daß er ihm nicht traute, daß er nun wirklich in die Kaserne ginge; und wollte ihm in seiner Person die Beschämung militärischer Begleitung bereiten. »Nein, Mutter,« sagt« er entschieden, »ich gehe mit dir; ich verlasse dich nicht.«

»Nun ... dann geh und hole ein Brot aus der Küche, und eine Flasche mit Wasser, und schreibe einen Zettel für Marie, daß wir jetzt wüßten, wo er wäre. Er wäre krank, aber in der Besserung; und wäre morgen früh in Rendsburg. Das solle sie dem Wachtmeister sagen, wenn er wiederkäme, und sonst nichts und zu niemandem.« Und da er noch was sagen wollte, sagte sie so kurz, als wenn er neun Jahre alt wäre: »Geh, und tu, was ich sage!«

Er ging und kam wieder; und sie gingen durch die Dämmerung, die inzwischen grauer geworden war, einer hinter dem andern am buschbestandenen Wall entlang, kamen dann in den niedrigen Baumgang, und von da auf die höhere Geest. Dann gingen sie in der Richtung auf Rendsburg in einsame Wege hinein, die sie noch meilenweit kannten.

Sie sprachen erst lange nicht miteinander, bloß daß die Mutter dann und wann mit einem weichen Ton des Mitleids sagte: »Du armer Junge!« ...oder »Sei nur guten Muts! Kein Mensch weiß davon, auch deine Frau nicht ...und keiner wird es erfahren...,« oder daß sie über den Weg stritten, den sie gehn müßten. Es war eine helle Herbstnacht, aber in der Tiefe lag Nebel und Dak. Nordwestwind wehte von Stunde zu Stunde schärfer hinter ihnen her.

Als sie gut zwei Stunden so gegangen waren, meinte Bruder Reimer, daß die Seelen nun soweit zur Ruhe gekommen wären, daß man über die Sache reden könne, und er sagte zornig: »Sag' mir bloß, wie war das möglich!«

Bruder Klaus stöhnte und schüttelte den Kopf: »Wenn ich sagen soll, wie es gewesen ist,« sagte er, ...»es waren meine Leute, die Frau und die Kinder ...und dann waren es die beiden zweijährigen Ochsen, da unten in der Wisch, die sich in der letzten Zeit so gut gemacht haben; und dann war es die alte Tafelwand im Kuhstall, gegen die ich den Eschenpfahl gestellt hatte. Immer sah ich den alten, krummen Eschenpfahl! ...Ach Gott! Ach Gott! Ich komme nun in des Teufels Küche!« Er seufzte tief auf und riß an der Halsbinde, die ihm hinten, weit und fern, aus dem Rockkragen hervorstand. »Ich wollte erst nur einen einzigen Tag bleiben, Bruder Reimer; dann wollte ich mich aufmachen. Ich wollte sagen, ich wäre auf der Reise krank geworden und hätte dann den Zug verpaßt. Aber nun wurden es drei Tage, ehe ich wegkam. Aber heute abend hätte ich ganz gewiß den Weg unter die Füße genommen.«

Bruder Reimer schüttelte mißbilligend den Kopf und wollte sagen: ›Verstehe ich nicht!‹ Er wollte noch mehr, noch Schlimmeres sagen, und das fühlte Bruder Klaus.

»Du mußt nicht denken,« sagte er, »daß ich feige bin, daß ich nicht in den Krieg und nicht an die Front will. Ich bin kein Held; aber wenn ich an der Front wäre, würde ich meinen Mann stehn, so gut wie die andern. Aber dies Rendsburg, so dicht bei der Heimat, und alle drei Wochen bei meinen Leuten ...das kann ich nicht ertragen. Wenn ich in Frankreich oder in Rußland wäre, vergäße ich das Haus und meine Leute. Ja, obgleich ich immer sage: ›Nein, ich vergesse euch nicht‹ ...doch ...dann würde ich sie vergessen. Sie würden mir verschwunden sein wie unter der Erde. Es würde mir sein, als wenn sie irgendwo unter einem Heidehügel säßen wie die Erdmänner und von vergoldeten Schüsseln äßen. Ich habe mich schon dreimal beim Stabsarzt gemeldet; ich sagte, ich wollte gern an die Front. Als er mich fragte, warum denn, prahlte ich und sagte: ich wollte was erleben. Prahlen muß ich nun mal, Reimer! Prahlen tu' ich immer! Aber du meinst, hinter dem Prahlen steckt Feigheit; aber das ist nicht wahr ! Nein, ich würde ebensogut meinen Mann stehn, wie die andern! Und es würde mir ja auch gefallen, wenn ich lebendig wiederkäme, Reimer, meinen Leuten alles zu erzählen, was ich erlebt hätte! Ja, das habe ich mir schon oft ausgedacht!« Er seufzte wieder traurig und riß wieder an der Halsbinde. »Aber der Stabsarzt sagte, ich wäre nicht stark genug, und da ist auch Wahres dran: ich huste den halben Winter lang.« Bruder Reimer wurde still und ging eine Weile schweigend, dann sagte er freundlicher und mit milderer Stimme: »So ...so ...du hast dich also wirklich an die Front gemeldet!«

»Nicht einmal ...dreimal,« sagte Bruder Klaus.

»So,« sagte sein Bruder, »dann bist du doch nicht feige. Aber wunderlich bist du ...verdreht ... schief gewickelt!«

Lena Ott ging in tiefen Gedanken vor ihren Kindern her. Sie war die Führerin und mußte auf den Weg und die Wegweiser sehn, die schräge und verwittert hier und da an den Seiten standen. Sie hatte auch sonst genug zu bedenken.

Als sie drei oder vier Stunden so forschweg gewandert waren und die zweite Höhe der Geest erreicht hatten, suchte die Mutter sich eine bequeme Stelle am Wall, setzte sich und aß schweigend etwas trocknes Brot. Ihre Söhne saßen neben ihr. Als sie fertig war, glättete sie das Stück Papier auf ihrem Schoß, faltete es sorglich zusammen und sagte in ihrer frischen, tapfren Art: »Wir müssen uns schlüssig werden, Klaus, was wir sagen wollen, wenn wir bei deinem Hauptmann sind. Und ich habe mir das so gedacht: ich will sagen, du hättest von Kind an dann und wann wunderliche Einfälle gehabt. So wärst du z. B. einmal auf dem Feld, als ich Garben band, verschwunden gewesen, und ich hätte dich überall gerufen und gesucht: auf dem

Felde, im Hause und bei den Nachbarn, und hätte dich nicht gefunden. Aber endlich, gegen Abend, hätten wir dich in einer Hocke sitzend gefunden, wie du vor dich hin auf die Erde gestarrt hättest, ganz und gar in irgendeinem Gedanken gewissermaßen erstarrt. Du erstarrtest zuweilen in Gedanken, werde ich sagen. So wie Menschen körperlich erfrieren, so erfrierst und erstarrst du in Gedanken, sitzt da und rührst dich nicht. Einmal wärst du so fünf Stunden lang in Gedanken erstarrt gewesen.«

»Ja, Mutter,« sagte Klaus unsicher, »aber in was für Gedanken?«

»Was für Gedanken?!« sagte Mutter Ott. »Ja ... was kann ein Mensch über des Andern Gedanken sagen?! Da soll dein Hauptmann wohl stillstehn! Irgendwelche Gedanken!! Was für Gedanken es sind, brauchst du ja nicht zu sagen ... Wenn sie dich fragen, sagst du eben, das wüßtest du nicht. Mein Gott ... Gedanken!? Gedanken!? Di« kann man doch nicht sehn und nicht riechen! Die hat man, und damit gut!«

»Aber die ganze Geschichte ist ja nicht wahr, Mutter!« sagte Reimer.

Lena Ott wandte sich mit blitzenden Augen – er sah sie deutlich im Dunkeln blitzen – und mit einer jähen Bewegung des Kopfes zu ihrem Sohn, und indem sie sich rasch über die grauen Schläfen strich, sagte sie: »Wahr? Wahr? Was geht mich die Wahrheit an?!« Ja, das sagte sie! Sie wollte hinzufügen: ›wenn es sich um die Ehre meines Kindes handelt;‹ aber sie vergaß es und sagte nur groß und sicher: »Was geht mich die Wahrheit an?!« Aber ihre Söhne verstanden sie auch so.

»Und so werde ich noch einige andere Geschichten erzählen,« sagte die Mutter, »ich werde sagen ... ich werde sagen ... du wärst krank gewesen, werde ich sagen, und hättest einen geschwollenen Kopf gehabt ... du hattest einmal einen geschwollenen Kopf.«

»Ja,« sagte Klaus bedenklich und unsicher, »das Fohlen hatte mir eins gegeben.«

»Ja ... und da wäre ich allein mit dir zu Haus gewesen ... sie wären alle in der Kirche gewesen, und da wärst du im Hemd mit deinem verbundenen Kopf aus dem Fenster gestiegen; und ich hätte durchs Küchenfenster gesehn, wie du mit merkwürdigen Schritten, mit einer Art Hahnentritt ... ja ... über die Hofstelle ge- gangen wärst ... ja ... und da hätte ich dich jäh aufgegriffen und wieder ins Bett gebracht; und da wärst du denn allmählich wieder zu Vernunft gekommen, grade so wie ein Mensch, der vom Boden gefallen ist ... unser Knecht fiel einmal vom Boden ... das war aber, als noch keiner von euch da war ... Ja, diese Geschichten werde ich erzählen. Und wenn der Hauptmann noch mehr davon will, werde ich ihm damit dienen. Drei werde ich ihm sofort erzählen, das ist die beste Zahl; und ich werde ihm gleich sagen, daß es ein Zufall war, daß bloß ich, die Mutter, diese Geschichten wüßte, denn nur ich hätte sie erlebt und gesehn, die andern nicht. Und ich als die Mutter hätte meiner Ehre wegen mit niemand darüber gesprochen.«

»Ja .. Mutter,« sagte Klaus, »wenn du man damit durchkommst! Der Hauptmann ist ein ziemlich scharfer Herr; und wenn du gar an den Major kommst, der frißt das Eisen glühend.«

Aber die Mutter war ihrer Sache sicher. »Laß mich nur!« sagte sie: »Wer will gegen das anstreiten und das aus der Welt reden, was eine Mutter mit ihrem Kind erlebt hat?! Und also will ich fortfahren: wie deine Frau zu mir gekommen wäre, da hätte ich gleich gewußt, was die Glocke geschlagen, und hätte mich aufgemacht, und hätte dich auf dem Weg über die Heide gesucht; aber nicht bloß am Weg, wo deine Frau schon vergebens gesucht hätte, sondern abseits vom Weg, und zwar nach dem Moor zu, da wo wir unser Torfland haben; und da, in der kleinen Mulde, hätte ich dich richtig gefunden, wie du, den Kopf zwischen den Knien, gesessen hättest und uns wie ein neugebornes Kalb angestarrt hättest. Ja, das werde ich sagen, oder richtiger ... ich werde sagen, ich wäre allein nach dem Moor hinuntergegangen. Ja ... dann bleibt Reimer aus dem Spiel ... der ist zu fein dazu!« sagte sie boshaft.

»Na ja!« sagte ihr Sohn Reimer mit großen Augen und großem Atemholen, »das ist ja alles recht schön und gut ... ist aber leider alles Lüge ...«

»Ach ... Lüge hin, Lüge her!« sagte Lena Ott, »ich muß wissen, was ich als Mutter zu tun habe! Rede mir nicht dazwischen! Was ich tu', ist gut und recht; und Pastor Bohlen und alle Pastoren können mir im Mondschein begegnen.«

Ihre beiden Söhne wußten, daß sie eine rechtliche Frau war und daß sie ihre Kinder aufs sorgfältigste zur Wahrheit angehalten und sie streng bestraft hatte, wenn sie von der Wahrheit abwichen. Und nun saß sie da, breit und groß, am Wall, und erfand Lügen; und nicht nur das, sie behauptete auch noch, daß ihre Lügen gut und recht wären! Aber was sollte ihr kluger, schöner Sohn dagegen machen?! Da sie die Mutter war und immer sehr bündig mit den Worten, sonst in der Wahrheit, jetzt in der Lüge, und für Einwendungen taub war, so mußte er es beim Verwundern bewenden lasten, und mußte schweigen.

Im Morgengrauen, als sie sieben Stunden gewandert waren, stießen sie auf die kleine Bahn, die nach Rendsburg fuhr und erfuhren von einem verschlafenen, wortkargen Jungen, der Pferde von der Weide holte, daß bald ein Zug nach Rendsburg führe. Da warteten sie und stiegen dann ein, und erreichten die Stadt, als die Sonne aufging, fragten nach der Wohnung des Hauptmanns, und fanden sie. Da winkte die Mutter, daß die beiden unten an der Treppe stehen blieben und ging hinauf, und stieß auf eine ältere Frau und sagte, sie müsse notwendig den Herrn Hauptmann sprechen, und zwar unter vier Augen. Die Frau hatte eine solche Achtung vor dem großen, stattlichen Weibe, dem die Nachtwanderung und sonst noch manches in den Augen stand, daß sie sogleich die Tür aufmachte und sie eintreten ließ und dann die Tür hinter ihr zumachte.

Der Hauptmann saß im offnen Rock, die kurze Pfeife quer im Mund, und las die Zeitung; und war in die Dinge des Vaterlands versunken, und dachte nicht anders, als daß seine Wirtin hereingekommen wäre, und las weiter, und las gerade einen Artikel, der scharf gegen England ging. »Großartig!« sagte er. »Diese verfluchte Räuberbande! Diese Welthalunken! ... Diesen Artikel müssen Sie lesen! Lesen Sie ihn gleich jetzt!«

Lena Ott hatte unbeweglich an der Tür gestanden, die Hand noch nicht vom Drücker, und hatte ihn aufmerksam und mit so scharfen Sinnen beobachtet, wie sie bisher in ihrem Leben nicht einmal eine kranke Kuh betrachtet hatte.

»Herr Hauptmann,« sagte sie, »ich habe jetzt keine Gedanken für so etwas; mir ist England und das ganze Vaterland gleichgültig. Ich bin die Mutter von dem Soldaten Ott, der Ihnen verloren gegangen ist.«

Der Hauptmann war sehr verwundert; war aber alsbald im Bilde und sagte: »Setzen Sie sich, Frau Ott, und reden Sie! Wo ist er ... der Hal... kurz, was ist mit ihm!!« ... Und er legte die kurze Pfeife auf den Tisch.

»Ja,« sagte Mutter Ott langsam und nachdenklich, denn sie war durch dreißig Jahre gewohnt, sich unter einem langsamen Geschlecht Gehör und Verständnis zu verschaffen ... »sehn Sie ... ich ... ich habe ihm und seinem Bruder vorgelogen, ich wollte Ihnen eine lange Geschichte erzählen: er wäre ein kranker Mensch ... er hätte Anfälle und hätte in einem solchen Schlafzustand – ich habe einmal so was gelesen – irgendwo in der Heide gesessen; ich wollte nämlich ihm und seinem Bruder, der ein sehr stolzer und naseweiser Junge ist, die Schmach ersparen, daß ich einem dritten Menschen in der Welt die Schande erzählte. Nämlich ... gesund und ganz klar im Kopf wie andre Menschen ist er wohl nicht ... aber der Kaiser braucht ja jetzt jeden Mann ... genug, er hat ein schreckliches, wildes, ganz verrücktes Heimweh bekommen, so daß er sich wieder in sein Haus zurückgeschlichen hat; und hat drei Tage lang oben unterm First seines alten Strohdaches gesessen, unterm Uhlenloch, und hat sich von trocknem Brot und einem Ei, das eine barmherzige Henne dahin trug, genährt ... ganz wie Elias seine Krähe ... Ich sah ihn da und rief ihn, und da ging er gleich mit. Ich bitte Sie nun um alles in der Welt, da Sie eigene Kinder haben: blamieren Sie den Mann nicht für sein ganzes Leben. Sagen Sie keinem Menschen und auch ihm nicht, was ich Ihnen gesagt habe. Sagen Sie, er wäre drei Tage kopfkrank und hintersinnig gewesen und hätte sich herumgetrieben; er hätte das so an sich – sehn Sie: ich habe Ihnen den Mann selbst wiedergebracht, sobald ich ihn fand ... auf meinen eignen Füßen – wir sind die ganze Nacht durch gewandert! ... Und dann, darum bitte ich Sie, tun Sie, worum er schon dreimal gebeten hat: schicken Sie ihn an die Front! Ob er nun lebt oder stirbt ... es müssen viele sterben ... bloß, daß er aus dieser Gegend hier fortkommt, die ihm aufs Gemüt gefallen ist!«

Der Hauptmann schüttelte lange den Kopf. Dann rief er seine Wirtin und ließ eine heiße Tasse Kaffee hereinbringen, unterdes ließ er die beiden Söhne die Treppe heraufkommen, und verhandelte draußen auf dem Vorplatz mit ihnen. Dann zogen sie alle drei ab, Bruder Klaus mit steifen Fingern einen Zettel haltend, den ihm der Hauptmann für den Feldwebel gegeben hatte. Am Tor der Kaserne nahmen sie Abschied von ihm.

Sie gingen nach dem Bahnhof und fragten nach dem nächsten Zug. Als sie erfuhren, daß sie noch zwei Stunden warten müßten, wollte Lena Ott im Bahnhof nicht bleiben, weil da zu viel Menschen wären, und weil sie meinte, daß sie da etwas verzehren müßte, was sie sparen könnte. Sie ging also die Straße hinunter und setzte sich da an eine grüne Böschung. Ihrem Sohn war es lange nicht gut genug, in seiner schönen Extrajacke mit den vielen blanken Knöpfen und mit all seiner heimlichen Würde späterer großer Taten und Dinge, sich so am Weg ins Gras zu setzen. Aber er wagte nicht, zu widersprechen, wußte auch, daß er nur Spott von ihr ernten würde; denn sie hatte immer Spaß daran, ihre Kinder in eine solche Lage zu bringen, die ihnen unangenehm war. Sie breitete ihr Kleid sorgfältig und breit um sich, und war nun so weit, daß sie ihre Seele lösen und mit ihrem Sohn Reimer ein Wort sprechen konnte.

Bis dahin, solange der Bruder und Irrweger bei ihnen gewesen war, war sie lauter Mitleid und Erbarmen gewesen; nun aber wehte Nordwind. Nun er fort war, fing sie an, über ihn zu schelten. »Was ist das für ein Erlebnis mit diesem Jungen!« sagte sie; »ich muß mich ja in der Seele schämen! Es fehlt nicht viel, so ist sein Haar grau: und er macht solche Sachen! Aber wovon kommt das? Das ist das Erbe von seinem Vater! Der ist auch so still und hinterhältig! Und warum still und hinterhältig? Aus lauter Angst, dem Ding an die Kehle zu gehn. Lieber ins Uhlenloch! Was ich von Vaters Art her für Angst und Not im Leben gehabt habe und habe ausstehen müssen, das ist nicht zu sagen! Aber diese Geschichte ist fast die schlimmste! Nein, was ist das für eine Familie … und davon habe ich nun elf! Denn ihr seid schließlich alle gleich! Ihr habt alle einen Sparren … schwerfällig, großspurig! Der Harm kann mit mir reden, als wenn er mein Urahn ist! Von dir und Emma gar nicht zu sprechen!«

Ihr Sohn Reimer empörte sich, daß der Vater und seine Art so von ihr gerichtet und gescholten wurde. Er sagte mit seiner hohen, fliegenden Stimme: »Und Eggert, Mutter? Wo hat der denn seine Art her? Wo hat der seine Wildheit und seinen Jähzorn her? Oder sind das schöne Eigenschaften?«

»Ach Gott!« sagte sie, »das ist eine andre Sache!«

»Ja,« sagte er, »das sagst du dann! Ich muß sagen, das ist eine hübsche Antwort: eine andre Sache! Du meinst: meine Sache! Und deine Sache, meinst du, ist gut! Es ist wahr: Klaus hat viel vom Vater; aber es ist auch wahr: Eggert hat viel von dir! Und was ist noch schlimmer: er, der wie verrückt aus dem Hause sprang und in die weite Welt lief, oder der hier im Uhlenloch? Und ich … ich habe auch von deiner Natur, von deinem Übereifer … sehr viel sogar! Ich fliege auch leicht in Feuer auf … in meinen Gedanken! Aber ich will dir was sagen: ich glaube nicht, daß du in deinen Kindern etwas Besonderes hast … solche Kinder, wie du hast, haben Millionen Mütter. Ich glaube, du bildest dir da was ein. Denn es ist so mit dir: wenn du schiltst, willst du bloß eine Verteidigung dessen hören, was du beschiltst, und aus der Verteidigung dir ein Lob saugen. Ich kenne dich ganz genau!«

Mutter Ott wunderte sich, daß der Junge so altklug redete, und schwieg vor Erstaunen, zumal sie ihm ziemlich recht geben mußte. Sie begann mit ruhiger Stimme von ihren anderen Kindern zu sprechen, lobte und tadelte sie … tadelte viel … und war wieder beruhigter und in alter Gleiche. Dann und wann sah sie mit Stolz von der Seite auf den, der neben ihr saß.

Sie saßen noch so und die Mutter redete noch, da kamen einige Knaben vorbei, und der eine sagte etwas, indem er nach der Böschung und nach der großen Frau in ihrem ausgebreiteten Kleide blickte, worauf seine Kameraden auflachten.

»Was sagte der Bengel?« sagte sie mißtrauisch. »Er sagte doch nichts über mich?«

»Doch, über dich,« sagte Reimer. »Er sagte: ›Da sitzt Mutter Germania.‹ Er hat wohl mal so'n Bild gesehen: Germania mit einem Matrosen.«

»So'n Bengel!« sagte sie zornig, und fuhr mit der Hand über die Schläfe. »Was weiß der davon, was ich für Plage habe.«

Allmählich, als sie so ruhig saßen, wurde der langaufgeschossene, noch immer etwas schmale Junge, der die schlaflose Nacht und den achtstündigen Marsch hinter sich hatte, müde, er stützte sich auf den Ellbogen, und lag bald danach auf dem Arm und schlief dann ein. Im Schlaf und gleich im Traum … nachdem er eine Übung am Torpedo mitgemacht und dann den Auftrag bekommen hatte, den Torpedo abzureiben, sah er in dem spiegelblanken Eisen sich selbst und seine kleine dunkle Liebste … sie gingen durch die heimatliche Heide … die weite Fläche war noch wie tot vom Winter her, aber der Ginster wollte schon blühen … bronzefarben lag es wie alte Schilde hier und da auf den Hügeln und an den Hängen … und ein herber Ostwind fuhr darüber hin. Und er erzählte ihr … er sah es an seinen Handbewegungen … mit begeisterten Worten und glänzenden Augen, was er alles im Leben tun und erreichen wollte, große, herrliche, reine Dinge, Dinge von lauter Güte und reiner Größe … die standen vor ihm auf der Seide wie lichte Monumente, durch die ein schöner Weg nach fernen Höhen führte, die in zartem blauen Dunst lagen. Sie aber ging in der Gestalt, in der er sie zuletzt gesehn hatte, in ihrem halblangen dunklen Kleid mit den weißen Spitzen am Hals und an den Ärmeln, und mit ihrem wippenden Gang neben ihm, Hand in Hand. So gingen sie auf eine hohe Eiche zu, die stark und mächtig am Ende des hohen Wegs aufragte, und an ihrem Stamm, oben unter der Krone, hing ein Kranz. Ein Name stand nicht darunter; aber er wußte, daß der Kranz für ihn dahing. So genoß er das Leben und seine Liebe in dem reinen Traum des Jünglings und kam zu dem Seinen. Denn es ist ja nicht ganz sicher, was wirklicher ist: ein Traum oder ein Leben. Er lebte, was er auch zugleich sah, und fühlte mit aller reinen Seligkeit, die das wirkliche Leben nicht gibt, was er im Traum erfuhr.

Die Mutter aber saß breit und stattlich mit ausgebreitetem Kleid neben ihm und aß von einem Stück Papier, das sie auf ihrem Schoß ausgebreitet hatte, von dem mitgebrachten Brot, und dachte über ihre Kinder nach, und vergaß keins; und blieb zuletzt mit ihren Gedanken bei dem einen, der sich ihren Augen und ihrer Seele entzogen hatte, ihrem wilden Schmerzling, der nun schon drei Jahre fort war und nun schon zwei Jahre, solange der Krieg dauerte, nicht geschrieben hatte. Sie sah ihn in Not und Armut, in Bedrängnis und maßlosem Heimweh in der Ferne, fand ihn da nicht und suchte ihn, und ging irre über Meer und Land. Sie hatte in den letzten Monaten gelesen, daß viele junge Deutsche sich auf allen Wegen, die denkbar waren, und wären es die gefährlichsten, nach Hause schlichen, um der Heimat in ihrer schrecklichen Not zu helfen, und fühlte, daß auch er das unternehmen würde, und wußte nicht, wo sie ihn suchen sollte.

So dachte sie über all ihre Kinder nach, und saß da neben dem Schlafenden, breit, sicher, ruhig; einer Erntearbeiterin gleich, die neben der letzten Garbe sitzt und mit stillen Augen das Feld übersieht, und sieht: es war viel Mühe und Arbeit, aber … es mag nun werden wie der Herr der Ernte es will … es war wohlgetan.

19. Kapitel
Die gute Prise

Am selben Tag … am Abend in der Dämmerung … tanzte die ›Alte Liebe‹ auf den dunklen Wogen der Nordsee in dem steifen Nordostwind, der am Abend vorher eingesetzt hatte, ihre Strecke auf und ab.

Die Backbordwache saß nach Backen und Banken in dem Logis beim Kartenspiel. Es ging aber etwas träge dabei her, ganz ohne Lärm und Lachen, wie denn überhaupt die ganze Stimmung nicht die richtige war. Von der Begebenheit mit den Schiffbrüchigen und ihrer Niederlage mit dem Narren sprachen sie kein Wort. Sie schämten sich noch so sehr, sowohl seiner, weil er den Feinen und Vornehmen gespielt hatte und keiner gewesen war, als auch ihrer selbst wegen, daß sie es ihm geglaubt hatten und so schrecklich getäuscht worden waren. Auch davon, daß sie fast alle Gesuche eingereicht hatten, um von dem Boot fortzukommen, sprachen sie nicht; es war ihnen ein zu trauriges Kapitel. Sie sprachen nur davon, ›daß sie nun noch mal‹ – das sollte heißen: ehe sie auseinander gingen: eine gute Prise haben möchten … das sollte heißen: im Gegensatz zu der schlechten Prise, da sie den Narren und seine Gesellschaft fingen. Sie waren zurückhaltender gegeneinander, so als wenn sie sich schon etwas fremder geworden waren, und behandelten sich höflicher. Besonders höflich behandelten sie Peter Hagedorn, den Unteroffizier. Von der Stunde an, da er den Narren entlarvt und der Maskerade ein Ende gemacht, hatten sie ihn alle, ohne daß ein Wort darüber gesagt worden war, als Häuptling anerkannt. Sie folgten ihm willenlos, fragten ihn zuerst um seine Meinung, und sahen ihn fragend an, wenn irgend etwas Neues auf sie zutrat. Ja, der Sachse, der auf einem großen Rittergut Knecht gewesen war, ließ ihm auf den Gängen und der Treppe den Vortritt, selbst wenn er die Kaffeetasse für den Steuermann in der Hand hatte. Nicht, daß sie Peter Hagedorn besonders gern hatten! O nein! Aber es war klar: er sah tiefer, und war auch tapferer als sie. Sie alle, sie waren Feiglinge. Nicht gegen die Engländer, natürlich nicht! Herrgott … die Engländer … die sollten kommen! Und wenn eines Morgens aus dem Herbstnebel heraus einer ihrer Allmächtigen hervortreten würde: sie würden, ihr Geschützlein am Bug, auf ihn losfahren und ihn beschießen, solange sie schwämmen! Aber in den Seelen, da waren sie feige gewesen.

Als sie so in der Dämmerung ihren Törn dahinfuhren … das Boot stampfte und rollte in den schweren Regenböen gegen Wind und Wogen nach Norden zu … sie waren alle etwas müde, denn sie hatten schon drei Tage und Nächte, da Wind und Sturm sie abwechselnd in Unruh gehalten hatten, keinen rechten Schlaf gehabt … da wurde Alarm herabgerufen, und sie stürzten an Deck. Da sahen sie in ungefähr zweitausend Meter Entfernung die undeutlichen Umrisse eines ziemlich großen Dampfers mit einer großen Last von Holz und Kisten an Deck. Sie konnten es im Dämmerschein nicht deutlich ausmachen, zumal er mit Südostkurs gefahren war und nun grade dabei war, Südwestkurs zu nehmen. Sie sandten ihm das Signal, zu stoppen, und fuhren vorsichtig in großem Bogen an ihn heran, jeder Mann auf seiner Gefechtsstation, Harm Ott als zweiter Mann am Geschütz. Sie konnten sich nicht erklären, wie ein fremder Dampfer dazu kam, in unsre Sperre zu laufen, und dachten, es könne irgendeine Falle sein. Als sie aber nichts Verdächtiges sahen, liefen sie näher und ließen das Boot zu Wasser. In dem Augenblick hörten sie von der Brücke des Schiffes her ein lautes, wildes Schreien und sahen im selben Augenblick einen starken, wie es schien hellhaarigen Menschen unter den andern hervorragen und gleich darauf ein Ringen und Schlagen, so als wenn ein Mensch überwältigt würde; und dachten, es wäre da irgendein Streit entstanden. Indessen kam das Boot zu Wasser und Peter Hagedorn fuhr mit vier Mann hinüber. Nach einer Weile kam das Boot zurück und brachte die Papiere. Der Steuermann sah hinein, und sah, daß es die ›Herkyra‹ von Bergen in Norwegen war, mit Stückgut, darunter Munition und anderes Kriegsmaterial, von Boston nach Rotterdam bestimmt.

»Der Kapitän sagte mir, sie hätten falsch navigiert,« berichtete Peter Hagedorn.

Der Steuermann sagte: »Klar und gut, eine Prise!« und zu Peter Hagedorn: »Wir werden ja heute abend abgelöst; also können wir selbst die Sache machen. Sie und vier Mann, die Sie sich aussuchen können, als Prisenmannschaft klargemacht! Die Papiere nehmen Sie mit. Sie bringen das Schiff nach Cuxhaven. Funker!« Und er gab dem Funker die nötigen Weisungen für die Station.

Das war nun ein Erlebnis, was da den vier Auserwählten bevorstand! Erst in das Boot gehn, dann das fremde Schiff betreten, die fremden Matrosen besehn, als Prisenmannschaft stolz auf dem feindlichen Deck hin und her gehn, und dann in Cuxhaven an Land gehn! Und am andern Tag stand es in der Zeitung! Aber nur fünf von ihnen sollten es erleben! Es war ein sehr schlimmer und harter Augenblick! Sie blieben alle an der Stelle, an der sie standen, still und stumm stehn und sahen hier und da hin, nur nicht auf Peter Hagedorn. Daß er doch ja nicht dachte, sie wollten werben oder betteln, daß er gerade sie auswählte! Aber auch für Peter Hagedorn war dieser Augenblick schwer. Er knurrte etwas mit seiner buffigen Stimme, und wußte nicht, was er sagen sollte. Da kam Harm Ott, der seine Not sah, zur Hilfe und sagte mit leiser Stimme: »Nimm die Verheirateten und Ältesten.«

Sie waren alle wie erlöst. Jawohl, die Verheirateten! Sie gönnten den Verheirateten, die wegen des Heimwehs nach Frau und Kindern besonders litten, dieses Erlebnis, und daß sie, indem sie an Land fuhren, nach Cuxhaven, den Ihren näher waren, und auch, daß sie für einige Tage aus der Gefahr waren, und so schien diese Sache glatt abzulaufen.

Aber da trat der Westpreuße, der mit zu den Auserwählten gehörte und schon an der Treppe stand, um hinter den andern herzuspringen, wieder zurück, wandte den runden Kopf zu Peter Hagedorn, sah ihn an und wußte nicht, wie er sagen sollte, was er sich dachte. Er dachte sich nämlich in seinem phantastischen, dicken Kopf – als wenn so etwas möglich, ja als wenn es wahrscheinlich wäre! – daß der Bruder von Harm Ott grade auf diesem Schiff sein könnte. Es kam ja doch von Amerika, also war es ja doch möglich! Ja, das war es doch?! Warum nicht?! Geschahen nicht die seltsamsten Dinge und Begegnungen, und nun gar im Krieg? Hatte nicht Walter Nebendahl, sein Dorfgenosse von Klingbüll, in einer verräucherten kleinen Wirtsstube in Flandern seinen Bruder getroffen, der nach seiner Meinung in Kalifornien auf einer Farm Äpfel pflückte, und den er zehn Jahre lang nicht gesehn hatte? Aber wie sollte er sagen, was er dachte?! Er konnte es doch unmöglich so aussprechen! Obgleich sie sich gewöhnt hatten, sehr aus sich herauszukommen, ja, so sehr ein Herz und eine Seele waren, wie sonst auf keinem Schiff in der ganzen Welt: so war dies doch ein zu großes Wort! Nein, in welcher Aufregung und Not er da an der Treppe stand! Gott sei dank, daß es schon dämmrig war! Zuletzt, da er sich nicht helfen konnte und höchste Eile not tat, sagte er das Allerverkehrteste und Sinnloseste; er sagte stockig und mit verkniffnen Augen: »Ich will nicht! Ihr könnt mich vierteilen … ich gehe nicht! Harm Ott soll mit! Er ist nach Peter Hagedorn unser Bester.«

Er atmete hoch auf, denn er meinte, er hätte es so richtig gemacht und zugleich seine Gedanken aufs tiefste verborgen. Aber sie lächelten alle gutmütig und verständnisvoll und wußten, was er dachte, und Peter Knudsen, der Tagelöhner, der eigentlich aus Versehn an Bord und zur See war, sprach ihrer aller Meinung aus, als er langsam und bedächtig sagte: »Das ist nett von dir, Dicker! Immer kameradschaftlich! Natürlich … Harm Ott muß mit!«

Aber dann hielt der Steuermann es für richtig, daß sie sechs Mann stark hinübergingen; und so kam der Westpreuße auch noch mit.

Die Auserwählten waren überglücklich. Wie die Wilden sprangen sie die Leiter hinunter, rissen ihre Säcke auf, warfen hinein, was sie brauchten, nahmen eine Kiste Handgranaten und für jeden Mann einen Revolver, und kletterten über Bord. Der Wind fing an, stärker zu werden; das Boot schlug gewaltig auf und nieder; aber sie kamen doch gut und rasch hinein, und zu den andern hinüber und kletterten an Bord.

Der Kapitän stand an der Reling und empfing sie. Zwei oder drei Decksleute standen hier und da zerstreut herum und schienen dumpf neugierig zu besehn, was vorging. Es war eine zwar sternlose aber helle Nacht, so daß man die Figuren recht deutlich sehn konnte; aber die Gesichter sah man nur, wenn man in einer Entfernung von zwei oder drei Metern vor ihnen stand.

Peter Hagedorn fragte den Kapitän, einen langen und breiten Menschen mit bartlosem Gesicht, wieviel Leute außer den Maschinisten an Bord wären.

Der Kapitän mußte sich erst besinnen, dann nannte er außer den Maschinenleuten vierzehn Mann.

»Die sind nicht hier,« sagte Peter Hagedorn, »wo sind sie?«

»Hier und da bei der Arbeit. Die Decksladung muß besser verstaut werden.«

Peter Hagedorn ging mit dem Kapitän und einem der Leute nach der Brücke hinauf; die andern machten sich unter Führung Harm Otts auf, das Schiff zu durchsuchen, wie sie vorher verabredet hatten.

Er ging zuerst in die Maschine hinunter und befahl dem ersten Maschinisten, einem kurzen, dicken Menschen, der ihnen schon entgegenkam, daß er Volldampf geben solle, und daß er sofort gegen ihn vorgehn würde, wenn die Maschine auch nur ein wenig nachließe. Der Maschinist, schwer betrunken, nickte mit Kopf und Händen, die ihm beide gleich schwer waren. Als der Mann dann aber noch einmal die Augen bis zum Gesicht von Harm Ott erhob, riß er sie weit auf und schrie: *»German! German!«* und lachte, und versuchte, sich auf die Schenkel zu schlagen; und sagte etwas zu seinen Leuten, was Harm Ott nicht verstand. Er dachte, es ginge ihn weiter nichts an, und stieg wieder hinauf. Er hatte aber ein unangenehmes Gefühl, so als wenn da etwas nicht in Ordnung wäre, als wenn sie betrogen würden. Er konnte sich aber durchaus nicht denken, was da vorliegen könnte. Dabei fuhr ihm so durch den Sinn, was das wohl für ein Schrei gewesen wäre, den sie vorhin, ehe sie das Schiff betreten hatten, von der Brücke herab gehört hatten. Er wollte danach fragen, vergaß es aber wieder.

Als er an Deck kam, wunderte er sich wieder, daß da so wenig Leute auf dem Schiff waren. Als er also wieder in Sicht der Brücke war und wieder unter seinen Leuten stand, rief er einen der Mannschaft herbei, einen langen Menschen mit großem schmutzigen Gesicht, und fragte ihn zuerst auf deutsch, dann auf englisch, wie stark die Mannschaft des Schiffes wäre. Aber der Mann verstand ihn nicht oder tat wenigstens so. Er hatte höflich und schnell den Kopf geschüttelt und war zurückgetreten. Als er aber zurücktrat, war es Harm Ott, als wenn er zu seinen Kameraden hinübersah, die schräg hinter ihm standen, und als wenn ein höhnisches Lächeln über sein großes Gesicht fuhr. Da sandte er einen Boten zu der Brücke hinauf und ließ Peter Hagedorn sagen, daß ihm die Sache bedenklich vorkäme, so als wenn da Leute auf dem Schiff versteckt wären; er möge doch den Kapitän danach fragen und auf jeden Fall einen Mann an den Aufgang zur Brücke stellen, damit er rückwärts gesichert wäre; indes wolle er das Schiff weiter durchsuchen. Der Mann kam zurück und meldete, daß der Kapitän geleugnet hätte, daß noch Leute an Bord wären. Harm Ott hatte nun noch drei Mann. Mit denen machte er sich nun weiter an die Durchsuchung des Schiffes. Er öffnete alle Türen und sah in alle Kammern und Messen und in das kleinste Gelaß; aber er fand nichts. Die Nacht und der Sturm und die Deckslast, die überall umherlag und hier und da nicht sicher befestigt war und hin und her schlug, hinderten sie sehr. Das ganze Schiff hatte überhaupt etwas unübersichtliches, ja, es war, als wenn es sich fortwährend veränderte. Er und der eine Kamerad waren nicht von Kind an Seeleute gewesen, und der andre war von der Unruh und Arbeit der letzten stürmischen Tage so totmüde, daß er stolperte; und so machten sie es wohl nicht ganz richtig. Genug, er glaubte später, daß er die eine Reihe Kammern zweimal geöffnet hatte und eine andre gar nicht, ja vielleicht den Gang überhaupt nicht betreten hatte. Also fanden sie nichts und ließen davon ab. Harm Ott schalt sich im stillen, daß er ängstlich wäre; und er spottete über sich, daß dies eben sein erster richtiger Kriegstag wäre und daß er daher übereifrig wäre.

Der Sturm war stärker geworden und immer mehr nach Osten gegangen. Das Schiff hielt noch Kurs nach Südosten, aber er merkte wohl, daß sie nicht vorwärts kamen, ja daß sie vielleicht abtrieben und immer mehr auf englisches Gebiet gerieten, und am Morgen verloren wären. Dabei wunderte er sich, daß das Schiff so schwächlich gegen den Wind lief, so als wenn es keine Kraft hätte; und bald darauf merkte er, daß das Schiff aus dem Steuer lief.

In dem Augenblick kam der Mann von der Brücke heruntergesprungen und sagte, daß der Maschinist melde, daß die Maschine stoppen müsse; es wäre eine kleine Reparatur nötig. Harm Ott möge nachsehn.

Harm Ott nahm seine beiden Mann mit und sprang die Treppe zur Maschine hinunter. Unten saß der erste Maschinist eingeschlafen auf einer Kiste, neben ihm die umgefallene Wiskybuddel. Der zweite stand, die Hände in den Hosentaschen, an die Wand gelehnt und sah die Kommenden verstockt an; man sah ihm ordentlich an, wie er stier nach dem Entschluß handelte, den er gefaßt hatte. Harm Ott dachte: ›Mach's rasch und kurz,‹ nahm ihn beim Kragen und warf ihn den Kameraden zu und sagte: »Sperrt ihn ein!« Die Heizer, die im Hintergrund standen, schwankten einen Augenblick, ob sie sich auf sie stürzen sollten; aus den beiden Löchern, die zu den Bunkern führten, erschienen die wüsten Köpfe einiger Trimmer; aber ehe sie sich besannen, rief Harm Ott mit rascher, heller Stimme, englisch und plattdeutsch durcheinander: »Seid ihr des Teufels?! Quick, quick! ... Seid ihr verrückt? Wir laufen ja auf das englische Minenfeld! ... Dampf! ... Dampf! ... Wer ist der Headman? Der da? Mach' Dampf, Mann, oder ihr seid tote Leute! Noch zehn Minuten und wir sitzen drin! Stellt die Maschine an!«

Der Oberheizer, ein junger Mensch mit frischem, kühnem Gesicht, griff an den Hebel und ließ die Maschine anspringen. Die andern glaubten oder glaubten es nicht ... sie fanden es auch wohl praktischer, weiterzufahren, als auf See zu treiben; sie wandten sich von ihm ab und fingen an, erst widerwillig, wie wenn sie sich schämten, dann rascher, dann zuletzt im alten Schwung, Kohlen zu schaufeln; ein Trimmer, wohl ein Allerweltsmann, kam aus seinem Loch heraus, tippte sich auf die Stirn und rief seinen Kameraden zu: »Wie könnt ihr solche Narren sein und für England auf die Minen laufen oder von den Deutschen eine Kugel vor den Kopf zu bekommen? Seid doch neutral, Kinder! Neutral! Wer hat die Gewalt über das Schiff und über uns? Der da an der Treppe und seine Leute! Deutsche! Also gehorcht! Neutral! Neutral! Das ist jetzt alles!«

Da merkte Harm Ott, daß dieser hier genügte, und ging wieder nach oben. Und fühlte, wie unter seinen Füßen die Maschine mit neuer Macht arbeitete.

Gleich darauf meldete ihm der Westpreuße, daß einige große Kisten an der Deckladung sich gelöst hätten. Da rief er sie alle herbei, auch die Mannschaft, die da herumstand, und arbeitete, während das Schiff mächtig gegen den Wind stampfte, mit aller Macht an der Deckladung. Eine der ungeheuren Kisten, wahrscheinlich eine Maschine, konnten sie nicht halten; sie zerschlug die Reling und ging über Bord. Aber das andre konnten sie sicher vertäuen und retten. So vergingen mehrere Stunden; es mochte nicht lange mehr dauern, daß der Morgen kam. Seine Leute waren übermüde. Es war die dritte Nacht, daß sie keinen ordentlichen Schlaf mehr hatten. Der Hamburger, der Ewerführer, der sich einen Augenblick an die Treppe lehnte, stolperte, als er aus Versehn angestoßen wurde; er hatte im Stehen geschlafen und wäre beinah umgefallen. Es war aber an Schlaf nicht zu denken, solange sie noch hier draußen herumtrieben. Die Mannschaft des Schiffes arbeitete widerwillig, doch hatte er keinen rechten Grund, einzuschreiten.

Als sie nun so ... es mochte gegen vier Uhr sein und das Wetter wurde etwas klarer, und man konnte die Gesichter deutlich erkennen ... die Erregung der ersten Stunden ließ auch nach ... bei der Arbeit standen, und er selbst mit zugriff, fiel ihm wieder auf, daß die Mannschaft des Schiffes jedesmal, wenn sie bei der Arbeit sich ihnen näherten, sich von ihnen zurückzog, so als wenn sie, die Deutschen, die Pest hätten. Er konnte es sich nicht erklären und grübelte darüber nach, was es sein möchte. Er sah nun auch ... da er nun wieder unruhig geworden war und seine Gedanken nun wieder auf jenen Schrei und Kampf auf der Brücke und auf die Spur des Mißtrauens gekommen waren, und es auch heller wurde ... daß die Leute sich immer wieder umsahn, so als erwarteten sie irgend etwas Plötzliches. Da schickte er den kleinen Schiffsjungen, einen hübschen, lebendigen kleinen Kerl, der aber auch scheu und verbaast herumstand und lief, nach der Kombüse, um ihm einen Schluck Wasser zu holen. Als er im Gang verschwunden war, ging er wie von ungefähr hinter ihm her, faßte ihn, als er allein mit ihm war, hart an, deutete über das Schiff und fragte auf englisch und deutsch: »Wo? ... Wer? ...«

Der Kleine sah mit entsetzten, großen Augen zu ihm auf und sagte leise: » *English seamen on board.*« »Wieviel?« » *Eight men!*« und weinte und schüttelte verzweifelt den Kopf.

Da ließ er ihn, strich ihm zur Beruhigung über das Haar und ging zurück und trat zu seinen Leuten und sagte leise und fest: »Es sind englische Seeleute an Bord versteckt; vielleicht eine englische Prisenmannschaft ...Die Waffen bereit ...wir müssen sie unschädlich machen.« Damit trat er auf den größten der Mannschaft zu, hob seinen Revolver, deutete übers Schiff und sagte: » *English seamen.* Wo?...Vorwärts! Aber leise! Ein Ton ...und ich schieße!«

Der zuckte zusammen, ließ die Speiche, die er in der Hand hatte, fallen und machte sich willig, ja, wie es schien, von einer Sorge befreit, auf den Weg, Harm Ott, die Laterne an der Brust, hinter ihm her. Er führte sie in den Gang nach der Kombüse und dort an eine Tür und in einen kleinen Raum, in dem allerlei Zinkfässer standen, und deutete auf eine zweite Tür und trat zurück. In demselben Augenblick kam ein wilder Schrei von derselben Stimme, die sie vorhin von der Brücke gehört hatten, aus dem Raum: »Deutsche! Deutsche! Vorsicht!« Und ein Stoßen und Ringen und Schlagen, und wieder der wilde Schrei.

Da schrie Harm Ott: » *Here German Seamen! Zwölf Mann! Open the door!*«

Drinnen war es ruhig geworden. Er hörte nun ein leises, ruhiges Reden und Antworten, und das Aufstehn und Sichrecken eines Menschen und den Ausruf: »Oha ...Oha!« und ein langes »Donnerwetter!« Das dauerte eine ziemliche Weile. Dann rief dieselbe Stimme mit noch mühsamem Atem: »Hier ist ein englisches Prisenkommando: ein Offizier und acht Mann. Und dann ist hier ein Deutscher, einer von der Besatzung des Dampfers, den sie gefangen genommen und gebunden hielten und mit sich in diese Kammer geschleppt haben, damit er sie nicht verriete. Aber jetzt habe ich mich frei gemacht; und sie haben mir auch alle ihre Waffen gegeben und geben sich euch gefangen. Und nun öffne ich, der Deutsche, die Tür.« Gleich darauf ging die Tür auf, und der Deutsche, ein großer, junger Mensch in schmutziger und verkommener Kleidung, kam heraus, mit hohen Schultern. Hinter ihm kamen die englischen Matrosen, breite Leute, die Mützen tief in der Stirn. Zuletzt kam einer, der wie ein Offizier aussah; doch war es ein einfacher Mensch. Er grüßte und hielt in guter Haltung eine kleine Rede: »Wir hatten den Dampfer, der nach Holland sollte, als Prisenkommando besetzt. Wir müssen aber durch den Sturm und schlechtes Navigieren von unserem Weg abgekommen sein, denn wir liefen Ihrem Wachtschiff in den Rachen. Da beschlossen wir, uns zu verbergen, um, wenn angängig, Sie in der Nacht zu überfallen und zu überwältigen. Als wir nun noch mit dem Kapitän und den Leuten verhandelten und sie uns versprachen, daß sie sich an nichts kehren wollten, schrie dieser Matrose, der am Ruder stand, plötzlich zu euch hinüber, daß ihr vorsichtig sein solltet. Da mußten wir ihn niederreißen und ihn knebeln und mit in unser Versteck nehmen. Wir haben ihm aber nicht mehr angetan, als für unsere Sicherheit durchaus nötig war.«

Der junge Deutsche, die Hand am eignen Hals, lachte kurz auf: »Es ist so, wie der Mann sagt. Ich werde vier Wochen lang einen dicken Hals haben, und weiter nichts.«

Harm Ott wunderte sich, wie ruhig, sozusagen: wie gerecht er das sagte, und auch wohl über die Stimme; aber es verflog ihm wieder. Er ließ die Engländer nach vorn unter die Back führen, schloß den Raum hinter ihnen zu, stellte eine Wache davor und ging zu Peter Hagedorn hinauf und sagte ihm, was geschehen war, kam dann wieder hinunter und stellte sich mit seinen Leuten an die Reling und wollte so den Morgen erwarten. Die Mannschaft des Schiffes saß und lag im Lee des Schornsteins und schlief.

Nach einer Weile fiel ihm auf, daß er den Deutschen nicht sah, war auch neugierig von ihm zu hören, dachte auch, es könnte ihm gut tun, sich ein wenig zu unterhalten, da er hart mit Müdigkeit zu kämpfen hatte. Also ging er hin, ihn zu suchen.

Er ging durch den Gang und fand ihn nicht, und suchte ihn in der Kombüse und fand ihn da auch nicht. Zuletzt sah er ihn einsam am Ende des Ganges sitzend, die Schulter in einer merkwürdig leidenschaftlich hingeworfenen Art gegen die Wand gelehnt. Es war da dunkel.

Er achtete erst nicht drauf, daß jemand sich ihm näherte. Er fuhr fort an seinem Hals zu reiben. Dann aber hörte er damit auf und sagte mühsam: »Sie haben mich doch mächtig hart angefaßt! Mir wird dunkel vor den Augen,« und er griff nach Harm Otts Arm.

Da griff Harm Ott zu und half ihm hoch und führte ihn zu den andern an die frische, kalte Nachtluft am Ende des Ganges, und ließ ihn dort auf eine Kiste niedergleiten, und befahl dem kleinen Jungen, der sich nun zutraulich und Schutz suchend in seiner Nähe hielt, Kaffee und Brot zu holen, und befahl ihm, auch für alle andern Essen und Trinken herbeizuschaffen; und stand so neben dem Fremden und sah auf ihn herab, und machte sich nach seiner Weise Gedanken über ihn. So dunkel es war, so erkannte er jetzt deutlicher, daß seine Kleidung völlig heruntergekommen war, aber nicht seemännisch, sondern so, als wenn ein Landmann herunterkommt. Er hatte grobe Stiefel an und dicke, starke Hosen, die mit Fett und Schmutz wie eingerieben waren, eine Jacke vom selben Stoff und Schmutz und eine entsetzlich verkommene Tuchmütze, die früher mal blau gewesen war. Das Gesicht sah er nicht, zumal jener saß und es nur ein wenig hob, wenn er langsam sprach. Dabei machte er sich immer an seinem Hals und Nacken zu schaffen, so als ob er nachsehn wollte, ob auch die einzelnen Wirbel noch an ihrem rechten Platz säßen und heil wären; und wenn er bei seinem Essen und Trinken schluckte, hob er die Schultern und preßte es hinab.

Als er fertig gegessen und getrunken hatte, wurde er etwas munterer, fing von sich aus an, zu erzählen, und sagte: »Sie haben die ganze Nacht beraten, ob sie es wagen sollten, sich herauszuschleichen und euch zu überfallen; aber sie hatten nicht den Mut dazu; sie hatten immer irgendwelche neuen Bedenken. Ich dachte, während sie berieten: ›Nun sollte ich hier sitzen mit meinen beiden Brüdern und einigen Nachbarjungen! Wie hätte ich euch fangen wollen!‹ Er lachte still vor sich hin.

»Wie lange bist du fort von Haus?« fragte Harm Ott.

»Von Hause? ... Oh ... so gegen drei Jahre.«

»So ... Und nun machst du denn einen kurzen Besuch bei denen da zu Hause ... und dann wieder fort und in den Krieg!«

»Ich will nicht erst nach Haus,« sagte er ruhig. »Da, wo ich an Land komme, will ich mich gleich melden.«

Harm Ott sagte: »Das ist nicht recht ... Erst nach Haus zu Mutter, und dann in den Krieg. Der Krieg ist eine bitter ernste Sache.«

Der Fremde hob mit seiner raschen, starken Bewegung die schlanken, breiten Schultern und meinte gleichmütig: »Ich bin ja nicht wegen der Familie gekommen. Ich sah da drüben, daß da immer mehr Leute über Deutschland herfielen, und da meinte ich, ich wäre hier nötig. Darum bin ich gekommen, doch nicht wegen der Familie!«

Harm Ott fuhr es so durch den Sinn, daß er jemand kannte, der in bösen Stunden, besonders in der letzten bösesten, die Schulter genau so hob wie dieser; aber er dachte: ›Der Westpreuße ist verrückt und hat dich auch verrückt gemacht.‹ Er starrte auf den Fremden herab und sagte bei sich selbst: ›Der ist ja viel größer und breiter als Eggert; auch ist seine Sprache anders.‹ »Wie ist es dir denn gegangen ... drüben,« fragte er ... »schlecht?«

Der Fremde fuhr auf und sagte verletzt und kalt: »Wieso? Schlecht? Gar nicht! ... Ach, du meinst wegen meiner Kleidung?! O, nein, ich habe meine gute Kleidung in meiner Kiste versteckt! Ich habe zwei neue Anzüge, einen für Sonntags und einen für Best, und Geld habe ich auch in einem Beutel um den Leib ... hier!« Er griff sich mit einer starken Bewegung der Arme an die Hüfte.

Harm Ott zuckte zusammen, als er diese Bewegung sah und die Wendung hörte »und einen für Best«. Sagte man so außerhalb der Heimat? Er hörte ein Geräusch hinter sich und wandte sich um.

Da standen die vier Mann von der »Alten Liebe« hinter ihm. Sie standen da schon einige Zeit. Es stand ihnen der Atem still.

Der lange Söht von Büsum, der immer gern sicher und fest auftrat ... weil er im Grunde ein etwas haltloser Mensch war ... konnte es nicht länger ertragen. Er sagte: »Frag' ihn, Harm Ott! Frag' ihn frischweg! Ist er es oder nicht?!«

Da fuhr der Westpreuße stotternd dazwischen. Er war seiner Sache ja sicher. Er hatte es ja gewußt. »Laß deinen Hals mal los, Barfüßer,« sagte er jäh, »kuck' dich mal um!«

Der Fremde ließ von seinem Reiben ab und sah langsam auf. Dabei kam sein Gesicht in den grauen Morgenschein.

»Eggert!« sagte sein Bruder, »hier treffen wir uns!«

Eggert Ott blieb sitzen und starrte neben seinem Bruder über die See und sagte kalt und duckig: »Ich erkannte dich eben schon an der Stimme ... ich bin nicht zu meiner Familie gekommen.«

Aber da hatte er eine völlig falsche Rechnung gemacht.

Sie sprachen alle durcheinander: »Nee ... hör' mal! ... Du! ... Das gibt es denn doch nicht! Nee! ... bitte ... mein Junge ... das geht denn doch über das Menschliche! Nee ... das gibt es nicht! Her mit der Hand! ... Wir hier sind alle Zeugen, die ganze Backbordwache, ja die ganze Mannschaft von der »Alten Liebe«, 26 Mann, daß dein Bruder immer für dich eingetreten ist! Er sagt, der Knecht hat es getan ... kein andrer als der Knecht! Dieser dein Bruder ist dein wahrer Bruder und treuer Freund! Nein ... nein ... beide ... brave Leute! ... leibliche Brüder ... also! Was du mit deinem Alten hast, da wollen wir nicht hineinreden: aber du und dein Bruder ... nichts ... gar nichts zwischen euch! ... Glücklich, wer einen guten, treuen Bruder hat! Nein, gib ihm die Hand ... so ... Gib sie ihm, Eggert!«

Harm Ott liefen die Tränen über die Wangen. »Gib mir die Hand! Denk an die Mutter, wie sie sich freuen würde!«

Es wurde Eggert Ott, der sofort bei ihren Worten und dem Überfall aufgestanden war, unsagbar schwer. Es sah erst aus, als ob er die Hand nicht heben wollte, um sie dem Bruder zu geben, sondern um sie alle niederzuschlagen. Es war ihm schier unmöglich, sein schönes, herrliches Wort, daß er seiner Familie bis in den Tod gram sein wollte, seinen herrlichen, goldenen Haß, seine strahlende großmächtige Einsamkeit aufzugeben; aber die von der »Alten Liebe«, alle kleiner als er, standen da, breit wie Ambosse, bereit den Schlag zu empfangen; sie umstanden ihn und blitzten ihn so zornig und dringend an, und waren so mutig, ja tollkühn und siegessicher, und bedrängten ihn so mit ihren stürmischen, heißen Seelen, daß er überwunden wurde, so mächtig und stark auch sein Herz war. Er warf seine Hand hoch und fest in die Hand des Bruders, und sagte wie erlöst, – denn ihre Herzen hatten geradezu wie Steine auf seinem Herzen gelegen und es hatte fast stillgestanden vor dem Druck, den sie darauf machten –: »Na ... dann also. Es ist gut, Bruder Harm ... Wenn du auf meiner Seite gestanden hast ... Aber nur mit dir! ... Die andern« ... er meinte den Vater und die Leute aus dem Kirchspiel ... »Niemals!« Er schnitt mit der Hand durch die Luft.

Da griffen alle nach seiner Hand und auch nach seines Bruders Hand; und es gab ein heftiges und tüchtiges Händeschütteln. Aber es war nur kurz. Als sie fühlten, daß es genug war, traten sie alle von den beiden weg und stellten sich abseits gegen die Reling und sprachen laut und ganz gegen ihre Art fast lärmend über dies und das: über das Schiff und seine Ladung, über den Wind und den Tag, über ihre Ankunft in Wilhelmshaven – denn sie hielten nun Kurs auf Wilhelmshaven – und gingen in diesem Gespräch, so ganz allmählich, wie wenn es sich so ganz natürlich machte, nach der andern Seite hinüber. Und fanden erst ihr natürliches, langsames und ruhiges Wesen wieder, als sie die beiden Brüder ganz allein an der andern Reling stehen sahen.

So standen die beiden Brüder nebeneinander. Der ältere, mit noch immer klopfendem Herzen, vorsichtig in Worten, daß er den andern nicht verletze, und vorsichtig mit den Augen, von der Seite ihn ansehend; der Wiedergefundene karg, dürftig antwortend; beide aneinander vorübersehend. So standen sie bis der Morgen kam.

Als der Morgen völlig da war, ein grauer nebliger Herbstmorgen, fuhren sie durch die Schleuse von Wilhelmshaven und meldeten ihre Prise an.

Der Korvettenkapitän, ihr Chef, kam an Bord, sah das Kommando von sechs Mann, das in Reih und Glied stand, und dahinter, in einem Klumpen, die Mannschaft, und zur Seite für sich einen langen, großen, rotblonden Menschen in heruntergekommener Kleidung und einer häßlichen Tuchmütze; und hörte den kurzen Bericht, den Peter Hagedorn herausstieß: »Ein Unteroffizier und fünf Mann von der »Alten Liebe«, Prisenmannschaft auf dem norwegischen Dampfer Herkyra, mit Stückgut von Montreal nach London. Hier ... Schiffspapiere ... dort Kapitän.«

Peter Hagedorn machte eine Pause.

Der Chef sagte: »Es ist gut, Unteroffizier. Gut. Ihr Kommando ist beendet!« und wollte sich zu dem fremden Kapitän wenden.

Aber die fünf von der »Alten Liebe« sahen ihm so forsch, so kühn, so erzählend in die Augen, daß er unruhig wurde, und sein kühnes, scharfes, lebendiges Gesicht einen richtigen Tanz aufführte. Er wurde durch diese Augen gezwungen, daß er Peter Hagedorn wieder ansah, und sagte mit knatternder Stimme: »Noch was?«

»Zu Befehl!« sagte Peter Hagedorn. »Und eine englische Prisenmannschaft von einem Offizier und sieben Mann, die schon im Schiff waren und sich versteckt hatten. Wir haben sie entwaffnet und gefangengenommen. Sie sind unten in der Back.«

Der Chef lachte kurz auf und sein Gesicht tanzte. »Gut!« sagte er, »gut! Ich will sie sogleich verhören,« und er sah nach der Back. »Bringen Sie sie her, Unteroffizier!«

Aber als er das sagte, sah er, daß die Leute von der »Alten Liebe« nicht damit einverstanden waren. Sie hatten noch immer diese blitzenden und rasch und heiß erzählenden Augen, und er stutzte zum zweitenmal und sagte, ein wenig ungeduldig ... er war ja der Vater von hundert und zwanzig solchen Booten, und wenn er auch fest versprochen hatte, daß er jedes einzelne Boot hier ... in seiner Brust... tragen wollte, er konnte sich doch unmöglich mit diesen fünf Mann von der »Alten Liebe« so lange aufhalten! Er konnte es unmöglich; denn die anderen Boote rissen ja fortwährend an seiner Seele. Seine Seele war zwar stark ... das sah man ihm sofort an, so wie er kuckte und kommandierte und die Seele ihm im ganzen Gesicht saß und sprang. Aber er war doch nur ein Mensch ...»Noch mehr?« sagte er kurz.

»Befehl!« sagte Peter Hagedorn. »Dieser hier« – er zeigte auf den Wiedergefundenen, der den Chef halb neugierig, halb trotzig betrachtete – »gehörte zu der Mannschaft des Schiffes, ist aber ein Deutscher. Er machte zweimal mit Lebensgefahr den Versuch, uns zu warnen ... als wir an Bord kamen, und als wir an Bord waren...und hat uns, da er uns durch sein Geschrei unruhig machte, vor Überfall gerettet.«

Der Chef nickte Peter Hagedorn zu und sagte: »Brav! ...Brav!...« und trat auf Eggert Ott zu und gab ihm die Hand und sagte wieder: »Brav!« Dann wandte er sich wieder zu Peter Hagedorn und sagte: »Sie und der Obermatrose ... und Sie« – er winkte Eggert Ott – »kommen mit, wir wollen die Sache zu Protokoll nehmen,« und indem es jäh in seinen Augen von jenem Feuer blitzte, das in kühnen Herzen glüht, sagte er kurz und fast barsch: »Es wird denn wohl einige Eiserne Kreuze geben.«

Die andern vier von der »Alten Liebe« warteten nun auf das Letzte und Größte: daß nämlich der Chef erfuhr, daß und wie die beiden Brüder sich gefunden hatten! Denn das war ja noch tausendmal wunderbarer als alle andern Begebenheiten! Und sie sahen den Chef so an, daß es ihm scharf durchs Herz fuhr. Wie gern hätte jeder von ihnen ihm diese Geschichte erzählt und sein Gesicht gesehn und seine Verwunderung! Aber diesmal verstand er ihre Augen nicht. Er meinte, es wäre wegen der Eisernen Kreuze, die er in Aussicht gestellt hätte Und so nickte er ihnen zu, schmetterte sein: »Guten Morgen, Leute« und ging mit den dreien von Bord.

Nach einer kleinen halben Stunde gingen die Brüder mit einem Schreiben, das der Chef Eggert gegeben hatte, nach der Kaserne, wo Eggert Ott sich als Rekrut meldete und angenommen wurde. Sie boten ihm vierzehn Tage Urlaub an; aber er wollte ihn nicht. Er sagte, er wäre herüber gekommen, um mitzuhelfen, nicht um Urlaub zu haben. Er wollte jetzt baden und seine Sachen ins Wirtshaus bringen, und morgen um sieben Uhr antreten.

Als sie das erledigt halten und draußen auf der Straße standen, sagte Harm bittend und vorsichtig: »Du, Eggert, laß uns sehn, ob wir Bruder Reimer jetzt treffen können. Er hat Urlaub gehabt und kommt entweder mit dem nächsten Zug oder mit dem Abendzug. Komm mit! Du zweifelst ganz gewiß nicht, daß er immer zu dir gehalten hat, ganz wie ich. Außerdem ...er ist nun mal hier in Wilhelmshaven, wo du nun bist. Ihr könnt doch nicht fremd aneinander vorübergehn!«

Der Heimgekehrte hörte ihn mit gleichgültigem, kaltem Gesicht an, die Augen in die Weite. Aber inwendig stieg es ihm warm ins Kerz. Er sah die schmucke, bewegte Gestalt des Bruders und die dunkeln, gläubigen Augen, und sah ihn im Geist, wie er damals nach Hamburg fuhr und mit seinem Bücherpaket in der Wirtsstube in St. Pauli stand und bitterlich um ihn weinte; er empfand schon lange, daß er diesem unrecht getan, und liebte ihn wie immer; aber er konnte es nicht zeigen. Er knurrte unfreundlich: »Ich habe eigentlich genug ... aber wenn es nötig ist ... Und nun sage mir, wo ich mir neue Kleidung kaufen kann. Ich kann ja an meine Kiste nicht herankommen und ich mag diesen Abend nicht so herumlaufen.«

Da kauften sie neue Kleidung und gingen dann nach dem Bahnhof.

Bruder Reimer kam, dienstfeifrig und gewissenhaft wie er war, wirklich schon mit dem ersten Zug. Er sah seinen Bruder Harm da stehn und winkte ihm schon von ferne zu; und kam durch das Gedränge heran und gab ihm die Hand. Da erst sah er den Menschen an, der neben ihm stand. Er glaubte wohl erst, das Gespenst seines Bruders zu sehn, den Geist, der ja, wie einige meinen, vom Leibe sich trennen und seine besondere Erscheinung haben kann. Er konnte vor Schreck und Verwunderung nicht sprechen. Aber plötzlich sah er hinter den herben, überstolzen Augen einen leisen Schein brüderlicher Liebe, und schrie auf und umfaßte seine Schultern. Aber gleich bedachte und empfand er, daß des Bruders Gemüt noch wund wäre, und daß er ihn nicht anrühren dürfe, und ließ ihn los und trat zur Seite neben ihn, und ging ruhig neben ihnen her, obgleich seine Seele in heißer Erregung, in rasender Jagd, vom fernen Amerika bis auf den Hof am Deich und von da an die Brust des Bruders sprang.

Dann gingen sie neben einander, in unruhiger, zerfetzter Unterhaltung; und kamen aus der Stadt, und zum Banter Bürgergarten. Da gingen sie hinein und setzten sich in den Vorbau, der in den Garten blickt. Da erst kam es zu einer ordentlichen Unterhaltung. Der Jüngste führte das Wort. Erst als Frager. Er weigerte sich, Bruder Harm, der ihn bedrängte, auch nur ein einziges Wort aus der Heimat und von seinem Urlaub zu erzählen; er wollte erst hören, wie die Brüder sich gefunden hatten. Wie genau er fragte! Wie er nicht eher ruhte, als bis er die Geschichte von der guten Prise durch und durch kannte: von dem Schrei auf der Brücke bis zu der Aussicht auf die Eisernen Kreuze, vom Gesicht des betrunkenen Maschinisten und des Schiffsjungen bis zum Bericht von Peter Hagedorn! Er ruhte nicht, bis er alles deutlich vor seinen Augen sah. Danach kam sein eigner Bericht! Wie gut und wie klug war es, daß er gleich zu Anfang sagte, daß die Sache gut abgelaufen wäre! Wie gut, daß er das gleich sagte! Nicht allein wegen Bruder Harm, der sonst die ganze Zeit, während des ganzen langen Berichts, todunglücklich gewesen wäre, nein, auch wegen Bruder Eggert! Denn obgleich Eggert mit gleichgültigem Gesichte dasaß, so als wenn er von beliebigen fremden Menschen erzählen hörte: eine Schmach der Familie, das wußte er, hätte ihn hart getroffen. War nicht sein Zorn, der damals über ihn kam, so schrecklich und rasend, zuerst, weil die Familie in Schande kam, und dann erst, daß es durch ihn sollte gekommen sein?! Also erzählte er die Begebenheit von Bruder Klaus, die er eben hinter sich hatte! Denn die Mutter hatte gesagt: »Du mußt es Harm erzählen. Harm muß es wissen, denn er ist der verständigste von euch, obgleich er nicht der klügste ist, damit er weiß, was für einen Bruder er hat, und ihn behüten kann, wenn wir Eltern nicht mehr sind.« Nein, wie klug er ezählte! Wie er von der ganzen übrigen Familie kein Wort sagte, sondern nur diese Geschichte von Bruder Klaus und der Mutter erzählte! O, er hütete sich wohl, daß er ihm nicht das wunde Herz verletzte! Und wie lebendig und herzlich er es vorstellte! Und wie man merkte, daß er selbst voll von Staunen war! Nein, dieser Bruder Klaus! Wie er mit seinem langen Hals und vorn an der Stirn schon kahl, und die Haare an den Schläfen schon grau, aus dem Uhlenloch spähte! Wie er dann, so gegen Morgen, bei seiner Rast am Wall, irgendwo bei Bendorf, zu seinen beiden Begleitern gesagt hatte: »Wenn ich an der Front bin, werde ich meinen Leuten natürlich immer schreiben, ich hätte sie nicht vergessen! Das muß ich ihnen schreiben, denn sonst sind sie traurig. Aber in Wirklichkeit werde ich sie vergessen haben. Sie werden mir sein wie Erdmänner, die in einem Heidehügel von goldenen Tellern essen; denn ich kann nicht in die Ferne denken. Nein, das kann ich nicht.« Ja, so hatte er noch geprahlt in dieser Stunde am Wall bei Bendorf, unter mütterlicher Führung auf dem Wege nach Rendsburg! Und wie die Mutter einen raschen Blick auf ihn, Reimer, geworfen hätte, aber dann ihren Ältesten freundlich angesehn und gesagt hatte: »Das ist recht, mein Junge, stell' sie dir vor im Heidehügel; da sitzen sie warm und trocken, bis du wiederkommst! Und nun hol' deine Pfeife heraus und rauch' mal!« Und wie

Bruder Klaus dann noch eine Weile am Wall gesessen und ruhevoll geraucht hätte ...an der Mutter Schürze! Ja, und wie er dann neben ihm auf der Treppe vor dem Hauptmann gestanden hätte: in seiner unmilitärischen Haltung ...die Halsbinde hinten weit heraus und weit, weit entfernt vom Rockkragen! Er machte es fast ein bißchen schlimm, wie er die Bilder vor ihren innern Augen malte, eins ums andere, und seine Lust dran hatte, und einige Male fast vergaß, wie es schien, daß er von seinem Bruder sprach, und der Heimgekehrte sah ihn einmal, als er so über Bruder Klaus lachte, mißtrauisch von der Seite an. Aber da sah er in den Augen des jungen Bruders die Seligkeit, daß er seinen Bruder Eggert wieder hatte; und fühlte, daß die Freude darüber mit ihm durchging, und daß er mit seiner lebhaften, jähen, erregten Erzählung nach seiner Seele griff, ihn für sich und das Elternhaus wieder zu gewinnen.

20. Kapitel
Lobrede auf S.M.S. ›Below‹

Zwei Tage später bekamen fünf Mann von der »Alten Liebe« die Nachricht, daß sie versetzt wären, unter ihnen Harm Ott. Er kam auf den großen Kreuzer ›Below‹, der zur Aufklärungsflotte gehörte. Einige der Besatzung waren schon von Bord gegangen, ihrer Bestimmung zu; andere hatten Landurlaub. So standen nur vier der alten an der Reling, als er bei strömendem Regen, den Sack auf dem Rücken, von Bord ging, um auf den Kreuzer überzusiedeln.

Er war noch niemals auf einem großen Kreuzer gewesen, und wunderte sich über die Breite des Decks und die gewaltigen Verhältnisse der Türme und der Brücke. Was war das für eine Treppe vom Deck hinauf zur Brücke! So hoch, wie von der Erde bis zur Höhe des Kirchendachs von Altensiel! Und welch ein großes Gewirr im Innern des Schiffes: von Treppen und Gängen, Kammern und Räumen, Rohrleitungen und Drähten, Maschinen und Menschen! Er sah nach vierzehn Tagen noch Gesichter, die er bisher nicht gesehn hatte, und er brauchte vier Wochen, bis er von selbst und in Gedanken den Weg fand, den er zu machen hatte. Er wurde der mittleren Artillerie zugeteilt, zweite Kasematte an Backbord.

Dort, in der Kasematte, die so groß und so hoch war wie eine mittlere niedere Bauernstube, übten sie täglich an dem Geschütz, das in der Mitte stand und sein graues Rohr durch den Schlitz ins Freie und über die Wellen streckte. Drei Wochen lang war er vierter Mann, dann wurde er dritter. Dort in der Kasematte stellten sie nach dem Exerzieren am Geschütz auch die Back auf und aßen da, vierzehn Mann, am langen Tisch, und abends, nach Pfeifen und Lunten aus, zurrten sie da auch die Hängematten und schliefen da. Er dachte nicht anders, als daß er die große schwere Schlacht, die sie erwarteten, auch in diesem Raum erleben würde. Wenn es geschehen wäre, so wäre er nicht mit dem Leben davon gekommen; denn in diese Kasematte schlug gleich im Anfang der Schlacht, um sechs Uhr, der Volltreffer und tötete alle, die darin waren.

Sie saßen meistens auch in den Feierstunden in diesem Raum. Er war ja freilich niedrig, und die Augen sahen überall Hindernisse, und das Geschütz zerriß ihn fast bis zur Mitte in zwei Teile; aber wenn in diesen Winterabenden die elektrische Birne so von oben herabschien und sie in ihrem blauen Zeug daruntersaßen, die einen bei Kartenspiel, die andern bei Halma, die dritten beim Briefschreiben oder Lesen, andere in gemütlicher Unterhaltung, während hier und da einer an der Wand oder am verhüllten Geschütz lehnte und mit wohlwollenden Augen auf sie herab sah: dann war es doch friedlich und traulich und auch nicht unschön. Oder wenn es zu einem allgemeinen Gespräch kam, natürlich am meisten über den Krieg: vom großen Rückzug der Russen, vom Kampf um Verdun; oder wenn sie auf England zu sprechen kamen: wie sie da unsre guten Volksschulen nicht hätten und ganz im Bann ihrer Zeitungen wären und in vielen Dingen altmodisch, aber ein tüchtiges, tapfres und mächtiges Volk ... oder wenn, nachdem sie sich über den Lauf der Welt müde geredet hatten, von der Nachbarbackschaft der kleine schwarze Schlosser aus Frankfurt am Main, Geschützmann und Kuttergast, und der hübsche große Breslauer, der Signalgast, vom Beruf Isolierer, hereinkamen, und der Schlosser auf seiner Handharmonika – Stahlstimmen und D-Dur – spielte und der Isolierer den Triangel dazu klingeln ließ ... alle die alten Schullieder – am liebsten von allem sangen und hörten sie die ernsten Schullieder – und sie alle leise mit sangen, damit der Triangel zu seinem Recht käme ... und wenn sie die Kasematte verließen und diesen und jenen Kameraden in seiner Back besuchten, oder wenn sie zwanzig, ja oft hundert, ja zweihundert Mann stark im Kantinendeck auf den Tonnen oder Bänken herumsaßen oder standen – der ganze Raum summte von ihrem Geplauder und der Rauch stand in Schwaden über ihnen – oder wenn sie bei hellem Wetter zu zweien oder dreien auf dem Mitteldeck spazierten und, die Augen über die frischwogenden Wellen, vertrauter als unten, von allem sprachen, was das Herz bewegte ... oder wenn sie einmal wieder, was dann und wann geschah, hinausfuhren, über Helgoland hinaus, die Engländer zu treffen, und der Atem der freien See sie umwehte ... oder wenn sie an Land gingen, jeden zweiten Tag, und etwa eine Fußtour machten nach Varel zu oder nach Jeverland hinein, und über

Krieg und Frieden, Beruf und Mädchen redeten und danach ein wenig durch die Straßen bummelten und einige frische Mädchen gehn sahn und dann in irgendeinem Kino oder bei einem Glase Bier saßen ... oder wenn sie Sonntags nachmittags aus einem Dorfspaziergang ›so ganz zufällig‹ – es war verboten – ein Dutzend Mädchen beisammen fanden und sie so ein besonders sauberes und freundliches Ding herumschwenkten, bis sie hochaufatmend um eine Pause bat und sagte, so schön hätte sie noch nie getanzt: wahrhaftig, dann konnte man es wohl einige Zeit ertragen, ja, wenn es sein mußte, ein Jahr lang, ja, wenn es denn durchaus sein mußte, auch zwei. Freilich, an die alte, gemütliche Küche im Elternhaus mit der Mutter am Herd und an das helle Zimmer Thomsens, durch das Lisbeth mit flatternden Kleidern gegangen war ... die Treulose! ... durfte Harm Ott nicht denken, und auch nicht an sein schönes buntes Handwerk und den Zimmerplatz, der schräg herauf zur Au lag. Nein, daran durfte er nicht denken. Es war Krieg! Krieg! Und in diesem Krieg, den das unschuldig bedrängte Vaterland führte, hatte er seine Stelle: eben diese: Backbord zweite Kasematte, und seinen Posten. Wie Unterstände einer ungeheuren Batterie, schien es ihm, dehnten sich die zahllosen Gänge, Kammern und Räume bis in die tiefsten Tiefen. Und überall, in jedem Raum, stand und lag, gesammelt und bereit, die Kraft und Klugheit und der Mut des Vaterlandes für den großen schrecklichen Tag. Wie Bergleute saßen sie da und warteten auf den Befehl von oben, um die Arme zu rühren, und die glühende Kraft der Tiefe auf den Feind zu werfen, der das Vaterland nicht leben lassen wollte. Und er war einer dieser Bergleute, und mußte andre Gedanken fahren lassen.

Es dauerte geraume Zeit, bis er sich unter dem Gewimmel zurechtfand. Wochenlang war es ihm ein Gewirr von Menschen, die sich nur durch ihre Haltung, Haarfarbe und ihren Stimmklang unterschieden. Aber im Laufe der Wochen teilte sich das Gewirr etwas; und die Kameraden der Backschaft und zwanzig oder vierzig andre, wie Verkehr, Nähe, Arbeit oder Neigung sie zusammenführte, wurden bekanntere Leute.

Und da fand er denn als erstes, daß diese Gesellschaft eine sehr, sehr andre war, als die von der »Alten Liebe«. Alle Wetter! ... Dies hier waren keine Träumer und Wunderlinge! Nein! Nicht einer war wie die von der »Alten Liebe«! Nein! Auf diesem großen, mächtigen Schiff waren sie alle, alle helle, rasche Köpfe, vom Kapitän an, der quick war wie ein Fähnrich, bis zum jüngsten seiner Fähnriche, von dem alten Stückmeister aus Tönning, der wie ein Bauer aussah und genau wie ein Bauer seine Sache tat, bis zu dem kleinen Heizer, dem Berliner, der der Germaniawerft schon zwei Erfindungen angeboten hatte, die freilich vorläufig abgelehnt waren. Sie waren alle, vom Admiral, der unter der Schanze seine beiden Räume hatte, bis zu dem kleinen Heizer, von dem einige sagten, daß er schief gewachsen wäre, während andre es bestritten, ein wenig Abenteurer. Selbstverständlich! Wie wären sie sonst auf die See geraten?! Es war doch Platz genug auf der großen, baumtragenden Erde! Aber sie hatten die See gewählt, die weite, weg- und stegelose, die grundlose See! Es war ganz selbstverständlich, daß sie wachere, hellere Leute waren als die auf dem Lande! Man kann ja nicht sagen – das Bild paßt ja nicht – daß sie das Gras wachsen hörten; aber es ist sicher, daß sie ihre Maschinen und Geschütze prahlen, ihre Feuer reden, den Wind fauchen und die Seele des Schiffes stöhnen hörten, und daß die Verwundeten in den Stunden der Morgendämmerung des ersten Juni das Schiff im Tode röcheln hörten. Dieser Admiral, der da in den Admiralskammern hauste, der ja wohl halber fünfzig alt war ... wie er den grauen Kopf drehte, wie hell und fröhlich seine Augen blitzten! Diese jungen Männer des Stabes, nicht wie bei den Engländern Gesichter von nur Haut und Knochen ... nein, wohlgerundete, feine, kluge Gesichter voll Blut und Leben! Dieser lange, hellblonde Artillerieoffizier, dem man schon von weitem ansah, daß er ein Friese war, mit nachlässiger Haltung, mit treuherzigen blauen Augen, aber dahinter so kluge Gedanken, wie noch kein Mensch gedacht, soviel verschlossene Seele, daß selbst ein Weib sie nicht begreift! Dieser erste Offizier aus altem Reiter- und Rittergeschlecht und nun ebenso frisch, schlicht und selbstverständlich zwischen Eisen und Stahl! Dieser erste Ingenieur mit den freundlichen, guten Augen, der wohl immer, wenn es sein Amt erlaubte, an die Seinen dachte und an seinem schmalen Stehpult so sicher und ruhig das Herz des Schiffes überwachte! Dieser breitschultrige Pfarrer mit den sprühenden Augen, nichts als Mensch und Menschengüte, der sich am Tag von

Skagerak das Eiserne Kreuz erster Klasse holte! Diese Stückmeister an den Kanonen, Herren der Rohre und der Menschen! Diese Obermaaten und Maaten, alle voll Ehrgeiz … manch einer wollte an Land noch große Dinge tun! Diese jungen Obermatrosen, die von tüchtigen Lebensplänen förmlich starrten; diese Matrosen und Heizer, die liefen und sprangen, Rede standen und sangen, daß das Schiff davon erbebte! Diese Elektriker, Funker und Signalgäste, die mit den Händen hörten und sprachen und mit den Ohren redeten … oder wie es nun ist … alle diese Leute, froh und stolz auf ihren Beruf, voll innerer Würde, daß sie diesen schweren Stand hatten: gegen die vornehmste und größte aller irdischen Gewalten und Mächte in ihren Tagen, gegen Englands Flotte, zu stehn, voll innerer Sicherheit, daß sie ebensoviel wert seien als dieser gewaltige Feind, alle eines einzigen guten Willens, alle voll brennender, flammender Erwartung: wie dieser größte und schrecklichste Tag, den ihr Leben haben würde … und würden sie neunzig Jahre alt … sich entrollen würde! Nein!: Träumer und Sinnierer … die hatten auf diesem hellen, großen Schiff, das von Leben und Streben zitterte, das von fünfzehnhundert heißen, wachen, neugierigen deutschen Herzen pochte, keinen Platz! Nein, auf diesem Schiff, in dieser hellen Gesellschaft, konnten Leute wie die auf der »Alten Liebe« nicht existieren! Es war einfach kein Raum für sie, keine Luft für sie, keine Gelegenheit für sie! Und Harm Ott war das recht so. Denn wenn er auch etwas von der Scheuheit und Einsamkeitsneigung des Vaters hatte und sich unter den langsamen, wackren und todesmutigen, lieben Gesellen sehr behaglich und bequem gefühlt hatte: er war doch mehr ein Kind seiner Mutter. Nein … es war gut, daß er nun wach sein mußte, daß es hieß: Nicht geträumt, nicht eigenwillig, nicht versonnen! Daß es nun hieß: Augen auf und aufgepaßt!

Aber es war wunderlich: als er so vier bis sechs Wochen auf dem Schiff gewesen war, da sah er, daß er sich doch etwas geirrt hatte. Da merkte er mit seiner immer forschenden, hinter den Augen suchenden Seele, daß auch hier, auf der frischen, hellen, mächtigen ›Below‹, Leute von der Art der »Alten Liebe« waren. Einige waren auf dem ganzen Schiff bekannt, da sie aus ihrer Seele keinen Hehl machen konnten und wollten; andre, scheu und bang vor Spott, unsicher im Gemüt, fanden nur in stiller Stunde den Mut und die Kraft, sich einem Verständigen zu offenbaren. Da sie merkten, daß Harm Ott hinter seiner frischen Erscheinung und seinen klugen, männlichen Augen ein verständiges, teilnehmendes Gemüt besaß, erzählten sie ihm, mit forschenden Augen ihn ansehend … ob da nicht doch ein Spott aufblitzte … ihre besonderen Ansichten, Sorgen, Freuden und Pläne. Da war einer an Bord, ein Heizer, seines Berufs ein Klempner, der war immer verstimmt und traurig. Er hatte nicht die geringste Freude am Leben, das ihn umgab; und das Kriegsleben war ihm ein Greuel. Ach, es war das alte Lied: eine unendlich große, etwas weichliche Liebe zu Frau und Kindern! Er erzählte einigen Vertrauten, wie er sie kennen gelernt, und die Art jedes Kindes. Wenn es dunkel war, konnte es ihm wohl geschehn, daß sich seine Augen, indem er an sie dachte, mit Tränen füllten. Er war ein hübscher Mensch; und er erzählte gut. Wenn sie an Land mit ihm gingen, auf dem Deich nach Varel zu, stundenlang, war er wie verwandelt. Es war ihm dann wohl, als wenn er seinen geliebten Menschen näher wäre, da er nun doch mit ihnen auf derselben Erde stand. Er kam dann aus sich heraus; seine Seele löste sich und sprach. Sie gingen alle rund um ihn und hingen an seinem Mund, und wenn er geendet hatte, sahen sie einander an, als wären sie sich fremd. Ein anderer, ein kleiner dunkler, unscheinbarer Mensch, von Beruf Klavierbauer, an Bord Elektriker, tat ihnen zuweilen etwas zugute, indem er in einer eigentümlich zierlichen und edlen Weise auf der Flöte eine leise Musik vortrug. Es war aber immer fromme und traurige Musik; und einige schalten ihn deswegen und verlangten etwas Lustiges. Aber er tat ihnen nicht den Willen, indem er sagte: »Lustig seid ihr aus euch selbst genug, da brauche ich nichts hinzuzutun; aber an Ernst – er sagte nicht Frömmigkeit – könntet ihr wohl zunehmen.« Er gehörte, wie es schien, einer Sekte an, hatte aber nicht den Mut, sich offen dazu zu bekennen, wurde aber von seinem Gewissen gezwungen, dieses fromme Spiel, diesen Lippendienst zu tun für die Sache, die ihm heilig war. Und dann war da einer, seines Berufs ein Hausknecht in einem Hotel, ein Mensch von einer gewaltigen, geübten Körperkraft; aber er prahlte nicht damit. Sein Vater war, wie er einmal einem Bekannten erzählt hatte – sie wußten es nun alle; aber keiner redete davon –

ein Trinker gewesen; und er hatte eine traurige Jugend gehabt. Er selbst aber war ein nüchterner, zielbewußter Mensch, vorsichtig mit Spiritus und mit Mädchen, arbeitete für drei, stand jedermann bei; und half mehr als einem aus mit seiner Leibeskraft und seinem ruhigen, wortarmen Lebensmut. In der Freizeit saß er über einer Holzschnitzerei, arbeitend und rauchend, ließ aber zuweilen das Messer sinken und saß dann so, ohne zu arbeiten, wohl eine halbe Stunde und darüber, und sann; und man merkte, daß er nichts Trauriges und Bitteres sah, nicht seinen Vater, den Trunkenbold, nicht seine weinende Mutter, nicht seine unglückliche Jugend, sondern schöne, ruhige Bilder. Er sah wohl die Zeit des Friedens und der ruhigen Arbeit, ein eigenes Unternehmen, ein gesundes, sittiges Weib, gute Kinder. Einer klagte seinen vertrauten Freunden, daß er immer mit schmutzigen Gedanken zu kämpfen hätte. Sobald er allein wäre, gerieten seine Gedanken in Schmutz, und ergingen sich darin. Als Harm Ott und ein anderer ihn eines Tags in die Ecke nahmen und ihn drängten, er möchte ihnen doch einmal sagen, was für Bilder er sähe, um ihm zu helfen, wenn es möglich wäre, war es nicht so schlimm, wie sie gefürchtet hatten; und sie trösteten ihn, indem sie ihm sagten, daß er ganz gesund werden würde, wenn er sich nach dem Krieg ein tüchtiges Weib nehme. Viele litten unter der Tatsache des Krieges; sie hatten den Glauben an den Sinn der Welt verloren. Wie schön war ihnen die Welt erschienen, wie aller Farben voll und froh das Leben ... aber nun?! Die Welt war nichts andres als eine Sinnlosigkeit; das Leben nichts andres als Zerstörung und Tod! Gott? Gott ist nicht mehr; oder wenn er ist, ist er ein Engländer, d.h. gierig, friedenvernichtend! Und es half nicht viel, daß man ihnen Mut zuredete, daß man ihnen auf die Schulter klopfte und sagte: »Mut! Mut! es kommen wieder hellere Zeiten!«, oder daß der Pfarrer, der wohl ahnte, wie es bei einigen stand, für das Christentum zeugte. Er sprach mit starken Worten und blitzenden Augen. Er sagte, welch ein Unsinn es sei, zu sagen, daß das Christentum und der Glaube Bankrott gemacht hätten. Christentum und Glaube wären ewige Dinge, mit Gott, mit der ganzen Schöpfung und mit der Schöpfung der Menschenseele gesetzt und gegründet, nicht anders wie das Licht, nicht anders wie die Freude. Christentum ... der Glaube an das Gute ... würde noch da sein und über die Schöpfung strahlen, wenn auch kein Mensch in Menschengestalt mehr auf der Welt wäre. Christentum ... der Glaube an das Gute, Reine und Große ... wäre der tiefste Ton der ganzen Schöpfung, ihr großer Klang, ihr innerstes und mächtigstes Wesen! Viele, ja die meisten, waren ihm dankbar, und hatten Erhöhung, Klärung und Stärkung davon; aber die nun einmal verstörter Seelen waren, blieben es fast alle.

Bedenkliche, ja schlechte Naturen, waren nur zwei auf dem ganzen Schiff. Sie versuchten alle, sie zu guten Menschen zu erziehn ... Sie gaben sich taktvoll und unauffällig alle Mühe, alle miteinander. Aber es half doch nichts: es lag ihnen im Blut, in der Natur. Nicht einmal der Wille zum Guten war da. Der eine, mit scharfem Gesicht und unsteten Augen, war unehrlich beim Kartenspiel. Kalt behandelt, ja zurückgewiesen, kam er, ohne Ehrgefühl, doch wieder. Am Tage der Schlacht versagte er. Als ein Treffer gekommen war – er stand im Gang am Kantinendeck – sprang er zwanzig Meter zur Seite ... sie sagten, weil er ein schlechtes Gewissen hätte und den Tod fürchtete. Er machte sich später, da sein Haß gegen viele Einzelne sich allmählich zum Haß gegen sein ganzes Volk, ja gegen die ganze Menschheit verwandelte, völlig unglücklich. Der andere, aus einem kleinen Dorf Südhannovers, war nachlässig im Dienst, so als wenn er, trotz einigen guten Willens, sich nicht aufraffen könnte, das Befohlene richtig auszuführen, ja, als wenn irgendein Widerspruch in ihm wäre, der ihn zwänge, das Gegenteil zu tun. Und so war es auch mit seinen Worten. Es schien zuweilen, als wenn er nur auswendig das Gute und Ordentliche redete, als wenn plötzlich aus dem Innern, wie durch Spalten hindurch, das Böse hindurchgleiste. Er machte sich in der Schlacht – er war beim Leckkommando, – ganz ordentlich. Mit flackernden Augen hin- und hersehend, schien er zu beobachten, wie die andern sich machten. Aber auf dem schlimmen Nachtmarsch, als sie die Toten zusammentrugen, haben sich die letzten von ihm abgewandt. Es war, als wenn die Erregung des Tages das Gefüge seiner Seele gelockert hatte; und was da durch die Spalten sichtbar wurde, das war schlimm.

Im übrigen aber waren sie alle Deutsche, und im großen und ganzen einander gleich: taktvoll gegeneinander, in allem guten Willens, tapfer und wach; und alle gläubig zu ihrem Vaterland:

daß es einen Verteidigungskrieg führte, und zwar einen gerechten; daß es der ganzen Menschheit, die durch Lügen verführt war, tapfer, schön und groß widerstände; daß es wert wäre, unter den ersten Völkern der Erde zu stehn; daß es in diesem Kampf siegen werde und es auch verdient hätte. So waren sie. Und es war eines jeden einzelnen und auch Harm Otts stiller Stolz, daß er sich unter ihnen bewährte.

Ja, Harm Ott bekam sogar eine Auszeichnung! ... Denn als der Divisionsoffizier eines Tages vom Kapitän gefragt worden war, ob er wohl einen ordentlichen, tüchtigen und behenden Mann empfehlen könnte, der als Läufer beim Admiral gebraucht werden könnte, hatte er Harm Ott empfohlen. Der Divisionsoffizier hatte ihn nämlich eines Tages über einem Buch gefunden, das die Geschichte Schleswig-Holsteins behandelte, und hatte ihm gesagt, er müsse sich nicht allzulange dabei aufhalten; denn es käme dabei, wie bei der Geschichte aller Grenzländer, nicht viel heraus; er müsse die Geschichte des ganzen Deutschlands lesen, so wie sich der Mittelpunkt allmählich verschoben hätte: erst Franken, dann Thüringer, dann Sachsen, dann Habsburger, dann Preußen, und nun, erst in diesem Krieg erscheinend, das ganze Deutschland: ein Herz und eine Seele. Und da hatte er gemerkt, daß Harm Ott dies Studium schon mit Ernst betrieben hatte und in der Geschichte des großen deutschen Volkes schon gut Bescheid wußte. Seitdem hatten sie zuweilen, wo sich die Gelegenheit bot, ein Wort miteinander geredet.

Der hatte also Harm Ott empfohlen.

Und so wurde er Läufer beim Admiral und seinem Stab, oder, wie es kurz hieß: Läufer-Stab ... Gefechtsstation: in Lee des Kommandoturms.

21. Kapitel
Feuerbrand

Sie hatten, alle an Bord, jeder Mann, einen Busenfreund, einen, mit dem die Seele übereinstimmte, vor dem sie keine Geheimnisse hatte, dem sie die Nöte der Kindheit, das Urteil über die Eltern und die Nöte mit ihnen, die Zweifel über den Beruf, und von ihren Frauen oder ihren Mädchen, und zuletzt auch von ihren religiösen und sittlichen Gedanken und Bedenken erzählten.

Dieser Busenfreund kann niemals der Bruder sein; denn zwischen Geschwistern ist, in jüngeren Jahren wenigstens, von der Natur eine Schranke gesetzt, daß sie scheu gegeneinander sind, und jeder seinen eignen Weg gehe. Denn, mag das Herz es lieben, daß Brüder einträchtig beieinander wohnen, die Natur, die sich um das Behagen der Herzen nicht kümmert, hat viel eher Neigung, sie auseinander zu schicken.

Und so hatte Harm Ott nicht seinen Bruder Eggert zum Busenfreund, obgleich sein Bruder Eggert jetzt auch auf der ›Below‹ war.

Bruder Eggert hatte nach seiner infanteristischen Ausbildung einige Wochen auf einem Minensucher Dienst getan; aber da hatte es ihm nicht gefallen. Das Boot war ihm für seine freie Natur zu eng; er hatte auch Streit mit dem Steuermann bekommen, der ein allgemein gerechter Mann war und nicht verstand, die Menschen verschieden zu nehmen. Und so waren die Brüder in diesen Monaten in großen Sorgen um ihn gewesen, daß er bei seiner jähen, stolzen Natur eines Tags in schlimme Schwierigkeiten geriete. Also hatte Harm ihm sein Leben auf der ›Below‹ gelobt und ihn gebeten, er möchte doch einen Antrag stellen, daß er dahin käme. Solche Gesuche, mit einem Bruder vereint zu werden, wurden, wenn es irgend anging, genehmigt. Harm dachte, er könnte da über ihn wachen, und wenn es nötig wäre, zum Guten reden und wenden. Er aber wollte lange nicht. Er hielt sich sehr von den Brüdern zurück und kam nur selten und mit verschlossenem Gesicht zu den Zusammenkünften, die sie mit einigen Landsleuten und Bekannten hier und da in den Wirtschaften hatten. Auf Spaziergänge mit den Brüdern allein, die zu einem stillern Gespräch Gelegenheit gaben, ließ er sich nicht ein. Wenn sie ihn baten, sagte er mit knurrigen Worten: er hätte schon grade Familie genug hier. Er behauptete, er hätte Freunde gefunden; und das war wohl auch so. Aber es war den Brüdern traurig, daß er andre ihnen vorzog, und daß er weiter in Verstockung und Kälte beharrte.

Da schrieb Reimer, der mit brennender Seele allen Wegen seines Bruders nachlief, der Mutter; sie solle einen Brief schreiben, und schrieb ihr den ganzen Brief vor, so wie sie ihn ohne ihre leidige Gewohnheit, Kühe und Kälber voranzutreiben, kurz und bündig und ins Herz treffend abfassen sollte. Denn er war ja der Kenner der Seelen, der König der Herzen!

»Du schreibst ihn ganz genau so ab, wie er hier steht!« schrieb er. »Denn ich habe mich ganz und gar an Deine Stelle versetzt, so daß der Brief in Inhalt und Form gewissermaßen Deiner ist. Schreibe ihn also genau, mit jedem einzelnen Wort, mit jedem einzelnen Ausruf; und schreibe nichts dazwischen … Sonst wehe Dir!«

Ja, so hatte er geschrieben! So lange die Kinder klein waren, war sie kurz und klar mit ihnen, fröhlich in ihrem mütterlichen Regiment über die kleinen Wesen. Wenn sie aber größer wurden, verlor sie allmählich die Herrschaft oder richtiger, gab sie auf und geriet mit ihnen in eine freundliche Neckerei und genoß nun in anderer Form und aufs neue, Mensch unter Mensch, meist siegend, zuweilen unterliegend, das Glück ihrer breiten, starken Natur.

Sie hatte Emma und den Ältesten von den Kleinen – sie mußte für alles, was sie tat und sagte, Ankläger und Verteidiger haben; sie tat nichts ohne eine ordentliche Gerichtssitzung – am Herd zusammengerufen und sich über die Zumutung sehr verwundert: »Nun lest doch bloß mal, wie der Junge an mich schreibt! Was denkt er sich?! Ich bin bei Rechenmeister Hansen in die Schule gegangen, vier Jahre auf der linken, der Unterseite, und ebenso lange auf der rechten, der Oberseite. Ich habe freilich die letzten vier Jahre das Unglück gehabt, hinter dem breiten Rücken von Thees Klaußen zu sitzen, der auch sonst noch unangenehme Eigenschaften hatte, und habe also nicht alles sehn können, was der Rechenmeister an der Tafel demonstrierte. Aber da ich einen offenen Kopf habe ... ja, das kann ich wohl sagen ... der Beweis dafür sind meine Kinder, Gott sei Dank! ... habe ich doch mein gut Teil gelernt.

Was die Jungen immer klagen ... das mit den Kühen und Kälbern ... so habe ich ja unter diesen mein Leben, und gehe also in meinen Briefen von denen aus, ganz wie Rechenmeister Hansen es mich gelehrt hat, wie man Aufsätze und Briefe schreiben muß: ›vom Nahen zum Entfernteren, vom Sichtbaren zum Unsichtbaren, vom Maulwurf zu Gott empor.‹ So sagte er. Also, was wollen die dummen Jungs?« So redete sie, mit der Feuerzange ins Feuer stoßend. Als sie aber sah, daß der Brief bei der jähen Bewegung in Gefahr geriet, ins Feuer zu kommen, legte sie ihn zusammen, strich ihn glatt, sah ihn an und sagte bescheiden: »Ja, freilich ... so schön wie Reimer kann ich es nicht! Ja ... es ist wirklich ein schöner Brief, und wenn der Junge ... ich meine – der andre ... ein Herz im Leibe hat ... und das hat er trotz aller Wildheit: dann muß er den Jungen und mir den Willen tun und auf das Schiff Below gehn. Ja ... der Brief ist gut. Aber das will ich nur sagen, daß ihr euch über eure Mutter nicht erhebt: wenn ich so lange zur Schule gegangen wäre wie ihr und nicht den breiten Rücken von Thees Klaußen zwischen mir und dem Rechenmeister gehabt hätte, dann hätte ich es weiter gebracht, als ihr alle zusammen!«

»Ja, Mutter,« sagte Emma, mit ihrem ernsten, langen Gesicht und ihrer etwas langsamen Sprache, »mir scheint ... nun schreibst du den Brief genau so, wie Reimer ihn aufgeschrieben hat.«

»Fängst du auch schon an, wie die Großen?!« sagte Mutter Ott. »Aber das kommt davon, daß Pastor Bohlen den Hut vor dir abnimmt und sagt, du sähest aus wie eine gotische Prinzessin, obgleich du weiter nichts bist als Emma Ott! Geh hin und rühr' den Kälbern das Futter an!«

Nachdem sie sich ausgeredet hatte und den Kleinen beim Feuer angestellt, ging sie in die Stube und schrieb den Brief, den ihr klügster und wachster Sohn aus innerster Seele geschrieben hatte. Ganz ohne Einfügung und Zusätze ging es aber doch nicht ab; aber zum Zeichen, daß diese Einfügungen als solche und als zweitklassig zu schätzen waren, klammerte sie sie ein.

Lieber Eggert!

Ich bin ja doch Deine Mutter. Ich habe Dich mit Schmerzen geboren und habe viele Jahre lang vom Morgen bis zum Abend und, als Du den Scharlach hattest, vierzehn Tage lang bei Dir gewacht (dazu hatte ich damals sieben Kühe im Stall, wovon vier kalbten oder eben gekalbt hatten. Es waren schöne Kühe; aber Gott vergebe mir, ich habe mich in diesen Tagen über die ganze Milch nicht gefreut. Die Kälber hatte ich auch noch auf dem Halse). Jeden Tag, siebzehn Jahre lang, bist Du meine Liebe und meine Sorge gewesen, so daß, wenn mein Herz klopfte, ich nicht wußte, ob es für Dich oder für mich klopfte. Dann, an dem schwersten Tag meines Lebens, bin ich für Dich eingetreten und wäre gern mit Dir gelaufen, wie ich mit Deinem Bruder Klaus gelaufen bin (über Hochdorn und Hale ... Hale ist schon allein über ein und eine halbe Stunde lang. Es soll das längste Dorf in Holstein sein ... bis nach Rendsburg, wo wir ein großes Glück mit dem Hauptmann hatten. Was muß man doch an seinen Kindern erleben! Aber der Hauptmann hatte auch Kinder; und das war gut, lieber Eggert!). Denn wie kann eine Mutter ihres Kindes vergessen? Ich habe immer an Dich geglaubt, mein lieber, lieber Junge, mein guter, lieber Eggert! So bitte ich Dich nun, mein lieber Junge, tu Deiner Mutter die Liebe und geh zu Harm auf das Schiff Below und sei auch gut mit ihm! Sieh, er ist so ein ehrlicher, rechtlicher Mensch, mein Eggert, und er hat auch immer an Dich geglaubt und Reimer auch (bloß Vater nicht, aber der haut manchmal ebenso vorbei wie Pastor Bohlen. Pastor Bohlen hat übrigens wieder mal getrunken. Sage es aber um Himmels willen niemand, daß es keinem Ungerechten bekannt wird; denn er ist ja ein guter Mensch und auch tüchtig ... und auch Emma nicht, aber die ist offenbar in den Knecht verliebt, und verliebte Leute sind blind wie Hühner). Mein lieber Eggert! Das Haar Deiner Mutter ist in diesem Jahr grau geworden und wer weiß, ob es nicht bald weiß wird. Denn im Kriege kann kein Mensch sagen, was kommen wird. Ich bitte Dich, erbarme Dich Deiner lieben Mutter.

Lenchen Ott.

Dieser Brief wurde abgesandt, kam an und wirkte auch. Er wirkte, obgleich Eggert deutlich erkannte, daß er zum Teil bestellte Arbeit war. Aber so versteint er gegen den Vater war, und so vertrotzt gegen das Kirchspiel ...: ›Not und Tod über sie!‹ er knirschte mit den Zähnen, wenn er an sie dachte ... seine Mutter hatte an ihn geglaubt, ohne Wanken. Es tat, auch ohne daß es ihm selber klar wurde, seiner überstolzen, kranken Seele gut, daß sie ordentlich ein Schauspiel aufgeführt hatten, um zu erreichen, daß er auf die ›Below‹ ging.

Also erschien er eines Tages mit einigen andern Neulingen an der Reling und ging groß und breitbeinig, von diesem Augenblick an der stattlichste und gewandteste an Bord, in seine Kasematte ... er war Geschützmann und Kuttergast ... und war kurz und bündig mit Worten, aber nicht unfreundlich; und gefiel gleich allen mit seinen auffliegenden Augen und den raschen, lebendig schönen Bewegungen seiner Schultern und dem schmucken rötlichen Kopf. Und als Bruder Harm dafür sorgte, daß die Kasematte erfuhr, wie die Geschichte der Prise von der »Alten Liebe« gewesen war, wie sein Bruder in die Hände der Engländer gefallen und wieder herausgekommen war, war er ein geachteter Mann. Als aber sein Bruder nach einigen Wochen – er wartete solange damit – in der Kasematte so beiläufig fragte, da von Musik die Rede war, ob sein Bruder denn auch spiele, und die Kameraden ihn zur Rede stellten und er seine Mundharmonika hervorzog und Musik machte und er nach dem Spiel die Wiederholung mit schöner Stimme sang oder pfiff und sein Spiel entschieden besser war als das der Kasematte zwei Steuerbord, die eine sehr gute Musik hatte: da war er ein angesehner Mann. Er wurde es aber noch mehr, ja, er wurde eine Berühmtheit an Bord, unter den ganzen fünfzehnhundert Mann, als er und der Klavierbauer, der Sektenmann von der Nachbarkasematte, sich kennen lernten und mit ihrer Musik zusammenkamen. Welch ein Bild, allein, es anzusehn! Dieser kleine, städtische Württemberger mit dem kümmerlichen Körper, und dem kleinen, frommen Gesicht, und der breite, große, rotblonde Friese mit den großen, herrischen Bewegungen! Und was war das für eine Musik! Wie sanft wiegte der kleine Sektenmann den Kopf, wie versonnen und wohl tausend Meilen fern war seine Seele; und wie scharf und klar, wach und feurig waren die Augen des Friesen! Nein, wie sie spielten! Niemals hat man so etwas gehört! Wenn sie spielten: ›Willkommen, o seliger Abend‹, oder: ›Freiheit, die ich meine‹, oder: ›Nach der Heimat will ich eilen, will bei meiner Liebsten weilen‹, oder: ›Ein’ feste Burg ist unser Gott‹ ... es erschien ihnen unbegreiflich, wie die beiden Seelen, dieser kleine, muckrige Württemberger, der keine Fliege schief ansehn konnte, und dieser wilde Rote mit der schönen, klingenden Stimme und den herrlichen, lebensvollen Bewegungen zusammenstimmen konnten! Jeder, der die beiden sah und dies Zusammenspiel hörte, mußte denken und dachte es auch: ›Wie merkwürdig ist das Menschenherz! Nichts ist wandelbarer, nichts schmiegsamer, nichts brüderlicher!‹ Nicht allein, daß die Kasematte voll von Gästen war, so daß einige oben auf dem Geschütz saßen und standen, und daß die Tür gedrängt voll war und alle versunken und versonnen in seligen Träumen standen und nur dann und wann die Augen auf die beiden Spieler wandten, die da in der Ecke saßen ... nein, der ganze Gang stand voll, und mancher Offizier blieb stehn und hörte zu. Ja, es war großartig mit Eggert Ott! Und wie tüchtig er im Dienst war! Wer war der körperlich Gewandteste? Wer begriff alles spielend? Wer war der Behendeste in der Instruktion? Wer war immer schlicht, natürlich, freundlich, gefällig? Ja ... er war was, der Eggert Ott! Er war der Liebling aller, die mit ihm zu tun hatten! Der kleine, schwarze Stückmeister, ein Berliner, der schwierige Bücher las und gern ins Theater ging und sich was darauf zugute tat, hatte ihn ›Lord Feuerbrand‹ genannt; das nahmen sie auf, und nannten ihn kurz ›Fuerbrand‹; und sprachen ihn gern an, nur um seine Stimme und sein Gesicht auf sich gerichtet zu sehn! Ja, es war großartig mit ihm! Eggert Ott, der auf dem Hof seines Vaters nicht zu bändigen gewesen war, der haltlos die gebahnten Wege gemieden hatte, zeigte nun hier, an Bord der ›Below‹, alles, was er an Gaben hatte, ließ alles funkeln und glänzen, was er an Edelstein in seinem Schilde hatte! Ja! So war es! Aber warum war es so? Warum tat er das? Aus Liebe zu den Menschen? Aus einem guten Herzen? Leider nicht! Wohl war er im Grunde seines Herzens ein guter Mensch, und es tat ihm wohl, leicht und schön im schönen Licht zu spielen, anstatt dumpf und wild durch die Finsternis des Trotzes zu stolpern; aber daß er hier in diesen Monaten auf der Below diese Finsternis, die in ihm war, zurückstieß und in der innersten Kammer seines Herzens verbarg und statt ihrer alle Lichter leuchten und alle Pfeifen klingen ließ, das war darum, daß Bruder

Harm nach Hause schriebe: Ihr glaubt nicht, wie beliebt der Eggert ist! Wie fein und ordentlich seine Kleidung! Wie begehrt sein Umgang! Wie beliebt seine Musik ... bis in den Gang stehn sie und hören zu! Und wie tüchtig im Dienst! Ihr glaubt nicht, wie schön er ist, wie breit, wie wach, wie strahlend! Daß sein Vater und Emma und das Kirchspiel, das verfluchte, erführen, was sie verworfen hätten, und was da nun hochmütig, strahlend und lachend an ihnen vorüberfuhr! ...

Nein, Bruder Eggert war als Busenfreund für Harm Ott nicht zu gebrauchen, erstens, weil er eben der Bruder war, und zweitens, weil er ein solch trotziger und verstockter Bruder war!

Einen Busenfreund aber muß der Mensch haben, der vom andern Geschlecht noch keine Lebensgefährtin hat. Und zuletzt fand er ihn auch; und einen, an den er nicht gedacht hatte. Es war da ein kurzer, breitschultriger, dunkelblonder Kamerad, viel älter als er, wohl schon um fünfunddreißig, der ihm im Anfang ganz und gar nicht gefallen hatte, da er eine gewisse breite und selbstverständliche Art des Auftretens halte, die ganz und gar gegen die Ottsche Art war. Harm Ott meinte, es wäre ein oberflächliches Getu, das aus einem leeren Herzen käme, so wie eine dicke, leere Tonne, gegen die man schlägt, wohl einen starken und breiten Ton gibt. Als der Mann Gefallen an ihm fand und ihn zuweilen ansprach, antwortete er daher nur kühl und spärlich, worauf dann der Mann seinerseits den Harm Ott nicht mehr ansprach und für Augen und Anrede andre Helfer suchte. Allmählich aber merkte Harm Ott, daß es doch was Besondeies mit dem Manne war. Er war zwar ein einfacher Geist und hatte auch keine besondere Schulbildung – was er auch durchaus zugab

– aber sein Geist spielte aus einer gesunden, starken und gütigen Natur heraus sicher und frischweg, gleich einem Fisch im klaren Strom, in dem Treiben des Lebens; und was er da sah und hörte, beurteilte er mit ebenderselben Sicherheit und Frische. Und so war er ein geborner Plauderer, und zwar ein ruhiger, guter, und ein solcher, der am Plaudern selbst, als an einem schönen Spiel des Geistes, seine Freude hatte, gleichgültig, was der Gegenstand war, wenn er nur eines ernsten Geistes würdig war. Von seinen Eltern und von seiner Kindheit sprach er wenig oder gar nicht; es lag da irgend etwas Unerfreuliches vor, wohl die Trunksucht und Un-ordentlichkeit des Vaters und sicher die furchtbare Not einer guten Mutter. Er mochte wohl die Mutter nicht loben, da er es nicht konnte, ohne den Vater zu tadeln, und das wollte er nicht; er hatte aber ein Bildchen der Mutter in seiner Brieftasche auf der Brust. Er hatte nach also be-drängter Kindheit zuerst als Schiffszimmermann gearbeitet und hatte seiner Mutter und seinen kleinen Geschwistern geholfen. In diesen Jahren hatte er auch seine erste Liebste gehabt und hatte sicher unendlich viel von ihr gehalten. Da er aber viel hatte arbeiten und sorgen müssen, hatte er sie aus den Augen verloren. Das hatte ihn gequält; und da die Mutter gestorben war und die Geschwister sich entweder von ihm abgewandt oder sich selbst hatten helfen können, war er einsam geworden und war zur See gegangen. Und zwar war er wie keiner auf allen Meeren und auf den Schiffen aller Nationen gewesen. Einige von diesen Jahren hatte er auf einem Wo-ermannschen Küstenklepper an der afrikanischen Küste zugebracht und war auf einem Marsch, der monatelang gedauert, tief ins Innere Afrikas gekommen. Und so war er ein rechter Weltfah-rer gewesen. Aber obgleich ihm so zweimal, und zwar in einer fast sinnlosen, ja unheimlichen Art, zuerst die gute Mutter durch die Schuld des Vaters, dann die kleine Liebste, die er an einer Straßenecke Hamburgs zum letztenmal gesehn, zuletzt auch noch die Geschwister genommen waren und er so einsam durch die Welt fuhr, war er doch nicht verbittert, sondern blieb doch, kraft seiner menschenfreundlichen und mitteilsamen Seele, als ein freundlicher Mitspieler des Lebens auf dem Platze. Er freute sich mit und lachte mit, und kümmerte sich mit; und tat das noch mehr als andre, und sicherer als andre, und ruhiger als andre, darum, weil er Nahes und Eigenes nicht hatte. Aber es war in der Tiefe keine rechte Art. Es fehlte das mitklopfende Herz. Es war ihm ums Spiel selbst zu tun, nicht um das, was ihm zugrunde lag. Er hatte die Weise, das Leben selbst zur Debatte zu stellen, und den Verlauf dieser Debatte ruhig und freundlich anzuhören, gleichgültig wie sie liefe.

Harm Ott hatte wenig von der Welt gesehn; er war trotz seiner Fahrten nach Teneriffa und New York ein Heimatsmensch; dieser aber war in den Straßen des großen Hamburg aufge-wachsen und hatte nachher alle Straßen der Welt befahren. Harm Ott war innerlich noch nicht sicher, so kühn auch sein Gesicht war und so hell auch seine Augen blitzten; dieser aber spielte mit dem Leben und mit den Dingen, wie ein Kind mit ernsten, besinnlichen Augen mit dürren Blättern spielt. Die Zimmerei, die sie beide als Handwerk hatten, gab die erste Unterhaltung, die gut zusammenstimmte. Bald danach hörte er ihn schlicht und gut über einen Kameraden sprechen. Danach sprachen sie einmal über richtige und unrichtige Lehrherren; und dann, als sie eines Abends kurz vor ›Pfeifen und Lunten aus‹ im ersten milden Frühjahrswind über Deck spazierten, über Liebe und Heirat, indem sie eine Unterhaltung fortsetzten, die in der Kasematte von andern angefangen war.

Der Zimmermann – so nannten sie ihn – sagte in seiner ernsten, spielenden, alles wägenden und gerechten Weise: »Ja, wenn man es so anhört, wie die einzelnen der Reihe nach darüber reden und ihre Geschichten davon erzählen, so muß man wohl sagen: Heiraten ist gut ... nicht Heiraten ist auch gut. Ja ... ja! ... und doch sieht man, wie die meisten früher oder später in die Ehe gehn, also zu der Entscheidung kommen: Heiraten ist besser. Es muß doch irgendwie die Natur sein und ihr Wille, der die Menschen hineinführt.«

Harm Ott sagte: »Natürlich muß man heiraten! Ja, ich sage sogar – von einer völlig unglücklichen Ehe abgesehn – selbst eine Ehe, die nicht glücklich ist, ist besser als keine! Was ist ein Leben ohne Verantwortung um Seelen, ohne tiefe Liebe, Mühe und Nöte um andre ... schmal, dürr, dürftig, ohne ein volles Menschenschicksal, und oft, ja meistens, irgendeiner Wunderlichkeit, wenn nicht Schlimmerem hingegeben!? Ja, ich sage: ein Mann, der über die Jahre hinaus ledig ist, ist mir mehr oder weniger bedenklich, um nicht zu sagen zuwider. Ich denke immer: wer weiß, was der treibt! Die ledigen Frauen ... freilich, das ist eine andre Sache! Die sind meistens schuldlos ... sie sind eben die bedauernswerten Opfer jener männlichen Verbrecher am Menschentum.«

Der Zimmermann dachte eine Weile nach; dann meinte er: »Ja, das Menschentum! ... Da muß man nun tiefer graben und fragen: ist das gesunde, gütige, tapfere Menschentum, das du meinst, ist das irgendwie Gottes Gebot und Wille? Darauf kommt es an! Oft scheint es, als wenn diejenigen recht haben, die sagen, daß alles Zufall, Glück, Geld, Gesundheit ist, und weiter nichts. Ja ... ja!« Und nach seiner Weise, indem er solche spielenden Äußerungen gern mit Begebenheiten erläuterte und beleuchtete, erzählte er eine Geschichte aus seinem Leben.

Harm hörte nur mit halbem Ohr zu. Er war mit seinen Gedanken bei den ersten Worten seines Begleiters stehn geblieben und dachte über sein eigenes Leben und über seine Familie und die Brüder nach, und dachte besonders an die Natur seines Bruders Reimer und sagte, als der Zimmermann seine Geschichte beendet hatte, aus der Tiefe seiner Gedanken heraus mit schlichtem, schönem Ernst: »Ich glaube: es ist eine heilige Kraft, die die ganze Menschheit und jedes Volk und jeden einzelnen Menschen und auch mich durch das Leben führt.«

Er hatte es ohne alle Absicht der Wirkung gesagt, viel mehr für sich selbst, als für seinen Begleiter; und merkte daher auch nicht, wie der Zimmermann aufhorchte, ja betroffen und still wurde.

Von dieser Abendstunde an Deck an suchte der Zimmermann dann und wann mit Harm Ott allein zu sein, und sprach dann weniger spielig, weniger gleichmütig; und mühte sich, zutraulich zu werden und gewissermaßen persönlich zu sein. Da er aber seit jener fernen Stunde, da er in irgendeinem Fleet Hamburgs sein Mütterchen und an irgendeiner Straßenecke Hamburgs seine kleine Liebste verloren hatte, davon entwöhnt war, wollte es ihm nicht gelingen. Und da es ihm nicht gelang, vermochte auch Harm Ott nicht recht, aus der Seele heraus zu reden. Seine Worte schossen ins Leere, auf einen, der keine eigene Seele hatte. Und so stand es so, daß sie wohl fühlten, daß sie Freunde werden konnten, und sich danach sehnten, es zu werden, daß diese Freundschaft aber noch nicht von Herz zu Herz fahren konnte. Der Zimmermann hatte eben sein Herz verloren. Er war durch sein Schicksal dem Wassertropfen gleich geworden, der im Strom treibend immer neue Nachbarn hat; und das Leben ist ihm nichts als Wandern und Spielen.

Harm Ott versuchte, seinen Bruder mit dem Zimmermann zusammen zu bringen, und bat ihn. Aber der sagte hochmütig, wie er immer war, wenn er mit den Brüdern zusammentraf:

»Was soll ich mit neuen Bekannten? Ich habe mehr, als ich brauche!« Als er aber einmal eine Stunde mit ihnen zusammen im Banter Bürgergarten gesessen hatte, wo der Zimmermann bei einem Glase Bier besonders gern in sein ruhiges Plaudern geriet, hatte er doch, wie es schien, nichts mehr gegen ihn; ja seine Gegenwart schien ihm angenehm zu sein, zumal dies Geplauder über dies und das, dies ruhige, ernste Besehn und Wiederhinlegen aller Dinge und Menschen, ihn vor der Unterhaltung mit den Brüdern bewahrte, die immer und immer wieder auf Haus und Heimat hindeutete, die seine Natur zum Aufbäumen brachten.

22. Kapitel
Die Heilung des Zimmermanns

Eines Tages erzählte Harm Ott dem Zimmermann, um ihm Vertrauen und Vertraulichkeit zu zeigen, und um seinem Bruder zu dienen, die Geschichte von Eggert, und wie sie, die Brüder, um ihn würben, daß er sich wieder mit dem Elternhaus und der Heimat vertrüge, und bat ihn, freundlich mit ihm zu sein, aber auch vorsichtig, damit er nichts verdürbe. »Du bist ja ein ruhiger Mensch,« sagte er, »wenn du in deiner Weise ihm Widerspruch tust, glaubt er dir; uns glaubt er nicht.«

Der Zimmermann versprach es, und es schien, als wenn er in dieser Sache nicht allein, wie an allen andern Dingen, ein spielerisches, sondern ein herzliches und persönliches Interesse hätte. Er war nun meistens mit dabei, wenn sie vier oder fünf Mann stark den Landurlaub verbrachten. Erst spazierten sie eine Stunde, dann saßen sie eine Weile im Banter Bürgergarten und dann gingen sie zuweilen noch weiter hinaus, wo in einem niedrigen kleinen Saal noch einige Dutzend Mädchen bereit waren, zu tanzen. Draußen auf dem Deich und in den Straßen der Stadt sprachen sie meistens von Heimat und Fremde, ihren Einrichtungen und Gewohnheiten; im Wirtshaus, wo der Zimmermann meistens Bekannte traf – denn er hatte wegen seiner vielen Fahrten und seines offnen Wesens viele Bekannte; ja, er war wohl der Mann, der in ganz Wilhelmshaven die meisten Bekannten hatte – sprachen sie über allerlei Menschen und Menschenschicksale.

Was der Zimmermann aber auch immer plauderte: was für Gegenden stiegen da auf aus allen Meeren! Was für Schiffe trieben da über die wilde, weite See! Welche Naturen und welche Schicksale wurden da vor ihre Augen hingestellt! Wie neugierig waren die drei Brüder, wenn er anhub zu erzählen; denn sie waren alle drei gleicherweise nach dem Menschenleben, das zum besten Teil noch vor ihnen lag, begierig! Wie horchte Harm Ott und verarbeitete es in seiner tüchtigen, männlichen Seele; wie nahm er alles praktisch; wie wandte er es immer auf sein Leben an, und maß es am eignen Kennen und Wollen, und bewahrte es für die Zukunft! Wie vergaß der wilde Eggert, daß er in der Gegenwart der Brüder fremde, kalte Augen machte: wie leuchteten seine Augen, wenn er von Treue und allem Edlen hörte; wie biß er die Zähne zusammen, wenn ein Unrecht geschah und ungesühnt blieb! Wie brannten die Augen dem jungen Reimer, die sowieso schon Feuer genug hatten: welche Wunderdinge horte er; wie war er bei der Sache! Wie wußte er alles, und wie konnte er erklären, und erklärte hitzig, was der Zimmermann unerklärt gelassen oder mißachtet hatte, wie listig schlich er sich hinter die Seelen, und erklärte, was in ihren Tiefen vorgegangen war! Denn was in der Tiefe der Seelen vorging, das wußte er ja! Das ... wie er heimlich bei sich prahlte ... hatte ihm Gott gesagt!

Es war da besonders ein kleiner Mensch, ein Bayer, den seine Bekannten den Italiener, oder, wohl wegen seines großen Kopfes und seiner breiten Nase, Michelangelo nannten; der hatte viele Fahrten mit dem Zimmermann zusammen gemacht. Wenn der da war, und die beiden abwechselnd von den gemeinsamen Erlebnissen erzählten oder von dem, was sie von manchem fremden Menschenleben zu hören bekommen hatten, der Italiener beständig lächelnd, die Hände ausgebreitet, der Zimmermann ruhig zurückgelehnt, ihn genau beobachtend und dies und jenes richtigstellend und zuletzt das Ganze beurteilend: das waren Stunden, die vergingen, ›als flögen sie davon.‹

Danach, in dem kleinen Saal, sprachen sie über Mädchen und Mädchengeschichten und über glückliche und unglückliche Ehen; oder sie sprachen über Eggert Ott. Und zuerst redeten sie immer wieder darüber, wie schön er tanze! Denn es war wirklich ein Wunder Gottes, selbst für seine Brüder, ihren Bruder Eggert, den sie heimlich niemals anders als Rode Praß nannten, tanzen zu sehn. Die linke Schulter etwas hoch, wodurch er noch breiter schien als er war und seine hohe Figur so etwas kraftvoll Stolzes bekam, hob er bei jedem Auftakt der Musik mit einer schwungvollen Bewegung den schönen Kopf und suchte mit raschen, scharfen Augen die Straße, die er ziehn wollte, und zog sie dann mit wundervollem Schwung. Wie das Mädchen in seinem Arm eine Feder war, ein Garnichts! Wie er auf sie herabsah, so sicher, so selbstverständlich, so herrisch, und doch gütig und freundlich! Ja, es war eine Freude, Eggert Ott tanzen zu sehn; und es geschah nicht selten, besonders zu Anfang, wenn der Saal noch nicht voll war, daß alle, die da waren, Augen und Atem anhielten, um ihn tanzen zu sehn.

Aber es war ein Leider bei der Sache! Eggert Ott wählte nicht richtig unter den Mädchen! Nicht, daß er eine Häßliche oder eine Schlampige nahm. Er wußte genau, was hübsch und geschmeidig war, ob nun füllig oder hager, und was sauber oder unsauber war. Aber er kümmerte sich nicht um den Charakter des Mädchens! Er tanzte am meisten und am liebsten mit einem Mädchen, das in einem Gasthof angestellt war und keinen guten Ruf hatte. Und er tanzte offenbar nicht nur mit ihr, weil sie schön war und gut tanzte, sondern weil ihm auch ihre Sprache, ihre Unterhaltung, ihre Seele gefiel! Kurz, sie waren während des Tanzes und in den Pausen wie einige, verlobte Leute. Und es gab kein schöneres Paar auf allen Tanzböden in Wilhelmshaven; aber es gab leider auch kein wilderes, und keines, das verwegener tanzte und sich feuriger ansah. Wahrhaftig, es war ein Genuß, sie zu sehen! Allein schon diese Zusammenstellung der Farben! Dieser rötliche Mensch mit dieser Pechschwarzen! Und wie sie mit ihren gesunden, weißen Zähnen lachten ... Gott mochte wissen, über welche Dinge!

Die Brüder waren sowieso schon in täglicher, ständiger Not um Rode Praß, daß er sich irgendwie gegen einen Vorgesetzten versähe, oder mit einem Kameraden in Streit käme! Nun kam dies dazu. Harm zuckt die Schultern. Es war ihm völlig unerklärlich, wie ein Mensch sich nicht an das Tüchtige, Gutbürgerliche hielte. Er selbst tanzte nicht viel, und wenn er es tat, nur mit einem Mädchen, die ihm ehrenwerte Bekannte als anständig und ordentlich empfohlen hatten. Der junge Reimer war tief bekümmert. Er selbst tanzte nicht; er saß mit einem allzuernsten Gesicht, mit einem weltfremden Schein in den jungen Augen, da. Wie konnte er, der eine kleine, heilige Liebste hatte, ein andres Mädchen in den Arm nehmen?! Er fand das große, schmale, dunkle Mädchen durchaus schön, und begriff seinen Bruder soweit wohl. Aber seine Phantasie, die immer bildete, malte ihm vor, daß sie irgendwie eine schlimme oder verwegene Vergangenheit hätte, etwa einen verbrecherischen Vater, von dem sie ausgeschickt wäre, für schwarze Unternehmungen den Helfer zu suchen, oder etwa einen Liebsten, der nun nächstens mit einem großen Auftritt erscheinen und Rechenschaft fordern würde, oder daß sie eine Spionin wäre und einen bösen Plan mit Bruder Eggert hätte. Sie erschien ihm durchaus wie ein Wunder, und also fand sie durchaus Gnade vor seinen Augen; aber er fürchtete, daß sie ein dunkles Wunder wäre.

Die Brüder dachten eine Zeit – und das war ihr Trost – daß Bruder Eggert sich so weit mit jenem Mädchen einließe, weil er ihnen damit seinen Trotz, seinen Eigensinn, seine Nichtachtung der Familie zeigen wolle. Als es aber Abend für Abend so weiter ging, wurden sie ernstlich bedrückt, zumal auch der Zimmermann in ihre Sorge einstimmte. Es war nötig, meint er, daß sie es ihm sagten, daß sie ein ernstes Wort mit ihm sprächen; so gefährlich es auch wäre, ihm an den Wagen zu kommen.

Als er nun eines Abends wieder von einem Tanz mit ihr an den Tisch zurückkam, wo sie mit dem Zimmermann und dem Italiener und andern Bekannten saßen, sah ihn Reimer mit seinen guten, jungen Augen an und sagte mit Herzklopfen: »Du solltest wirklich nicht mit dem Mädchen tanzen.«

Er fuhr auf, als hätte er darauf gewartet, warf die Schulter hoch und fragte gleichmütig: »Und warum nicht?«

»Weil sie nicht rein ist.«

Er fuhr noch mehr auf; man merkte, wie er an sich halten mußte, um den Stuhl nicht zu zerschmettern, den er gefaßt hatte. »Nein?!« sagte er, »rein? Was ist rein in der Welt?« Er war gleich wieder in seinem wilden Gram, und wollte sagen: ›Wo bin ich schmutzig geworden? Wer hat mich schmutzig gemacht? War es nicht mein eigner Vater?‹

Der junge Reimer erschrak und preßte die Lippen zusammen und wußte nicht, was er weiter sagen sollte. Er war immer so groß und sicher, wenn er in einer Vorstellung, einem Bilde war; wurde es ihm aber durch ein rasches Wort zerschlagen, dann war er verwirrt. Unsicher murmelte er ... er sprach vom Vater ... »Es war im Grunde nichts andres als Liebe, Eggert ... nichts als Liebe.«

»Liebe?!« sagte er mit wildem Zorne; und die ganze Fülle seiner kranken Seele brach heraus: »Liebe?! Eine schöne Sorte Liebe ... Halt' deinen Mund!«

Harm Ott merkte, daß da nichts zu machen wäre. Es war auch peinlich für die andern. Also stand er auf und sagt«: »Komm, wir wollen gehn, Reimer!«

Und zum Zimmermann gewandt, sagte er: »Wir wollen noch eine Stunde im Vorgarten sitzen.«

Da gingen sie alle, die mit am Tisch saßen, auch Eggert, der starr und böse vor sich hin sah.

Als sie die Wirtsstube des Bürgergarten betraten, saß da in der hintersten Ecke, über eine Zeitung gebeugt, ein alter Bekannter des Zimmermanns und des Italieners. Es war der Kapitän Bosselmann, ein großer, schwerer Mann von etwa vierzig Jahren, sonst Segelschiffskapitän, jetzt Steuermann auf einem alten Torpedoboot, das als Verkehrsboot im Hafen diente. Der Zimmermann und der Italiener hatten vor sieben oder acht Jahren unter diesem Kapitän Bosselmann eine schwere Fahrt mitgemacht, die mit der Explosion und dem Untergang des Schiffes geendet hatte und derzeit in Seemannskreisen viel beredet wurde. Seit jener Zeit hatten sie den Kapitän jahrelang nicht gesehn. Nun aber, in diesem letzten Jahr, hatten sie ihn dann und wann in dieser Wirtschaft wiedergesehn; und hatten sich auch schon in einer kurzen Unterhaltung der gemeinsamen Not erinnert. Dieser saß nun also wieder da in seiner Ecke, sah auf, und erkannte unter den Eintretenden seine beiden alten Matrosen, erwiderte stumm und ernst ihren militärischen Gruß und beugte sich wieder über seine Zeitung.

Als sie da nun saßen, versuchten Harm Ott und der Zimmermann eine gemütliche Unterhaltung zustande zu bringen. Aber die kühle, lässige Art des Zimmermanns, die sonst so gut tat, wollte in dieser erregten Stimmung nicht einschlagen. Eggert machte ein Gesicht, als wenn er alles in den Grund schlagen wollte, und der junge Reimer war blaß und still. Und das quälte wieder die Brüder; ja, es quälte auch Eggert. Es tat ihm in der Tiefe der Seele jammerleid, daß sein junger Bruder so traurig da saß. Aber was rührte er an seine wilde Wunde?! Und so war eine peinliche Stimmung am Tisch. Jeder wollte gern helfen und wußte nicht wie. Der Zimmermann war aber auch nicht ganz bei der Sache. Er hatte sich so gesetzt, daß er, wenn er nur ein wenig den Kopf wandte, den Kapitän Bosselmann sehen konnte; und er sah oft zu ihm hinüber; und seine Gedanken waren offenbar mehr bei ihm als bei den Brüdern.

Da wollte der Italiener, dem Reimers Gesicht leid tat, die Sache retten, und fing an, den Zimmermann zu necken, und sagte: »Es ist ganz merkwürdig, Zimmermann, mit welchen Augen du den Käp'tn Bosselmann ansiehst, grade so ... ja ... wie soll ich sagen ... als wenn du ein schlechtes Gewissen gegen ihn hast. Es ist mir schon immer aufgefallen. Sag' doch mal: was habt ihr miteinander gehabt, was ich nicht weiß?«

Der Zimmermann runzelte die Stirn und sagte gegen seine sonst sehr gleichmütige Weise unwillig: »Ich mit Käp'tn Bosselmann? Nichts weiter, als was du weißt! Ich mag ihn nicht, das ist es! Er ist mir irgendwie unangenehm. Das geht ja dem Menschen so, daß der eine ihm angenehm ist, der andere nicht.«

»So,« sagte der Italiener verwunderter ... »Du magst ihn nicht? Aber warum gingst du denn nachher doch wieder auf sein Schiff? Es scheint mir im Gegenteil, daß du ihn gern hast, ja, daß du ihn nicht recht entbehren kannst! Auch jetzt hast du dich wieder so hingesetzt, daß du ihn sehn kannst; und das tust du jedesmal, wenn er da in seiner Ecke sitzt, und die Augsburger Zeitung liest; denn er ist von Augsburg oder da herum, und katholisch.«

Der junge Reimer verstand, daß der Italiener helfen wollte, und war auch sofort neugierig, da er da etwas Seelisches witterte. Alles Seelische war für ihn, was für den Jagdhund das Such' ... Such' des Jägers. Er war immer auf der Suche nach Menschenerlebnissen. »Das hast du dem Zimmermann schon mal gesagt, Michelangelo,« sagte er; »und der Zimmermann ließ sich das gefallen, wie jetzt; aber inwendig knurrt er doch. Du solltest der Sache doch einmal auf den Grund gehn, Zimmermann! Ich meine ... in dir selbst! Irgend etwas ist da nicht in Ordnung.«

Der Zimmermann lehnte sich zurück und sagte in seiner ruhigen Weise lächelnd: »Nicht in Ordnung? Bei mir ist alles in Ordnung.«

»Dann erzähle mal, aber gründlich!« sagte Bruder Reimer hitzig.

Der Zimmermann, bequem zurückgelehnt, wollte anfangen zu erzählen. Der Italiener, die Hände weit vor sich auf dem Tisch, dunkel und klein, von unten heraufsehend, sprang ihm mit seinen dunklen Augen an, daß er nichts unterschlüge. Der Zimmermann sah ihn an und sagte: »Erzähl' du!«

Aber der Italiener, der wußte, daß er vor lauter Eifer und Widerspruch nicht ruhig erzählen könnte, sagte kurz und herausfordernd: »Bitte ... Du! ... Du bist dran!«

Da fing der Zimmermann lächelnd und ruhig an, froh, bei seinem geliebten, spieligen Plaudern zu sein.

Kapitän Bosselmann war fortgegangen. Allmählich standen zwanzig Mann um den Tisch und hörten atemlos zu.

»Hört also!« sagte der Zimmermann. »Wir beide, Michelangelo und ich, hatten also – es sind ungefähr zehn Jahre her – auf der Dreimasterbark »Gesine« von Hamburg angemustert, und hatten bei etwas unruhiger See, aber gutem Wetter, Leith verlassen, und segelten bei schwachem Wind ungefähr in der Höhe von Sunderland. Land war nicht zu sehn. Ich stehe gerade am Ruder, und der Steuermann neben mir, und wir sprechen von unserer Ladung – Kohlen, und Pulver in Kisten – und rede darüber, daß uns die Kohlen das schöne Schiff so schwarz gemacht haben, und wozu all das Pulver dient, das immerfort über alle Meere geschleppt wird, obgleich nirgends Krieg ist ... genau in dem Augenblick müssen die Kohlen unter uns entweder heiß oder verrückt geworden sein ... im selben Augenblick muß auch das Pulver angesteckt worden sein ... genug: wie und wodurch es gekommen ist: es geht plötzlich eine furchtbare Gewalt durch das ganze Schiff ... es kracht und bricht und berstet ... und dann geht das ganze Mittelschiff, mit Masten und Rettungsbooten, und mit allem, was drunten im Raum ist, in die Höhe, hinauf in die Luft! Ich sage euch: die Augen, die wir machten ... als wir wieder auf den Beinen standen ... und dieser Rauch, dick und schwarz wie Blei, in dem wir um Atem kämpften! Und wie der schwarze Staub sich etwas verzog, und wir uns schwarz wie Neger sahen! Und vor uns in der Tiefe nichts als dicker, schwarzer Kohlenstaub, und drüben, auf der andern Seite des Abgrunds, auf der Back, noch drei Matrosen ... die übrigen waren mit in die Höhe gegangen, tot und zerrissen! Und in dem ungeheueren, leeren Raum vor uns, in der Tiefe, palschte in zwei Strömen, dick wie zwei Männer, das blanke Wasser und wurde im Nu schwarzer Kohlenbrei. Da standen wir ... und das Schiff sank! Und weit und breit nichts weiter, als hier und da am Horizont eine dünne Rauchwolke, nicht mehr als von einer kleinen Pfeife.

»Der Alte, der sonst doch immer tat – das weißt du – als wenn er auf alles gefaßt war, der immer, wenn was Merkwürdiges vorfiel, mit seinem dummen: ›Das habe ich just so gedacht!‹ bei der Hand war, sagte wohl zehn Minuten gar nichts. Dann bekam er die Stimme wieder, und rief denen nach vorn zu, sie sollten ihre Korkwesten nehmen und über Bord gehn und sehn, daß sie eine Rahe erreichten, die ungefähr hundert Meter im Wasser trieb. Dann gab er dem Jungen und dem Koch die beiden Rettungsringe, und zeigte Michelangelo und mir die Gräting, und trieb uns an, daß wir uns fortmachten. Wir hatten jeder seinen Trost eben unterm Arm, da lag das Schiff auch schon so tief, daß das Wasser nur noch vier oder fünf Fuß vom Deck war. Da stieß er den Jungen, der nicht recht wollte, mit einem Stoß über Bord, und machte nach See zu eine Handbewegung, als wenn er auch gegen uns handgreiflich werden wollte, da sprangen wir hinterher, und machten, jeder auf eigne Faust, daß wir uns vom Schiff fortwühlten, um das es schon gurgelte und sog. Als wir uns umsahen, hob es sich gerade vorn, und lag einen Augenblick, wie ein Pferd auf den Hinterbeinen; dann sank es zurück und verschwand.

»Ich sage euch, als es wegsank ... als es nicht mehr da war, da fing unsre Not an! Da waren wir erst verlassen! Die drei von der Back trieben an einer Rahe; die andern zerstreut hier und da. Der Italiener war von mir abgekommen; und ich war gleich von Anfang an etwas zur Seite getrieben und schlug mich mit einem Holzstück herum, das für meine Armlänge zu breit war, und sah auf jeder Welle, auf die ich trieb, in die Ferne, und dachte: Herrgott ... man muß doch gesehn haben, baß dreitausend Tons Kohlen in die Luft gingen?! War es nicht eine Wolke so groß wie England? Schoß nicht der Mast mit einem Knall gegen Gottes Stuhl? Natürlich haben sie uns gesehn! Und kommen, und holen uns aus dem Wasser!

»Und dann kam auch einer! Ich meinte, er wäre noch weit weg, und sähe uns nicht. Aber da fuhr er schon gerade auf uns zu, und ich hörte die Stimmen. Es war ein kleiner, breiter Fischdampfer, so einer von der Doggerbank. Von jeder Wellenhöhe, die ich hinaufkam, übersah ich sein ganzes Deck. Er fischte erst die an der Spiere herauf, dann die vier um den Mast, darunter den Kapitän. Ich sah deutlich, wie der Junge in den Knien lag, und einen der Leute um den Leib faßte, als wenn das Deck ihm noch nicht fest genug war, und dachte noch: der hat vom Seefahren genug und wird Schuster! Da sah ich plötzlich, wie sie sich alle umsahn, und, wie es die Marktschreier von ihrem Tisch herab tun, laut übers Wasser riefen...nach allen Seiten. Da wurden mir die Glieder im kalten Wasser steif und die Augen weit; denn ich merkte, daß sie mich nicht sahen! Da schrie ich aus allen Leibeskräften! Aber sie hörten mich nicht, und sahen nicht, daß der Strom mich von ihnen wegtrieb. Ihre Schraube setzte wieder an ... Die andern Geretteten...ich sah es...gingen unter Deck...Nur der Alte stand noch da.

»Er stand ganz allein ... Na ...du kennst ihn ja ...und ihr andern habt ihn ja zuweilen über seiner Zeitung da sitzen sehn...so ein bißchen töfflig stand er da...ich weiß nicht, wir haben oft darüber gesprochen, ob er X- oder K-Beine hat ...oder was es sonst ist ...genug er steht nicht ordentlich stramm und gerade wie andre Leute...So stand er da, bald das Glas vor den Augen, bald ohne Glas, und suchte, und sah sich um. Und ich sah so an seiner Haltung, wie er sich besann, ob sie alle gerettet wären, und wie er deswegen mächtig nachdachte . .. Und da ...Kinder ...als ich ihn da so stehn sah...an der niedrigen Reling, weit nach vorn gebeugt, als wollte er mit seinen Augen dem, der noch zu fehlen schien, näher kommen, da schrie ich in meiner Angst noch einmal. Und zwar schrie ich das Wort, mit dem wir ihn damals nannten. Weil er nämlich, wenn ihm etwas nicht rasch genug ging ...und was ging ihm rasch genug? ... immer mit so hoher, sausender Stimme vom Hinterdeck herabrief, mit so juhendem Ton, und mit dem Vornamen Julius hieß, nannten wir ihn >Schuulius<

Das also schrie ich! Na, ...ich schrie so laut ich konnte...Schuulius!...Und seht: das hörte er! Er drehte sich um, als wenn er in die Seite gestochen wäre, und gab Befehl, auf mich zuzuhalten. Und da fanden sie mich und fischten mich auf.

»Der Alte sagte bis Hull, wo uns der Fischer ablieferte, und auch nachher auf der Fahrt nach Hamburg kein Wort über mein Geschrei. Bloß als wir dann auf dem andern Schiff, das sie ihm gaben, auf der Roberta, wieder anmusterten, sagte er mal so ganz verloren und nebenbei: »Wenn du noch mal wieder schwimmst, kannst du mich auch beim rechten Namen nennen.« Ich sagte: ›Das tu' ich sicher nicht, Kä'pt'n; das nützt nichts; Sie würden mich nicht hören.‹ Da schüttelte er den Kopf, erstaunt über mich oder über sich, und ging nach achtern.«

So erzählte der Zimmermann und sah gedankenvoll vor sich hin und schüttelte langsam und stumm den Kopf. Dann warf er einen langen Blick nach dem Tisch hinüber, an dem vorhin der Kapitän gesessen hatte, und sah ihn da nicht mehr, und sah Michelangelo an und sagte wieder ruhig und in seiner alten, gleichmütigen Weise: »Ich weiß ...ich habe irgend etwas gegen ihn ... aber ich weiß nicht was.«

Die andern sprachen eine ganze Weile über den Fall. Es war doch höchst rätselhaft, warum der Alte gerade diesen Ruf gehört hatte! Der Italiener meinte, er habe eben lauter gerufen, da es die letzte Not gewesen wäre.

Der Zimmermann aber leugnete es entschieden. »Ich habe nicht lauter gerufen. Ich war schon ein bißchen verklamt, und konnte nicht mehr.«

Ein andrer meinte, das eigentümliche Wort mit dem langgezogenen u hätte es getan. Er hätte eben in seiner Not ebenso gesaust und gejuht, wie der Alte vom Hinterdeck herab, wenn es stürmte; und das wäre eben weithin zu hören.

Aber auch das schien nicht wahrscheinlich.

Der junge Reimer hatte still dagesessen, die Augen auf den Zimmermann gerichtet. Plötzlich, aus langem Nachdenken heraus, sagte er rasch und heiß: »Wißt ihr was ...ich will es euch sagen!

Es ist nicht dies und nicht das ... Wißt ihr, was es ist? Der Zimmermann hat den Alten lieb! Das ist es ... und darum hat er auch was gegen ihn!«

Sie sahen ihn alle dumm an. Dann sahen sie alle auf den Zimmermann. Der hatte plötzlich die Zähne zusammengebissen und sah starr, glühend über das ganze Gesicht, auf den jungen Reimer Ott: »Wie kommst du darauf?« sagte er verstört.

Der junge Reimer sagte, die brennenden Augen scharf auf ihn: »Das ist nämlich nicht so, daß wir nur Hände haben, die langen können ... sondern unsre Seele, müßt ihr wissen, kann auch langen! Du sahst den Alten da stehn, wie er in Not um den einen war, und die See absuchte! Da brannte dein Herz nach ihm. Eben weil du ihn so in Not um den Einen sahst! Und da riefst du ihn mit dem Namen, mit dem du ihn lieb hattest, und langtest mit deiner Seele nach ihm. Und die langte weiter, als das Geschrei von deinem Mund! Viel weiter! Und so kam es an ihn heran, daß er es hörte! Du hast ihn lieb, Zimmermann!« Und plötzlich schrie er laut mit funkelnden, wilden Augen: »Lüge nicht, Mensch!«

Der Zimmermann wollte ihn mit bösem Zorn ansehen; aber plötzlich taumelte er auf, glühendrot im Gesicht, schlug die großen braunen Hände vors Gesicht, und ging aus der Tür.

Er war noch nicht draußen, da rief dieselbe hohe Stimme: »Und du, Eggert, bist auch so einer! Du hast einen Haß gegen den Vater und gegen die Heimat, weil du sie lieb hast! Das ist es! Aber du wirst dich noch eine Weile weiter verstellen; denn du bist härter als der Zimmermann!«

Eggert Ott biß die Zähne zusammen und murmelte: »Was soll unsre Sache vor fremden Menschen?« Aber er war doch unsicher und biß an seinen Lippen; und fuhr mit der Hand übers Haar, wie seine Mutter es tat. »Ich gehe,« sagte er.

Da standen sie alle auf. Und die, die um sie standen, traten mit stillen, stummen Gesichtern auseinander, und gingen ihrer Wege, jeder an seinen Bord.

Das war am Abend des neunundzwanzigsten Mai.

23.Kapitel
Die Begegnung vorm Skagerrak

Am andern Abend fuhren sie, als es dämmerte, wieder einmal aus dem Hafen.

Es ging hier und da so das Gerede, als wenn sich diesmal etwas Ernstes ereignen könnte. Aber die meisten glaubten es nicht; sie waren schon ungläubig geworden. Wenn hier und da in einer Gruppe irgendeine unruhige Behauptung und Erwartung ausgesprochen wurde, erweckte sie immer wieder Mißtrauen.

Nachdem sie eine Nacht auf der Reede gelegen hatten, fuhren sie weiter. Sie konnten nicht genau wissen, wohin die Fahrt ging; aber als Helgoland in Backbord in Sicht kam, wußten sie, daß es nicht gegen England ginge. Am selben Nachmittag warfen sie Anker und blieben bis in die Nacht hinein im Angesicht von Helgoland liegen. Da hatten diejenigen die Oberhand, die sagten, daß es wieder nichts wäre; und sie wurden mißmutig.

In der Nacht aber fuhren sie weiter und merkten am Wind, daß sie weiter Kurs nach Norden nahmen. Sie fuhren auch den Vormittag weiter, immer in mäßiger Fahrt und blieben nachmittags so bei, bis um vier Uhr herum. Vor ihnen fuhren, weit ausgebreitet, nur an Rauchwolken sichtbar, die Torpedoboote, näher heran die kleinen Kreuzer. Dann kamen sie, fünf Panzerkreuzer in Kiellinie. Vom Gros, nach dem sie hinter sich ausschauten, war nichts zu sehn.

Bald nach vier Uhr stand Harm Ott mit einigen Kameraden im Kantinendeck und sie sprachen wieder einmal über England: daß sie die englischen Matrosen immer sehr gern gehabt, wo sie sie getroffen hätten. Und einer, den sie wegen seines würdigen, großen Gesichts den Propsten nannten, ein ruhiger, verständiger Mann, erzählte gerade: »Ich war noch drei Tage vorm Krieg mit Engländern zusammen... in Bristol... sie lagen da mit ihrem kleinen Kreuzer ... Die sagten alle, daß das Gerede vom Kriege zwischen uns ein Unsinn wäre; sie hätten ja die beste Freundschaft mit uns!« Nein,« sagte er und schüttelte den Kopf, »die englischen Matrosen ... die haben diesen Krieg mit uns nicht gewollt und nicht gesucht! Das haben andere getan! Jetzt freilich ....nun der Krieg da ist ...tun sie natürlich ihre Pflicht, wie wir sie tun.«

Er redete noch, da kam einer in höchster Eile die Treppe hinuntergeglitten und sagte im Vorbeirennen: »Kinder ...dat geiht los ...hol' ehr de Düwel!« und sprang vorüber. Aber sie glaubten es nicht, und einige lachten über ihn.

Es war aber noch keine Minute vergangen, da hörten sie laufen und rufen, und gleich darauf schrillten die Bootmannspfeifen und die Rufe: »Klar Schiff zum Gefecht!« Da wußten sie, daß es ernst war. Das Geplauder war plötzlich verstummt; die Augen waren plötzlich ernst, und es war, als wenn sie tiefer in den Höhlen lägen. Nähere Bekannte gaben sich noch rasch die Hand: »Nun, mach's gut!« Dann stoben sie auseinander. Zehn Minuten später stand Harm Ott auf seinem Gefechtsposten, seitwärts vom Kommandoturm an der Reling.

Mit ihm standen da ein Leutnant und einige Signalmaate und ein Obermatrose. Vorne, vorm Turm, sah er im Haufen der Offiziere zuweilen das verwitterte, frische Gesicht des Admirals, wie er nach seiner raschen, lebhaften, liebenswürdigen Weise den Kopf zu denen wandte, mit denen er sprach. Sie waren im ganzen wohl zwanzig Mann auf der Brücke. Und alle sahen nach vorn, wo am Horizont, gleich kleinen, dunklen Rauchpunkten, fächerförmig ausgebreitet, die Torpedoboote fuhren. Von unten, aus dem Schiff, hörte man Trommel und Horn. Es dröhnte und schmetterte zu ihnen hinauf, kam näher, verschwand wieder, und versank in die Tiefe der Decke. An Backbord in Nordwesten lag eine kleine Zahl von Fischdampfern im hellgrünen Meer. Ein Torpedoboot fuhr an sie heran, blieb eine Weile bei ihnen und fuhr dann weiter.

Als er seine Augen abwandte, sah er, daß wieder Funkentelegramme von Hand zu Hand gingen. Dann sahen sie alle wieder mit großem Eifer, mit oder ohne Gläser, über das Meer nach Norden. Der Kapitän, bei etwa fünfzig Jahren ein rascher Mann, stand stramm gegen die Reling gelehnt, sein Glas vor ihm auf der Brüstung; der Admiral fragte den langen, blonden Artillerieoffizier irgend etwas; der deutete auf den Turm zu ihren Füßen, dessen Geschützrohr sich immer wieder hob und senkte, um zu prüfen, ob alles in Ordnung wäre. Alle Gestalten, die da standen, hatten sich gestrafft und starrten unbeweglich übers Meer nach Norden, Harm

Ott beugte sich gerade vor, den Admiral und den Chef des Stabes, der neben ihm stand, zu sehn, und stand noch so, da rief der Adjutant dem Signalmaaten, der dicht neben ihm stand, mit jäher Bewegung zu: »Rauchwolken! ... Sehn Sie? ... der Feind!« und gleich darauf: »Hören Sie? ... Schüsse!«

Sie hielten alle den Atem an. Ja ... es war deutlich zu hören ... Nun wieder ... Ja ... Und da! ... Einer unserer kleinen Kreuzer schoß ... man sah deutlich den hellen Feuerrauch. Gleich darauf war der Funkspruch da und ging von Mund zu Mund: Kleiner Kreuzer Elbing im Gefecht mit leichten englischen Kreuzern.

Gleich darauf fühlte Harm Ott, wie die Erschütterung des Schiffes stärker wurde und der Luftzug hart gegen ihn anfuhr ... wie ein heftiger Wind, ja, fast wie ein Sturm. Der Bug hob sich; breiter, weißschäumender Gischt stieg über der Back auf, schwoll hoch und warf sich auf, und brauste über das ganze Vorschiff. Er sah noch einmal nach den Fischdampfern in dem Gedanken, der ihm wunderlich durch den Kopf schoß, ob es irgendwie ein verkappter Feind wäre, und sah, wie der Junge, der am Heck des letzten und nächsten Bootes stand, wie in Verwunderung beide Hände hob. Da wandte er sich um, und sah die ganze Reihe der mächtigen Schiffe, Schaum hoch vorm Bug, in rasender Fahrt dahinstürmen. Und es kam ein Gefühl des Stolzes und der Freude über ihn. In dem Augenblick trat der Signalmaat, ein einsilbiger Mensch, mit dem er kaum bekannt war, ein wenig zurück, so daß er neben ihm stand, und sagte leise, ruhig und deutlich: »Hören Sie, Ott ... es fällt mir so ein ... wenn mir etwas zustößt ... dann schreiben Sie einen netten, freundlichen Brief an meine Frau ... hören Sie ... ich will Ihnen dasselbe versprechen ... Es ist so angenehm für die Angehörigen, wenn sie etwas Persönliches erfahren.«

Harm Ott sah ihn rasch an und nickte. »Abgemacht so!«

Als er sich wieder umwandte, sah er, wie der Admiral mit einem gespannten und fragenden Ausdruck in seinen raschen, grauen Augen einen Funkspruch las und an seinen Stabschef weiter gab. Der Feuerrauch der kleinen Kreuzer war nun deutlich zu sehn und ihre Schüsse rollten schon hallend über das Meer. Ein Läufer kam aus dem Turm, wieder einen Funkspruch in der Hand. Gleich darauf sagte der Adjutant neben ihnen: »Sechs große englische Kreuzer, von Nordwesten kommend, gesichtet!«

Harm Ott starrte wieder über die See, mit gieriger Seele nach vorn strebend, nach dem Neuen, Gewaltigen, das die nächsten Stunden bringen würden ... Da schossen sie wieder! ... Und da waren zum erstenmal die Mündungsfeuer der feindlichen Kreuzer ... nur undeutlich ... ein leiser Blitz! ... ›Wären wir nur erst näher! ... daß wir mithelfen könnten! Mitten hinein! ... Daß etwas geschah ... etwas Großes! ... Zum Heil des Vaterlandes und seiner Not! Zum Ende des Kriegs!‹ Aber obgleich alle seine Sinne so nach vorn strebten und die Augen wie Falken starr gradeaus übers Meer flogen, sah er doch, wie der Admiral sich in seiner raschen Weise zu dem langen, blonden Artillerieoffizier wandte und dabei jene zierliche Bewegung machte, die ihm eigen war, und wie das Rohr des Turms Anna, schräg unter ihnen, den der Offizier noch einmal prüfte, gegen den fernen, noch unsichtbaren Feind sich langsam hob und senkte, wie wenn ein Stier vorm Angriff den Kopf hebt und senkt, die Kraft des Nackens zu prüfen ... zugleich aber, in demselben Augenblick ... flogen die Gedanken wie durch einen Spalt, der weithin durch die Luft sich auftat, auf Windesflügeln, stürmisch, jagend, der Küste zu. ›Wie hoch nach Norden mögen wir sein?! Sind wir weit über die Eidermündung hinaus?! Hören Vater und Mutter den schweren Donner, das furchtbare Stoßen, von der See her? Treten sie aus den Häusern und steigen auf die Deiche und starren über die Watten und über die blendende See und denken an ihre Kinder in der Not der Schlacht? Es wird eine große Schlacht! Ich erlebe das Gewaltigste, was es gibt ... Wie sagte der Offizier? ... Wenn England in einer Seeschlacht geschlagen wird, ändert sich die Welt ... Wie gern spräche ich noch mit Bruder Eggert! ... Wenn ich nicht wiederkomme, muß er nach Hause gehn und Frieden mit ihnen machen ... Frieden ... das ist die Hauptsache! Darauf kommt es an!‹ ... Wie Pfeile ... wie feurige Pfeile, gradeaus, so flogen jähe, heiße Gedanken, Wünsche, Hoffnungen, flehentliche Bitten ... bald empor zu Gott, bald nach Osten, der Heimat zu, flogen, und kamen an.

Vorn im Nordwesten, nicht mehr fern, laufen zwei oder drei unserer kleinen Kreuzer ... der Rauch flog hinter ihnen her ... dazwischen der hellbraune Rauch ihrer feuernden Geschütze. Ganz fern am Horizont ... man sieht die Schiffe selbst nicht ... es steht da nur Rauch und es blitzt da ... das sind die Feinde! Wie langsam es geht, obgleich der Gischt weißschäumend über das ganze Vorschiff und bis an die Brücke fliegt. Zwanzig Menschen auf der Brücke, Hunderte durch Schlitze und Löcher, starren nach den fernen, fernen, kleinen Rauchwolken ... Nun wird das Mündungsfeuer deutlicher ... drei oder vier rote Blitze zucken auf und hellbrauner Rauch ... ein kurzer Augenblick ... nun steigt um die deutschen Schiffe Qualm und Wassergischt auf, wie heller Dampf anzusehn, wie Schleier, der sie verhüllen will. Aber nun ... da! ... hinter den kleinen, fingerlangen, feindlichen Schiffen, ganz fern am Horizont, erscheinen deutlich neue Rauchwolken ... höhere, breitere! Das sind die gemeldeten großen Schiffe des Feindes!

Harm Ott sah zur Seite nach den Offizieren und wunderte sich, wie ruhig sie dastanden, wie sie beobachteten und es in alter Weise miteinander besprachen. Der Chef des Stabes nahm mit ruhiger Bewegung ein Papier aus der Mappe, sah hinein, und gab dem Admiral eine Auskunft, die mit Kopfnicken quittiert wurde. Nur ein junger Leutnant, der an die Reling gepreßt stand, murmelte dann und wann ein Wort vor sich hin; und der Kapitän schüttelte einem jungen Fähnrich, der mit einem dienstlichen Auftrag an ihn herantrat, am Arm und sagte mit sprühenden Augen: »Nun ... freuen Sie sich, Fähnlein? Freuen Sie sich? In fünf Minuten sind wir im Kampf!«

Harm Ott hörte es. Das Herz klopfte ihm plötzlich schwer. Er hatte eine Neigung, die flache Hand dagegen zu pressen, so als wenn er fürchtete, daß man es durch die Jacke sehn könne, und es fuhr ihm durch den Kopf: ›Ein Held bin ich nicht. Ein Held ist nur Freude. Ich bin erregt und unruhig.‹ Und er richtete sich auf und riß sich zusammen und überwand es.

Sie jagten grade auf die englischen großen Schiff zu. Auch die kamen heran; sie wurden größer und größer. Aber nun drehen sie herum ... ja ... sie wollen im Bogen herumgehn und weglaufen. Fern, so groß wie Männersinger, stehen sie am Horizont, ganz deutlich und klar; am Rauch, der über ihnen hinjagt, sieht man, wie sie dahinrasen. Es sind sechs große Schiffe. Nach Südosten wollen sie umbiegen ... Was sehn sie plötzlich nach den Türmen zu ihren Füßen? Was fliegen und messen ihre Augen über die See zum Feind hinüber? ... Da! ... ein Beben durchs Schiff ... ein ungeheueres, knatterndes Krachen ... das Schiff schüttelt sich ... Turm Cäsar hat den ersten Schuß gelöst ... gewaltig, Meer und Himmel füllend, bricht er über die See. Gleich darauf folgt Turm Anna zu ihren Füßen. Nun, mit hellem Knattern, auch die Kasemattgeschütze ... Nun blitzt es auch drüben ... da in der Ferne, vom Feind her ... ja ... fünf glühende Punkte ... verschwunden ... Nun ... kommt es? ... kommt es? Da ... mit heulendem Sausen ... in rasender Fahrt ... juhend und sausend ... wie sie heranjagen! ... im selben Augenblick sind sie da ... Zweihundert Meter vorm Schiff schlagen sie ins Wasser ... ungeheure Gischtsäulen, einige dunkel, andere blendend weiß, stiegen auf. Ein ungeheures Getöse füllt die Luft, rollt, stößt neu an, brüllt und stößt gegen die Wände des Himmels. Wie zahllose rasende Gewitter, die mit schrecklichem knatternden Donner um sie stehn. Wenn es von den deutschen Schiffen einen kleinen Teil einer Sekunde einmal schweigt, hören sie den Donner vom Feind; aber gleich wieder füllt das ungeheure Getöse, wie von riesigen, jagenden Ungeheuern, Luft und Meer. Eben haben einige Türme wieder geschossen ... das Schiff bebt noch von den Schlägen. Da kommen wieder feindliche Granaten mit heulendem Sausen in rasender Fahrt daher. Sie schlagen vorn, dicht vor dem Bug und zur Seite ins Wasser; eine ungeheure Gischtsäule fliegt auf, steht einen Augenblick, achtzig Meter hoch, vor dem Schiff, und überwirft dann das Vorschiff und den Kommandoturm mit sprühenden Wassermassen. Der Feind hat sich eingeschossen. Der Stab geht in den Turm, von da aus die Schlacht zu leiten; der Adjutant, die Signalmaaten und Läufer gehen auf die Leeseite, um nicht völlig ungeschützt zu sein. Sie sehn sich an und nicken sich zu und rufen sich irgendein Wort zu, aber sie verstehn sich nicht. Aus dem eignen Schiff brechen in langen Blitzen mit ungeheurem Knattern die Schüsse; aus der ganzen deutschen Linie dröhnt es wie Salven ungeheurer Gewitter; in rotgelbem Schein leuchten die Blitze; in Schwefel und Rauch lösen sich Himmel und Erde; das Meer ist ins Beben gekommen; es ist mit großen, unruhigen Wellen bedeckt, die sich wie von Schmerzen gequält übereinander werfen. Und in der Ferne ...

weit in der Ferne, doch deutlich zu sehn ... in der Reihe der fingerlangen Striche am Rand des Meeres ... wieder ... wieder ... das jähe Aufblitzen ... ein hellbrauner Rauch ... so! ... nun hat er wieder geschossen! ... Nein ... das war der zweite ... der schießt nicht auf uns ... aber nun ... Da ... der erste in der Reihe! ... nun kommt es ... da ... wie sie heranheulen ... wie sie poltern ... wie sie sich polternd durch die gequälte Sturmluft drängen! ... Da ... in schrecklicher Fahrt, mit ungeheurer Kraft und Schwere, Ambosse ... glühende Eisenblöcke ... da ... schwer krachend schlägt es in die Backbordspill ... eine Wolke von schmutzigem, dunklem Rauch und Staub fliegt haushoch auf, ein Stück der Ankerkette, so groß wie ein Mensch, fliegt am Kommandoturm vorüber. Ein Mann, der am Geländer sich haltend um die Turmecke kommt, wird von einem Splitter getroffen und schlägt mit dem zerschmetterten Gestänge die sieben Meter tief aufs Deck. Da liegt er still; seine Mütze mit dem sauberweißen Namenszug liegt neben ihm. Einen Augenblick halten sie die Hand vorm Mund, stehen sie im Rauch, dann fliegt er im Sturm vorüber. Wieder bebt das gewaltige Schiff, blitzen seine Türme, rast sein Feuer aus den Kasematten; es hebt sich, schüttert zusammen und stürmt weiter; das Wasser vorm Bug sprüht hoch und wirft sich über die zertrümmerte Back. Sie stehen ruhig mit stillen Gesichtern, scharfen Augen, seltenen, abgerissenen Worten, die sie sich ins Ohr rufen oder sich deuten. Sie sehen immer wieder nach den Schlitzen im Turm, in denen die Gesichter derer sichtbar sind, welche die Schlacht und die Schiffe leiten. Die Feinde haben sich eingeschossen. Ein zweiter Treffer fällt in die Back und reißt sie weit auf; ein andrer schlägt in die zweite Kasematte. Das Schiff zuckt zusammen ... es schüttelt sich wie ein Pferd. Die eignen Salven krachen dazwischen. Mit schrecklichem Geheul und wildem Sausen, zuweilen mit lautem, stoßendem Poltern stürzen die Geschosse der Feinde heran. Von den andern Schiffen dröhnt und kracht es in gewaltigen, stoßenden Akkorden.

Da ist der Ruf: »Läufer!«

Er springt an den Schlitz: »Vom Turm Emil keine Parole! Feuert nicht. Fragen Sie, wann er wieder feuert, ob er Hilfe braucht.«

Harm Ott lief achternaus und kam bis achter den Turm; da kommt eine Salve ... einige ... zu kurz ... schlagen ins Wasser ... weiße Wassersäulen schießen auf ... aber die andre schlägt vor ihm in die Tiefe des Mitteldecks ... er stolperte einige Schritte zurück, rannte wieder vor, kam zur großen Treppe, die sieben Meter tief aufs Mitteldeck hinabführt, und sah aus dem Turm Bertha Rauch kommen. Nun schießt eine rote Flamme heraus. Er glitt die Treppe hinunter. Ein Offizier, dunkelgelb im Gesicht, die Hand fest um den zerschossenen, blutigen Arm, stürzt nach Atem ringend heraus, einen stolpernden, rauchenden Körper nach sich ziehend. Sich aufrichtend, fragt er einen andern Offizier, der vom Turm Emil herüberkommt, mit verwunderter, verwirrter Stimme: »Auf wen schießen Sie denn?« Der versteht ihn wohl nicht richtig, reißt die Augen auf und sagt: »Nun, auf die Engländer!« Der Verwundete schüttelt den Kopf und deutet auf seinen Turm und geht fort. Der Offizier und Harm Ott hinter ihm ducken sich und sehn in den Turm; aber da ist nichts mehr zu helfen. Sie liegen zerrissen, verbrannt, im schwefelbraunen Dunst rund um ihr Geschütz. Der Offizier faßt Harm Ott am Arm und nimmt ihn mit nach seinem Turm und geht hinein. Harm Ott sieht hinein: ein kurzes Bild heißer Arbeit, zwischen blitzendem, klingendem Eisen ... ein abgerissener Ton wilder Ermunterung ... das Geschütz ist wieder in Ordnung, kann wieder feuern. Eine feindliche Salve heult heran und schlägt in Marshöhe übers Schiff hinein. Wassersäulen rauschen hoch auf. Von achtern her läuft ein Ruck durchs Schiff, es zuckt wie im Schmerz zusammen und faßt sich.

Er sprang die Treppe wieder hinauf und erstattete Meldung, und stand wieder an seiner Stelle. Das Schiff hatte von der zerschossenen Back her Wasser übergenommen, es hing schief nach vorn; der Gischt sprang höher übers Deck; aber die Fahrt war unvermindert. Die Geschütze feuerten mit Macht; das Schiff bebte unter ihren Abschüssen. Zuweilen kommen die Abschüsse der nächsten deutschen Schiffe zu gleicher Zeit, dann schwillt das ungeheuerliche Krachen an; es füllt mit seinem wilden Tosen den ganzen Himmel. Von drüben aber, in der Reihe der Engländer, die in wilder Fahrt dahinjagen ... Rauch fliegt hinter ihnen her ... blitzen die Mündungsfeuer, hallen die mächtigen Donner. Nun kommen sie an! ... Da ... noch ehe sie da sind, schießt die ›Below‹ ... drei ... vier Abschüsse ... das Schiff duckt sich von dem ungeheueren Druck, schüttelt sich und hebt sich wieder, nun kommen sie ... Wie sie heulen! ... wie sie sich jammernd, polternd durch die Luft quälen! Harm Ott steht still, die Zähne zusammengebissen ... die Hände am Gestänge ... und sieht ihnen entgegen: ›Wie merkwürdig ... wie wehrlos ich hier stehe! Sie kommen gerade auf mich zu! Auf Stirn und Kopf legt sich ein schwerer Druck ... Es ist aus mit mir! Sei meiner Seele gnädig!‹ Da! ... Zu weit nach vorn! ... Die eine schlägt wieder in die Back, die andern stürzen vorm Bug ins Meer ... drei Wassersäulen, ungeheuer breit, weiß und blank, schießen empor, kirchturmhoch, jagen über das ganze Schiff hin bis über den Mars, und zerschellen mit ungeheurem Gischt auf Decks und Türmen. Als sie eben weg sind und die Sicht wieder klar und die vielen Augen wieder nach dem Feinde sehn, nach den fünf fingerlangen blitzenden Strichen am Horizont, heben sie jäh die Hände ... und zeigen dahin ... sieh! ... sieh! Da ... da! Das sechste in der Reihe hat sich urplötzlich gewandelt ... Um ungeheure Massen und Stücke, die glühend aufspringen, flackert eine Wolke, wie ein Kleid von braunrotem gräßlichen Glanz ... nun steht sie da, grau ... schrecklich ... tot ... nun weht der Wind sie dahin! Die Männer auf der Brücke sehn sich an, die Lippen zusammengepreßt ... sie nicken sich zu ... sie sagen ein kurzes Wort, und starren wieder nach der Reihe, und nach der Lücke in ihr. Eine volle Breitseite jagt heran, heulend, wie wahnsinnige Teufel singend. Eine Erschütterung geht durch das Schiff.

Ein Wink aus dem Schlitz des Turmes. Er springt heran. Er soll in der Maschinenzentrale fragen, ob die Geschwindigkeit beibehalten werden kann.

Er springt die Treppe ins Signaldeck und die zweite Treppe unter die Back, und die dritte Treppe hinunter. Am Wassertank steht ein Sanitätsposten ... hält ihn am Arm und fragt ihn schreiend: »Wie steht es? gut?« Er nickte und wollte ihn fragen, ob sie viele Verwundete hätten; aber der Lärm der Maschinen und der Abschüsse, die eben donnernd hereindringen, verschlingt seine Stimme. Er rannte Steuerbordseite weiter durch die Kasematten ... dachte: ›Könnte ich meinen Bruder nur einmal sehn, ob er noch lebt‹ ... glitt die vierte Treppe hinab und wollte in die Maschinenzentrale springen ... in dem Augenblick schlägt es mit schrecklichem Krachen, mit ungeheurer Gewalt, seitwärts vor ihm hinter den Bunkerwänden ein ... Eisen birst und splittert ... das ganze Schiff macht einen kleinen Sprung ... ein Schreien ... ein Heizer, pechschwarz, den Mund mit den weißen Zähnen geöffnet, kommt aus der Bunkertür und schleppt einen Kameraden, dem das Blut von Mund und Schenkel rinnt, hinter sich her. Einige Heizer springen hinzu, einer dringt, die Gasmaske vor, in die Tür, in der die dicken Rauchschwaden stehn. Vorüber. Ein Sprung ... und er steht vor der Zentrale. An der Tür stehn Heizer in Troyer und Hosen, Schweißtücher um den Hals, alte Tücher um den Kopf, eilig, die Gesichter dunkel bestaubt, heiße Augen aus dunkeln Höhlen, und machen Meldung von ihren Kesseln ... ein Unteroffizier faßt einen Jüngeren am Arm und sagt: »Ruhig ... Ruhig! Der Stabsingenieur ist nicht da ... Im zweiten Maschinenraum!«

Er wandte sich um, rannte zwischen den rollenden Säcken und schwarzbestaubten, stöhnenden Heizern hindurch, sprang den Niedergang hinab und stand im Heizraum. Der Stabsingenieur stand neben dem Wachthabenden und sah nach oben, wo einige Leute auf der Leiter schweißtriefend, alle Muskeln gespannt, die Augen unruhig flackernd, mit schweren Eisenschlüsseln arbeiteten. Er sah Harm Ott stehn und winkte ihm, zu warten. Welch ein Lärm! Wie es gegen die Ohren andonnert und drängt! Wie die riesigen Feuer prasseln! Wie die Heizer arbeiten! Wie die Schaufeln stoßen, die Feuertüren hart aufschlagen, die Ventilatoren sausen und pfeifen, nun im höchsten Ton singen. Im Sprachrohr schreit es Befehle; in einem stillen Augenblick hört er durch die Leitung dicht neben sich den Feuerbefehl von der fernen Brücke herab: ›hundertzwanzig hundert ... Schieber ...‹ dazwischen fern und dumpf das Donnern der Geschütze und von oben her das Stoßen und Schlagen gegen die Eisenwände, das Arbeiten der Schraubenschlüssel, das Rufen der Menschen. Die Heizer hören und sehen nichts von allem, sie sehen nichts als die Feuer. Halbnackt, in Schweiß wie in Wasser, mit flimmernden Augen, die riesigen Schaufeln und Stangen in den Händen, stoßen und schüren sie in glühenden Massen. Ein Maat schreit irgendeinen Befehl oder sagt irgendein Wort der Erklärung; ein langer Heizer kann die ungeheure Stange, die auf einen harten Block Glut gestoßen ist, nicht allein hantieren; er stößt seinen Kameraden an, einen kurzen, breiten; der läßt die Schaufel fallen und faßt mit seinen mächtigen Fäusten zu; die Muskeln an seinem Arm springen hoch. In einer Bunkertür erscheint eine Gestalt, von oben bis unten schwarz, nur Augen und Zähne blitzen weiß ... er streckt die Hände aus ... ein Kamerad reicht ihm einen Trunk Wasser.

Die Arbeit auf der Leiter ist getan. Der Stabsingenieur nimmt den beiden Männern selbst die Eisenschlüssel ab. Er sieht auf Harm Ott, der springt hinzu und erhält Antwort.

Er springt die Treppe wieder hinauf und rennt nach vorn. Als er durch den Kasemattgang weiter vorläuft, sieht er vor sich Dunkel und es kommt ihm ein schwefeliger, süßlicher Geruch entgegen. Er will zurück, weil er meinte, er könne nicht hindurch, und wollte durch den andern Gang eilen, da sah er einen Verwundeten sich abmühen, den Gang entlang aus dem Dunst zu kommen; die Gasmaske war ihm abgerutscht; er machte mit dem verwundeten Arm eine matte, unbeholfene Bewegung, sie sich wieder vors Gesicht zu legen. Da sprang er vor und faßte ihn und riß ihn mit sich und sah dabei durch die Tür die zweite Kasematte voll Rauch und brandigem Dunst, stolperte über einen, der da zerrissen in seinem Blut lag, und kam mit dem Verwundeten glücklich bis an die Treppe ... da, durch einen Treffer, der schräg über ihm in Lee das Deck traf, verwirrt, ließ er ihn da liegen und sprang die hohe Treppe hinauf, um zum Admiral zu kommen, und kam um die Rückwand des Kommandoturms ... da sah er, im Umbiegen, das Häuflein der Kameraden, mit denen er da gestanden hatte, wie vom Sturm hingeweht, zwischen Turm und Reling dicht aneinandergeworfen, in ihrem Blute liegen. Der Leutnant, gegen die Turmwand geworfen, schwer blutend, versuchte sich zu erheben, fiel aber wieder um. Er meinte wohl, daß Harm Ott der Sanitätsgast wäre, und sagte: »Erst die andern ... erst die andern.« Harm Ott lief an ihnen vorüber und erstattete seine Meldung und stand wieder an seinem Platze, mit dem einen Arm den Leutnant stützend, der trotz seiner schweren Verwundung nicht von seinem Platze weichen wollte, die toten Kameraden zu seinen Füßen. Er dachte in abgerissenen Stößen, mitten in Not und Tod: »Wenn Mutter mich hier sähe ... so stehen!« Gleich darauf flog drüben beim Feind das dritte Schiff in der Reihe in die Luft. Eine rotlila Wolke stand bis an die Wolken; dann brach sie zusammen. Er starrte noch hin, da stieß ihn sein Nebenmann, der Signalmaat, an und wies zurück. Als er dem weisenden Arm folgte, sah er hinter ihnen im Süden ... nicht mehr fern ... große Rauchwolken ... eine ganze Reihe mächtiger Schiffe in Kiellinie in hoher Fahrt ... weißen Gischt hoch vorm Bug ... »Unsre Flotte!« rief der Maat ... Da freute er sich! Eine ungeheure Wut und Zorn überkam ihn. »Siegen! Siegen! Daß diese Qualen ... dieser Tag ... nicht vergebens waren!« Eine Salve kam angefahren, heulend; eins der Geschosse wälzte sich mit schwerem Stoßen und Poltern ... mit »wuh ... wuh,« wie wenn es über hohle Steinwege ginge, durch die Luft und schlug ins Vorschiff, dicht unterm Turm. Das Schiff duckte sich und zuckte auf; Rauch schoß auf ... er mußte die Hand vor den Mund halten ... der Rauch flog vorüber ... der Turm hielt.

Gleich darauf merkte er, daß das Schiff drehte und Kurs nach Norden nahm, und bald darauf, daß drüben die Striche sich genähert hatten. Und statt vier fuhren da nun acht oder neun und Blitz folgte auf Blitz. Und die Blitze heulten herüber und schlugen ein; das Schiff bebte, schütterte ... wieder ... wieder. Wie mit Riesenhämmern! Krach! Splitter, wie Menschenkörper groß, jagten übers Deck, fielen berstend gegen die Wände der Türme. Das Schiff lag unter dem Feuer schwerer Übermacht. Das dauerte eine Weile, vielleicht zehn Minuten; dann wurde die Luft diesig und unklar. Zu gleicher Zeit oder gleich nachher kam auch von der andern Seite Feuer. Hier und da, zur Linken und zur Rechten, war ein leichter Nebel mit Rauchwolken entstanden, und durch den Nebel blitzte es hier und da wie von fernen, trüben, feurigen Augen; dreißig oder fünfzig Wassersäulen standen rund um das jagende Schiff, wie hohe Riesenposten und stürzten mit tobendem Rauschen zusammen. Gleich darauf sah er ein Torpedoboot sich dem Schiff nähern und längsseit kommen. In dem Augenblick trat der Admiral aus dem Turm, sein Stab hinter ihm, und begann die Treppe hinabzugehn. Der Flaggleutnant winkte ihm zu. Er sah noch, wie der Kapitän dem Adjutanten, der noch immer aufrecht zwischen den Toten stand, irgendeine Erquickung zwischen die bleichen Lippen schob, dann fragte er im Vorwärtsgehn den Nächsten, was los wäre.

»Der Funkentelegraph ist beschädigt ... wir gehn auf ein anderes Schiff.«

Da stolperte er hinterher, die Augen hinter sich nach dem Leutnant, der im Arm des Kapitäns lehnte.

24. Kapitel
Oh, mein Bruder Reimer!

Sie gingen, der Admiral voran, sein Stabschef mit der Mappe neben ihm, gleich dahinter der lange blonde Artillerieoffizier, dann die andern, übers Deck. Die Holzleiter, die zum Torpedoboot hinabführte, schwankte und schlug von dem erregten Wasser auf und nieder.

Harm Ott sprang hinzu und half sie halten. Der Admiral stieg in seiner frischen, rasch bewegten Art hinab, die andern ihm nach. Zuletzt sprang Harm Ott hinunter und lief den andern nach, nach vorn auf die Brücke. Das Boot drehte ab, drei oder vier schwere Granaten schlugen zwanzig Meter vom Boot ins Wasser und überwarfen sie mit ungeheuerem Gischt, der mit schwerem Klatschen aufs Deck schlug. Der Admiral sah noch einmal nach der ›Below‹; sie lag da wund und schmutzig; an der Seite und am Vorderschiff waren schwere Löcher gerissen; auf dem Deck, das sonst so schier und sauber war, lag es voll von Kartuschen, Eisenstücken und geschwärzten Holzsplittern; Eisenbleche staken hoch; mittschiffs am Mitteldeck lagen einige Tote. In dem Wohnraum der Heizer und in dem Bugraum spülte das Wasser; das Schiff hing schräg nach Backbord und lag vorn sehr tief. Harm Ott biß die Zähne zusammen über den Anblick und dachte mit weher Angst an seinen Bruder.

Nun lief das Boot rascher weg, die ›Below‹ verschwand in Wassersäulen, die rings um sie aufstiegen, man sah nur noch undeutlich an ihren großen Umrissen, daß sie schief hing. Das Boot stampfte und schlingerte heftig; Harm Ott hielt sich mit beiden Händen an der brusthohen Reling. Ein Signalgast, der neben ihm stand, versuchte ihm etwas zu sagen; aber seine Stimme verschwand in dem mächtigen Sausen der Ventilation und dem Krachen und Donnern nah und fern, und dem Aufrauschen des gequälten Wassers und dem Nachhall des Getöses, das den ganzen Himmel füllte. Es war, als wenn Meer und Himmel rasend wären von dem Rasen der Menschenkräfte. Ein loser, unruhiger Nebel zog durch die Luft. Es war um acht Uhr abends; von der Sonne war nichts zu sehn.

Sie jagten durch die schäumenden, unruhig wogenden Wasser und kamen längsseit eines Panzers und wollten längsseit gehn, aber er konnte wegen der vielen Einschläge, die rund um ihn ins Wasser stürzten, nicht stoppen und lief weiter. Da liefen sie wieder volle Fahrt weiter, eine bessere Gelegenheit abzuwarten. Es schien, als ob der Feind ahnte, daß das Boot besondere Bedeutung hätte; die Einschläge kamen dichter. Hier ... da ... schlugen die großen Geschosse ins Wasser und warfen riesenhohe Säulen auf. Um ihnen zu entgehn, schoß das Boot in jähen Zickzackstößen durch die Wellen. Harm Ott starrte durch leichten Rauch und Nebel, der die ganze Welt erfüllte, vorwärts, das Schiff zu sehn, das sie aufnehmen sollte ... wollte es deutlicher sehn und beugte sich vor. In dem Augenblick schlug eine Granate eben hinter dem Schornstein gegen die innere Bordwand des Boots und barst, und ihre Splitter fegten rasend über das Deck. Harm Ott fühlte einen dumpfen Schlag und empfand, wie ihm dunkel wurde und wie er fiel.

Er erwachte wieder davon, daß einer dicht über ihm sagte: »Ich glaube, er kann stehn.« Er griff sich in den Nacken und griff an einen dicken Verband; zu gleicher Zeit fühlte er, daß er lag. Da griff er wie in Angst, in irgendeiner Wahnvorstellung, nach dem Bein und der Hand des nächsten, lag in den Knien und richtete sich auf und hielt sich an der Reling, sah verwundert um sich und sagte: »Was war das?«

Der Kamerad verstand ihn nicht und sah ihn lächelnd an.

Er wankte etwas, stand aber, riß an seinen Augen und wurde wieder klar und sah um sich, und empfand zuerst, daß der Tag zu Ende gehn wollte. Die Sonne war nicht mehr da. Es lag das erste Schummern über dem Meer. Dann erst begriff er das ungeheure Tosen um sich.

Das Boot lief mit einer Rotte andrer Boote in Lee der großen Kreuzer. Furchtbares Donnern und Krachen füllte die Luft und schlug bis zum Himmel, ja, schien die Schöpfung zu füllen.

In dem Augenblick ging eine Bewegung durch die Mannschaft des Boots. Die Leute richteten sich auf. Einer rief: »Wir greifen an!« Vom nächsten Boot klang ein jäher, wilder Aufschrei, ein Hurrarufen. Die auf der Brücke standen vorwärts gebeugt und starrten gegen den Feind. Gleich darauf schoß das Boot in rasender Fahrt vorwärts, machte eine scharfe Wendung nach Steuerbord und schoß am Heck des nächsten Kreuzers vorbei. Es warf sich im wildaufschäumenden Kielwasser wie rasend hin und her.

Harm Ott wurde munterer und klarer und sah um sich, und sah, daß der Admiral und sein Stab nicht mehr an Bord waren, und wußte, daß er ohnmächtig gewesen war, und daß die Torpedoboote zum Angriff vorwärts stürmten und er mitten darin war. Wie sie jagten! ...Wie sie stürmten! Schräg vor ihnen an Backbord lag ein kleiner deutscher Kreuzer, Feuer und Rauch auf ihm, über ihm; hellrote Flammen schießen von ihm auf; der Feind besät ihn mit schweren Geschossen, und um ihn stehn wie riesige Wächter die hohen Wassersäulen und brechen zusammen. In derselben Richtung, weiter entfernt, liegen mehrere große englische Schiffe sinkend im Meer; eins brennt mit wilden, rötlichen Flammen. Das Wasser tobt; das Boot wird hin und her geworfen; Harm Ott hält sich mit beiden Händen an der Reling. Gischt wirft sich über das ganze Schiff. Der Rohrmeister und seine beiden Leute stehn bis an die Knie im Wasser. So stürmten sie auf die Reihe der Feinde.

Da! ...da! ...da sind die englischen Boote! Hohen Schaum vorm Bug, dichte Rauchwolken über sich, jagten sie zwischen den großen Schiffen hindurch ...wahrhaftig, ebenso kühn wie wir, den Tod nicht fürchtend! Ah ...wohl zwanzig, dreißig Boote ...stürmen sie heran, um den furchtbaren Angriff abzuwehren! Granaten auf Granaten heulen herüber, fallen ins Wasser. Ungeheure Wassersäulen steigen auf. Sie schießen mit den größten Kalibern auf die kleinen Boote. Das erste, schräg vor ihnen, wird mittschiffs getroffen; in Rauch gehüllt bricht es zusammen und sinkt. Kein Blick dahin! Kein Blick! Weiter! Weiter! Die englischen Boote nähern sich; sie schießen. Eine Granate saust dicht am Kapitän vorbei und reißt einen Mann, der neben ihm steht, und einen zweiten, der eben die Brücke betreten will, an Deck. Harm Ott sieht mit halbem Auge, wie der eine von ihnen wie ein leerer Sack zusammen fällt, während der andre noch in den Knien liegt. Ein Sanitätsgast beugt sich sofort über ihn; Harm Ott will hinzuspringen; aber seine Kraft ist noch zu gering; die Knie zittern ihm und er greift nach der Stange. Der Kommandant hat sich umgewandt und fragt verwundert: »Was war das?« bekommt keine Antwort und merkt nicht den Jammer hinter sich. Das Boot wendet sich. Eine Welle kommt so hoch, daß das Rohrende im Wasser verschwindet. Der Widerstand des Wassers wirft das Rohr gegen die Brücke. Der Rohrmeister, vom Rohr getroffen, schlägt schwer gegen die Brücke, fällt und bleibt liegen. Ein Treffer fährt quer durch die Kombüse; ein zweiter, mittschiffs, durch den Kutter, explodiert auch nicht; aber die Holz- und Eisensplitter treffen zwei Mann an den Beinen. Der eine kann noch gehn und versucht den andern unter die Brücke zu schleppen, kann es aber nicht durchführen und setzt ihn an den Schornstein. Der Kommandant ruft dem Torpedooffizier zu seiner Linken etwas zu; der Leutnant, auf seiner andern Seite, lehnt sich fest gegen die Reling, daß sein ganzes Gesicht rot wird; seine Augen quellen fast aus dem Kopf. Der Torpedooffizier, schwer verwundet, hält sich dennoch aufrecht und schreit noch sein Kommando: »Los!«, dann fällt er dem Kapitän in die Arme. Der Torpedo stürmt vom Bord und jagt davon. Ein englisches Torpedoboot, das eben noch vorwärtsraste und feuerte, fährt langsamer; es taucht vorne weg; es scheint völlig wehrlos ...Vorüber! ...Ein andres brennt mit rötlicher, breiter Flamme ...Vorüber! ...Die deutschen Boote haben sich gewandt; sie jagen wieder zurück. Wie aus unsern Kreuzern die Mündungsfeuer zucken! Vorüber! ...in Schutz und Lee der deutschen Kreuzer!

Sie liefen eine Weile, wohl zwanzig Minuten, in Lee dahin, und die Spannung ließ nach und die Bewegungen der Menschen wurden wieder langsamer. Der Leutnant sagte mit hohem Aufatmen: »Das haben wir gut gemacht, Herr Kapitän!« Der Koch erschien mit Fleischsuppe und belegten Broten. Sie aßen, während die Einschläge über den Kreuzern hinweg hier und da das Wasser zu Säulen hoben und die Schlacht rasend weiter tobte.

Wieder Bewegung! Der junge Leutnant sieht es zuerst; er deutet mit dem Arm nach dem andern Boot und schreit jubelnd: »Wir kommen noch einmal 'ran!« Das Boot wendet sich und schießt hinter den großen Kreuzern hervorbrechend im rechten Winkel gegen den Feind. Ein Mann sieht nach den Kreuzern zurück, sieht noch einmal hin – und schreit: »Herr Kapitän ...

unsre Kreuzer greifen mit an!« Über das Gesicht des Kapitäns, ein ruhiges niedersächsisches Bauerngesicht, geht ein wunderbares Leuchten des Glücks. Er streicht leise über den Ärmel des Mannes, als wenn er ihn oder den Geist in ihm liebkosen will. So jagen sie gegen den Feind! Es ist dämmerig geworden; doch sind die Körper der feindlichen Schiffe deutlich zu sehn, sie werden jäh von den eigenen Abschüssen erleuchtet. Da ... die englischen Torpedoboote! Sie brechen heran ... sie kommen näher und feuern, Wassersäulen um sie! Da ... eins brennt! ... eins sinkt! Weiter! Weiter! Wie nah wir kommen! Wie groß diese Schiffe! Wie furchtbar! Wie sie feuern! Ihre großen Abschüsse krachen berstend herüber, dazwischen, heller und rascher, ihre Mittelgeschütze. Aber wir fürchten uns nicht! Wir stürmen in langer, schräger Linie durch die wirbelnden Wogen ... hinter uns, schräg heran, jagen unsre Panzerkreuzer. Dem Wolf gleich, der von der Seite kommt und dem fortstürmenden Stier gegen die Rippen springt, so stürmt die ganze deutsche Kraft von der Seite gegen sie an. Ein fortwährender, ungeheuerer Donner und nahes und fernes Rollen erfüllen die Luft bis zum Himmelsbogen. Die Herzen der Menschen sind nichts als dieser eine Wille: an den Feind heranzukommen, ihn zu treffen, ihn zu vernichten. Daß dies Wellenfeld ihm nicht allein gehöre! Sie stehn mit funkelnden Augen, mit gekrampften Händen. Was ist Leben? Nichts! Nichts! Siegen! Siegen! Ein Schiff der Engländer schert aus, weicht zur Seite. Ein andres hängt schief und feuert nur noch mit einem Geschütz. Zwei, drei andre biegen ab ... die Dämmerung wird stärker. Nebel, Wolken und Rauch liegen über dem Meer ... Die Engländer weichen, drehen ab! Sie wollen nicht mehr aufs Spiel setzen! Sie sind vor einer halben Stunde durch zu viel Trümmer gefahren, haben zu viel Verwüstung gemeldet erhalten! Sie biegen weg ... sie drehen ab ... und verschwinden in der Dämmerung, die sich in diesem Augenblick schwer auf das Meer legt.

Es war kein Feind mehr da ... Das Krachen und Donnern war stiller geworden. Nur fern im Nordwesten dröhnt noch einmal ... nun wieder die Kasemattebreitseite eines großen Schiffes ... nun fern im Süden dasselbe Donnern. Dazwischen hört man nun wieder das Rauschen und Weben des weiten Meeres. Die Wellen schlagen an und rauschen vorüber. Der Wind weht. Die Stimmen Gottes kommen wieder.

Da brennt noch das große englische Torpedoboot. Unser Boot rauscht heran, ob da noch etwas zu retten ist. Sie kommen vorsichtig längsseit und starren hinüber. Aber da kann kein Leben mehr atmen; es ist nichts als ein Trümmerfeld, ein Wirrwarr von verbogenem Eisen und brennendem Öl. Das Boot schießt weiter. Da, ein zweites Boot, brennend, am Heck eine helle Stichflamme, wohl zwanzig Meter hoch, als stünde da ein wilder, feuriger Steuermann, das Boot zu den Toten zu führen.

Da streckt ein Mann die Hand zur Seite und ruft: »Da ... da!« und zeigt übers Wasser. Da schimmern schräg achter dem brennenden Schiffsrumpf Lichter auf den Wellen. Sie fahren näher. Und nun sehen sie: es ist ein Kreis von kleinen weißlichen Flammen, ungefähr so groß wie ein kleines Zimmer; die liegen auf dem unruhigen Wasser, sinken und steigen. Sie kommen in langsamer Fahrt heran, und sehn inmitten der Lichter etwas wie einen großen, breiten Sack von Segeltuch; darin stehn Menschen, und heben die Hände und rufen etwas. Die meisten Deutschen verstehn sie nicht und hören es nicht. Sie stehn schon Schulter an Schulter mit Tauen und ausgestreckten Armen, die Schiffbrüchigen aufzuholen. Einer sagt zu Harm Ott: »Verstehst du nicht, was sie schreien? Sie schreien: No Baralong! No Baralong!« Nun verstand es auch Harm Ott: »No Baralong! No Baralong!« Taue hinüber. Der Nachbar hat dem einen, einem ganz jungen Menschen, die Hand gereicht und zieht ihn herauf. »Na ja ... wir glauben es schon!« Gleich darauf sind sie alle, sieben oder acht Mann, an Deck, stehn frierend, doch in würdiger Haltung, unter ihnen, werden an den Armen ergriffen und die Treppe hinuntergeführt und bekommen Handtücher und trockne Kleidung; einige sind verwundet und schwach und brechen zusammen. Ein Maschinenmaat, der englisch wie seine Muttersprache redet, fragt einen Unteroffizier aus. Noch verstört von der furchtbaren Schlacht und erregt von ihrer Rettung, plaudern sie aus, was sie auf ihrer Seite gesehn hatten ... wie sie durch ein Trümmerfeld ihrer großen Schiffe gekommen wären; und nannten die Namen der Schiffe. Einem der Geretteten, einem ganz jungen Menschen, dem auf der einen Seite vom Hals bis zum Knie die Kleidung in

Fetzen zerrissen und verbrannt herunterhing, schneiden sie mit vorsichtigen Händen die Fetzen ab; der Sanitätsgast steht schon bereit. Der Verwundete sieht die beiden Deutschen, die sich um ihn bemühen, immer wieder an und murmelt immer wieder mit leiser, ruhiger Stimme, indem er den Kopf schüttelte: »No Baralong! No Baralong!« Dann vergeht ihm die Kraft und er wankt. Da nehmen Harm Ott und ein andrer ihn in den Arm und tragen ihn unter die Back.

Als sie ihn hingelegt hatten, sagte der Sanitätsgast: »Komm mit, wir wollen auch unsre vier, die noch an der Brücke liegen, hierherlegen; sie liegen hier besser. Der Kampf scheint ja vorbei zu sein.«

Harm Ott, der nun völlig wieder munter und hell war, obgleich die Wunde im Nacken heftig schmerzte, sah den Sanitätsgast an und sagte: »Bist du nicht auf dem Boot gewesen, auf dem mein Bruder ist? Weißt du … der junge Freiwillige Reimer Ott?«

Der Sanitätsgast sah auf, sah ihn mit großen Augen an und sagte: »Ja, der Ott ist es ja gerade, den wir holen wollen!«

Harm Ott sah ihn jäh verwirrt an und sagte in Not und Qual: »Ich bin auf seinem Boot?!« sagte «….und er ist verwundet? Ist es schlimm?«

Der Mann breitete die Hände aus und sagte: »Was ist schlimm? Er hat tüchtig einen abge-kriegt. Daß du es nicht gesehn hast! Er stand ja keine drei Schritt von dir hinter dem Kapitän! Komm mit … einer ist tot; aber der Leutnant und dein Bruder und ein dritter leben noch … Was kann ich sagen? Er wird es ja hoffentlich durchholen … Es traf ihn in die Seite.«

Harm Ott lief unter die Brücke und sah da vier nebeneinander liegen. Die Verbände leuch-teten klar weiß im Dunkel. Er rief seinen Bruder beim Namen, aber bekam keine Antwort.

»Der erste ist unser Bootsmaat … der ist tot. Dein Bruder ist der dritte; er ist wohl be-wußtlos.«

Harm Ott kniete neben seinem Bruder und versuchte, seine Augen zu sehn. Die waren ge-schlossen. Aber ein Zucken fuhr dann und wann über sein Gesicht, das totenbleich und zusam-mengesunken war. Es war das Gesicht eines hagern Knaben.

»Hast du ihn verbunden?«

»So gut ich kann,« sagt« der Sanitätsgast. »Aber wir wollen zum nächsten Schiff gehn, daß sie in ärztliche Pflege kommen.« Sie sind alle vier schwer verwundet.

Sie traten an die Tür. »Sieh da … da ist eins … und wir fahren schon längsseit.«

Das Boot fuhr längsseit eines großen Kreuzers, der etwas schief im Wasser lag. Der Sani-tätsgast rief nach Hängematten. Die Verwundeten wurden hineingelegt und an Deck getragen. Die Holzleiter wurde angelegt.

Da sprang Harm Ott auf die Brücke, trat an den Kapitän heran und sagte: »Obermatrose von der ›Below‹ … Ott, Läufer beim Admiral … zurückgeblieben wegen Verwundung. Ich bitte, mit auf den Kreuzer zu dürfen.«

Die Augen des Kapitäns glitten suchend und spähend über das dunkle Meer, über das hier und da Scheinwerfer glitten; von Süden und Norden her aus der Ferne donnerten dann und wann Geschütze. Er wandte sein breites Gesicht, das über und über voll Ruß war, langsam zu dem Frager und verstand erst die verwirrte Sache nicht; dann aber begriff er und nickte.

Die Verwundeten waren schon an Deck des Kreuzers. Mit einem großen Satz erreichte Harm Ott die Leiter, sprang hinauf und ging hinter den Trägern her. Unterwegs, am Niedergang, be-gegnete ihm ein Matrose, der ihm bekannt erschien. Gleich darauf nickte ihm ein Obermatrose zu, ein F. T. Gast, der den Arm in der Binde hatte … sein Gesicht war braun verbrannt, und sagte: »Na nu, bist du nicht mit dem Admiral von Bord gegangen?«

Da erst begriff Harm Ott, daß er wieder auf sein altes Schiff geraten war.

Verwirrt, und froh, daß die ›Below‹ noch schwamm, in seinen Gedanken von dem einen zum andern Bruder gerissen, stolperte er hinter den Trägern her.

25. Kapitel
Der Nachtmarsch

Am Eingang zur Niedergangstür begegnete ihm wieder ein Bekannter und rief: »Wo kommst du her? Du warst doch beim Admiral?«

Er hörte nicht darauf; er fragte mit angstvollen Augen: »Hast du meinen Bruder gefunden?«

»Jawohl! …Den habe ich eben noch gesehn …Ich glaube, er arbeitet in seiner Kasematte. Ihr Geschütz ist kaputt.«

Da atmete er auf, und ging weiter hinter dem Träger her, und kam in den Verbandsraum. Der ganze große Raum und die anstoßenden Kammern waren voll von Verwundeten; in der schwachen Beleuchtung stachen die dicken, schneeweißen Verbände hart leuchtend hervor. Die meisten lagen Schulter an Schulter; einige, die an den oberen Gliedmaßen und nicht schwer verwundet waren, standen oder knieten neben den Liegenden und sprachen mit ihnen, und hielten ihnen Wasser vor den Mund. Einige, die schwere Brandwunden hatten, gingen mit wirren Augen umher. Der Pfarrer, einen dicken Verband um Kopf und Schultern – er war in der Kasematte, die ausgebrannt war, schwer verwundet worden – mit Ohnmacht kämpfend, ging trotzdem von Mann zu Mann, besorgte denen, die Hunger und Durst hatten, das Nötige, ermunterte die schwer Leidenden und betete mit den Sterbenden. Der Oberstabsarzt, im weißen Mantel, stand unter dem scharfen Licht der Sternlampe über einen entblößten Leib gebeugt und legte nun Binden darauf.

Harm Ott sah es und bat die Träger, daß sie einen Augenblick hielten.

Der Oberstabsarzt richtete sich auf: »Fertig,« sagte er.

Da bat Harm Ott: »Verwundeter von T. B. …muß nach Aussage des Sanitätsgastes sofort behandelt werden …Verblutung…«

Der Arzt winkte, und der Verwundete glitt in der Hängematte auf den Tisch vor ihn. »Platz!« …und beugte sich über ihn und wollte nach dem Verband greifen. Da stutzte er, sah nach dem Gesicht, öffnete das eine Auge und sagte: »Was soll das? Der ist ja tot!«

Harm Ott stöhnte jammernd auf …»Es ist mein Bruder,« sagte er …»vorhin lebte er noch.«

Die Träger und die Nahestehenden hörten es und sahen mitleidig auf ihn und den Toten. »Das tut mir leid,« sagte der Arzt, »aber es ist nichts zu machen. Die Augen sind schon gebrochen … Nach oben!«

Da faßten die Träger wieder die Hängematte, und trugen ihre Last den Weg zurück, und kamen wieder aufs Mitteldeck, und gingen nach vorn. Da lagen da schon viele, zwei lange Reihen, Schulter an Schulter, über je zehn eine Flagge. Da legten sie ihn nieder, hoben ihn aus der Hängematte und schoben ihn ein wenig heran, daß er in Reih und Glied läge, und gingen weg. Einer sagte im Weggehn: »Mußt es dir nicht so zu Kopf gehn lassen, Kamerad! Sieh, da liegen schon viele! Den einen trifft es; am andern geht's vorüber.«

Er blieb da in dumpfen Gedanken stehn, wie von schwerem Schlag vor den Kopf betäubt. Er versuchte, an den Toten zu denken, an die Eltern, an Bruder Eggert; aber sie waren alle in Nebel und Dunst; er konnte sie nicht sehen und nicht denken. Halb unwissend, was er wollte, machte er sich auf den Weg zur Kasematte des Bruders.

Da kam der zweite Artillerieoffizier mit einigen zehn Mann über Deck und rief ihn, mit anzufassen. Und sie fingen an, das Torpedonetz festzuzurren. Es war von Granaten zerrissen; und es war Gefahr, daß es zurückschlug und in die Schraube geriet.

Als sie bei dieser Arbeit in die Nähe der zweiten Kasematte kamen, die bis in die Kohlenbunker hinab zerstört war, hörte einer von ihnen aus der Tiefe leisen Hilferuf. Sie hielten sofort an, holten ein Tau herab und ließen einen Mann hinunter. Der kam bald mit einem verwundeten Heizer herauf. Er holte mit Brechen und Krämpfen Atem, und klagte dazwischen über sein Bein, das geschwollen und stramm im Beinkleid saß. Zwei Mann trugen ihn fort. Die andern machten sich wieder an die Arbeit am Netz. So gingen sie die ganze Reling entlang. Man konnte in der hellen Nacht das ganze Deck übersehen, wie es voll Kartuschen, Holzstücken, Granatsplittern lag; ein Schmutz von Kohlenstaub und Schwefel, oder was es war, hatte es häßlich gelblich gefärbt und machte es schlüpfrig. Es war ein unruhiges Kommen und Gehen auf dem ganzen Schiff; sie arbeiteten, alle Mann, mit aller Kraft daran, es notdürftig zu säubern und zu ordnen. Das Schiff hing mit der Nase sehr tief und schlingerte leise; es fuhr, wie es schien, sehr langsam. Einer der Kameraden sagte leise: »Viel weiter dürfen wir nicht wegsacken; dann gehn wir ganz in die Tiefe.« Ein anderer meinte, daß die schlimmste Gefahr von Torpedobooten kommen würde. »Es ist ja wunderlich,« sagte er, »daß sie nicht angreifen; wir treiben hier doch allein und wie langsam!« Das Wasser rauschte und patschte mit unheimlichem Geräusch in den aufgerissenen Teilen des Schiffs, besonders in der Kasematte, aber auch in der Back.

Als sie das Netz befestigt hatten, kam der Befehl, nach dem vordern Kesselraum zu kommen und dort zu helfen, und zwar eilig. Sie liefen, indem sie mit ihren Taschenlampen den Weg erhellten, durch die langen Gänge, an Schlafenden, Toten und Schwerverwundeten vorüber, sprangen die Treppen hinab und sahen gleich die Gefahr. Die Wand, die gegenüber den Kesseln haushoch hinaufgeht, stand unter solchem Wasserdruck von der zerstörten Back her, daß durch Nietlöcher und Nähte in blitzenden Strahlen das Wasser schoß. Unter Befehl des ersten Offiziers arbeiteten Matrosen und Heizer, sie mit Balken abzusteifen. Die Heizer der Freiwache lagen hier und da herum, von Müdigkeit und Ermattung überwältigt. Einige lagen oben auf den Grätings und schliefen, todmüde; sie erwachten weder von der Gefahr des einschießenden Wassers noch von den krachenden Schlägen der Äxte.

Als diese Arbeit beendet war und die Hälfte der Helfer entlassen wurde, verließ auch Harm Ott den Raum. Er dachte jetzt wieder, seinen Bruder zu suchen. Aber da stießen sie auf einen andern Offizier, der ihnen befahl, sofort mit zuzugreifen, daß die Toten und Schwerverwundeten und was da überall in den Gängen und Kammern, an den Treppen und auf den Decks im Wege lag, beiseite geschafft würden. Sie faßten gleich mit an, trugen die Toten, die noch hier und da lagen, wo sie gefallen waren, die Treppen hinauf und legten sie zu den übrigen, sammelten Trümmer in den Ecken zu hauf, und stellten wieder zurecht, was nur verschoben war. Es war ein eifriges Hin- und Herlaufen und Arbeiten über das ganze Schiff, in allen Räumen und Gängen.

Aber so eifrig, ja stürmisch sie anfaßten, hoben und trugen, rissen, schoben und stellten: immer wieder standen hier und da kleine Gruppen beieinander und erzählten sich ihre Erlebnisse, fragten nach diesem und jenem Bekannten, oder, wo zwei nähere Bekannte sich wiedersahen, gaben sie sich stumm die Hand, daß sie sich lebend fanden. Einige standen still da und sahen mit wunderlich leeren Augen vor sich hin. Andere sprachen über den Zustand des Schiffs, sahen nach der Back, die tief im Wasser hing und sagten einer zum andern: »Glaubst du, daß wir bis Helgoland noch schwimmen?« Viele starrten immer wieder über das nächtliche Meer, schüttelten den Kopf und sagten: »Wie kommt es, daß sie uns nicht angreifen? … daß ihre Torpedoboote nicht kommen?« Sie meinten fast alle, daß sie noch Schweres erleben oder ihr Ende fänden, bevor der Morgen kam. Wenn ein harter Laut kam, ein Eisenstück niederfiel, ein Ventil, eine Tür scharf zuschlug, zuckten sie zusammen. Aber dann kam wieder und wieder über die Gänge, über die Decks der Ruf: »Hier! … faßt mal mit an!« Und sie traten wieder eilig auseinander und stürzten sich auf die Arbeit. Als aber der Stückmeister ihnen befahl, den Turm zu löschen, der ausgebrannt war, und sie hineinsahen und die verbrannten und toten Kameraden sahen, wurde es ihnen schwer; sie traten einer nach dem andern von der Tür zurück.

Da wich auch Harm Ott zur Seite; und stand einen Augenblick allein neben dem Turm und sah übers Meer, und versuchte seine Gedanken zu sammeln und dachte an die Eltern; und bildete Sätze des schrecklichen Briefes, den er morgen schreiben mußte, wenn er diese furchtbare Nacht überlebte.

Er stand noch so, da kam ein Bekannter um den Turm, sah ihn und sagte: »Warum gehst du nicht auf die Brücke, wo du hingehörst? Geh hinauf und kuck' mit aus für uns!«

Da besann er sich, daß da oben seine Station wäre, wenn der Admiralstab auch nicht mehr da war. Er stieg die große Treppe hinauf und ging um den Kommandoturm und trat an seinen Platz. Die Toten und die Verwundeten waren weggebracht. Es standen da Mann an Mann, wohl zwanzig und darüber, Offiziere und Mannschaften, nebeneinander und starrten mit den Gläsern oder mit freien Augen nach allen Seiten über das Meer. In der Mitte vorm Kommandoturm erkannte er in dem fahlen Grau der Nacht die Figur des Kapitäns, neben ihm den Wachtoffizier. Er hatte da wohl eine halbe Stunde gestanden, da hörte er, wie der eine leise zum andern sagte: »Es ist ja ganz unerklärlich, daß sie nicht kommen!« Ganz fern im Norden lagen zwei helle Scheine auf dem Horizont. Näher, Backbord voraus, sah man ein kleines Licht, das morste; sonst war nichts zu sehen als das dunkle, geheimnisvolle, tote Grau der Nacht. Von Norden und Süden her war ferner Donner zu hören, so fern, daß man das Geräusch der See, die diesiger geworden war, gegen die Schiffswände hörte und das Rauschen des Windes. Wieder sagte eine Stimm«: »Wunderlich ...«

Da erschien wieder ein Licht ...Zehn Hände wiesen darauf hin. Im selben Augenblick die Stimme des Kapitäns: »Scheinwerfer leuchten!« Der blendende Glanz flog übers Wasser. Da! ... Zwei englische Boote standen darin ...grell beleuchtet ...wie ertappt. »Ah ...das sind sie! Feuer!« ...Eine Salve fliegt hinüber.

Aber auch er schießt. Vom Scheinwerfer splittert Glas und Metall in die Tiefe; aufklatschend schlägt es auf Deck. Von den Engländern herüber ein Schreien ...Rauch und Feuer steigt auf ... Gleich darauf beleuchtet der Scheinwerfer eines fernen deutschen Schiffes einen kleinen englischen Kreuzer. Schwere Geschosse überschütten ihn, und plötzlich brennt er mit ungeheurem Krachen lichterloh; der Schein fliegt bis in die Wolken; die ganze See ist plötzlich hell beleuchtet. Eine Viertelstunde später fahren sie zwischen drei brennenden, feindlichen Zerstörern durch. Sie sprechen darüber; aber sie sehen sich nicht an dabei; sie stehen mit spähenden Augen und sehen über die See ...Sie ließen von den brennenden, langsam versinkenden Schiffen ab ... es wurde wieder dunkel.

Harm Ott, der noch einige Zeit stand, fühlte seine Wunde stärker; und es kam ein Gefühl der Schwäche über ihn, und er fürchtete, daß er niederfiele. Er dachte, es wäre irgendwie der Verband nicht in Ordnung und meldete sich ab und ging mit Mühe die Treppe hinunter und kam ins Lazarett. Als er dort ankam, war das Gefühl der Schwäche groß. Er setzte sich gleich neben dem Eingang zu Füßen eines Verwundeten auf die Trage. Als aber der Verwundete um Wasser bat, stand er auf und holte es ihm und tränkte ihn. Er übersah den ganzen Raum und ging auch in die Nebenräume, die auch voll lagen, und sah, daß Bruder Eggert nicht unter ihnen war. Da ging er wieder in den Hauptraum zurück und setzte sich wieder. Er hatte heftige Schmerzen, mochte die Ärzte, die immer noch in hetziger Tätigkeit waren, nicht bemühen und wollte doch in ihrer Nähe sein. Der Raum sah wüst und wirr aus; es war auch noch eine Granate hineingeschlagen. Verbrannte Zeugfetzen, Stiefel, Kleider, schwarzer Kohlenstaub bedeckten den Boden, über den das Wasser schwappte. Einer saß aufrecht und begoß mit dem Wasser, das er in einer Trinkkumme vom Boden nahm, seine Brandwunde am Bein; ein anderer, schwerer verbrannt und von oben bis unten in weiße Binden gewickelt, zwischen denen die gelbe Brandsalbe hindurchdrang, ging wie ein Mondsüchtiger, steif, mit großen Augen, auf und ab; er wollte hinaus, aber sie redeten ihm zu und er kehrte wieder um. Einige waren über und über geschient und verbunden, andere nur an einem Glied; einige lagen bewegungslos, tot oder im Sterben. Die meisten, leichter verwundet, lagen auf dem Rücken und sahen mit stillen Augen um sich und rauchten. In den Gängen standen viele, die überhungrig und übermüde waren. Es war wegen des zerstörten und verschütteten Vorschiffs nicht möglich, an die Lebensmittel heranzukommen; es gab nichts als Reis, in Tee gekocht. Manche fielen um und lagen da wie tot. Es war furchtbar heiß in den Gängen. Viele auf dem ganzen Schiff, und besonders in diesen Räumen, fürchteten, daß das Schiff nicht lange mehr werde schwimmen können. Sie machten sich gegenseitig auf merkwürdige Geräusche aufmerksam, die von unten heraufdrangen, so als wenn Wasser rauschte und stieg und die Maschinen ertränkte. Man mußte ja auch annehmen, daß die englischen Torpedoboote sich gerade dies große, so schwer verwundete Schiff, das wahrscheinlich verlassen und allein seines Wegs zog, zum Angriff aussuchen würden. Der Pfarrer hielt sich immer noch aufrecht, ging von einem Verwundeten zum andern und redete ihnen Mut zu: Helgoland käme bald in Sicht, unter dessen Kanonen würden sie Schutz haben, und für den schlimmsten Fall wären einige unserer Torpedoboote in der Nähe; ...und brachte ihnen Zigaretten und Schokolade. Dann und wann stimmte er eins der alten Schullieder an, in die alle, die es noch vermochten, einstimmten. So war er allen ein großer Trost und immer neue Hilfe. Es kamen auch Kameraden von der Brücke herab und erzählten, wie sie vorhin den Torpedobootsangriff abgewehrt hätten und daß Funkentelegramme angekommen wären, nach denen die Engländer schwere Verluste gehabt hätten; so und so viele große Schiffe des Feindes wären gesunken. Sie waren alle still und hörten es an. Als sie zu Ende erzählt hatten, tat einer der Verwundeten einen langen hörbaren Atemzug und sagte dann: »Mensch, wenn wie to Hus kamt?! So wat?!« In der Ferne, im Norden, hörte man noch immer Krachen von Geschützen. Es war immer ein großes Gelaufe und Arbeiten durch das ganze Schiff.

Harm Ott sah und hörte das alles halb im Traum. Als er aber etwas Reis zu sich genommen hatte, wurde er wieder munter und wollte sich gerade aufmachen, wieder nach der Brücke zu gehn, da kam der Zimmermann in Eile vorbei, eisernes Handwerkszeug in der Hand, erkannte ihn trotz seines großen Verbandes und rief: »Du?! … Komm mit! Dein Bruder ist da! Hilf uns!«

Da sprang er hinter ihm her, die Treppen hinunter und kam in den Gang, der zu der Kammer führte, in der gewisse elektrische Maschinen stehen. Es war da alles eine einzige Verwüstung, alles zerrissen, verbogen, verengt, die Luft schrecklich heiß und brandig; vorn leuchtete ein kleines Licht; man hörte hinter den Wänden Wasser schwappen. Ein Offizier, dem die Achselstücke verbrannt herunterhingen, und ein Mann knieten seitwärts und starrten in das Dunkel. Der Offizier nahm dem Zimmermann das kurze Brecheisen ab, kroch ein wenig nach vorn und reichte es einem, der noch weiter nach vorne im Dunkel arbeitete.

Der Zimmermann sagte leise: »Da sind zwei Kameraden eingeschlossen. Die andern haben es aufgegeben, ihnen zu helfen, und ich glaube auch nicht, daß da noch was zu machen ist; es ist da alles brandig und glühend; aber der Offizier da und dein Bruder wollten es noch nicht aufgeben; sie meinen, sie wären vielleicht nicht in der Kammer, sondern im Gang und lägen da ohnmächtig Aber nun hat der Offizier auch schon den Glauben aufgegeben. Aber wir können mit deinem Bruder nichts aufstellen … er ist rein verrückt…«

Zwischen dem Klatschen des Wassers hörten sie das Wuchten und Stöhnen und das wilde Atmen Eggert Otts.

»Es kann da nur einer ankommen,« sagte der Zimmermann, »der Raum ist zu eng.«

Dann horchten sie wieder. Es war eine Qual, es zu hören.

»Es geht nicht,« sagte der Offizier kurz, »jetzt geben Sie es auf!«

Es dauerte wieder eine Weile.

Harm Ott konnte es nicht länger ertragen, er rief: »Gib es auf, Eggert!«

Es dauerte noch eine Weile; da sagte der Offizier kurz und hart: »So, nun ist es genug!« Und er und der Zimmermann, der sich herandrängte, rissen Eggert Ott zurück, daß er hintenüberfiel. Er erhob sich aber gleich wieder, und stieß, als sie ihn hielten, mit dem Kopf gegen die Wand.

»Das ist ja ein Wüterich,« sagte der Offizier, und riß ihn weiter weg den Gang entlang. Die Lumpen, die er um Hand und Arm gewickelt hatte, waren brandig und blutüberlaufen; und die er um Hals und Gesicht hatte, schwelten; sie hielten ihn und rissen sie ihm ab. Er war halb ohnmächtig, stöhnte und ächzte. Da schleppten sie ihn zurück bis dahin, wo der Gang breiter wurde und die Luft frischer war.

Da erholte er sich allmählich und erhob sich und ging, nach seiner Gewohnheit immer die Schulter hebend, den Gang entlang, bis er an die Treppe kam. Dort half sein Bruder ihm, und brachte ihn die Treppe hinauf, daß er frische Luft schöpfte. Er setzte sich an Deck und kam wieder zu sich. Es standen, lagen und saßen da mehrere Verwundete und Übermüdete, denen das Lazarett zu heiß war. Es war noch Nacht; aber es war nicht mehr so dunkel. Die Morgendämmerung meldete sich an.

Als sie da noch so saßen und standen … es war an Steuerbord des Mitteldeckes … sammelten sich einige Haufen, und bald trat ein Offizier heran, Funkentelegramme in der Hand, und berichtete ihnen mit lauter Stimme, was man bisher in Erfahrung gebracht: daß die gewaltige englische Flotte, doppelt so stark als die unsrige, in den Kampf eingegriffen, daß sie versucht hätte, unsere Flotte einzukreisen, daß aber die deutsche Flotte den Kreis durchgestoßen hätte. Daß die Verluste der Engländer, soweit man bisher übersehen könnte, doppelt so groß wären als die unsrigen. Und er nannte die Namen der großen englischen Schiffe, die sicher untergegangen waren. Sie hörten ihn still und mit wägenden Augen an.

Gleich darauf kam ein anderer Offizier und rief zur Musterung in Divisionen, und alle Mann sammelten sich auf dem Achtermitteldeck, und es wurden die Namen aufgerufen. Als es alles feststand, trat der Kommandant vor und redete in seiner lebhaften süddeutschen Art, stolz und rasch und freundlich: »Kameraden! Ihr habt euch tüchtig gezeigt, die Lebenden und die Toten ... so wie das Vaterland es erwartet hat! Ihr habt dem Feind, der dem deutschen Volk Leben und Ehre nicht gönnen wollte, deutsche Kraft und deutschen Mut gezeigt, und nicht das allein, sondern ihr habt nach allem, was ich bisher durch Funksprüche erfahren habe, den Sieg über ihn davongetragen! Bedenkt, Kameraden: sie waren ausgefahren, uns zu vernichten! Es war ihnen gewiß, ja, es war ihnen selbstverständlich, daß wir in dieser Nacht auf dem Grunde des Meeres lägen! Das war ihr Glaube, und war der Glaube der ganzen Welt! Und nun? Wir haben ihnen widerstanden, ja, wir haben sie geschlagen! Die zweihundert Jahre lang die Herren auf allen Meeren der Erde waren ... sie sind zum erstenmal gewichen, und haben den Rücken gezeigt! Kameraden ... es ist ein Wunder vor unseren Augen und vor der ganzen Menschheit ... es ist ein großer Tag auf der Erde! Es mag nun weiter kommen, wie Gott beschlossen: Dies, was geschehen ist ... was ihr vollbracht habt mit eurer Treue und eurem tapferen Mut: das wird zum Segen werden für unser deutsches Volk und zum Segen für die ganze Menschheit! Ihr wißt aber alle, wie unser Kaiser für die Flotte gearbeitet hat, immer wach, immer mutig, immer meerfroh ... darum wollen wir ihn grüßen in dieser Morgenstunde den Gründer deutscher Seegewalt: Es lebe der Kaiser!«

Sie fielen alle mit großer Macht in den Ruf ein.

Und sie stimmten auch alle mit großer Kraft ein, als der lange Stückmeister vortrat und ein Hoch auf den Kommandanten ausbrachte.

Dann traten sie alle auseinander und standen noch eine Weile hier und da in Haufen und unterhielten sich, langsam und bedächtig. Aber die Unterhaltung wollte nicht vorwärtsgehen. Und es war da ein kleiner Mensch unter ihnen, ganz klein, aber von großer, stämmiger Breite; der hatte ein Kindergesicht, und war auch von Natur wie ein Kind. Den fragte einer, um sich selbst und andere zu ermuntern: »Nun, Peter, was sagst denn du?« Er sah sie alle mit seinen harmlosen Augen an und sagte dann: »Ich hätte es mir nicht so gedacht! Das war ja beinah lebensgefährlich!« Da wollten einige auflachen, sowohl über die Worte, wie über die Verwunderung, die aus den Worten klang; aber das Lachen blieb ihnen im Halse stecken.

Harm Ott stand neben seinem sitzenden Bruder ... genau wie vor einem Jahr, da er an Deck des fremden Dampfers neben dem Sitzenden stand ... er dachte in diesem Augenblick an jene Stunde ... und kämpfte mit dem Entschluß, ihm zu sagen, daß Bruder Reimer tot wäre und keine dreißig Schritt von ihnen auf dem Deck läge. Aber es mußte ja nun gesagt werden. Er berichtete dem Bruder, wie er mit dem Stab von Bord gegangen und wie er auf dem Torpedoboot Bruder Reimer schwer verwundet gefunden hätte und wie er wohl schon auf dem Torpedoboot gestorben wäre, und da nun bei den andern läge.

Bruder Eggert sagte nichts; er starrte mit scharfen, übernächtigen Augen über das Wasser und fragte leise: »Wo liegen sie?«

Da gingen sie zusammen um den Turm, und sahen sie da liegen. »Der letzte in der zweiten Reihe ... da!« sagte Harm, und trat heran und zog die Flagge ein wenig zurück.

Ja, da lag Bruder Reimer ... der Prahler ... der Neugierige ... der junge Heilige ... der kleine Prophet ... ach, vielleicht ein großer! ... einer von den hunderttausend edlen, jungen Schatzsuchern und Wundersehern, Heil und Zukunft des Vaterlandes, vielleicht der ganzen Welt ... nun zerbrochen ... zerstoßen ... tot ... nur noch ein Gedächtnis seiner Eltern und Geschwister, und eines kleinen Mädchens, und ein Kranz in einer Eiche. Ach Gott im Himmel, welche Not! Er lag da mit todernstem Gesicht, als wenn er Rechenschaft gäbe, und frei und kühn alles ... alles verantwortete, was er an Plänen in der reinen, heißen Seele getragen. Dann deckten sie die Flagge wieder über ihn.

Der Wind war stärker geworden und das Meer war ziemlich unruhig. Jede Welle schlug schwer in die zerstörte Kasematte und rauschte stürmend wieder hinaus. Das Schiff hing so schief, daß die Wellen über Deck leckten und die Füße der Toten netzten. Die Nacht war hell; es ging leise gegen Morgen. Tief im Osten, nach der Heimat zu, erschien leise der erste Strich des Morgenlichts. Sie saßen nebeneinander auf dem Ladebaum im Angesicht der Toten. Harm sah still und traurig über das Meer nach Osten und dachte an den Jammer der Eltern; Bruder Eggert neben ihm hatte die Hände vor den Augen und schluchzte bitterlich. Von unten, aus dem Lazarettraum, kamen die verwehten Töne von dem alten Lied:

Ich hab' ... mich ergeben ... mit Herz und mit Hand ... Dir Land ... voll Lieb' und Leben ... du teures Heimatland ... Dir Land ... voll Lieb' und Leben ... du teures Heimatland...

Als der Morgen völlig graute, erschien ein Pumpendampfer und kam längsseit. Das Lazarettschiff, das erschienen war, konnte wegen der bewegten See noch nicht anlegen. An Backbord liefen zwei kleine Kreuzer als Schutz für das wunde Schiff. Im Süden ragte, noch fern, Helgoland aus dem Meer.

Als Harm Ott nach einer Stunde, von seiner Verwundung und allem, was er erlebt, verstört und zerschlagen auf die Brücke kam, um einen Auftrag an den Kommandanten zu bestellen, und, an den Offizieren vorbei, die mit übernächtigen Augen dastanden, die Hände auf der Reling, in die Tür des Turmes sah, trat der Wachtoffizier grade an den Rudergänger heran und sagte: »Sie stehen hier jetzt dreißig Stunden ... geben Sie dem Unteroffizier das Ruder!«

Aber der Rudergänger, ein breiter, dunkler Mann von etwa dreißig Jahren, schüttelte den Kopf und sagte schlicht und starr: »Ich bring' das Schiff in den Hafen.«

Da besann sich Harm Ott auf seine Seele, auf das beste in seiner Natur. Er sah plötzlich das Fähnlein vor sich, auf der Stange seines Rades.

Er biß die Zähne zusammen und wandte sich um, wo der Kommandant wäre. Und als er ihn seitwärts vor der Tür stehen sah, richtete er sich stramm auf, und machte seine Meldung.

Als Harm Ott da noch stand, kam der Oberleutnant, sein früherer Divisionsoffizier, an ihm vorüber und sagte: »Es kommt eben ein Torpedoboot längsseit. Wenn Sie wollen, können Sie mitfahren, daß Sie wieder zu Ihrem Stabe kommen.«

Da stand er auf und besann sich einen Augenblick, warf einen langen Blick auf die Flaggen und ging hinunter, und suchte seinen Bruder, und fand ihn, und sagte ihm, daß er von Bord ginge, meldete sich ab und kletterte ins Boot hinunter, das in der heftigen Dünung sprang und schlingerte. Das Boot war schon vom Schiff ab, da riefen ihm noch zwei Offiziere Namen und Wohnung zu, und er solle rasch vorspringen und sagen, daß sie gesund wären.

Als sie nach dreistündiger Fahrt – es mochte so um neun Uhr morgens sein – am Pier anlegten, war es da überall schwarz von Menschen, die auf die See hinausspähten, und zeigten und fragten, und riefen und riefen. Vom Gros waren schon einige vor der Schleuse, und viele Torpedoboote hatten schon am Kai festgemacht. Bürger, Werftarbeiter, Knaben, Frauen kamen mit erregten Gesichtern auf die Matrosen zu: »Ihr habt gesiegt!? Gesiegt habt ihr? Gesiegt?! – Wieviel haben wir verloren? Was sagt ihr … die Pommern? … Was seid ihr für fixe Kerle! … Nein … wer das für möglich gehalten! … Ihr habt gesiegt? … Ihr kleinen Kerle über die großen, dicken Engländer?! Nein doch! Nein, was seid ihr für Kerle!« Die Matrosen, bleich, mager, mit einem stillen Glanz in den übernächtigen Augen, zählten die feindlichen Schiffe auf, von denen sie wußten, daß sie verloren waren …»Ja … das Schiff … und das … und das… Mehr wissen wir nicht … Wißt ihr mehr?«

Viele junge Frauen standen da mit großen angstvollen Augen und fragten die, die ans Land kamen, nach diesem und jenem Schiff, und gingen zum nächsten, wenn sie keine Antwort bekamen. Neben dem Schuppen, ein wenigs abseits, standen zwei Maaten eines Kreuzers, ihre Frauen drängten sich an sie; eine dritte stand ein wenig zur Seite, die Hände vor den weinenden Augen. Ein Strom von Bürgern, Matrosen, Frauen und Kindern kam aus den Straßen der Stadt; bis mitten auf dem Damm standen die Menschen; zwischen ihnen durch zogen von den immer ankommenden Schiffen Matrosen in einzelnen Trupps, Ordonnanzen, Offiziere, die irgendwelchen Auftrag hatten, alle erregt in Haltung und Mienen, alle mit überwachten Gesichtern, manche ordentlich gekleidet, aber viele durchnäßt, zerrissen, einige angebrannt, einige verbunden und blutend. Ein großer Trupp Heizer, in Hemd und Hosen, zerrissen, die Schweißtücher noch um den Hals, über und über voll schwarzen Kohlenstaubes, zwei Verwundete in ihrer Mitte, zogen über die Werft, mit lautem Gesang: »Deutschland, Deutschland über alles …!« So wälzte es sich über die Brücken in die Stadt, aus der immerfort in ungeheuerem Zug, eilend, laufend, fragend, die Bevölkerung strömte. Harm Ott hatte an einigen Stelle Mühe weiterzukommen.

An einem der ersten Häuser löste sich ein Torpedobootsoffizier, ein Mann von etwa fünfunddreißig Jahren, der hundert Schritt vor ihm gegangen war, vom Zug und trat in einen Hausgarten. Er rief seiner jungen Frau, die auf dem Ballon erschien, von weitem zu: »Wie geht es dem Kleinen?«

Seine Frau rief: »Seit vorgestern nachmittag geht es ihm gut! Ich bin nicht von seinem Bett gegangen; es wird besser mit ihm. Was bedeutet das Laufen auf der Straße?«

»Frau,« sagte er, »wir haben gestern die größte Seeschlacht geschlagen, die jemals in der Geschichte gewesen ist! Und wir haben gesiegt!! Und ich bin mit dabeigewesen.«

Die Frau hob die Hände an die Schläfen.

Vorüber!

Zwei Torpedobootsoffiziere gingen eine Weile neben ihm und er hörte, wie der eine sagte: »Ich war mit meinem Boot völlig abgekommen … ich wußte von nichts … ich suchte … suchte … ich fand nichts von unsern Schiffen. Aus den Funksprüchen konnten wir nicht klug werden; es war ein tolles Gewirr von Engländern, die uns offenbar umgaben. So ging es die halbe Nacht … da, so gegen Morgen … so um drei Uhr … bekamen wir deutlichen deutschen Funkspruch: ›Wir sollten uns zu dem Gros sammeln.‹ … Du … da … ich hatte nicht mehr geglaubt, daß es noch

ein deutsches Gros gäbe! ...da ...ist es mir schwer geworden, meinen Leuten das zu sagen ...
ohne Tränen! ...Es gab noch ein deutsches Gros ...und wir sollten uns zu ihm sammeln!« ...
Die blanken Tränen standen ihnen in den Augen.

Ein Junge kam herangelaufen, die Hände voll von Extrablättern ...die Menschen rissen sie
ihm aus der Hand: »England ...vier große Kreuzer! Wir ...die Pommern ...die Wiesbaden ...
die...« Ein älterer Handwerker sagte: »Die Pommern ist kein neues und kein großes Schiff.«

Die zitternde Stimme eines ganz jungen Dienstmädchens sagte: »Auf der ›Pommern‹ habe ich
einen Bruder.« Der Knabe rannte an ihr vorüber. Sie fing laut an zu weinen. Flaggen rauschten
schon über ihr. Rund um sie, aus allen Straßen, rief es: »Sieg! ...Sieg!...«

Alle Straßen, ganz Wilhelmshaven war unterwegs, stand an den Piers, auf den Brücken, füllte
die Straßen, zitterte vor Erregung, Trauer, Freude, Stolz, Bangen und Not. Vor den Postämtern
stauten sich dichte Haufen. Tausende von Telegrammen flogen aus: Staatsdepeschen, Flotten-
telegramme, Schiffstelegramme, Werfttelegramme; Depeschen an Eltern, an Frauen, an Kinder
und Bräute. Die Admirale kamen von Bord. Die vorher niemand gekannt, die nun mit einemmal
jeder Knabe in Deutschland kannte! Der mit dem offnen, schlichten, trotzigen Gesicht, das ist
Scheer; der hat das Ganze geleitet! Der da ...mit den flinken Augen und raschen Bewegungen ...
das ist Hipper; der führte die Aufklärungsflotte, die Panzerkreuzer, die vorangingen! ...Die Te-
legraphen jagten es ins weite Land hinaus! Welch eine Nachricht! Die ganze Küste bebte vor
Erregung. Welch ein Lärm und eine Freude in den Straßen Hamburgs und Bremens! Welch ein
Gerede in den tausend kleinen, braunen Wirtsstuben am Strand entlang! Welch ein Aufatmen
und hohe, ernste Freude durch das ganze deutsche Volk! Kein Mädchen in Deutschland, das
nicht ein blaues Mützenband über den Wellen flattern sah! Kein Ergrauter, der es nicht auf den
Wellen treiben sah!

And dann zog durch Wilhelmshaven der lange, lange Zug der Toten ...alles junges, bestes
Blut ...Tausende Kameraden standen im Sonntagzeug um die offnen Gräber, im Geist zehntausende Väter, Mütter, Frauen, Bräute und kleine Kinder; dahinter, still, stolz und weinend,
das ganze deutsche Volk. Auf der flachen Anhöhe bei Müstringen entstand über Nacht ein
weites, weites Gräberfeld, Grab an Grab, mit Holztafel und Namen. Die Zeitungen brachten
immer genauere Kunde ...Der Kaiser kam und begrüßte in seiner frischen Weise die Tapfern,
die Treuen, ...auch die Toten.

Ja, es war ein Sieg gewesen ...ein Sieg über die größte Gewalt auf der ganzen Erde!

Als die Brüder Ott nach dem Schuppen gegangen waren, um noch einmal an dem schmalen
Sarg ihres Bruders zu stehn, hatte Harm vorher den Brief an seinen Vater zur Post gebracht, der
den Tod meldete. Als er von der Beerdigung zurückkam, schrieb er, ruhiger geworden, einen
zweiten Brief, einen langen, langen Brief. Er erzählte den Eltern von den vielen schönen Stunden, die er mit dem gefallenen Bruder zugebracht, und wie der Tote immer, zu jeder Stunde, da
er mit Eggert zusammengewesen, um den Bruder geworben hätte, und erzählte ihnen ausführ-
lich die letzte Zusammenkunft, da er mit seiner stammenden Liebe erst den Zimmermann und
dann den Eggert bestürmt, und den ersten niedergeworfen, den zweiten erschüttert hatte. Und
dann tröstete er sie: »Ich glaube, liebe Eltern, und Ihr glaubt es auch, daß er für eine große
und reine Sache sein Leben gelassen hat, nämlich, daß unser Volk sein altes Erbe, und sein
Recht und seine Ehre behält«, und schloß mit demselben Gedanken, mit dem die ernstesten,
frömmsten und größten der Menschheit sich und andere getröstet: »Und ich kann nicht glauben, liebe Eltern, und Ihr glaubt es auch nicht, daß soviel edles und heißes Leben und Feuer
für diese Zeit und die Ewigkeit kann verlorengegangen sein!«

Als er den Brief fertig hatte, zögerte er einen Augenblick, dann schob er ihn seinem Bruder Eggert hinüber, der mit blassem, stillem Gesicht ihm gegenüber saß, und bat ihn: »Lies
ihn, Eggert!«

Der zögerte erst und wollte nicht hinlangen; dann aber dachte er wohl an den toten Bruder
und nahm ihn auf und las ihn.

Als er ihn hinlegte, sagte sein Bruder: »Schreibe deinen Namen mit darunter, Eggert!«

Aber der andere schüttelte den rotflammenden Kopf, sah den Brief an und sagte dumpf: »Ich kann nicht an ihn schreiben.«

Harm fuhr auf und hatte ein hartes Wort auf der Zunge. Aber er hielt es zurück, da er die starre Not im Gesicht seines Bruders sah. Er schob ihm einen Bogen hin und sagte: »So schreibe hier auf diesen Bogen einen Gruß an deine Mutter.«

Das tat er mit großen Buchstaben:

»Liebe Mutter, es grüßt Dich Dein Sohn Eggert.«

Als er die Feder hinlegte, wischte er sich mit dem Rücken der sommersprossigen Hand über die Augen, stand auf und ging hinaus.

Am vierten Tag nach diesem zweiten Brief kam die Antwort von der Mutter:

»Liebe Kinder!

Als Dein erster Brief kam, lieber Harm, wollte ich es nicht glauben; denn er war ja noch so jung und auch so gesund, und war noch fast ein Kind. Ich dachte: Wie kann er schon in der Schlacht fallen? Vater war auf dem Stück am Schafweg, wo Rüben hineinsollen, beim Eggen. Ich und Emma dachten erst, er erführe es früh genug, und wollten warten, bis er nach Hause käme. Und so standen wir beiden armen Weiber lange Zeit am Fenster neben der Küchentür und paßten auf, wern er am Ende angekommen war, ob er wohl noch eine Wende machte oder nicht. Aber er eggte immer weiter, Wende nach Wende; und wir saßen da und weinten. Zuletzt sagte Emma: ›Ich kann es nicht mehr aushalten, Mutter. Mir klopft das Herz zu sehr, wenn er am Ende ist, ob er nun umwendet oder nach Hause kommt.‹ Da sagte ich: ›Ja, dann will ich hingehn und es ihm sagen.‹ Aber da sagte das Mädchen: ›Nein, Mutter, ich will hingehn!‹ ... Ich wunderte mich und sagte: ›Warum du denn? ... Du bist sonst so'n Bangbüx.‹ Da sagte sie, genau wie ihr toter Bruder gesagt hätte: ›Mutter, ich glaube, das kann ich besser als du; du bist zu rasch für Vater. Ich will es ihm ganz langsam sagen, und ich will es ihm richtig sagen.‹ Und da ging sie hin, und ich sah, wie sie neben ihm am Graben saß. Und nachher kamen sie Hand in Hand an, und es sah aus, als wenn sie vom Abendmahl kämen. Lieber Harm, wir danken Dir auch für Deinen schönen Brief ... Ja, das wissen wir alle, daß er um eine reine Sache gefallen ist; und das wollen wir alle glauben, solange wir leben, daß sein ewig Teil nicht verloren ist. Lieber Harm, was ist der Mensch in solcher Not, wenn er keinen Glauben hat! Pastor Bohlen kam gleich an, wie er es erfahren hatte. Mein lieber Harm, kannst Du nicht Urlaub nehmen, damit ich mich an Dir ein wenig trösten kann? O, und sag', kommt Eggert dann mit Dir? Ach, wie würde ich mich freuen, wenn meine Augen ihn wiedersähen!«

Harm gab den Brief an Eggert und sagte: »Ich kann jetzt nicht Urlaub nehmen. Selbst wenn ich darum bäte, es nützte mir nichts; ich kann nicht weg. Fahr' du doch hin! ... Tu doch der Mutter jetzt die Liebe und fahr hin!«

Aber Eggert sah seinen Bruder mit Augen an, in denen stand: ›Wie ist es möglich, daß du mich so gar nicht verstehst!‹ und schüttelte den Kopf wie vor etwas Sinnlosem, unbegreiflichem.

Da fuhr sein Bruder wieder auf, und zornig und stur wie sein Wappen, das steile Fähnlein, sagte er: »Ich begreife es nicht, Eggert ... und wenn ich neunzig Jahre alt werde! ... Wie ein Sohn seiner guten Mutter, die in solch schwerem Leid sitzt, eine solche Bitte abschlagen kann!«

Eggert blieb kalt und ruhig im Gesicht; aber seine Stimme bebte vor wilder Aufregung, »Und ich meinerseits,« sagte er, »kann dich nicht versteh«! Wenn ich da ankäme ... im Dorf ... im Haus ... so würde mich dieser ansehn und jener, und der Dritte auch ... nicht wahr? Da ich da bin, werden sie mich doch ansehn! Gut! ... wenn du das zugibst, so kann ich es nicht ändern, daß ich in jedem Gesicht die Worte sehn werde: ›war er der Pfeifer? Hat er seine kleine Schwester unglücklich gemacht und sein Elternhaus zum Spott des Kirchspiels und der Landschaft? War er es, oder war es ein andrer?‹ Und wenn ich diese Gedanken in einem Gesicht sehe, so schlage ich entweder hinein, oder ich dreh' mich um und geh' wieder davon. Also, wie soll ich dahin gehn? Sage alles, was du willst! Sage, daß der Teufel Gott totgeschlagen hätte und mit seinem weißen, goldenen Kleid sich den ... aber sage nicht, daß ich in die Heimat reisen soll! Ich bin rein ... von oben bis unten ... und die Welt ist weit ... wie soll ich ein Narr sein und genau an den einzig einen Ort gehn in der weiten Welt, wo man mich für einen Schurken hält?! Hast du Verstand oder nicht?!«

Da hatte Harm ja schweigen müssen.

Aber es war auch wirklich keine Zeit, um Urlaub zu nehmen. Nein, es war keine Zeit! Wie hart und hitzig mußte in den nächsten Monaten gearbeitet werden! Was war das für ein Arbeiten, Kommen und Gehn, Telephonieren, Funken und Schreiben beim Stabe! Was war das für eine wache, scharfe Tätigkeit auf den Schiffen, die heil geblieben! Die Schiffe, die heil geblieben waren, mußten in diesem Sommer um so härtern Vorpostendienst tun; und Eggert Ott war auf ein andres Schiff gekommen. Und überhaupt, wer hätte Urlaub nehmen mögen in diesen Monaten, in denen so gewaltig geschafft wurde! Nein ... wie wurde in München und Stuttgart, in Jena und Essen, in Berlin und Elberfeld, ach, in allen größern Städten, in allen Schmieden des ganzen weiten Deutschlands, in den kleinen und großen, gearbeitet! An den tausenden kleinen Instrumenten, die zerbrochen und zersplittert waren, an den sieben Meter langen Kanonen, die verletzt waren, an Millionen Nieten, die aufgegangen, an den tausend Platten, die verbogen waren, an tausenden Geschossen, die verschossen waren, an tausend Rohren und Leitungen, Kesseln und Kästen, Ventilen und Sicherungen, die beschädigt waren! Was sausten die langen Züge mit dem, was fertiggestellt war, Tag und Nacht durch die Gebirge Mitteldeutschlands in die Ebene hinab, den großen Werften zu, nach Hamburg und Bremen und Stettin, nach Kiel und Danzig, Wilhelmshaven und Emden! Und wie arbeiteten dort die Hunderttausende von Männern und Frauen, schwangen die Hämmer, bliesen die Bälge, lenkten die Schlitten, schlugen die Nieten, löteten die Kanten, montierten die Stücke, prüften die Maschinen, die kleinen und großen, putzten und polierten; und ruhten nach deutscher Weise nicht eher, als bis sie blitzten wie Spiegel! Sie hatten schon immer gern und mit Eifer gearbeitet während des ganzen Krieges; denn sie fühlten ja alle, es handelte sich darum, daß England und die andern das deutsche Vollkarm und knechtisch machen, und es anspucken wollten hundert Jahre und sagen: »Das war Deutschland, früher voller Hoffnung und Ehre, jetzt weniger als eins der schwarzen Völker, die England untertan!« Nein, so sollte es nicht werden! Nein, ganz anders sollte es werden! Umgekehrt sollte es kommen! Wahrhaftig: Jetzt sollte gesiegt, jetzt sollte Raum geschafft werden! Ja, sie hatten schon während des ganzen Krieges, von dem ersten Tag an, eifrig und feurig gearbeitet: für die Brüder, die an allen Landesfronten so unsagbar todesmutig und feurig kämpften, und auch für die Flotte. Ach ja, für die treue, tapfre Flotte! Von der sie eines Morgens, wenn sie in die Fabrik gingen, hören würden: sie ist nicht mehr! Die ungeheure, schreckliche, klotzige englische Flotte hat sie zerdrückt! ... da liegt sie ... im Grund der Nordsee; und die grünen Wogen gehn über sie hin!...« Aber nun?! Sie hatte widerstanden? Sie war wieder nach Hause gekommen?! Ja, sie hatte gesiegt?! Sie war besser, tüchtiger, energischer, frischer als die englische?! Rasch, Seppl! ... Flink, Anton! ... Faat an, Hein! ... Rasch, rasch!

Nein ... Harm Ott konnte keinen Urlaub nehmen! Obgleich seines Vaters stilles Gesicht und seiner Mutter weinende Augen ihn oft am Tage riefen: er konnte nicht. Und Eggert Konnte es auch nicht. Nein, auch er mußte vom Morgen bis zum Abend auf dem Posten sein. Es gab sonst in diesem Sommer viel Urlaub; aber auf seinem Posten war viel Arbeit. Und überdies! Er mußte ja doch seinen Hochmut pflegen, seinen Überstolz!? Mußte ihn streicheln und striegeln und gegen die Brust drücken!?

Es war ja doch sein Liebstes! Es war ja seine Kraft, sein Prunk, sein großer, stattlich schöner Stolz! Manchem Menschen ist das, was seine Schande oder sein Unglück, oder sein Fehler oder seine Schwäche ist, sein großer Stolz! Manchem ist eben dasselbe zu gleicher Zeit beides: sein Stolz und seine Qual.

Da Eggert nach einigen Tagen einen Brief, den seine Schwester ihm geschrieben, uneröffnet an Harm gegeben, und gesagt hatte, er würde es so mit allen Briefen machen, die ankämen – denn er hätte niemand auf der Welt, der ihm mit Recht schreiben könnte – kam eines Tags ein Brief bei Harm an, den Höbke Suhl schickte, damit er ihn an Eggert weitergäbe. Harm las den Brief, und brachte ihn zur nächsten Zusammenkunft mit, zog ihn heraus, bevor Kameraden hinzukamen, und schob ihn seinem Bruder zu, und sagte scheinbar gleichgültig: »Hier ist ein Brief von Höbke Suhl für dich ... den kannst du dich wohl überwinden zu lesen.«

Vor Eggert Otts Augen stand sofort der große Garten mit den alten; hohen Obstbäumen im Abendschein, und darin, vor den Bäumen, nicht weit vom Graben ... ja, wie dachte er ... das Mädchen? ... Nein, sie war ihm zu fern und zu hoch dazu ... die junge Mutter? ... Ja, fast seine junge Mutter ... ja, das war es wohl! ... im sommerlichen, weißen Kleid, die sagte: »Gut'n Tag, Eggert Ott! Bist du schon wieder ausgerückt, du Schleef? Und wieder barfuß? Willst du wieder zu den Ludwigs?« ... Und der alte Peter, ihr Taglöhner, nahm die Pfeife ein wenig aus dem Mund und sagte mit seinem klugen, spöttischen Lächeln: »Hast die Arbeit hinter dir, Eggert ... und nun kommt die Abendmusik?« Und dann stand er ein wenig, die Schuhe schon in der Hand, und sie sprachen gemütlich miteinander über alles, was da zu sehn und zu hören war ... sie ruhig, verständig, ein klein wenig neckend und angreifend, er altklug, todernst; und der alte Peter stand hinter ihr und sog an seiner Pfeife. Und einmal hatte er gehört, wie sie zu Peter gesagt hatte: »Ich weiß nicht, wie es kommt, daß ich so gern mit dem Jungen spreche; er hat so was durchaus Wahres, was sonst keiner hat. Er würde sich für die Wahrheit verbrennen lassen wie der alte Huß in Konstanz. Ja, das ist wahr, Peter! Du ... du bist ja auch ein wahrhaftiger, alter Mann, aber doch nicht so wie er. Du hast der Stute gestern zu viel Hafer gegeben und lügst mich jetzt mit deinen Augen an« ... Ja, das sah er im Geist, da er ihren Namen hörte. Es stieg ihm ein wenig warm und froh ins Herz hinauf. Ja, da war eine Stelle in der Heimat, an die er mit ruhigem Herzen denken konnte! Sicher, die hatte nie an ihm gezweifelt, nicht einen Augenblick! Die hatte sofort, wie sie jenes Gerede gehört hatte, gesagt: »Verrückt!« ... Und er nahm den Brief lässig vom Tisch und las ihn. Sie schrieb:

Lieber Eggert Ott!

Wir haben ja hier denn erfahren, daß Reimer gefallen ist, und es hat uns allen bitter leid getan. Alle Nachbarn, nein, das ganze Dorf trauert um ihn; denn sie hatten alle das Gefühl, daß er ein guter, feiner Junge wäre, und daß wohl noch was Besonderes ... Gott weiß was ... aus ihm geworden wäre. Und nun ist Sonntag ... und ich komme aus der Kirche, wo Pastor Bohlen ihm vorm Altar die Ehrenrede gehalten hat, und eben, da ich schreibe, läuten die großen Glocken für ihn; und die kleine, von der er die Inschrift las, die keiner raten konnte, bimmelt dazwischen. Du weißt, wie es mit Pastor Bohlen ist: wenn der Text, über den er spricht, nicht ganz wetterfest ist, mit Balken, Bohlen und Haken, dann verliert er ihn aus den Augen und geht ins Weite und Breite, und redet von Dingen, die nicht sind und leider auch nicht sein können, und oftmals besser auch nicht sind und sein sollen; denn er ist ja wohl ein guter, aber kein praktischer Mensch. Also die Kirche war fast voll, und rund um Deine Leute, die die ganze letzte Bank an der rechten Seite füllten, saß es dicht von Verwandten und Nachbarn, förmlich zusammengeklustert, und auch sonst waren viele Leute da; und als Hans Nothdurf den Kranz durch den großen Steig trug und vor dem Altar auf die oberste Stufe legte, Eggert, gleich links von Pastor Bohlen, da ging ein Weinen durch die Kirche. Es hängen nun aber auch schon über dreißig Kränze da, alle gleich, im Kreis um die ganzen Wände; man kann nicht hinsehn, ohne zu weinen. Dann kam Pastor Bohlen ... es ist merkwürdig, man muß immer seinen Namen nennen und schreiben, wenn man von ihm spricht oder schreibt; kein Mensch im Kirchspiel sagt: der Pastor, oder: der Herr Pastor, sie sagen alle Pastor Bohlen, sogar die Kinder ... offenbar weil er so'n merkwürdiger Mensch ist und so einzig ... aber es gibt von der Sorte doch manchen, nur sind sie sozusagen nicht so deutlich wie er. Pastor Bohlen blieb diesmal ganz genau bei der Sache ... ich meine, er konnte natürlich von seinen Nachttieren nicht lassen, obgleich die Sonne hell in die Fenster und schräg über ihn fiel, so daß man jedes seiner grauen Haare zählen konnte ... wir mußten doch mit ihm in die Nacht hinaus. Aber wie er sie mit Deinem Bruder Reimer zusammenbrachte, das war sehr schön. Er sagte, er hätte im vorigen Sommer mal eine Nacht lang an einem großen Teich gesessen, am Wald in der Heide, und hätte das Nachtleben beobachtet. Als nun die Nacht dagewesen wäre, wären Falter gekommen über Falter ... viele Hunderte ... aus dem Walde ... von allen Seiten ... und hätten sich auf den Teich herabgelassen, und wären darüber hingeglitten, hin und her, unermüdlich. Er hätte natürlich gewußt, sagte er dann weiter, daß sie da über dem Teich im Fliegen Nahrung und Erfrischung gesucht und gespielt hätten ... aber es wäre doch auch gewiß, daß sie, während sie so über dem leise funkelnden Wasser dahinflogen, mit ihren großen und wunderbar flimmernden bunten Augen auf das dunkle, spiegelnde Wasser gesehen, und seine Heimlichkeit, seine Tiefe, seine Rätsel gefühlt und gespürt, und in Träumen seltsam tiefe Gefühle und Gedanken gehabt hätten: ... so ... in derselben Weise zögen und flögen stille, tiefe, sehnsüchtige Menschenseelen aus dem Dunkel und Dickicht des täglichen Lebens und Treibens heraus, und senkten sich herab, und flögen über den Tiefen der göttlichen Natur, und sähen im Fliegen tief hinab in ihre rätselvolle, bunte Tiefe, und grübelten über ihn in andachtsvollen, stummen, ehrfürchtigen Rätseln am Weltall und der Schöpfung. Er wolle nicht sagen, daß Reimer Ott ein einziger gewesen wäre, obwohl er ein seltener gewesen ... nein ... es wären, besonders unter den jungen Freiwilligen, viele Tausende gewesen, die grübelnd, staunend, ehrfürchtig, heiliger Sehnsucht voll, in Gottes Wunderwelt geschaut ... ja, man könne wohl behaupten, daß alle deutschen Seelen dies Ehrfürchtige, Demütige, Grübelnde an sich trügen ... Nein, er wolle nicht sagen, daß in Reimer Ott ein einziger gefallen, aber er sei doch einer von den Zehntausenden, um die das deutsche Volk trauern müsse, solange es noch lebe ... neben den kraftvollen, schönen, starken, zukunftsfrohen diese, die feinen, zarten, schimmernden Blüten, nun von seinem Baum gerauscht, Zehntausende, unwiederbringlich verloren. So sagte er. Dann schloß er, wie er seine Rede immer schließt: »Aber wohlauf, wohlauf! Es hilft uns nichts ... Wir wissen, was wir an unserm Glauben haben, und daß wir ohne ihn nicht leben können ... Wir wollen glauben, daß es Gottes Wille ist, keines andern, daß das deutsche Volk diesen Weg gehn muß, auf dem so viele seiner Kinder fallen und liegen ... ihm selbst und der ganzen Menschheit zum zeitlichen und ewigen Heil.« So sprach er. Du weißt, wenn es ihm glückt, seine Gedanken bei der Stange zu halten, kann er wunderbar reden; und ich glaube, daß mein alter Peter recht hat, der mich nachher fragte, was mir schiene, ob Pastor Bohlen nicht der Klügste im ganzen Land wäre.

Als wir aus der Kirche kamen, ging ich mit Deinen Leuten nach Eurem Haus; wir sprachen aber kein Wort miteinander; wir waren alle nicht in uns. Nur zuletzt, als ich allen die Hand gegeben und weitergehn wollte nach unserm Hof, kam Deine Mutter mir nach und sagte: »Du, Höbke, könntest du nicht mal an Eggert schreiben, daß er auf Urlaub kommt? Sieh doch zu! Denn du,« sagte sie, »stehst ihm näher als wir alle miteinander; und ich glaube, du kennst ihn auch besser!«

Und also schreibe ich an Dich ... sowohl von mir aus, wie im Namen Deiner Mutter. Lieber Eggert, Dein Stolz ist krank und dürftig. Wäre er ganz gesund, so würdest Du ruhig auf Urlaub hierherkommen, würdest bei mir auf meinem Hof wohnen als mein Gast, würdest mit mir über die Felder und nach der Kirche gehn, und würdest sagen: »Was geht mich der Ottsche Hof an, und so und so viele Menschen? ... ich wohne hier auf dem Suhlschen Hof, und gehe mit Höbke Suhl über die Feldmark, sehe in die Luft, sehe ins Gesangbuch, sehe nach den Häusern ... Was schieren mich die Menschen?« Also komm und sei mein Gast ...

Bruder Eggert legte den Brief auf den Tisch und sagte: »Sie ist ebenso unverständig wie du. Sie begreift ebensowenig wie du, daß ich verschiedene Gesichter, die ich sehn würde, in Fetzen schlagen würde und deswegen ins Loch müßte. Also! ... Außerdem schreibt sie, wie wenn sie meine Großmutter ist ...«

»Wie kannst du nur so etwas sagen!« sagte Harm empört, »so'n schönes, junges Mädchen!«

»Mädchen?« sagte Eggert und sah seinen Bruder an.

»Mädchen?! Ja, was denn sonst?« sagte Harm.

»Ja,« sagte Eggert Ott unwillig, und besann sich und wunderte sich. »Ein Mädchen ist sie ja am Ende,« sagte er mürrisch; »aber nicht wie andre!«

»Ach,« sagte Harm unwillig, »das scheint dir nur so, weil sie immer so wunderlich verständig mit dir schnakte, als du noch ein Knabe warst! Sie ist ein Mädchen wie alle andern, und hübsch dazu.«

»Warum heiratet sie denn nicht?« sagte er zornig. »Wie alt ist sie? Sie muß ja gegen dreißig sein.«

»Das will ich dir sagen,« sagte sein Bruder mit Würde. »Erstens hat sie den schönen Hof und ist alleinige Erbin; das macht denn beide Teile empfindlich und unsicher. Und zweitens ist sie von Natur etwas ungewandt; es wird ihr schwer, ihre Natur zu zeigen. Sie zeigte sie bisher, glaube ich, nur gegen drei Menschen: gegen ihre Mutter, gegen den alten Peter und gegen dich. Übrigens: einmal habe ich sie doch auch übermütig und offenherzig gefunden. Ich war einmal zufällig zu ihr hinübergegangen, um eine Bestellung zu machen. Da hatte ihre Mutter gerade Geburtstag, und da kam sie auf den Gedanken und holte eine Flasche Johannisbeerwein aus dem Keller. Sie keltert nämlich selbst eine besonders schöne Art von Johannisbeerwein; er schmeckt wirklich ganz merkwürdig fein und vornehm. Wir saßen auf der Bank beim Soot, weißt du: ihre Mutter und sie und ich, und nachher kam noch der alte Peter dazu. Sie ließ die Flasche erst im Eimer tief in den Soot hinab, damit sie kühlte. Ich sehe sie noch, wie sie da mit ihrer schmucken, schlanken Figur stand und den Eimer hinabdrehte ... es war da unter den Bäumen schon dämmerig und sie trug ihr weißes Kleid ... Genug! Da trank auch sie davon ... und da, beim zweiten Glas, da kam es. Ich sage dir: sie war gemütlich, redselig, übermütig, köstlich! Und so, habe ich gehört, haben auch einige andre sie gesehn, so an besondern Tagen; besonders einige Mädchen, die sie besuchten. Aber es sind wenige, die sie so sahn und die also wissen, daß sie ganz wie die andern ist, daß es bei ihr nur im Soot, in den tiefsten Tiefen, liegt. Genug, das ist das zweite: daß man sie nicht kennt und nicht weiß, wie jung sie ist. Und das dritte ist, daß sie für die meisten jungen Leute zu klug ist. Sie hat zu viel gelernt und lernt auch wohl noch ... so in Kunst und solchen Sachen ... Das ist es.«

Bruder Eggert saß eine Zeitlang still, verwundert und in Sinnen. Er war ja inzwischen ein erfahrener Mann geworden und wußte, was es mit dem Weibe ist. Er hatte aber mit diesen seinen neuen Augen noch nie auf seine Jugendfreundin gesehn. Er war tief in verwirrten Gedanken. Dann sagte er: »Denn wird sie wohl nie heiraten?«

Harm zuckte die Schultern: »Ich wüßte nicht, wer es sein könnte. Es müßte ein ganz besondrer Mensch sein ... ein ganz und gar besonderer, und so um vierzig oder noch älter, so ein ganz ruhiger, langsamer, ordentlicher Mensch, vielleicht gar ein Gelehrter von diesem Alter ... Aber das geht uns ja nichts an! Antworte ihr nur bald, daß unsre Mutter wieder deine Handschrift sieht.«

Er murrte etwas ... »Wie ... was soll ich darauf antworten?« steckte den Brief aber ein. Kameraden kamen, und sie sprachen von andern Dingen.

Nein, auf Urlaub konnte weder Eggert noch Harm kommen. Sie hätten es auch dann nicht können, wenn sie es gewollt hätten! Nein, es war in diesem Sommer und Herbst eine hilde, heiße Zeit; es mußte in diesem Sommer allzuhitzig gearbeitet werden. Rangen nicht in diesem schrecklichen Sommer hunderttausend Brüder an der Somme, stürzten und starben in schrecklichem Kampf und Not? Kamen nicht immer mehr Völker und fielen über das deutsche Volk her, um mitzureißen und mitzurauben, wie sie meinten. Es war Italien gekommen! Es kam Rumänien! Es drohte Amerika! Nein, wie konnte man Urlaub nehmen! Nein, sie mußten arbeiten ... arbeiten ... arbeiten, Tag und Nacht ... daß sie wieder tüchtig wurden, daß sie dem gewaltigen Feind widerstanden, wenn er wiederkäme.

Aber die englische Flotte kam nicht. Sie wagte es nicht, hervorzubrechen! Warum wagte sie es nicht? Sie war zu schwer verwundet.

Und so arbeiteten sie alle von Stuttgart und München bis hinunter nach Kiel und Wilhelmshaven.

Als der Hochsommer kam, da war alles wieder in Ordnung. Die ganze Flotte war wieder hergestellt! Ja, sie war noch viel stärker geworden! Und war zu neuen Schlägen bereit.

Da bat Harm Ott um Urlaub und bekam ihn.

27. Kapitel
Lisbeth

Es war von diesem regenschweren Sommer und Herbst ein sehr trüber Tag.

Der Vater holte ihn mit dem alten Schwarzen und der alten Gig vom Bahnhof ab, sah ihn in seiner scheuen, stillen Weise nur kurz an, sagte sein: »Na, da bist du ja!« und ließ ihn neben sich Platz nehmen und das Pferd antraben. Von Eggert sagte er kein Wort. Den Toten erwähnte er nur einmal, gewissermaßen im Vorübergehn, so wie man im Vorübergehn einen stillen Blick nach einem Kirchhof tut. Er fragte: »Wird unser Grab da bei euch rein gehalten?« Was soll man über einen geliebten Toten viel reden! Man gedenkt seiner, indem man in Erinnerungen an ihn versinkt, in der Erinnerung an ihn noch einmal mit ihm lebt, und die ganze Würze seines Lebens noch einmal wieder schmeckt. Von den andern erzählte der Vater, daß sie gesund wären. Als Harm nach Emma fragte, erfuhr er, daß sie während des ganzen Sommers und nun auch in der Pflugzeit auf dem Hof von Bruder Klaus war, dessen Frau im Kindbett erkrankt und mit Weh und Ach nur einige häusliche Arbeit machen konnte. »Sie ist der Bauer,« sagte der Vater, »pflügt und eggt, und melkt und kocht, alles zusammen; und Mutter meint, daß sie körperlich völlig wieder gesund ist. Und auch ihre Seele, meint sie, ist nun wieder ganz ruhig. Sie geht immer noch zu den Versammlungen bei Schuster Ehlers und wird wohl eine von diesen sogenannten ›Stillen‹ bleiben, weißt du, eine von den Frommen, die am Kirchgang nicht genug haben. Das liegt ja freilich nicht in unsrer Art und Familie; kein Ott war so, soweit ich denken kann. Aber sollen wir darüber klagen?! Nein! Das muß ein jeder mit sich selbst abmachen. Findet sie Friede in diesem Glauben, so wollen wir sie darin lassen ... Übrigens ist dein Bruder Klaus seit zehn Tagen auf Urlaub zu Hause.«

»Wie geht es ihm?« fragte sein Bruder, »und was erzählt er?«

»Du kennst ihn ja,« sagte Vater Ott. »Wenn man ihn so reden hört, ist er immer obenauf.« Und nachdenklich setzte er hinzu: »Das hat er von Kind an so an sich gehabt. Es kommt wohl davon, daß er sich gegen seine Mutter wehren mußte, die ihm immer etwas am Zeuge flickte und immer mit ihm herumstieß, weil er ihr nicht stur genug, war ... und so verstellte er sich denn, als wäre er ein solcher. Wie es in Wirklichkeit in seinem Innern aussieht, weiß ich nicht. Er wird doch wohl oft genug im Eulenloch sitzen ... da draußen.« Dann fing der Vater an, mit der Peitsche nach den einzelnen Höfen zu zeigen, wo dieser und jener der Nachbarn und Bekannten wäre, ob noch hinter dem Pflug, oder in der Etappe, oder an der Front, und ob er noch lebte und gesund wäre. Alles, was er sagte, und wie er es sagte, kam noch schwerer und mühsamer heraus als früher, und er saß gebeugt da und sah mit seinen stillen, schwersinnenden Augen über das weite, ebene, regenfeuchte und sonnenlose Land. Die ganze Mühseligkeit des Landes in diesen schweren Jahren lag in seiner Haltung, in seiner Sprache, in dem, was er sagte und wie er es aussprach.

Als sie auf den Hof kamen, kam ein großer stattlicher Mann in dunkler Jacke mit breiten roten Streifen an den Hosen aus der Stalltür. »Das ist unser Russe,« sagte der Vater, »er heißt Symeon und ist ein guter, freundlicher Mensch, wie fast alle Russen. Die Franzosen mögen wir nicht so gern. Manche von ihnen sind wohl auch freundliche Menschen; aber viele sind unfreundlich und widersetzlich. Sie sind uns auch fremder. Aber die Russen sind im großen und ganzen wie wir selbst und gut gelitten.«

Als er vom Wagen sprang und aufsah, kam die Mutter aus der Tür, Kinder, wie immer, um sich. Sie gab ihm die Hand und sah ihn an; und er sah in dem Blick, daß sie ihm und der ganzen deutschen Flotte einen harten Vorwurf daraus machte, daß er ihren Reimer nicht mitbrachte. Sie sagte aber kein Wort von ihm.

In der Stube, von allen umringt, gab er noch einmal jedem einzelnen der Kleinen die Hand und fragte sie dies und das, während die Mutter hin- und herging und das Essen rüstete. Vom Toten wurde kein Wort gesprochen. Auch von Eggert keins. Aber jeder erzählte ihm, daß sie auf dem Hof von Bruder Klaus gewesen und Bruder Klaus und Emma gesehn hätten und daß Emma nun wieder ganz kräftig wäre und auch munterer, wenn auch immer sehr still und ernst, und was Bruder Klaus für große Dinge von der Front erzählte. Das waren die beiden Lichtblicke des Hauses, und die sollte der Bruder, der aus Not und Tod kam, der seinen lieben Bruder hatte fallen und sterben sehn, sofort zu schmecken bekommen. Dann aßen sie und versuchten dabei, einander zu necken, und taten, als wenn sie nicht merkten, daß der Vater mit abwesenden Augen da saß und daß die Hand der Mutter dann und wann über das Gesicht fuhr, die Tränen abzuwischen.

Als aber dann der Vater gegangen war, um den Stoppel zu pflügen, und die Kinder wieder fortgegangen waren, um auf dem Felde Ähren zu sammeln, und er mit Mutter allein in der Küche am Aufwasch war, saß er auf der Wasserbank und redete mit ihr über alles, und sie fragte ihn mit zagender, wankender Stimme nach diesem und jenem.

»Es schien mir erst gar nicht möglich,« sagte sie, »daß er tot sein könnte. Er stand ja, sozusagen, den Drücker in der Hand, erst vor der Tür, die ins Leben führt.«

»Ja, Mutter, was soll ich dazu sagen?!«

»Hast du ihn tot gesehn?«

»Ja, Mutter, ich habe ihn auf dem Arm getragen, als er todwund war, und dann ist er vor meinen Augen gestorben ... Wir hatten auf unserm Schiff über neunzig Tote, Mutter, alle jung ...!«

»Sag' mir,« sagte sie weinend mit unsicherer Stimme, »was meinst du ... wo ist er jetzt?«

»Oh, Mutter,« sagte er, »daran zweifle doch nicht! Was Gott so wunderbar und feurig brennen ließ, das wird er nicht auslöschen.«

»Wo denn?« sagte sie.

»Oh, Mutter! ... Da frage doch nicht! Wie viele Sterne stehn am weiten Himmel! Wieviel Licht und Wunder ist in der ungeheueren Schöpfung!«

Sie weinte und wischte sich mit dem Rücken der nassen Hand die Tränen weg. »Ich habe es eigentlich erst geglaubt, als die Glocken für ihn gingen.«

Er zögerte einen Augenblick, dann sagte er leise: »Wo wart ihr da ... wo war Vater?«

Sie schluckte an ihren Tränen, dann sagte sie: »Wir haben alle auf einem Haufen gesessen, um den großen Stuhl am Fenster, auf dem Vater ein wenig ausruht, wenn er vom Felde kommt. Er saß da, und da kamen wir alle zu ihm.«

Sie weinte heftiger und arbeitete weiter. Dann fragte sie nach dem Raum, in dem er gestorben wäre, und nach dem Grab, und hörte zu, wie er von dem Begräbnis erzählte.

Ja, gewiß, das Grab, das wollte sie einmal sehn. »Ja ... da will ich einmal davor stehn, Harm, ganz allein ... oder höchstens mit Vater ... aber am liebsten ganz allein!« Sie weinte heftiger. »Das habe ich armes Weib doch voraus vor so und so viel andern, daß ich an seinem Grabe stehn kann. Was die Frauen durchmachen in diesen Jahren, Harm, das geht über alles Sagen und Erzählen. Und dabei ist es ja einerlei, ob es deutsche oder russische oder französische Frauen sind; sie sind darin alle gleich. Sie meinen, wir sind nicht dabei; und sie sehn nicht, daß sie über uns wegrasen und über uns hintreten.«

Sie schwieg eine Weile; dann fing sie von Eggert an, und fragte genau nach allem; und sah ihn dann und wann mit scharfem Blick an, ob er auch genau die Wahrheit sagte.

Aber er unterschlug ihr nichts. Als er von dem wilden, schwarzen Mädchen sprach, mit dem er so häufig getanzt hatte, nahm sie es, zu seiner Verwunderung, nicht so schwer, sondern sagte: »Das haben meine Brüder auch so gemacht, als sie in seinem Alter, so um zwanzig, waren. Nachher haben sie doch alle ganz ordentliche Mädchen geheiratet. Ja, gerade besonders ruhige und stille; der eine sogar eine Witwe in gesetzten Jahren. Sie hatten wohl das Gefühl, daß sie für ihre Unruh eine Ruhige, Stille brauchten. Du sollst sehn, er wird es auch so machen.« Es war ihr viel wichtiger zu hören, was für männlichen Umgang er hätte; und sie war beruhigt, als er berichtete, daß er, so oft er ausginge, mit ihm, dem Bruder, zusammen wäre, und als er ihr die anderen schilderte, die dann mit dabei waren: den Zimmermann, den Italiener und die andern.

»Und was denkst du,« sagte sie, »wann kommt er? Wann werde ich ihn wiedersehn?«

»Wenn du ihn gern sehn willst, Mutter, so wäre es wohl möglich. Ihr müßtet einander etwa in Hamburg treffen. Hierher kommt er nie wieder.«

»Nie wieder?« sagte sie mit großen Augen. »Nie wieder in diese Gegend?«

Er hob die Schultern. »Ich glaube nicht, Mutter. Und ich kann es auch verstehn. Sieh, er wird in jedem Gesicht herumfragen: ›Glaubt der, daß du der Pfeifer bist, oder glaubt er es nicht?‹ und wird, wo er geht und steht, den Ruf: ›Sieh da, der Pfeifer!‹ hinter sich herhören.«

Sie setzte sich auf den Herd und sagte mit gebeugtem Kopf: »Ich hatte gedacht,« sagte sie, »wenn der Krieg aus wäre, sollte er bei Höbke Suhl auf dem Hof sein; sie hat es ihm ja angeboten.« Sie warf einen raschen, unsichern Blick auf ihren Sohn, weil sie einen heimlichen Gedanken dabei hatte. Sie hatte sich früher nie solche Gedanken gemacht. Seit Eggert und Höbke Suhl sich aber schrieben und die junge Nachbarin auch sonst so herzlichen Anteil an den Otts nahm, war ihr der verwegene Gedanke gekommen, daß da eine Heimstätte für Eggert wäre, ja, wenn das Glück es wollte, für sein ganzes Leben. Sie kannte ja ihre Leute, ihre Brüder, die in der Jugend so wild und wunderlich getan und nachher ... und Höbke Suhl?! ... Nun, was wollte sie denn? ... Sicher wollte sie lieber heiraten, als nicht heiraten, und war er nicht ein schmucker, ernster Mensch? Freilich, wenn er überhaupt nicht wieder in die Heimat zurückkommen wollte und konnte, dann war dieser ganze schöne Plan dahin.

Aber ihr kluger Sohn Harm war völlig ahnungslos. »Ich kann mir nicht denken,« sagte er, »daß er jemals wieder hierher zurückkommt. Es müßte schon ganz etwas Besondres geschehn, sonst läßt er sich hier nicht wieder sehn.«

Er wollte noch mehr darüber sagen; aber er sah seine Mutter, in tiefe Gedanken versunken, die Zange in der Hand, ins Feuer starren. Sie war mit all ihren Sinnen bei ihrem fernen, zornigen Sohn: was da wohl zu machen wäre, daß er auf einen guten Weg käme; und wie sein ferneres Leben Wohl sein würde.

Als er sah, daß die Mutter so weiter wortlos träumte, stand er auf und ging hinaus vor die Küchentür und ging ums Haus, und stand lange unter dem Vorbau vor der großen Tür, wohin der Regen nicht traf, und sah übers Feld, und wollte sich freuen, daß er nun endlich einmal in der Heimat wäre, und wunderte sich im stillen, daß es ihm nicht recht gelingen wollte.

Am andern Tage nach dem Mittagessen sagte die Mutter zu ihm, als er wieder bei ihr in der Küche war und still und wortlos herumstand: »Du mußt ja zu den Thomsens gehn! Du solltest dich heute dahin aufmachen und von da gleich zu Klaus fahren! Es wäre ja möglich, daß er früher wieder zu seinem Regiment zurückberufen würde. Du wirst ihn doch sehn wollen.«

»Ja,« sagte er, »ich muß ja zu Thomsens gehn.«

»Ja,« sagte sie, »das mußt du! Und ich weiß auch, warum es dir nicht leicht wird. Und was ich etwa nicht wußte, hat ihre Mutter mir erzählt. Viel wissen wir ja beide nicht; nur was wir uns so zusammendenten, und daß du ihr böse bist.«

»Ach, Mutter!« sagte er.

»Ach, Junge!« sagte sie in ihrer alten Hitzigkeit. »Glaube doch nicht, daß ich für dich oder für sie werben will! Macht, was ihr wollt!«

»Nun eben!« sagte er stolz und würdig. »Ich will nichts mit ihr zu tun haben.«

»So ... so!« ... sagte sie. »Ich möchte dir nur eins sagen: soviel ich weiß ... einig wart ihr euch noch nicht! Und du warst nicht da! Na ... und da kam einer, der ihr gefiel und der um sie warb; und da nahm sie ihn. Und nun ist er tot ... gefallen, wie so viele ... wie dein Bruder und wie ihr Bruder ... Es kommt auf eins an, Harm: ob du das Gefühl hast, daß sie dich damals wirtlich gern hatte. Es ist eine Sache des Gefühls ... des Blutes, Kind.«

»Ob sie mich mag oder nicht, das ist nun ganz gleichgültig,« sagte er kalt. »Es kommt darauf an, ob ich sie mag. Und das ist nicht der Fall.«

»Weil du sehr böse auf sie bist, Harm! Und das, mein Junge, ist ein Zeichen, daß du sie immer noch lieb hast! Und das ist auch ganz selbstverständlich. Sie ist ja immer noch Lisbeth Thomsen, dieselbe, die du vor zwei Jahren liebtest. Ich bitte dich, Harm, denk nicht zu hart über sie! Glaube nicht, daß es irgendein Mädchen gibt, das nur einen einzigen lieben und heiraten könnte! Denke überhaupt nicht zu hart über Menschen! Denk an deinen Bruder Eggert, was dem geschah!«

»Sie wußte aber, daß ich sie lieb hatte,« sagte er zornig und böse.

»So ...sie wußte es doch! ...Ja, Harm ...aber vielleicht war sie damals noch nicht alt und reif genug; sie war noch zu spielig, oder vielleicht hast du es ihr nicht deutlich genug gezeigt. Du warst noch zu jung dazu. Der andre war sechs Jahre älter. Aber nun bist du fünfundzwanzig, nun bist du anders, bist mehr. Und auch sie ist anders. Ein Mädchen von achtzehn und eins von zweiundzwanzig: ich sage dir, Harm, das ist ein Unterschied! Dazu bedenke, was sie inzwischen durchgemacht hat, daß sie ihren Verlobten und einen Bruder verloren hat. Nun ....du mußt das alles selbst wissen! Aber ich denke, du kannst dir gefallen lassen, daß ich mit dir darüber rede! Gehe ich mit dem einen nach Rendsburg und muß zu dem andern an sein Grab, so kann ich wohl auch mit dir ein wenig auf die Freite gehn.«

Er sah sie lächelnd an und sagte: »Da habe ich auch nichts dagegen, Mutter! Ganz und gar nicht! Aber da ist nun einmal nichts zu machen! Lisbeth Thomsen sehe ich mit keinem Blick wieder an; das ist vorbei! Ich will dir nämlich was sagen, Mutter: sie hatte mich sehr lieb! Das weiß ich; das kann ich dir sagen! And darum eben war es so schlimm von ihr!«

Sie sah jäh auf und fuhr mit der Hand durch ihr Haar: »So?!« sagte sie, »sie hatte dich sehr ... sehr lieb ...na dann....!« sie wollte sagen: ›Dann wird sie es auch fertig bringen, dich wieder zu gewinnen ...so weit kenne ich Lisbeth Thomsen!‹ ...und es stand ihr plötzlich der schelmische, spöttische Zug im Gesicht, den ihre Kinder so gut an ihr kannten. »Dann geh nur!« sagte sie, und sie zeigte mit der Feuerzange nach der Tür.

»Ich will heute nicht hingehn,« sagte er; »heute will ich zu Klaus.«

Er ging nach der großen Diele und spannte den Schwarzen an und fuhr davon, um seinen Bruder Klaus zu sehn.

Als er aber auf den hohen Weg kam, da, wo das Dorf dünner wird, und nur hier und da an der Straßund in den Feldern die Höfe liegen – es war auch heute wieder trübes, regnerisches Wetter – kam ihm der Thomsensche Wagen entgegen. Er kannte das Gespann schon in weiter Ferne. Frau Thomsen, die sonst nie selbst fuhr, führte die Leine; Lisbeth saß neben ihr.

Er preßte zornig die Lippen zusammen und seine Augen wurden tief; da war der Wagen schon heran. »Nun, Tante,« sagte er, »seit wann kannst du fahren?«

»Ach, Harm,« sagte sie und hielt; »ich freue mich so sehr, daß ich dich mal wiedersehe! Willst du zu uns oder zu Klaus? Wie geht es dir? Was hast du alles erlebt!! Ach! Ach! Wo ist mein Otto, Harm, und wo ist euer Reimer! Was für eine Zeit, Harm! Ob ich fahren kann?! Mein Junge, was kann ich alles! Wir haben nur noch zwei Lehrlinge auf dem Platz, und dazu den einen Gesellen, den Alten! Das ist alles! Und dabei sollen wir zwei Schuppen für die Regierung bauen!«

Lisbeth neben ihr hatte ihm auch zugenickt, sehr rasch und scheu; und sah nun übers Feld und warf zuweilen einen Blick nach ihm hin, sehr ruhig, aber sehr neugierig. Er sah ...und fühlte es noch mehr ...daß sie wie eine junge, ernste Frau geworden war. Auch ihr Gesicht hatte sich verändert. Es war, als wenn es etwas größer und dadurch klarer geworden wäre.

Die Mutter, die wohl helfen wollte, daß sie alle drei über diese erste Begegnung leichter hinwegkämen, zeigte mit der Peitsche nach den einzelnen Höfen: »Und so ist es überall, Harm. Ich sage dir! Siehst du da ...da, links von Hansens Hof, den Düngerwagen? Da sitzt die junge Frau Tormählen drauf. Ein Russe lädt auf, und sie fährt den Dünger aufs Feld und reißt ihn vom Wagen. Sie hat auf der Schule mal Englisch und Französisch gelernt und was sonst noch alles! ...Und siehst du da den hohen Kohlwagen? ...da sitzt ein Zwölfjähriger drauf. Sein Vater fährt irgendwo in Galizien einen Wagen mit Brot oder Granaten. Und hier, siehst du, das ist die achtjährige, kleine Tochter von Jahn, die fährt mit dem belgischen Gefangenen zur Stadt. Sie macht Besorgungen und er hilft ihr. Ihr Vater ist vor Verdun, ihr Bruder in Mazedonien. Und siehst du da das Klausensche Haus mit den merkwürdig hellen Farben in den Fenstern? Da ist der Mann seit zwei Jahren in Sibirien gefangen und indessen ist hier in seinem Hause seine Frau gestorben. Sein Land ist verpachtet, seine Kinder sind zu Verwandten getan, die Fenster seines Hauses vernagelt. Und siehst du da am grauen Weg das Haus von Sämann? Da treten sie jedesmal vor die Tür, wenn ein Wagen oder ein Mensch den einsamen Weg heraufkommt, und hoffen auf Nachricht von ihrem einzigen Sohn, der in Frankreich vermißt ist. Es ist keine Hoffnung mehr, daß er noch lebt; es ist schon zwei Jahre her; aber ich glaube, Harm: sie werden noch nach zwanzig Jahren so vor die Tür treten und hoffen … und hoffen. Du fährst heute zu deinem Bruder? Nun, aber morgen oder übermorgen kommst du zu uns! Dein Onkel wird sich freuen, Harm, und wir andern auch,« und sie nickte ihm zu und fuhr weiter. Ihre Tochter warf wieder einen langen, ernsten Blick auf ihn, nickte auch; und weg waren sie. Sie hatte die Lippen nicht auseinandergenommen und ihre Augen waren wach, aber still gewesen.

Er fuhr weiter. Schrecklich … wie schön sie war! … Und wie ernst nun! Ja, nun war sie so, wie er sie damals begehrte … verständig und feurig …! Daß ein Mensch sich grade in ein einziges Weib vergaffen muß! Und daß er so viele schöne Erinnerungen an sie hatte von seiner Kindheit an! Einmal … das stand ihm plötzlich vor Augen … als sie so zwölf Jahre alt gewesen und er fünfzehn, hatte er altklug gesagt: »Ich glaube, dein Vater gibt dich mir nicht, weil ihr mehr Geld habt als wir.« Aber da hatte sie ernst und bestimmt gesagt: »Wenn ich dich dann noch lieb habe, will ich schon dafür sorgen, daß ich dich bekomme, da sei man nicht bange!« Sie hatte, wenn sie so etwas sagte, so ruhige, feste Augen und einen so wunderlich sichern Zug im Gesicht; sie ruhte dann in ihrer starken, lebensvollen Natur, und da heraus sprach sie so. Ja, sie war ein Mensch voll starkem, vollem Leben, damals schon. Mit denselben Augen wie damals hatte sie eben da neben ihm in ihrem Wagen gesessen. Ach, sie war nicht mehr die, der er böse war! Sie war nicht mehr die Lachende, die Unernste, die Wankelmütige! Sie war nun ein neues Rätsel: noch verwirrender, noch ehrverlangender, noch begehrenswerter! Ach, der Schein um ihre liebe Gestalt war noch schöner geworden!

So waren seine Gedanken eine ganze Zeitlang bei ihr, während er weiterfuhr. Aber dann sah er auf einem Felde zwei Russen hinter Pfluggespannen gehn. Da kamen seine Gedanken wieder auf den Krieg. Und da überfiel ihn sogleich wieder die Bedrücktheit, die Unruh, die er schon gestern empfunden, als er unter dem Scheunendach stand. Er dachte: »Was soll ich hier? Was tu ich hier? Wie kann ich hier in dem schönen, friedlichen Lande umherfahren? Und nun gar über ein Mädchen mir Gedanken machen?« Und er sah im Geist, in der Ferne, Schützengräben sich durch die Landschaft ziehn, und sah viele, viele einzelne Gestalten zerstreut übers Feld laufen, und sah im Geist fremde Städte und lange Wagenzüge, und sah die Flotte an Helgoland vorüber nach Norden fahren, wie damals am letzten Maitag. Er sah es ganz deutlich, und es rief ihn. Nein, der ganze Urlaub schmeckte ihm nicht. Und plötzlich dachte er: ›Ich will heute nicht zu Bruder Klaus fahren. Denn wenn ich da bin, soll ich dem erzählen, was ich erlebt habe; und auch er wird mir seine Erlebnisse erzählen. Ich will heute nichts davon hören; ich habe schon Not genug davon. Ich will ein wenig allein bleiben und auf die Heide fahren.‹

Er blieb also auf dem großen, breiten Weg und fuhr durch die breite Sandschlucht den ziemlich steilen Weg nach der Geest hinauf, und kam oben auf die Heide, und fuhr im Schritt den sandigen Weg entlang, und erging sich eine Zeitlang in stillen, freundlichen Gedanken: wie er hier als Junge an Sonntagnachmittagen sich herumgetrieben und später, ein Fünfzehnjähriger, einem alten Arbeiterpaar ein Fuder Heide, das sie hier gemäht, aufgeladen und nach Hause gefahren hatte, und wie er wohl auch später noch, so in Frühjahr- und Herbsttagen, diesen Weg gemacht, um durch die Geestdörfer zu fahren. Als seine Augen dann aber in der Ferne die Hünengräber trafen, gerieten seine Gedanken wie von selbst wieder in den Krieg. Er sah im Geist die vielen Gräber an den Fronten, und dachte auch an die Toten vom Skagerrak, die an der jütischen und schwedischen Küste begraben lagen, Und wieder befiel ihn, wie ein gewappneter Mann, der Gedanke: ›Was sollst du hier? Was tust du hier? Kehr' wieder um! Hier ist Friede … du aber gehörst in den Krieg!‹

Er wandte das Pferd und fuhr wieder nach der Schlucht zu, und war mit all seinen Gedanken bei seinen vielen Bekannten in Wilhelmshaven und bei seinen Leuten auf dem Schiff. Und alles, was er um sich sah, die ganze Heimat und das Elternhaus, war ihm nicht vorhanden, war ihm gleichgültig, ja, war ihm verleidet und schmeckte ihm bitter. Ganz in der Ferne, in weiter Ferne, in einem unwirklichen Glanz und Schimmer, in schönem Dunst und Nebel, ja, da standen Heimat und Elternhaus im sonnigen, wonnigen Frieden. Ja, da … ganz ferne! Ja, wenn einst Frieden wäre! Ja … dann! Dann wollte er sich über dies alles freuen! Ach, wie sehr! Ach, unsagbar! Aber jetzt war Krieg! und all seine Gedanken, und alle Not und alle Freude, wehmütige, schmerzliche Freude, waren draußen an den Fronten und auf den Wogen der Nordsee.

Als er noch so sann, war er wieder bis zur Schlucht gekommen und sah den Weg hinunter. Und da sah er, keine hundert Meter vor sich, wieder den Thomsenschen Wagen die Schlucht heraufkommen; nur Lisbeth saß darauf.

›Herr Gott, noch einmal wieder!‹

Sie brachten ihr Gespann beide übereifrig aus der Spur. In der nächsten Minute fuhren sie beide aneinander vorüber. Er sah sie an und grüßte ernst und schlicht, und fuhr weiter, so in dem zornigen und verwirrten Gedanken: ›So … das ist überstanden.‹ Als er aber noch nicht hundert Schritte gefahren war, hörte er hinter sich einen rechten Weiberschrei und gleich darauf ihre ängstliche, befehlende Stimme: »Harm, komm her! Hilf mir!«

Er hielt das Pferd an und sah sich um. Da war sie mit der ganzen einen Seite ihres Wagens in den einige Fuß tiefen Graben geraten, der neben dem Wege herlief. Der Wagen hing ziemlich schief, und die zurückhoppenden Pferde waren dabei, das Unglück noch schlimmer zu machen. Sie selbst war abgesprungen und stand ratlos daneben.

Er stieg vom Wagen und ging die kleine Strecke Wegs hinauf, faßte die Pferde und brachte die Räder mit einiger Mühe aus dem Graben und wieder auf den Weg. Um etwas zu sagen, sagte er: »Wie kam denn das?«

Sie war schon rot und sagte: »Es kam so …«

›So! …‹ dachte er kühl und stolz: ›Du sahst dich nach mir um! Ja, das muß man nicht tun.‹ »Nun, steig nur wieder auf,« sagte er, »es ist alles in Ordnung.«

Sie war sehr rot, da ihr das Mißgeschick in der Tat geschehn war, als sie sich nach ihm umgesehn hatte, in der Erwartung und Hoffnung, auch er sollte sich umsehn. Und nun, da es nun so anders gekommen war, wollte er ohne ein einziges freundliches Wort wieder weggehn? Es sprangen ihr plötzlich die Tränen in die Augen.

Er sah sie an und empfand, daß sie nun das Weib war, der Kamerad und Gleichgenosse, doch der, vor dem man sich keine Blöße geben darf, nicht einen Augenblick. Er sagte ruhig und kühl: »Nun weinst du!«

»Ja,« sagte sie, »nun weine ich« und biß sich auf die Lippen und sah ihn an.

Er konnte wegen dieser Augen nicht fortkommen; er sagte zornig: »Wie kam es, daß du es so machtest?«

Sie hob leise die schönen Schultern und sah ihn ruhig, wie wartend an.

»Wie kam es?« sagte er noch einmal.

Sie sah ihn noch immer so an mit den schönen, wartenden Augen, grade in seine Augen hinein. Sie schämte sich nicht … sie bekannte sich still und trotzig zu dem, was geschehen war, und wartete auf irgend etwas.

Da riß er sie in Zorn und Liebe an sich und herzte und küßte sie.

Und dann ließ er sie los und sagte: »Nun geh! … Es ist jetzt nicht Zeit für solche Dinge.« Und er gab ihr die Hand und drückte sie fest und half ihr in den Wagen.

Sie sagte kein Wort; sie sah ihn nur noch einmal ernst und still an, und fuhr davon.

Er selbst stand da noch einige Zeit, schweratmend, unsagbar glücklich.

»Sie ist mein! Mein! Ich habe sie! Ach, wie schön ist das!«

Aber gleich, plötzlich, schlug der Gedanke an den Krieg dazwischen. Er hob mit einem bittern Gefühl die Schultern: ›Krieg! Krieg!‹ Und stieg in den Wagen und fuhr die Schlucht hinab und nach Hause.

28. Kapitel
Emma

Am andern Vormittag – es war dasselbe neblige, fast dunkle Wetter – trieb er sich wieder im Hause umher, stand hier und da herum und sah übers Feld oder ließ sich dies und das erzählen, und war nirgends bei der Sache. Am Nachmittag wollte er nun den Besuch bei seinem Bruder machen. Da kam auf seinem Rad der Ältere der beiden Ludwigs, der Fischer, die Eggerts Freunde gewesen waren, des Wegs und sagte: »Hast du Langeweile? Magst du ein bißchen schippern? Dann komm mit nach dem Hafen und sieh dir mal an, wie auch ich mit samt meinem alten Kahn fürs Vaterland tätig bin.«

Er hatte große Lust: »Ich möchte wohl,« sagte er, »aber ich muß notwendig zu meinem Bruder Klaus.«

Der Fischer sagte in seiner lebhaften, zufahrenden Art: »Ich fahre mit der Schute nach … Von da nach Dingerdonn sind es keine zehn Minuten und von da zu Klaus keine zwanzig.«

Er sprang ins Haus, holte den alten Regenmantel, der da für jedermanns Gebrauch am Ständer neben der Tür hing, sagte seiner Mutter Bescheid und war sofort auf dem Rad neben dem Ludwig. Es war ihm wie eine Erlösung vom Nichtstun und Nichtsmögen. Er war plötzlich wieder froh, da er nun nach dem Hafen sollte. Vielleicht würde er gar Kameraden sehn und ein gemütliches Wort reden und fragen können.

Unterwegs auf der geraden Straße erzählte der Fischer, daß sein Boot da drüben … er deutete mit der Sand nach Süden … an ganz einsamer Stelle läge, und daß er heute nachmittag wieder eine Ladung übernehmen wolle. Sie würden ihre Räder auf die Schute legen und von Bord aus wieder heimkehren, wann es ihnen paßte.

Sie erreichten in einer halben Stunde den Hafen, fuhren auf den Kai und fanden den kleinen Schlepper schon liegen und die schwer beladene Schute schon angetaut hinter ihm. Die drei Männer des Schleppers begrüßten den Fischer als einen alten Bekannten; die zwei Mann, die, bis über die Ohren in Ölröcken, am Heck der Schute neben dem Steuer standen und noch dies und das wegstauten, schienen ihm fremd zu sein. Als Harm Ott fragte, was das für Leute wären, sagte er: »Es sind Arbeiter hier vom Marine-Depot, sie laden ein und aus; diese kenne ich nicht; es sind nicht immer dieselben. – Hallo,« rief er zu den beiden hinunter, »nehmt uns bitte die Räder ab.« Der eine der beiden Männer erhob sich von seiner Arbeit – es war ein älterer Mann mit einem ruhigen, verschlafenen Gesicht – nahm die Räder in Empfang und legte sie auf die Ladung vor sich; der andere, kleiner und jünger, und, wie es schien, etwas Hinker, blieb bei seinem Verstauen und Packen. Als die Räder hinabgereicht waren, sprangen sie beide nach. Der Fischer stellte sich an das lange Ruder, Harm Ott neben ihn. Der Schlepper machte sich los und kam vom Kai ab, und sie kamen in die Mitte des Stroms.

Es war gleich eine stille, abgeschlossene Welt. Mitten auf dem Strom ein kleineres, altes Kriegsschiff, einige Schuten breit und leer am Ufer … ein Schleppzug … zu beiden Seiten Ackerfelder und Viehweiden, und näher oder ferner in ihren Bäumen stille Höfe, kleine Katen … rechts vor ihnen im grauen Dunst, kaum zu sehn, die lange, ruhig bewegte Linie der Geest. Harm Ott und der Fischer unterhielten sich gemütlich über dies und das, was sie sahen: ein Boot, ein Erntefeld, einen Hof. Dazwischen fragte der Fischer nach dem Tag vom Skagerrak und dem Leben an Bord; von Eggert sprachen sie nicht. Der Fischer wollte nicht davon anfangen, weil er nicht recht wußte, wie Harm zu seiner Familie stand, die doch bei Eggerts Flucht eine Rolle gespielt hatte; Harm Ott seinerseits sagte sich, daß der Fischer wußte, daß Eggert an Bord der ›Below‹ gewesen; und hatte keine Ursache, ihm Weiteres zu erzählen.

In ihrem Rücken erzählte der ältere der beiden Fremden seinem Genossen, indem er von dem ausging, was sie rund um sich sahen, von andern Gegenden in Deutschland, und von der Schweiz und Holland, wo und wie dieses und jenes da anders wäre. Er erzählte in jener redseligen, etwas aufdringlichen Art, die diejenigen an sich haben, die niemals Männer werden, die immer Knaben bleiben, und werden sie achtzig Jahre alt, und heimatlos und ruhelos durch das Land und durch das Leben wandern, ohne Zweck und Ziel. Sein Genosse, der jüngere und kleinere, antwortete nur mit einem Ja oder Nein. Das Wetter wurde trüber und regnerischer. Harm Ott zog den Regenmantel fest um sich und drückte die Mütze tief ins Gesicht. Es kam auch Wind auf.

Als sie so eine Weile gefahren waren, ging der Strom eine Strecke weit durch einen schilfigen See; und der Schiffer, der bis dahin scharf auf sein Steuer geachtet hatte, sah sich um, und bat den Alten hinter sich, ihm seinen Südwester zu reichen, der unter dem Heck lag. Der Alte hörte auf mit seinem Gerede und reichte das Verlangte. Als der Fischer sich wieder umdrehte und wie vorhin wieder stand, die Hand am Steuer, sagte er leise und zweifelnd: »Du ... ich weiß nicht ... hast du ihn nicht erkannt? ... Der Kleine hinter uns ... ist das nicht euer früherer Knecht ... wie hieß er doch ... weißt du ... der Hinker, der Mathias Amborn?«

Harm Ott fuhr herum, als wenn ihn einer gestochen hätte, starrte den Fremden an, und erkannte ihn und fuhr mit wilden Worten über ihn her: »Ah, da bist Du! ... Du! ... Du! ... Pfeifer du! ... Warum bist du gerade hierhergekommen? ... Willst du noch mehr Unheil anrichten? Doch nicht bei uns? Uns hast du unglücklich genug gemacht! Meine Schwester ist schwer krank geworden durch dich, und hat noch jetzt keine Freude am Leben und wird sie wohl zeitlebens nicht wieder haben; das Leben meiner Schwester hast Du auf dem Gewissen, du Hund! Und mein Bruder ist deinetwegen schrecklich beschuldigt worden von seinem eigenen Vater und hat in Haß und Not sein Elternhaus verlassen! Und wir alle, Vater, Mutter und Geschwister und die ganze Familie, sind seitdem unglückliche, zerrissene

Leute! Das alles hast du verschuldet! Und hast es getan aus Lust am Kummer! Aus Freude an Zerstörung! Oder was für ein Teufel dich getrieben hat!«

Der Knecht saß mit entsetzten, bleichen Lippen, die Augen niedergeschlagen; aus seinem Munde kam ein langsames Stöhnen, wie Wimmern. Der Alte saß mit offenem Mund neben seinem jungen Genossen und starrte ihn an, und sagte dann leise, mit völlig veränderter Stimme: »O, Kamerad ... Kamerad! Was ist das für eine böse Rede! Was hast du für schwere Dinge auf deinem Gewissen!«

»Gesteh!« schrie Harm Ott, an allen Gliedern bebend, »gesteh, daß du es gewesen bist, du und kein andrer!«

Der Knecht erwiderte mit mühsamer Stimme, Angstschweiß auf dem blassen, hübschen Gesicht, mehr tot als lebendig: »Ich bin erst gestern von Köln hierhergekommen; ich wußte nicht, was ich angerichtet hatte. Ja ... ich habe es getan ... aber das ... das ... habe ich nicht gewollt!«

»Du hast es gehört!« schrie Harm Ott dem Fischer zu. »Du hast es gehört!«

»Ich habe es gehört,« sagte Ludwig ernst, »ich bin Zeuge; und ich freue mich wegen Eggert.«

»Dann bin ich fertig mit dir,« rief Harm Ott, sah ihn noch einmal wütend und verächtlich an, und wandte sich wieder um, und sah Ludwig neben sich mit funkelnden, erregten Augen an, und wollte noch etwas sagen.

Aber in demselben Augenblick hörten sie die beiden Männer hinter sich aufspringen. Der Fischer und er warfen sich herum, in dem unwillkürlichen Glauben, daß sie von hinten überfallen würden; in demselben Augenblick aber warfen sich der Arbeiter und der Fischer über den Knecht, der schon halbwegs über Bord war, hielten ihn an Jacke und Armen, und zogen den sich rasend Wehrenden wieder an Deck.

»Donnerwetter!« sagte der Fischer, »das ging prompt,« und keuchend und finster meinte er: »Weißt du, Harm Ott ... du und deine Leute, ihr seid ein bißchen zu scharf gegen andre. Deine Eltern mochten auch uns nie leiden, weil wir andre Leute sind als sie. Daß du diesen hier nicht magst, das ist ja in Ordnung. Aber daß du ihn so herunterreißt, daß er meint, er muß aus dem Leben springen, das scheint mir doch nicht richtig. Der hier ist kein schlechter Mensch, das siehst du deutlich; denn sonst nähme er sich das nicht so zu Herzen, was er angerichtet hat. Sag' ihm ein gutes Wort! Sag' ihm irgend etwas!«

»Ich kann nicht!« sagte Harm Ott steif.

»Gut, dann kann ich es,« sagte der Fischer. »Du bist jetzt ruhig« rief er, und richtete ihn auf, »und stehst hier neben mir, hier! So! Und nun werde mal vernünftig und erzähl' mal: was hast du damals gemacht?«

Der Knecht vermochte kein Wort hervorzubringen; er versuchte es; aber seine Stimme versagte ihm. Endlich verstanden sie, daß er sagte, er bäte um eins: wenn es möglich wäre, möchte er mit Emma reden.

»Selbstverständlich ist das möglich,« rief Ludwig. »Selbstverständlich! Wo ist Emma, Harm? Ist sie noch bei Klaus?«

Harm Ott biß sich auf die Lippen und sagte bitter: »Wenn er will, kann er ja hingehn und mit ihr reden; aber nicht länger als zehn Minuten, dann ist es aus!«

Der Fischer zuckte die Schultern und sagte: »Ach, warum nicht länger?« und sagte in seiner frischen, lebendigen Weise: »Sei nicht so hart, Harm Ott! Daß du dich nicht versiehst, wie dein Vater sich an Eggert versah! Man kann nie wissen, was einer Sache zugrunde liegt, weißt du, ganz tief zugrunde. Hör', das Beste ist, ihr steigt hier aus! Ihr habt hier keine zwanzig Minuten zu Klaus' Hof. Laß ihn mit dir gehn, und laß ihn da mit Emma reden! Ich bin zehn Jahre älter als du; ich rate dir gut.«

Er pfiff nach dem Schlepper hinüber, ließ halten, zog das Beiboot heran und ließ die beiden einsteigen, stieg selbst nach und ruderte sie an Land. An einer Tränke legten sie an und stiegen aus; der Fischer fuhr wieder an Bord.

Die beiden andern machten sich auf den Weg. Harm Ott groß und schlank mit seiner stolzen, herrischen Haltung; der Knecht etwas unter Mittelmaß, etwas hinkend, aber sonst eine geschmeidige Gestalt mit raschen, lebensvollen Zügen im hübschen, hier im Norden etwas fremdartigen, bräunlichen Gesicht.

Als sie eine Strecke gegangen waren, wurde der Knecht ein wenig ruhiger. Er holte einige Male schwer Atem und sah zu seinem Begleiter auf, und sah ja wohl durch allen Zorn und Hochmut einen Schein von Besinnlichkeit in seinem stolzen, herrischen Gesicht; er atmete noch einmal schwer auf und fragte dann mit leiser, schwankender Stimme nach dem Vater, nach der Mutter und nach den Kleinen. Harm Ott antwortete mit einem kurzen, mürrischen Wort. Da schwieg er wieder. Nach einer Weile wagte er wieder anzufangen und bat mit großer Herzlichkeit, ihm zu sagen, welche Krankheit es denn bei Emma wäre, und dann, wo Eggert denn wäre. Aber Harm Ott fuhr auf: »Schweig,« sagte er, »sonst schlag' ich dich nieder!«

Der Knecht biß sich auf die Lippen und sagte: »Wenn ich es dir alles erzähle, der Reihe nach, wie es gekommen ist, so wirst du nicht so hart von mir denken. Sicher nicht!«

Aber Harm Ott antwortete nicht mehr.

So gingen sie schweigend ihren Weg. Harm Ott froh, daß er den Ursprung alles Unheils wie an einem Strick neben sich führte, mit seinen Gedanken bei Eggert, bei seiner Mutter, bei seinem Vater; der Knecht ein wenig hinkend, mit langen Schritten, um mitzukommen, nun schweigsam, das Gesicht versonnen in tiefen, schweren Gedanken, die ihm Mühe machten.

So kamen sie an die Geest heran und auf den Sandweg, der unter dem Abhang entlang führt, und erreichten den Hof.

Die kleine, kümmerliche Frau hatte sie kommen sehn und kam ihnen aus der Tür entgegen, ihr jüngstes, vor acht Wochen geborenes Kind auf dem Arm, die andern an ihrer Schürze. »O,« sagte sie, »da bist du, Harm! Ach Gott … und Reimer kommt nicht mit dir! Und Eggert wohl auch nicht! Klaus ist nicht zu Hause, Harm; er ist nach St. Margarethen und will sehn, ob er uns eine Kuh kaufen kann. Er hätte eigentlich schon wieder hier sein können; ich werde ihm sagen, daß er uns immer vergißt. Er hat es so an sich, Harm, wenn er seine Augen von uns abwendet, hat er uns vergessen. Sieh … und da ist euer früherer Knecht! Heißt er nicht Mattias? Guten Tag, Mattias!«

Als sie so weit war, sah sie die Verstörung in den Gesichtern der Beiden und dachte nun endlich an die Pfeiferei, stutzte und sagte bedrückt: »Kommt herein und trinkt eine Tasse Kaffee.«

Harm Ott wollte den Knecht nicht ins Haus lassen und ging am Haus entlang und sagte: »Ich wollte Emma sprechen. Wie geht es ihr?«

»O,« sagte die Frau, »Emma geht es besser. Ich glaube, die Sorge um mich oder die Liebe zu mir hat sie wieder gesund gemacht. Was hat sie mir geholfen. Harm! Ich selbst konnte ja nicht viel tun, weil ich das Kind erwartete; dazu hatten alle Kinder der Reihe nach den Keuchhusten.

Nein, wie habe ich hier zugesessen! Nein, hätte ich in diesem Sommer Emma nicht gehabt, wo wäre ich da geblieben?! Denke dir, sie hat mit unserm netten, fleißigen Franzosen die ganze Frühjahrsbestellung beschafft, dann die ganze Ernte; und nun hat sie die sechs Hektar am Heidstieg gepflügt. Sie muß um diese Zeit nach Hause kommen. Sie sagte heute Mittag, so um Feierabend wäre sie fertig.«

Als sie um die Ecke des Hauses kamen, und die weitläufige Hofstelle vor sich hatten, mit ihren Auffahrten, Schuppen und Wagenschauern, hörten sie von der Zufahrt her, die durch Bäume verdeckt war, das Klirren von Geschirr.

»Da kommt sie schon,« sagte die Frau, »dann sag' ihr man guten Tag. Ich will unterdes rasch hineingehn und ein wenig Abendbrot machen.« Und ging zurück; ihre Kinder um sie.

In dem Augenblick kamen die Pferde aus dem Baumgang heraus, hinter ihnen der Gefangene mit seinen breiten, roten Streifen an der Hose. Darauf das zweite Gespann mit dem Pflug auf der Schleife, und hinter ihm Emma in grauem, ziemlich kurzem Feldkleid, über und über mit Staub bedeckt, mit nackten Füßen, Peitsche und Eßgeschirr in der einen, die Leine in der andern Hand. So ging sie, die Augen gesenkt, ganz in Gedanken, hinter ihren Pferden her, den beiden Wartenden entgegen. Sie war nun ein richtiges niedersächsisches Bauernkind, ziemlich groß, stark von Schultern und Hüften, nur das Gesicht war ausgezeichnet durch seine edle Länge und Biegung, durch die es etwas Altes, Edles und Großartiges bekam, so als wenn sie wohl ein heimlich Kind von einem uralten, vornehmen Geschlecht wäre. Und das war sie ja auch; denn ihre Vorfahren waren immer freie Bauern gewesen, von uralter Zeit her. Ihr Bruder sah das nicht. Brüder sehn Schwestern nicht scharf an, und noch weniger gerecht. Er sah nur, daß sie über ihre Jahre ernst war.

Als sie einige zwanzig Schritt heran war – sie waren allein auf der Hofstelle – schrie der Knecht leise auf. Da sah sie auf, und sah ihn und den Bruder.

In dem Augenblick lag der Knecht schon zu ihren Füßen: »Liebe ...liebe« ...sagte er, und konnte nicht mehr sagen.

Sie beugte sich über ihn und wollte ihm etwas sagen.

»Laß meine Schwester in Ruh!« schrie Harm. ...»Nun hör' an, Emma! ...Es ist so, wie ich dir damals sagte ...er ist der Pfeifer! Er hat es selbst gesagt. Nun will er um Gnade betteln und sich einschmeicheln.«

»Du bist der Pfeifer!?« sagte Emma Ott leise, mit jäher Blässe und offnem Mund ...»Warum hast du das getan?«

»Weil er ein Schurke ist!« sagte Harm Ott.

Aber sie hörte nicht darauf. Sie hob den Knienden auf und wandte ihr Gesicht zu ihrem Bruder und sagte: »Er soll es uns erzählen.« Sie faßte ihn an der Hand: »Komm, du sollst es uns erzählen.«

Sie rief dem Gefangenen zu: »Pierre, nimm meine Pferde!« gab ihm die Pferde und ging nach dem offenen Wagenschuppen, setzte sich auf die Wagendeichsel und sagte: »Erzähl' uns, wie es gewesen ist.«

Da erzählte der Knecht, zuerst mit bebender, stockender Stimme, dann allmählich ruhiger. Er sprach nur zu Emma. Es war, als wenn er den andern Zuhörer gänzlich vergessen hätte.

»Ich will es dir sagen, Emma, wie es alles gewesen und gekommen ist ...Ich bin im südlichen Baden, dicht an der Schweizer Grenze geboren. Mein Vater war da Lehrer in einem ziemlich großen Dorf. Er war ein rechtlicher und angesehner Mann; aber er starb schon, als ich eben seine Schule verlassen und auf das Seminar gehn sollte; meine Mutter war schon früher gestorben. Da ich nun elternlos war, kam ich nach dem Willen meines Vaters zu einem Onkel, der in Köln seinen Wohnsitz hatte, und nach seinen Briefen, die er an die Eltern schrieb, dort in guten, ruhigen Verhältnissen lebte. Er war auch in der Tat der ehrenwerte Mann, den mein Vater im Sinn hatte; aber sein Leben war, was er dem Vetter immer verschwiegen hatte, sehr unruhig und sehr sonderbar. Er war nämlich Besitzer einer Jahrmarktsbude, einer sogenannten Wunderbude, und zog damit durch Westfalen, und später am liebsten durch Hannover und Schleswig-Holstein. Ich war noch ein halbes Kind und voll von Leben und Wundern; und da gefiel mir dies Dasein, zumal mein Onkel ein freundlicher Mensch war und an die Wunder seiner Bude sozusagen selbst glaubte. Denn er war ein Mensch, der immer voll Freude, Schelmerei und Staunen war; und was mich anging, so hatte ich, gleich ihm und dem ganzen Geschlecht meiner Mutter, die alle Spieler und Geiger gewesen waren, die Neigung, es gern zu erleben und zu besehn, wenn die Menschen geneckt wurden und sich freuten und lachten. So lernte ich denn mit Vergnügen manches Schelmenstück und was darauf hinauslief, und besonders lernte ich, allerlei Künste mit meiner Stimme zu machen. So zog ich denn mit ihm und seiner Frau, die mir beide wie Eltern waren, von Ort zu Ort; bis mein Onkel in einer kleinen Stadt in Hannover, wo wir am folgenden Tag auf einem Jahrmarkt unsre Künste zeigen wollten, heftig erkrankte. Er starb am folgenden Abend, während durch die Wände des Zeltes von allen Seiten die Musik und das Lärmen der Menge und die Schritte der Vorübergehenden und das Geschrei der Ausrufer kam. Meine Tante fand diesen Tod des Onkels natürlich: er starb, wie er gelebt hatte. Mich aber hatte dies Sterben still und nachdenklich gemacht, und ich änderte in dieser Nacht, da ich an seinem schmalen Lager saß, das auf der Bühne aufgeschlagen war, meinen Sinn. Nicht daß es mich anwiderte und gegen meine Natur gewesen wäre, was ich bisher getrieben hatte; aber ich hatte plötzlich das deutlich« Gefühl: ›Genug nun hiervon! Genug! Nun muß ein andres Leben kommen! Du bist doch auch deiner Eltern Kind, die im stillen Dorf saßen und glücklich waren!‹ Und ich erinnerte mich meines stillen, vornehmen Elternhauses und des Dorfes mit seiner edlen Ruhe, und mancher schöner Bilder und Erlebnisse aus meinen Kindertagen; und ich hatte plötzlich eine heftige Sehnsucht, dies ganze unruhige Wandern und dies laute Treiben aufzugeben. Es war mir wie einem Kinde, das allein aus dem Dorfe hinausging und sich weiter und weiter wagte; plötzlich aber erscheint ihm die Gegend fremd; es bekommt Angst, und eilt und rennt wieder dem allbekannten Dorfe zu. Es war auch grade die Zeit für mich, da man anfängt, ernst und besinnlich zu werden; ich war achtzehn. Ich sagte also meiner Tante meinen Entschluß, verkaufte in ihrem Auftrag, was wir besaßen, führte sie nach Köln zu ihrer Familie, und wollte mich davonmachen. Da starb auch sie; und ich begrub sie. Sie hinterließ mir, was sie mit ihrem Mann zusammen erworben hatte; es war nicht viel. Ich tat es aber auf die Sparkasse dort, und habe es seitdem jährlich vermehrt.

»Als ich nun so ganz allein in der Welt war und tun konnte, was ich wollte – meine übrigen Verwandten waren mir über meinem Wanderleben unbekannt geblieben – beschloß ich, an die Nordsee zu gehn; denn von allen Landschaften, die ich gesehn hatte, hatte mir die weite, große Landschaft dieser Gegend am besten gefallen; es hat ja ein jeder Mensch in jeder Sache seine besondere Liebe und Neigung. Ich hatte den heimlichen Plan, ich wollte mich hier in dieser Gegend einmal niederlassen; ob als Landmann oder wie sonst, wußte ich noch nicht. Ich war aber darum nicht in Sorge, denn ich war wach und mochte arbeiten, und verstand das Sparen; es sollte mir schon irgendwie gelingen.

»So machte ich mich denn auf und kam an die Nordsee und sah mir die ganze Küste an, Landschaft und Menschen, diente erst in einem Baugeschäft in einer kleinen Stadt, und verdingte mich dann hier und da als Knecht, denn ich merkte, daß ich am meisten Neigung und Freude hatte, ein Landmann zu sein. So kam ich denn auch zu euch.

»Ich wandte mich am liebsten an Höfe, auf denen viele Kinder waren; denn ich hatte Kinder sehr gern. Ich konnte stundenlang mit ihnen spielen, und die Kinder liebten mich auch. Ich zeigte ihnen allerlei Kunststücke, die ich in meinem Jahrmarktsleben gelernt hatte, und machte allerlei Schelmereien vor ihnen. Ich hütete mich aber, jene andern Künste zu zeigen, durch die ich berühmt gewesen war, vor allem die Begabung, meine Stimme zu verändern. Nur zweimal ließ ich mich dazu verleiten. Einmal – ich habe es dir erzählt oder angedeutet – da hatte ich mich zu einem alten einsamen Bauernpaar vermietet, das, als ich mich ihm verdang, die ganze Schar der Kinder ihrer Tochter bei sich hatte. Es waren lauter muntre Kinder, und ich dachte, ich würde da gute Tage haben. Aber am andern Tag schon jagte der Bauer Mutter und Kinder ohne Grund aus dem Hause und zeigte sich auch in allem andern so geizig und schäbig, daß ich in einem regnerischen Winter schlimme Tage hatte; ich weiß nicht, was mich mehr kränkte, der Geiz meiner Brotgeber oder ihre Kinderlosigkeit. Genug, es überkam mich, sie zu verwirren, indem ich die beiden alten Kühe, die sie im Stall hatten, sich miteinander unterhalten ließ. Ich habe es dir erzählt.

»Zwei Jahre später kam ich zu euch. Ich hatte gedacht, daß ich es bei euch besonders gut haben würde. Die Kinder gefielen mir...« er schwieg einen Augenblick ...Dann aber nahm er seinen Mut zusammen, hob den Kopf und sagte: »Ich will es alles sagen, wie es ist, und es ist ja auch keine Schande ...Ich sah dich, Emma; und von da an war ich so glücklich, wie ich nie für mich möglich gehalten hatte. Jeder Mensch hat sein besondres und fast immer merkwürdiges Schicksal. Ich hatte so viele Mädchen gesehn, von Münster hinauf bis Dänemark, und es hatte keine mir von Herzen gefallen, obwohl ich in allem wie andre junge Männer bin. Da sah ich dich, und sah, daß du in deinem Gesicht und deiner Figur und in deinem ganzen Wesen einem Bilde ähnlich warst, das in unsrer Dorfkirche auf dem Altar stand. Es war die heilige Anna, die sich zu ihrem Kind Maria hinabbeugt, um ihm ein Stück Brot zu geben. Dieses Bild hatte ich als Kind, als ich mit meinem Vater täglich zur Messe ging, über die Maßen lieb gewonnen. Meine Mutter war gestorben und ich wurde von einer Nachbarin nicht aufs beste betreut. Aber es muß noch etwas Geheimes dazu gekommen sein, eine heimliche Hinneigung und Liebe zu diesem Bild mit seinem ernsten, edlen Gesicht und seiner Haltung über dem Kind. Als ich nach dem Tode des Vaters das Dorf verlassen mußte, habe ich die letzte Stunde auf den Knien vor dem Bilde gelegen. Genug: als ich dich auf eurem Hof zum erstenmal sah, war ich außer mir vor Freude. Du warst das Ebenbild jener Heiligen! Ich war selig, wenn ich dich sah; und ich weiß nicht... sieh, man hat es ja zuweilen, daß auf einem Hof ein Knecht dreißig oder vierzig Jahre lang haust und sein ganzes Leben lang bleibt – ich denke mir, oft, weil er ein heimlicher und scheuer, vielleicht gar unbewußter Liebhaber der Frau ist – so wäre vielleicht ich immer auf eurem Hof geblieben, und wäre so alt und grau geworden, selig in deiner Nähe zu sein. Aber da kam es anders! Ich kann nicht ganz genau sagen, ob da noch andre Ursachen waren, daß ich es tat – eine schlechte war sicher nicht darunter –; aber zwei kann ich nennen. Es war da eins auf eurem Hof, was mir gar nicht gefiel. Das war, daß ihr so für euch lebtet, so in der Familie, so ohne Umgang mit andern Menschen, und so fremd und wortkarg wart, wenn ihr andre Menschen saht. Ihr wart euch immer selbst genug, und ich merkte wohl, daß dies Benehmen nicht allein Scheuheit, sondern auch eine Art Hochmut war. Ihr wart doch eigentlich alle überzeugt, daß die Otts die vornehmsten Menschen wären, und weder Rat noch Hilfe noch Umgang nötig hätten. Ich aber, der ich aus einem freundlichen, lebhaften Volksstamm bin und in dem Leben und Helfen der Jahrmarktsleute meine Kindheit zugebracht hatte, meinte, daß es gut für euch wäre, für jeden einzelnen, wenn er mitteilsamer, zutraulicher, gesellschaftlicher und, wie ich auch meinte, demütiger würde. And wie ich das empfand, kam mir der Gedanke, daß es euch allen, euren ganzen Leuten, gut tun würde, wenn ihr mal aufgerüttelt würdet und aus eurer Einsamkeit und eurem Selbststolz ein wenig herausgeworfen würdet. And ich dachte besonders, daß es auch dir gut wäre; denn du warst ein kleines einsames, selbstgenügsames Ding, und wußtest es nicht. Aber zweitens war es das: meine ganze Wonne und Lust war, mein Sinnen bei Tag und bei Nacht, wie ich es wohl erreichen könnte, daß ich dir näher käme, daß du mich wie einen Bruder liebtest. Welch eine Wonne, wenn ich es erreichen könnte, wenn ich dir sagen dürfte, daß du das Ebenbild jener Heiligen wärst und daß ich dich also schon von meiner Kindheit an in meinem Herzen getragen, und daß du lieb und gut zu mir fremden Menschen wärst! Dazu aber war nötig, daß ich dir mein ganzes Leben erzählte. Das aber wurde mir bitter schwer! Denn ich fühlte ja deutlich, wie himmelweit Deine und Deiner Familie Welt und Weltansicht von meinem früheren Leben und Treiben entfernt war. Einmal versuchte ich es, dich sachte darauf hinzuführen und vorzubereiten. Ich erzählte dir die Schelmerei mit den beiden Kühen; aber ich wagte dann nicht, es weiter zu führen. Und da kam ich auf den Gedanken, etwas Ähnliches hier im Hause selbst aufzustellen. Ich dachte, ich wollte dann, wenn alle verwirrt und geneckt wären, dir sagen, wie ich es angestellt hätte, und wollte so zugleich mit dir ein kleines, wie ich dachte, harmloses Geheimnis haben, wie auch auf diesem Wege leichter über die Brücke kommen, darüber ich dich und die Deinen in mein vergangenes Leben einführen könnte. Da aber kam es so ganz anders, so schrecklich. Ich wußte nicht recht, was ein kranker und zarter Mensch wäre. Außer dem Bruch meines Beines, da ich als Knabe von der hohen Kirchhofsmauer gefallen war, war ich nie krank gewesen, hatte auch mit kranken Menschen keinen Umgang gehabt. Ich war entsetzt, verzweifelt, als ich dich erkrankt durch meine Schuld sah. Ich habe entsetzliche Tage verlebt; vom Morgen bis zum Abend habe ich mich angeklagt. Die Kammer an dem Pferdestall hat langes, bittres Weinen gehört durch die langen Winternächte. Ich gab alle meine Hoffnung auf; ich meinte auch, daß ich nicht wert wäre, länger in deiner Nähe zu sein, nachdem ich durch deine Erkrankung dich und die Deinen so unglücklich gemacht hatte; und ich wollte dich nie wiedersehn. Und so, da ich nicht helfen konnte und nicht heilen, was ich angerichtet hatte, ging ich davon. Ich ging gleich nach Süddeutschland zurück und erfuhr nicht, daß du ernstlich und dauernd krank geworden warst, und daß das Unheil, das ich angerichtet hatte, noch viel, viel weiter gefressen hatte, daß der Vater Eggert irrtümlich beschuldigt und aus dem Haus gejagt hatte. Ich wußte das alles nicht. Ich kannte Euren schweren Sinn noch nicht völlig! Ich lebte drei Jahre in Not und Heimweh dahin, und hatte keine Freude am Leben. Immer dachte ich an dich zurück. Zuletzt konnte ich es nicht mehr ertragen; ich mußte dich wiedersehn, wie du geworden warst, ob du wohl groß geworden wärst und erwachsen. Denn sieh, ich muß ja jetzt alles sagen, und ich bitte dich um alle Heiligen, erschrick nicht davor: ich war inzwischen ein Mann geworden, und bedachte, daß du nun erwachsen und ein Weib wärst, und ich wußte nun, daß ich dich noch anders lieb hatte. Vergib mir … wenn ich dich erschrecke … ich … der Jahrmarktsjunge … Und nun habe ich nichts mehr zu sagen … Sag', daß ich wieder weggehn soll aus dieser Gegend, so geh' ich weg; oder sag', daß ich bei dir bleiben soll, daß du mich besser kennen lernst.«

Sie hatte ihn die ganze Zeit, während er gesprochen hatte, unentwegt mit ernsten und stillen Augen angesehn. Nun schüttelte sie den blonden Kopf und sagte schlicht und nur verwundert: »Wie soll ich dich wegschicken? Du hast ja nichts böses getan. Und du bist mir lieb wie keiner. Du warst mir immer schon lieb.«

Harm Ott hatte die ganze Erzählung mit stillem, herbem Gesicht angehört. Als seine Schwester diesen Satz sagte, schlug er die Hände zusammen und wandte sich ab, als wenn er gehn wollte. »Und dein Bruder Eggert?« sagte er.

Seine Schwester sah ihn ruhig an und sagte: »Er hat uns ja nicht unglücklich machen wollen, Harm … Das waren wir ja selbst … die wir unfreundlich, scheu, zornig, unüberlegt und vieles andre waren.«

»Nun,« sagte er zornig, »dann kannst du ihn ja wieder auf den Hof führen, und er kann wieder Knecht bei uns werden; und dein Bruder Eggert…«

»Ja,« sagt« sie, und es ging zum erstenmal nach Jahren ein Lächeln über ihr ernstes Gesicht, »und wenn es pfeift, werde ich nicht mehr erschrecken; und Eggert wird Vater vergeben; und Eggert wird auch Mattias vergeben.«

Der Bruder wandte sich ganz ab, wie ein Mensch, der einsieht, daß seine Worte vergebens sind: »Ich will nicht länger mit dir streiten. Ich will sehn, was ich zu tun habe. Es wird eine bittersüße Stunde für Mutter, aber eine bitterschwere für Vater werden.«

Sie sah ihn mit forschenden Augen an. »Ja,« sagte sie, »weil er nun weiß, daß er Eggert falsch verurteilt hat. Es wird ihm bitterhart sein. Ja, ich will auch kommen und will ihm helfen,« und wie ihr Zwillingsbruder Reimer setzte sie hinzu: »Ich glaube, das kann ich.«

»Ja,« sagte er, »wenn du das kannst, dann tu es nur, es wird sehr nötig sein!« Und wandte sich ab und ging langsam nach dem Hause zu. Als er aber einige Schritte gegangen war, den Kopf tief in schweren Gedanken und die Schultern hebend wie sein Bruder Eggert, richtete er sich wieder auf, und sah sich nach seiner Schwester um, und sagte mit weicherer Stimme: »Komm noch einige Schritte mit; ich möchte dir noch etwas sagen.«

Sie kam heran und ging neben ihm.

»Ich wollte Dir noch der Wahrheit nach erzählen, daß er, als er erfuhr, was er mit seinem Narrenstück angerichtet hatte – wir waren auf dem Wasser, als ich es ihm sagte – über Bord springen wollte. Wir hielten ihn mit drei Mann mit aller Mühe davon zurück. Ja, das wollte ich dir noch sagen! Alles was wahr ist! Und du mußt nun wissen, was du tust.« Und dann gab er ihr die Hand, und nickte ihr freundlicher zu und ging kopfschüttelnd davon.

Er ging in das Haus und in die Küche und sagte zu seines Bruders Frau: »Die beiden, Emma und der Knecht, wollen noch ein wenig miteinander reden. Nachher laß dir von ihnen erzählen, was sie dir zu sagen haben. Ich will nun wieder nach Haus.«

Die kleine Frau hörte kaum auf das, was er sagte. Sie verstand nur, daß er ohne gegessen zu haben, fort wollte. »Klaus hat uns wieder mal vergessen,« sagte sie mit ihrer singenden, unendlich guten Stimme. »Er vergißt uns immer.«

Er tröstete sie und ging.

Als er, auf den Sandweg zu gehend, noch einmal über die Hofstelle sah, sah er seine junge Schwester noch unter dem Dach des Schuppens sitzen. Ihre Hände in ihrem Schoß umschlossen mit einem rührenden Ausdruck der Güte die Hände des Knechts, der vor ihr kniete; und sie redete mit ihrer langsamen Sprache tröstend auf ihn ein. Der Franzose stand unter der Tür.

Als er das Haus erreichte – es war schon dunkel –, war ihm noch so wirr von dem Erlebnis, daß er beschloß, bis zum andern Morgen darüber zu schweigen. Er erzählte den Eltern, was er mit Ludwig erlebt hätte, und daß er Bruder Klaus nicht angetroffen hätte; saß noch eine Weile bei ihnen, und ging dann schlafen.

29. Kapitel
Mehr Bekenntnisse

Am andern Morgen, als die Kleinen zur Schule waren, und der Vater, der schon auf dem Feld gewesen war, aufstehn wollte, um wieder hinauszugehn, sagte Harm: »Ich habe euch noch etwas zu sagen. Ihr müßt genau zuhören.«

Und er erzählte langsam und deutlich, wie er mit dem Ludwig auf die Schule gekommen, wie Ludwig ihn auf den Fremden aufmerksam gemacht, wie dieser Fremde der Knecht gewesen, wie der Knecht ins Wasser gewollt und gebeten hatte, ihn mit Emma reden zu lassen, und wie der Knecht zu erzählen angefangen hätte.

Die Eltern hatten atemlos zugehört, der Vater nach seiner Gewohnheit völlig schweigend, alles Leben hinter den tiefen, spähenden Augen, die Mutter dann und wann mit kurzen, heftigen Ausrufen: »Nein doch!« ...»O Gott!« ...»Weiter, Harm!« »Weiter, Harm!« und dergleichen. Als er aber mit seinem Bericht zu der Stelle kam, wo der Knecht erzählt hatte, wie er mit seinem Onkel auf Jahrmärkten herumgezogen und da mitgespielt und besonders allerlei Kunststücke mit der Stimme gekonnt hätte, schlug die Mutter die Hände hoch und schrie mit einem seligen Ausdruck im Gesicht: »Siehst du, Vater? Siehst du? O, mein Herrgott! Siehst du? O, freu' dich doch mit mir! O, gesegnet sei der Knecht, der gute Mensch, daß er es gestanden hat! O, gesegnet sei er! O, ich will ihn küssen! O, mein Herrgott! Nun ist er rein von Schuld! Nun ist diese Not von ihm genommen und von unsrer ganzen Familie und von unserm Hause! Vater, ich bitte dich, denk nicht daran, daß du ihn beschuldigt hast! Nein, daran denke nicht! Denk nur daran, daß er unschuldig ist, und freue dich mit mir, daß wir ein gutes, ordentliches Kind haben! Sieh, nun sind sie wieder, alle zehn,die ich noch habe, guter Leute Kinder! O, wenn ich in diesem Augenblick stürbe, wie selig würde ich hinfahren zu Reimer und zu meinen beiden Kleinen, die ich begraben mußte.« Und mit Lachen und Weinen sagte sie: »Er war nicht durch seine Schuld verloren; er ist auch draußen in der Welt nicht verdorben!«

Der Vater sagte nichts; es stürzte zu plötzlich auf ihn ein. Er saß mit bebenden Lippen stumm da, totenblaß. Seine Stirn hatte sich mit großen Schweißtropfen bedeckt. Die Hand, die er, als die Erzählung zu Ende ging, auf den Tisch gelegt hatte, flog hin und her.

Sein Sohn hatte sich überlegt, wie er ihm zur Hilfe käme; er sagte ruhig: »Mutter, daß Eggert ganz ohne Schuld ist, darfst du nicht sagen. Er hat Vater und uns alle mit seinem wunderlichen, störrischen Wesen und daß er immer zu den Ludwigs lief, viel Ärger gemacht. Und weil es so stand, weil da wohl Ursache vorlag, darum meinte Vater, daß er der Pfeifer wäre und daß er uns dies angetan hätte, dies, was so boshaft und so schlecht erschien und was unsre Emma so krank machte.«

Über das Gesicht der Mutter blitzte ein Gewirr von Freude, Mitleid, Kummer und Stolz. »Ja, Vater, so ist es! So wie Harm es sagt! Ein Schlingel war er! freilich! Ein tüchtiger Schlingel, ein hitziger Mensch! Und das hat er von mir! Es ist meine Schuld, Vater ...aber...« die Tränen stürzten ihr aus den Augen, »ein Verdorbener und Verlorener war er nicht, Vater. Da hast du dich geirrt! Da hast du dich wirklich geirrt.«

»Und das hätte ich nicht sollen,« sagte der Vater mit zitternden Lippen, die Augen starr vor sich hin auf die Erde.

»Irren ist menschlich, Vater,« sagte Harm.

»Vater,« sagte die Mutter und schlang den Arm um seinen Nacken – es war das erstemal, daß ein Kind eine Bewegung der Zärtlichkeit zwischen Vater und Mutter sah – »O, Vater ...ich bitte dich...wenn du auch traurig bist, weil du ihm unrecht getan hast: die Freude, daß er unschuldig ist, muß doch größer sein, viel, viel größer!« Sie schüttelte ihn an den Schultern: »Hör' doch, Vater, wach' auf! Hör' doch auf uns!«

Der Vater umklammerte ihre Hand und sagte mit unsicherer Stimme: »Ich freue mich ja auch, Lene. Ich freue mich, ich kann nicht sagen, wie sehr, um seinetwillen und um euretwillen. Aber was mich angeht, so ist es furchtbar für mich, daß ich mich so versehn habe. Den einen hat mir der Krieg genommen; den andern habe ich selber mir genommen. Ich habe ein großes

Unrecht begangen, ein sehr großes, ein ganz unbegreifliches, und das nicht vergeben werden kann, daß ich an meinem eignen Blut so gezweifelt habe. Er ist mir nun für immer genommen. Er wird nie wieder ›Vater‹ zu mir sagen, weil ich Schlechtes von ihm geglaubt habe ...Und ... das seht ihr noch nicht ...seht ...nun bin ich erst recht bange um ihn selbst! ...Ihr meint: Es ist nun alles gut! Aber seht, er wird nun noch viel stolzer werden. Er wird sich nun zeitlebens vor die Brust schlagen und sagen: Von meinem eignen Vater und von der ganzen Gemeinde bin ich beschuldigt und verleumdet worden! ... und unschuldig! unschuldig!« Und er schlug sich leise gegen die Brust. »Ich bin wohl froh, ja, das bin ich, um ihn und um dich und um uns alle. Ja, daß er nun gerechtfertigt ist vor uns und« – er machte eine Bewegung, als wenn er das ganze Kirchspiel vor sich hätte – »vor der ganzen Gemeinde ...Aber für ihn und für mich...« er schüttelte den großen, ergrauten Kopf; und man sah, daß er es zu erkennen und zu verstehen versuchte, und es nicht vermochte.

»Vater,« sagte Harm, »ich glaube, du mußt diese ganze Sache, diese Schuld mit Eggert und dir, tiefer fassen, damit du sie richtig verstehst. Ich habe es euch noch nicht erzählt, was der Knecht sagte, wie er dazu gekommen wäre, uns den Schabernack anzutun. Er sagte, es hätte ihn geärgert, daß wir, unsre ganze Familie, so was Abgesondertes, Eigensinniges und Hochmütiges gehabt hätten, und er hätte gedacht, daß es uns gut tun würde, wenn wir mal ein wenig angegriffen, gekränkt und geärgert würden; wir wären nicht den andern Menschen gleich, sondern hielten uns für was Besonderes. So ungefähr war der Sinn seiner Worte. Du wirst dich erinnern, Mutter, daß ich schon damals, vor drei Jahren, als es eben geschehen war, zu dem Resultat kam, daß dies der Urgrund zu der ganzen Begebenheit sein könnte; und als nun gestern abend der, der uns diese Niederlage beigebracht hat, dieser kleine fremde Knecht, da vor mir saß und es Emma auseinandersetzte, da begriff ich erst recht, daß er nicht unrecht hatte. Es ist so mit uns, Vater, wie er sagt! Wir Otten ...und es trifft ja wohl viele Deutsche ...wohnen zu sehr vor der übrigen Menschheit jeder in seinem Eigenen, und waren zu blind für alles andere. Wir wundern uns zu sehr über andre Menschen, wie sie andrer Art sind. Wir reißen die Augenbrauen zu hoch gegen die andern Menschen, und zwar aus Hochmut. Mutter ist ungerecht gegen jedermann, sogar gegen ihr eigen Blut. Reimer hat mir erzählt, wie sie sogar mal auf ihre eignen Kinder gescholten und sich in einer langen Rede über sie gewundert hat ...damals am Bahndamm in Rendsburg, Mutter! Sie meint, ihre Art ist die einzig richtige und berechtigte. Ja, ich weiß, Mutter, daß Vater viel Mühe von dieser deiner Rechthaberei gehabt hat. Du vergißt immer, daß drüben überm Deich auch Menschen wohnen! Aber dir, Vater, geht es ebenso! Nimm es nicht böse, daß ich es sage. Da wuchs Eggert vor deinen Augen auf! Du kanntest doch Mutter! Du kanntest doch Mutters drei Brüder! Du hattest ihre Weise in deinem Leben erfahren! Du mußtest es erkennen, daß Eggert ganz und gar von ihrer Art war. Die Art war dir völlig fremd. Es war das Gegenteil von deiner Art. Aber hat sie nicht das Recht, zu existieren? Oder ist sie hoffnungslos? Ist Mutter nicht eine gute, treue Frau? Und sind ihre Brüder weniger brauchbar und angesehn als der Durchschnitt der Menschen hier? Also hättest du Eggerts Art nehmen müssen, wie sie war. Du hättest sagen müssen: Andre Seelen, andre Art, andrer Weg! Dasselbe hätte auch Eggert denken müssen, als er dich und deine Art richtete und verurteilte. Er hätte deine so andre Art versteh« müssen, anerkennen, leben lassen müssen! Genug ...wir Otten, wir waren jeder zu viel und zu sehr für uns selbst da, wir ließen uns jeder nur von seiner eignen Natur raten; wir hörten zu viel nur in uns selbst hinein! Das ist es, was zugründe liegt! Daher kam das Unglück, und daher wurde es so groß! Das ist mir gestern und erst recht heute nacht klar geworden! Nicht der Knecht hat die Schuld, sondern die Schuld liegt in uns selber. And wenn diese Pfeiferei und dieses Leid mit Emma und Eggert, und dieser schreckliche Krieg mit seiner großen Not ...Reimers Tod ...uns etwas einbringen soll: so muß es das sein, daß wir den Menschen zugetaner, demütiger, zutraulicher, gütiger werden. Was aber dich besonders angeht, Vater, ich bitte dich, laß von diesem verschlossenen, scheuen, stillen, hohen Wesen, soviel du kannst. Laß auch von dieser Verzweiflung! Ja, auch sie ist ein Stück Hochmut! Demütige dich ...vor dir selbst! Bedenke: du bist ein Mensch; du kannst irren. Sage zu dir: ›Eggert hat etwas Schuld; ich habe etwas Schuld, alle Menschen haben etwas Schuld. Was aber Eggert angeht, so will ich versuchen, auch ihn da hinunterzubringen, wo die Menschen hausen. Ich will sehn, daß ich auch dies störrische und bäumende Pferd wieder in unsern Stall zurückführe. And dann wollen wir die Türen von Saus und Stall und Herzen weiter aufmachen! Ja, das müssen wir! Wir müssen die Fenster nach der Welt weiter öffnen, und Wind und Sonne, und wohl gar den Sturm in unser Haus lassen. Ja, wir wollen von nun an hellere, freundlichere, vielleicht demütigere Menschen werden!«

Die Mutter hatte still zugehört, ihre Augen mit Angst und Spannung auf den Vater gerichtet. Der Vater hatte die Augen zur Erde. Als er nun schwieg, sagte er langsam und in Sinnen: »Ich danke dir, mein Sohn, daß du das alles gesagt hast. Es ist wohl wahr … ich glaube … es ist vieles wahr … ja … ja … ich muß wohl mehr aus mir herauskommen!« Er wischte sich mit einer ungeschickten Bewegung den Schweiß weg, der in großen Tropfen auf der blassen Stirn stand, und sagte mit einem Gesicht, das die Augen seiner Frau mit Tränen füllte: »Ich muß wohl sehn, daß ich noch über einige Gräben hinwegkomme. Ja … ja … du hast es wohl recht gesagt, Harm!«

Als er das gesagt hatte, erschien die lange, ungeschickte Figur von Bruder Klaus und seiner Frau in der Tür. Er war in Feldgrau; die Halsbinde ragte weit aus dem Rockkragen und er hatte sich warm gelaufen. Sie wollten den Bruder Harm sehn und die große Begebenheit mit dem Knecht mit ihm besprechen. Aber zuerst erzählte er von der Kuh, die er gekauft, lobte die Kuh, und mehr noch seinen Handel, und erzählte, wen er unterwegs getroffen hätte. »Aber es ist mir in diesem Urlaub immer so, als wenn die Stimmen der Menschen, die mit mir sprechen, aus einer großen Entfernung kommen,« sagte er. »Überhaupt, als wenn alles, was ich hier sehe und was hier geschieht, nicht nahebei oder nicht wirklich ist!« Er war munter und guter Dinge. »Man wird hier nicht warm,« sagte er »die Zeit ist zu kurz, um wieder ordentlich in den ganzen Betrieb hineinzukommen; und so hat man denn kein rechtes Herz für die Sachen. Geht es dir auch so, Bruder Harm?«

»Mutter,« sagte die kleine Frau, »wie merkwürdig er ist, das kannst du dir nicht denken! Er sitzt jeden Abend, wenn die Kinder zu Bett sind, am Wall hinter der Scheune, bald oben darauf, bald unten mit dem Kopf drüber weg, raucht und kuckt ins Feld; und wenn man ihn ruft, sieht er einen ganz wunderlich an, so als wenn er sich einstweilen noch nicht besinnen kann, wo er eigentlich ist. Und er ist doch bei Frau und Kind! Es ist ein merkwürdiger Mensch, sage ich dir! Er sagt immer: er vergißt uns nicht; aber er vergißt uns doch! Glaubst du, daß er da draußen Heimweh nach uns hat? Keine Spur, sagt er!«

Harm sagte lächelnd: »Das Leben hier ist ihm eben ungewohnt, Marie! Bedenke doch, daß er nun schon anderthalb Jahr Tag und Nacht im Felde wohnt, wie ein Fuchs oder ein Hase! Von dieser Gewohnheit kann er eben nicht plötzlich lassen. Sei nur froh, daß du ihn nicht eines Abends, wenn du ihn suchst, mit einer alten Forke an der Backe auf dem Bauch rutschend mitten auf der Hofstelle findest!«

»Nein!« sagte die kleine Frau, und schüttelte erstaunt den Kopf. »Was seid ihr Männer doch für merkwürdige Menschen!«

»Ja!« sagte Klaus munter und stolz. »Das sind wir!«

Dann fingen sie von dem Knecht an. Sie hätten ihn gar nicht zu sehn bekommen, sagten sie. Emma wäre zu ihnen in die Stube gekommen und hätte ihnen die ganze Geschichte erzählt. Dann hätte sie ihm nach dem Hafen zu das Geleit gegeben.

Die kleine Frau sprach ihre Verwunderung über die Sache aus und meinte, nun würde es ja mit Eggert alles gut werden. Sie hatte weiter keinen Gedanken darüber.

Klaus fuhr sich mit dem roten Taschentuch über die kahle Stirn und sagte: »Natürlich wird alles gut,« und schielte nach dem Gesicht des Vaters und sah, daß der wieder einmal nicht »bis zu Ende sehn konnte«, wie die Mutter zu sagen pflegte. Sie hatten immer alle das stille, dumpfe Gefühl, daß der Vater am schwersten am Leben trug. Sie sagten es ihm aber nicht, und sprachen auch nicht einer mit dem andern darüber. Es blieb bei dem stillen und dumpfen Gefühl und Mitleiden.

Sie sprachen noch eine Weile von dieser Sache und kamen dann auf landwirtschaftliche Dinge. Vom Krieg vermieden sie zu reden. Dann ging der Vater hinaus, nach der Arbeit zu sehn, die

Mutter hinter ihm her, um in seiner Nähe zu sein. Die kleine Frau hatte angefangen, an einem Strumpf zu stricken, den sie mitgebracht hatte, und verfiel nach ihrer Weise in ein dumpfes Sinnen.

Da winkte Klaus seinem Bruder mit den Augen und ging mit ihm hinaus. Auf der Diele sagte er: »Kannst du das aushalten, so immer in der Stube zu sitzen? Na ja, du als Seemann, du kommst ja aus den Kammern und Stuben. Ich kann das nicht ertragen.« Und er ging mit ihm durch den Garten bis an den Graben. Seitwärts vom Graben lag ein verlorenes, kleines Stück Sand und Unkraut, darin war eine Kuhle von Mannstiefe. Er setzte sich auf den Rand der Kuhle, rauchte heftig, sah mit langen Augen über das Feld hin und sagte: »Hier war unser liebster Spielplatz, als wir Kinder waren... und nun sitze ich hier wieder.«

Harm hörte nicht auf die Worte. Er war mit seinen Gedanken bei seiner Schwester und sagte: »Ich habe den Eltern noch nicht gesagt, daß Emma den Knecht liebt, und zwar über alles! Es ist sicher, daß sie ihn heiraten wird. Denk dir!«

Klaus legte sich lang hin, stützte den Arm bequem auf den Nand der Kuhle und sagte gemütlich: »Naturlich wird es so kommen! Und warum nicht? Laß sie doch! Er ist ja ein schmucker, kleiner Kerl. Und daß er kein Hiesiger ist, und katholisch, und hier Knecht war... weißt du, Harm... die Eltern und wir, als Brüder ...wir müssen uns eben bescheiden. Es ist so wie mit den Pferden bei der Artillerie! Zuerst, als der Krieg anfing, hatten sie das schönste Vordergeschirr. Du hättest es nur sehn sollen! Alles sein und hübsch! Aber nun ist alles dürftig, gestickt, und bei den meisten fehlt es ganz... ein bißchen von verbrauchter Trense, das ist alles! And so ist es überall. Es ist alles dürftig geworden. And am meisten an jungen Männern! Wenn sie den Knecht heiratet ...wenn sie ihn lieb hat ...gut!«

Harm biß sich auf die Lippen. Es war seinem Stolz sehr hart, und er schwieg lange. Aber dann überdachte er, was ihm der Bruder gesagt hatte, und es schien ihm, als wenn er recht hätte.

»Sieh«, sagte Klaus, und seine Stimme wankte, »wenn du da draußen bist, da an der Front... was ist dir das Wichtigste...was ist dir da alles? Daß du das bißchen Leben und das bißchen Ehre unter den Kameraden hast! Das ist alles! Alles andre ist Nebensache. Laß sie diesen Mann nehmen und Kinder hervorbringen! Wir brauchen Kinder. Sage auch nicht, daß sie zu gut für ihn ist! Weißt du ...sie ist etwas seltsam, das ist doch klar! Sie steht sozusagen etwas abseits in der Ecke der Menschheit. Er aber ist ihr Gegenstück. Er steht vielleicht ein wenig in der entgegengesetzten Ecke. Sieh, und das ist gut! So werden die Kinder, die von ihnen beiden entstehn, wieder mitten im Leben stehn! Willst du dich also grämen? Leben... Bruder! Das ist es! Das ist in dieser Zeit alles.«

Harm fiel der so ganz andre, schwere Ton auf, mit dem Bruder Klaus sprach, und sagte: »Es war wohl schwer ...diesen Winter, da in Galizien?«

Bruder Klaus atmete hoch auf und sagte bedrückt: »Es liegt ja wohl so in den Deutschen, daß wir mehr leisten wollen, als wir können. Wir waren alles ältere Leute und konnten nicht viel ... und so übemahmen wir uns immer. Wie schwer ist das Marschieren im polnischen Sand, Harm, mit der ganzen Bepackung! Ich sage dir, da siehst du in manches Gesicht voll Gram und Mühsal! Nachher, als es Winter wurde, schleppten wir uns mit den großen Baumstämmen und den Sandsäcken ab, vom Abend bis an den Morgen. Und dann kam der hohe Schnee und es wurde bitter kalt, und unsre Gräben waren trotz unsrer Arbeit schlecht. Es war schlimmer, Harm, als die Füchse und Wölfe es hatten, die in der Nacht vorüberstrichen. Aber wir alten Kerle bissen die Zähne zusammen; wir dachten: es geht fürs Vaterland, und wir müssen stehen und aushalten. Da brach mancher von uns zusammen ...und dann kamen die wilden Angriffe.« Er schüttelte den schon eisgrauen Kopf und sagte leise: »Wir konnten unsre Toten nicht begraben, Harm; wir hatten keine Zeit, und die Erde war steinig und gefroren ...Wir stapften über sie weg, und wenn uns die Knie nicht mehr trugen, legten wir uns neben sie. And ihre Artillerie schoß gut, Harm, und schoß den ganzen Tag, und wir saßen und standen da, und dachten: ›Trifft der nächste Schuß dich, oder wohin schlägt er? Geht es nach Gott, wann dann? Geht es nach dem Zufall, wann dann?‹ And dann, so in der Abenddämmerung, wenn wir todmüde waren von Arbeit, Wachen und Frieren, dann sprangen sie drüben aus ihren langen, langen Gräben ...so weit wir sehen konnten ... und liefen heran. Dann wurden wir lebendig. Wir sprangen auf und schrien. Es war da nur wenig hügelig. Wir konnten sie fast immer sehn und immer schießen; und sie warfen sich hin und lagen und schossen; und wir schrien und schossen gegen sie an. Und meistens kamen sie nicht bis an uns heran; sie gaben es auf; und krochen wieder zurück; unsre Geschosse, über uns weg, schlugen krachend in ihre liegenden und kriechenden Reihen. Zweimal aber kamen sie doch heran! Unsre Drahtverhaue, weißt du, waren zu dünn und zu schlecht und standen nicht ordentlich. Sie kamen heran, und kamen hindurch. Da sprangen wir aus den Gräben ... ich auch, Harm! Ich bin kein Held, weißt du ... ich habe nie an Krieg gedacht, ich habe nie ein Tier töten können ... aber ich sprang auch mit heraus. Wir schrien – wir sind da alle plattdeutsch, einige Hamburger darunter –: ›Haut Schiet vörn Kopp!‹ und dann auf sie. Es war ein grausiges Schreien. Ich vergesse nie sein Gesicht ... ich meine den, der auf mich zurannte ... er war schon atemlos und ganz von Sinnen; mein Nebenmann tat ihn ab ... mein Nebenmann ... So lagen wir da acht Wochen lang, und starrten über das weite, fremde Land, in dem Tod und Teufel hauste und alles Entsetzen, das du dir denken kannst. Weißt du noch ... als Kinder hatten wir solch Grausen ... unsagbar ... wenn wir dachten, in einer schlimmen Sturmnacht über das Moor zu müssen. Dies Grausen habe ich acht Wochen lang getragen. Und auch jetzt, wo wir in ruhigerer Stellung lagen, da bei Brest-Litowsk herum ... wenn nachts über die weite Ebene in der Ferne ... weithin ... der helle Feuerschein liegt, so ist uns allen, als wenn wir am Rand der Erde lägen und vor uns ist das Reich der Qual und aller schrecklichen und unmenschlichen Dinge. And so ist es ihnen da drüben – ich meine den Russen – wohl auch. Der Krieg, Harm, ist von Gott gemacht, daß die Menschen wieder das Fürchten lernen, daß sie wieder fühlen, was für ein Gemächte wir sind ... daß wir Erdwürmer sind, und unter Gottes schrecklichen Händen.«

Er fuhr sich mit dem großen roten Taschentuch über die kahle Stirn und das schon graue Saar, und starrte vor sich hin. »Da bei Skagerrak,« sagte er, »hattet ihr wohl auch einen schweren Tag! Und ihr habt es ja insofern schlimmer, als ihr nicht auf die Erde fallt, wenn ihr fallt; über euch und unter euch ist der Tod. Aber so schlimm wie wir habt ihr es doch nicht. Weil ihr euch nicht so nahe kommt, Harm! Das ist das Schlimme, Bruder, das Nahekommen, das ... Gesicht in Gesicht! Das geht über Menschengefühl. And wann soll das alles enden, Harm? Sie sind zu viele. Wenn wir tausend töten und lahm schießen, stehen da zweitausend Neue an ihrer Stelle. Wir aber, wir sind immer wieder dieselben, die voran müssen. Wenn wir einige Wochen lang geruht haben, müssen wir wieder nach vorn, und wenn wir einige Monate keine Verluste gehabt haben, dann werden wir auf die Bahn gesetzt und dann wissen wir schon, dann heißt es: wir sollen an die Stelle, wo die Flamme am höchsten schlägt.« Er atmete schwer: »Ja, so ist es! ... Noch sieben Tage, dann stehe ich wieder irgendwo ... irgendwo ... am Rande der Erde, und starre in das Reich der Qual! Natürlich ... ich weiß ja ... es muß ja sein! ... Selbstverständlich ... es muß sein so! Darüber sage ich nichts! Wir dürfen sie nicht über uns siegen lassen ... sie fräßen uns ja mit Haut und Haaren ... Aber schwer ist es, Bruder Harm.«

So redete Bruder Klaus. Sein Gesicht, von Sonnenbrand und schwerer Arbeit schon vor dem Krieg gefurcht und verwittert, war jetzt müde und verfallen, und seine Augen sahen aus tief zusammengezogenen Sohlen verzweifelt in die Ferne.

Sie schwiegen lange. Dann fragte ihn der Bruder: »Wie ist es ... hast du da ein paar Kameraden, die dir näher stehn?«

Bruder Klaus dachte nach; dann sagte er in derselben langsamen, lebensfremden Art: »Näher stehn? Wir stehn uns alle gleich nah, sozusagen Schulter an Schulter gepreßt ... Aber doch ... ja ... es gefiel mir einer, ein Kleiner, aus der Gegend von Rendsburg. Es war ein Lehrer, und ein kleiner, dürftiger Mensch. Aber er ist gefallen, damals, als wir aus den Gräben mußten. Er sagte zu mir: ›Weißt du, Ott,‹ sagte der kleine, stille Mensch, ›ich bin etwas kurzsichtig; ich kann nicht gut schießen, und fechten kann ich auch nicht. Aber, siehst du, ich bin Lehrer, und von einem Lehrer erwartet man, daß er ein gutes Beispiel gibt. And so habe ich mir gedacht: ich kann eins: ich kann als erster aus dem Graben springen und voranlaufen; ja, das kann ich, und das will ich denn auch tun. And wenn ich dann falle, so habe ich doch auch was für mein

Vaterland getan, so klein und dürftig ich bin.‹ So sagte er. Und so machte er es denn auch, der kleine Kerl... Er lief voran. And da bekam er die Kugel ... Er hatte Frau und Kind.«

Harm wußte kein Wort zu sagen. Der Jammer des ganzen Krieges hatte ihn wieder völlig in den Händen. Er stand auf und sagte: »Komm, laß uns wieder zu den Frauen gehn.«

Nach einer kurzen Unterhaltung bei Tisch gingen Klaus und seine Frau wieder nach ihrem Hof zurück.

Am Nachmittag war das schöne Wetter wieder dahin; es regnete wieder; und Harm Ott wußte nicht recht, was er mit dem Tag anfangen sollte. Es war ihm, als wenn er nun alles besehn und besorgt hätte, was er hier zu tun hatte, und daß es das beste wäre, ja, das einzig Richtige, er ginge wieder dahin, wohin er gehörte, auf das große Schiff und zu seinem Posten und zu Bruder Eggert. Er stand eine Weile bei dem Vater, der an einem doppelscharigen Pflug hantierte, und danach eine Zeit lang bei der Mutter, die im rieselnden Regen, einen alten Sack über die Schultern, Kartoffeln für den andern Mittag ausnahm. Dann stand er noch eine Zeitlang in der Kammer, wo die Kinder dabei waren, dem Russen, der sich einen eben verletzten Finger kühlte, mit Hilfe der Fibel den ersten Unterricht in der deutschen Sprache zu geben. Die Unterhaltung mit ihm ging schon ganz gut. Er stand, und sah ihnen zu, und tat auch einige Fragen an den Gefangenen; und es ging eine Weile: Kamerad hin und Kamerad her. Der Russe war froh, daß er gefangen war, daß er den Krieg hinter sich hatte. Er hatte den Arm um die Kleinste gelegt, die kleine rothaarige Wiebke, die zutraulich neben ihm saß.

Dann ging er vor die Tür und stand da lange, während der Regen hinunterrieselte. Er sah nach den Höfen in der Ferne und die ganze Breite des Dorfes entlang und in der Ferne nach der kleinen Stadt. Er wußte nun, wer im Feld, wer verwundet, wer gefallen war, und empfand, welche heiße Not, herzzerreißende Qual, banges Hoffen, qualvolles Sehnen unter all diesen Dächern hauste. Die ganze Heimat war öde: die Männer im Feld; die in der Heimat geblieben, bedrückt und unruhig; die Frauen in Mühe und Qual; die Kinder verwirrt und verstört, so als stäken die Erwachsenen, die diesen Krieg betrieben, tief in Sünden! Und er dachte wieder: ›Krieg! ... Krieg! ... Sei nicht froh! Lach' nicht! Mach keine Pläne! Siehe, es hat keinen Sinn! Es ist ja kein Menschenleben! Die Kugeln fliegen!‹

Er verlebte noch sieben Tage so, ein ruhiger, teilnehmender, freundlicher Gast. Aber seine Seele und sein Sinnen waren im Krieg bei den kämpfenden Brüdern. Am zehnten Tag verließ er wieder die Heimat, gefaßten Mutes, an seinem Teil seinem Volk zum Frieden zu verhelfen. Bruder Klaus war schon einige Tage vorher abgefahren.

Als Harm Ott in Wilhelmshaven ankam, fand es sich, daß er mit seinem Bruder nicht mehr auf demselben Schiff war. Es war da eine Veränderung eingetreten. Er fand ihn aber an andrer Stelle, und ging mit ihm in die Stadt und erzählte ihm sofort auf der Straße das Bekenntnis des Knechts und dazu auch die selige Freude der Mutter und die Not des Vaters. Danach erzählte er ihm auch, wie er alles übrige angetroffen hatte, und was er von Emma und Klaus und den Kleinen Gutes zu berichten hatte. »Und nun,« sagte er zuletzt, »scheint mir, kannst du dich in Altensiel wieder sehn lassen. Der Knecht und sie alle da sorgen dafür, daß die ganze Sache so bekannt wird, wie sie gewesen ist. Es hält dich also nun kein Mensch mehr für den Pfeifer.«

Bruder Eggert stellte sich, daß man fürchten konnte, er fiele hintenüber, und sagte ausbrechend und hochmütig – man hörte ordentlich die wilde Freude in seinen Worten: »Allerdings kann ich mich jetzt wieder sehn lassen! Ja, ich will mich sogar wieder sehn lassen! Sobald ich nur Urlaub bekommen kann, will ich hin! Ich will mich den Leuten zeigen, und will auch am Hof vorübergehn, den Siebenweg entlang! Aber weh dem Menschen, sage ich dir, der es wagt, mich anzureden oder mir auch nur zuzunicken! Ich werde die Augen aufreißen und ihn fragen: »Haben wir Schweine zusammen gehütet? Soviel ich weiß, nicht! Ich kenne dich nicht, und ich wünsche auch nicht, dich zu kennen!« Was ist an der Sache geändert, daß auch sie nun wissen, was ich immer schon wußte, nämlich, daß ich es nicht getan habe!? Das Schlimme, das Verruchte, das Unerträgliche, das Verrücktmachende ist, daß sie es geglaubt haben! Daß sie geglaubt haben, ich … ich … wolle meine Familie unglücklich und verächtlich machen … ich … ich!« Er wollte sagen: der für jeden einzelnen von euch siebenmal durchs Feuer gegangen wäre! Er schlug sich vor die Brust und war so laut und wild, daß sein Bruder ihn mit leiser Stimme bat, doch stiller zu sein, daß die Leute nichts merkten. »Ja, ja, ich will jetzt hin!« sagte er. »Ich will hin, sobald ich Urlaub habe, und will mich wie ein Steinpfahl vor der Kirche aufpflanzen, dicht an der Straße, vor der Kirche, daß sie sich an mir ärgern sollen, solange ich lebe!«

Harm schwieg traurig; es war völlig trostlos und dunkel in seiner Seele. Mutlos sagte er: »So … dann ist da also nichts zu machen. Dann ist es mit dir und mit uns für alle Zeit unsres Lebens verschüttet, und es wäre das beste, wenn Gott es so machte, daß du überhaupt nicht zurückkämst … Ich mache dir keinen Vorwurf, daß du so wild bist, daß sich alles in dir aufbäumt. Ich weiß, daß der Vater gräßlich an dir gehandelt hat. Grade dich, der das feurigste Herz hat, dich zu beschuldigen, daß du die Deinen verstören und zum Spott machen wolltest! Aber du mußt doch auch verstehn, Eggert, daß, so wie du überschnell und zuspringend bist, der Vater überungeschickt ist! Er ist seelisch unsicher, ja, sozusagen farbenblind. Er hat sich da eben verhauen! Wir sind alle Menschen.«

Eggert Ott hörte jetzt wenigstens an, was der Bruder sagte; ja, er konnte nun, da er vor jedermann schuldlos dastand, seinen Bruder ansehn und mit ihm über die Sache reden. Also bekam sein Bruder seit Jahren zum erstenmal wieder den Strahl seiner herrischen Augen, als er zornig sagte: »War er mein Vater? Hatte ich siebzehn Jahre mit ihm im selben Hause gelebt? Also schweig! Meine Mutter will ich sehn … ja, die will ich sehn! … Denn die hat immer an mich geglaubt, ganz selbstverständlich. Sie wußte, daß ich weiß war und nicht schwarz, daß ich ein Mensch war und kein Untier. Sie hatte das Gefühl in sich, in jeder ihrer Fingerspitzen! Ebenso Reimer … aber der ist tot … Aber die andern? … Zehn Schritt vom Leib oder ich schlag' ihnen den Schädel ein!«

»Nun … ich bin auch noch da,« sagte sein Bruder, »und dann Höbke Suhl.«

»Ja, die auch.«

»Da kannst du hingehn, und Mutter kann dich da besuchen.«

»Ja, das kann angehn! … So! … Und nun laß uns von andern» reden! Käst du schon gehört … es werden in letzter Zeit viele Leute für U-Boote angefordert. Ob sie was Besondres damit planen, weiß ich nicht. Genug … du wirst natürlich deinen Posten nicht verlassen wollen; und ich möchte auch nicht, daß du es tätest. Aber ich…ich habe mich gemeldet und bin angenommen. Ich bin jetzt auf der U-Bootschule und mache den Schießkursus durch.«

Harm Ott sagte bedrückt: »Ich dachte, die Eltern hätten nun schon genug Angst: der eine gefallen und noch zwei zu Schiff, und der vierte im Feld …aber ich kann dich verstehn.«

»Wer weiß,« sagte Eggert in seiner raschen vorspringenden Weise, um dem Gespräch ein Ende zu machen, »vielleicht fahren wir eines Tages mit hundert U-Booten nach Schottland hinauf, und brechen da in ihre Häfen und machen alles kurz und klein …Genug, wenn wir denn noch weiterkämpfen müssen, so wird mir dies am besten gefallen.« Er atmete langsam und hoch auf.

Harm Ott freute sich über den neuen frischen Ton, den der Bruder in der Kehle hatte. Es war klar, daß es ihm mächtig gut getan, daß die Beschuldigung und das Mißtrauen nicht mehr zwischen ihm und den Menschen stand, daß nun eine reine, wenn auch zornige Sache geschaffen war. Es war dieser stolzen Seele offenbar ein schönes Labsal gekommen. ›Wer weiß,‹ dachte er in seiner mutigen Weise, ›vielleicht geht es nun weiter so: er wird so allmählich immer heller und gütiger werden; und es kommt doch noch alles zum Guten.‹

Also blieb Harm beim Admiral, und tat bei den Herren des Stabes seinen Dienst, und stand vor der Tür des Admirals, wo die Wache, das blanke Entermesser an der Schulter, auf und abgeht; und Eggert hauste in der U-Bootschule und im Mutterschiff, und stand im Innern des Turms, und riß das Luk auf und sprang ans Geschütz und griff nach den Kurbeln; hinter ihm stand, wie hingehext, der Kamerad, die Granate in der Hand…

Und so kam der Winter 1916/17.

Dieser harte Winter …da die Frauen in den großen Städten stundenlang in langen Reihen wartend vor den Läden standen und wenn's gut ging, mit einem kümmerlichen kleinen Einkauf, oft genug aber mit leerem Korb wieder heimkamen zu ihren Kindern …da so viele Kinder so oft, so oft hungrig und weinend in ihren Betten lagen und die armen Mütter von Kind zu Kind gingen im Dunkeln, und ihre Köpfe strichen und mit heißem Schluchzen gute Worte sagten, die ihnen im Munde stecken blieben …da neben den Ängsten um die Teuren draußen an den Fronten Hunger und Kälte durch das deutsche Volk ging, da ein Ekel über die ganze Menschheit, ja über die ganze Schöpfung durch unsre Seelen ging, die solch Morden unter Männern und solch Leid über die schuldlosen Kinder und Frauen zuließ …da alle Herzen immer und immer das eine fragten: wann kommt das Ende? Wann scheint wieder die Sonne? Gott, wann ist wieder Leben Herr und nicht Wahnsinn?

Hätte das deutsche Volk kein reines Gewissen gehabt, so hätte es den Kampf aufgegeben. Aber das ganze deutsche Volk hatte ein reines Gewissen, ein jeder Mann, der Kaiser und seine Regierung und die Könige, und die Führer und alle Beamten, und die Bürger und Bauern und Arbeiter, und die Frauen und Kinder. Sie hatten alle ein reines Gewissen. Sie wußten alle: wir haben diesen Krieg nicht ersonnen, nicht gewollt, nicht vorbereitet, nicht angefangen. Gott im Himmel weiß es und wird einst über uns alle richten. Wir wollten den Frieden, Güte, Verständigung, Leben und Leben lassen. Aber die Führer Frankreichs und Rußlands glaubten an Zeichen und Wunder, die am Himmel und auf Erden erschienen wären – Zeichen und Wunder waren falsch –; und die Reichen Englands meinten, sie wären noch nicht reich genug, und konnten nicht ansehn, daß wir tüchtig und stark und reich wurden; und so kam der Krieg. Hätte das deutsche Volk ein schlechtes Gewissen gehabt, so hätte es das Schwert sinken lassen und hätte gesagt: ›Es ist genug des Todes und des Frauen- und Kinderweinens! Macht mit mir, was ihr wollt! Gott wird richten zwischen euch und mir.‹ Aber nun hatte das ganze deutsche Volk ein reines Gewissen. Und da mußte es weiterkämpfen. Es mußte! Denn das Gewissen, zumal das germanische, ist ein schrecklich Ding. Es ist stärker als alles; es ist fast stärker und trotziger als Gott und Gottes Macht.

Also kämpfte das deutsche Volk und seine Verbündeten weiter, auch in diesem Winter. Seine Männer lauschten und schlichen, gruben und bauten in den bitterkalten Nächten, standen in den verschneiten Gräben, wachten tief unten in Höhlen und Gängen. Seine Flotte, die tapfere, starke vom Skagerrak, fuhr hinaus auf die Nordsee …es rauschten die blauen Wogen und hoben sich vor dem Bug ..., und seine kleinen Schiffe, die flinken Torpedoboote, Schaum überm Deck, jagten durchs nächtliche Meer und suchten den Feind. Und seine Frauen und Kinder ertrugen weiter Ängste und Entbehrung.

Aber so tapfer und tüchtig das deutsche Volk auch kämpfte, und so oft es auch siegte, nun schon fast drei Jahre lang ... es konnte immer noch nicht durchsiegen!

Es waren zu viele der Feinde. England, das stolze, das machtvolle, das lügen- und listenreiche, das von Ängsten gehetzte, verführte immer mehr Völker und jagte sie in den Kampf. Einem ungeheueren, edlen, rasenden Tiger gleich, die mächtigen Füße im wirbelnden Meer, wälzte es sich in seiner Kraft um die ganze Erde, und riß mit seinen rasenden Pranken die Erde und die Völker auf, daß sie mit ihm für seine Macht und seine Ehre und seine Meinung von der Welt kämpften.

Wer schafft ein Ende? Wer schafft ein Ende? Zwei germanische Gewissen gegeneinander ... eins, das alte, verstockte und verirrte, das von seinem Recht redet und meint sein Geld, und von Gott und meint seine Macht ... das andere, das junge, frische, kühne ... das ist der Tod der Menschheit! Wer schafft ein Ende? Wer bändigt den Tiger, daß er nachläßt, wer lähmt ihm die rasende Kraft? Wer nimmt ihm den Glauben und den Mut, daß er ewig siegen, raffen, rauben und herrschen und die Welt besitzen soll? Wer beweist ihm klar, daß es immer noch gegen Gottes Willen ist, daß eine einzige Art herrsche auf Erden, sondern daß er will, daß sie bunt-farben bleiben soll, seinen Augen zu Gefallen, daß ihm ein Turm von Babel oder Rom immer noch nicht recht ist?! Daß die Völker nebeneinander und als Brüder miteinander leben sollen?!

Ah ... wie sie arbeiten! ... Sieh doch, wie sie arbeiten! ... Wie sie in den Werkstätten in Mün-chen und Stuttgart, in Jena und Frankfurt an seinen Maschinen, an peinlich genauen Apparaten wägen und proben, beobachten und richten! Wie sie in den großen Hallen in Essen und Berlin, in Magdeburg und Köln schmieden und schweißen, biegen und bohren, hämmern und löten! Wie sie in den Häfen von Hamburg und Kiel, Danzig und Stettin fügen und passen, behor-chen und proben, bemannen und ins Wasser lassen, heben lassen und sinken ... ein kleines Fahrzeug ... ein Spielzeug ... ein ... Niegesehnes ... ein Neues ... ein Wunderding des Menschen-grübelns ... dreißig deutsche Männer darin ... nun ein Wunderding deutscher Treue!

Was treibt es in dem kurzen, kalten Wintertag, bei Nebel und Sonnenschein und tief in der kalten Nacht sein Spiel im Hafen?! Treibt und sinkt ... und liegt am Grund ... und jagt durch die Tiefe ... und hebt sich wieder ... und jagt vorwärts, in seinem Bauch die dreißig Mann, Schul-ter an Schulter? Was schleicht es in der dunklen Winternacht aus dem Hafen und strebt der Nordsee zu ... und da ... und da ... und dort noch einer ... und da ... es sind ja wohl mehr als hundert?! Wahrhaftig, wie sie so schweigsam, und so grau und glanzlos, und so schmal und be-wegungslos dahingleiten ... wahrhaftig, jener hat recht gehabt ... das sind Ratten! ... Was wollen die Ratten? ... Was fahren sie hinaus zu hundert, hinter ihnen die wirbelnde See?

Nordöstlich der Themsemündung, in der Tiefe, die langen, rauschenden Wogen der Nordsee über sich, stehn die dreißig Mann in ihrer Maschine, jeder an seinem Posten in der heißen, fettigen Luft, hager geworden, die Augen tief in den Höhlen, die Kleidung öldurchtränkt, seit vierzehn Tagen unterwegs.

Vor vierzehn Tagen waren sie in einer sternklaren Nacht durch den Kanal gefahren, den Turm über Wasser, die drei Wachthabenden die Augen nach allen Seiten. Da hatte der Obermatrose plötzlich mit der Hand nach Südost gedeutet, wortlos ... still, mit klopfendem Herzen ... »Was ist das da, Herr Kaptnleutnant?« Da ... fern in Südost, am nächtlichen, blauen Himmel, flogen goldene Striche gen Himmel, wirr durcheinander ... immer zu ... immer zu ... »Was ist das, Herr Kapitänleutnant?« Horch ... es rollt Donner herüber ... Da hatte der Kapitänleutnant dem Ober-matrosen auf die Schulter getippt und hatte leise gesagt: »Zu dreien herauf!« Und da waren sie heraufgekommen, immer drei nach drei; und er hatte zehnmal mit dem Arm hinübergewiesen; und hatte zehnmal immer mit derselben leisen, ruhigen, ernsten Stimme gesagt: »Die Front in Flandern! ... Und sie hatten hinübergestarrt, wortlos, atemlos, und waren wieder hinabge-klettert. In der Stunde hatten sie sich vorgenommen: sie wollten den Brüdern da helfen ... den Brüdern dort unter dem feurigen Streifen, unter dem Brüllen der Kanonen.

Der Kommandant, ein kleiner Mann mit bartlosem, scharfem Gesicht, ganz in Leder, steht im Turm, Schulter an Schulter neben ihm Wachtoffizier und Steuermann. Durch die Scheiben dringt ein grüner Dämmerschein, der rasch heller und heller wird; das Boot schaukelt stärker. Nun ist das Sehrohr heraus; der Kommandant sieht auf das Glas. Er ist einen Augenblick nicht im Bild. Es ist eine lange, hohe Dünung und noch früh am Morgen, und durch Wolken und Wellen bricht schräg ein erster Schein von Licht, und verwirrt das Ganze. Nichts zu sehn? Nein, nichts ... Doch da, im Westen ... vor der dunklen Wolke kaum zu sehn ... gar nicht mehr fern, ein Dampfer mit Kurs von England ostwärts.

Der Kommandant nennt den Kurs ... das Sehrohr verschwindet wieder ... das Boot wendet und fährt dem Dampfer entgegen, völlig weggetaucht ... ein Unsichtbares, ein Wesenloses ... ein Garnichts! ... Eine entsetzliche, furchtbare Waffe! Ein schrecklicher Feind!

Zwanzig Minuten ...

Der Kommandant läßt wieder auf Sehrohrtiefe gehn ... Vorsichtig ... das lange, gierige Auge reckt sich heraus.

Ja ... es stimmt.

Auftauchen! ... Geschützmannschaft klar!

Die vier Mann springen heran. Das Boot hebt sich. Das Luk stiegt auf. Die vier Mann springen heraus und stehn am wassertriefenden Geschütz und lösen die Zurrings.

»Fünfzig hundert! ...«

Eggert Ott steht gebeugt, die beiden Kurbeln in den Händen. Eine Welle rauscht kniehoch übers Deck.

»Feuer!«

Der Schuß kracht. Mit rasendem Sausen, Wind und Wogen überschreiend, heult die Granate übers Meer ... zu kurz!

»Einundfünfzig hundert!«

»Feuer!«

Die sitzt schon besser ...

Die dritte sitzt gut ... Mittschiffs, aus dem Wasser, schießt ein jäher heller Schein auf; Rauch steigt hoch. Er versucht abzudrehen, aber stockt. Der Schuß hat die Maschine getroffen.

Nun! ... nun feuert auch er! ...

Und schießt gut!

Auf ihn! ... Der traf wieder! Wieder Mittschiffs! Splitter und Rauch gehn hoch.

Aber da kommt vom Turm der Ruf vom Kommandanten. Er hat im Westen, in rasender Fahrt heranschießend, zwei ... drei Torpedoboote gesichtet.

»Tauchen!«

Die Zurrings fest ... Eine Granate des Feindes heult noch eben über sie weg ... Mit raschem Sprung in den Turm hinab ... eilig durch die Räume ...

Das Boot sinkt. Weggetaucht fährt es mit höchster Kraft auf den Dampfer zu, der schief, aber noch schwimmfähig auf der Stelle liegt. Lange Minuten vergehn.

Tausend Meter ...

Acht hundert ...

»Torpedo klar! ...«

Eggert Ott steht schon am Sprachrohr.

Da sind schon die Kommandos. Er ruft sie weiter.

»Los! ...«

Ein Ruck geht durch das Boot ... ein Zittern der Länge nach ... sie stehn alle ohne Bewegung, atemlos ... die Augen liegen tiefer noch in den Höhlen ... Ist das nicht mehr als fünfzig Sekunden? ... wie quälend das ist! ... wie quälend ... ach, wenn doch! ... Da! Ein schwerer metallischer Klang dringt zu ihnen herüber ...

Nun hinunter in die Tiefe ... Schnell! Schnell!

So! ... Nun sind sie in Sicherheit!

Der Kommandant gibt den neuen Kurs. Die Geschützmannschaft erzählt, was sie erlebt. In Eggert Otts Augen brennt die Erregung.

Der Maschinist fragt: »Wie groß war er, Herr Kaptnleutnant?«

Der Kommandant steht schon über dem Lloydregistgebeugt: »Oh, so … viertausend … warten Sie … da ist er schon! … hier … die Colchester von der Lerwicklinie … hat wohl Lebensmittel holen sollen von Dänemark … viertausend zweihundert.«

»So! … Die haben sie denn also wenige«…«

»Was gibt's zu Mittag, Koch? …«

»Sie schossen aber gut!«

»Ich habe noch einen zweiten Schuß gehört von der andern Seite … ganz deutlich … gleich nachdem unser Torpedo gesessen hat …«

»Ja … ja … ich auch! …«

»Das war der erste Schuß von den Zerstörern.«

»Na … wir kamen noch zur rechten Zeit unter Wasser!«

Vierzig Minuten lang sind sie unterm Meer verschwunden. Dann tauchen sie vorsichtig auf Sehrohrtiefe auf. Der Kommandant sieht in den Spiegel … Ja, da liegt er … mit starker Schlagseite …

»In zehn Minuten ist er weg. Die Mannschaft ist schon über die Reling.«

Das Sehrohr verschwindet wieder.

Eine Stunde lang fahren sie wieder unter dem Meere, völlig weggetaucht. Wo sind sie? Ja, wer kann das sagen? Was sind sie? Ein wesenloses Ding, ein Nichts … ein Garnichts.

Wie weit ist das Meer! Wie schön gehn die Wogen! Wie glücklich ist England! O, England! O, England! Wie groß und reich und mächtig bist du …

Wohin, Käpt'n?

Nach Folkestone! … Nach Harwich! … Nach London! . .. Mit Öl von Boston! … Fischbeladen von Bergen nach Hull! Ein leichter Kreuzer auf der Fahrt von Scarborough nach Dover! Alle Engländer? Alle Engländer! … Wer hat die meisten Schiffe? … Wem gehört das Meer? … Wer sieht hochmütig über Meer und Länder? … O, England! O, England!

Das Meer ist unruhig und das Schiff tief beladen: vorn Grubenholz, hinten russischer Roggen. Es legt sich schwer und schwankend in jedes Wellental, und wenn es aus dem Tal herausbricht, dann stürmt vom vorm Bug, wohl zehn Meter hoch, gelbweißer Gischt empor. >Aber wir machen doch zwölf Knoten, und heute abend sind wir am Pier von Harwich. Wir kamen immer … wir kamen immer an den Pier von Harwich, und trinken einen Grog im London Hotel und sitzen nachher noch in der Kneipe von Jackson. Immer!! … Wenn nur das verdammte Geschütz am Heck nicht wäre … das verdammte Geschütz, das einen immer wieder erinnert … immer wieder erinnert … daß … < Der alte Kapitän auf der Brücke, ein großes, etwas altmodisches Glas in der Linken, schüttelt den Kopf. Seine Augen sind übernächtig, seine Hände zittern von Übermüdung. Wer ihm das gesagt hätte, daß er, ein englischer Kapitän, sich auf dem Meer fürchten müsse! Auf dem Meer, das England gehört, so lange er und seine Väter denken konnten! Da … was ist das? Da … an Steuerbord! … Er beißt die Lippen zusammen und wird blaß. Die ganze Mannschaft – sie hat seit vorgestern, seit sie Christiania verließen, kein Auge zugemacht, und ist wirr, verängstigt, übermüde – starrt südwestwärts, wo der Dampfer, der noch eben ruhig und klar lief, plötzlich, in Rauch gehüllt, still und tot liegt. Und nun scheint Feuer durch den Rauch; und fern über die Wogen kommt ein Stoß und ein Ruck.

Sie vergessen einen Augenblick die Wache. Die schmerzenden Augen, überwacht und überangestrengt, starren auf den fernen Feuerschein.

»Wir machen doch zwölf Meilen, Steuermann?«

»Jawohl, Kap'tän … zwölf Meilen.«

»So … so …«

»Das Glas Grog im London Hotel wird uns diesmal schmecken, Kap'tän.«

»Ja … ja! In fünf Stunden sind wir …« Er wollte sagen: ›in Sicherheit,‹ schämte sich aber, es zu sagen, und sagte noch einmal: »dann sind wir …«

In dem Augenblick brüllt der Koch, der mit einer Tasse Tee die Brücke betritt, daß es wie ein Schuß von einem Ende des Schiffs zum andern hallt: ...» *There ... ooh ... ooh...*« und deutet mit der Hand übers Heck.

» *Damned ... Fire! Fire!*«

Der Engländer ist etwas früher da ... Es sind etwa dreißig hundert ... Seine erste Granate saust dicht über Eggert Otts Kopf und schlägt keine zwanzig Meter vom Heck ins Wasser ... ein Strich weißklaren Wassers brodelt und springt auf wie ein Quell. Am Gestänge festgehakt steht er, gebeugt, die Kurbeln in den Händen, bis an die Knie im wirbelnden Wasser...

»... ist eingestellt ...«

»Feuer!«

Der Schuß sitzt ... es ist kein Kunststück. Die Brücke des Engländers brennt lichterloh; es sieht aus, als wenn da eine zerrissene rote Fahne steht, von heftigem Wind gezerrt.

Da ... unterm Heck getroffen! ... Er hat sein Teil! ...

Verdammt ... wie gut er schießt!

»Schnell tauchen! Schnell!« ... Daß sie dem wütenden Feuer entgehen!

Eggert Ott langt mit der rechten Hand nach der Geschützreling, sich loszuhaken ... Nummer zwei, früher fertig, springt eben an ihm vorbei...

Da kommt noch eine Granate, wohl die letzte von seinem Bord ... Weh, die trifft! ... O weh, wir sind hin! ... Das ist der Tod!

Nummer zwei, neben Eggert Ott, fliegt zur Seite, wie wenn ein zerrissener Mantel durch die Luft fährt. Nummer drei, Eggert Ott, schlägt hart gegen die Reling ... Die beiden Offiziere, vom Luftdruck gegen die Turmwand geschleudert, reißen sich wieder hoch, rufen um Hilfe für den Gestürzten; zwei Mann springen aus dem Turm, fassen und schleppen Eggert Ott herein und ziehen ihn hinab; die Luke schlägt zu; das Boot taucht weg.

Achtundzwanzig Männer horchen atemlos. Noch ein dumpfer Schlag, wie aus einer andern Welt. Nun sind sie in Sicherheit, im Schoße des Meeres.

»Was war es? Wo? ... Ist Behrens tot?«

»Ott auch?«

Der Bootsmannsmaat, dem die Nase plötzlich blaß und spitz geworden ist, kniet über Eggert Ott und reißt immer mehr schneeweiße Watte aus dem aufgerissenen Kasten. »Der rechte Arm ist ganz zerrissen ... gleich an der Achsel ... Herrgott, was hat der Mensch für lebendiges Blut! ... Er muß rasch in ordentliche Behandlung, Herr Kaptitänleutnant!«

Der Kommandant, der sich auch über ihn gebeugt hat, richtet sich mit einem Ruck auf und ruft dem Steuermann zu: »Südsüdost, Steuermann ... mit aller Kraft! ... Es ist ein rascher uno braver Mann.«

31. Kapitel
Der Pflüger

Fünf Stunden später lag der Verwundete auf Deck einer kleinen holländischen Bark, die nach Rotterdam fuhr.

Dort, in Rotterdam, lag er manche Woche in treuer Pflege, die nötig war, da auch das Schulterblatt verletzt war.

Der Krieg ging seinen schrecklichen Gang weiter. Im Westen stürmten Franzosen und Engländer mit größter Macht gegen uns an und überwanden uns nicht; im Süden zum zehnten und elften Male die Italiener. Unsre Stärke war unser gutes Gewissen, unser Heer und unser Wille. Unsre Hoffnung war die Verwirrung, die über Rußland gekommen war; und unsre U-Boote, die Tag und Nacht an Englands Leben fraßen, und daß sie endlich alle erkannten, daß es ihnen nichts half, daß all ihr Kämpfen vergebens war und sie nur immer tiefer ins Elend brachte.

So verging der Sommer, und es wurde Herbst. Da wurde er nach Deutschland übergeführt und lag im Marinelazarett auf der Veddel bei Hamburg, ein Bett neben hundert andern Betten. Am Tag danach saß seine Mutter auf dem Rand seines Bettes, und streichelte den einen Arm, den er noch hatte.

Seine Mutter erzählte ihm von allen daheim; auch vom Vater. »Vater schickt dir Grüße, lieber Eggert ... Ach, Eggert ... Du weißt nicht, wie es Vater weh tut, Tag und Nacht, daß er so schlecht von dir gedacht hat ... Ich bin Tag und Nacht in schrecklichen Ängsten gewesen, er könnte sich ein Leid antun.«

So sagte sie und streichelte seine Hand; und er schwieg. Ach, er schwieg doch wenigstens! Er hörte es doch an! Ach, wie blaß er war, und wie starr und verständig er aussah, um zehn Jahre älter geworden; und mit wie bitterm Gesicht er dalag! Ach, sie fühlte es bis in ihr Herz hinein, was es für ihn und seinen Stolz bedeutete, daß er den Arm verloren hatte! Aber er zeigte ihr doch, daß er eines Herzens mit ihr war; er drückte ihre Hand fest in der seinen und sagte leise: »Mutter!« Ach, er hatte im Grund, in der tiefsten Tiefe, ein weiches, ja überweiches Herz. Man mußte nur an ihn glauben, und noch dazu seiner bedürfen; dann war er der Gütigste auf der Welt.

Dann kam die Mutter mit ihrem Plan heraus. Mit dem Plan, den sie und Höbke Suhl beredet hatten.

Als Höbke Suhl von seiner Verwundung erfahren hatte, war sie gleich gekommen und hatte sich nach allem erkundigt. Nach acht Tagen war sie wiedergekommen und hatte gesagt: »Ich will ihm jetzt schreiben, Tante Lene, so dies und das ... daß es ihm hier auf dem Hof alles wieder lebendig wird. So ... wo die Tiere stehn, und was wir aussäen wollen, und so was. Du schreibst ihm ebenso von deinen Tieren und dem Feld, nichts von Menschen. Auf Menschen ist er happig. Mit solchen Briefen wollen wir ihn so einige Wochen hinhalten und sehn, was er antwortet. Nachher aber mußt du hin ... einerlei, ob nach Rotterdam oder nach Hamburg ... und mußt ihn mitbringen; und er muß hier bei mir auf dem Hof sein. Dann ist er nicht bei seinem Vater; aber er ist bei dir. Ich glaube, das setzen wir durch. Und setzt du es nicht durch, so muß auch ich mein Heil versuchen, und muß hin, obgleich ich Angst habe, in ein Lazarett zu gehn. Nicht wegen Wunden und Tod, Tante Lene, davor bin ich nicht bange; aber wegen der vielen Augen, die mit einem wandern, wenn man so zwischen den Betten hindurchgeht; ich habe das mal auf einem Bild gesehn, wo die Kaiserin so durch ein Lazarett ging. Ich bin ja nicht die Kaiserin; aber ich habe einen etwas ungeschickten, langen Stapf, und ich weiß, daß sie alle nach mir sehn; und wenn ich das weiß, werde ich rot, und wenn ich rot werde, werde ich noch verlegener und stoße womöglich gegen ein Bett an und mache irgendeinem armen Menschen noch extra eine Qual. And dann weißt du, Tante Lene, wie es ist! Die Mannsleute haben leicht etwas Besonderes in ihrem Blick ... so ... >ach, ein Weib!< Weißt du, ich bin ja nicht prüde; ich bin ja hier auf dem Lande groß geworden und weiß, was ist und was sein muß und was also auch recht ist. Aber man ärgert sich doch immer ein wenig, wenigstens ich ... Es ist aber ein merkwürdiger Ärger; er ist weiter nicht unangenehm ... Doch ... was wollte ich sagen...« So hatte sie gesagt; und das war die längste Rede gewesen, die sie in ihrem Leben zu einer Fremden gehalten hatte. Sie war ganz rot vor Glück und Erregung, daß sie sich anbot zu helfen, und daß sie so viel gesagt hatte.

Mutter Ott war über diesen Vorschlag überglücklich gewesen; und nun saß sie auf dem Rand seines Bettes und redete auf ihn ein. Sie behandelte ihn vorsichtig, wie ein rohes Ei. Ach, sie kannte ihn so gut und seine böse Wunde! Nicht allein die an der Schulter, auch die größere, die inwendige. »Höbke Suhl hat den Vorschlag zuerst gemacht,« sagte sie. »Daß du nicht glaubst, Eggert, ich hätte es ihr nahegelegt, oder gar sie darum gebeten. Und wenn du nicht darauf eingehst, kommt sie selbst hierher. Du sollst nur auf ihrem Hof und auf ihren Feldern sein, da kann dir kein Mensch nahekommen. Ach bitte, Eggert, tu es; deiner Mutter zur Liebe! Ich habe einen Sohn verloren und noch zwei im Krieg,« und sie weinte.

Die Kameraden in allen andern Betten sahen mit stillen Augen auf die weinende Mutter, die so stattlich und noch so frisch aussah, aber leider ja in schwarzer Kleidung war. Sie hatten alle den einen Gedanken; sie dachten alle: >Ja, nun denkt sie an den andern, den Toten, und daß dieser, den sie mit zwei kräftigen kleinen Ärmchen geboren hatte, nun einarmig ist! Und sicher hat sie auch sonst ihre Not mit ihm! Wahrhaftig, ein leichter Sohn ist der nie gewesen ... wie trotzig und hitzig er aussieht, und nun gar einarmig! Ja, ja ... die Frau da hat schweren Kummer!< Und sie waren alle, alle, die da lagen, die beiden langen Reihen entlang, voll von schweren, stillen Gedanken; und eine Last von stiller Trauer, von Trauer um die Millionen weinender Mütter, lag auf dem ganzen Saal. Und selbst der kleine schmale Heizer, der da immer noch vom Skagerrak her lag, und dem sie gestern wieder ein Stück gesunder Haut über eine verbrannte Stelle gelegt hatten, versuchte ein wenig den Kopf zu heben und die Mutter anzusehn, und dachte auch an seine Mutter. Und es war ganz still im Saal; und die Schwester, die dem Obermatrosen die schrecklich schwere Wunde vom Granatsplitter am Oberschenkel verband, hielt ein wenig inne, und sah stumm die Betten entlang.

Eggert fühlte, daß alle Kameraden in den Betten, der ganze Saal, auf seine Mutter sahen und jeder an seine eigne Mutter dachte, und fühlte, wie gut es war, daß er in seinem Elend noch eine Mutter hatte. Sonst hatte er ja nichts auf der Welt. Einen Vater hatte er nicht. Nein. Und seine Geschwister ... wer wußte, ob sie alle an ihn geglaubt hatten! Emma jedenfalls nicht. Überhaupt ... die Mutter ... ja, die Mutter ... das ist eben Glauben ohne Zweifel... ohne Zweifel. Er hatte in seinem Stolz noch ein wenig Neigung, sich noch ein wenig zu sträuben; aber die Mutter ...! And wenn Höbke Suhl ihr Wort wahr, machte ... – und sie machte es sicher wahr, wer weiß, vielleicht schon morgen – und kam mit ihren langen Stapfen und ihrer Verlegenheit den ganzen Saal entlang ... nein ... es war schon genug, daß sie jetzt alle hersahen und über seine Mutter und seinen verlorenen Arm sprachen und daß es der rechte wäre und nicht der linke, und daß er ganz weg wäre, mit Stumpf und Stiel. Aber er brauchte kein Mitleid! Er wollte sich schon durchschlagen! Er hatte sich schon ausgedacht, was er wollte. Er wollte auf irgendeinem großen Hof für Kost und Quartier Einstand nehmen, und sich Mühe geben, bis daß er alles betreiben konnte, was mit dem linken Arm allein möglich wäre. Seit er auf dem Deck der holländischen Bark wieder zur Besinnung gekommen war, bis heute, war das immer sein Nachdenken und Grübeln gewesen: wie helfe ich mir selber ohne Menschenhilfe?! Er hatte sich auch ein Buch gekauft, das über diese Sache handelte. Wenn er dann einige Jahre so hinter sich hatte und in der Landwirtschaft gut bewandert wäre und schaffen konnte, was mit einem Arm möglich war, wollte er eine Stelle als Verwalter suchen. Genug ... er würde sich schon durchschlagen und von Mitleid nicht Gebrauch machen! Aber nun dies Angebot von Höbke Suhl... Er war da ganz ungestört bei ihr. Ja, ja ... er konnte da gut alles üben... und ihr alter Peter würde ihm helfen in dem, was er wegen seines Gebrechens nötig hatte. Ja, vor dem würde er sich nicht genieren. Ach, welch ein Elend ... ohne den rechten Arm, den besten Helfer! Ach! ... Er stöhnte leise. Aber nein, kein Mitleid annehmen. Kein Mitleid! ... Ja ... nur von denen: von der Mutter und vom alten Peter und von Höbke Suhl! Und die Hand der Mutter streichelte immer noch. Seine Augen standen plötzlich voll von Tränen. »Ich will es!« sagte er leise.

Vierzehn Tage später holte Köbke Suhl ihn vom Bahnhof ab und quartierte ihn in der Giebelstube, aus deren Fenster er den Vatershof nicht sehn konnte, ein.

Als sie von der Stube herunterkam und ihrer Mutter gegenüber am Fenster saß und in den Garten und übers Feld sah, war ihr Gesicht stiller als sonst, so daß ihre Mutter sie mit ihrer gütigen, weichen Stimme fragte: »Fehlt dir etwas, oder hat er dir nicht gefallen?«

Sie dachte nicht lange nach; denn sie hatte in ihrer langen Einsamkeit die Gewohnheit angenommen, auf sich selbst zu achten. »Nein,« sagte sie in ihrer wägenden, langsamen und stockenden Weise, »es tut mir nicht leid; aber ich wundere mich über mich selbst, daß ich mir nicht gesagt habe ... daß er nun kein Junge mehr ist. Und das schwere Erlebnis und das lange Krankenlager hat ihn wohl noch rascher wachsen lassen, ich meine inwendig und auswendig.«

Die Mutter sah in ihrer Sorge und Liebe wieder einmal eine Hoffnung, die sie oft schon hatte kommen und gehn sehn. Es war ihr leid, ihr Kind zeitlebens ledig zu sehn. Sie sagte in Sorgen und Gram: »Gefällt er dir nun nicht?«

Sie sah die Mutter mit ihren wahrhaftigen, schönen Augen an und sagte, während ein leises, spöttisches Lächeln – über sich selbst – über ihr Gesicht ging: »Er gefällt mir wohl ... aber es ist doch eine besondere Sache ... ich stehe vor mir selbst doch etwas wunderlich da ... jetzt.«

»Ach,« sagte die Mutter in ihrer gütigen Weise, »da mach' dir nur keine Gedanken!«

»Nein,« sagte sie, noch immer die Augen in denen der Mutter, so als wenn sie sagen wollte: ich belüge mich nicht und dich auch nicht ... »aber ich weiß ja nicht, was jetzt ist und was vielleicht werden kann. Und darüber wundere ich mich und ärgere mich etwas.«

»Nun,« sagte die Mutter, »laß es laufen, Kind, wie es laufen will.«

Dann schwiegen sie beide. Die Mutter dachte in die Zukunft hinein und dachte, es würde ihr lieb sein, wenn es so würde. Wieviele Mädchen heirateten einen Mann, der jünger ist, und es geht ebenso gut, wie mit andern Ehen. Die Jüngere versank wieder in das Sinnen, in dem sie vorhin gewesen war, und dachte: ›Ich hatte mir wohl gesagt, daß er älter geworden wäre; aber ich hatte nicht gewußt, wie es sein würde. Er war ein Junge, und ist nun ganz und gar ein Mann und hat auch die Augen eines Mannes. Nein, ich muß mich wirklich zusammennehmen! Aber wie konnte ich das denken, daß ich den Rode Praß noch einmal in dieser Weise ansehn und leiden möchte! Es ist überhaupt nicht zu sagen, was man mit sich und andern erlebt ... aber besonders mit sich!‹

Dann fing sie an, es sich auszudenken, nach allen Seiten. Denn sie war ein ruhiges, verständiges und reines Menschenkind. Und es schien ihr, als wenn ihr gar nichts Besseres geschehen könnte, als wenn die Sache so laufen wollte und ihr ganzes Leben in diesen Gang hineinginge, Und da es ihr so gut schien, wollte sie sich auch ihrem Wunsch nicht widersetzen. Nein, das wollte sie nicht! Sie wollte sich freilich hüten, daß sie in ihren Gedanken nicht zu tief in diesen Lebensplan hineinkäme, aber im übrigen die Sache ihren Lauf gehn lassen. ›Laß ihn tun, was er will,‹ dachte sie. Und wieder, da sie so dachte, flog über ihr Gesicht, das noch immer ein wenig rot war, das kluge, ein wenig spöttliche Lächeln, das ihr selbst galt und das ihr so gut stand.

Am andern Tag schon, in aller Frühe, zog er mit dem Pflug und den Pferden auf das Stück gegen Osten, wo Sommergerste gewesen war, zu pflügen. Und der alte Peter ging neben ihm, um zuzugreifen wenn es etwa nicht ginge. Sie hatten ein Paar junge Pferde vorgespannt – die älteren waren im Krieg –; aber es waren ein Paar ruhige, gewandte Tiere, und er dachte, es würde so gehn; die Erde war da auf dem Feld auch ziemlich mürbe. Und so ließ es sich zuerst auch gut an; ja ganz und gar so, wie er es sich in Rotterdam, auf seinem Bett liegend, tausendmal ausgedacht hatte; und er schickte in seinem Stolz den alten Peter weg. Aber allmählich hatte er doch große Mühe, nicht mit dem Pflug, obgleich es ein schweres Ding war; aber mit den Pferden. Er hatte seinen Arm durch lange Übung mächtig gekräftigt; – aber die Pferde gehorchten nicht verständig genug der Leine und machten ihm viel Arbeit. Er mußte an den Enden den Pflug wieder und wieder zurückziehn, daß die Furche sofort gut ansetzte, denn Pfuscherkram wollte er nicht machen; daran wollte er sich nicht erst gewöhnen. Das nahm ihm viel Kraft. Und er hatte, was er nicht bedacht, von dem langen Krankenlager her in den Knien und Knöcheln noch nicht die alte Stärke wieder.

Eine Stunde lang ging er so auf dem breiten Stück auf und ab, die Leine schräg um die Schultern; der leere Ärmel flog in dem frischen Ostwind, der von der Geest herkam, zur Seite ... da hatte er am Ende des Stücks wieder besonders schwer zu arbeiten, um das Handpferd in die Furche zu bringen ... Immer wieder mußte er zurückgehen ... Ärger kam dazu, sein hitziges Blut wallte auf... und da versagten ihm plötzlich die Knie, denen er zuviel zugemutet hatte, und er fing an zu zittern. Er stand und atmete schwer... und plötzlich – er wußte nicht, wie es plötzlich über ihn kam — weinte er heftig.

And da kam Höbke Suhl ... Sie hatte ihn vom Dielenfenster aus gesehn, wie er mit dem Pflug auszog, und hatte mit Sorgen beobachtet, wie es ginge, und hatte dann, als der alte Peter zurückkam, mit ihm geredet. Der hatte schon die Schultern gezuckt und gesagt: »Es wird noch nicht so gut gehn, wie er sich das ausgedacht hat; es wird noch manche bittere Stunde für ihn geben.« Sie hatte ihn ausgescholten, daß er sich hatte wegschicken lassen, und hatte weiter am Fenster gestanden und hinübergesehn. Und als sie gesehn hatte, wie seine Knie allmählich erlahmten, war sie nach kurzer Überlegung über die Hofstelle und die Weide gegangen, und stand nun bei ihm; und er weinte.

Es tat ihr schrecklich leid, und sie fing auch an zu weinen.

»Lieber Eggert,« sagte sie, »komm ... komm;« und sie wollte ihn an den Grabenrand führen, daß er sich niedersetze.

Aber er wischte sich über die Augen und blieb da stehn, die Hand am Pflug.

»Ich muß ein wenig ausruhn,« sagte er; »es ist das erstemal. Es wird allmählich besser werden ... So wie ich jetzt bin, bin ich ja kaum die Kost wert.«

»Bitte, Eggert,« bat sie, »rede nicht so! Laß dir Zeit! Sei munter! Du hattest doch immer guten Mut, alter Rode Praß! Du bist ja nicht bei fremden Leuten; du bist ja bei mir!«

Er schämte sich schrecklich, sie anzusehn, da er geweint hatte. Er sagte freundlicher, fast sanft: »Geh jetzt; ich will langsam wieder anfangen. Ich will mir Zeit lassen. Geh nur!«

Da ging sie und befahl dem alten Peter, daß er einige Stücke weiter an der Friedigung der Fettweide arbeitete, und daß er ihn nicht aus den Augen verliere. Er aber pflügte weiter.

Er pflügte diesen Tag und den andern Tag, alle Tage. And wenn es auch noch lange nicht so ging, wie es nach seiner Meinung sollte, wie er es im Geist und in der Einbildung fertiggebracht hatte, so kam es doch nicht wieder zu solchem schlimmen Zusammenbruch. Die Zähne zusammengebissen, oft genug finsteren Gesichts, brachte er die Pflügerei zu Ende, und zog mit seinem Gespann auf ein anderes Feld, und besorgte auch das; und machte auch alles andere ganz allein: spannte an und aus, brachte es und holte es; und bastelte am Geschirr und Pflug, was nötig war. And so ging es alles recht gut. Bei Tisch, oder wenn er sonst mit Höbke Suhl und ihrer Mutter zusammen war, stellte er sich, als wenn nichts fehlte oder mangelte. Wenn sich beim Essen eine Ungeschicklichkeit zeigte, hörte man ihn atmen und hätte ihn rot werden sehn können, aber sie sahn nicht auf; und nur einmal zog Höbke Suhl, ohne ein Wort zu sagen, seinen Teller an sich, und zerschnitt ihm, was er nicht hatte zerschneiden können, und schob es ihm, ohne ein Wort zu sagen, wieder hin.

Sie hatte ein Stübchen für sich allein, die kleine Eckstube neben dem Saale; da stand ihr Bett und über ihrer Kommode, auf einem dreireihigen Bord, ihre Bücher: Sechs Bände Goethe, etwas von Fontane, etwas von Raabe, Storm ganz, Reuter auch. Auf der Fensterbank, die in dem alten Hause sehr tief war, standen immer einige kleine, dickbauchige Vasen schlichtester Form, die sie immer wieder anders hinstellte und mit immer neuen Blumen füllte; daran hatte sie ihre Freude. Eines Tags, gegen Abend, als er ungefähr vierzehn Tage in ihrem Hause war, stand sie da vor dem Spiegel; und hatte seine Sonntagsjacke angezogen, die sie sich aus seiner Stube geholt hatte; und probierte sie vor dem Spiegel. Sie glaubte nämlich, bemerkt zu haben, daß ihn der wehende, leere Ärmel genierte. Nun hatte sie den ganzen Ärmel nach innen weggestopft und probierte, wie es aussah; aber es sah nicht gut aus.

Da wollte es der Zufall, daß er auf seiner Suche nach ihr, um ihr etwas zu bestellen, durch die Schlafstube der Mutter hereinkam und sie so sah.

Er wurde blaß und biß sich auf die Lippen. »Was machst du denn da?«

Sie erschrak wohl noch mehr als er, und sagte verlegen, aber ruhig und bedächtig, indem sie ihn mit ihren hübschen, guten und klugen Augen – die immer ein gut Teil ernster waren, als die Sache verlangte – freundlich ansah: »Es kam mir so vor, Eggert, als wenn es dich genierte, daß du den leeren Ärmel trägst, und nun wollte ich probieren, ob es besser aussieht, wenn der Ärmel ganz weg ist.«

»Das sieht nicht gut aus,« sagte er, »meinst du, daß ich das nicht probiert habe?!« Es stand ein Zug von schlimmer Bitterkeit in seinem Gesicht, und er atmete schwer auf und wollte wieder gehn.

»Eggert,« sagte sie in Sorgen, »bleib noch! Du glaubst mir, daß ich es nur deinetwegen tat?«

Er hob die gesunde Schulter und sagte mit bitterm, verlegenem Lächeln: »Du sollst ja nicht mit mir auf den Platz kommen, Höbke; es kann dich ja hier und auf dem Felde nicht stören.«

Da trat sie rasch auf ihn zu, und umfaßte freundlich bittend seine Schultern und sagte: »Eggert, denk nicht so von mir!«; und sie streichelte die Stelle, wo der Arm fehlte. »Es ist doch für uns alle geschehn, Eggert.« Und ihre Augen waren plötzlich voll von Tränen. »Sag' mir... ist die Stelle ganz heil?«

»Ja,« sagte er, »aber ich spreche nicht gern davon.«

Sie streichelte sie wieder und sagte: »Du mußt nicht denken, Eggert, daß ich mich davor scheue... vor deiner Wunde ... daß auch ein Stück der Schulter weg ist... das mußt du nicht glauben! ...Das ist mir eine Ehre, Eggert... ich habe dich nur viel, viel lieber darum... und nun geh, Rode Praß!« Und sie sah ihn noch einmal mit ihren schönen, von einem plötzlichen Glück ganz verwirrten Augen an, und schob ihn hinaus.

Er hatte sie nie so nah gesehn, und in solchem Glück und Glanz. Er stolperte verwirrt über die Schwelle, und dachte: wie gut sie ist ...und was für schöne Augen sie hat!

So fand er sich, unter der Hut der drei guten Menschen, in den Stuben und Ställen und auf dem Feld zurecht. Als vierte kam dazu seine Mutter, die dann und wann nach Feierabend auf eine halbe Stunde herüber kam und bei den Frauen saß, und darnach eine Weile mit ihm allein über die Hofstelle ging. Er gab auch den Kleinen die sie denn gerade mitbrachte, die Hand. Und als eines Tags das Jüngste, die kleine neunjährige Wiebke, ein klein freundliches, rothaariges Ding mit hübschem, klugem Gesicht, aber etwas abstehenden Ohren, durch den trockenen Graben kletterte und ihn aufsuchte – er saß am Graben und aß sein Frühstück – sprach er ganz zutraulich und freundlich mit ihr, fragte nach ihrer Puppe und nach der Schule, und gab dem kleinen Ding, das, wie ihm plötzlich schien, ein wenig blaß war und wohl auch für sein Volk und Vaterland mit litt, von seinem Brot.

Am andern Sonntag, als die Mutter wieder herübergekommen war und danach mit ihm vor die Tür trat, zog sie einen zerknickten Feldbrief aus der Tasche und sagte: »Ich wollte es drinnen nicht sagen, Eggert; du kannst es ihnen nachher ja erzählen ...hier ist ein Brief, den hat ein Kamerad von Klaus uns geschrieben. Klaus ist verwundet.« Und sie gab ihm den Brief. Er lautete:

Liebe Frau Ott!

Mir geht es noch immer gut und ich hoffe dasselbe auch von Euch. Indem nun mein Freund mir sagte: Schreib es meiner Mutter, die ist stärker; meine Frau ist nur schwach, so schreibe ich Ihnen, daß er verwundet ist, aber nicht zum Tode. Indem nämlich die Schwarzen stürmten, kamen sie bis an den Drahtverhau und lagen da auf dem Bauch, und ein Unteroffizier und acht Mann lagen hundert Meter vor der Front, und schossen auf die Schwarzen, und da waren er und ich dabei. Aber indem wir keine rechte Deckung hatten, bloß den kleinen Trichter, war der Unteroffizier und ein andrer bald tot und zwei waren verwundet und duckten sich weg und einer mußte sich immer übergeben; und wir andern waren mehr Erde, als Menschen, indem wir uns so einwühlten, und dem einen lagen die Augen aus dem Schädel und dem andern tief hinein, so verschieden sind die Naturen. And da wollten wir denn zurück; wir konnten uns nämlich auf dem Bauch zurückschleichen. Aber da kam ein gewisser Friech Bautz, der hat schon das Eiserne Kreuz zweiter und schielt nach erster Klasse; der also kommt und sagt, wenn es möglich ist, sollten wir den Trichter halten; es ist sicherer für die Kompagnie. Er hat es aber kaum gesagt, da hat er einen Schuß in der Schulter und sackt zusammen. Da wollten wir denn erst recht zurück; denn jeder Mensch hat sein Leben lieb; und also sagte ich: Leute, sagte ich ...wir haben alle Frau und Kinder zu Haus; ich glaube, wir können mit gutem Gewissen zurückgehen. Als ich das sagte, hatte Kamerad Ott einen Granatsplitter durch die Hand und auch an der Schulter und blutete und sah aus, wie der gelbe Lehm, in dem wir lagen; aber er sagte doch: Was hat der Bautz gemeldet? Da duckte ich mich zu Friech Bautz, der neben mir lag, und fragte ihn: Was hat der Leutnant gesagt, sag' es noch mal! Der sagt: Ihr könnt zurückgehn; aber es ist sicherer für die Kompagnie, wenn ihr bleibt, hat er gesagt. Da sagte Kamerad Ott: Ja, Leute ...das ist ja wahr, daß wir Frau und Kinder haben; ich habe sogar fünf kleine Krabaten ...sagt er ...aber, wenn es so ist, wenn er das gesagt hat, daß es für die Kompagnie sicherer ist, dann müssen wir das Loch hier halten und wenn wir uns den Tod dabei holen. Da blieben wir denn also, und da bekam Kamerad Ott noch einen Schuß durch den Arm – aber er schoß noch immer und wir auch; aber zuletzt wurde er ohnmächtig. Wir hielten aber die ganze Stellung und was die Schwarzen sind, die gingen ab. Nachher kam der Leutnant und auch der Hauptmann, der das Bataillon hat; und ich mußte es erzählen, und da schickte mich der Hauptmann mit meinem verstauchten Daumen in das Feldlazarett, und ich sollte dem Ott sagen, daß er das Eiserne Kreuz bekäme. Als ich da ankam und der Daumen wieder richtig stand – er war ganz umgebogen – war er schon verbunden und schwach, und wußte auch das von dem Eisernen Kreuz schon und sagte bloß: ›Schreib gleich an meine Mutter, daß ich verwundet bin; aber der Arzt sagt, ich werde wieder gesund. Und vergiß das mit dem Eisernen Kreuz nicht!‹ ...Eben höre ich, daß nur drei von uns neun tot sind; aber das ist ja auch schlimm genug; sie haben alle drei Frau und Kinder. Mir geht es noch gut und ich hoffe dasselbe auch von Euch.

Mit Gruß Euer Landsturmmann Jochen Stehn, gebürtig aus Meldorf.

Er ließ den Brief sinken.

»Was sagst du?« sagte sie.

»Nun, es freut mich für dich,« sagte er gleichmütig.

Sie kämpfte mit den Tränen: »Es ist nicht recht von dir,« sagte sie, »deine Familie zu verleugnen. Wir haben immer alle auf Ehre gehalten.«

»Habt ihr?« sagte er bitter und höhnisch. »Ich meinte, ihr hättet mal einen in den Schmutz gestoßen!«

»Ach, Eggert!«

»Laß das, Mutter! Daran änderst du nichts. Du weißt, wie ich zu dir stehe, damit mußt du dich begnügen.« Und er streichelte ihr den Arm und begleitete sie über die ganze Hofstelle bis an den Weg.

Ja, gegen seine Mutter war er gut. Aber gegen alle übrigen Menschen war er voll eisiger Feindschaft. Es wurde im ganzen Kirchspiel davon geredet. Es konnte nicht ausbleiben, daß er einmal auf dem Felde – da die Felder an einigen Stellen aneinander stießen – oder auf dem Feldweg oder auf der Dorfstraße seinem Vater begegnete. Das war denn auch schon einige Male geschehn; und er war unbeweglich, das eisige Gesicht gradeaus, an seinem Vater vorübergegangen. Es hatte auch wohl hier und da einer versucht, ein älterer Mann, der den muntern Jungen gern gehabt hatte, oder ein Nachbar und Nachbarskind, oder sonst ein munterer Dorfgenosse, ein Wort mit ihm zu reden oder ihm übers Feld ein Wort zuzurufen; aber er hatte nichts darauf erwidert; es war, als wenn die Menschen Luft für ihn wären. Nur mit einem Kameraden, der aus dem Felde gekommen war und verwundet war wie er, hatte er einige Worte geredet; aber er war dem Mann wie ein Fremder vorgekommen. Er sah in allen Verwandten und Bekannten und dem ganzen Kirchspiele die, welche eine Zeitlang geglaubt hatten, daß er jenes Aufsehn und jenen Spott und jenes Leid über sein Elternhaus und seine Familie gebracht hatte. Er war in die Heimat zurückgekehrt ...ja er war gern zurückgekehrt! Aber er war gekommen, um ihnen zu zeigen, was sie ihm alle bedeuteten ...daß sie ihm nichts waren ...gar nichts; und um ihnen zu zeigen, ja, um ihnen zu zeigen, was Hochmut wäre.

Wenn er im Dorf zu tun hatte, ging er, den leeren Ärmel in der Tasche der Jacke, weder links noch rechts sehend, steil und grade wie ein Pfahl seines Wegs. Sonntags trug er einen besonders guten, dunklen Anzug, den er aufs sorgfältigste hielt, eine schmale silberne, seine Uhrkette über der Weste, das Band des Eisernen Kreuzes und eines mecklenburgischen Ordens auf der Brust, und zwar auf der rechten Seite, da, wo er die Wunde hatte. Anzug und Uhrkette hatte er sich in New York für dort erworbenes Geld gekauft; es war ihm ein Zeichen und Beweis, daß er damals, von seinem Dorf und allen Menschen verworfen und in die Fremde gejagt, achtzehnjährig, doch tapfer und ernst seinen Weg gegangen war; und er wollte, daß die Leute das so ansahn ... diese Menschen! ... diese ... die ihn so erniedrigt hatten! ... diese Hunde! ... Es würgte ihn, wenn er daran dachte; und er wurde blaß im Gesicht. Nichts mit ihnen gemein! Nein, nichts und niemals! Welche Einbildung von dem Lehrer, der freundlich mit ihm hatte reden wollen! Welch ein Irrtum von Pastor Bohlen, der zweimal über den Graben gesprungen und zu ihm gekommen aufs Feld, und ihn gebeten hatte, daß er nachgäbe. Er ... nachgeben!!

32. Kapitel
Der Johannisbeerwein

So blieb es fünf oder sechs Wochen; es war schon tief im Herbst.

Da sah Höbke Suhl eines Nachmittags den Vater Ott auf den Hof zukommen. Sie sagte sich gleich, daß er sicher gesehn hatte, daß Eggert mit einem Fuder Hafer nach der Stadt gefahren war, und daß er seinetwegen mit ihnen reden wollte; und war in dem Gedanken bedrückt, da sie erwog, wie schwer es ihm war zu sprechen, und nun gar über diese schwierige Sache!

›Ach Gott,‹ dachte sie – denn sie war inwendig ganz redselig und hielt lange Selbstgespräche –, ›das wird eine schwere Stunde für uns beide! Ich meine für ihn und für mich! Denn Mutter laß ich am besten aus dem Spiel; die hat noch mehr Not davon als ich. Was er wohl will! Wenn er seinen Arbeitsrock anhätte, wollte ich noch nichts sagen; aber er hat seinen Sonntagsrock angezogen, und will also sicher etwas ganz Wichtiges! Es hilft mir nichts, ich muß mich auf eine Stunde ja und nein, und Sätze von drei Worten gefaßt machen, bis er dann endlich zur Sache kommt! Ich weiß, was ich tu: Ich will ihn auf die Bank am Soot bugsieren, da habe ich wenigstens doch den Garten, und dann und wann einen Wagen auf der Straße zu meiner Unterhaltung!‹

Sie ging ihm bis vor die Tür entgegen und sagte freundlich: »Nun ... das ist ja schön, daß du mal kommst, Onkel Ott! Komm’ mit! Wir wollen auf der Bank sitzen ... da in der Sonne.«

»Ja,« sagte er, »ich wollte mal nach euch sehn!«

»Ja ... das war recht von dir!«

Er ging ihr voran und setzte sich langsam und umständlich auf die Bank, legte den Arm auf die Lehne und da es ihm ungeschickt vorkam, auf den Tisch, und da ihm das auch nicht passend schien, in den Schoß. Als er soweit war, hielt er es für möglich, daß der Ärmel auf dem Tisch schmutzig geworden wäre, und drehte ihn um und wischte ihn ab, obwohl da nichts zu wischen war, und fing dann denselben Stellungswechsel von vorn an. Dann sagte er einige Sätze übers Wetter und fragte nach der Mutter. Dann fing er von ihren einzelnen Feldern an, und kam bei jedem Feld auf eins der seinen. Sie saß ihm gegenüber am Tisch, hatte einige Strümpfe vor sich auf den Tisch gelegt und stopfte daran. Und sagte ungefähr dieselben Sätze, die er sagte, und war zu ungeschickt und scheu, um zu sagen: ›Onkel Ott, ich merke ja, du hast etwas Schweres, ganz Schweres auf dem Herzen, das Schwerste, das du jemals gehabt hast. Fang doch davon an!‹ und hatte ein herzliches Mitleid mit ihm, und wußte in ihrer eignen Ungeschicklichkeit nicht ein und aus. Sie wußte immer ganz genau, was sie wollte, und handelte im allgemeinen ganz richtig; aber sie konnte sich nicht in Worten aussprechen; sie sprach immer nur in Andeutungen und Fetzen von Sätzen und machte im übrigen nur hübsche, kluge Augen. So saßen sie sich eine halbe Stunde steif und ungeschickt gegenüber.

Endlich ertrug sie es nicht länger, überwand sich und sagte: »Eggert ist guter Dinge, Onkel Ott!«

»So?« sagte er, und schwieg eine Zeitlang.

»Er hat die sieben Hektar zu Osten ganz allein umgepflügt. Es ist gut ’rumgekommen.«

Ach Gott, da waren sie ja wieder bei demselben Gegenstand.

Da nahm sie all ihren Mut zusammen und stieß hervor: »Was nun wohl weiter mit ihm wird, Onkel Ott?«

Vater Ott wischte sich mit dem Rücken der Hand den Schweiß von der Stirn; sie merkte deutlich, daß sie sich nun der Sache näherten ...»Es ist ja man gut, daß er soviel arbeiten kann. Es sind so viele Lücken da, Höbke, unter der jungen Mannschaft. Alle, die wiederkommen, müssen hart ’ran.«

»Ja, das müssen sie ... und Eggert ...«

»Ja, und Eggert auch.«

Nein, das war nicht zu ertragen! Sie war so böse, daß sie rot wurde, und dachte in einer richtigen kleinen Verzweiflung: ›Was fange ich an?‹ Und sie durchsuchte mit geschärften Augen und zusammengezogenen Brauen das Bild, das sie vor sich hatte: hier zur Seite im Grünen den Soot, den Garten mit seinen Herbstblumen, und dort das Stück Straße, das die Bäume freiließen. Das konnte ihr alles« nichts helfen. Zur Mutter laufen? Ja, die würde sie mit ihren guten Augen anlächeln und würde mit ihrer freundlichen Stimme boshaft sagen: »Er ist ja zu dir gekommen! Sieh du zu, wie du mit ihm fertig wirst.« Aber plötzlich flog das kluge, schelmische Lächeln über ihr Gesicht. Sie stand auf und sagte: »Warte einen Augenblick! Ich komme gleich wieder.«

Nach einigen Minuten war sie wieder da, eine verstaubte Flasche und zwei blitzende Weingläser von mittlerer Größe in der Hand. »So,« sagte sie verlegen, »ich will dir was zugute tun.«

»Deern, Deern,« sagte er und wischte über seine Stirn, »was hast du da? Ich bin ja gar nicht gewöhnt, auch nur einen Tropfen zu trinken.«

»Ich auch nicht,« sagte sie fast zornig; »aber … es ist von meinem Johannisbeerwein, sollst du wissen.« Und sie schenkte ein; und sie tranken beide.

Das erste Glas half noch nicht, weder ihm, noch – woran sie bei all ihrer Klugheit gar nicht gedacht hatte – ihr selbst.

Aber als sie am zweiten genippt hatte, war sie selbst so weit, wie sie ihn hatte haben wollen. »Trink nur, Onkel Ott,« sagte sie schon recht ordentlich und glatt, »du bist so ein großer und langer Mann; du kannst doch zwei Glas trinken! Sitzen wir hier nicht ganz gemütlich? Warte, ich will die Flasche etwas kalt stellen.«

Und sie stand auf und trat an den Soot, stellte die Flasche in den Eimer und ließ ihn an der Kette in die Tiefe gehn und stand mit vorgebeugtem Kopf und beobachtete, wie er sank und unten aufschlug. Dann kam sie zurück und nickte munter – das genossene Glas wirkte schon mehr – und sagte: »Und nun mußt du sagen, was du auf dem Herzen hast! Ich glaube, du willst mir etwas ganz Besondres sagen. Wahrscheinlich über Eggert. Hast du eine Sorge um ihn? Möchtest du etwas von ihm? Du möchtest natürlich gern, daß er wieder gut Freund mit dir wird. Ja, darüber denk ich auch nach, Tag und Nacht, Onkel Ott! Sag' doch bloß, wie bringen wir das zustande!«

Vater Ott wurde nun auch etwas munterer und freier. Soweit wie sie, war er aber noch nicht. »Ja,« sagte er, »du hast ganz recht. Ich wollte … ich wollte … dir was sagen über Eggert … und grade über diese Sache.«

Sie legte ihre Knie aufeinander, stützte den Ellbogen auf den Tisch, sah ihn mit ihren hübschen klugen Augen an und sagte behaglich und zutraulich: »Denn man zu, Onkel Ott. Wir sind ja ein Paar alte Freunde! Denn leg man los! Mach' keine Umstände! Komm, wir trinken noch einen Schluck! Ist er nicht gut geworden? Die Mädchen, die im vorigen Sommer zu meinem Geburtstag hier waren, sagten, er wäre wie der schönste Traubenwein. Nachher behaupteten sie, ich hätte einen kleinen Schwips gehabt und ich wäre redselig gewesen wie noch nie. Aber wie kann man von anderthalb Glas Wein redselig werden?! Das ist nicht der Wein, das ist das Herz! Nun, los, Onkel Ott! Gradedurch ist der nächste Weg!«

Vater Ott nahm umständlich das Glas und setzte es umständlich wieder hin und sagte munterer und mit gelösterer Zunge: »Ja, denke dir, vorgestern, als ich mit deinem alten Peter an eurem Garten entlang ging – ich wollte nach meiner Haferstoppel sehn – sah ich Eggert … der uns nicht sah und hörte … unter deinen Apfelbäumen stehn. Er hatte dir ja wohl geholfen; und sah dir nun nach, wie du den ziemlich schweren Korb, den du mit beiden Händen angefaßt hattest, nach dem Hause hinauftrugst. Wir sahen ihm grade in die Augen, er aber sah uns nicht; er tat nichts, stand da und sah dir nach. Als wir nun eine Strecke weitergegangen waren, sagte der alte Peter zu mir: »Hast du es gesehen?« Ich sagte: »Was soll ich gesehn haben?« Er sagte: »Sag' nicht was! Sag' es!« Ich sagte: »Sag' du es; ich kann es nicht gut sagen.« Da sagte er: »Daß er verliebt ist!« Ich sagte: »Ja, das habe ich gesehn.«

Sie hatte ihn während seiner Rede mit gerunzelten Augenbrauen und ihre schönen Augen scharf und fast schmerzhaft auf ihn gerichtet, angesehn; denn es peinigte ihr empfindsames Gefühl aufs heftigste, daß von ihrem Innersten geredet wurde, obgleich es zwei alte Leute gewesen waren; aber zugleich hüpfte ihr das Herz vor Freude. Aber da sie nun ihren eignen Wunsch aufs schönste im trocknen hatte, war sie gleich bereit, die Stunde auszunutzen, um mit einem so großen und würdigen Mann ein kleines Spiel zu treiben und ihn zu weiterer Rede zu bringen; denn sie war ein rechtes Weib und zu allem Spiel aufgelegt, nur daß sie es sonst immer mehr inwendig treiben mußte, im Geist, weil sie zu scheu war, es vor den Menschen zu tun. Nur mit ihrem freundlichen Mütterchen schelmte sie zuweilen mit drolligen Worten und einer neckenden Bewegung der Hände und nur dann, wenn es dunkel war oder doch dämmerig. Nun aber war sie ja vom Wein guter Dinge und gelöster Zunge. Also setzte sie ein ernstes, fast bekümmertes Gesicht auf und sagte: »Ich kann mir nicht denken, Onkel Ott, daß er mich lieb hat; ich bin fast fünf Jahr älter als er und bin immer so schrecklich still und ernst.«

»Kind,« sagte Vater Ott, dem nun auch der Wein die Seele und die Zunge gelöst hatte, »das ist ja grade das Richtige! Was hat man da erlebt!«

»Erzähl'!« sagte sie eifrig und nickte ihm heftig zu.

»Ja,« sagte Vater Ott und war guter Dinge, »da war die schöne Otti Hargens, die von Westerdeich, weißt du ... jetzt hat sie ja schon graues Haar! Die sagte, sie wollte zeitlebens bei ihren Brüdern von Hof zu Hof gehn und bei den Kind- und Krankenbetten, Hochzeiten und Taufen helfen; und trieb es auch so, bis sie dreiunddreißig war; sie war ein großes und kluges Mädchen! Aber da kam der kleine, etwas knickebeinige Kaufmann Mumm, sechs oder sieben Jahre jünger und einen Fuß kleiner als sie, kaufte und handelte in der ganzen Landschaft, lachte sie an und neckte sie. Sie nahm ihn erst gar nicht ernst, sie dachte: ›Das ist ja kein Mann ... was ist der?‹ Aber das änderte sich dann sehr. Sie hat ihn geheiratet und ist nicht unglücklich geworden.«

Sie nickte ihm zu und sagte eifrig und lebhaft: »Weißt du noch mehr so verzwickte Fälle? Aber einen weiß ich auch ... ja ... einen ...«

Aber er war nun im Zug. Sein übervolles Herz, sein Geist, der tausend Tage Gedanken erwogen und Bilder gemalt, und sie nie an den Mann gebracht, quoll nun über. Er saß nach Art eines Knaben zu fern vom Tisch, die Hand ungeschickt um den Fuß des Glases. »Vergiß dein Wort nicht,« sagte er eifrig, ja begeistert. »Dann war da die Hanna von Dollen, die Tochter von dem Amtsrichter! Sie war das klügste und tüchtigste Mädchen in der ganzen Landschaft, und gar vermögend dazu. Sie kam nicht zur Ehe ... sie reiste hierhin und dahin ... und blieb immer ledig ... und wurde fünfunddreißig ... Aber dann heiratete sie! ... und wen? ... Was denkst du: wen? Einen kleinen Violinspieler, einen lebendigen, lustigen, quecksilbernen, schwarzen, kleinen Kerl, einen Kerl, sag' ich dir, der nicht eine Minute ruhig auf einem Stuhl sitzen konnte! Sie lachte über ihn, solange sie lebte – sie ist nun schon tot –; aber sie hatte ihn gern.«

Sie nickte lebhaft, tippte auf seinen Arm und sagte rasch, um endlich einmal zu Wort zu kommen, wonach es sie sehr drängte: »Ja, und nun vergiß dich selbst nicht, Onkel Ott! Bitte, vergiß dich selbst nicht! Tante Lene hat es mir mal erzählt, wie es gewesen ist. Sie war erst achtzehn und tat nichts weiter als arbeiten und lachen, und dachte nicht an Heiraten. Und als ihre Mutter zu ihr sagte: ›Du, Lenchen, weißt du, wer dir was will?‹ ›Mir?‹ sagte sie. ›Der lange Reimer Ott!‹ Da lachte sie sich unter den Tisch, und lachte so, daß sie immerfort schrie: ›Es tut so weh, es tut so weh; und ich kann es doch nicht lassen!‹ Ja, und dann war sie doch neugierig, und sprach mit dir. Und dann verlor sie ihren Bruder im Watt, und wurde wenigstens ein wenig ernst. Und im Winter darauf liebte sie dich schon so, daß sie heimlich auf Hochzeit drängte.«

»Ja, siehst du,« sagte Reimer Ott eifrig; mit glänzenden Augen: »Das ist es, wovon wir reden! Der Unterschied ... das ist das Rechte! Und das ist es nun auch mit dir und Eggert.«

»Gott, nein!« sagte sie. »Wenn mir das einer vor drei Jahren gesagt hätte, daß der wilde Rode Praß noch mal mein Mann würde ... der dumme Junge, der barfuß über meine Gräben und Felder sprang! Aber weißt du, Onkel Ott,« sie lächelte und spottete über sich selbst und wunderte sich ... »Du glaubst nicht, wie komisch es mir gegangen ist! Ganz zuerst, als ich sechzehn war, da dachte ich, ich wollte einen Offizier haben, ich hatte mal einen über den Marktplatz gehn sehn in all seinem Staat. Danach, als ich so achtzehn, neunzehn war, – da ich zu scheu war, zum Tanz zu gehn, las ich viel ... ich glaube in etwas überklugen Büchern, – da sann ich mir so aus, daß ich vielleicht mal einen Gelehrten haben wollte! Der sollte hier auf dem Hof leben und arbeiten, wie er wollte, während ich für die Felder sorgen wollte. Ich glaube, es sollte so'n Kunstgelehrter sein! Ach Gott ... ich verstand nicht viel davon ... und du verstehst gar nichts davon. Dürer ... es ist doch eigentlich alles altmodisch und langweilig; bis auf den Ritter, der mir gut gefällt. Kennst du den Ritter, Onkel Ott! ... Nein? ... Ist auch nicht nötig. Zuweilen dachte ich sogar an Pastor Bohlen! Ja, an den dachte ich auch! Ich wollte ihn pensionieren und mit all seinen Schränken und dem ganzen Zeug in den Saal setzen. Aber zuletzt kam ich beim Landmann an! Ja, dabei bin ich zuletzt angekommen und dabei bin ich nun schon einige Jahre. Ich wollte einen ordentlichen, ernsten und wahrhaften Mann haben ... hier auf meinem Hof, den ich so liebe ... und wenn er noch so schlicht wäre! Aber meine Scheuheit war mir immer im Weg. Wenn mir mal einer gefiel, so beim Konzert oder Pferderennen, so konnte ich es ihm nicht zeigen. Im Gegenteil, ich zog immer die Augen gleich kraus, weil es mir nicht recht war, daß er mir gefiel, oder weil ich fürchtete, er könnte es merken, daß er mir gefiel; und so dachte er denn: ›Was für ein unfreundliches, überernstes Mädchen,‹ und ging an mir vorüber. Und nun?! Nein! Daß der Rode Praß es einmal würde, der allereinfachste und schlimmste, daran habe ich nicht gedacht!«

»Siehst du,« sagte Vater Ott wieder, mit leuchtenden Augen, »das ist es! Der Unterschied ... das ist das Richtige! Er hat viel von der Art seiner Mutter, ist rasch, zornig, ungerecht ... Du aber hast meine Art, bist schwerfällig, unsicher, langsam; und das Reden wird dir schwer.«

»Ja,« sagt« sie, »da hast du recht« und mit einer ungeschickten Bewegung mit der platten Hand auf den Tisch, »und weißt du, ich habe mir Gedanken darüber gemacht, warum es so ist und so sein muß; ich meine: daß grade so verschiedene Menschen zueinander hingezogen werden! Stell' dir bloß vor, wenn es nicht so wäre: wenn gleich und gleich sich liebten: Der Weiche den Weichen, der Unsichre den Unsichren, der Zornige den Zornigen, der Rundköpfige den Rundköpfigen! Was würde das für Kinder geben! Die Eigenschaften der Eltern würden sich in den Kindern verdoppeln und es gäbe die unleidlichsten Erscheinungen: es gäbe Leute, die so zornig wären, daß sie alles, was sie sähen, zerschmetterten, und Leute, die so rundköpfig wären, daß sie statt eines Kopfes eine Kegelkugel hätten! Nun aber läßt die Natur diejenigen sich lieben, die verschieden untereinander sind, und erreicht damit, daß die Kinder mit ihrem Wesen und ihrer Art wieder in der Mitte der Schöpfung stehn. Und so ist es denn kein Wunder, daß ich Eggert schon so lange gern habe. Früher, solange er noch ein Junge war, als Jungen; aber nun, seitdem er wieder da ist, als einen Mann!«

So saßen sie nebeneinander auf der Bank und brauchten die beiden Gläser nur, um sie hin- und herzuschieben, um ihre Reden zu bekräftigen, und dachten nicht an Trinken, sondern nur, daß sie ihr sonst immer so verhaltenes, so übervolles Herz ausschütteten, und redeten immer weiter mit lebendigen Augen, ein leises, glückliches Rot auf den Wangen.

»Aber nein,« sagte sie, »daß du ... du ... Onkel Ott als Brautwerber kommst! Na, es war ja auch ein Unternehmen, was?!«

»Ja, Kind,« sagte Vater Ott und sah sie mit seinen tiefen, notvollen, gläubigen Kinderaugen, den rechten Weihnachtsaugen, an: »Ich denke und denke ja nur Tag und Nacht darüber nach, wie ich ihm irgend etwas Gutes tun kann, ich ... ich ... der ich mich so schrecklich an ihm vergangen habe! Und da dachte ich, ich wollte diesen Gang für ihn machen! Ja, und das ist ja nun gut abgelaufen!« Er zog sein großes, buntes Taschentuch hervor und wischte sich über die Stirn, auf der die Schweißtropfen standen.

Ihre graden Augenbrauen hatten sich kraus zusammengezogen, und sie sah vor sich hin auf den Tisch. Dann sagte sie langsam: »Weißt du, Onkel Ott, es ist nicht zu glauben, wie es hat geschehn können! Das, was du und das Kirchspiel von ihm glaubten, lag ihm tausend Meilen fern. Er trug dich und die ganze Familie und die ganze Heimat in einem guten, reinen Herzen und auf den Händen. Er war bereit, immer und überall für seine Menschen durch Feuer und Rauch zu gehn; das hat er bei Skagerrak bewiesen, als er sich bei dem Rettungsversuch die schwere Brandwunde geholt hat. Und da mußte ihm dieses rohe Benehmen auf den Hals geladen werden! Das überwindet er nicht, Onkel Ott. Auch unsre Verlobung und Ehe wird daran nichts ändern. Du kannst glauben, ich werde Tag und Nacht daran arbeiten, daß er milder denkt. Aber ich fühle deutlich, daß ich und kein Mensch da im Grunde etwas ändern kann. Und das ist mein großes Leid, das mich quält, ich kann nicht sagen wie sehr. Denn sieh, Onkel

Ott ...es ist schlimm, wenn ein Mensch, und nun gar ein junger und ein feuriger, eine völlig vereiste ...eine glaubenslose Stelle in der Seele hat.« Sie sah mit zuckendem Munde vor sich nieder; Tränen traten in ihre Augen.

»Ja,« sagte Vater Ott, »das ist es!« Und nun war er plötzlich wieder der unsichre, schwerfällige, wortkarge Reimer Ott. Er versuchte, die rechte Hand in die Tasche seiner Joppe zu stecken, fand sie aber nicht in der gewohnten alten Feldjoppe und wußte nicht, was er mit der Hand beginnen sollte, und legte sie hilflos in den Schoß. »Ich habe mir den Kopf darüber zergrübelt,« sagte er mutlos mit hin- und hersuchenden Augen. »Siehst du, ich finde mich da nicht so leicht hindurch wie andre Menschen. Ich spreche immer mit mir selbst; und da war mir eine Zeitlang, als wenn ich inwendig zwei wäre und in Zank mit mir selber geriet. Das Gute und Glückliche in mir, meinte ich, müßte seinen Weg allein gehn und das Verkehrte und Unglückliche von sich fortschicken. Und wie solch schlimmes Grübeln meistens endet, das weißt du wohl. Aber Gott hat mich bewahrt und Frau und Kinder, die immer, Tag und Nacht, um mich waren. Aber die Not geht nicht weg, weil seine Not nicht vergangen ist. Aber ich weiß nicht, was ich dagegen tun soll. Vielleicht gibt es ja irgend einen Weg, um sie aus der Welt zu schaffen. Gewiß ...sicher ... es gibt einen Weg, aber ich finde ihn nur nicht, weil ich zu ungeschickt bin, und Pastor Bohlen weiß auch keinen ...Ja ...ja ...Und denn will ich nun gehn, Höbke ...und denn grüß' Marie; ich meine deine Mutter ...ich sage ja immer Marie zu ihr ...ja, grüß' deine Mutter! Und denn will ich nun gehn. Ja, und ich habe ihm nun doch ein wenig geholfen, Höbke ...habe ich nicht? Du weißt nun, daß er dich lieb hat. und ich sehe, du hast ihn auch gern und willst ihn nehmen. Ja, ich habe ihm doch ein wenig geholfen. Aber freilich, die alte, große Not bleibt, das sehe ich wohl ein. Das Eis ...ja ...das muß weg. Nein, das geht nicht an. Das muß weg. Einen Zorn im Herzen tragen, einen Haß, und das zeitlebens ...das ist trostlos...«

»Ja, das ist es, Onkel Ott.«

»Ja, dann ist das Beste am Leben nicht da, Höbke. ...Ja, ja ...ich grüble immer darüber ... Das kannst du glauben ...wie es möglich ist, ihn davon zu erlösen ...von dem Eis in der Brust ... ja ...ja. Und ...ich will es dir sagen: ich glaube doch beinah ...ich bin einem guten Gedanken auf der Spur! Ja, ich glaube es beinah. Ich will morgen vor der Kirchzeit mal zu Pastor Bohlen gehn und mit ihm darüber reden. Freilich ...leicht ist es nicht.« Er stand still und sah auf die Erde, und plötzlich standen ihm dicke Schweißtropfen auf der Stirn, und er war jäh blaß geworden und seine Hände flogen. »Aber wenn ich ihm eine Liebe erweisen und helfen kann ... Hoffentlich ist es dann nicht wieder verkehrt, Höbke!« Und er sah sie mit seinen gläubigen, hilflosen Kinderaugen an.

»Was ist es denn, Onkel Ott?« sagte sie in jähen Sorgen. »Was meinst du? Willst du es mir nicht sagen?«

»Nein, nein!« sagte er. »Sag' mir, wie ist es ...geht er morgen in die Kirche?«

»Ja, das hat er gesagt. Er will morgen in die Kirche.«

»So...so ...Nun dann will ich nun also gehn, Kind! Ja, dann will ich nun gehen! Und dann grüß' deine Mutter!«

33. Kapitel
Vater Ott

Was ist das für eine Versammlung in der Kirche von Altensiel, wenn sie gut besucht ist! Welche Erscheinungen! Welche Persönlichkeiten! Welche Gedanken gehen einem da durch den Kopf! Es ist nicht zu verstehen, daß die Menschen nicht an jedem Sonntag oder doch an jedem zweiten in die Kirche gehen, zumal wenn sie geborene Altensieler sind oder doch lange Jahre da gelebt haben! An diesem hellen, sonnigen Herbsttag waren im Hauptteil alle Bänke vollbesetzt. Es waren nicht allein diejenigen da, die immer zugegen sind und die den Gottesdienst überhaupt zu einem Gottesdienst machen, z.B. der Schuster Ehlers, den sie den Heiligen nennen, der sich nach alter Sitte immer verneigt, wenn der Name des Heilands gesagt wird, und der alte Schmied Jörs mit dem schönen weißen Kopf und der wundervollen Haltung – wie ein alter Baum, der sich zur Erde neigt und bald stürzen wird – der in seiner ganzen Erscheinung allein schon eine Predigt ist, und was für eine; und die alte Antje Teut, die im ersten Kriegsjahr ihren Sohn, den Lehrer, verlor, für den sie ihr hübsches, kleines Haus das ganze Jahr hindurch so blitzblank hielt, immer in dem Gedanken an die kurzen vierzehn Tage, da er mit seinen Kindern von Altona herüberkam und ihr geehrter und geliebter Gast war; und der alte Thoms Thedens, der noch immer von seiner Frau in die Kirche geschickt wird – während sie die Suppe kocht und an ihn denkt – bloß, weil er in seiner Jugend ein übermütiger und überkräftiger Mensch war, und sie wunderlicherweise immer noch im Sinn hat, daß er, wie in seinen Jugendtagen, auch jetzt noch nach allen Seiten ausbrechen und ausschlagen könnte, und der Kirchgang also für ihn nötig sei, obgleich er nun vierzig Jahre lang das ruhigste Leben eines Tagelöhners führt und über siebzig Jahr alt ist und ein alter, guter und stiller Vater und Großvater; und die junge fünfundzwanzigjährige Tochter von Rudolf Anders, die immer unter einer rötlichen Wolke einhergeht und nicht weiß, was es ist, und wie und warum sie anders ist als die andern Mädchen. Sie arbeitet vom frühen Morgen bis in die Nacht auf dem Feld und im Haus ihres Vaters, und spricht nur das, was zur Arbeit gehört, und sitzt Sonntags still und stumm in der Kirche wie ein Schaf, das träumend und von selber in seinen Stall geht. Nicht allein diese waren da, die immer kommen; sondern es waren auch die da, die nur alle drei, vier Wochen kommen, und auch diejenigen, die nur drei- oder viermal im Jahr erscheinen. Was sah man da für Gestalten! Welche Naturen! Welches Leben! Da ist der Sattler Rohde, der sich immer so setzt, daß zwischen dem Pastor auf der Kanzel und ihm eine dicke Holzsäule ist, aus keinem anderen Grunde, weil er einmal als Kind ein Fünfgroschenstück vom Ladentisch gestohlen hat und sich deswegen heute noch plagt, und fürchtet, daß der Pastor plötzlich das Wort Sünde nennt, wobei er nicht allein heftig errötet, sondern auch zusammenzuckt. Da ist der lange, dünne Heinrich Thode, von draußen im Feld, der vor dreißig Jahren als Lateinschüler in der Stadt ein feiner, gewandter Junge und als freiwilliger Alan in Hannover fast ein Geck war; aber allmählich wurde er immer einfacher an Kleidung und auch an Geist und Seele, und ist jetzt von allen Bauern in Leben und Art der simpelste, ja fast ein Anstoß. Die Leute sagen, es sei nichts als Bequemlichkeit; in Wirklichkeit aber – man merkte es an seinem bedächtigen, langsamen und kritischen Wesen – war es wohl so, daß er in dem ganzen Getu der Menschen, ja vielleicht der ganzen Schöpfung, wie man so sagt, ›ein Haar gefunden hat‹

Alle diese waren da und noch viele andere. Viele viele von ihnen waren schwarz gekleidet und hatten schon angefangen zu weinen, als sie den Raum betraten und die Kränze sahen; denn rundum an den blauweiß gekalkten Wänden hingen siebenunddreißig schlichte Eichenkränze für die Gefallenen. Sie waren aufgehängt, so wie sie gefallen waren oder wie die Bestätigung ihres Todes angekommen war, der Reihe nach; nur Reimer Otts Kranz hing ein wenig besonders, nämlich an der Wand von Pastor Bohlens Stuhl. Das hatte der Pastor Bohlen so bestimmt, weil er ihn besonders lieb gehabt und ihn unterrichtet hatte, und weil er von den Gefallenen der Jüngste war, fast noch ein Knabe.

Pastor Bohlen kam; und ging mit seiner großen mächtigen Gestalt den Gang entlang; alle wandten das Gesicht, wie er so langsam in tiefen Gedanken, den großen Kopf gebeugt, den

Gang entlang kam. Dann ließ er singen, nach seiner Gewohnheit eins von den altbekannten, sichern, feurigen Liedern; diesmal ›Allein Gott in der Höh sei Ehr‹, und hielt dann in ruhiger, würdiger Haltung und Form den Altardienst. Dann kam der Predigtgesang.

Und nun stand er da auf der Kanzel und wartete, daß der Gesang zu Ende ging und die Schleife seines Vetters, des Hirten. Er stand da sehr gebeugt. Aber das war ja auch richtig, da er jede Predigt aus der Tiefe aufbaute, und also erst in der Tiefe wühlte und grub, und dann erst allmählich, wenn er die Predigt höher und höher baute, sich aufrichtete und straffte und wieder jung wurde wie ein Adler, der über Welt und Meer fliegt. Er sah über die Gemeinde hin und nahm mit seinen scharfen, flimmernden Augen jeden einzelnen wahr. ›Da sitzt Thiessen vom Haferweg … hat viel zu viel Steckrüben gebaut … und wenn es noch die rechte Sorte wäre! Aber verdienen! Verdienen! … Da sitzt Klaus Thun, hat Urlaub … er fährt da draußen einen Wagen mit Brot, nun schon zwei Jahr lang! Wie er sich wohl nach seinem hübschen kleinen Gewese sehnt! Da sitzt die Witwe von Jarren Peters … in Polen begraben auf einem Hügel dicht überm Njemenfluß … da sitzt die arme Mutter Blaas … zwei blühende Söhne liegen in Flandern … da sitzt Reimer Ott mit Harm, dem Zimmermann, auf Urlaub von Wilhelmshaven; er muß heute Mittag wieder abreisen … das große blonde Mädchen neben ihm ist Lisbeth Thomsen … Und da hinten, neben meinem Vetter, dem Hirten, sitzt auch Eggert, der an der Schulter und ach, an der Seele schwer Verwundete, der Hochmütige, der Starke, der Kranke … hilf Gott, daß er heute gesund wird!‹ Das Herz klopfte Pastor Bohlen so, daß er die Hand drauf legte … Dann begann er zu predigen.

Es lag seinen Predigten keine Kirchenlehre zugrunde, überhaupt keine Lehre oder gar ein System; es lag ihr nichts weiter zugrunde als der Glaube an den mühsamen, großen, heiligen Sinn der Welt, und der Schöpfung. Er betete diesen großen heiligen Sinn der Welt an; und der Glaube daran war ihm sein ein und alles, sein Halt in seinem Leben. Ja, sonst würde er versinken! Aber er sah diesen großen guten Sinn der Welt mehr, wie er in der großen, weiten Natur und im Menschenleben in Erscheinung trat, als wie er in der Bibel stand. Ja, wenn die Bibel gegen die Natur anging oder auch nur anzugehen schien, dann nahm er keine Rücksicht. Nicht, daß er wie ein Narr gegen sie anstürmte! Nein, er bog sie; er verschob sie; und nur wenn es gar nicht anders ging, schob er sie ganz zur Seite. Die Natur und das Leben, das sie zeigte, das ging ihm über alles! Er war denn auch ein großer und heißer Anhänger Goethes, und las ihn immer wieder, diesen großen Ausweiter und Erheller unseres inwendigen Menschen. Wenn das gütige, mitleidige, deutsche Gemüt Fritz Reuters seine heilende Arbeit an seiner verwundeten Seele getan hatte, dann ging er zu Goethe. Und er predigte denn auch im Wesen und Sinn Goethes. Natürlich war da ein großer, großer Unterschied! Nicht allein, daß es soviel kleiner war, was er sagte – obwohl Goethe auch zuweilen Mäuse und Essig gepredigt hat, nach seinem eigenen Geständnis – sondern es war auch dunkler. Man merkt ja auf allen Seiten bei Goethe, daß er als wohlhabender Leute Kind gut und weich und geliebt aufwuchs; Pastor Bohlen aber hatte bis tief in den kalten rusigen Herbst neben seines Großvaters Branntweinflasche barfuß durchs Watt getrabt. Und wenn Goethe die Gabe der Gesundheit und des schönen Maßes mitbekommen, so hatte Pastor Bohlen die schlimme Krankheit mitbekommen. O, es war ein großer Unterschied! Und so, wenn er auch von Natur Goethisch fühlte und auch predigte … so war es eine besondere Art Goethe; es war ein mühseliger und ein dunkler.

Es war ein Glück, daß er heute nicht in seiner Einleitung, wie sonst oft, irgendein Tier aus Watt, Feld oder Heide abmalte und vorführte, genau, gründlich, lehrhaft, ein wenig zu umständlich – ganz wie der alternde Goethe – sonst hätte dieser Gottesdienst für ein schlichtes Gemüt gar zu viel Aufenthalt, Anstrengung und Auflegung gebracht, sondern nichts weiter vorbrachte, als eine Tagwerdung, einen Sonnenaufgang, wie er ihn einst als Knabe im Boot, draußen im Watt erlebt hatte. »Zuerst,« sagte er mit seiner ruhigen, gütigen, eindringlichen Stimme, die den Zuhörer immer neugierig erhielt, »als ich im Boot erwachte, lag noch die Nacht auf dem Meer und auf der Erde. Ich sah nichts, was davon redete, daß ein Tag werden würde; ja, es war so still und so ohne Leben und so dunkel, daß man den Glauben, daß es noch einmal Tag werden würde, von sich wies. Aber dann kam als erstes ein Wind auf, der wehte von

Osten her und berührte das Herz wie ein Hauch und eine Vorahnung einer andern Zeit; aber es war mehr eine Warnung als eine Verheißung; denn der Wind war hart und kalt und tat einem eher weh als wohl. Danach kam eine Möwe, die mit einzelnen Schreien, hoch oben und ganz allein, auch nach Osten zu flog. Aber ihr Schrei war hart und klang heiser und verloren, und fast feindlich über die weite, tote Schöpfung. Danach entstand das erste Grau, fern im Osten, über den Wäldern und Heiden. Aber obgleich es da nur niedrig und geduckt stand, mühsam wie ein blasser Schild, grünlich, fast feindlich … kam doch ein Gefühl ernster Erwartung über mich, und ich stand im Boot auf und sah dahin. Danach kam das Brüllen einer Kuh vom Deich her und dann das erste Schreien vieler Vögel. Und so dunkel und grau, kalt und leer noch alles war … das ganze ungeheure Rund der Natur um mein Boot … ich wurde doch ein wenig froh. Es schien mir die erste Stimme, die zu mir sprach; denn die Nacht hatte nicht zu mir geredet. Danach kam das Aufstehn der Tierscharen, der tausende Möwen und Tüten, Kiebitze und Enten und aller andern Vögel; und die Welt und das Meer wurden sichtbar, auftauchend aus der Nacht wie einst am ersten Schöpfungsmorgen. Da wurde mir das Herz froh und sicher, und ich sah es alles an; und es war, als wenn ich tausend Augen hatte. Und dann kam eine Stille, eine große, heilige Stille, und dann, fern vom Osten her überm Wald, der erste Gruß des Tages, der erste Strahl der Sonne. Da wogte es in mir, dem kleinen Knaben, von großen Gefühlen des Wunders. Und ich suchte nach Worten, und brach, da ich eigne nicht fand, im verborgenen in die Worte aus, die ich in der Schule gelernt, und die wir nun eben gesungen haben, die vor hundertfünfzig Jahren der alte fromme, andächtige Professor in Leipzig gedichtet hat: ›Die Himmel rühmen des Ewigen Ehre …‹ und ich sagte das Lied vor mich her. Und diese Verse waren das erste Mal in meinen jungen Jahren, daß etwas Schönes, Wahres und Großes, das ich von Menschen überkommen, mir ins Gemüt schlug, und sich mit meinem Gemüt verband und an meiner Bildung sein Teilchen beitrug. Möge es auch heute so sein … für manchen von Euch. Möge das Wort eines wahrhaften, guten und klugen Menschen, das ich nun vorlesen will, an seinem Teil unser Gemüt erbauen … das so leicht, so leicht in Trümmern und zerrissen liegt.«

Und dann las er aus dem gefährlichen und schönen, auch für Pastor Bohlen so gefährlichen und schönen achten Kapitel des Römerbriefes die trostreichen schönen letzten fünf Verse vor: »Wer will uns scheiden von der Liebe Gottes? Trübsal, oder Angst, oder Verfolgung, oder Hunger, oder Blöße, oder Fährlichkeit, oder das Schwert? Wie geschrieben steht: Um deinetwillen werden wir getötet den ganzen Tag; wir sind geachtet wie Schlachtschafe! … Aber in dem allen überwinden wir weit, um deswillen, der uns geliebt hat … Denn ich bin gewiß, daß weder Tod noch Leben, weder Engel noch Fürstentum, noch Gewalt, weder Gegenwärtiges noch Zukünftiges, weder Hohes noch Tiefes, noch keine andere Kreatur … mag uns scheiden von der Liebe Gottes, die in Christo Jesu ist, unserm Herrn.«

Und dann legte er los, aus der Tiefe seiner eigenen armen, mühsamen, vergrübelten Seele, seiner kranken Seele, seiner mitleidigen, seiner in der Tiefe stürmischen Seele. Er sprach zuerst von dem vorhergehenden Wort des achten Kapitels: von dem Bangen und Seufzen der Kreatur. Er sprach von dem Schrei der Möwen und dem Brüllen des Viehs und der Angst der Hasen und Füchse. Aber nicht anders, sagte er, ist die Not der Menschheit. Auch sie ist ein Stück der Kreatur! Wie mühsam sei ihr Weg gewesen durch Jahrtausende: im Kampf mit wilden Tieren und wildem Wasser, mit Pest und Schwindsucht, mit Feuer und Schwert! Und so wäre es bis auf die heutigen Tage. Die Menschheit hätte wohl viele Jahre lang gedacht, es wäre nun Friede und Freude für sie da … all Fehd’ hätt’ nun ein Ende! Aber nun wüßten wir: wir wären immer noch ›Kreatur‹, immer noch ›Geschaffenes‹, in Trübsal und Angst, in Hunger und Blöße, in Fährlichkeit und Schwert! O, welch eine Not in diesen Jahren! Und nun sprach er in herzbewegenden Worten von der Not dieser Zeit. Wie wir uns quälten in unserm Gewissen, daß die ganze Menschheit gegen uns stände und wir wüßten nicht warum. Hat Gott uns das gute Gewissen gegeben oder der Teufel? Das hat Gott getan! Er sprach von den Gefallenen, den Verwundeten und Leidenden, von der Angst und Qual derer, die unterm Feuer ausharren. Er nannte die Namen der jungen Witwen und der weinenden Mütter. Er sprach mit solcher schlichten, selbstverständlichen Güte und Ergriffenheit, ohne alles Gerede und Getue; er nannte die Namen mit solcher Weichheit der Stimme, mit solcher Liebe; er umgab die Namen und Menschen mit so großem Mitleid im Herzen, daß sie alle an seinen Augen hingen. Man hörte nur dann und wann ein Schluchzen und ein schweres Atmen. Sie standen nun alle unter der Not. Sie empfanden sie nun alle; auch die, die noch verschont geblieben waren. Sie fühlten nun alle mit den Leidenden, den Geschlagenen, den Erschlagenen, den Weinenden. Selbst die Kinder vergaßen die Schwalben und sahen unentwegt mit großen stillen Augen zu ihm auf. Sie sehnten sich nun alle, alle, groß und klein, alt und jung, nach einem Ausweg ... sie sahen nun alle zu ihm auf in dem Gedanken ... ›Nun, komm! bald ... komm bald mit deinem Trost, wenn du einen weißt!‹

Und er wußte einen! Ach, nur ein Mensch, der wirklich die Qual des Menschenlebens erfahren hat, nur ein Weinender, ein Jammernder, ein Zerschlagener sollte ein Prediger sein! Nur sein Klagen ist echt; nur sein Lachen ist echt! Ach, Pastor Bohlen brauchte ja selbst einen Trost! Wie hätte er sonst leben können, er mit seiner Not und Sünde, mit seiner Krankheit, die er immer wieder Sünde nannte, darum, weil er so starke Arme hatte, daß er sie nach seiner Meinung hätte überwinden müssen! Ach, er kannte ja das Grauen in der Nacht im öden, wilden Watt und die Not eines weinenden Herzens!

Also sprach er von der Liebe, die Gott zu uns hat! Er begann von alten Zeiten her. Wie trotz aller Not und allen Grauens die Menschheit doch immer an einen guten, tiefen Sinn des Lebens geglaubt! Wie die besten Geister darum gerungen haben ... um dies ›Trotz alledem‹, um dies ›Dennoch‹! Wie dies »Dennoch«, dieser Widerspruch und Gegensatz, das große, schaurig schöne Geheimnis der Menschenseele und, noch dem großen, mitleidigen Glauben des Apostels Paulus, das Geheimnis aller Kreatur, der ganzen Schöpfung, wäre. Die Spannung, die Sehnsucht, das trotzige, Dennoch: das ist das Leben der Schöpfung! Die ›Dennochleute‹: das waren die großen Heiligen der Menschheit! Die gesagt: ›Und ob mir auch Leib und Seele verschmachtet ... dennoch bleibe ich stets an dir!‹ Solche ›Dennoch‹-Leute waren die vornehmsten aller Heiden und auch die alten Propheten gewesen. Aus der Tiefe heraus glaubten sie an den Gott und an einen großen heiligen Willen! Solch ein ›Dennoch‹ – Mann war auch der Heiland gewesen, er der größte von allen, weil der größte und reinste in diesem Glauben! Solche ›Dennoch‹-Leute waren auch alle großen Deutschen! Ja, das gehörte immer zu einem großen Deutschen, anders bekam er nicht diesen Namen im deutschen Volk: wenn er nicht ein ›Dennoch‹-Mann gewesen, wie Luther und Lessing es waren, und Herder und Goethe, und Friedrich der Große, und der alte Kaiser und Bismarck! Und dann sagte er – mit bebender Stimme – wie er ... Pastor Bohlen ... nicht leben wolle ... nicht einen Tag ... wenn er nicht diesen Glauben hätte! Er, Pastor Bohlen, wisse, was Not wäre und was das Seufzen der Kreatur sei! Aber er wisse auch, was Glauben und Glaubens Segen sei! Und er ermahnte sie mit großer Bewegung des Herzens, mit den gütigsten Worten, mit den ungeschicktesten, rührendsten Bewegungen seiner großen Hände: sie möchten doch alle diesen ›Dennoch‹-Glauben haben, dies Eigentümlichste und Beste am deutschen Wesen, diesen Glauben an Gottes heilige Liebe ... trotz alle dem! Nicht sitzen, sagte er, wo die Spötter sitzen! Nicht sitzen, wo die Zweifler sitzen! Ob einer wenig von der Qual des Lebens wisse, ob einer unsagbar schwer geschlagen sei, ob einer ein Kind wäre oder ein Greis: jeder möchte diesen hohen heiligen Glauben im Herzen tragen, als sein bestes und heiligstes Besitztum: daß über den Sternen ein Gott einen feinen, schönen, reinen Sinn der Welt in seinen Händen habe, den wir zwar noch nicht erkennten ... doch unsere Toten erkennen ihn ...; und über den Sternen da wird er einst tagen!

Und dann sprach er zum dritten: Wenn es denn nun so wäre, wenn denn nun das deutsch wäre, diesen Glauben zu haben, und sie alle, weil sie aus alten deutschen Geschlechtern wären, ihn wie von selbst im Herzen trügen: so sollten sie auch danach leben, vom Morgen bis zum Abend. Als die, welche an den guten Sinn des Lebens glauben: lächelnd, freundlich! Als die an den reinen Sinn des Lebens glauben: reines Herzens! Als die an den heiligen Sinn des Lebens glauben: andächtig und ernst! »Seht unsere Gefangenen!« sagte er, »wie sie unter uns leben: wie sie still und friedlich ihres Weges gehn, wie sie lächelnd oder ernst uns grüßen, wie sie mit unsern Kindern spielen und freundlich sind, obgleich sie doch alle, alle, voll heißer

Sehnsucht nach der lieben Heimat sind … so wollen auch wir, die Gefangenen des Lebens, die Sehnsuchtsvollen, die Wandrer, miteinander immer gütig sein, immer freundlich, immer mitteilsam, immer einsichtig, immer vergebend, und wenn wir gefehlt, Abbitte tuend … als die da fühlen und wissen: sie wandeln vor den heiligen, sehenden Augen Gottes, vor dem Liebenden, vor dem Sinner des Lebens, der uns zu sich zieht, der uns hier zeitlich und dort ewig bei sich haben will, da, wo alle Not der Kreatur, des Geschaffenen, des noch Werdenden, ein Ende gefunden, und die Erlösung eingetreten ist!«

Als er endete, war er trotz seiner großen Stärke müde und stützte sich schwer auf seine Hände. Aber er ließ zur Verwunderung aller den großen Kopf nicht sinken, um still für sich zu beten; sondern er behielt ihn aufgerichtet und sah nach dem Ende der Kirche, nach dem Ottschen Stuhl.

Und da geschah etwas Erschütterndes. Sie hörten ein Geräusch … hörten jemand aus der Bank treten, und als sie, von unerklärlicher Macht gezwungen, sich umsahen … die ganze Kirche … da sahen sie den alten Reimer Ott da stehen, in seiner schweren, hageren, gebeugten Größe, mit einem rührend unbeholfenen, aber leuchtenden Ausdruck in seinem großen Gesicht. Er sagte langsam und deutlich: »Ich habe meinen Sohn Eggert beschuldigt … beschuldigt … ich will Abbitte tun …«

Als er so weit war, sprang sein Sohn Harm, der sah, daß er schwankte, an ihn heran, und ließ den Fallenden auf die Fliesen gleiten.

Pastor Bohlen atmete schwer und sagte mit zitternder Stimme: »Er hatte es mit mir abgemacht, daß er Abbitte tun wollte, damit sein Sohn wieder Frieden mit den Menschen mache und wieder glücklich würde …«

Er konnte nicht weiter sprechen. »Wir wollen nun auseinandergehn,« sagte er. Und er sprach den Segen, der seit uralten Zeiten rund um den Erdball gebeugte und stürzende Menschen getröstet und gehoben hat.

34. Kapitel
Versöhnung … Der Krieg

Eggert Ott war gleich nach den Worten und dem Hinfall des Vaters aus der Kirche gelaufen und mit langen Schritten nach dem Suhlschen Hof gegangen; sein leerer Ärmel hatte sich aus der Tasche gelöst und war im Wind hinter ihm hergeflogen. Als Höbke Suhl, die sicherst überzeugt hatte, wie es mit seinem Vater stand, hinter ihm her nach Hause kam, erzählte sie erst ihrer Mutter, die nicht in der Kirche gewesen war, mit fliegenden Worten, was geschehen war, und fragte dann, wo er wäre. Aber die wußte es nicht. Da ging sie durchs ganze Haus und dann durch den Garten. Und da stand er unter dem alten Birnbaum am Graben, dort, wo sie sich früher über den Graben hin so oft mit ihm unterhalten hatte und ihm die reifen Birnen hinübergeworfen hatte.

Er war sehr blaß und verstört und biß sich auf die Lippen, und es schien, daß er geweint hatte. Er warf einen raschen Blick auf sie und sagte: »Ist er wieder hochgekommen?«

»Ja,« sagte sie, »ich ging erst dann aus der Kirche, als ich sah, daß es eine schwere Ohnmacht war.«

Er starrte weiter über das Feld nach dem Elternhaus hinüber und sagte: »Eben haben sie ihn nach Haus gefahren … mir schien, er lag nicht, er saß« … Er atmete heftig und schwer. »Er hatte das wirklich nicht nötig gehabt! … Nein, das war nicht nötig!«

Sie sah ihn mit ihren gütigen, so beredten Augen an – ihre Augen mußten immer für sie reden, da der Mund nicht recht konnte – und sagte bedächtig: »Ob es nötig war oder nicht … ich finde … es macht ihm große Ehre, Eggert! … Oder meinst du das Gegenteil? Fürchtest du das Gerede, das nun wieder über die Otten losgehn wird?«

Er fuhr auf und sagte mit flammenden Augen: »Es soll sich einer unterstehen und ein Wort über meinen Vater sagen! …« Und bitterlich aufweinend sagte er: »Der beste Mensch auf der ganzen Welt!«

»Er war immer so, Eggert!« sagte sie langsam und vorsichtig.

»Das weiß ich ja!« sagte er wild. »Was meinst du, warum ich sonst so rasend gegen ihn gewesen bin?! Meinst du, daß ich die ganze Zeit verrückt gewesen bin um nichts und wieder nichts?!«

»Nein … nein!« sagte sie. »Ich verstehe wohl … so war es! … Und nun?« Sie zog die Brauen so dicht zusammen, daß ihre hübschen klugen Augen nah beieinander standen, und sah ihn unsagbar fragend gütig an. »Und nun?« sagte sie noch einmal.

»Und nun?« sagte er zornig … »Ich muß ja nun hin! Das ist es.«

»O, Rode Praß!« sagte sie glücklich. »Ach … das ist recht!«

»Ja,« sagte er mit zornigen Tränen in den Augen, »es hilft nun nichts … ich muß nun hin! … Und das gleich … Daß es ihm solche schreckliche Not gemacht hat … das habe ich nicht gewußt! … Er muß doch bedenken, daß ich noch nicht vierundzwanzig bin! Kann ich denn handeln wie ein Dreißiger? Das muß er doch bedenken?!«

»Er wird es auch bedenken, Eggert! Sei nur still! Komm! Ich geh' mit dir!«

»Ja … wenn du mitgehst … dann wird es viel leichter! …« Er griff nach ihrer Hand und drückte sie und preßte sie gegen seine Brust. Er hatte ja keine zweite Hand, sie festzuhalten.

So gingen sie Arm in Arm durch den Garten. Als sie an der Bank und dem Soot vorbeikamen, blieb sie stehn, und sagte: »Dein Vater war gestern bei mir … wir haben fast zwei Stunden hier auf der Bank gesessen.«

»Er war hier?« sagte er verwundert. »Was wollte er? Was habt ihr geredet? Sagte er, daß er dies … dies in der Kirche tun wollte?!«

»Nein,« sagte sie, »er hatte etwas andres auf dem Herzen.«

»Etwas andres? Was denn?«

»Soll ich es sagen?«

»Ja,« sagte er, »sag' es doch …« Er war völlig ahnungslos.

Sie war rot und völlig verwirrt, und konnte es nicht sagen. Dann stieß sie es rasch und fast unfreundlich hervor: »Er hat den Freiwerber gespielt! Er sagte, du hättest mich gern ... er und der alte Peter haben es gesehn ... sagte er.«

Er sah sie mit einem hilflosen Blick an; und sah dann weg, ganz wie ein Junge, der unter einem Apfelbaum gefunden wird, der nicht in seines Vaters Garten steht. Da wußte sie, wie es um ihn stand, und gewann wieder ein wenig Sicherheit und sagte in ihrer hübschen zögernden, boshaften Art: »Ja ... das ist ein schwerer Tag ... für dich, Rode Praß! ... Erst sollst du nun mir ein gutes Wort sagen und dann deinem Vater ... so wie Pastor Bohlen vorhin in seinem dritten Teil gefordert hat ... Da stehst du nun, und hast...« sie wollte sagen: »all deinen Witz verloren.«

»... Und hast nur den einen Arm...« sagte er.

Da legte sie wieder, mit rascher, gütiger Bewegung, wie um seine wunde Seele zu schützen, so wie sie vor vier Wochen in ihrem Stübchen getan, den Arm um seine verstümmelte Schulter und sagte wieder: »Ach, Eggert! Darum bist du mir ja nur viel, viel lieber! Das ist ja für uns alle geschehn!« Und da sie einmal so weit war, küßte sie ihn rasch und scheu ... ganz ungeschickt; denn sie hatte es noch nie getan. Sie war unsagbar verwirrt, und war in diesem Augenblick die Schönste im ganzen Land.

Da riß er sie an sich, mit seinem einen Arm, und küßte sie ganz sinnlos, ganz aus Rand und Band, und sagte immer, wenn er sie wieder küssen wollte: »Schmeiß mehr Birnen herüber! Mehr! Mehr!« ... Der richtige, unvernünftige Rode Praß!

Sie sagte gar nichts. Sie wußte nicht, wie ihr geschah.

Das war ihr Verlöbnis.

Als sie die Hofstelle seines Vaters erreichten, stand der Thomsensche Wagen da vor der Tür, und Harm stand abschiedfertig neben seiner Mutter.

Als sie Eggert sah, schrie sie laut auf und lief ihm entgegen und umfaßte ihn, und ging ohne ein Wort zu sagen mit ihm, und zog ihn in die Tür und zu seinem Vater.

Höbke Suhl blieb draußen und stand bei Harm, der nun in den Wagen stieg und sich neben den Gefangenen, den Russen Symeon, setzte, der die Leine führte.

»Komm gesund wieder, Harm,« sagte sie ... »Wo ist Lisbeth?«

»Im Garten und weint,« sagte er mit stillem Gesicht ... »Wir mögen keinen Abschied vor den Leuten,« sagte er würdig ... »Ist es wahr, Höbke ... daß du und Eggert einig miteinander seid?«

»Ja,« sagte sie, und wurde rot, und sah ihn mit ihren zusammengezogenen Brauen an.

Er schüttelte ihre Hand und sagte freundlich lächelnd: »Wie verlegen du bist ... und wie hübsch es dir steht! ... Geh' zu Lisbeth, und sag' ihr ein paar freundliche Worte!«

Damit fuhr er ab.

Als seine Mutter wieder aus der Stube kam, allein – Eggert war noch bei seinem Vater geblieben – war er schon auf dem breiten Weg, der zum Bahnhof führt.

Auf dem Bahnhof traf er schon einige Bekannte, die gleich ihm den Urlaub hinter sich hatten. Sie fragten einander: »Na ... auch wieder los?« ... und zuckten die Schultern und sagten: »Was ist zu machen? Sie wollen ja keinen Frieden geben!« Dann standen sie da herum, und sprachen in ihrer ruhigen, langsamen Weise von der Fahrt und den Stationen und dem Aufenthalt. »Du hast es nicht so weit!« sagten sie. Zwei wollten nach Flandern, einer nach Rußland, einer nach Rumänien. Der mußte fünf Tage unterwegs sein.

Im Abteil kam er dann mit anderen Kameraden zusammen und es gab wieder dieselbe Unterhaltung: über die Fahrt, über den Krieg, über den Frieden. Sie waren nicht fröhlich; sie waren nicht traurig; ihre Seelen waren von einer harten Notwendigkeit umklammert und eingezwängt, von der Notwendigkeit, weiter Krieger zu sein, fern von der Heimat und dem freundlichen Leben der Familie und des Berufs, heimatlose Wanderer, in Kampf und Not.

Auf dem Bahnhof in Hamburg hatte er eine Stunde Aufenthalt. Die kleine Tasche mit der Wäsche in der Hand, ging er grade und schmuck, sehr sauber gekleidet, wie der Seemann es sich leisten kann – der Landsoldat kommt gleich wieder in Lehm und Dreck – die große Halle auf und ab, stand mal hier und da an der Tür der Wartesäle und vor dem Eingang zu den

Bahnsteigen, und ging dann wieder weiter, und dachte an dies und das, an seine Braut, an seine Eltern. Mit stillen, ehrfürchtigen Gedanken gedachte er Reimers, mit inwendigem Lächeln des Bruders Klaus, mit Freuden nun Eggerts, mit Ruhe der jungen Schwester, die nun schon verheiratet war. Wenn er denn selbst nicht wiederkäme …es würde nun auch ohne ihn gehn. Es mußte ja ohne ihn gehn. Auch Lisbeth mußte sehn …ach …nicht so weit denken! Den Kopf hoch halten! Immer denken: Wenn nur das Fähnlein flattert!

Die ganze große Halle wimmelte von Feldgrauen und Matrosen. Die einen kamen, wie er, von ihrem Urlaub und warteten auf Weiterfahrt, suchten und trafen Kameraden und redeten sie an, und sammelten sich zu Haufen. Andere kamen eben von den Fronten. Es war wohl gerade ein Zug angekommen und die Angekommenen mischten sich eben mit ihren Angehörigen, die wartend gestanden hatten, oder gingen, um ihre Weiterfahrt bemüht, suchend und fragend ihres Wegs. Ein Kleiner, Breiter, der rund um seinen Gürtel Pakete gebunden trug, darunter einen ganzen kleinen Stall mit jungen belgischen Kaninchen für seine Kinder daheim, suchte sich mühsam und eilig seinen Weg; ein anderer, ein stämmiger, kleiner Kerl, dunkelbraun das bramstige Gesicht, ließ sich von einem Matrosen den Laib Brot und die Eisenhaube befestigen, die vom Tornister herabgeglitten waren; Sanitäter führten in einem Rollstuhl einen Verwundeten nach dem Wartesaal; ein anderer ging dicht neben einem hohen, schönen Unteroffizier, der eine weiße Binde um die Stirn trug und grade und steil, aber mit seltsam unsicheren Augen dahinschritt. Trainsoldaten, in schweren Stiefeln, Plattfüßer, mühsam zu Fuß, zogen mit Zaumzeug über der Schulter ihres Wegs; ein langer Feldgrauer, ein großer Mensch, flandrischen Dreck bis an die Hüften, in all seinem Schmutz und der Abgerissenheit seiner lehmgrauen Kleidung wunderschön, wollte sich, als er plötzlich soviel Bürgerliche und Frauen sah, ein wenig schämen, aber ein älterer Mann nickte ihm zu und sagte: »Schmuck so!« Da lächelte er und ging mit seiner Mutter weiter.

Und in allen Gesichtern war nicht Leid, nicht Lust; sondern immer dasselbe: der Zwang, die Not, die bittere Notwendigkeit, die Heimat noch meiden, und Heimweh und Schmuß, Not und Kampf noch weiter tragen zu müssen. Aus der Tiefe herauf donnerten die Züge, die sie hin- und hertrugen, dies reisige, deutsche Volk, dies Volk in Waffen, dies Volk in Not, dies Volk eines einzigen Willens und eines einzigen Glaubens, nämlich: eine gerechte Sache zu haben vor der Menschheit.

Harm Ott sah nach der Uhr. Es war Zeit, daß er nach seinem Bahnsteig ging. Er warf noch einen Blick über die Menge; und verschwand dann im Gedränge der Grauen.